T0203405

El vendedor de silencio

Enrique Serna

El vendedor de silencio

ALFAGUARA

El papel utilizado para la impresión de este libro ha sido fabricado a partir de madera
procedente de bosques y plantaciones gestionadas con los más altos estándares ambientales,
garantizando una explotación de los recursos sostenible con el medio ambiente y beneficiosa para las personas.

El vendedor de silencio

Primera edición: agosto, 2019
Primera reimpresión: octubre, 2019
Segunda reimpresión: octubre, 2019
Tercera reimpresión: octubre, 2019
Cuarta reimpresión: noviembre, 2019
Quinta reimpresión: enero, 2020
Sexta reimpresión: marzo, 2020
Séptima reimpresión: septiembre, 2021

D. R. © 2019, Enrique Serna

D. R. © 2021, derechos de edición mundiales en lengua castellana:
Penguin Random House Grupo Editorial, S. A. de C. V.
Blvd. Miguel de Cervantes Saavedra núm. 301, 1er piso,
colonia Granada, alcaldía Miguel Hidalgo, C. P. 11520,
Ciudad de México

penguinlibros.com

ISBN: 978-607-318-225-6

Impreso en México – *Printed in Mexico*

A mi padre,
Ricardo Serna Rivera

I. El asedio

Una mañana fría, embadurnada de gris, Carlos Denegri llegó a trabajar con la voluntad reblandecida por una desazón de origen oscuro. La mala vida le pasaba factura, ¿o ese malestar indefinido tenía quizás otra causa, la soledad, por ejemplo? Por la ventana del auto, un Galaxie verde botella con vidrios polarizados, aspiró con melancolía el olor a tierra mojada del Parque Esparza Oteo, anegado por las lluvias de agosto, que en circunstancias normales hubiera debido reconfortarlo. Esta vez no fue así: la bocanada de oxígeno agravó su languidez. Eloy, un guarura con cuello de toro, ágil a pesar de su corpulencia, giró la cabeza como un periscopio y al comprobar que no había peligro en la calle le abrió la puerta trasera del carro. Lo había disfrazado de fotógrafo, con el estuche de una cámara Nikon colgado del hombro, para camuflar la escuadra 38 súper. Así llamaba menos la atención en los lugares públicos. Los alardes de poder estaban bien para los políticos y los magnates, no para un periodista que frente a ellos debía aparentar humildad.

—Le llevas el cheque a mi madre, luego te vas a pagar la luz y regresas antes de mediodía —ordenó a Bertoldo, su chofer, un joven circunspecto de ojos saltones, con una rala piocha de sacerdote mexica—. Ah, y de una vez échale gasolina.

Como el aguacero de la noche anterior había encharcado la banqueta, tuvo que dar un rodeo para llegar a la puerta del edificio con los zapatos secos. En el elevador se recetó una sobredosis de trabajo para vencer la flojedad del ánimo que arrastraba desde su regreso de Europa, dos semanas atrás. ¿Lo afectó la altura, la fealdad de México, una repentina falta de fe en sí mismo? Ojalá lo supiera. A sus 57 años, entre el otoño y el invierno de la vida, esa falta de entusiasmo quizá fuera simplemente un achaque de la vejez. Pero no debía caer en la introspección mórbida. Lo mejor en esos casos era levantar una barricada de indiferencia, sin pensar demasiado en sí mismo. Salió del elevador con un paso enérgico y saltarín, el paso del superhombre que le hubiera gustado ser, y dio los buenos días a Evelia, su secretaria, una coqueta profesional que hacía denodados esfuerzos por conquistarlo. No le sentaba mal el atrevido escote que llevaba esa mañana y sin embargo resistió estoicamente la tentación de mirarle las tetas. Estaba buena pero era inculta y vulgar, una peladita empeñosa con ideales de superación personal. Si cometiera el error de cogérsela, aunque sólo fuera una vez, trataría de iniciar un romance en regla y tendría que pararla en seco. Resultado: un ambiente de trabajo tenso, con fricciones y rencores a flor de piel. Ni pensarlo, demasiados líos por diez minutos de placer.

En su despacho, alegre y bien iluminado, con plantas de sombra que Evelia cuidaba con esmero, colgó el saco en una percha y se arrellanó en la silla giratoria, acariciando con suficiencia la superficie tersa de su escritorio, un magnífico mueble de palo de rosa, con las asas de los cajones chapadas en oro. Dos símbolos patrios engalanaban la pared del fondo: una Guadalupana del siglo XVII, atribuida a Cristóbal de Villalpando, y una bandera tricolor antigua, con el águila de frente, que le había regalado un ex secretario de la Defensa. Del lado derecho, junto a la puerta, un friso de fotos en blanco y negro, en el que departía con los últimos cinco presidentes de la República, desde Ávila Camacho hasta Díaz Ordaz, proclamaba su interlocución privilegiada con el poder y el carácter hasta cierto punto inmutable de su celebridad. Era lo primero que los visitantes veían al entrar y lo había colocado ahí justamente para enseñarles con quién estaban tratando. En la pared opuesta, junto al diploma de Doctor Honoris Causa que le había concedido la Universidad Autónoma de Baja California, una placa dorada de la Associated Press lo acreditaba como "uno de los diez periodistas más influyentes del mundo". Al centro, entre las preseas que le habían otorgado los gobiernos de Bolivia, Francia, Indonesia y Guatemala (dos bandejas de plata, un busto en bronce de Simón Bolívar, una medalla de oro con la efigie del presidente Sukarno) refulgía la joya de la corona: una carta membretada con el escudo del gobierno yanqui en la que el mártir John F. Kennedy lo felicitaba "por su valiosa contribución a tender puentes de amistad entre México y Estados Unidos".

Con un vaivén de caderas digno de mejor causa, Evelia vino a traerle una taza de café y su agenda del día: a las doce y media, entrevista con el secretario de Agricultura Juan Gil Preciado; a las tres, comida en el Prendes con su compadre Francisco Galindo Ochoa; a las cinco, junta en Los Pinos con el vocero presidencial Fernando M. Garza. Qué ganas de largarse a su rancho en Texcoco y mandarlo todo al carajo. Desde principios de mayo no había podido montar a caballo, tal vez por eso andaba tan chípil. La verdad era que ya podía jubilarse con la nada despreciable fortuna acumulada en sus treinta años de periodista. Ninguna necesidad tenía de andar en el tráfago de los aeropuertos, las conferencias de prensa, las fatigosas pesquisas en busca de exclusivas. Pero el retiro significaría inactividad, aislamiento, exceso de tiempo libre, borracheras sin freno, recapitulaciones inútiles del pasado. No, mejor seguirle chingando: para bien o para mal era un animal de trabajo.

Pidió a Evelia que no le pasara llamadas, colocó la silla giratoria frente a la mesita lateral, donde la Remington ya tenía enrolladas dos cuartillas con un papel carbón en medio, y se puso a escribir la columna *Buenos Días*, que publicaba cuatro veces a la semana en *Excélsior*. El tema del momento era la rebelión de Carlos Madrazo, el ex presidente del PRI, que tras su fallida lucha por democratizar el partido, ahora quería formar el suyo y se dedicaba a recorrer las universidades del país en giras de proselitismo. La semana anterior había criticado el presidencialismo vertical y autoritario, una declaración que sacó ámpula en Los Pinos. El traidor ese ya le colmó el plato al señor presidente, dele un soplamocos, don Carlos, le había pedido Joaquín Cisneros, el secretario particular de Díaz Ordaz y ante una orden del mero mero, un periodista institucional como él sólo podía cuadrarse.

"El temerario intento de Madrazo por socavar las instituciones a las que debe su carrera política se topará indefectiblemente con el rechazo del pueblo, que reconoce a leguas a los aventureros de la política, a los falsos profetas movidos por ambiciones bastardas." Olé, matador, un vaticinio tiene más autoridad que un comentario. Los lectores sagaces, los exégetas acostumbrados a leer entre líneas, sabrían que al pronosticar el fracaso de ese renegado estaba hablando a nombre del presidente. Era Díaz Ordaz, no el pueblo, quien haría fracasar "indefectiblemente" a Madrazo si porfiaba en su rebeldía. Su artículo encerraba, pues, una amenaza encubierta que haría temblar al interpelado. "No es lícito ni prudente que, por una mezcla de revanchismo y megalomanía, el licenciado Madrazo pretenda manipular a la juventud como un agitador de plazuela. Su campaña sólo puede beneficiar a los enemigos de México, a los profesionales del rencor que buscan provocar el derrumbe de las instituciones para medrar en el río revuelto de la anarquía." Y ahora la patada en los huevos: "Quienes acuden a las conferencias de Madrazo, jóvenes confundidos por su demagogia, deberían tener presente que en 1942, cuando estaba vigente el Programa Bracero, ese demócrata impoluto perdió el fuero de diputado y estuvo en prisión por lucrar con los permisos concedidos a los trabajadores temporales que aspiraban a obtener empleo en Estados Unidos".

Chipote con sangre, se vale sobar, cabrón. Y pensar que Madrazo, cuando era gobernador de Tabasco, lo había tratado a cuerpo de rey en la Quinta Grijalva y hasta le regaló una cabecita olmeca de obsidiana. Era un tipo bien intencionado, con más luces que el común de los políticos y la mera verdad, su tentativa democratizadora sería benéfica si contara con el apoyo del presidente. Él mismo había pedido una reforma como ésa en decenas de artículos, que por fortuna los lectores desmemoriados no recordaban ya. Pero Madrazo quería revolucionar el sistema desde sus bases y Díaz Ordaz le advirtió que no llegara tan lejos. ¿Quién le mandaba saltarse las trancas? Lo sentía mucho, pero él no era un quijotesco defensor de causas perdidas, y remató la columna con un exhorto a los jóvenes engañados por el falso mesías. "Bienvenidas sean las inquietudes políticas de los universitarios, siempre y cuando tengan un espíritu constructivo y sigan los cauces legales. Pero los atolondrados que aplauden a ese agitador revanchista están cayendo en un peligroso garlito. Los ídolos de barro se desploman al primer soplo de viento. Vuelvan a sus libros y estudien con tesón, lejos de la grilla que todo lo corrompe."

Al sacar el artículo del carrete vio por el ventanal a una guapa madre de familia que cuidaba a dos niños en una banca del parque, mientras ellos se columpiaban. Mamita chula, qué lindas piernas. Salió al balcón para verla mejor. Ya le había echado el ojo semanas atrás, pero esa mañana estaba irresistible. Ha de ser norteña, pensó, en Mesoamérica no se dan hembras tan bien plantadas, acá el mestizaje salió muy mal. Tal vez necesitara una mujer como ella para vencer el desasosiego, la ansiedad de sentirse huérfano en el umbral de la vejez. Los niños ya se habían bajado del columpio y ahora los tres cruzaban el parque rumbo a la esquina de Nueva York y Dakota. No te quedes aquí aplastado, pensó, si tanto te gusta corre a buscarla. Descolgó su saco, salió al pasillo y en vez de tomar el lento elevador, bajó las escaleras corriendo. En el parque ya no estaba, qué lástima, pero al mirar hacia la derecha la vio en la farmacia de la esquina, donde sus niños estaban sacando paletas heladas de una nevera. Corrió hacia allá, sin importarle mancharse los zapatos de lodo en los andadores del parque. De cerca la señora era más hermosa todavía, una odalisca de tez apiñonada y ojazos negros, con un porte distinguido que denotaba buena crianza. Las formas insinuadas por debajo de su vestido le amotinaron la sangre. En la vitrina de la farmacia había algunos juguetes en exhibición. Mientras los niños chupaban sus paletas se apresuró a comprarles un barquito y un avión Revell Lodela para armar.

—Se adelantó Santa Claus, chamacos, miren lo que les trajo —les entregó los juguetes con una mirada de soslayo dirigida a la mamá. Pero ella hizo una mueca recelosa, tomándolo quizá por un robachicos.

—Devuélvanle los regalos al señor.

El mayor obedeció, pero el menor, pecoso y con cara de pícaro, estaba fascinado con el regalo y se resistió a entregarlo.

—Que se lo devuelvas, te digo.

—No me lo tome a mal, señora —intervino Denegri—, me caen muy bien sus chamacos. Mi oficina queda enfrente del parque y a cada rato los veo jugar.

—Perdone usted, pero mis hijos no aceptan regalos de desconocidos.

—Si ese es el problema, enseguida me presento: Carlos Denegri, a sus órdenes —tendió la mano, pero la desconfiada mujer no se la estrechó.

—¿El Denegri de la televisión?

Asintió con la misma sonrisa de caramelo rancio que prodigaba en su programa.

—¿Y usted cómo se llama?

—Natalia Urrutia, mucho gusto.

Finalmente el bombón accedió a darle la mano. Bendita tele, cuántas puertas y cuántas piernas abría. No llevaba anillo de bodas, albricias. ¿Sería quizá una divorciada liberal y sin compromiso? Había acertado, entonces, en la táctica de ablandarla por el lado de los niños. Debía comportarse como un pretendiente con vocación de padre.

—Usted es del norte, ¿verdad?

—De Chihuahua, ¿cómo lo supo?

—Por su acento y por su belleza. Yo tengo familia en Sonora y conozco bien a la gente de allá.

El piropo la puso a la defensiva y volvió a ordenarle al hijo pequeño que devolviera el juguete.

—No sea cruel, mire cómo lo abraza.

Natalia se lo tuvo que arrancar de las manos.

—Bueno, si usted insiste me quedo con los juguetes, pero me gustaría acompañarla a su casa, si no le importa.

Natalia no se pudo negar. Por el camino vieron pasar a un joven melenudo y Denegri le contó la anécdota de un reciente viaje a Nueva York, donde había confundido a un hippie con una mujer en un mingitorio, viéndolo de espaldas, y salió muy apenado, creyendo que estaba en el baño de damas.

—Como ellas también llevan pantalones, ahora es imposible distinguirlos. A este paso vamos a orinar todos en el mismo lugar.

La tímida sonrisa de Natalia le permitió admirar los lindos hoyuelos de sus mejillas. Envalentonado por ese pequeño triunfo, cuando llegaron a su domicilio, en la esquina de Texas y Pensilvania, intentó coronar la faena con un pase de pecho.

—Me encantaría poder invitarla a comer un día de estos. ¿Por qué no me da su teléfono y…?

—Gracias, pero no puedo —lo interrumpió Natalia, tajante—. Estos condenados dan mucha lata y no tengo con quién dejarlos.

A pesar de la previsible negativa, claro indicador de que la señora se cotizaba muy alto, volvió a la oficina convencido de haberle causado buena impresión. Nada lo gratificaba más que medir el efecto de su nombre sobre las mujeres. Caería, sin duda caería, el halago de ser cortejada por un periodista famoso vencía cualquier resistencia. No es ningún pobre diablo el que anda detrás de tus huesos, mamita, se ufanó al verse en el espejo del ascensor. El poder seduce, cómo chingados no. De vuelta en la oficina buscó en las páginas blancas del directorio el número telefónico de Natalia Urrutia. Mala suerte, no había ningún teléfono registrado con ese nombre.

—Dígale a Sóstenes que venga —ordenó a Evelia.

Sóstenes Aguilar era el más veterano de sus ayudantes, un reportero cuarentón que lo abastecía de chismes para la *Miscelánea del Jueves*, su columna de sociales. Tenía una cara cetrina de vampiro bohemio, el color de piel que predominaba en las redacciones de los diarios, donde la gente dormía mal, se asoleaba poco y bebía mucho. Con el saco raído y los zapatos raspados, el pobre Sóstenes habría podido recoger limosna en cualquier semáforo.

—Dígame, jefe.

Anotó la dirección de Natalia y le pidió que averiguara en Teléfonos de México cuál era el número asignado a esa dirección.

—Va a estar difícil. Esa información nomás se la dan a la policía.

—Llama a la secretaria del director. Dile que hablas de mi parte y si te pone trabas yo me comunico personalmente con su jefe.

Cuando Sóstenes iba de salida le pidió que se detuviera y se sacó de la cartera un billete de a quinientos.

—Toma, hermano, para que te compres un saco decente. Pero no te lo vayas a beber ¿eh?

Trémulo de gratitud, Sóstenes le aseguró que iría directo a una tienda de ropa. Como había perdido media hora en su intento de ligue, tuvo que salir disparado a la cita con el secretario de Agricultura y pidió a Bertoldo que pisara el acelerador a fondo. Total, si los paraba algún tamarindo le mostraría el tarjetón que lo acreditaba como colaborador de la Presidencia y hasta escolta llevaría en el camino. En menos de quince minutos llegaron al edificio de la secretaría en la Glorieta de Colón, en Paseo de la Reforma. Un solícito y atildado ayudante de Gil Preciado, el ingeniero Acuña, ya lo estaba esperando en la recepción.

—Es un honor recibirlo, señor Denegri, pásele por acá —dijo y lo escoltó, "por tratarse de usted", al elevador privado del señor secretario.

La suntuosa oficina de Gil Preciado abarcaba todo el penthouse del edificio. En la antesala saludó efusivamente a Norma, su secretaria, tuteándola con una calidez paternal. Cultivaba la amistad de todas las cancerberas que podían abrirle puertas en los altos círculos de la administración pública y se sabía sus nombres de memoria.

—Te veo más esbelta, pareces una modelo de *Vogue*.

—Sólo me quité los postres y las harinas. Gracias por tu detallazo —Norma le mostró el flamante reloj H. Steele con extensible dorado que llevaba puesto.

—En tu muñeca se ve más bonito.

Cien relojes baratones como ése, repartidos entre secretarias y ayudantes, le redituaban cada año una buena cantidad de exclusivas. Norma lo pasó rápidamente a la oficina de su jefe, que ya lo esperaba de pie con los brazos abiertos. Gil Preciado empezaba a quedarse calvo, tenía la nariz ganchuda y una mirada de viejo zorro curtido en las lides de la alta y la baja política.

—Qué gusto de verte, Carlitos —el secretario lo abrazó con un vigor campirano—. ¿Cómo te fue por las Europas? Leí tus entrevistas con U Thant y André Malraux. Estupendas, como siempre.

Detrás de su escritorio, el retrato del presidente Díaz Ordaz, con la banda tricolor en el pecho, invitaba a rendirle pleitesía. Del lado izquierdo, la vista panorámica de la ciudad, con el Bosque de Chapultepec al fondo, infundía una sedante sensación de poderío. Cuando el secretario, cigarrillo en mano, se apoltronó en la silla giratoria, Denegri le disparó una serie de preguntas sin filo crítico, pulcramente calculadas para halagarlo: ¿Se han cumplido las metas de productividad fijadas por la Secretaría? ¿Cuáles son los obstáculos para financiar la pequeña propiedad agrícola? ¿Aumentarán los créditos a los ejidatarios? ¿Se han respetado los precios de garantía de los productos básicos? Con engolada voz de locutor, Gil Preciado presumió la exitosa regularización de ejidos emprendida durante su gestión y se ufanó de haber logrado, por segundo año consecutivo, la autosuficiencia de México en maíz, café, trigo, henequén y sorgo.

Mientras tomaba notas taquigráficas en una libreta, intentó recordar cuántos secretarios del ramo le habían repetido la misma cantaleta en las últimas décadas. Por lo menos siete, ¿y cómo seguía el campo? Igual de jodido. Cuando era gobernador de Jalisco, Gil

Preciado desfalcó la tesorería estatal y ahora medraba a gran escala con la tala clandestina de bosques. En su fichero tenía información de sobra para hundirlo: sesenta cuartillas que lo involucraban en peculados, fraudes a la nación y contubernios con empresas de maquinaria agrícola. Pero ese pájaro de cuenta le pagaba una iguala de cinco mil mensuales, facturados como "servicios de difusión" en Publicidad Denegri, la empresa fantasma que había montado para lavar dinero, y de pilón, le obsequiaba los fertilizantes para su rancho en Texcoco. A cambio de tantas gentilezas tenía que retribuirlo dos veces al mes con alabanzas inversamente proporcionales a su valía. Ya va siendo hora de aumentarte la tarifa, pensó. Con la iguala apenas me pagas los elogios, pero mi silencio te sale gratis. Sí, Juanito, ya te toca un apretón de tuercas. Pero no directamente, claro, sería de mal gusto sacar a relucir el tema en ese momento. Encargaría el trabajo sucio al gerente de su agencia, Eduardo García de la Peña, un hábil y sinuoso negociador de embutes. Que él se entendiera con los achichincles de Gil Preciado. Pero eso sí, con mucha suavidad y alegando el alto costo de la vida, tampoco se trataba de espantar al cliente.

—Te felicito por los magníficos resultados que has tenido en la Secretaría —le dijo—. Con razón me han dicho que el presidente está muy orgulloso de ti.

El pobre diablo se hinchó como un pavorreal. ¿Sentiría que gracias a su aval quedaba homologado con André Malraux y el secretario general de la ONU? ¿Hasta dónde llegaba su capacidad de autoengaño? En el abrazo de despedida, Gil Preciado casi le trituró las vértebras. Adolorido, al tomar el elevador se preguntó por qué y desde cuándo las palmadas fuertes en la espalda sellaban amistades en el mundillo político. ¿Los generales revolucionarios habrían impuesto esa moda? ¿Era un mero alarde de machismo? ¿Creían engañar así a sus rivales políticos, mientras fraguaban la mejor manera de traicionarlos? Aprovecharía esa idea para la sección humorística *Rac y Roc*, que escribía en mancuerna con el caricaturista Freyre. En tono de burla era más fácil y menos riesgoso deslizar esas críticas.

En el corto trayecto al restaurante, cuando doblaron a la izquierda en la Glorieta de la Palma, contempló con disgusto a la fauna juvenil que deambulaba por las aceras de la Zona Rosa.

Jipitecas con huaraches y camisas de manta, maricones de pantalón entallado, chicas a gogó enseñando el ombligo. La mariguana circulando por doquier y la policía tan campante. ¿Qué esperaba la chota para hacer una redada? Una de las colonias más elegantes de la ciudad, con mansiones porfirianas, boutiques exclusivas y hoteles de lujo, no se merecía esa invasión de gente greñuda y fea. Era urgente preservar la dignidad de unas calles con tanto abolengo. Ya tenía tema para el artículo del viernes y sacó la libreta para tomar notas. "Rebeldes sin causa, hippies y otros prototipos de la dañina humanidad inútil, deben ser eliminados de la Zona Rosa y enviados a pasear su ocio a otro rincón metropolitano. Más tarde habrá forma de expulsarlos también de ahí". Sonaba un tanto nazi hablar de eliminación, pero eso querían sus lectores, a quienes tenía bien identificados: puñetazos sobre la mesa, exigencias de mano dura, homilías en nombre de la moral pública. Tan importante como halagar a los poderosos era refrendar el pacto con la clase media conservadora que lo había erigido en líder de opinión.

En un reservado del restaurante lo esperaba, impecable y pulcro, con un fino traje café oscuro y corbata lila, su compadre Francisco Galindo Ochoa, un político en receso, mejor enterado que nadie de las intrigas palaciegas. Ex director de Comunicación Social de la Presidencia, Galindo había perdido el cargo seis meses atrás por no haber ocultado con la debida discreción sus aspiraciones a la gubernatura de Jalisco, pero seguía haciendo política desde las cañerías del sistema. Con su prominente barriga y sus mofletes de bebedor aparentaba más edad de la que tenía.

—Qué gusto, hermano —se levantó a darle un abrazo—. Como viajas tanto ya nunca nos vemos.

—¿Qué le vamos a hacer? El director del periódico me manda a cubrir todos los eventos internacionales. Ya sabes que la mayoría de mis colegas a duras penas hablan español.

—Y para colmo lo escriben con las patas. Brincos dieran tus enemigos por hablar siete idiomas como tú. Eres un garbanzo de a libra, compadre.

Denegri sólo hablaba inglés, francés y alemán, pero no quiso desmentirlo, pues gracias a la leyenda de su portentoso don de lenguas, se cocía aparte en una profesión plagada de monolingües.

—¿Qué van a querer de aperitivo? —les preguntó el mesero. Galindo pidió un gin tonic sin hielo, porque estaba un poco malo de la garganta.

—Para mí una limonada, gracias —dijo Carlos.

—¿Cómo? ¿No vas a tomar? —se decepcionó Galindo, acostumbrado a correrse largas parrandas con él.

—No puedo, a las cinco tengo una reunión en Los Pinos.

Era verdad, pero tenía motivos más serios para abstenerse. De vez en cuando necesitaba probarse a sí mismo que el alcohol no lo dominaba. El trago era su némesis, la debilidad que más había contribuido a desprestigiarlo. Tres matrimonios destruidos por la bebida no eran baba de perico. Tenía mal vino y los estropicios etílicos ya le habían costado una fortuna: riñas, choques, huesos rotos, balaceras en centros nocturnos, demandas por daños y perjuicios. Sin esos escándalos quizá hubiera llegado mucho más alto en su profesión. El alcohol le sacaba lo peor de sí mismo, pero dejarlo por completo, como le habían aconsejado algunos psiquiatras de línea dura, era un sacrificio superior a sus fuerzas: simplemente no concebía la existencia sin esa llamarada de libertad. Con una carga de trabajo tan pesada necesitaba de vez en cuando el alivio psicológico de una borrachera. La abstinencia total no entraba en sus planes, pero de ahí a ser alcohólico había un largo trecho. Los alcohólicos bebían a diario, se quedaban tirados en las banquetas, veían ratas voladoras, como Ray Milland en *Días sin huella*. Él sólo era un bebedor de carrera larga. Por eso debía mantener a raya el vicio, imponerle sus reglas del juego, decidir cuándo y en dónde tomar. Salir airoso de esas pruebas lo autorizaba a ejercer su legítimo derecho al libertinaje.

—Se está calentando el avispero —dijo Galindo a media voz—. Dicen que Martínez Domínguez va a la dirigencia del PRI. No tardan en anunciar el nombramiento y eso deja mal parado a tu gallo.

Se refería a otro Martínez, Emilio Martínez Manatou, el secretario de la Presidencia, uno de los posibles sucesores de Díaz Ordaz, a quien, según rumores dignos de crédito, el futuro líder del partido oficial no podía ver ni en pintura.

—¿Y por qué mal parado? —rebatió Denegri—. Martínez Manatou maneja la agenda de Díaz Ordaz, ¿te parece poco?

—Si el presidente quisiera nombrarlo candidato, ¿tú crees que iba a poner a un enemigo suyo al frente del partido? Los dados ya están cargados a favor de Echeverría.

—No te adelantes, compadre, todavía falta mucho para el destape —Carlos procuró ocultar su alarma, pero lo delató un pequeño tic en el párpado—. Díaz Ordaz es un indio cabrón y astuto. El nombramiento de Martínez Domínguez puede ser una táctica para despistar. Y además, la dirigencia del PRI no decide nada, se limita a cumplir la voluntad del presidente.

—No quiero ser ave de mal agüero, pero créeme, compadre: Echeverría es el bueno —insistió Galindo, fatalista—. Ha hecho todo lo necesario para congraciarse con el jefazo. Le pegó duro a los médicos cuando hicieron su huelga, trabaja catorce horas diarias y no descansa ni los domingos. Por si fuera poco, todos los viernes come con Díaz Ordaz en Los Pinos y sus esposas se han hecho cuatitas.

—Yo creo que el nombramiento de Martínez Domínguez es una finta de Díaz Ordaz para ocultar al verdadero tapado —conjeturó Denegri—. Antier fui a una comida con la cúpula empresarial. Baillères y Espinosa Yglesias le apuestan a Martínez Manatou. Dicen que el presidente no mueve un dedo sin consultarlo.

—Ojalá tengas razón, compadre, porque si Echeverría se gana la rifa, que Dios nos coja confesados. Yo perdí mi puesto por sus intrigas y contigo se ha portado muy perro. Ya viste cómo te trató en el banquete de la libertad de prensa.

—Ni que fuera para tanto, fue un rasguño nada más —dijo Denegri, resentido por el innecesario recordatorio, que le caló hasta la médula—. Con tu permiso, ahorita vengo —y para ocultar su turbación se dirigió al baño.

Aunque su amistad con Galindo estuviera sólidamente anclada en la comunión de intereses, no le gustaba que lo viera atribulado y débil, pues su orgullo todavía no cicatrizaba después del humillante desaire. Arrinconarlo a él, una leyenda viviente del periodismo, en la mesa más lejana al presídium ¡y para colmo detrás de una columna! Se necesitaba tener muy poca madre o muchas ganas de joder para tratarlo así en una feria de vanidades en la que todo el mundo quería darse importancia. Ganas no le faltaron de exigir un cambio de mesa, pero hizo de tripas corazón para no evidenciar el agravio, porque un reclamo en público lo hubiera perjudicado el doble. Una somera pesquisa en la Secretaría de Gobernación le bastó para averiguar que Noé Palomares, el oficial mayor encargado de organizar el banquete, le dio ese lugar por instrucciones directas de Echeverría.

En el mingitorio soltó un chorro caliente y trató de serenarse con una inhalación profunda. Medio mundo estaría riéndose de él después de esa afrenta. El propio Galindo lo compadecía con cierto dejo de burla, y lo peor era que su conjetura sobre el tapado tenía bases sólidas. A pesar de ser el hombre mejor informado de México, en anteriores destapes ya la cagaste en tus pronósticos, reconoció al cerrarse la bragueta. En el fondo compartes el temor de tu compadre, por eso te incomoda tanto. Echeverría no te traga, eso ya lo sabías. Un santurrón abstemio como él, que sólo bebe aguas frescas, no puede ver con buenos ojos los desmanes que has cometido en tus borracheras. Varias terminaron en delegaciones de policía y toda esa información está en su escritorio. ¿Ya ves, pendejo, lo que te ganas por tu altanería, por sentirte la divina garza con dos tragos encima?

La antipatía que le profesaba el secretario de Gobernación no era un hecho reciente: se había gestado treinta y cinco años atrás, en la tertulia del poeta colombiano Porfirio Barba Jacob. Al lavarse las manos recordó con nitidez el cuartucho piojoso del Hotel Sevilla donde ese maricón con cara de jamelgo triste, descarado en la exhibición de sus apetitos, pero sin rasgo alguno de afeminamiento, disertaba todas las noches sobre lo divino y lo humano ante un pequeño auditorio de aspirantes a escritores. Entre una espesa humareda de marihuana leía sus poemas, pontificaba sobre política y literatura, dirigía miradas bragueteras a los efebos hipnotizados por su labia y los incitaba a descubrir los paraísos artificiales. Entre los jóvenes que frecuentaban la tertulia llegaba de vez en cuando Luis Echeverría, un tímido aficionado a las letras, hosco y reconcentrado, que apenas abría la boca. Sentado en un rincón, con sus lentes de búho y su cara de seminarista, el pobre idiota quería hacer vida literaria sin atreverse a tener vida a secas. Sólo bebía cocacola y cuando le pasaban el carrujo de mota lo rechazaba con un rictus de pánico.

Una noche, a Barba Jacob le dio por hablar de los amoríos homosexuales de Lord Byron, que según sus biógrafos había sido un donjuán con las mujeres y una cortesana con los hombres. Contó los romances sodomitas del poeta sin escatimar detalles escabrosos, con la obvia intención de hacerles sentir que la atracción por el sexo débil no era un obstáculo para acostarse con hombres. ¿Quién era Lord Byron?, se animó a preguntar Echeverría. En aquella época te creías un poeta maldito, ¿recuerdas?, y quisiste expulsar de la bohemia a ese bachiller idiota. ¿No sabes quién es Lord Byron y quieres ser escritor?, lo increpaste. Ya ni la chingas, Luisito. Mejor ponte a estudiar contabilidad. Todos se rieron, incluyendo a Barba Jacob, que prefería rodearse de oyentes guapos y ahuyentaba deliberadamente a los feos. Echeverría nunca volvió a la tertulia. Más tarde fue ascendiendo peldaños en la pirámide burocrática y te lo encontraste un montón de veces en las asambleas del PRI. Nunca dio señales de rencor, al contrario, te saludaba con fuertes abrazos, a la usanza hipócrita de la familia revolucionaria. Se había construido ya una personalidad social inexpugnable que lo sacaba de apuros en cualquier circunstancia incómoda. Pero no te perdona la ofensa: la prueba es el pinche lugar que te dio en el banquete. Si llega a la Presidencia, ve haciendo maletas. Te vas a tener que largar del país.

De vuelta a la mesa, Galindo Ochoa deploró en son de burla la egolatría insatisfecha de los columnistas políticos. Llevaba muchos años de tratarlos, dijo, y sus delirios de grandeza lo sacaban de quicio. Si algo agradecía de haber perdido su puesto era no tener que seguir lidiando con esas divas.

—Todos quieren desbancarte a como dé lugar, compadre. ¿Sabías que en el viaje del presidente a Panamá, Julio Teissier hizo un tremendo coraje porque le asigné una habitación sencilla y a ti en cambio una suite de lujo? Me lo reclamó muy encabronado. Ni, modo, Julito, le tuve que decir, aún hay clases en este mundo.

Risotada de ambos. Llegó el mesero con la sopa de mariscos y el caldo de habas que habían ordenado. Galindo probó su caldo sin dejar de hablar.

—Y Luis Spota está más engreído aún. Le ha dado por averiguar de a cómo son las igualas que te pagan en la secretarías, para exigir lo mismo.

—Pobre idiota —Carlos hizo una mueca despectiva—. Sus noveluchas no le dan derecho a volar tan alto.

—Por supuesto que no, pero él se cree el Balzac mexicano. Y Kawage tiene un ego de pavorreal. A huevo quería que el gobierno le regalara un Galaxie como el tuyo. Le dije que no tenía presupuesto para tanto y se tuvo que conformar con una caja de whisky.

Pasada la grata sesión de viboreo, cuando les trajeron el segundo plato, Galindo reincidió en el tema del ascenso imparable de Luis Echeverría.

—No me lo tomes a mal, viejo, pero yo en tu lugar iría tomando providencias. Si Echeverría es el tapado, que Dios no lo quiera, necesitas estar muy firme en el *Excélsior* para capotear la tormenta.

—No tendría motivo de queja contra mí. Lo he aplaudido hasta el cansancio.

—Sí, pero ya instalado en la Presidencia puede ordenar que te corten los cheques o hasta pedir tu cabeza. El director de tu periódico es un carcamal que no tarda en morirse. Yo en tu lugar iría ganando adeptos en la cooperativa para heredar su puesto. Desde la dirección te puedes defender mejor.

—No tengo ningún chance de ser director —Denegri chasqueó la lengua—. Me lo impediría la caterva de acólitos rojos que rodean a Becerra Acosta. Ya dirigen la cooperativa, le han dado buenas canonjías la gente de los talleres y si nadie los para, van que vuelan para agandayarse la dirección.

—Le advertí al presidente que se estaba formando en *Excélsior* una quinta columna, pero no me hizo caso —Galindo se limpió con la servilleta el bigote entrecano—. La teología de la liberación le importa un carajo. Sabe que tiene a Becerra Acosta cogido de los tompeates por los contratos de publicidad y no quiere tocar a su camarilla de catequistas. Hasta simpatiza con algunos. De Julio Scherer habla maravillas y hasta lo tutea. Se ha ganado su respeto porque no cobra embutes.

—A mí Scherer no me traga, y eso que yo le enseñé a reportear —se quejó Carlos, dolido—. Cuando me ha pedido algún consejo, o algún contacto internacional, nunca le regateo la ayuda. Pero sé que a mis espaldas me tacha de corrupto.

—Pura envidia. Ya quisiera ese monaguillo tener tus casas, tu rancho, tus viejas.

Media hora después, cuando Bertoldo lo conducía a Los Pinos, se propuso espaciar al máximo las comidas con Galindo Ochoa.

Desde su cese destilaba una amargura contagiosa que había logrado ponerlo de mal humor. En Avenida Chapultepec, el auto avanzaba a vuelta de rueda por el único carril abierto a la circulación. Los demás estaban cerrados por la construcción del Metro, la obra magna del sexenio. Albañiles con cascos color naranja, empanizados por la polvareda que soltaban las excavadoras, salían de un profundo túnel llevando carretillas repletas de tierra y piedras. Un vistazo a la red subterránea en obra negra le bastó para recaer en su aflicción crónica. Ahí abajo bullía el México del futuro y todo lo que oliera a futuro le inspiraba temor. Ignoraba de dónde diablos surgían esos malditos miedos, más intensos cuanto más imprecisos. Daría lo que fuera por ahuyentarlos, pero la razón servía de poco ante una corazonada sin fundamento. En busca de sosiego y esperanza recordó la sonrisa de Natalia. El encuentro de esa mañana había sido un tónico milagroso para sus nervios maltrechos. En el radio sonaba *Todavía* de Armando Manzanero, una canción que encerraba buenos auspicios para emprender una conquista: "Todavía quiero ver llegar al fin la primavera, para darte de sus flores la primera, todavía, vida mía...". Sí, todavía estaba a tiempo de rectificar el rumbo. Conocía de sobra las tensiones conyugales, la declinación del deseo, la patología de la convivencia forzada, pero a pesar de los pesares seguía siendo un muchacho enamoradizo. Tal vez no había sabido entregarse o no había encontrado a la mujer que supiera entenderlo, y una voz interior, la voz de un ahogado pidiendo socorro, lo incitaba a creer en una redención crepuscular, en un renacimiento erótico y afectivo que le diera un nuevo significado a su vida.

En la residencia oficial de Los Pinos ya estaba reunida la plana mayor del periodismo nacional, en un salón de juntas con un paisaje volcánico del Doctor Atl. Sus colegas de la fuente presidencial, José Luis Mejías, Mario Huacuja, Alfredo Kawage y Julio Teissier, se levantaron a saludarlo afectuosamente o por lo menos fingieron un afecto de utilería. Sólo Julio Scherer se mantuvo sentado, fumando con la mirada ausente. Su cabello rebelde no se había sometido nunca a la dictadura del peine. Con las cejas crecidas y enmarañadas, los labios gruesos y una mirada intensa, cargada de voltios, que denotaba fuerza moral, inquebrantables principios y valor para defenderlos, parecía un poeta romántico infiltrado en una reunión de burócratas. Aunque las mujeres lo asediaban era un monógamo empedernido. La rareza de su honestidad en un medio tan mercenario le había valido un apodo entre admirativo y burlón: el Mirlo Blanco.

—Hola, Julito, ¿ya no me saludas? —le tocó el hombro para sacarlo del limbo.

—Perdón, Carlos —se levantó Scherer, sobresaltado—. He dormido tan mal que andaba en la luna. Apenas ayer regresé de Chile y todavía no me repongo del *jet lag.*

—¿Cómo estuvo el encuentro de cancilleres?

—Los discursos huecos de siempre, pero le hice una buena entrevista a Salvador Allende, el eterno candidato de la izquierda a la Presidencia. Es un tipazo y un excelente conversador. Voy a publicarla en partes porque me quedó muy larga.

Denegri se había mofado de Allende, tachándolo de perdedor contumaz, en un reportaje sobre política chilena publicado dos años antes. Prefirió cambiar de tema para evitar una colisión ideológica.

—¿Y las chilenitas qué? ¿Muchos ligues?

—Ni tiempo me dio de voltear a verlas —la sonrisa seráfica de Scherer blanqueó más aún su metafórico plumaje—. Me la pasé todo el tiempo encerrado en la sala de prensa.

—Eso no te lo creo, allá las viejas se te lanzan a la yugular —Denegri bajó la voz en tono pícaro—. Yo me ligué a una edecán chulísima que luego se quería casar conmigo. Seducirlas es fácil, lo difícil es quitártelas de encima.

Los interrumpió la llegada de Jacobo Zabludovsky, el joven conductor de *Su Diario Nescafé,* un rubio de tez sonrosada, ligeramente cachetón, con lentes de aumento que le daban un aire de niño circunspecto y calculador. Compensaba la rigidez facial prodigando sonrisas que no suavizaban del todo la cuadrícula de su rostro. Había encontrado la fórmula ideal para comportarse con admirable desenvoltura y al mismo tiempo resguardar una personalidad hermética.

—Hola, güero —Denegri lo abrazó con genuino alborozo—. Soy el fan número uno de tu programa. No sé cómo le haces para hacer un noticiero tan divertido.

—Todo lo que sé lo he aprendido de ti —se ruborizó Jacobo—, pero todavía me faltan muchas horas de vuelo para tener tus tablas.

—Mil gracias por tu comentario en el noticiero. Es increíble cuánto público tienes. Hasta mis criadas me felicitaron.

—No, hombre, el agradecido soy yo por tu artículo sobre mi libro. Es un honor que te hayas tomado la molestia de comentarlo.

Se refería a un libro sobre la conquista del espacio, escrito en mancuerna con Miguelito Alemán, el hijo del ex presidente. Denegri lo había colmado de elogios en su columna de *Excélsior* y en reciprocidad, el güero Zabludovsky había contado en su programa una anécdota que los hermanaba desde 1959, cuando ambos cubrieron en Washington el encuentro del presidente López Mateos con John F. Kennedy, uno para la televisión y el otro para su periódico.

—Esta máquina de escribir —dijo Zabludovsky en el noticiero, mostrando una Remington portátil— encierra un alto valor sentimental para mí, porque me la regaló en Washington Carlos Denegri, el periodista más brillante de México y uno de los más respetados del mundo entero. Desde entonces procuro llevar con dignidad la estafeta que me entregó, sin alcanzar, desde luego, las grandes alturas de mi maestro.

La llegada de Fernando M. Garza, el jefe de la oficina de Prensa que había sustituido a Galindo Ochoa, interrumpió su coloquio y tomaron asiento en el pequeño auditorio adjunto a la sala, en donde dos secretarias guapas ofrecían café con galletas. El nuevo vocero presidencial, un joven serio, delgado como un fideo y un tanto acartonado de maneras, les dio la bienvenida a nombre del primer mandatario.

—Como ustedes saben, dentro de una semana el señor presidente rendirá su tercer informe de gobierno y los hemos convocado a esta reunión para exponerles en forma sucinta los principales temas de su mensaje a la nación. Se trata de facilitar su labor sin que esto signifique, desde luego, injerencia alguna en el modo en que cada uno de ustedes analice las tareas del ejecutivo.

Acostumbrado al doble lenguaje de los políticos, Denegri comprendió que Díaz Ordaz giraba por interpósito lacayo la orden de quemarle incienso y como se sabía de memoria los supuestos logros que el presidente quería cacarear, en vez de atender la conferencia observó con detenimiento a Jacobo. Qué hábil era en la construcción de su imagen pública. Nunca se daba taco, ni siquiera delante de un subalterno como Garza, y para complacerlo tomaba notas como un escolapio. Calladito y sin llamar la atención, había sabido colarse a las élites del poder y el dinero en un ambiente resbaladizo, plagado de trampas, donde más de un ambicioso se había roto el cuello. Don Emilio Azcárraga, su patrón en Telesistema Mexicano, confiaba ciegamente en él para mantener los noticieros del monopolio en estricta sintonía con la línea oficial dictada por la Presidencia. Sabía guardar lealtades, era discreto como una tumba y conocía a la perfección las leyes no escritas del sistema político. A duras penas masticaba el inglés y no tenía su roce internacional. Pero era un tipo culto, carismático, trabajador, con agilidad mental y una apariencia de profesionista respetable que sabía explotar con astucia. Bien hubiera podido ponerse lentes de contacto, pero el muy zorro sabía que los anteojos le daban autoridad moral. Maniatado por el gobierno, rara vez podía mostrar sus dotes de periodista, pero a cambio de esa limitación había logrado ganarse la confianza del auditorio pese a la desventaja de ser judío en un país católico hasta las cachas. No me equivoqué al pasarte la estafeta, pensó: el nuevo Denegri eres tú.

Terminada la exposición de lineamientos informativos, Garza abrió una ronda de preguntas y comentarios. El primero en alzar la mano fue Julio Scherer.

—Hay dos asuntos importantes que usted no ha mencionado: la huelga de estudiantes en la Universidad de Sonora, que terminó con la intervención del Ejército y las recientes declaraciones del ex presidente Cárdenas contra los banqueros. ¿Tocará esos temas el presidente en su informe?

—A juicio del gobierno esos asuntos no tienen relevancia.

—Periodísticamente sí la tienen —insistió Scherer—. El público quiere saber si el gobierno reaccionará con mano dura ante otras huelgas estudiantiles y si hay una ruptura del presidente con Lázaro Cárdenas.

La mayoría de los periodistas miraron a Scherer con una mezcla de extrañeza y alarma, como si se hubiera vuelto loco.

—Ya desmentimos esa supuesta ruptura en su debida oportunidad —Garza frunció el ceño—, y el presidente ha reiterado su respeto al general Cárdenas, deslindándose de sus declaraciones.

¿Cómo se atrevía a cuestionar así a Díaz Ordaz, que de por sí tenía pocas pulgas y quizá tomara esas preguntas malintencionadas como un ataque? Típico de Scherer, pensó, quiere dárselas de independiente sabiendo muy bien para quién trabajamos todos. El gobierno paga o pega, no hay de otra, imbécil. ¿Te crees guerrillero o qué? Había visto a muchos periodistas respondones como él pasar de la oposición al poder. La mayoría terminaban ocupando sinecuras en alguna dependencia oficial, otros simplemente perdían sus tribunas y ahogaban en las cantinas una frustración que tarde o temprano degeneraba en cirrosis. ¿Cuánto tiempo duraría el Mirlo Blanco en las filas de la virtud militante? ¿Tres o cuatro años más? Tal vez se estaba dando a desear para vender más cara su lealtad al régimen. Apúrate a darlas, manito, porque tu Chevrolet ya se está cayendo de viejo. Pero debía reconocerle un mérito: la táctica de no aceptar embutes era un medio excelente para adquirir prestigio. Cuando Scherer aprobaba de vez en cuando alguna medida de Díaz Ordaz, su elogio lo halagaba mucho más que los aplausos de la prensa mercenaria. Tal vez por eso, en el banquete de la libertad de prensa, Echeverría lo había sentado en una mesa de honor, junto al líder del Congreso. De modo que a pesar de sus coqueteos con la izquierda, el Mirlo Blanco volaba alto y en *Excélsior* ya era el brazo derecho del director. Quizá fuera un pícaro de altos vuelos, que rechazaba las dádivas pequeñas en espera de las grandes. ¿Qué esperaba para enseñar el cobre? ¿Una buena embajada? ¿La concesión de una gasolinera?

La junta en Los Pinos terminó a las siete y media y a las ocho ya estaba en su casa de Xochimilco, la Quinta Bolívar, en bata y pantuflas. La remodelación de ese antiguo casco de hacienda, que en tiempos del Porfiriato perteneció al dueño de un ingenio azucarero, había sido una excelente inversión, pues ahora, convertido en una casa acogedora y suntuosa a la vez, valía cuando menos el doble de lo que pagó por él. Sólo tenía un pequeño defecto: era demasiado grande para un hombre solo, pues apenas ocupaba tres de las siete habitaciones y rara vez disfrutaba el enorme jardín con fuentes de cantera, naranjos, limoneros, garzas y pavorreales. Había mandado construir ahí una pequeña cuadra de caballos para salir a cabalgar por los llanos de los alrededores, pero la verdad era que apenas los montaba: era Alejandro, su jardinero, quien los sacaba a trotar por la orilla de los canales. Tendido en el diván de su estudio con el último número de *Life* en las manos, sospechó que la altura de los techos abovedados contribuía a entristecerlo. Debería ser al revés: eran la cristalización de una vida profesional exitosa. Pero ese monumento a su amor propio, ¿no tendría un carácter funerario?

El derroche de espacio amplificaba en forma insoportable su sentimiento de pérdida. Le gustara o no, debía reconocer que los divorcios y las separaciones le habían dejado en la memoria un panteón con las tumbas abiertas. Llevaba tres años sin pareja, acostándose con un amplio repertorio de amiguitas cariñosas, putas más o menos finas, si acaso había finura en ese oficio, que luego se encontraba en los cocteles del brazo de algún empresario o político. Había creído que después de tantos fracasos amorosos, la vida de soltero picaflor era lo que más le convenía. No tomó en cuenta el efecto corrosivo de la viudez psicológica: Lorena, Rosalía, Noemí, Estela, Milagros, Gloria, todas las mujeres que amó y perdió deambulaban por ese mausoleo como almas en pena, cada una con un pedazo de su corazón en la mano. Qué mal negocio era el desamor: la enorme cantidad de tiempo invertida para conocerlas a fondo y alcanzar con ellas un alto grado de intimidad, tirada a la basura por el mutuo egoísmo y la incomprensión. Era un mutilado de guerra, un escéptico radical que trataba en vano de recuperar la mística del buen amor. Imposible fijar su atención en la revista con el ánimo tan decaído. A unos pasos del diván, la licorera de coñac colocada sobre una mesita con ruedas emitía destellos sombríos. Ni se te ocurra, mañana tienes otro día lleno de compromisos y a tu edad, las borracheras de buró son patéticas. El timbrazo del teléfono lo llamó al orden. Era Sóstenes, su ayudante, que había obtenido ya el número telefónico de Natalia Urrutia.

—Me lo dio la secretaria del director de Telmex. Pero si le preguntan no diga cómo lo conseguí, fue la condición que me puso.

—Despreocúpate, nadie lo sabrá.

El oportuno momento de la llamada era quizá un buen augurio: esa bendita mujer había caído del cielo para sacarlo de su letargo. Se levantó a llamarla desde el escritorio del estudio, donde había dos teléfonos, uno blanco para sus asuntos personales y otro verde para los de trabajo.

—¿Bueno?

—Habla Carlos Denegri. Disculpe que me haya tomado la libertad de llamarla.

—Mi número no está en el directorio. ¿Cómo lo consiguió?

—Tengo contactos que me abren todas las puertas —se ufanó—. Perdone que la llame tan pronto, pero no puedo apartarla de mi mente. Sé que usted ha de tener una legión de admiradores, pero si no es mucho atrevimiento, yo quisiera ser uno de ellos, el más devoto y humilde.

—Sí es mucho atrevimiento —lo atajó Natalia—. Apenas lo acabo de conocer y no me gusta que los extraños llamen a mi casa.

—Permítame entonces que deje de ser un extraño. ¿Me aceptaría una invitación a comer?

—Usted por lo visto no puede aceptar una negativa, ¿verdad?

—No sea mala, sólo quiero romper el hielo.

—Pues lo siento mucho, pero yo no.

El colgón lo golpeó en la zona más vulnerable de su autoestima. ¿De modo que esa mechuda se negaba en redondo a salir con él? Imbécil, debería estar orgullosa de tenerlo rendido a sus pies. Dio una patada a un equipal que rodó escaleras abajo. La idea de aflojar la tensión con un farolazo de coñac lo tentó con más fuerza. Se sirvió una copa de las panzonas, pero cuando estaba a punto de beberla, un escrúpulo profesional apagó su sed y avivó su rabia. No valía la pena emborracharse por una mamona engreída. Apretó la copa hasta quebrarla y de su palma rajada por las esquirlas manó un riachuelo de sangre. Con la copa rota alzada como un cáliz recordó las palabras del ofertorio: Tomad y bebed todos de él, porque esta es mi sangre, sangre de la alianza nueva y eterna que será derramada por vosotros. El sacrificio abría las puertas de la gloria, no había redención sin corona de espinas. Ya veremos quién gana, jija de la chingada.

—A mediodía tiene la grabación de sus programas, luego el cumpleaños de su mamá y a las siete un coctel del Consejo Nacional de Turismo en el salón de convenciones del María Isabel —sonrió Evelia—. Ah, y llegó esta cuenta de la florería Matsumoto.

Evelia le entregó una cuenta por ochocientos pesos. Los arreglos de orquídeas que le mandaba diariamente a Natalia desde hacía una semana estaban saliéndole demasiado caros. Detestaba tirar el dinero y sin embargo, delante de Evelia se mantuvo impertérrito.

—Dile a Eduardo que pague la cuenta y si viene alguien estoy ocupado. No quiero interrupciones.

Salió al balcón para echar un vistazo al parque. Ni rastro de la ingrata: al parecer ya no salía a jugar con los niños. Marcó su número con la mano izquierda, pues aún tenía la derecha vendada y se le complicaba introducir el dedo en el disco.

—La señora no está, ¿de parte de quién? —respondió la sirvienta.

—De Carlos Denegri, ¿a qué hora vuelve?

—No tiene hora, a veces llega muy tarde.

Pinche gata, siempre con el no en la boca. Podía jurar que Natalia estaba a dos pasos del teléfono, riéndose de su terquedad. ¿Qué hará con tantas orquídeas?, se preguntó, picado en el orgullo. ¿Se las regalará a sus amigas? ¿Tendrá otro camote? ¿Será una de esas divorciadas que nunca se pueden separar por completo del ex marido? ¿O simplemente no le gusto? Alarmado por esa posibilidad, entró al medio baño de su despacho y se vio al espejo con ojo crítico. Las entradas de su ralo cabello rubio anunciaban una inminente calvicie, la papada colgante casi le llegaba al nudo de la corbata y ni las maquillistas de Televicentro podían ocultar el tinte violeta de sus bolsas oculares. Pero en México un criollo de ojos verdes, por más jodido que estuviera, siempre encontraría malinches dispuestas a verlo galán. ¿O debía también renunciar a esa ilusión? De vuelta en el escritorio lo asaltó el temor de estar demasiado ruco para conquistar a Natalia. Sí, seguramente se negaba a salir con él por la diferencia de edades. ¿Cuándo terminaba la madurez y empezaba la decrepitud? ¿No hacía Cary Grant papeles de galán con más de sesenta? Pero él no estaba bien conservado y quizá Natalia le viera facha de abuelo. Los portarretratos con las fotos de sus cuatro nietos, alineados por orden de edades en un ángulo del escritorio, delataban que en efecto lo era. Un abuelo joven, desde luego, pero ¿quién entendía esas sutilezas? Pariendo como coneja, su hija Dánae se había encargado de avejentarlo prematuramente, cuando apenas iba llegando a la mejor etapa de la madurez. Metió los portarretratos en un cajón y lo cerró con llave. No quería que Natalia los viera si alguna vez entraba en esa oficina. Y tarde o temprano entraría, faltaba más. Se cortaba un huevo y la mitad del otro si ese asedio no terminaba en la cama.

Pidió a Evelia que lo comunicara por larga distancia con Drew Pearson, el columnista político más leído de Estados Unidos, con quien lo unía una vieja amistad, iniciada veinte años atrás en Washington, cuando el *Excélsior* lo mandó a cubrir la toma de posesión de Truman. Coincidieron en el lobby bar del Hotel Saint Regis y al calor de los martinis entraron en confianza, mientras afuera caía una copiosa tormenta de nieve. Impresionado por la información confidencial que manejaba, Pearson lo adoptó como discípulo y le dispensaba gentilezas que no tenía con ningún otro periodista de Latinoamérica.

—Hola, Drew, ¿cómo te va?

—Un viejo como yo siempre está enfermo, pero gracias a Dios, todavía puedo trabajar.

—Estoy escribiendo un artículo sobre política americana y necesito tu auxilio. ¿Me puedes dar diez minutos?

—Por supuesto, Carlitos, encantado.

Le preguntó cómo podía afectar la guerra de Vietnam la selección de los candidatos a la Presidencia en los partidos demócrata y republicano. Pearson creía que por su firme oposición a la guerra, los republicanos llevaban las de ganar si postulaban a un candidato popular como Nixon, pero los demócratas podían dar una sorpresa con Bob Kennedy, que además de tener arrastre entre los jóvenes, los negros y los hispanos, también exigía un retiro gradual de las tropas. Dudaba, sin embargo, que el presidente Johnson dejara el camino abierto a Bob, pues quizá preferiría imponer como candidato a un incondicional suyo y la fuerza de un presidente en funciones no debía menospreciarse, así fuera un *lame duck* como Johnson. La rapidez con que hablaba puso a prueba su agilidad de taquígrafo, pero logró transcribir la declaración al pie de la letra.

—¿Te puedo citar en mi artículo?

En broma, Pearson accedió no sólo a dejarse citar, sino a dejarse plagiar y le preguntó cómo estaban las cosas en México.

—Todo tranquilo, como siempre. Ya sabes, el régimen es muy estable y nadie se atreve a retarlo. El gobierno trabaja a marchas forzadas para terminar a tiempo las obras de los juegos olímpicos. Y los sindicatos rojos se han quedado quietos después de las tundas que se llevaron los maestros y los médicos.

Quedaron de verse en su próxima visita a Washington y Pearson le prometió recibirlo con una botella de Chivas Regal. Sin darse un respiro pidió a Evelia que lo comunicara con Klaus Forberger, el embajador de Alemania Federal, otro buen amigo a quien había invitado ya a comer en la Villa Bolívar y con quien practicaba el alemán en las reuniones del cuerpo diplomático.

—Hola, Klaus, ¿cómo te trata la vida? Me contaron por ahí que ganaste un torneo de golf.

—Los jugadores de mi club son muy malos, por eso pude ganar.

—Perdona que te moleste, pero quiero hacerte unas preguntas sobre la situación en Berlín. ¿Me concederías una breve entrevista?

Como la fuga de berlineses orientales que saltaban el muro en busca de libertad se había incrementado en las últimas semanas, quería saber si eso había creado mayores tensiones con el gobierno de República Democrática Alemana. El embajador le aseguró que las tensiones por ese motivo estaban bajo control. Aunque su gobierno jamás había fomentado las deserciones, cuando los tránsfugas saltaban el muro les concedía asilo por razones humanitarias, no porque la República Federal quisiera enconar la Guerra Fría. Excelente, con esa información ya tenía material para otro artículo de política internacional. Pero quería adelantar la columna del martes, para poderse tomar unas copas en el cumpleaños de su mamá (ya le tocaba después de quince días de abstinencia) y tecleando a media velocidad, pues tenía la mano derecha inutilizada por el vendaje, comenzó a redactar una loa al secretario de la Presidencia Martínez Manatou, que acababa de anunciar la mayor inversión pública de la historia: veinticuatro mil millones de pesos destinados, principalmente, a mejorar la infraestructura educativa. Estaba apostando por él para la grande y debía apostar fuerte, dijera lo que dijera Galindo Ochoa, pues los corifeos de Echeverría ya estaban haciéndole una velada propaganda en los diarios. "Funcionario con profundo sentido de su misión histórica, Martínez Manatou se distinguió como legislador por promulgar iniciativas en favor de la educación pública y ahora, desde la alta responsabilidad que el presidente Díaz Ordaz le ha encomendado, reitera su compromiso inquebrantable con la niñez mexicana." Sonó el teléfono y tomó la bocina de mal humor:

—Te dije que no me pasaras llamadas.

—Lo llaman del internado del Sagrado Corazón.

—Diles que no estoy.

—Es un asunto urgente. La directora quiere hablarle de su hija Pilar.

Sor Matilde, una monja vieja con la voz quebrada por el asma, le informó en tono de réquiem que la indisciplina de su malhadada hija iba de mal en peor.

—No atiende a sus profesoras ni hace tareas, le lastimó un brazo a otra niña en una pelea y como se la pasa echando relajo tampoco deja tomar la clase a sus compañeras. He decidido expulsarla y queremos pedirle que venga por ella.

—¿No podría darle una segunda oportunidad?

—Ya le dimos muchas y no quiere entender. Esta es la cuarta vez que le reporto su mala conducta. Hemos hecho todo lo posible por enderezarla pero es inútil, señor Denegri. Las internas con problemas familiares son muy conflictivas.

—No se preocupe, madre. Voy a mandar a un ayudante a recogerla. Llegará a Guadalajara mañana por la tarde.

Se desplomó en la silla giratoria con un pinchazo agudo en las sienes. Por lo visto, Pilar sería su eterno dolor de cabeza. Con esta ya sumaba cuatro expulsiones de otros tantos internados. Y no podía culparla de ser así: estaba predestinada al caos desde el momento en que la engendró. Recordó con vergüenza las circunstancias de esa noche fatídica: había llegado a casa borracho después de tres días de juerga y Milagros, su ex, se negó a abrirle la puerta del cuarto en represalia por no haberla llamado siquiera para dar señales de vida. ¿Ah, no me abres? ¡Mejor para mí, ya veré a quién me cojo!, la amenazó con una risotada. El cuarto de Angélica, la sirvienta, olía a humedad y a cloro. La pobre tuvo escalofríos cuando se metió en su cama, rezumando alcohol y lujuria, pero sobre todo prepotencia, el despotismo de un señor feudal ejerciendo su derecho de pernada. Espérese, señor, ¿qué le pasa? Siempre me has gustado, mi reina, ¿quieres ser mi novia? Pero usted está casado, suélteme. Ya no, mi señora y yo nos vamos a divorciar.

El manoseo y el arrimón la fueron convenciendo con más eficacia que sus palabras. Accedió sin colaborar, erizada la piel, tensos los muslos, temerosa tal vez de perder el empleo si se resistía con más ahínco. Al calor de la borrachera ni cuenta se dio que la había desvirgado. Por poco le da un síncope cuando vio las sábanas ensangrentadas al clarear el alba. Y a los dos meses, Angélica salió con su domingo siete. Preñada al primer palo, como en los melodramas de rumberas. Qué maldita puntería, carajo. El padre sólo podía ser él y tuvo que asumir su responsabilidad como un caballero. Milagros quería matarlo, le retiró la palabra dos semanas y amenazó con largarse a casa de su mamá. No toleraría que su hijo Carlitos tuviera como hermano al hijo de la criada. El pobre ya estaba traumado por presenciar tantos pleitos de sus papás, se lo había dicho la psicóloga del colegio. Nomás le faltaba ese golpe moral para tocar fondo. Tras una difícil negociación, Milagros le permitió dar su apellido a la criatura, pero eso sí, Angélica tenía que largarse inmediatamente, por nada del mundo quería tenerla en *su* casa.

La noticia de la nueva expulsión le provocó un ataque de colitis nerviosa y en el excusado, entre fuertes dolores de vientre, se recriminó con más dureza. Por querer humillar a Milagros le había salido el tiro por la culata. Si tan jarioso andaba, más le hubiera valido levantar a una puta en la calle. Creyó que el problema se resolvería con dinero y asignó a la madre soltera una generosa pensión para que viviera en Mixcoac con sus padres, locatarios con un puesto de verduras en el mercado. Dios era testigo de que había visitado a Pilar tres o cuatro veces al año, la llevaba a la feria de Chapultepec y en Navidad la colmaba de regalos, aunque ella lo viera como un extraño y sólo aceptara decirle papi bajo la presión de la mamá y los abuelos. Pero con esas penitencias no logró conmover al Juez Supremo, que le deparaba un castigo mayor: cuando Pilar apenas tenía cinco años, Angélica contrajo una neumonía que se la llevó a la tumba y desde entonces la escuincla quedó bajo su tutela. Como no tenía vocación de padre ni tiempo para atenderla, recurrió a los mejores internados de monjas, primero en el DF y ahora en Guadalajara. Pero la niña era tan rebelde como él mismo lo fue a esa edad. Hija de tigre, pintita, no había domador que pudiera con ella. ¿Y ahora dónde carajos iba a internarla? Con sus antecedentes no la aceptarían en ningún colegio y ni modo de cargar él solo con el paquete. Los retortijones lo tuvieron largo rato en el trono, sudoroso y contrito, hasta que terminó cagando una mierda líquida. Al salir del baño, lívido como un espectro, pidió a Evelia que llamara a Eloy.

—Expulsaron a Pilar del internado.

—¿Otra vez? —el falso fotógrafo se rascó la oreja.

—Sí, otra vez —endureció la voz, molesto por su impertinencia—. Vete de volada a la casa, saca el Plymouth y pélate a Guadalajara a recogerla. Duerman por allá en algún hotel baratón y mañana te la traes a México

Le dio doscientos pesos para viáticos y una carta de su puño y letra para que las monjas le entregaran a la niña. Quiso continuar el artículo alabancioso, pero ya se le hacía tarde para llegar a Televicentro, y tuvo que llevarse una grabadora portátil para dictarlo en el coche. Más adelante le pediría a Evelia que lo transcribiera. Así era su vida, una ráfaga continua de actividades que no le permitían siquiera digerir las emociones. En el pasillo del estudio K ya lo estaba esperando Fanny, la maquillista, que le dio una rápida polveada en el camerino. Los viernes grababa de un tirón los cinco programas semanales de la *Miscelánea Denegri*, con duración de quince minutos. Se transmitían por canal cinco a las once y cuarto de la noche, un horario para desvelados que les restaba audiencia. Pero de cualquier manera, la gente lo reconocía en la calle y le pedía su autógrafo. El *floor manager* Garmendia le puso el chícharo por debajo de la solapa y a las carreras tomó asiento en el set, una reproducción exacta de su oficina, con la Guadalupana al fondo y del lado derecho la bandera de México en una vitrina. Ocultó la mano vendada debajo del escritorio, para no despertar suspicacias. Seis, cinco cuatro, tres dos uno, *Miscelánea Denegri*, grabando.

—Buenas noches, amigos, en este programa voy a presentarles algunas imágenes poco aptas para los niños, escenas terribles de la guerra de Vietnam captadas por fotógrafos que arriesgaron sus vidas para brindarnos un estrujante testimonio de la barbarie que reina en el sudeste asiático. Vean ustedes: un coronel sudvietnamita yace degollado junto al cuerpo de su esposa y los de sus seis hijos, víctimas también de las hordas comunistas que se arrojan como aves de rapiña sobre los habitantes de Vietnam del Sur. Despojados de cualquier valor moral, los enemigos del mundo libre no conservan ya la menor partícula de sentimiento.

Mientras denostaba con santa cólera a los comandos del Vietcong, calculó la utilidad neta que le dejaría esa tanda de grabaciones con un tintineo mental de caja registradora. Su patrocinador, Nacional Financiera, le pagaba mil pesos por programa, una buena cantidad tomando en cuenta que apenas llegaba a tres puntos de *rating*. Pero tenía mejores clientes: con esa prédica anticomunista y varios artículos del mismo tenor desquitaba los mil dólares mensuales que la CIA le depositaba en su cuenta del Chase Manhattan Bank. El programa del martes, dedicado a ensalzar al secretario del Patrimonio Nacional por su denodado impulso a la pesca, le dejaría tres mil pesos libres de impuestos; otro tanto la entrevista, grabada ya, con el presidente del PRI Lauro Ortega, en busca de reflectores porque se quería lanzar para gobernador de Morelos; y como el regente Corona del Rosal le acababa de regalar un alazán pura sangre, el jueves le pagaría el favor con un almibarado elogio de sus obras de ornato en la capital. Sólo el programa del viernes, en apoyo a la campaña de la mitra apostólica contra la plaga de las revistas pornográficas exhibidas obscenamente en los kioscos, no le dejaría un beneficio concreto, pero traducida en influencia y poder, la amistad del arzobispo Darío Miranda valía mil veces más que una dádiva en metálico. Hasta los técnicos bostezaban mientras él leía sus comentarios henchido de rectitud y sabiduría, pero no le importaba aburrir al televidente, pues más allá de los niveles de audiencia, lo que sus clientes buscaban era una plataforma de lucimiento. Nadie le daba tanto brillo como él a los fastos del poder. Por eso tenía a los funcionarios haciendo cola para salir en su programa.

—Y así ha terminado una emisión más de la *Miscelánea Denegri*. Nos vemos mañana a la misma hora, Dios mediante —dijo, apuntando al cielo con el índice de la mano izquierda.

La mayoría de los televidentes que lo paraban en la calle hacían la misma señal y de hecho, la gente del pueblo lo llamaba "el señor Dios Mediante". Los resentidos profesionales le reprochaban esa falta de pudor para exhibir sus creencias, pero ¿por qué diablos iba a renunciar a un *gimmick* tan exitoso? Dos horas después, acabada la sesión de grabaciones, Bertoldo lo llevó al suntuoso departamento que su madre ocupaba en Paseo de la Reforma y Río de la Plata, con una magnífica vista al Bosque de Chapultepec. Maravillado, como siempre, por la lozanía y el vigor de Ceide, que a los 73 años parecía veinte años menor, le entregó un enorme ramo de rosas blancas y un estuche de la joyería La Princesa.

—Felicidades, mami, te traje una cuelga.

Alborozada como una niña, Ceide sacó del estuche una gargantilla de oro con incrustaciones de lapislázuli.

—Caramba, qué espléndido. Esto ha de valer una fortuna.

—Te lo mereces por ser la madre más chula del mundo —la besó en la mejilla.

Alta, y esbelta, con un largo cuello de cisne, Ceide tenía el cutis sonrosado sin necesidad de maquillaje, y aunque los años ya le hubieran ajado la piel, conservaba intacto el fulgor primaveral de sus ojos verdes. Aunque ahora llevaba corto el cabello rubio cenizo, no había perdido la coquetería que en sus mocedades despertaba pasiones arrebatadas. Algunos moscardones de provecta edad aún la pretendían, pero ella honraba la memoria de su esposo, don Ramón P. Denegri, con una dignidad a prueba de murmuraciones. En la elegante sala de estilo *art nouveau*, un poco sobrecargada de vitrinas con figuras de porcelana y cristalería de Murano, todos los invitados interrumpieron sus charlas cuando lo vieron llegar. Era la celebridad de la familia y sus entradas siempre causaban revuelo. Se levantó a saludarlo su hermano Iván, que vestía un suéter Mao negro y saco del mismo color, con un medallón egipcio en forma de escarabajo colgando del cuello.

—Hola, brother, ¿qué te pasó en la mano?

—Nada, me corté con un vidrio roto.

Iván era siete años menor, pero la diferencia de edades parecía mayor porque Iván, como buen marica, se aplicaba desde la adolescencia cremas emolientes y hacía dietas para mantener la línea. Cuando eran niños lo incomodaba su afeminamiento, ahora ya no le importaba: mientras sus amoríos fueran discretos y no salpicaran de lodo a la familia, que hiciera con su culo un papalote. Vivía con Ceide y de hecho, había adoptado muchos de sus gestos, convertido en la hija que nunca tuvo.

—Hola, papi, ya creíamos que no venías —lo besó efusivamente Dánae.

—Perdón, me retrasé con las grabaciones de programa.

A los 33 años y con cuatro hijos a cuestas, Dánae comenzaba a embarnecer, pero seguía siendo una damita encantadora, con ojos soñadores de madona renacentista. Su melancolía crónica no la afeaba: al contrario, le daba un encanto de heroína romántica. Hija única de su primer matrimonio, estaba casada con Leopoldo Ramírez Limón, un político joven con mentalidad triunfadora que había obtenido ya una curul de diputado suplente. A pesar de haber procurado ser un padre cariñoso y responsable, sólo había logrado que Dánae lo quisiera a medias. Había tomado partido por su madre cuando la abandonó, y nunca pudo quitarle de la cabeza que ella no venía incluida en el divorcio. Como le dedicaba poco tiempo, la falta de convivencia durante su niñez los había alejado, y si bien Dánae hacía su mejor esfuerzo por tratar de quererlo, en el terreno de los afectos la voluntad no mandaba. Sus resquemores eran una piedra en el zapato que ambos procuraban disimular lo mejor posible, sobre todo en las reuniones familiares.

—¡Vengan a saludar a su abuelo! —gritó Dánae.

Sus cuatro nietos, tres niños y una niña, el mayor de doce años y la menor de cuatro, lo rodearon en medio de una gran algazara. No podía verlos muy a menudo, pero había encontrado un método infalible para hacerse querer.

—¿Cómo van en la escuela, chamacos?

—Todos sacan muy buenas notas y Manuel es el mejor promedio de su clase —presumió Dánae.

—Ah, bueno, entonces se ganaron un ojo de gringa.

Le repartió a cada uno un billete azul de a cincuenta pesos, que le valieron un diluvio de besos, y se alejaron dando saltitos de júbilo. El mesero le puso en las manos un jaibol bien cargado. Se lo había ganado por méritos en combate tras dos semanas y media de heroica abstinencia. Una calidez efervescente y suave, como un soplo de juventud, le confirmó que sólo estaba en su sitio, en su órbita planetaria, cuando el alcohol lo incitaba a concederse todas las indulgencias. El Denegri madrugador y responsable, el profesional exigente consigo mismo era un extraño: su yo verdadero siempre tenía una copa en la mano.

—¿Y Graco? —preguntó, sorprendido por la ausencia de su hermano menor.

—Está en Monterrey por un asunto de trabajo —dijo Ceide.

—Qué lástima, llevo tres meses sin verlo.

Se llevaba con Graco mejor que con Iván, pues cuando menos había salido machito y se abría camino en la vida por sí solo. Saludó a los demás invitados, empezando por Susana Lobato, una vieja amiga de la familia, esmirriada y con el pelo teñido de rojo, que había sido su vecina en los años veinte, cuando vivían en la colonia Del Valle. Madrina de arras de su primera boda, desde entonces le había tocado conocer a todas sus esposas y con algunas había hecho buenas migas. Tan buenas que a veces no sabía si estaba de su lado o en el bando enemigo. Debía rondar los sesenta y aunque en la juventud había recurrido a ella como confidente sentimental, le perdió la confianza cuando Susana, con la mala leche típica de las divorciadas a disgusto, empezó a condenarlo moralmente por los desórdenes de su vida privada. Para no exponerse a uno de sus habituales sermones, prefirió sentarse en la sala junto a su compadre Darío Vasconcelos, un amigo de la infancia, moreno y narigudo, con el cabello nevado de canas, que dirigía uno de los bufetes de abogados más importantes de México. Bohemio como él, durante mucho tiempo Vasconcelos tuvo su oficina en la trastienda de la cantina La Ópera, donde los meseros iban a llevarle tragos mientras atendía a los clientes. Primo hermano del legendario autor del *Ulises criollo,* había fungido como intermediario para convencerlo de colaborar en *Revista de Revistas,* cuando Denegri la dirigía. Mientras tomaban el aperitivo hablaron sobre las concesiones de dos canales televisivos, recién otorgadas por el gobierno a los dueños

42

de Radio Mil y Radio Centro. Darío creía que ese golpe al monopolio de Emilio Azcárraga era una represalia del presidente por la rechifla que Díaz Ordaz se llevó en la inauguración del Estadio Azteca el año anterior, cuando los técnicos de Telesistema tardaron demasiado en bajar el audio.

—Es tu gran oportunidad de tener un noticiero propio, en vez de ese programa para desvelados que nadie ve, ¿no crees?

—Tendría que madrugar a diario, como el güero Zabludovsky. Es mucho sacrificio para un hombre de mi edad.

—No seas huevón, tú le das veinte y las malas a ese pinche judío.

¿Qué diablos insinuaba con ese comentario supuestamente amistoso? ¿Que estaba perdiendo categoría como periodista? Si eso pensaban sus íntimos, ¿cómo lo veía el gran público? ¿Lo consideraban ya un cartucho quemado? Como esos pensamientos sólo contribuían a hundirlo en la zozobra, prefirió dirigir su atención al animado palique de Susana con su hermano. Iván se ufanaba de tener en marcha un montaje de *Antígona* de Jean Anouilh que planeaba estrenar en el Teatro Arcos Caracol. ¿De dónde pensaría sacar el dinero para producir la obra?, se preguntó con alarma. Ninguno de los montajes que le había patrocinado recuperó siquiera el capital invertido. En México el teatro culto no era negocio para nadie, bien lo sabía Iván, pero como no era su lana le valía madre. Que no se le ocurra volver a darme un sablazo, pensó, porque lo mando al carajo. El primer whisky apenas le había aflojado los nudos de la conciencia. Empezaba a sorber el segundo, el trago liberador, el de la divina insensatez, cuando lo sorprendió desagradablemente la llegada de Concetta Leone, una vieja amiga de Ceide, gorda y emperifollada en exceso, con una plasta de maquillaje medio derretida por el calor. Al verla hizo un mohín de disgusto y se bebió medio jaibol de un trago.

Si su madre sabía de sobra cuánto aborrecía a esa vieja puta, ¿por qué se la enjaretaba en los convivios familiares? A principios de siglo, las dos habían sido vicetiples en revistas musicales de Buenos Aires y llegaron juntas a México en tiempos de la Revolución. Cuando su madre se juntaba con ella recuperaba el voseo argentino, casi diluido por sus cuarenta años en México, y volvía a ser una piba traviesa y liviana, con un descaro aprendido en el arrabal. Reliquia viviente de una época que hubiera querido borrar de la biografía materna, Concetta ensuciaba la reputación de Ceide y de rebote, la de todos los Denegri. Ya entrada en copas, se ufanaba, por ejemplo, de haber matado a tiros en el Parque México a su primer marido, un multimillonario que lo engañaba con otra. Sólo estuvo una noche en prisión gracias a la intervención del general Amaro, su gran amigo y compañero de sábanas. Se ufanaba de su crimen tan quitada de la pena como si contara un chiste, y al oírla Denegri hervía de ojeriza. Saludó, sin embargo, a la recién llegada con la misma cortesía edulcorada que empleaba en el trato con políticos odiosos. Como temía, durante la comida, Concetta acaparó la atención y deleitó a los invitados contando anécdotas sobre su efímera carrera artística en México.

—La misma noche fueron a verme al Teatro Lírico el general De la Huerta y el general Serrano. Los dos querían salir conmigo y por poco se agarran a tiros. Yo les dije: señores, echen ustedes una moneda al aire, no quiero sembrar la discordia entre dos buenos amigos. Ganó Serrano y me llevó a un pisito que tenía en la Avenida Juárez. Pero con la borrachera tan bárbara que traía no pudo hacer nada conmigo. Yo pensaba viéndolo dormir: ¿Para esto te ibas a batir a duelo, che?

¡Con cuanta desfachatez contaba sus aventuras de cortesana! Y lo peor era que su madre se las festejaba ruidosamente. Sólo en su presencia soltaba esas carcajadas ¿No podía tener un poco de consideración con sus hijos y nietos? Terminada la comida vino el inevitable show de las dos, con Iván al piano. Cantaron a dúo un viejo tango, *Flor de fango*, que había dado título a la revista porteña donde ambas debutaron:

> En un rancho de la pampa
> y a la sombra de un ombú
> con mi madre y mi moreno
> fue mi vida un cielo azul.
> Me sedujo un forastero
> y del rancho me alejé.
> Buenos Aires diome lujos,
> Me hizo reina del placer.
> Mas la vida tormentosa

fue el castigo sin piedad,
de la orgía me llevaron
a una cama de hospital.

Escuchó la sórdida letra con una fuerte derrama de jugos gástricos. La dulce voz de su madre le recordaba los arrullos escuchados en la cuna y le dolía que la profanara cantando esas inmundicias. Cualquier persona malintencionada, y hasta los íntimos podían serlo en algún momento, la tomaría por una mujerzuela nostálgica de sus años mozos. Pero Ceide era la única mujer en el mundo a quien jamás había alzado la voz. La respetaba demasiado para regañarla y aunque a veces quisiera sacarse del alma reproches añejos, emponzoñados por medio siglo de silencio, la sola idea de lastimarla le imponía un terror sagrado. Su amor era el único puerto seguro en medio de las tempestades, el reducto de tibieza que nunca podía faltarle, y si el precio que debía pagar por conservarlo era un honor lastimado, bienvenidas fueran todas las humillaciones. Terminada la tanda de canciones, su madre y Concetta dejaron por fortuna de monopolizar la charla. Pidió el cuarto whisky de la tarde, obstinado en pasarla bien a pasar de todo, pero no pudo evitar que Susana se le acercara con intenciones de chismorrear.

—El otro día me encontré a tu ex en el súper —sonrió entornando sus ojillos de lémur.

—¿A cuál de todas?

—A Milagros. Me cae de maravilla y nos fuimos a tomar un café. ¿No piensas volver con ella?

—Nunca tropiezo dos veces con la misma piedra —se arrellanó en el sofá, incómodo, y encendió un Lucky Strike para interponer entre los dos una cortina de humo.

—Llevas mucho tiempo solo. No me digas que ya te cortaste la coleta.

—Todavía me queda fuelle para muchas corridas —se ufanó—, pero no tengo ninguna prisa por casarme otra vez.

—No seas tacaño, ya súbele la pensión a Milagros. La pobre me dijo que no le alcanza para nada.

—¿Te parece poco diez mil pesos? —enarcó las cejas, disgustado—. Con menos que eso puede vivir holgadamente una familia numerosa. Y encima le dejé la casa de Olivos, así que no paga renta.

—Pero los tratamientos psiquiátricos de tu hijo son muy caros. Nada te costaría echarle una manita, después de todo lo que sufrió contigo.

—Desde hace mucho, Milagros se dedica *full time* a echar pestes de mí —le marcó el alto alzando la voz—. No voy a mantener como reina a una mujer que me ha denigrado tanto.

—No te denigra, dice que eres un buen hombre, pero que el alcohol te vuelve un psicópata.

—No jodas, Susana. Vine a divertirme, no a escuchar sermones.

Susana se cambió de sillón, intimidada por su enojo. Que se enroscara en su cesta de víbora y no lo estuviera chingando. Como siempre, las malditas viejas hacían causa común para defenderse. Adoraban el papel de víctimas, en especial cuando se trataba de ordeñar las chequeras de sus maridos. Dánae puso un disco de los Beatles y empezó a bailar *Help!* con sus cuatro retoños. Iván sacó a bailar a Ceide, Darío a Susana y la algarabía general le permitió rumiar a solas su indignación. La suerte de cualquier matrimonio dependía de dos personas. Si se trataba de comparecer ante los tribunales de la decencia, ¿acaso ellas no debían acompañarlo en el banquillo? Pero era ingenuo esperar autocrítica de esas aves carroñeras que habían llegado a creerse sus propias mentiras, a fuerza de repetirlas por doquier. Los rumores hirientes volaban a la velocidad de la luz y él los había fomentado tanto con su conducta impulsiva que a esas alturas debía ser ya uno de los misóginos más odiados de México. Cinco ex mujeres bañándolo de lodo en los salones de belleza tenían quizá más resonancia que el noticiero de Zabludovsky. Sus pecadillos veniales elevados al rango de sacrilegios, los inofensivos rasguños que esas arpías se habían merecido por querer tratarlo como un pelele, convertidos para efectos de propaganda en tremendas madrizas. ¿Habrían llegado sus calumnias a oídos de Natalia? ¿Se negaba por eso a salir con él?

Las pullas de Susana lo pusieron paranoico y sintió que estaba fuera de lugar en ese gineceo hostil donde las mujeres partían el queso. Se despidió de todas, menos de Concetta Leone, a quien ignoró con ostensible majadería y en la calle, donde una pequeña multitud hacía cola para entrar al cine Chapultepec, ordenó a Bertoldo que lo llevara al María Isabel. En el salón de convenciones del hotel se había congregado ya medio centenar de personas, la mayoría hoteleros y altos funcionarios a quienes conocía de tiempo atrás, pero siempre había tratado superficialmente. Abrazos y saludos a granel, es un gustazo verte, manito. Ironías de la vida: estaba más a gusto entre esos tiburones de los negocios que en una reunión familiar, pues aquí nadie lo juzgaba. Todos esos hombres arrogantes, encumbrados, mujeriegos, eran más o menos igual de cabrones que él. Desinhibido y confortablemente instalado en el teatro social, atrapó un jaibol de la primera bandeja que tuvo cerca, y aunque el whisky lo decepcionó (debía ser etiqueta roja, una marca más bien corriente para un coctel tan popof) le dio un trago largo para mantener la combustión interna. De un corrillo salió a recibirlo el magnate Carlos Trouyet. Gordo y cobrizo, con la piel rugosa y un espejo de brillantina en el pelo, llevaba un traje gris perla con rayas negras y una llamativa corbata color magenta con sus iniciales grabadas. Se las mandaba hacer en Italia, de seda natural, y cada una valía mil dólares.

—Bienvenido, Carlitos, qué alegría verte por acá. Por fin se ha concretado este sueño de tantos años y quiero que seas el primero en anunciarlo. Déjame enseñarte el Acapulco del mañana.

Percibió en su voz un temblor casi libidinal, como si los buenos negocios lo pusieran cachondo. Siempre fue rico, pero se había vuelto un potentado en los años cuarenta, cuando se asoció con el hermano del presidente, el legendario truhan Maximino Ávila Camacho, y montaron una constructora que acaparaba los contratos de obras públicas. En su archivo tenía suficiente información para ventilar los enjuagues de Maximino con Trouyet, y él lo sabía. Pero en vez de enemistarlos, esa carpeta los unía con la argamasa del interés común. Trouyet lo llevó hacia la maqueta colocada en el centro del salón, una reproducción a escala de la enorme franja de playa comprendida entre Puerto Marqués y la Laguna de Tres Palos, en la que había empezado a construir un conjunto de hoteles ultramodernos en torno a un campo de golf.

—Todos los terrenos ya están debidamente regularizados, la urbanización va muy avanzada y tenemos la infraestructura para convertir esa zona del puerto en un emporio hotelero. Hemos comenzado una preventa de condominios para financiar el proyecto. ¿Te animas a comprar uno?

—Desde hace tiempo no voy a Acapulco, porque soy alérgico a los baños de sol. A este paso me voy a convertir en vampiro.

—Lástima, hermano, te vas a quedar fuera del paraíso.

Trouyet llamó con una seña al arquitecto responsable ejecutivo del proyecto, Guillermo Rossell de la Lama, a quien no necesitó presentarle, pues se habían tratado desde los años cuarenta en el Club Chapultepec, donde sus padres jugaban tardes enteras al dominó. Delgado y de pelo castaño, Rossell tenía la distinción en el vestir y los modales exquisitos de la vieja oligarquía mexicana, la que ya era rica en tiempos de don Porfirio.

—Hola, Carlos, es un gran honor tenerte aquí.

—¿Qué tal, Memo? No me lo puedo creer. ¿Tú diseñaste esta maravilla? ¿A qué horas trabajas, manito, si te la pasas correteando gringas en Acapulco?

—En mis ratos libres me subo al restirador —Rossell sonrió con un cinismo de *playboy*—. Y gracias a Dios, tengo un excelente equipo de arquitectos. Ellos me hacen el quite en casos de cruda mayor.

Un enjambre de fotógrafos alebrestados se movilizó hacia la puerta del salón, señal inequívoca de que alguien muy importante acababa de entrar.

—Parece que llegó el Jefe Pluma Blanca —dijo Rossell.

Se refería el ex presidente Miguel Alemán, apodado así por sus amigos y colaboradores cercanos. En efecto, Alemán venía entrando al coctel, entre un enjambre de fotógrafos y reporteros. No lo dejaban avanzar, pero en vez de abrirse paso a empellones prodigaba sonrisas. Conservaba intacta la gran mazorca de dientes que había hecho las delicias de los moneros durante su sexenio, pero ahora tenía el pelo blanco y un leve encorvamiento de espaldas. Director del Consejo Nacional de Turismo, que había auspiciado el proyecto urbanizador, era junto con Trouyet la figura estelar de la noche y se entretuvo un rato respondiendo preguntas. Denegri no quiso abalanzarse a saludarlo junto con la plebe reporteril y se quedó a prudente distancia, dándose su lugar. Él era una institución del periodismo, no un pelagatos con grabadora. La táctica le funcionó de maravilla, pues al descubrirlo junto a la maqueta, charlando con el arquitecto Rossell, fue Alemán quien vino a su encuentro y antes incluso de haber saludado a Trouyet, le dio un efusivo abrazo.

—Hola, Carlos, no sabes cuánto gusto me da que nos acompañes. El mejor periodista de México no podía faltar aquí. Lo primero que leo al abrir el *Excélsior* son tus artículos.

Lo dijo en voz alta, enfrente de Trouyet, Rossell y una decena de curiosos. ¿Cómo les quedó el ojo, cabrones?, pensó con el ego en las nubes, mientras Alemán continuaba la ronda de saludos. El Jefe Puma Blanca seguía siendo un líder indiscutible, sobre todo en el mundo de los negocios, y él le guardaba un afecto sincero, pues en su sexenio había alcanzado el apogeo del poder y la fama. En aquellos años de Jauja, de grandes subsidios a las empresas privadas, de acelerado despegue industrial, se había formado la élite política y económica que desde entonces mandaba en México, y él había sido su vocero más influyente, el oráculo que todos consultaban para saber quiénes gozaban del favor presidencial y quiénes lo habían perdido. En algún momento de esa gran bacanal llegó a sentir que gobernaba a trasmano, que sus artículos eran edictos reales, respaldados por toda la fuerza de la oligarquía naciente. Y ahora, en presencia del soberano que lo había armado caballero, embajador sin cartera, gentilhombre de Palacio, ese poderío resurgía con un tremendo vigor, espoleado por los efectos del whisky.

Se transportó con la imaginación al fastuoso yate *Sotavento*, donde tuvo el honor de asistir a fiestas privadas en las que Alemán departía con empresarios yanquis y le pedía fungir como intérprete, a la gira por Washington en que el presidente Truman condecoró a su par mexicano, a los cabarets elegantes de aquella época, el Ciro's, el Sans Souci, el Casanova, el Minuit, donde las estrellitas de cine lo asediaban como moscas. Mambo, qué rico mambo, mambo, qué rico eh-eh-eh. Las líneas ágata en su sección de sociales nunca fueron tan codiciadas. Los nuevos ricos ávidos de relumbrón pagaban lo que fuera con tal de presumir palacetes, autos importados, bodas opulentas amenizadas por los violines de Villafontana. Ríos de champaña en bares de postín, crudas prestigiosas en el baño sauna del Hotel Regis, ríos de oro entrando a su cuenta bancaria, gobernadores genuflexos que se disputaban el honor de agasajarlo. A nombre del pueblo de Culiacán le hago entrega de las llaves de la ciudad. No tengo palabras para agradecer este altísimo honor. Música, mariachis, arránquense con el *Son de la Negra*.

Quería gozar en libertad esa euforia nostálgica y se dirigió al sector del salón en el que Rossell departía con su equipo de jóvenes arquitectos. Eran gente menos estirada que los demás asistentes al coctel y también ellos andaban a medios chiles. Calculó por instinto que iban a seguirla: su sexto sentido nunca erraba al escoger compañeros de farra. Rossell hizo las presentaciones, llamándolo con cariño "genio del periodismo". Dos de ellos, José Luis Alba, un alfeñique de metro y medio, con una barbita de gnomo, y Ramón Mikelajáuregui, alto y corpulento, con las cejas muy pobladas, eran hijos de refugiados españoles llegados a México en la niñez. El otro miembro del grupo, Miguel Molinar, un mexicano rechoncho y cacarizo que ya andaba por los cuarenta, apuntó al cielo al saludarlo.

—¿Denegri el de la tele? Cuando se lo cuente a mi vieja no me lo va a creer.

—Buen trabajo, muchachos. Le van a cambiar la cara a Acapulco. Pero tengan cuidado, no se dejen explotar por mi amigo Memo. Él se lleva todo el crédito y ustedes son los que arrastran el lápiz.

Como Rossell ya conocía su espíritu chocarrero, se tomó a broma el comentario.

—Todos ellos tienen crédito en el informe que te mandé —sonrió con desenfado—. Pero si quieres hacerles justicia ¿por qué no los mencionas en tu columna?

—Buena idea, los voy a hacer famosos. Salud, amigos. Por su formidable proyecto.

Chocaron las copas y congeniaron con rapidez, abolidas las distancias por la camaradería automática de los borrachos. Como esa tarde una automovilista distraída había chocado levemente el auto de Molinar, el tema de la impericia femenina en el manejo permitió a Denegri dar una cátedra sobre el tema: si una mujer ponía la direccional del lado derecho, de seguro doblaba a la izquierda, para estacionarse necesitaban diez movimientos y al final acababan dándose un banquetazo. Estaban impedidas neurológicamente para tomar el volante. Luego José Luis contó algunos chistes políticos. La esposa de Franco le dice a su marido en la cama: oye, Paco, vamos a joder. Franco se levanta, va al escritorio y firma seis o siete edictos. Se rio de buena gana, feliz de haber encontrado la charla ligera y burbujeante que necesitaba para olvidarse de todo. Mientras Rossell intentaba ligarse a una guapa edecán en minifalda, con anchas caderas y cintura breve, Mikelajáuregui se permitió disentir de un artículo suyo en el que había llamado a los hippies de San Francisco "escoria de un imperio decadente".

—Yo creo que su rebelión tiene un gran valor. Razones no les faltan para aborrecer a esta sociedad podrida. Si yo pudiera, también viviría como ellos, pero tengo que trabajar.

—Ahí está el detalle, como dijo Cantinflas —lo rebatió Denegri en tono paternal—. Tú trabajas pero ellos no dan golpe. Los hippies son juniors irresponsables, hijos de familias más o menos acomodadas, que se dedican todo el santo día a criar piojos y a fumar mota.

—También a la jodienda —interrumpió José Luis, que tenía madera de cómico—. Tienen el mérito de haber abolido la monogamia. Cada quien es libre de follar con quien sea, y como los hijos son de todos, nadie tiene celos.

—Así era la comuna primitiva —dijo Ramón—. Están volviendo a los orígenes de la especie.

—¿No me digas que eso te gustaría? —Denegri lo miró con suspicacia.

—A mí me educaron de otra manera —se escabulló el vasco—, pero soy anarquista de corazón y creo que el mundo necesita una sacudida. *Peace and love*, señores.

Chocaron los vasos y salió a colación el estreñimiento crónico de Díaz Ordaz. Una enfermedad extraña, según José Luis, en un presidente que la cagaba tanto. Denegri no participó en el coro de risas, pues sabía que en esos cocteles había agentes de Gobernación parando la oreja. Quiso pedir otro jaibol pero no vio a ningún mesero en el horizonte. Buena parte de los invitados había abandonado el coctel y sólo quedaban desperdigados algunos corrillos de bebedores.

—¿Tan pronto cortaron la bebida? —se alarmó—. Yo creí que el señor Trouyet era más espléndido.

—Por algo es tan rico —se burló José Luis—. No dispara ni en defensa propia.

Rossell se integró al corrillo con una buena noticia: la edecán más sexy le había prometido invitar a dos amigas, por si querían seguirla con ellas en alguna parte. Cobraban mil por cabeza, pero los valían de sobra.

—Por eso no te preocupes, yo pago todo y les propongo seguirla en mi casa —dijo Denegri—. Ya estuvo suave de beber este pinche aguarrás. Allá tengo un Glenfiddich añejo, que me mandan por caja.

Aceptaron todos con gran entusiasmo. Desde la recepción del María Isabel, Denegri llamó a su ama de llaves, Rosa, para que les preparara algo de botana y encendiera la chimenea de la sala. Cada quien en su auto emprendieron la marcha a Xochimilco. Las muchachas iban con Rossell en un Mustang rojo último modelo y Bertoldo conducía despacio para que todos los autos pudieran seguirlo. Para esos casos, Denegri guardaba en la guantera del Galaxie una anforita de escocés y le fue dando pequeños tragos para mantener el nivel de euforia. Salvo Rossell, que ya había estado ahí en algunas parrilladas, los demás invitados no conocían la casa. Cuando todos tuvieron copas en la mano, bien servidas, no como en ese pinche coctel, se ufanó, les dio un orgulloso *tour du propriétaire,* halagado por el asombro de las muchachas, que se quedaron atónitas al ver su comedor estilo Imperio, los trofeos de caza, la mesa de billar, las magníficas lámparas de Jacob Petit con escenas pastoriles talladas en bronce. Confiaba en que esa exhibición de riqueza les humedeciera el coño. Eran tres pimpollos que andarían por los veinticinco años, Denise y Cynthia, dos rubias naturales u oxigenadas (eso lo sabremos más tarde, pensó con malicia) y Magda, una mulata de piernas largas, en hot pants blancos y botas altas con tacones de plataforma, que hipnotizaba a todos los hombres con el bamboleo de su belicoso trasero. Lo que más éxito tuvo fue la vitrina con su colección de pistolas, algunas de ellas valiosas antigüedades del siglo XVIII. Sacó una de ellas y se la entregó a Magda.

—Dispara, preciosa.

Magda jaló del gatillo y en vez de bala salió un alfiler que se clavó en el respaldo de un sillón.

—Es una pistola que usaban en su *ménage* de costura las grandes damas de la Regencia —presumió Denegri.

Todos los invitados quisieron probar la encantadora pistolita que disparaba alfileres, y como era de temerse, Molinar cometió la sandez de clavarle uno en el hombro a José Luis, el diminuto y enclenque bufón del grupo.

—Me cago en tu madre, animal —se arrancó el proyectil con un gemido de dolor.

Por fortuna, los alfileres salían percutidos con poca fuerza, y todo acabó en una carcajada general. Ya de vuelta en la sala, con la chimenea encendida, la presencia de Ramón y José Luis lo animó a contarles sus experiencias en la Guerra Civil Española.

—Yo estuve allá en el 37, cuando nombraron a mi padre embajador de México en España. Imagínense, yo entonces era comunista, o creía serlo, y no me podía perder esa epopeya en la que se jugaba el destino de la humanidad. Tengo por ahí algunos apuntes que algún día voy a desempolvar para escribir unas memorias. ¡Cuántos amigos entrañables hice en las juventudes socialistas! Cuando llegaron a México con una mano detrás y la otra adelante logré colocar a varios en periódicos y agencias publicitarias.

Aburrido de su perorata, Guillermo Rossell se apoderó del tocadiscos y puso *If I Had a Hammer* de Trini López, lo más moderno que pudo encontrar en la discoteca más bien anticuada del anfitrión. Las muchachas se levantaron a bailar y tras ellas, como perros de presa, saltaron a la pista los varones, exudando testosterona. Sólo Denegri se quedó sentado en un sillón frailero, excluido por voluntad propia de todos los ritmos de moda que vinieron después del mambo. Bonita manera de imponerle silencio en su propia casa, cuando apenas se estaba inspirando. Vienen a divertirse y mis recuerdos les importan un rábano, pensó con el hígado. Poco les faltó para gritarme: ¡cállate ya, pinche ruco aburrido! Ruco sí, pero con más vitalidad que ustedes: ni esa música, ni esas putillas a gogó ni ese grotesco baile tan cercano a la epilepsia valen un céntimo. Una canción de ínfima calidad les interesa más que mi nostalgia. ¿De dónde sacaron el disco? Mi hija Dánae lo habrá dejado aquí la última vez que vino. Soy el viejito ridículo que se queda mirando las locuras de los jóvenes, el tío abuelo a quien los muchachos dejan encargado el reloj cuando se meten a nadar, pero no me subestimen, pendejos: en materia de excesos y desmadres, ninguno de ustedes me llega ni a los talones. A mis años y con medio pie en el estribo, todavía tengo cuerda para rato. No hay nadie, ¿me oyen?, nadie más parrandero y libertino que yo.

Concentrado en el culo insolente y provocador de la mulata, recordó una orgía con bailarinas negras, lascivas como culebras, en la mansión dominicana del magnate Porfirio Rubirosa. Aquellas sí eran orgías, no estas bobadas, aquel dinero sí compraba paraísos, aquellas hembras sí batían chocolate con las caderas. La evocación de sus hazañas eróticas en Santo Domingo lo halagó tanto como el espaldarazo que acababa de darle el ex presidente Alemán. Pertenecía por derecho propio a la estirpe de los chingones y ninguna pandilla de chicos yeyé podía relegarlo al desván de los vejestorios. Cuando su ego, inflado con gases tóxicos, alcanzaba alturas siderales, notó que Magda se le quedaba viendo la entrepierna con una sonrisa burlona y el vasco Mikelajáuregui vino a decirle en secreto que tenía la bragueta abierta.

Estúpido, con el pedo que traía olvidó subírsela después de orinar. Por caer de una cima tan alta, el pico nevado de las águilas reales, se sintió rebajado a la categoría de payaso, hundido en la melaza negra de un ridículo atroz, y el martillito de Trini López, mezclado en la sinfonola de su alma con la letra del tango que su madre y Concetta habían cantado esa misma tarde, le clavó en la autoestima un rejón de fuego. Buenos Aires diome lujos, me hizo reina del placer, *I got a song to sing all over this land, it's the hammer of justice*... Sí, necesitaba empuñar el martillo de la justicia, emitir un rugido de león y machacar las cabezas de todas las golfas egoístas que se burlaban de su dolor. Molinar cambió el disco y puso *Take Five* de Dave Brubeck, con la intención aviesa de que las chicas se desnudaran a ritmo del jazz.

—Fuera ropa, nenas, llegó la hora del *strip tease*.

Batiendo palmas, los hombres les hicieron rueda y Denegri quiso entrar en el jolgorio. Trastabillaba sin ritmo, con el vano intento de aparentar juventud, y una necesidad intensa de ser tomado en cuenta lo llevó al centro del corrillo. El espíritu juguetón del borracho libraba una pugna con el añejo rencor del macho injustamente vilipendiado. La campaña de difamación emprendida por Milagros le dolía como una úlcera, por el mal efecto que podía tener sobre Natalia. Las bailarinas ya se habían quitado las blusas y ahora empezaban a bajarse las faldas, entre los gritos enloquecidos de la jauría varonil. Todas confabuladas en mi contra: Concetta, Susana, mi propia madre, Magda, sobre todo Magda, la flor de fango, que debería chuparme la reata y en cambio se burla cínicamente de mi bragueta abierta. La vio girar en un caleidoscopio donde los fragmentos de su cuerpo se multiplicaban hasta el infinito. Sobre la mesita descubrió un viejo ejemplar de *Excélsior* y tuvo una idea perversa: hasta que va a servir de algo este pinche pasquín. Hizo un rollo con la primera plana y se acercó por detrás a la mulata, que ya se había quedado en pantaletas. Con el regocijo de un niño terrible colgó el rollo de papel en el resorte de su calzón y le prendió fuego con su encendedor de oro. Cuando los demás se dieron cuenta, la pobre Magda ya lanzaba alaridos.

—¿Qué te pasa, imbécil? —el vasco Mikelajáuregui le conectó un puñetazo en el mentón.

Fundido en negro. Noqueado en el suelo, Denegri ya no sintió la patada en las costillas que le propinó el gordito Molinar ni pudo escuchar el epílogo de la fiesta.

—¡Voy a pedirle a mi hermano que mate a este puerco! —gritó Magda.

—Nadie va a buscar venganza, cálmense —Rossell de la Lama trató de imponer el orden—. Denegri está loco, pero tiene mucho poder.

—¿Y eso le da derecho de quemar a las muchachas? —protestó Molinar, que lo quería seguir pateando.

—Ya párale, por favor —lo detuvo José Luis—. Hay que salir corriendo de aquí, las criadas pueden llamar a la policía.

—Es verdad, vámonos —Rosell jaló del brazo al vasco—. Y tú, Ramón, mañana mismo te pelas a Los Ángeles en el primer vuelo que salga.

—No jodas. ¿Y el proyecto qué?

—Nosotros haremos tu parte. Quédate por allá varios meses, que este cabrón te puede mandar a sus pistoleros.

Ya de salida, Magda se despidió del pirómano con un gargajo en la cara. Sobre el piso quedaron las cenizas del periódico, el disco sin funda de Trini López y el cuerpo inerte del anfitrión, con un hilillo de sangre en el bigote.

Se despertó en el suelo al rayar el alba, cuando las sirvientas todavía no bajaban de la azotea. Mejor para él, detestaba que lo encontraran tumbado como un vil teporocho. Una punzada en la mandíbula y otra en la nuca, donde se había golpeado al caer, lo disuadieron de intentar levantarse tan pronto. Con la espalda recargada en la consola del tocadiscos se palpó la cara. Pese a la hinchazón de la mandíbula descartó una fractura: si la tuviera rota gritaría de dolor. Tampoco sangraba, pero al tocarse el cuello descubrió con asco el escupitajo: el pinche vasco le había dejado su viscosa rúbrica. Intentó ponerse de pie y a duras penas logró alcanzar una vertical precaria. No se había mareado tanto desde que vomitó de niño en un carrusel de La Alameda. Dios mío, qué espantosas eran las crudas cuando uno iba llegando a los sesenta. De camino al baño pateó sin darse cuenta un sostén rojo olvidado por alguna de las putas y el recuerdo de la mulata con la cola de fuego le arreció el mareo. De rodillas ante la taza del wáter soltó una papilla negra con trozos de aceituna y cacahuate. Cuidado con las náuseas, un vómito incesante podía desencadenarle un ataque de hipoglucemia. No quería terminar con suero intravenoso en el Sanatorio de Tepepan, pero sobre todo no quería dar explicaciones penosas a los médicos de guardia, que ya meneaban la cabeza, entre divertidos y escandalizados, cuando lo veían llegar moribundo a curarse las crudas.

Para cortarse el vómito sacó del botiquín un frasco de Bonadoxina y se tomó cinco gotas diluidas en jugo de naranja. Con la cabeza un poco más despejada caminó a la cocina a paso de oruga. Envolvió en un trapo algunos cubos de hielo y se aplicó la compresa en el mentón. Golpeado y escupido en mi propia casa, esto no se puede quedar así, pensó, recordando con odio la jeta del vasco: te vas a arrepentir toda la vida de ese puñetazo, el que se mete conmigo saca boleto. Buscó en la libreta el número telefónico de Gilberto Suárez Torres, el procurador de Justicia del DF. Le pediría como un favor personal que ordenara a sus agentes madrear con tubo a ese gachupín abusivo. Suárez cultivaba su amistad y se desvivía por agasajarlo. No era para menos: tenía bien documentada su complicidad con los fayuqueros de Tepito, que le dejaba doscientos mil pesos al mes. No podía negarle un pequeño favor al periodista que mejor había encubierto su vasto repertorio de latrocinios. Pero al escuchar el tono de marcar recapacitó con miedo: sería estúpido agrandar el escándalo. Los españoles eran gente brava y aguerrida que no se dejaba aplastar fácilmente. Si la calentadita dejaba inválido a Mikelajáuregui, podía denunciar en público lo que pasó en la fiesta. Quizá la propia Magda corroborara la acusación y sus declaraciones tendrían eco en la prensa, donde muchos enemigos deseaban perjudicarlo. Sería la comidilla de los diarios amarillistas y los guardianes de la moral, o mejor dicho, los hipócritas que se las daban de íntegros, pondrían el grito en el cielo. Ya tienes en tu contra al gran inquisidor de Gobernación y puede ser el próximo presidente. ¿Quieres darle parque para fusilarte?

Obligado a reprimir la rabia, un esfuerzo que siempre le dejaba lamentables secuelas anímicas, colgó la bocina y subió a darse un duchazo. Bajo la regadera recordó con nostalgia su gloriosa impunidad de antaño: esos miedos nunca lo hubieran asaltado en el sexenio de Miguel Alemán, cuando era el favorito de la corte. Dichosos tiempos aquellos en los que podía soltar balazos en un cabaret, manejar a velocidad de ambulancia escoltado por policías de tránsito, ligarse a mujeres casadas en las narices de sus maridos o vociferar en el mostrador del aeropuerto cuando algún vuelo venía lleno: baje a quien sea, tengo que tomar ese avión por órdenes del señor presidente. Pero el narcótico de la nostalgia ya no le hacía efecto, quizá por abusar de esa droga en el doloroso presente. Los tiempos cambiaban de mal en peor y él se iba quedando rezagado, anacrónico, inseguro de su importancia. ¿Pero cómo detener esa declinación tan acelerada, esa metódica destrucción de su renombre, si él mismo lo arrastraba por el suelo? Al secarse el rostro, la quijada le dolió intensamente, quizá porque ahora le ardía también la conciencia. Una vez más, enloquecido por el trago, cometía atrocidades propias de Nerón o Calígula. ¿Serían graves las quemaduras de la pobre mulata? Quizá debiera buscarla por conducto de Guillermo Rossell, indemnizarla con largueza, pedirle disculpas y si ella lo mandaba al diablo, como era probable, aceptar la reprimenda con valor civil. ¿Pero sería capaz de soportar tamaña humillación? Ya deberías de haberle perdido el miedo al ridículo después de tanto caer en él. ¿O sólo temes que te ponga en ridículo una mujer?

Mientras comía los huevos rancheros en bocados pequeños, el tenedor vacilante por el temblor del pulso, intentó diagnosticar su enfermedad moral. No tienes madre, me cae. La pobre mulata no te quería ofender. Nomás por reírse de tu bragueta abierta le agarraste de pronto un odio feroz. En su asco moral había un ingrediente de atrición espantadiza: él no era así, mucha gente lo consideraba un hombre de bien y en circunstancias normales derrochaba encanto con las damas, por algo ligaba con tanta facilidad, pero llevaba dentro a un Mister Hyde que se apoderaba de su albedrío en momentos de ofuscación etílica. Descartó ver a otro psiquiatra, como le habían recomendado amigos y familiares: loco no estaba, sobrio jamás cometía barbaridades. Lo que necesitaba era dejar el vicio de una puta vez, resignarse a soportar la realidad en seco. Pero la piel se le erizó sólo de pensar en asistir a una sesión de doble A, donde los alcohólicos tenían que hacer un *mea culpa* en público. Y no ante un público educado y culto, bueno fuera: en presencia de albañiles, mecánicos, sirvientas y barrenderos. Un martirio intolerable para una celebridad persignada que invocaba a Dios en cada programa.

La irritación estomacal no le permitió desayunar bien: a duras penas pudo comerse un huevo y dejó casi entero el jugo de naranja. En busca de otro alimento más necesario, el alimento espiritual de la plegaria, caminó por el frío corredor que desembocaba en la capilla particular de su residencia, donde había instalado un retablo barroco recubierto con hoja de oro, que le regaló en los años cincuenta un gobernador de Veracruz particularmente espléndido cuando se trataba de repartir bienes de la nación. Había pertenecido a una parroquia en ruinas de Tecolutla y tuvo que pagar una fortuna para restaurarlo, pero en materia de fervor religioso no reparaba en gastos. El nazareno de marfil colocado en el centro, una valiosa antigüedad novohispana, tenía dos pequeñas esmeraldas engastadas en las cuencas de los ojos. Por encima del crucifijo, dos querubines rubicundos sostenían una filacteria con la popular despedida de su programa, *Dios mediante*, que para él no era una mera fórmula piadosa, sino un artículo de fe y ¿por qué no?, una divisa heráldica. Tomó del altar la foto enmarcada en que recibía la bendición de Pío XII y la contempló con vergüenza. ¡Cómo había podido caer tan bajo ese buen samaritano que besaba el anillo de su Santidad! Transido de culpa se arrodilló en el reclinatorio. A pesar de vivir en pecado mortal, confiaba en la infinita benevolencia de Jesucristo, capaz de redimir incluso a los asesinos. Perdóname, Dios mío, gimió, por ser un sórdido barbaján, por ofenderte con mi vida de crápula, por renegar de ti cuando me tienta el demonio. Tras el reconocimiento de su falta vino el alivio del llanto. Aunque el asco de sí mismo no había desaparecido, volvió a ser un niño asustadizo, indefenso ante los poderes maléficos, una pobre criatura incapaz de dormir con la luz apagada. Nada sabían de su vida interior los impugnadores que lo tildaban de tartufo por dárselas en público de santo varón. Aunque nadie lo creyera, era un católico devoto que buscaba con ansias el camino a la gloria eterna.

Pero cuidado; había en su llanto un tizne de autocompasión que lo hizo dudar de su autenticidad. Quizá lloraba en busca de alivio, no por un genuino arrepentimiento. Allá arriba sólo contaban las buenas acciones, no las lágrimas de cocodrilo, y él estaba en deuda con el Señor por recaer tantas veces en el fétido pantano de la soberbia. Sin haber enjugado sus lágrimas entró a la cocina, donde Bertoldo estaba leyendo el *Chanoc*. Le pidió entre sollozos que lo llevara al convento de las madres clarisas en Cuernavaca. Sólo en ese reducto de pureza y recogimiento podía encontrar el bálsamo del perdón. Porque él no odiaba a las mujeres, como creían sus antagonistas: las veneraba más que a nada en el mundo cuando resistían heroicamente las tentaciones, de espaldas al mundo, el demonio y la carne. El paisaje boscoso de la autopista contribuyó a serenarlo, pero no debía engañarse: los tizones de la culpa seguían rojos, y si en ese momento Bertoldo chocara, Dios no lo quisiera, estaba seguro de condenarse. No creía, desde luego, en el infierno pintoresco de la iconografía medieval, pero desde niño tenía la íntima certeza, no razonada pero hondamente sentida, de que esta vida era una prueba, la antesala del éxtasis o el dolor eterno, según los méritos de cada mortal. Quizá el infierno fuera distinto para cada pecador y él ya estuviera en su lúgubre antesala, hundido a medias en el río de fuego. Oh, cuánto le gustaría ser un viejo ermitaño, inmune a la ambición y el deseo. Salud mental y paz, no anhelaba otra cosa en el último trecho de la vida. Por eso había querido que Bertoldo lo viera llorar, para humillar su mísera vanidad de gran señor.

El convento que albergaba la Congregación de Misioneras Clarisas del Santísimo Sacramento ocupaba un amplio terreno arbolado detrás del Hotel Casino de la Selva. Lo circundaba un jardín geométrico, con macizos de flores dispuestos en perfecta simetría, donde la vegetación misma parecía sometida a un voto de obediencia. Sólo las copas de los ficus, recortadas en forma de angelitos, le daban un toque de feminidad y ternura. Sor Vicenta, la portera, una robusta septuagenaria que rengueaba de la pierna derecha, lo recibió con un alborozo casi perruno, feliz de recibir a un visitante tan distinguido, y lo condujo a la oficina de la madre superiora, pues aunque ella estuviera ocupada, dijo, siempre se daba tiempo para atender al señor Denegri. Admiró la frescura de su risa, un arroyuelo de agua cristalina que lo invitaba a despojarse de las máscaras sociales, a dejar en la calle la inútil gesticulación de la vida mundana. Sor María Inés Teresa Arias, la superiora, era una monja enjuta y erguida, con una suavidad de maneras que no lograba endulzar del todo su áspero rostro de gárgola. El hábito azul, tirando a gris, hacía juego con el azul metálico de sus ojos vivaces, que tal vez habían sido bellos y sensuales cuando tomó los hábitos. De hecho, le recordaron los ojos de su madre, pero en vez de irradiar malicia y coquetería, los de la superiora despedían ascéticos dardos de fortaleza moral. Dieciséis años atrás había fundado esa orden monástica y gracias a su admirable tesón ya tenía misiones en Singapur, Indonesia y Tailandia.

—Don Carlos, qué alegría verlo por acá —lo saludó de mano—. Ya lo extrañábamos, este año no había venido a saludarnos

—Con tantos viajes no he tenido tiempo. Pero aquí estoy, para recuperar el tiempo perdido.

—¿Qué le pasó en la barbilla? —sor María Inés señaló su moretón.

—Nada, me pegué con una puerta.

—Debería ponerse árnica. ¿No quiere pasar al dispensario?

—No, gracias, así estoy bien.

—Pues llega en muy buen momento, como caído del cielo. ¿Se acuerda de los veinte niños expósitos que usted becó hace diez años?

Denegri asintió. Periódicamente la superiora le enviaba informes sobre su progreso escolar, que apenas hojeaba.

—Pues hoy por la tarde van a recibir sus certificados de secundaria, y la mayoría tiene magníficas notas. Nos daría un gusto enorme que asistiera a la ceremonia.

—Disculpe, hermana, pero no me gusta figurar como benefactor. En mi humilde opinión, la notoriedad de un filántropo lo desdora en vez de honrarlo.

—Lo entiendo —aceptó sor María, complacida—, la caridad discreta tiene más mérito a los ojos de Dios. Por eso he mantenido en secreto sus donaciones, aunque Dios sabe cuánto me gustaría agradecérselas en público.

—No me agradezca nada, sólo estoy cumpliendo un deber de conciencia, y justamente por eso vine a verla —carraspeó con timidez—. Tengo entendido que están construyendo un nuevo dormitorio para las novicias, ¿es cierto?

—Lo empezamos hace tres meses, pero tuvimos que detener la obra por falta de fondos.

—Quisiera contribuir a esa obra con un modesto donativo.

Sacó un cheque del bolsillo interior del blazer y se lo entregó a sor María Inés, que pestañeó azorada, sin dar crédito a sus ojos.

—¡Cincuenta mil pesos! Qué maravilla. Con esto podemos acabar los trabajos.

—Disponga de ese dinero como le plazca, y por favor, no le diga a nadie que vine a verla.

Salió de la oficina con el alma ligera y perfumada de azahares. No estaba del todo satisfecho consigo mismo, sabía que esa buena acción no anulaba la mala, pero al menos había controlado la supuración de su alma. En el patio del convento, cuando sor Vicenta lo escoltaba a la puerta, se topó con el padre Javier Alonso, su viejo confesor, que andaba ya por los setenta años y los sábados venía a dar misa al convento. Alto y desgarbado, con la tez blanquecina y cerúlea de los santos varones en estado de gracia, sus ojillos pardos parecían desentrañar los secretos del alma. Era él quien lo había puesto en contacto con las clarisas cuando hizo su primera donación y el encuentro lo puso a la defensiva porque llevaba casi veinte años sin confesarse.

—Hola, Carlos, cuántos años sin vernos. Temía que la fama te hubiera alejado de Dios.

—Por supuesto que no. Con todos mis defectos, procuro ser un buen cristiano.

—Tú y yo tenemos una asignatura pendiente, ¿recuerdas?

—No podría olvidarme de algo tan importante. Quisiera hacer una confesión en regla, un día en que disponga de mucho tiempo.

—Siempre lo tengo para ti. Ven cuando quieras a la parroquia. Yo estoy ahí de lunes a viernes.

Percibió en la mirada del cura una piadosa incredulidad y se alejó sonrojado y contrito, como un estudiante remitido a la dirección por copiar en el examen final.

—Vamos de regreso a México —ordenó a Bertoldo al subir al Galaxie.

—¿No quiere comer acá?

—No tengo hambre, ya comeré algo en la casa.

El encuentro con el padre Alonso lo había perturbado, pues lo confrontó con su maldad irredenta. Era triste pero necesario admitirlo: sin absolución seguía en pecado mortal. O comparecía en el confesionario o sus donaciones sólo serían un costoso autoengaño. En algún momento tendría que beber ese amargo cáliz, ¿pero cuándo? La idea de exponerse a un escrutinio tan bochornoso, como un cadáver abierto en un anfiteatro, lo estremeció hasta la raíz de los huesos. ¿Cuánto duraría su confesión? ¿Dos semanas? ¿Un mes? Ciertamente Alonso era un cura lúcido y comprensivo. Se lo había demostrado veinte años atrás, cuando le reveló algunos pecados gordos de su juventud. No se escandalizaba, sólo inducía al pecador a juzgarse con el corazón en la mano, sin recurrir a subterfugios egoístas para mitigar las culpas. Pero no tenía estómago para un recuento exhaustivo de su vida pecadora, en caso de que pudiera recordar tantas bajezas. La dignidad era un recurso no renovable y temía perderla del todo al sacarse tanta mugre del alma. Más allá de ciertos límites, la devoción mataba en vez de sanar. El traumático efecto de una vergüenza atroz podía desintegrar la personalidad, lo había leído en algún libro de Erich Fromm.

¿Cómo escapar del autodesprecio después de dar un espectáculo tan bochornoso?

En casa lo esperaba una sorpresa: Pilar había llegado ya de Guadalajara y estaba viendo televisión en su cuarto. Se golpeó la frente al escuchar la noticia en labios de Eloy: con tantas complicaciones había olvidado por completo su deber paternal. Ordenó a Katy que preparara la comida para los dos y subió a buscarla. Pecosa y bajita, de tez apiñonada y cabello castaño claro con un fleco caído sobre la frente, Pilar ni siquiera se inmutó al verlo y siguió viendo la caricatura del correcaminos con una paleta de caramelo en la boca. Su fenotipo criollo denotaba que él la había engendrado, pues su madre, Angélica, era cobriza y de pelo negro. No la quiso besar de buenas a primeras, pues debía actuar como una ceñuda figura de autoridad.

—Qué bonito, expulsada otra vez —le apagó la tele de un manotazo—. ¿No te de vergüenza?

—Odio la escuela, ya no quiero estudiar —Pilar se irguió sobre los cojines y le sostuvo la mirada sin asomo de vergüenza. Era evidente que sus regaños no le hacían mella

—¿Ah, no? —puso las manos en jarras—. ¿Te quieres quedar de burra?

—Ya sé leer y escribir.

—Sí, pero tienes que aprender muchas otras cosas: aritmética, por ejemplo.

—Tampoco me gustan los números.

—No, claro, a ti sólo te gusta el relajo. Por eso las madrecitas se cansaron de ti.

—La madre Sofía era muy mala conmigo, me traía de encargo desde que llegué al internado.

—Sí, claro, te castigaba por peleonera y por floja. ¿Y ahora dónde te inscribo en mitad del curso?

Pilar se encogió de hombros con un descaro inocente, como diciendo "ese no es mi problema". Enternecido por su tierna desfachatez, la levantó de la cama en vilo y le dio un beso. Aunque ella no se lo devolvió, cuando la estrechó en los brazos sintió su profunda necesidad de afecto. En el comedor, mientras se esforzaba por sacarle palabras con tirabuzón y obligarla a terminarse la sopa juliana, le pareció una crueldad mandarla con sus abuelos

63

maternos, como había planeado. No puedo herirla más, la pobre ya sufrió demasiado. Pensará que me quiero librar de ella por ser hija de una sirvienta. Allá viviría en una casita humilde, y como a esa edad uno empieza a darse cuenta de las diferencias sociales, notaría el contraste con la lujosa casa de su papá.

—Te vas a quedar aquí, pero no creas que vas a andar de floja, ¿eh? —la aleccionó cuando Katy, la otra sirvienta, diez años más joven que Rosa, les trajo las natillas del postre—. Tendrás una maestra particular que te ponga al corriente en todas las materias, y más te vale estudiar duro. Si ella se queja de tu conducta, te las ves conmigo, ¿entendido?

Por la tarde jugaron un rato en el jardín con el Rasky, el pastor alemán que cuidaba la casa. Él y Pilar le arrojaban pelotas de goma que el perro atrapaba en el aire y traía de vuelta en el hocico moviendo la cola. Pilar sólo había venido a casa tres o cuatro veces, y sin embargo, el Rasky mostraba un particular afecto por ella. Era fabulosa la memoria olfativa de los perros, pensó, y más aún su capacidad de convertirla en memoria afectiva. Con la tremenda cruda que se cargaba no tenía fuelle para corretear al perro, pero se esforzó por divertir a Pilar con relatos de aventuras y chistes bobos. Era la versión femenina de Mowgli, el niño salvaje de Kipling, y él tenía el sagrado deber de civilizarla. Si convivía más con ella, si lograba desvanecer su agudo síndrome de abandono, tal vez lograría que algún día lo quisiera tanto como al Rasky. Esa noche la durmió leyéndole las primeras páginas de *El principito* y antes de apagar la luz la besó en la frente, invadido por un sentimiento de orden restaurado. Pero sentía que algo le faltaba y llamó de nuevo a Natalia Urrutia, la beldad inaccesible, acorazada en una férrea dignidad, a quien necesitaba con urgencia para cambiar de vida. No se imaginaba en el papel de paterfamilias sin tener a su lado una mujer como ella. Tal vez porque no le había marcado en todo el día, la tomó desprevenida y esta vez sí contestó en persona.

—Hola, Natalia, habla Carlos Denegri, me alegra mucho escuchar tu voz.

—Ya no me mande flores. Mi casa parece una funeraria.

—Perdona que me haya excedido, pero esas flores son mi única manera de acercarme a ti.

—Le agradezco sus atenciones pero yo no quiero ser una pieza más en su colección, ni me dejo deslumbrar por la fama de nadie.

El comentario confirmó su sospecha de que las calumnias de Milagros habían llegado hasta ella. Pero la infamia pública no era un obstáculo invencible para un seductor con arrojo.

—Quién sabe qué te hayan contado de mí, pero yo quisiera demostrarte que no soy tan malo como me pintan.

—¿Ah, sí? ¿Cómo?

Su tono cálido y juguetón le produjo un grato escozor en la ingle.

—Déjame ser tu amigo, no aspiro a más.

—¿Si lo acepto como amigo dejará de asediarme?

El escozor se convirtió en erección. Esa voz rasposa prometía delicias inefables.

—Por supuesto, sólo quiero romper el hielo para conocernos mejor. Ya decidirás luego si quieres volver a verme.

—Está bien, pero le aclaro que sólo seremos amigos. Usted me lleva más de veinte años y podría ser mi padre.

Aunque su objeción lo lastimó en carne viva, quedó de pasar por ella el miércoles próximo para llevarla a comer al San Ángel Inn. Viejos los cerros y reverdecen, pensó antes de meterse a la cama. Había logrado lo más difícil, abrir la muralla, y lo demás corría por su cuenta. La coloratura de la voz femenina jamás lo engañaba: Natalia ya tenía interés en él o, por lo menos, curiosidad, y jalando de esa hebra podía llegar a las puertas del cielo.

Por exceso de trabajo había desatendido a su único hijo varón, el pobre Carlos María de Guadalupe, y aunque detestaba las ceremonias escolares, el lunes no pudo faltar al festival cívico de su colegio, el Instituto Patria, donde lo habían seleccionado para recitar un poema patriótico. De camino a Polanco, mientras el auto avanzaba con lentitud por la sinuosa caravana del Periférico, atestado de coches, evocó los primeros años de Carlitos con una ternura culposa. Tenía el deber moral de apoyarlo, pues según los psiquiatras que lo atendían, el pobre escuincle no había podido superar los traumas que le dejaron los innumerables altercados violentos entre sus padres. No era para menos: algunos habían terminado en la Cruz Roja, porque Milagros lo exasperaba con sus reclamos histéricos y a veces, ya entrado en copas, la callaba a golpes que luego lo avergonzaban. Fue una época de bonanza para la congregación de las madres clarisas, a quienes donaba fuertes sumas en cada resaca moral. Pero Milagros no tenía derecho a ponerse en el papel de víctima, no señor, ni que fuera una perita en dulce. También ella sacaba las uñas y una vez lo descalabró arrojándole a la cabeza un pisapapeles. A fuerza de presenciar esos espectáculos, el niño se había vuelto retraído, espantadizo, frágil como un cervatillo. Su inseguridad patológica le impedía realizar las tareas más sencillas, como ir a la tienda a comprar caramelos, porque la presencia del tendero lo intimidaba. Dos veces había repetido año, no por falta de inteligencia, que la tenía de sobra, sino por su dificultad para relacionarse. Gracias a la terapia, su rendimiento escolar iba mejorando y ahora empezaba a destacar en algunas actividades. Su actuación en el festival era, de hecho, un importante progreso, pues había tenido que competir con todos los declamadores de cuarto año para merecer ese honor.

En el auditorio del instituto tenía reservada una butaca junto a Milagros, a quien vio a lo lejos desde un pasillo, pero no se quiso sentar a su lado, para ahorrarse una previsible carretada de quejas, de la que Susana ya le había dado un adelanto. Pidió a Eloy que le apartara un lugar diez filas atrás, y valiéndose de su encanto para trasponer barreras, logró convencer a un subprefecto de que lo dejara pasar tras bastidores a saludar a Carlos María.

Lo encontró sentado en una tarima con las piernas al aire, dándole el último repaso al poema que iba a declamar. Había heredado sus ojos verdes y la nariz chata de Milagros, una combinación afortunada que le auguraba éxito con las mujeres, si alguna vez superaba la inhibición. Sólo afeaba su rostro la cicatriz de una vieja quemadura, bastante borrada por los años, que todavía marcaba un ligero contraste entre su blancuzca mejilla derecha y el rosa tenue de la izquierda. Llevaba pantalón corto gris y un saco azul marino con el escudo del colegio en el bolsillo del pecho. Aunque lo habían peinado con brillantina, el copete se le había caído sobre la frente pecosa.

—Hola, campeón. ¿Cómo te sientes?

—Bien, papá. Un poco nervioso nomás.

—Te doy un consejo: no mires al público, fija tu vista en otra cosa.

—Lo mismo me dijo la maestra.

—¿Todavía sigues memorizando?

—Ayer lo recité dos veces de corrido en mi cuarto, pero lo estoy repasando, por si las dudas.

—Nada de dudas, Carlitos. Bórralas de tu mente y demuéstrales tu talento.

Tras un cuadro gimnástico y un número de baile folclórico, la danza tarasca de los viejitos, el maestro de ceremonias, el padre Justiniano, un cuarentón rollizo de lentes redondos, con el alzacuellos bañado en sudor, anunció la actuación del alumno Carlos María de Guadalupe Denegri, de cuarto ce, que recitaría *La patria es primero*, del vate José María Moreno. Carlitos caminó con paso firme hacia el micrófono, que un mozo ajustó para dejarlo a su altura, y recitó con admirable aplomo:

En los montes del sur, Guerrero un día,
alzando al cielo la serena frente,
animaba al ejército insurgente
y al combate otra vez lo conducía...

Bravo, estaba declamando con una dicción perfecta, y aunque sus ademanes fueran un tanto rígidos, había logrado captar el interés del auditorio, que lo escuchaba sin pestañear. Ése es mi hijo, pensó satisfecho, un encantador de multitudes. En la segunda estrofa, Carlos se topó con un escollo:

Su pa pa su pa pa, su padre en tanto, con tenaz porfía, lo estrecha cha, lo estrecha chaba entre sus brazos tiernamente...

¿Por qué se trababa si había empezado tan bien? Malditos complejos, nunca lo dejaban actuar con desenvoltura. Pareció vencer el tartamudeo, pues logró hilar sin tropiezos los últimos versos del cuarteto. Pero tras anunciar que el padre del caudillo suriano iba a implorarle algo entre sollozos, perdió por completo el hilo del poema y se quedó callado frente al micrófono. La gente tosió y en las butacas del fondo se escucharon risitas crueles. Carlitos se había puesto morado y su padre temió que de un momento a otro sufriera un desmayo. No sería la primera vez: cuando era más chico les dio muchos sustos con sus vahídos. Por fortuna entró al quite el padre Justiniano, y con un "gracias, Denegri", dio por terminada su intervención, como los jueces que tocaban la campana a los malos cantantes en *La hora del aficionado*. El declamador fallido hizo un discreto mutis por el lado derecho del escenario, enjugándose el llanto con la manga del saco. Denegri quiso aplaudirle, pero las manos se le entumieron al advertir que nadie lo acompañaba. ¿Qué había pasado esta vez? ¿Su presencia lo intimidaba en vez de motivarlo? ¿Aún le tenía miedo?

Después de consolarlo tras bastidores, sin dar importancia al percance, le metió cien pesos en la bolsa del saco y se despidió con un beso. Salió del auditorio con un amargo sabor de boca y ordenó a Bertoldo que lo llevara al Club de Industriales, donde tenía que asistir a una conferencia de prensa. Por el camino, fumando con la mirada ausente, deploró la nefasta influencia de Milagros en la educación del chamaco. Era ella quien le había deformado el carácter con tantos mimos, con tanta sobreprotección. Desde luego, Milagros lo culpaba de sus taras psicológicas a la menor oportunidad. Desde que le quemaste la cara se despierta en la noche con pesadillas, lo acusaba. ¿Pero quién había insistido neciamente en que lo sacara a pasear aquella mañana, en plenas fiestas decembrinas? ¿Quién montó en cólera porque llevaba tres días de parranda y en vez de permitirle dormir la mona cuando llegó al amanecer, rendido de fatiga, se empecinó en que saliera a jugar con el niño? ¡Nunca lo llevas a la feria ni al parque!, gritaba, ¡todo el tiempo estás de juerga, por una vez en tu vida acuérdate de tu hijo!

Vencido por su chantaje, finalmente sacó a pasear al mocoso, todavía un poco ebrio pero ya con el tembeleque de la cruda, y como le había dado el día libre al chofer, tuvo que manejar con la mirada vidriosa, dando un par de banquetazos y cometiendo pifias al meter las velocidades. De milagro no chocaron en el cruce de Bucareli con Avenida Chapultepec. En La Alameda lo llevó a retratarse con los Santos Reyes, luego lo montó en un carrusel y por poco se vomita cuando tomaron raspados. Serio como un adulto, Carlos hablaba poco y sonreía menos. Su frialdad era un castigo mucho más eficaz que las recriminaciones de Milagros. Para arrancarle por lo menos una sonrisa, en el Hemiciclo a Juárez compró a un globero toda su mercancía: más de veinte globos de gas, con figuras de animales, estrellas y flores. Toma, para que se los repartas a tus amigos. Ciertamente la cara del niño se iluminó cuando tuvo en las manos el racimo neumático, que lo obligaba a tirar con fuerza para no volar por los aires. Pero su papá tenía una jaqueca atroz y la compleja maniobra de acomodar tantos globos dentro del coche, con las cuatro ventanas abiertas, lo puso al borde del colapso nervioso. Bien sabía Milagros que el cansancio nubla el sentido común. Al arrancar el coche, por acto reflejo, tuvo la maldita ocurrencia de encender un cigarro y ¡pum!, final trágico del alegre paseo. Si el flamazo que salió por las ventanas llega al tanque de gasolina, ninguno de los dos la cuenta. Pobre Carlitos, con el pelo chamuscado y el hule de los globos adherido a las llagas del rostro parecía un vietnamita rociado de napalm. Tuvo que llevarlo desfigurado al Hospital Rubén Leñero, con la cara en carne viva. Pero Milagros no tenía derecho a culparlo en exclusiva del accidente, ni a darse golpes de pecho con la falsa inocencia de Judas. Nada de eso habría ocurrido si en vez de imponerle un tormento lo hubiera dejado tumbarse en la cama.

Otro compromiso familiar ineludible lo mantuvo ocupado la mañana del martes: el aniversario luctuoso de Ramón P. Denegri, su padrastro, a quien siempre llamó padre. A mediodía, Bertoldo lo llevó al Panteón Francés de La Piedad, un poco enlodado por las incesantes lluvias. Por fortuna la tumba no estaba muy lejos de la entrada. Habían llegado ya su madre, Iván, Dánae y algunos agrónomos egresados de la Universidad de Chapingo, que rodeaban la tumba de mármol llena de coronas y arreglos florales enviadas por distintas dependencias: Secretaría de Recursos Hidráulicos, Comisión Federal de Electricidad, Pemex, Ferrocarriles Nacionales, gobierno de Coahuila. Era una tumba deliberadamente austera, desprovista de símbolos religiosos, que subrayaba el ateísmo del difunto y su integridad como servidor público. Al emprender la ronda de saludos, Denegri advirtió con tristeza que el número de asistentes se iba reduciendo al correr de los años. La deserción era inevitable, pues el viejo cumplía ya catorce años de muerto. Pese a todo, él se empeñaba en mantener viva la ceremonia, valiéndose para engalanarla de todos sus contactos políticos. Mientras luchara por homenajearlo quizá no muriera del todo.

Al cinco para las doce, cuando ya se temía un plantón colectivo, comenzaron a llegar los invitados de alto rango: el viejo obregonista y ahora magnate Aarón Sáenz, uno de los hombres más ricos del país, mofletudo y con bigotes de morsa, que ya andaba con bastón y hablaba entre jadeos; el antiguo secretario de Agricultura y ex gobernador de Tamaulipas Marte R. Gómez, moreno y de lentes oscuros, con un ralo bigotillo pasado de moda, y Rogerio de la Selva, ex secretario particular del presidente Alemán, que se había quedado calvo pero conservaba un altivo porte de aristócrata. Completaban la concurrencia diez o quince agraristas de chamarra y sombrero Stetson que nunca tuvieron cargos importantes pero aún recordaban con cariño al difunto que les había repartido tierras de regadío. Terminados los abrazos y el cuchicheo, el ingeniero Gonzalo Blanco Macías, rector de la Universidad de Chapingo, un funcionario bajito y grueso, un tanto cohibido por la presencia de políticos importantes, subió al podio instalado frente a la tumba.

—Como todos los años en esta fecha, nos hemos reunido para conmemorar el aniversario luctuoso de don Ramón P. Denegri, fundador de la universidad agrícola que me honro en presidir y uno de los forjadores más importantes del México moderno. Don

Ramón no aró en el océano: plantó una semilla de superación y progreso que ha germinado en el suelo fértil de nuestra patria.

Destacó la militancia del insigne revolucionario en el movimiento anarcosindicalista de los hermanos Flores Magón, su valiente labor como consejero de organizaciones agrarias en Sonora, donde nunca lo amilanaron las amenazas de muerte de los caciques porfirianos, su respaldo al pronunciamiento revolucionario de Madero, que lo obligó exiliarse en Tucson para escapar de los esbirros del gobernador Maytorena, su importante papel como asesor de Venustiano Carranza, cuando el barón de Cuatro Ciénegas instaló su cuartel general en Sonora , recién iniciada la lucha contra el usurpador Huerta, y por encima de todo, su infatigable lucha por la justicia social como secretario de Agricultura, donde cerró filas con los ejidatarios para dotarlos de créditos y maquinaria.

—Patriota a carta cabal, don Ramón P. Denegri dejó una huella imborrable de profesionalismo y amor a México en todos los importantes cargos que ocupó. Sus esfuerzos contribuyeron decisivamente a consolidar los ideales de la Revolución. Hombres como él no mueren del todo: su legado los mantiene vivos y nos marca la ruta a seguir para enfrentar los retos del mañana.

Mientras el orador destacaba los logros más importantes del prócer homenajeado: su impulso a la Reforma Agraria en el gabinete de Obregón, cuando encabezó una cruzada para erradicar los latifundios y la promulgación de la primera Ley Federal del Trabajo, que protegió los derechos laborales con un corpus jurídico muy avanzado para su época, Denegri se fugó con la imaginación a la tarde aciaga en que perdió al viejo. Estaba en el Rancho del Charro, pasado de copas en un banquete ofrecido a los participantes en un jaripeo. En esa época era un apasionado de la charrería, un deporte en el que veía compendiadas las mejores tradiciones viriles del México campirano, pero a decir verdad, lo que más disfrutaba de echar manganas en el ruedo era pavonearse frente a las damas, gallardo y dominador, con la botonadura de plata relumbrando al sol. Daría lo que fuera por volver a escuchar los suspiros hormonales que les arrancaba al derribar una res. Aquella tarde aciaga se había ligado a una guapa estrellita de cine, la Chula Prieto, y empezaba a echarle vaho en la oreja cuando lo interrumpió el capitán de meseros:

—Lo llama el doctor Yépez, médico de guardia del Sanatorio Durango.

Al oír la noticia, seca y rotunda como un hachazo, hizo una pausa dubitativa, con el malestar de un litigante ofendido por el fallo adverso de un juez venal.

—¿Muerto? ¿Pero cómo, si ayer estaba mejor? —preguntó en tono de reclamo.

—Lo siento, señor Denegri. Su padre tuvo un infarto cerebral y no pudimos hacer nada.

Lo visitaba a diario en el hospital para infundirle aliento y hacía planes para llevarlo a Europa cuando lo dieran de alta. Vanos intentos de engañarlo, pues el viejo no tenía un pelo de tonto y sabía que estaba en las últimas. Llevaba un año ciego por la diabetes, con el ánimo más negro que su campo visual, y a diario torturaba a Ceide con recriminaciones amargas, como si ella lo estuviera matando. Hubiera querido acompañarlo en el último trance, pues la parca traidora se lo había llevado cuando estaba solo en el cuarto. Ni siquiera su esposa había estado ahí para cerrarle los ojos: prefirió socializar con una amiga en el café del sanatorio que atender al moribundo. Pero eso sí: ahora bien que gimoteaba, conmovida por el discurso del rector Blanco. Insensible en privado y lacrimógena en público: genio y figura hasta la sepultura.

Al salir del lienzo charro, la borrachera no le permitió asimilar el golpe con un mínimo de sensatez. Montó en *Suspiro*, el caballo zaíno de pura sangre con el que había participado en el jaripeo, y salió a todo galope por una calle empedrada. De milagro no lo atropelló un auto en el trayecto al sanatorio. En el cruce de Ejército Nacional y Schiller se pasó a la torera un alto y obligó a un ruletero a dar un brusco frenazo. El tamarindo que dirigía el tránsito por poco se traga el silbato del susto. Algunos peatones hasta le aplaudieron, creyendo que estaba rodando una película de charros cantores. Esto no me puede pasar a mí, esto no me puede pasar a mí, repetía mientras picaba espuelas, doblemente ebrio por el efecto combinado del alcohol y la adrenalina.

En la Glorieta de los Hongos, el claxon de un camión materialista espantó a *Suspiro* y lo hizo corcovear. Cálmate, cuaco, no te alebrestes, y de un fuetazo en la grupa logró enderezarlo. Más adelante, cuando pasaba como una exhalación por Melchor

Ocampo, un ventarrón le voló el sombrero jarano. No se dignó recogerlo: a la chingada su mejor traje. Después de rebasar por la acera a dos camiones de la línea Juárez-Loreto estacionados en Avenida Chapultepec, dobló a la derecha en Sonora, se internó en la colonia Roma con dirección al sur y llegó a las puertas del sanatorio, donde un par de camilleros se echaron a correr ante su embestida. Exhausto, con espumarajos en el hocico, *Suspiro* por poco lo derriba cuando le jaló bruscamente la rienda. No creyó necesario desmontar ahí: le había declarado la guerra el destino, ya no digamos al orden público, y entró al hospital montado a caballo, creando un pandemonio entre la gente de la antesala, que se replegó aterrada contra las paredes, entre alaridos y maldiciones. "Periodista vestido de charro irrumpe a caballo en un sanatorio", clamaron al día siguiente sus enemigos de *El Nacional,* acusándolo de prepotencia y megalomanía. "Ningún dolor justifica el atropello a los derechos de terceros. Denegri se comporta como un vándalo porque sus influencias le dan impunidad absoluta. Pero no tiene la culpa el indio sino el que lo hace compadre. Las autoridades que lo solapan son corresponsables de sus desmanes." ¿Querían esos imbéciles que en plena tragedia se comportara como un ciudadano modelo? Al día siguiente, presionado por el director de *Excélsior,* pagó una multa de quinientos pesos en la delegación Cuauhtémoc y cantó la palinodia en público por haber protagonizado ese escándalo. Pero entre amigos se inclinaba a justificarlo por su valor simbólico. Quiso retar a la muerte con un gesto de omnipotencia, batirse a duelo con la gran fanfarrona. La Revolución se hizo a caballo y el viejo había sido un diestro jinete, que aprendió con los yaquis a montar a capela. ¿Había mejor manera de rendirle homenaje? Juraría que allá arriba, en el cielo de los ateos, los relinchos de *Suspiro* lo alegraron más que su llanto.

Terminada la ceremonia, Bertoldo lo llevó por el Viaducto rumbo a Polanco, donde tenía una comida con el embajador de Israel, en la sede de la legación diplomática. Por el camino recapituló sus impagables deudas con el difunto, enhebrando recuerdos en color sepia. Evocó los años más difíciles de su niñez, cuando era un mocoso de cinco años recién llegado de Buenos Aires y ese hombre rústico, de modales campiranos, a quien veía con recelo por no ser su padre biológico, supo conquistarlo con un trato fraternal, equilibrado con una reciedumbre que sólo empleaba para imponerle respeto cuando hacía travesuras graves. No era una casualidad que Pilar hubiera vuelto a casa en vísperas de ese homenaje. Dios le ponía en bandeja la oportunidad de seguir el ejemplo del viejo y ser para ella un padre ejemplar. Pero también le debía un libro que lo enalteciera ante las nuevas generaciones. Catorce años atrás, en la etapa más amarga del duelo, cuando su pena empezaba a volverse desolación, había comenzado un esbozo biográfico del difunto, pero como retratarlo equivalía a pintarse a sí mismo, le pareció en algún momento que pecaba de narcisista y lo dejó arrumbado entre sus papeles. Quizá debería retomarlo para escribir unas memorias que le hicieran justicia. Pero ¿en qué cajón lo había puesto?

En la comida con el embajador de Israel apenas probó los insípidos platos de comida kosher, soñando con unos tacos de carnitas, y la reserva del diplomático no le permitió sacarle nada interesante sobre la crisis del Oriente Medio. Ni modo, manito, a pergeñar otro artículo inocuo lleno de hojarasca. De vuelta a casa pidió a Bertoldo que se detuviera en la Juguetería Ara de Avenida Insurgentes, donde compró una Barbie, dos rompecabezas, varios peluches y una cuerda para saltar. Llegó a la Villa Bolívar como a las cinco, cuando Katy le daba una lección de bordado a Pilar.

—Hola, princesa, ¿cómo te has portado? —la besó en la mejilla.

—Estuvo toda la mañana jugando con el perro en el jardín —contestó por ella Katy.

—Te traje unos regalitos, ¿quieres verlos?

Lanzó un silbido y Eloy entró a la sala cargado con los regalos. Fascinada por la muñeca, Pilar la desenvolvió con avidez, sin prestar mucha atención a los demás juguetes.

—¿Cómo se dice? —la aleccionó Katy.

—Gracias —dijo Pilar en voz muy queda.

Habría preferido que la sirvienta no interviniera. Forzar el agradecimiento de la niña era una mala táctica para ir entrando en confianza. Aunque tenía trabajo de sobra, durante dos largas horas le ayudó a armar un rompecabezas con la imagen de la Torre Eiffel. Como Pilar tenía una excelente memoria encontraba fácilmente las piezas. Coeficiente intelectual no le faltaba, estaba seguro de que esa niña tenía capacidad para triunfar en cualquier carrera. La interrogó sobre las condiciones de vida en el internado de Guadalajara. ¿Te trataban bien las monjitas? ¿Era rica la comida? ¿A qué jugabas en el recreo? Pilar le contó horrores del internado, quizá recargando las tintas para justificar su indisciplina: de comer siempre les daban un caldo aguado con tres o cuatro garbanzos, las monjitas eran muy regañonas y la madre Águeda, su maestra, le había dejado una marca en el brazo con sus pellizcos. En invierno, el dormitorio de las alumnas era un iglú, las sábanas de las literas ya estaban deshilachadas, y cuando alguna pedía una cobija extra tenía que pagarla. Sus quejas lo convencieron de no volver a inscribirla en un internado. Por ese camino sólo conseguiría volverla una rebelde incorregible. Cuando terminaron el rompecabezas, prometió a Pilar llevarla en un avión a conocer esa torre tan bonita si a partir de ahora era estudiosa y buena. Llamó desde su estudio a Susana Lobato y le pidió que averiguara entre sus amigas si conocían a alguna buena institutriz que le diera clases particulares a Pilar.

—¿Pero no piensas meterla a un colegio?

—Ya la corrieron de varios. Primero tengo que enderezarla y ya veré luego si la puedo inscribir en alguna escuela.

Llamó a otros dos amigos a quienes hizo la misma solicitud, para tener varias velas prendidas, y luego emprendió la búsqueda del manuscrito en el que había borroneado sus recuerdos de infancia. Vació sin éxito dos cajones del archivero. Tampoco estaba en la pila de legajos del escritorio. En el anaquel más alto del librero, donde acomodaba los libros en alemán, había viejos cartapacios con toda clase de documentos. Ahí estaba el manuscrito, mecanografiado en papel Revolución. En buena hora lo había rescatado, pues ya tenía los márgenes carcomidos por la polilla. Pidió a Katy que le subiera un café, encendió un cigarro y acurrucado en la cama emprendió la lectura.

RECUERDOS DE MI VIEJO

Debo a mi padre el privilegio de ser ciudadano del mundo y el dominio de varios idiomas, que tanto me han servido para destacar en mi profesión. Era un hombre menudo y grueso, de tez morena y cabello revuelto, con la mirada escrutadora de un astuto jugador de póker. Pero cuando se posaban en mí, sus ojos negros derramaban dulzura. Fumaba puro y al llevárselo a los labios descubría una ancha pulsera de cuero que no se quitaba ni para dormir. En 1917, cuando yo tenía seis años, don Venustiano Carranza lo nombró cónsul de México en Nueva York. Una vez instalados en un modesto departamento del East Side, mi madre me inscribió en la Escuela Pública 64, donde el primer año me las vi negras con el idioma. Con el auxilio de mi padre, que le robaba dos horas diarias al consulado para darme lecciones, aprendí con rapidez el inglés elemental. De niño, él había aprendido la lengua en Tucson, donde vivió cinco años con una tía. Con una paciencia infinita corrigió mi pronunciación y me enseñó las conjugaciones verbales. Era un maestro exigente y suave a la vez, un psicólogo intuitivo que sabía presionar o aflojar en el momento exacto para extraer el mayor potencial de su alumno. Cuando me veía agotado salíamos un rato a jugar a Central Park. De esos juegos me viene un nombre de cariño, Picho, que sólo mis íntimos conocen. Como mi padre era un fanático del beisbol, me compró un uniforme de los Yankees y quiso enseñarme a batear. Nunca lo consiguió porque sólo me gustaba lanzar la bola. Yo picho, gritaba, yo picho, y de tanto repetir esa palabra se me quedó el apodo.

Gracias a mi maestro particular de inglés, a los seis meses de inmersión lingüística me solté hablando hasta por los codos. Sin embargo, mis conflictos en el colegio no desaparecieron, porque mis compañeros se burlaban acremente de mi presbicia, que desde entonces me ha obligado a llevar lentes. Por si fuera poco, la belleza de mi madre, que me llevaba todos los días al colegio, era objeto de piropos obscenos y comentarios subidos de tueste, que despertaban mi cólera. Yo hubiera preferido que mamá fuera menos coqueta, que tuviera un busto más discreto y no lo realzara con blusas tan entalladas, pero cuando se lo pedí soltó una risilla. "Saliste más celoso que tu padre. ¿Por qué voy a vestirme de monja?" *"Hey, Denegri, don't be selfish, let me see your mother stark-naked and I'll pay you ten bucks"*, se atrevió a proponerme uno de sus admiradores más patanes, el gordo Carmichael, que me sacaba un palmo de estatura y tenía fama de puñetero contumaz. Pese a la desventaja en peso y altura tuve que defender mi honor. Como lo agarré desprevenido pude romperle un diente de un puñetazo. Luego se recuperó y me pateó salvajemente en el suelo. Como caído del cielo, el prefecto llegó lanzando silbatazos antes de que me rompiera varias costillas. Convocados por el director de la escuela, mis padres pusieron caras compungidas cuando les dio el informe del pleito, pero al salir de ahí mi papá me felicitó.

—Muy bien, m'ijo. Cuando algún cabrón te agarre de puerquito, ponle en toda su madre.

Me daba orgullo ser hijo de un revolucionario, que por así decirlo, aún tenía los dedos amarillos de pólvora. Por las noches, en vez de los cuentos que la mayoría de los padres cuentan a sus hijos, él me hablaba de cómo salvó el pellejo cuando fue reprimida la huelga de Cananea, escondido en el depósito de equipaje de un tren que salía para Navojoa; de la crueldad con que los *rangers* de Arizona reprimieron a los mineros y dejaron a la intemperie sus cuerpos, para escarmiento de la población; del corto periodo en que fungió como secretario de Pancho Villa, encargado de responder los telegramas de los contrabandistas gringos que le vendían armas; de sus gestiones para comprar en San Diego el primer avión al servicio del Ejército Constitucionalista (un biplano marca Martin, de un solo asiento), cuando los rebeldes luchaban contra el usurpador Victoriano Huerta. Todas esas historias lo rodeaban de una aureola épica, y como en México aún no había terminado la guerra, yo ansiaba que dejara su puesto diplomático en Nueva York para llevarme con él a las trincheras.

Convertidos en compinches inseparables, íbamos juntos al Yankee Stadium a festejar los jonrones de Babe Ruth. Los fines de semana hacíamos picnic en Coney Island, donde mi mamá tendía un mantel sobre la yerba, o íbamos a ver los barcos anclados en el muelle del Hudson, que yo admiraba boquiabierto, mientras papá, en papel de maestro, me explicaba la procedencia de todas las naves. Aunque Ramón, como la gran mayoría de los revolucionarios, era un jacobino radical, respetaba las creencias de mi madre y no se opuso a que me inculcara la fe católica. De su mano asistí a los cursillos preparatorios para la primera comunión con el padre Harris, el párroco de nuestro barrio. Los domingos íbamos juntos a misa y los acordes del órgano me elevaban a los confines más puros del universo. Aunque mi vida, bien lo sé, no sea ejemplar en ningún sentido, contraje desde pequeño una devoción sencilla y profunda. Me conmovía, sobre todo, la infinita misericordia con que Dios perdonaba a los pecadores arrepentidos. Si Jesucristo había muerto por todos nosotros para librarnos del pecado original, lo menos que podía hacer yo para ser digno de su amor era desnudar mi alma con el padre Harris. Cada domingo le confesaba mis atroces pecados: el robo de unos chicles en la dulcería, haber copiado en el examen de Biología, soltar algunas mentirijillas para que mamá, harta de lavar mi uniforme, no me castigara cuando llegaba a casa con el pantalón enlodado.

En 1920 volvimos a México, cuando el presidente Obregón, tras haber despachado al otro mundo a Carranza, nombró a mi padre presidente de los Ferrocarriles Nacionales, un medio de locomoción que conocía al dedillo por haber sido jefe de la estación de Hermosillo. Acostumbrado al bullicio de Nueva York, México me pareció una ciudad monótona y provinciana. Por haber salido tan niño de México, sólo conocía una subespecie del carácter nacional, la sonorense, abierta, francota, un poco ruda en el trato social. Pronto descubrí que la gente de Mesoamérica era muy distinta a mi padre. Los apocados y ladinos mestizos de la capital no eran claridosos, ni miraban de frente y escondían sus intenciones bajo un intrincado velo de cortesías barrocas. En la calle recibí un curso intensivo de albures y picardías que me obligaron rápidamente a entender las alusiones sexuales. La principal diferencia entre México y Estados Unidos era que aquí todos los hombres de cierta importancia llevaban pistola al cinto, incluyendo a mi padre, que en Nueva York jamás llevaba armas. Me sentí transportado a los pueblos bárbaros llenos de tolvaneras que había visto en los *westerns* mudos de Tom Mix. Aquí los pleitos eran de vida o muerte, no sólo a puñetazo limpio como en el patio de la Escuela

64. La vida pendía de un hilo y su fragilidad la volvía más preciosa. México era una tierra en la que un aventurero con los pantalones bien puestos podía conquistar una posición. Cuando fuera grande yo quería ser como mi padre y sus amigos: un justiciero valiente que impone su ley y no se detiene ante nada.

Complacido por el desempeño de mi padre en Ferrocarriles, el general Obregón lo nombró un año después secretario de Agricultura. Me emocionaba pensar que si papá seguía ascendiendo en el escalafón del gobierno, dentro de poco sería presidente. Oh, ingenuidad: ignoraba que en esa época los civiles tenían vedado el acceso a la silla del águila. Vivíamos ahora en una hermosa casa estilo colonial californiano de la calle Providencia, en la colonia Del Valle, con jardín, garage para dos autos y cinco recámaras: un verdadero palacio comparada con nuestro modesto jacal de Brooklyn. La colonia apenas empezaba a desarrollarse. Entre una casa y otra casa había vastas extensiones de campo, algunas cultivadas y otras llenas de maleza. Íbamos en bicicleta al pueblo de Xoco, chapoteábamos en el Río Churubusco, veíamos las carreras parejeras de caballo donde los charros apostaban fuerte, y de noche nos colábamos a ver fuegos fatuos en el panteón. Envanecido por el notorio progreso económico de la familia, me sentía tan chicho, como se decía entonces, que debo haberle resultado insoportable a la palomilla de niños con quienes jugaba en la calle. Por mi pelo rubio, mis ojos verdes y mi acento yanqui me apodaban "el Gringo". En las riñas callejeras, cuando algún amigo me amenazaba con llevar nuestro pleito a instancias superiores, sacaba a relucir mis influencias: "Tú me pones a tu hermano el teniente y yo te pongo a mi papá que tiene cinco guaruras y a ver de a cómo nos toca". Sin saberlo estaba embriagado de poder. Mi padre no ostentaba el suyo y sin embargo advertía nuestra pertenencia a la casta de los mandones en las miradas cohibidas de los demás y en la cortesía extrema con que las marchantas del mercado trataban a mi mamá. Nada tiene de raro que haya luchado luego por conservar esos privilegios. Quien ha paladeado el poder de niño ya no se resigna a vivir sin él.

Cuando nació mi hermano Iván, el primer hijo biológico que Ramón engendró con mi madre, procuró con gran tacto que yo no me sintiera relegado a segundo plano. Y como Iván siempre estuvo muy pegado a las faldas de mamá, seguí siendo su favorito. Para evitarme problemas futuros por haber nacido en Buenos Aires, mi padre le pidió entonces a un juez del Registro Civil que me sacara un acta de nacimiento en Texcoco, en la que yo figuraba como su hijo legítimo. Tengo, pues, dos nacionalidades, la argentina y la mexicana. Pero nunca vi mi primer acta de nacimiento. Cuando años después se la pedí a mi madre, me dijo que la quemó. No quería dejar ningún rastro de su vida anterior, dijo, ni que yo cargara con ningún estigma...

Al llegar a este punto de la lectura se detuvo sobresaltado. Con razón había dejado las memorias a medias. Seguramente las escribió con tragos encima: sólo un borracho podía flagelarse con una franqueza tan brutal. Culpabilizado por la muerte del viejo o por haber incumplido la promesa de verlo exhalar el último suspiro, se impuso la penitencia de mostrar sus vergüenzas en público. Jamás le había revelado esas intimidades a nadie, ni siquiera a sus parejas. En polémicas ríspidas con otros colegas, más de un enemigo envidioso le había echado en cara "el misterio de sus orígenes", para poner en duda su nacionalismo y de paso, tacharlo de malnacido. Blanco Moheno, por ejemplo, acababa de airearle esos trapos sucios en sus fecales *Memorias de un reportero*. Ignoró el ataque para no beneficiarlo con una respuesta que aumentaría las ventas del libro. Las sabandijas de su calaña sólo se merecían una bofetada con guante blanco. De hecho, el malsano interés de los resentidos por averiguar cómo llegó al mundo era uno de sus acicates más efectivos para sostenerse en la cima de esa profesión caníbal. Tachó el párrafo entero y prosiguió la lectura.

Para que siguiera practicando el inglés, mis padres me inscribieron en el Colegio Williams, una escuela para gente encopetada, donde hice amistades que hasta la fecha me han abierto infinidad de puertas. Las guerras de pedradas lanzadas con resortera en el inmenso jardín del colegio me dejaron algunos chichones. El venerable viejo Williams, con su barba blanca de cenobita, se desesperaba por mi supina ignorancia de la geografía mexicana. El 27 de enero de 1924 descubrí la cara oscura del México bronco. Mi papá me despertó de madrugada con una orden perentoria: "Levántate y ponte la ropa". "Vas a irte unos días con tu madre a Cuernavaca". Semidormido lo escuché decir al chofer que los rebeldes entrarían a la capital esa misma tarde. Años después, cuando me puse a estudiar la historia de México, supe que aquella noche se había alzado en armas el general Adolfo de la Huerta, que no se conformaba con haber sido presidente interino y quería volver a la silla por un periodo completo, contra la voluntad de Obregón. La breve mudanza fue una precaución innecesaria, porque los alzados nunca entraron en la capital, pero el cierre de las escuelas, el clamor de las cornetas y las cabalgatas de los soldados que se aprestaban a entrar en combate bastó para crearme una pequeña psicosis de guerra.

Poco después, los cristeros del Bajío se alzaron en armas. Prohibidas las manifestaciones exteriores del culto religioso, por esas fechas mi padre tuvo que despedir con mucho pesar a los burócratas de la Secretaría que habían participado en las procesiones callejeras de Semana Santa o pusieron guirnaldas en sus fachadas para celebrar el jueves de Corpus. Los periódicos de la derecha le reprocharon acremente que se portara tan severo con sus empleados y en cambio permitiera que mi madre asistiera a misa conmigo. Por fortuna los ataques no le hicieron mella, pues una buena cantidad de políticos y generales de la época tenían familias divididas como la nuestra. Sus esposas eran devotas creyentes, y de hecho, los jefes del movimiento cristero recurrían a ellas para implorar piedad al gobierno.

Como en casa se hablaba poco de creencias y menos aún de asuntos políticos, no descubrí el radicalismo político de mi padre hasta que ya tenía quince años y él quiso inculcarme sus ideales de justicia social, sin pretender apartarme de la fe católica. Simpatizante de la revolución bolchevique, había sido uno de los primeros lectores mexicanos del *Capital* de Marx y abrigaba la secreta ilusión de implantar en México un régimen comunista. Como responsable de la Reforma Agraria, organizó un reparto de tierra que puso a temblar a muchos caciques revolucionarios y a los hacendados del Porfiriato, que intentaban congraciarse con el nuevo régimen para conservar sus tierras. Muchos de los anotados en su lista negra recurrieron directamente a Obregón para pedirle que anulara las expropiaciones. Algunos se salieron con la suya, pero cuando el presidente no le ordenaba dar marcha atrás, mi padre aplicaba la ley a rajatabla, beneficiando a miles de ejidatarios. En la recién fundada Universidad de Chapingo inculcó a toda una generación de agrónomos las bondades de la colectivización agraria emprendida por el régimen soviético. En ese tiempo tomaba yo clases particulares de gramática española en casa de la profesora Graciela Amador, esposa del pintor comunista David Alfaro Siqueiros. Una tarde, Siqueiros irrumpió en la casa con la nariz rota y el overol de mezclilla en jirones. Cuando él y Graciela se encerraron en la cocina, pegué la oreja a la puerta y le oí decir que lo andaba cazando un pelotón de agentes federales. Saber que los comunistas eran perseguidos me llenó de zozobra. ¿Cómo podía mi padre defender ideas tan peligrosas desde el propio gobierno?

Es imposible pintar con unos cuantos brochazos una personalidad tan compleja como la suya, pues a pesar de ser un líder agrarista, el viejo no se consideraba un hijo del pueblo, ni quería parecerlo. Por eso redujo su primer apellido, Pérez, a una discreta inicial, de modo que relumbrara mejor el segundo. Todo mundo lo llamaba Ramón P. Denegri, sin saber lo que significaba la misteriosa P. ¿Cómo explicar ese alarde de extranjerismo en un patriota tan exaltado? Por un hábil cálculo político, supongo. Si bien los hombres públicos de entonces (y los de ahora) se precian de amar a México por encima de todas las cosas, al mismo tiempo saben que un apellido extranjero les da prestigio ante las élites y mi papá, como es natural, quería quedar bien con todo el mundo. Nunca me cansaré de agradecerle que me haya heredado ese toque de distinción. Mi primer apellido, Romay, tiene mucho menos *punch* que Denegri. Con mi nombre de pila no hubiera destacado tanto en las primeras planas de los diarios y hoy sería quizá un reporterillo del montón...

Otra metida de pata. ¡Cómo se le ocurría renegar así de su vocinglero mexicanismo! Un comentario tan cínico equivalía a confesar que la virgen morena y la bandera tricolor que adornaban el *set* de su programa formaban parte de una escenografía patriotera, calculada para obtener el favor de la masa. Entre gente de alta sociedad era de buen tono burlarse del fervor patrio, pero hacerlo por escrito significaba escupir al techo. Los mexicanos adoraban el apapacho condescendiente: cuanto más dudaban de su valía, más fuerte agitaban las matracas nacionalistas. Para complacerlos se retrataba por doquier en traje de charro y ahí estaban los resultados: en cualquier ciudad de provincia le tendían alfombra roja, lo nombraban hijo predilecto y lo trataban a cuerpo de rey. Treinta años de proclamar un estruendoso amor a México le habían dejado réditos envidiables. ¿A qué venía entonces ese apunte suicida?

Como el ministro de Gobernación Plutarco Elías Calles era un acérrimo anticomunista y había prevenido a Obregón sobre el peligro que representaba el internacionalismo proletario, el presidente no podía permitir que un miembro del gabinete introdujera en el gobierno una quinta columna, so pretexto de cumplir los postulados de la Revolución. Los excesos retóricos de mi padre le valieron algunos jalones de orejas por parte de Obregón, pero su fogoso temperamento se sublevaba ante los gestos autoritarios. Él era un librepensador con iniciativa propia, no un militar acostumbrado a la obediencia. La gota que derramó el vaso fue un discurso del ingeniero agrónomo Marte R. Gómez, discípulo predilecto de mi padre, en una ceremonia de inicio de cursos celebrada en la Universidad de Chapingo, que presidió como invitado de honor el general Obregón. A nombre de la sociedad de maestros, Gómez definió la propiedad privada como "un robo legalizado que desangra las venas del pueblo trabajador" y propuso colectivizar todas las tierras cultivables de México.

Esa misma tarde, azuzado por Calles, el presidente reprendió a mi padre por querer enconar la lucha de clases y le pidió la renuncia. En compañía de un círculo de íntimos, la lengua suelta por varios tequilas, el viejo desahogó toda la ponzoña que había acumulado en su breve paso por el gabinete. Desde el cubo de las escaleras, con la piyama puesta, lo escuché despotricar contra el "manco de mierda" que despachaba en el Castillo de Chapultepec y contra su palafrenero, el Turco Calles. Atribuyó su caída en desgracia a la insaciable codicia del presidente. Cómo chingaos iba a permitir una colectivización a fondo si el muy cabrón tenía un latifundio en Cajeme y había mandado construir una presa para regar sus tierras. Muerto de vergüenza, él mismo tuvo que autorizar con su firma ese derroche inicuo de dinero público para beneficio privado. El manco y su camarilla, se quejaba, estaban traicionando la Revolución por la que murieron miles de campesinos y no iban a tardar en prostituirla del todo. Pero sobre todo vomitaba rencores contra Plutarco Elías Calles.

—Desde la revuelta contra el usurpador Huerta, cuando el gobierno constitucionalista se instaló en Sonora, el infeliz me agarró mala voluntad. Le daba envidia mi cercanía con Carranza. ¿Qué culpa tenía yo si don Venustiano prefería tratar con civiles bien preparados?

Sus íntimos, borrachos también, pero más prudentes, intentaron consolarlo con palabras de aliento: aunque hubiera perdido el puesto, le dijeron, había ganado una autoridad moral que lo honraba a los ojos el pueblo. Y mal que bien, durante su gestión en la Secretaría, la propiedad ejidal había crecido un veinte por ciento. ¿No le parece, compadre, que ya se ganó un lugar en la historia?

Pobre del viejo, pensó, exhalando el humo del cigarrillo. Por idealista perdió la mejor oportunidad que tuvo de encumbrarse en el albañal de la política mexicana. Hasta sus discípulos más radicales acabaron adoptando el lema secreto de la familia revolucionaria: "Tener poder para poder tener". Horas antes, en el aniversario luctuoso, el antiguo agitador comunista que satanizó la propiedad privada delante de Obregón había llegado al Panteón Francés en un flamante Thunderbird descapotable. Dos veces secretario de Agricultura, y expresidente de Worthington de México, una trasnacional que vendía bombas para riego, con fondos ilegalmente aportados por Nafinsa, Marte R. Gómez había acumulado una gigantesca fortuna y una colección de pintura que los expertos valuaban en varios millones de dólares. Descanse en paz la Revolución.

Para tener a su enemigo lo más lejos posible, en 1926 Calles nombró al viejo embajador de México en Alemania. Nueva mudanza de toda la familia, esta vez en una atmósfera de amargura y derrota. En Berlín, donde rentamos un modesto departamento, mi padre cumplía con eficacia sus deberes diplomáticos pero ya no era un político entusiasta: su resentimiento por la ingratitud del caudillo afloraba con frecuencia en la mesa familiar. Se dio a la bebida, echaba pestes de toda la camarilla revolucionaria y lamentaba haberse desempeñado con rectitud en sus cargos públicos, pues todos sus viejos compañeros ahora tenían ranchos ganaderos, fábricas y elegantes residencias.

—Sólo yo sigo siendo pobre. Allá en México me tachan de menso y seguramente lo soy, por creer que los principios sirven de algo en un gobierno de hampones.

Contribuían a deprimirlo las quejas de mamá, que tras llevar una vida de reina en México se vio obligada a economizar. Como no podían pagar una sirvienta, porque Calles tuvo la refinada crueldad de recortarle un tercio del sueldo apenas tomó posesión del cargo, ella tenía que hacer el aseo, cocinar y atender a sus hijos pequeños. Los pleitos conyugales por ese motivo eran tan frecuentes, que los vecinos de abajo presentaron una queja al administrador del edificio. En esas disputas yo tomaba partido por mi padre. Mamá no tenía derecho a quejarse de nada, pensaba, pues al fin y al cabo era una mantenida. Cuando la trataba despóticamente me sentía más unido a él, como si en esos momentos formáramos un frente común contra las "pinches viejas". Pero tenía la precaución de ocultar ese sentimiento y de hecho fingía compadecer a mi madre, al grado de ofrecerle ayuda en las faenas domésticas…

Y dale con el harakiri, se recriminó, te ufanaste de ser un hijo desnaturalizado. Bonita manera de enfangar tu nombre. Recordó el panegírico de la maternidad que había publicado el último diez de mayo en *Excélsior*. "Manantiales de ternura inagotable que entregan el corazón sin esperar nada a cambio, y por la sola fuerza del buen ejemplo nos conducen por la senda luminosa de la existencia, las madres son el surco donde florece la humanidad, la fuerza generatriz del universo, la victoria de la vida sobre la muerte y el caos. Ni con todo el oro del mundo podríamos pagarles sus abnegados desvelos." Así debía uno dorarle la píldora a las cabecitas blancas, por más opresoras y chantajistas que fueran.

Con la habilidad mental adquirida en el aprendizaje del inglés, me zambullí sin miedo en el alemán y al cabo de un año ya podía sostener conversaciones sencillas con mis compañeros del Gymnasium. Al segundo año de nuestra estancia en Berlín leía con fluidez a Thomas Mann y traducía para la embajada los documentos que nos enviaba la cancillería germana. Eran los años de la inflación galopante en Alemania, de las devaluaciones semanales, de los suicidios de pequeños y grandes empresarios en quiebra que se arrojaban de las azoteas. La clase media luchaba a brazo partido por no caer en los bajos fondos de la sociedad, pero muchas familias no podían sostener un nivel de vida decoroso. Un ratero de saco y corbata, con aspecto de señor respetable, me robó la cartera en el Metro de Berlín y diariamente me tocaba ver el lanzamiento de una familia que no había podido pagar la renta de su vivienda. Advertí el rencor social que se iba gestando en los estratos populares. Los periódicos eructaban xenofobia y denostaban a las potencias que tras la derrota de Alemania en la Gran Guerra le habían impuesto condiciones económicas oprobiosas.

Muchas madres de familia se prostituían para educar a sus hijos, y con una de ellas, Brunhilde, una portera pechugona y rolliza, perdí mi virginidad en un camastro piojoso. Eyaculé tan pronto que Brunhilde soltó una risilla cruel y me invitó a volver cuando quisiera: "Ojalá todos los clientes fueran tan rápidos como tú". Por aquel tiempo tuve también mi primera borrachera con un grupo de compañeros de escuela que me retaron a beber un tarro entero de cerveza sin pausas para tomar aliento. Lo conseguí, pero a costa de vomitar de rodillas cuando salimos de la taberna. En el Gymnasium, los "Camisas Pardas" empezaban ya a reclutar jóvenes para nutrir las filas del nacionalsocialismo. Algunos de mis compañeros politizados, tanto los nazis como los comunistas, contrajeron un fanatismo ideológico que nunca había visto en México, donde los intereses determinaban las filias y las fobias de todos los actores políticos. Prevenido por mi padre, que advirtió desde el principio el carácter demencial del nazismo, sólo vi de lejos los mítines en donde Hitler enloquecía a las masas con su formidable talento de agitador.

Cuando el general Obregón, manipulando a sus diputados incondicionales, abolió el principio de no reelección y lanzó su campaña para volver a la Presidencia, mi padre lo acusó en privado de pisotear los ideales democráticos por los que luchó Madero. Su posterior asesinato no lo afligió demasiado. Dudaba, como todo el mundo en esa época, de la versión oficial que atribuía el crimen a una conspiración de cristeros, pues el más favorecido con el asesinato era Calles. Para no despertar mayores suspicacias, el Turco se abstuvo astutamente de volver a ocupar la silla presidencial y dejó en el puesto a un títere suyo, el general Emilio Portes Gil, a quien mangoneaba desde la sombra. Por fortuna, Portes Gil era un viejo amigo de mi padre y en 1929 lo nombró secretario de Industria y Comercio. El retorno a México me causó un fuerte disgusto, porque para entonces había logrado incrustarme ya en una palomilla de golfillos berlineses y tenía una novia, Astrid, a quien besuqueaba en los parques. Acostumbrado a las bondades de la civilización europea, tener que volver a esa tierra de matones y charros me parecía un injusto castigo. Pero a los 18 años no podía independizarme de la familia para estudiar una carrera en Berlín, como hubiera querido, y después de jurarle amor eterno a mi novia tuve que hacer las maletas.

En la Secretaría de Industria y Comercio, mi padre tuvo como ayudante a Salvador Novo, un joven poeta con modales de dandi, que lo deslumbró por su dominio del lenguaje. Nadie tan diestro como él para escribir discursos en un santiamén, con una redacción elegante y precisa. Invitado a comer en casa, Novo me cautivó con su ingenio y su rapidez mental.

Estaba al día en todas las modas literarias de Europa y Estados Unidos, ridiculizaba a políticos, hacía retruécanos ingeniosos al calor de la charla. Apasionado del teatro, por esas épocas montaba obras vanguardistas en la compañía Ulises, que había fundado con otros amigos. Fui a ver una de ellas, *Orfeo* de Jean Cocteau, y me dejó deslumbrado. Como por entonces yo también escribía versos y creía tener vocación de poeta, leí con avidez la poesía de Novo, procurando imitarlo. Aunque mi padre me previno contra su evidente mariconería, nunca me hizo la menor insinuación. Novo tenía debilidad por los galanes de barriada: camioneros, albañiles y sobre todo, cadetes del Colegio Militar.

Volví a disfrutar los privilegios del poder, pero sabía que esa época de bonanza estaba sujeta a los vaivenes políticos y podía terminar en cualquier momento. Mi amistad con el joven comunista Jorge Piñó Sandoval, a quien conocí en casa del pintor Siqueiros, en la calle República de Uruguay, donde vivía como entenado, me inclinaba también a la causa de la revolución proletaria. Por su apasionado temple moral, Piñó parecía un idealista fanático salido de una novela de Dostoievski. La injusticia le dolía como un agravio personal y quería tomar el cielo por asalto lo más pronto posible. Yo le parecía "un burguesito blandengue" criado entre algodones y me retaba a renunciar a mis comodidades para ingresar al partido de la hoz y el martillo. Por consejo suyo leí el *Manifiesto comunista* de Marx y Engels. Creí haber descubierto la verdad con mayúsculas y un ansia redentora me hirvió en el pecho. Pero la mala fortuna de mi amigo, que a los diecisiete años cayó en prisión, traicionado por sus propios camaradas (primero lo incitaron a organizar una manifestación el Día del Trabajo y luego desconocieron su militancia en el partido, tachándolo de agente trotskista), me disuadió de entrar en una organización tan retorcida y sucia.

Conservé, pese a todo, un fuerte anhelo de justicia social, no sólo por convicción propia, sino por el deseo de imitar a mi padre. Pero al mismo tiempo, las penurias que mi familia padeció en el exilio me incitaban a codiciar la riqueza, como si la lucha de clases descrita por Marx se librara en mi propio cerebro. ¿Quiénes mandaban de verdad en el mundo, por encima de los políticos? Los asquerosos capitalistas a quienes mi amigo Jorge profesaba un odio visceral. Yo también los detestaba, pero —la verdad sea dicha— con un secreto afán de emularlos. Me estaba volviendo un idealista pragmático, si tal cosa es posible: un ambicioso con voluntad de poder que deseaba implantar una sociedad igualitaria, siempre y cuando pudiera quedar a la cabeza de mis camaradas.

Soltó una risilla malévola, reconociendo en ese pasaje su convicción más íntima. Debía admitir que ese tono de novela picaresca le venía de perlas. Por lo visto, la semblanza de su padre le había servido como pretexto para retratarse como un bribonzuelo en ciernes. Tal vez debería completar las memorias, aunque no las publicara en vida. Si tanto lo intimidaba la purga espiritual del confesionario, ¿por qué no se confesaba por escrito, sin golpes de pecho? La experiencia que había acumulado en materia de impostura política lo capacitaba para escribir un documento histórico de inapreciable valor, pues sabía de cierto, con pruebas palpables, que los escrúpulos ideológicos tienen poca o ninguna injerencia en la verdadera lucha por el poder. Soy la *bête noire* más aborrecida por los idealistas de izquierda, pensó, pero puedo jurar que ninguno de ellos tomará el Palacio de Invierno si no llegan a parecerse bastante a mí.

Junto con Jorge Piñó descubrí la vida bohemia y contraje el mal hábito de fumar, tal vez porque necesitaba sentirme importante. Íbamos al Teatro Lírico a escuchar los chistes políticos del Panzón Soto, que denunciaba entre burlas y veras el Maximato de Calles, como preámbulo a los pícaros números musicales de Celia Montalván, ya un poco jamona, pero aún deseable y codiciada por la soldadesca. En compañía de otros amigos frecuentábamos el estudio de Gabriel Ruiz en la calle de Guatemala, atrás de la Catedral. Tendidos en un diván cubierto por cueros de chivo, lo escuchábamos tocar en su hermoso piano de cola. Gabriel todavía era estudiante del conservatorio pero ya mostraba una fuerte inclinación por la música popular. En aquellas veladas bohemias compuso algunos de los boleros que más tarde, con letras retocadas por el Chamaco Sandoval, se harían famosos en la radio: "Mar", "Usted", "Desesperadamente". Todos éramos férvidos admiradores de Agustín Lara, incluyendo a Gabriel, y nos aprendíamos de memoria los boleros que estrenaba cada noche en el Teatro Lírico. Su idealización del amor prostibulario contribuyó en gran medida a corromper mi edulcorado romanticismo.

Perdí los últimos vestigios de castidad en la Casa de Ruth, un burdel de lujo frecuentado por empresarios y generales. Mi padre me llevó ahí como regalo de cumpleaños, creyendo que todavía era quinto. Ignoraba que yo había perdido la virginidad en Berlín y no lo quise sacar de su error. Cuando llegamos, doña Ruth en persona, una madame de edad otoñal, delgada como una anguila, nos condujo a un reservado con alfombra roja y cortinajes de brocado, donde una botella de champán se enfriaba en una hielera. "Es un honor recibirlo, señor ministro, ya verá que su cachorro sale muy contento de aquí", dijo la madrota, cogiéndome por la barbilla. Un biombo japonés decorado con escenas lúbricas acaparó mi atención. Me asombró que hubiera tantas posiciones distintas para coger, algunas francamente circenses. ¿Podría yo ejecutarlas? Me pareció lo más natural del mundo que mi padre también se acostara con una de las pupilas, una tal Nadia. Yo elegí a Berenice, una rubia jovencita que más tarde hizo carrera en el cine mexicano con otro nombre de batalla. "No te metas con putas baratas, que te pueden pegar una enfermedad", me aconsejó el viejo.

Era, por lo visto, un cliente asiduo de ese burdel, a pesar de tener en casa a una esposa más bella que todas las chicas del lupanar. Otro en mi lugar, Iván por ejemplo, que desde niño fue un Edipo incorregible, quizá se hubiera indignado con él por ese alarde de machismo. Yo, en cambio, se lo agradecí por su carácter aleccionador. Si para los hombres el compromiso del matrimonio tenía un carácter relativo, ¿por qué no iba yo a saberlo desde chavito? Sin entrar en detalles, mi padre me estaba diciendo: sólo son fieles los putos y los castrados, nosotros podemos cogernos a cuanta vieja se nos antoje.

Mientras yo me daba a la mala vida, mi padre seguía luchando por radicalizar la Revolución. Por encargo de Portes

Gil promulgó una Ley del Trabajo que sus enemigos tacharon de comunistoide, aunque estaba inspirada en el corporativismo de Mussolini, pues si bien concedía el derecho de huelga a los sindicatos, otorgaba al gobierno un control absoluto de las centrales obreras. Era una ley hecha a la medida para complacer al Turco, el verdadero poder detrás del trono, que en esos momentos fraguaba la creación de un partido de Estado, el Nacional Revolucionario, en el que tuvieran cabida obreros, campesinos, clases medias, empresarios y militares. Además de reglamentar las pugnas entre el capital y el trabajo, mi padre propinó un fuerte golpe a las compañías aseguradoras, la mayoría extranjeras, obligándolas a reinvertir sus ganancias en México. La medida fue aplaudida calurosamente por la prensa, al grado de que algunos periodistas candidatearon a mi padre para presidente. Irritado por su creciente protagonismo, el Jefe Máximo ordenó a Portes Gil que lo mandara literalmente "a chingar a su madre". Lo enviaron a una sucursal europea de la chingada: la embajada de México en Bélgica. Una vez más lo castigaban por cumplir celosamente con su deber, por tratar de poner la Revolución al servicio del pueblo.

Al menos esa fue la versión del cese que nos dio mi padre. Pero quizá Portes Gil haya tenido una razón más poderosa para sacarlo del gabinete. Cuando hacíamos las maletas para el viaje a Bruselas, abrí un cajón de su recámara en busca de unas mancuernillas y me topé con la libreta de una cuenta bancaria. Papá la había abierto dos meses atrás en el First National City Bank con un fabuloso capital de trescientos mil dólares. El ídolo de mi niñez se me quebró en pedazos. Obnubilado por mi sed de justicia, que en la juventud no admite salvedades ni circunstancias atenuantes, en la primera oportunidad que tuve para hablar a solas con él le pedí una explicación por esa misteriosa fortuna, blandiendo la libreta como una prueba flagrante de corrupción.

—Siempre me has dicho que un revolucionario debe llevar una vida modesta y no ambicionar la riqueza —le reclamé con la insolencia de los justos—. ¿De dónde sacaste tanto dinero?

—Trae acá esa libreta, imbécil —me soltó una bofetada—. Tú no tienes derecho a exigirme cuentas de nada.

Nos dejamos de hablar una semana. En la travesía a Europa ocultamos nuestro enojo para no inquietar al resto de la familia, pero yo evitaba estar a solas con él. En Bruselas tenía planeado tomar un tren a Berlín para trabajar allá en lo que fuera, de mesero o albañil, con tal de mantenerme puro y estar en paz con mi conciencia. A los dieciocho años uno es así: dogmático, intransigente, propenso a condenar cualquier infracción moral. Después entendemos que el interés mueve el mundo y eso nos vuelve más tolerantes con las flaquezas propias y ajenas. El tercer día de navegación, cuando contemplaba desde cubierta la puesta de sol, acodado en el barandal de la proa, mi padre me propuso que nos tomáramos un trago en el bar del trasatlántico para hablar de hombre a hombre.

—Mira, Picho, en esta vida hay cosas buenas que parecen malas. Yo no he dejado ni dejaré de luchar por los pobres de la tierra, pero entiende en qué mundo me muevo. La Revolución no la hicieron ángeles, la hizo gente ambiciosa, pendenciera, maleada por el bandidaje. Me tocó ser ministro en un gobierno de cuatreros, qué le vamos a hacer, y en las intrigas políticas la fortuna personal cuenta mucho. Te da seguridad, te da prestancia, te pone una corona de triunfador. ¿Sabes cuánta lana se roba cualquier ministro, haciendo negocios desde el poder? Pregúntale a Aarón Sáenz, que ya tiene hasta una compañía de gas en Monterrey. ¿Crees que no da rabia ver a todo el mundo haciendo negocios mientras uno batalla para completar el gasto? Se siente uno jodido, me cae, jodido y ridículo, como un párroco en un lupanar. Soy revolucionario, pero no tengo alma de santo. México seguirá siendo capitalista, nos guste o no, y la clase política me vería como un pobre diablo si no junto un patrimonio, aunque sea modesto. Comparado con muchos compañeros de armas sigo siendo un pobretón, te lo aseguro. Pero una cosa es ser honrado y otra pendejo. Si las compañías mexicanas de seguros querían que yo les ahuyentara a la competencia extranjera, no iba a hacerles el favor de gratis. Protegí el interés nacional y ahora tengo más fuerza para defender mis ideales, porque ya no dependo de un sueldo para vivir. Algún día mi modesto capital será tuyo y de tus hermanos. Por ustedes me he partido el alma todos estos años. ¿No crees que merezco un poco más de respeto?

Lo abracé llorando, conmovido sobre todo por su último argumento, que me tocó el corazón y para ser franco, también el bolsillo. ¿Quién era yo para juzgarlo? Su destacado papel de agitador en la huelga de Cananea, la herida que lo dejó rengo en Agua Prieta, su denodado empeño por aplicar la Reforma Agraria, ¿no ameritaban una justa recompensa? Y quizá fuera cierto que a partir de ahora lucharía por sus ideales con más ahínco. El propio Lenin venía de una familia burguesa: los grandes revolucionarios de la historia eran enemigos de su propia clase. En resumen, le creí porque tenía ganas de creerle. Si la figura paterna se me derrumbaba en ese momento podía quedar sepultado bajo sus escombros. Sospeché, sin embargo, que el presidente Portes Gil le había pedido la renuncia al descubrir el chanchullo de las aseguradoras, no porque tuviera una ética muy estricta, sino porque se había quedado con todo el botín sin darle su moche.

Con los oídos del alma oyó a su padre clamando desde ultratumba: "No me defiendas, compadre". Por si las recochinas quemó esa cuartilla, no fuera a caer en manos de algún enemigo, y arrojó las cenizas a la chimenea. Otra vez las putas ganas de tomar. Un buen coñac le vendría de perlas para entibiar la nostalgia. Pero nada de tragos, después del primero ya no podría parar y mañana tenía un desayuno en Los Pinos. Tras el hallazgo de aquella libreta bancaria no volvió a ser el mismo. Si los escrúpulos paralizaban a los hombres de mérito, pensó, era mejor ignorarlos o amordazarlos. Nunca volvió a creer en la pureza humana, y sin embargo guardaba en el corazón un sedimento de su vieja inocencia, que le reprochaba haber seguido el ejemplo paterno. ¿Golpes de pecho a destiempo? ¿Nostalgia de su perdida virginidad moral?

Los réditos de la fortuna paterna se reflejaron de inmediato en la bonanza familiar, pues en Bruselas llevamos un tren de vida principesco, como si la familia quisiera desquitarse de la estrechez humillante que padecimos en Berlín. Mi madre no quería matarse de nuevo en las faenas domésticas y en la escala de La Habana reclutó a Encarnación, una criada negra que hizo el viaje con nosotros y en Bruselas se casó con un militar. Ya instalado en la embajada, mi padre se agenció los servicios de un chofer marroquí, Abbud, a quien vistió de uniforme. Cinco veces al día, estuviera donde estuviera, interrumpía sus labores para rendir honores a Alá, prosternado en el suelo. Mi madre se gastaba un Potosí en las boutiques más exclusivas de la ciudad, yo estrené un abrigo de astracán, comíamos langosta y *foie gras* rociados con finos caldos en los más exquisitos restaurantes de Ixelles. Desde el primer día cogí por los cuernos al desafío de aprender otro idioma. Por fortuna, en Alemania había tomado clases de francés, de manera que ya tenía un trecho del camino andado. En la Universidad Libre de Lovaina tomé cursos de Filosofía y Letras Francesas en calidad de oyente, pues después de estudiar en tantos países, sin terminar los años escolares por las frecuentes mudanzas de la familia, no reunía los requisitos para ser admitido como alumno regular.

Era yo un muchacho más o menos culto, que sabía un poco de todo, sin haber profundizado en nada. Para colmo quería ser poeta y eso no se aprende en las universidades. Papá no le daba mucha importancia a mi vocación literaria, pues la creía un capricho de juventud, ni me presionaba para estudiar una carrera seria. Él era autodidacto y sentía que los hombres se formaban trabajando, no en las aulas universitarias. Enamorado del francés, una lengua musical y dúctil, precisa como un mecanismo de relojería, hice progresos en poco tiempo y me convertí en el traductor oficial de la embajada. Como mi padre sólo hablaba inglés, mi facilidad para los idiomas le resolvía infinidad de problemas.

En Bruselas las solteras eran más libres que en México y aquí, por fortuna, no tuve que limitarme al sexo con prostitutas. Consolé a una joven divorciada, Géraldine Aubry, que trabajaba de secretaria en la embajada de Cuba y de niña había aprendido el español en Málaga. Alta, rubia, con dos hijos pequeños a los que casi mantenía ella sola, pues el ex marido, un trabajador ferroviario, sólo le pasaba dinero en las navidades, Géraldine me llevaba cuatro años y no aspiraba a una relación duradera conmigo. Amante juguetona, con aires de vampiresa, antes de hacer el amor se erguía los pezones frente al espejo, con tacones y neglillé de encaje. Debo a sus enseñanzas mi poca o mucha destreza erótica, pues la fogosidad histriónica de las putas mexicanas, su evidente falta de entrega, me había convertido en un lastimoso eyaculador precoz. En pocas palabras, Géraldine me hizo hombre: Dios la bendiga por haberme tenido tanta paciencia.

Viajaba con frecuencia a París, fascinado por el encanto de la ciudad, sobre todo el de sus barrios bohemios. En Montmartre, Montparnasse y el Barrio Latino derrochaba en mujeres y absenta los exiguos honorarios que devengaba por mi trabajo de factótum en la embajada. Jugaba al poeta maldito, bebiendo hasta el amanecer en brazos de putillas que a veces no me cobraban, acompañado en esas correrías por Patrick Soublin, un compañero belga de la Universidad de Lovaina que conocía a la perfección las mejores *boîtes* de París. Patrick era un escultor en ciernes que hacía maravillas con la madera. Con él descubrí la pintura surrealista en una pequeña galería de la Rue Bonaparte y asistí por primera vez al cine sonoro, maravillado por los avances de la tecnología.

El aire de superioridad de los intelectuales importantes que a veces veía de lejos en los cafés (François Mauriac, Charles Péguy, Anatole France), me subyugaba y repelía al mismo tiempo. Sólo en el mundillo político de México había visto a gente tan embelesada con el reflejo de su importancia. En parte quería ser poeta para desdeñar al vulgo desde las alturas, pero intuía que además de un arduo trabajo con el lenguaje, sería precisa una lucha política muy ardua para imponerme en un medio tan competitivo. Y para ser franco, los restaurantes lujosos de Champs-Élysées, las mujeres seductoras envueltas en pieles que bajaban de sus Rolls Royce y entraban a las boutiques de alta costura, me embriagaban más que los sueños de gloria literaria. ¿De verdad quiero ser un genio incomprendido que cincela versos en una buhardilla?, me preguntaba, seducido por el boato del gran mundo. Pero ¿por qué trocar un anhelo por otro? ¿Acaso eran incompatibles? Lo quería todo: ser poeta y hombre de acción, millonario y líder bolchevique, vivir cientos de existencias simultáneas y gozar los placeres del alma y del cuerpo con "una sublime hiperestesia humana", como diría el divino Rubén.

Influido por los poetas simbolistas, escribía en los cafés de Bruselas cuando las musas se dignaban visitarme, generalmente al segundo o tercer coñac, sin corregir una sola palabra. Retocar el borbollón de imágenes que brotaban de mi fuente Castalia me hubiera parecido una falsedad imperdonable. Un poeta digno de ese nombre, pensaba, debía transmitir emociones en estado bruto, sin emperifollarlas con preciosismos. En la cama, Géraldine escuchaba con arrobo mis recitales. Sus elogios me halagaban casi tanto como las palabras sucias que le arrancaba en el cenit del orgasmo. "El momento dorado canta su última canción. Ya descansa el arado. Ya anochece, corazón", recitaba con trémolos en la voz. Martine, excitada, me devoraba a besos: *Oh, mon petit poete, tu écris comme les anges, fais-moi l'amour une autre fois*".

Pero no podía confiar en el gusto literario de una lectora tan parcial, ni en el de mis padres, que también me aplaudían sin reservas. En busca de una opinión sincera le mandé una copia de mis poemas a Jorge Piñó Sandoval, que por entonces se iniciaba en el periodismo. En una carta amistosa me recomendó que probara suerte en otros géneros como la novela o el drama. Duro golpe para mi ego. Pero después de todo, Piñó no era ni remotamente una autoridad literaria y seguí escribiendo versos con la misma espontaneidad. Creía ser un genio incomprendido y sin embargo un explicable pudor me desaconsejaba exponer mis versos al público. ¿Por qué involucrar a jueces profesionales en la valoración de unos poemas incontaminados por la sed de reconocimiento? ¿No era más congruente con la pureza de su gestación cultivar en secreto ese jardín de ensueños?

Al terminar el gobierno de Pascual Ortiz Rubio, el nuevo títere del Turco, Abelardo L. Rodríguez, quiso trasladar a mi padre a la embajada de México en Guatemala, un puesto muy inferior a sus méritos. Al recibir el telegrama con el nombramiento lo rompió en pedazos. "Los callistas quieren tratarme como un pelagatos —farfulló—, pero no les voy a dar el gusto.

Que se metan su embajada por el fundillo." En un escueto mensaje informó al canciller que declinaba el puesto para dedicarse de lleno al estudio de las ciencias sociales. No lo dijo expresamente, pero yo deduje que gracias a su cuenta en dólares se podía poner esos moños.

De vuelta en México nos instalamos en una lujosa residencia en las Lomas de Chapultepec, donde la familia revolucionaria se había construido ya palacetes mucho más opulentos que el nuestro. Para entonces yo había acumulado un buen número de poemas en el cajón sin hacer el menor intento de publicarlos, pero cuando volvimos al terruño, rodeado ya de un público hispanohablante, reconsideré mi voto de silencio. ¿Iba a cortarme las alas por el juicio adverso de un semiletrado como Piñó? ¿Por qué no exponer mi trabajo a un jurado plural si creía tener espolones para gallo? Las puertas del Parnaso nunca se me iban a abrir si yo no las tocaba. En una edición de autor publiqué una *plaquette* con el enigmático título *Claves*, que invitaba al lector a descifrar entre líneas un velado trasfondo autobiográfico. En un gesto de coquetería políglota, añadí a la colección un poema en francés. Abrí la *plaquette* recién salida de la imprenta con la ternura de un padre novicio. Contraté a un mensajero que llevó ejemplares con mi autógrafo a las redacciones de los periódicos y a los domicilios de la gente de letras, entre ellos a Salvador Novo, a quien había citado en el epígrafe. No esperaba que mi *opera prima* fuera recibida con fanfarrias de honor, sólo la aparición de dos o tres reseñas que me dieran la bienvenida a la república literaria.

Pero no hubo bienvenida ni repudio. Silencio sepulcral durante cuatro meses eternos. En una reunión con mis íntimos me declaré víctima de un atroz ninguneo. ¿Por qué la crítica me hacía el vacío? El puto de Novo sólo elogiaba a los poetas que se lo cogían. Mi amigo José Gómez Robleda, un joven con vocación de siquiatra, que para entonces ya estaba terminando la carrera de Medicina, se atrevió a decirme "de buena fe y con ánimo constructivo" que si Novo no comentaba mi libro no era por maldad ni por afán de perjudicarme: "Al contrario, te ignora por piedad. Si reseñara tu libro tendría que hacerte pedazos". Los demás compañeros presentes no secundaron su juicio, pero tampoco lo refutaron. Quería tanto a Gómez Robleda que le había dedicado un poema del libro, "Complejo", en el que me declaraba "un desconocido de mí mismo". Si un hermano del alma me crucificaba de esa manera, ¿qué opinarían del libro los literatos de cenáculo? ¿De veras rechinaban tanto las bisagras de mi corazón? Me sentí un grotesco payaso con la cara negra de chapopote. El ridículo es una especie de roña que el enfermo siempre descubre tarde, cuando ya se tendió a su alrededor un cordón sanitario.

Aquella humillación delante de testigos todavía le calaba, pero trató de hallarle un ángulo positivo. Para bien o para mal se había crecido al castigo. Sin saberlo, Gómez Robleda lo catapultó al éxito, pues al perder toda esperanza de consagrarse como poeta se volvió más atrevido y cínico. Si en su carrera de periodista hubiera temido el rechazo de la minoría inteligente y culta, jamás habría podido domar al público a latigazos. Desde sus primeros reportajes tuvo el acierto de identificar al lector común y prodigarle cursilerías. La renuncia a la poesía, hasta cierto punto, le permitió cultivar sin sonrojos la retórica sensiblera de un orador de plazuela. No sólo los políticos podían hacer demagogia, también los periodistas. Y ningún poeta laureado ganaría en cien vidas lo que él devengaba en un mes. Era la pluma mejor pagada de México porque al abandonar su vocación literaria con el orgullo en jirones, le declaró la guerra a las huestes angélicas del lenguaje.

Esa noche, al despedirme de la palomilla, cogí una borrachera de príncipe destronado. Después de empinarme yo solo una botella de tequila, caminé dando tumbos por los portales de la Plaza Garibaldi, aturdido por los trompetazos de los mariachis, tan malsonantes como los versos más ramplones de mi libro. Amanecí tirado en una acera de La Merced, entre garroteros harapientos y vagabundos envueltos en sarapes. En la cruda tomé la firme decisión de no volver a exponerme al escarnio público. Al carajo con la poesía: tenía que abroquelarme contra la maldad humana y de ser posible, golpear primero cuando presintiera un golpe. En mi siguiente encuentro con Gómez Robleda lo saludé muy quitado de la pena, sin darle el gusto de entrever cuánto me había lastimado. Ya me cobraría la ofensa en el futuro, cuando nadie pudiera sospechar mis móviles. Y el destino me dio la oportunidad hace un año, cuando el presidente Ruiz Cortines lo nombró subsecretario de Educación Pública. No le duró mucho el gusto: saqué a relucir en *Excélsior* sus antecedentes comunistas y lo acusé de querer adoctrinar desde su puesto a la niñez mexicana. Atesoro el recorte como una reliquia de mi venganza: "Los objetivos del grupo que Gómez Robleda capitanea son abiertamente ateos y anticlericales: contra Dios, contra la Iglesia, contra la libertad de creencias garantizada en la Carta Magna". Lo destituyeron al día siguiente, por supuesto. Estamos a mano, Pepito: ni yo soy poeta ni tú eres político.

Por esas fechas endulzó mi fracaso, casi lo convirtió en una noble herida de guerra, una linda compañera de la Escuela Nacional Preparatoria: Lorena Ceballos, la hija mayor de un viejo amigo de mi padre. Morena, espigada, con talle de gitana, pómulos salpicados de pecas y una ondulante cascada de rizos trigueños, en pocos meses Lorena había transitado de una escuálida adolescencia a una juventud ubérrima. Apenas habíamos cruzado palabra en las reuniones de nuestras familias, pero al coincidir en el patio de San Ildefonso, Lorena se declaró conmovida por la lectura de *Claves* y me animó a seguir escribiendo. "Aprovecha tu don, poca gente sabe expresar lo que siente con tanta belleza". No era tan ciego como para creer que el aplauso de Lorena me redimía del ridículo, pero sentí que había encontrado a una hermana. Le invité una nieve en 5 de Mayo y a la hora del crepúsculo dimos un largo paseo por La Alameda. Cuando atravesamos Avenida Hidalgo la tomé de la mano y ella me la estrechó con una confianza que presagiaba su rendición. Nos sentamos muy juntos en una banca de la Plaza Santa Veracruz, cerca de un guitarrista ciego que cantaba: "Si yo encontrara un alma como la mía". Aunque suene cursi, sentí que esa canción era el dulce presagio de una felicidad sin mácula. Lorena era ese ángel, "que al mirarme, sin decir nada, me lo decía todo con la mirada".

Para beneplácito de nuestras familias, que estaban muy contentas de emparentar, empezamos un noviazgo formal con gran derroche de suspiros, cartas perfumadas y besuqueos en rincones oscuros. Yo no tenía ninguna prisa por casarme; de hecho, quería ser libre hasta la madurez. Pero el instinto manda y una tarde, cuando nos dejaron solos en su casa, me atreví a poner en jaque la doncellez de Lorena. Ya le había bajado las pantaletas y a punto estaba de penetrarla, cuando ella saltó del sofá, y se guardó los pechos en el sostén, asustada de su liviandad. "Creí que eras un caballero", balbuceó indignada. "Claro que lo soy", me defendí, procurando ocultar mi erección. "¿Entonces por qué me tratas como a una cualquiera?". Para enmendar mi yerro le propuse matrimonio de rodillas, como un galán de melodrama barato. No me pesó demasiado sentar cabeza a una edad tan temprana pues ya andaban en las mismas Piñó Sandoval, Gómez Robleda y otros amigos, comprometidos todos con noviecitas santas que pronto llevarían al altar.

Los jóvenes de mis tiempos aceptábamos el yugo del matrimonio como un mal necesario: era una licencia para coger. Pero cuando Lorena me impuso esa condición, la espontaneidad de nuestro amor sufrió un golpe mortífero. El matrimonio de entonces se parecía demasiado a un contrato de compraventa en el que una mujer aportaba el capital de su virginidad, a cambio de tener un proveedor para toda la vida. Lorena era virgen, desde luego, pero a veces la decencia corrompe más que el libertinaje. Siempre tuve la incómoda sensación de haber pagado un precio excesivo por su himen intacto. ¿Quién es más puta: una piruja callejera que se alquila por horas o una mujer casada que se vende a perpetuidad? En gran medida los conflictos con mis esposas se deben a que no puedo amarlas bajo coacción. Por más acostumbrado al cabestro que pueda estar un potro, de vez en cuando suelta mordidas o coces.

Nos casamos en la Parroquia de Nuestra Señora del Rosario, en la colonia Roma. Fiel a su ateísmo, mi padre no quiso entrar a la boda, pero más tarde, en el banquete, charló animadamente con el sacerdote que nos casó, el padre Magdaleno Rivas, a quien trató de convencer, entre burlas y veras, de las ventajas del budismo sobre el catolicismo. Como hombre casado ya no podía seguir dependiendo de mi padre. Con su acostumbrada generosidad, sin esperar que yo le pidiera el favor, él comprendió mi necesidad de independencia y movió influencias entre sus amigos del gobierno para conseguirme empleo. Trabajé como inspector de la Auditoria de la Universidad Nacional, una tediosa chamba de fisgón que sólo aguanté un par de meses. Después caí más bajo aún: fui superintendente de construcción en la presa Taxhimay del estado de Hidalgo. Me limitaba a llevar el inventario de los materiales de construcción en una garita con techo de asbesto, donde contraje un espasmo bronquial por respirar a diario el polvo que levantaban los camiones de volteo.

Era un joven sin carrera, cierto, pero hablaba tres idiomas y esos empleos de tinterillo me cortaban las alas. Tenía ya 23 años cuando Lorena se embarazó. Ahora, con un hijo en camino, me urgía un empleo donde pudiera crecer. Vivíamos en casa de mis papás, pero Lorena no se llevaba bien con mi madre y las fricciones entre ellas iban subiendo de tono. A mamá le molestaba que Lorena tapara con sus pelos la coladera de la tina y ella se ofendió cuando su suegra le regaló un gorro de baño. No quiso aprender a tejer, pese a la insistencia de mi mamá, que se tomó esa negativa como una declaración de guerra. Sus antojos de embarazada ponían en serios aprietos a la cocinera y cuando mi madre quiso obligarla a tomar una sopa de lentejas se levantó a vomitar. Varias veces fungí como árbitro de sus disputas, sin dejar satisfecha a ninguna de las dos. Tu mamá no se resigna a soltarte, se quejaba Lorena, quiere separarme de ti para que vuelvas a su regazo.

Tenía calificaciones de sobra para ocupar un puesto en el Servicio Exterior, pues hablaba con fluidez inglés, alemán y francés, algo de lo que muy pocos diplomáticos podían ufanarse, pero en el gobierno los méritos valen sorbete sin el auxilio de un buen padrino. Por fortuna, en 1934, cuando Lázaro Cárdenas llegó a la Presidencia, nombró canciller a Eduardo Hay, un buen amigo nuestro, y mi padre le pidió como un favor personal que me diera un puesto en alguna embajada. Debuté en el Servicio Exterior como "taquígrafo de primera" en el consulado de Nueva York. Para entonces ya había nacido mi hija Dánae, una adorable nenita con ojos de miel, juguetona y vivaracha como un tocotín, que me tenía embobado junto a su cuna tardes enteras. Sus sonrisas eran mi mejor incentivo para trabajar con una responsabilidad sin tacha. El retorno a la ciudad de los rascacielos me produjo un efecto similar al de los licores fuertes. El espectáculo de la riqueza invicta y engreída, la caldera humeante de las ambiciones en pugna, el chisporroteo luminoso en las marquesinas de Broadway, todo me incitaba a sobresalir por la buena o por la mala.

Antes de partir por tren a Estados Unidos, mi amigo Gilberto Anaya, jefe de redacción de *El Gráfico,* me había pedido que le enviara desde Nueva York una serie de reportajes sobre los efectos sociales del *New Deal.* Para entonces, la economía yanqui ya se había levantado bastante del crack bursátil del 29 y las *trade unions,* arropadas por el gobierno de Roosevelt, habían adquirido una fuerte preponderancia. Entrevisté al líder del sindicato de estibadores, que hablaba con una dicción tartajosa por el hábito de mascar bolas de tabaco; a circunspectos funcionarios del Ministerio del Trabajo que se paraban el cuello con cifras y estadísticas triunfalistas, a madres de familia enojadas con los comerciantes voraces, a cantineros y mujeres de la vida fácil que notaban ya un repunte en el poder adquisitivo de su clientela. Con ese material escribí una larga crónica divida en cinco partes (bastante amena, modestia aparte), con la que hice mis primeras armas en el periodismo. Pero como un funcionario del Servicio Exterior no podía publicar nada con su nombre, la firmé con un seudónimo en inglés, Charles Blackwood, que le guiñaba un ojo a mis amigos de México, prevenidos ya para leerme.

El descubrimiento de mi vocación fue el acontecimiento más importante de esa corta residencia neoyorquina. La búsqueda de noticias, la observación de costumbres, la delicia de husmear en las vidas ajenas como un detective privado, el trato con una variopinta gama de personajes con los que debía congraciarme para sacarles información me obligaban a ser agudo, curioso y veraz, a sostener con el pulso firme el megáfono por el que hablaba la voz colectiva. Como poeta me había esforzado vanamente en buscar lo sublime. La alegría de reportear me libró para siempre de esa faena solitaria.

El valor testimonial no estaba sometido a jueces, como el valor literario. Cuanto más llano fuera mi lenguaje, cuanto más directa la exposición de los hechos, mejor tomaba el pulso de la sociedad.

Lorena y Dánae, por desgracia, no gozaron tanto como yo el privilegio de vivir en el cogollo del mundo. La niña necesitaba pañales, bañera, corralito, muñecas, mamilas, una flamante carriola que me costó veinte dólares, ropa nueva en cada estirón. Aunque el consulado me concedía adelantos de sueldo y préstamos blandos, muchas veces no podía llegar al fin de quincena. En Manhattan la pobreza duele más que en cualquier otra parte del mundo, y por ningún motivo quería pedir ayuda financiera a mi padre. Si ya era una afrenta para mi orgullo que algunos compañeros del consulado me vieran como un hijo de papi, ¿con qué cara iba a pedirle limosna? Urgido de mayores ingresos, conseguí un traslado a Denver, donde ocuparía el puesto de canciller de segunda, con mejor sueldo y un departamento más amplio, por la mitad de la renta que pagábamos en Manhattan. Denver era entonces y debe ser todavía una ciudad esclerótica y anodina que en invierno, cuando la nieve amortaja las calles y obstruye las cocheras de las casas, entra en un largo estado de coma. En Nueva York vivía en la calle, charlaba con gente lúcida y animada: en Denver el clima polar y la quietud provinciana me condenaban a la rutina hogareña. Nada más triste para un joven reportero con sed de triunfo que vegetar en una ciudad inerte, ordenada y pulcra como un tablero de damas, en la que ni siquiera ocurría un modesto percance de tránsito.

Interrumpí mis colaboraciones en *El Gráfico*, pues aquí no había nada que reportear. La convivencia forzada con Lorena erosionó nuestros lazos eróticos y afectivos. Encerrado con ella y la niña en un pequeño departamento donde las tuberías de la calefacción se congelaban cuando había un descenso brusco de temperatura, me sentía un avejentado ratón de laboratorio, con la frente pegada en el cristal de su jaula. Lorena tampoco disimulaba su mal humor, resentida quizá por mi desgano sexual, un efecto secundario de la hibernación forzada. Sus únicos temas de conversación eran los horóscopos, las dietas y los chismes de la farándula. Fastidiado por su charla banal, por su mentalidad estrecha y pequeñoburguesa, la regañaba con frecuencia por pasarse todo el santo día oyendo la radio y leyendo revistas de modas. "Cultívate un poco, nena, que te van a salir telarañas en el cerebro." Nuestras riñas cotidianas despertaban con frecuencia a la pobre Dánae, que se ponía morada de tanto chillar. Prolongaba tanto el do de pecho que a veces temía por su vida. En la marea alta de la desesperación salía a la calle dando un portazo y paseaba un rato por las resbaladizas calles, el rostro acribillado por alfileres de escarcha. Yo, el hijo del relámpago, el espíritu indómito que había soñado con una vida aventurera como la de Lord Byron, confinado en una ciudad soporífera, donde se vivía de puertas adentro y no había un bar abierto después de las once.

Tragándome el orgullo, en varias cartas de tono sombrío y llorón rogué a mi padre que hablara con Eduardo Hay para sacarme de ahí. Al cabo de tres meses, cuando ya coqueteaba con la idea de volver derrotado a México, sus arduas diligencias en Relaciones Exteriores culminaron con un providencial traslado a Río de Janeiro. Con el calor del trópico y el bullicio de los bares cariocas, renacieron mis deseos de gozar la vida y junto con ellos, el ansia de sobresalir por méritos propios. Gracias a las lecciones diarias de portugués que tomaba con Mauricio Gonçalves, un maestro particular contratado por la embajada, con quien simpaticé desde la primera clase, aprendí lo suficiente para desempeñar con eficacia mis tareas burocráticas, reducidas a tramitar visas para viajeros mexicanos. El embajador José Manuel Puig Cassauranc, un médico aficionado a la literatura, descargaba en mí buena parte de su trabajo. Por representar a un gobierno de izquierda ante la dictadura de Getúlio Vargas, Puig tenía un contacto muy escaso con las autoridades brasileñas y se dedicaba a jugar golf en Tijuca con sus pares del cuerpo diplomático.

La calidez del trópico y, sobre todo, los contoneos provocadores de las mulatas, me sacaron del letargo erótico. Sentado en las terrazas de Copacabana pasaba revista a las "garotas" ligeras de ropa que derramaban por la calle una voluptuosidad insolente. No llevaban medias porque ninguna mujer las aguantaba en Río y a veces, amotinado por el olor agreste de sus vulvas, me iba tras ellas babeando como un podenco. La entrega sosegada y dulce de Lorena no me bastaba. Quizá yo hubiera debido desinhibirla un poco, pero ¿quién se resigna al café con leche cuando puede beber vino de Falerno? Por ser rubio y de ojos verdes, las mulatas de la vida alegre se me ofrecían con descaro y en vez de resistirse a gozar, como las mezquinas putas mexicanas, me cabalgaban con una voracidad que no parecía mercenaria. No eran mujeres, eran boas con una refinada malicia para devorar al hombre.

Lorena no me tenía vigilado, y sin embargo, yo la engañaba tan ostensiblemente, sin preocuparme siquiera por guardar las formas, que se daba perfecta cuenta de mis travesuras. Pero no me reclamaba nada: con una mansedumbre de beata fingía no haberse enterado de que su esposo andaba siempre en la chilla por gastarse la mitad del sueldo en los burdeles de Río. Esa indignidad la devaluó ante mis ojos más que su ignorancia. Imaginé las lecciones de abnegación que su madre debió de impartirle antes de la boda: "Los maridos fieles son garbanzos de a libra, hija, si supieras todas las calaveradas que le he aguantado a tu padre. Pero la mejor defensa para una esposa es no darse por enterada de sus porquerías. Si quieres tener un matrimonio para toda la vida hazme caso".

Otro marido en mi lugar hubiera aprovechado las concesiones que me daba Lorena para tener lo mejor de dos mundos: la estabilidad conyugal y los placeres del soltero. Yo, en cambio, atribuí sus concesiones al desamor. No soy psicólogo, ni puedo precisar con exactitud los resortes de mi conducta, pero con esas infidelidades tal vez buscaba picarle la cresta, descubrir si nuestra vida conyugal era algo más que un arreglo de conveniencia, sacarla del edén ficticio donde parecía sentirse tan cómoda y enfrentarla con sus pasiones. Pero como no logré darle celos, con el tiempo su indiferencia me hirió mucho más que un reclamo. Me despreciaba sin reproches, desde las alturas de una imperturbable superioridad moral. El divorcio no entraba en sus planes y su férrea indiferencia parecía encerrar una amenaza: "Lárgate de putas, vuelve a casa embarrado de maquillaje, déjanos en la chilla para comprar placer, pero hagas lo que hagas nunca te quitaré la soga del cuello". Harto de su paciencia calculadora, caí en una racha de mal humor. Contribuyó a tensarme los nervios la frustración de redactar a diario inocuos oficios en un lenguaje neutro y acartonado, cuando yo me sentía capaz de tratar asuntos diplomáticos de mayor envergadura, que redefinieran la política exterior mexicana y nos colocaran en el primer plano de la escena internacional.

Un sábado por la mañana, a mediados de agosto, me desperté con una cruda apocalíptica tras una noche de juerga con Mauricio Gonçalves, en la que nos tomamos dos jarras de caipirinha, manoseando a las meseras de un bar. Quise salir a curármela en una cantina de Botafogo, donde servían de botana una deliciosa picanha, y después de un duchazo busqué mis llaves. No estaban en la cómoda de la recámara ni en la repisa de la sala. Tampoco en el buró, donde a veces las guardaba por error. Eché un vistazo a la cocina por si acaso las había dejado en la alacena. Lorena me veía buscarlas con indiferente hostilidad, mientras daba de comer una papilla a la nena. Me agaché frente a ella para ver debajo de la mesa y ni siquiera se inmutó. ¿No has visto las llaves?, le pregunté, un poco molesto por su falta de cooperación. Búscalas en tu saco, siempre las dejas ahí, me respondió en un tono golpeado, poco frecuente en ella. Tampoco estaban ahí. ¿No las tendrás tú?, me encaré con Lorena. El otro día las agarraste sin decirme nada. ¿Por qué he de tener yo la culpa de todo lo que te pasa?, me recriminó, ahora sí en plan de bronca.

Por fin se cuarteaba su coraza de hielo. Pero yo tenía una jaqueca mortal y en vez de alegrarme por ese brote de orgullo me indignó que ocultara el verdadero motivo de su enojo y quisiera atribuirlo a mi supuesta neurosis. La levanté de la silla cogida del pelo: Busca mis llaves, cabrona. Mi rudeza cavernaria le infundió un coraje que hasta entonces no había mostrado. Su rodillazo en las partes nobles me tomó por sorpresa y obligado a soltarla no pude impedir que corriera hacia el otro extremo de la sala comedor, donde me tachó de marrano, putañero y enfermo sexual, mientras me arrojaba encima la vajilla entera. Cuando se le acabaron los proyectiles me lanzó su misil más mortífero. "¡Y para que lo sepas, tus versos son una basura! ¡Te dije que me gustaban por compasión!"

Pobre Lorena, no la culpo por haberse largado con Dánae a casa de una amiga y luego a México en un barco pagado por sus papás. Pero es falso, como ella anduvo diciendo a sus amistades, que al calor de la discusión yo le haya roto un vaso en la cabeza. Cuando le di un empellón para quitarla de la puerta, donde me cerró el paso cuchillo en mano, el vaso se le cayó encima y se fue a estrellar contra el trinchador de la sala. Furioso por la hemorragia que manaba de mi cortada en la ceja, le grité a quemarropa que las putas eran mi único aliciente para soportarla. Esa dura verdad la hizo derrumbarse en el suelo, vencida por mi sevicia. Su llanto de víctima inocente me hizo mucho más daño que la cortada en la ceja. En solidaridad con su madre, la niña también se soltó a chillar. Dos plañideras confabuladas en mi contra, ¿quién puede soportar esa presión moral? Escapé de la doble tortura psicológica, elevada al cubo por efectos de la cruda, y al salir de casa descubrí las llaves pegadas en la puerta.

La represión de opositores desatada por el gobierno de Getúlio Vargas revitalizó mis convicciones libertarias. Gonçalves y otros brasileños intimidados por el terror me contaban en sigilo que la policía política entraba de noche a las casas de cualquier disidente tachado de comunista y los secuestrados nunca volvían. Las familias de los desaparecidos no se atrevían a hablar por miedo a correr la misma suerte. La naturaleza de mis funciones me obligaba a presenciar con frecuencia el grotesco espectáculo de los gorilas uniformados que departían con los oligarcas en las recepciones oficiales. Brasil era un país seguro para los inversionistas, los sindicatos estaban bajo control, brindemos por la era de progreso y bienestar inaugurada por la junta militar, un caluroso aplauso para el excelentísimo señor presidente. Mientras tanto, la miseria campeaba en las favelas con una guadaña al hombro y las familias hacinadas en pocilgas tenían que optar entre la desnutrición y la delincuencia. Hubiera deseado reseñar en tono satírico los saraos del poder, pero mientras fuera diplomático debía guardar un disciplinado silencio, aunque por dentro hirviera de coraje.

En octubre de 1935 mi padre fue nombrado embajador de México en Chile y en las vacaciones decembrinas fui a visitarlo a Santiago. Llevaba un año y medio sin verlo y lo encontré muy cambiado, más canoso y más gordo, pero con el carácter rejuvenecido. Perdida la prudencia que lo había distinguido en sus anteriores misiones diplomáticas, bebía casi tanto como yo y delante de cualquiera alardeaba de sus ideas socialistas, algo poco recomendable para cualquier embajador, más aún en un país gobernado por la derecha. Tal vez el orgullo de representar al gobierno de Lázaro Cárdenas, un paladín de las causas populares, lo incitaba a querer exportar la Revolución Mexicana, pero sospecho que en esa desinhibición influía bastante su seguridad económica. Paradojas de la moral revolucionaria: el aburguesamiento le había permitido comprometerse más a fondo con los proletarios. En las universidades invitaba al pueblo a liberarse de sus cadenas, auguraba las exequias del capitalismo y poco le faltaba para oponerse frontalmente al gobierno retrógrado de Arturo Alessandri. Ni las críticas de los periodistas chilenos, que lo señalaban como un peligroso bolchevique, ni los regaños del canciller Hay, que desde México le pedía mesura, lograron frenarlo en sus actividades de agitador.

Confieso que me sedujo verlo en acción. Yo también hubiera querido ser un guerrillero de la diplomacia. Me lo impedía la dictadura de Getúlio Vargas, pero sobre todo el temor al despido, un fantasma al que mi padre había logrado vencer. Entendí con claridad que jamás iba a realizar mis sueños si me resignaba a ser un taquígrafo agachado. Sólo dejaban huella en el mundo los hombres audaces, los rebeldes con alteza de miras, no las hormigas laboriosas que ascendían por escalafón. La asonada militar del general Franco en España reavivó mis inquietudes románticas. Si los fascistas echaban abajo el triunfo del Frente Popular recién obtenido en las urnas, si la clase trabajadora no podía acceder pacíficamente al poder, porque los oligarcas confabulados con el Ejército y la Iglesia traicionaban la voluntad ciudadana, ¿quién diablos podía creer en la democracia burguesa? Igual o más indignado que yo, mi padre me advertía por carta que en España se estaba decidiendo el destino de la lucha proletaria en Latinoamérica, por la influencia de la madre patria en sus ex colonias. Tarde o temprano los acontecimientos de la península iban a repercutir en México, pues ¿acaso no eran gachupines buena parte de los hacendados y los empresarios mexicanos? ¿No controlaban los principales periódicos y desde esas tribunas boicoteaban ya la política social de Cárdenas? Cerrados los caminos de la política, se avecinaba una guerra a muerte contra el capital internacional que de momento se libraba en España, pero no tardaría en pasar a otros frentes.

Desde el primer momento, el gobierno mexicano se solidarizó con la República Española, no sólo con ayuda humanitaria, sino con importantes envíos de armas y municiones, una participación activa en el conflicto que mi padre elogiaba en sus cartas. Ese apoyo cobró mayor importancia, cuando se hizo patente que Inglaterra y Francia abandonaban a su suerte al gobierno de Manuel Azaña, en rechazo a la fuerza que los comunistas y los anarquistas habían adquirido en el bando republicano. Sólo la Unión Soviética y México salieron en defensa del Frente Popular, a pesar de la evidente injerencia en el conflicto de Hitler y Mussolini, que suministraron a Franco un armamento muy superior al del enemigo. Pero Cárdenas había cometido un error político grave, que mi padre deploraba: nombrar como embajador en Madrid al general Manuel Pérez Treviño, su más fuerte adversario en la disputa por la candidatura presidencial, a quien quiso dar como premio de consolación un exilio honorable en una ciudad de su agrado. Pérez Treviño era anticomunista, guardaba fuertes resquemores contra el compañero de armas que lo había vencido en la contienda interna del partido oficial y cuando estalló la guerra se aprovechó del puesto para perjudicarlo.

Según la tradición diplomática mexicana y la práctica internacional, el derecho de asilo sólo se debía conceder en situaciones de emergencia a los altos funcionarios de un gobierno depuesto que corrían peligro de muerte. Sin embargo, cuando la sublevación de Franco fracasó en Madrid, Pérez Treviño se concedió facultades omnímodas para acoger en la embajada a muchas familias pudientes que simpatizaban con los nacionalistas y temían las represalias de los milicianos rojos. Se fue corriendo la voz de la hospitalidad brindada por el embajador mexicano, llegaron a pedir asilo muchos otros burgueses amenazados de muerte, y para septiembre del 36 ya había en la embajada ochocientas personas. A ciencia y paciencia del embajador, los refugiados instalaron radiotransmisores para enviar informes al cuartel general de los fascistas, acumulaban armas y a veces hasta disparaban desde las ventanas a las patrullas de vigilancia. Todos los miembros del Servicio Exterior estábamos escandalizados con la conducta de Pérez Treviño, que rayaba en la traición a la patria. Frente a los ataques de *El Popular,* el periódico de la izquierda cardenista, el embajador defendía el carácter humanitario de sus decisiones. "Ese vivales le ha de cobrar las perlas de la virgen a todos los enemigos del pueblo que salva del paredón", me aleccionaba mi padre por carta. La venalidad de Pérez Treviño puso a Cárdenas en un difícil predicamento, pues el general Miaja, comandante del ejército republicano en Madrid, quería sacar de la embajada a varios peces gordos del franquismo y él no podía complacerlo, so pena de quedar desacreditado ante la comunidad internacional. Para cortar por lo sano, finalmente Cárdenas destituyó al embajador enemigo y puso en su lugar a mi padre. ¡Aleluya! Por fin una misión diplomática a la altura de su talento.

La coyuntura le ofrecía una magnífica oportunidad para cubrirse de gloria y yo no quise quedarme atrás. Sin pensarlo mucho renuncié a mi puesto de canciller de segunda en Río de Janeiro, aunque eso significara cerrarme para siempre las puertas del Servicio Exterior, y supliqué a mi padre que me dejara acompañarlo a Madrid. Reanudaría mis colaboraciones en *El Gráfico* escribiendo reportajes desde el teatro de la guerra y de paso le echaría una mano para poner la embajada en orden. Libre de la impedimenta familiar por la oportuna fuga de Lorena, gozaba de libertad absoluta para ir a España como voluntario, y si era posible, combatir en el frente, como lo estaban haciendo ya muchos comunistas mexicanos. Despedido por sus correligionarios chilenos con un banquete en el que lo nombraron "guía de las masas proletarias indohispanas", mi padre los exhortó a expandir por todo el hemisferio el ejemplo de la Revolución Mexicana.

Una semana después, él y mi madre tomaron un barco de Buenos Aires a Burdeos. Yo los alcancé en París, donde se quedaron un mes y medio a petición de mamá, que llevaba un año sin comprarse vestidos porque, según ella, la ropa de Santiago era horrible. Seguía siendo una señora guapa, espigada, con una coquetería natural que me incomodaba cuando salíamos de compras. Si los ojos hablaran hubiera tenido que agarrarme a golpes con infinidad de parisinos, como en el Colegio 34 de Nueva York. No entiendo por qué mi padre alargó tanto esa escala de recreo. Desde octubre tenía el *plácet* de embajador y urgía su presencia en Madrid para resolver la crisis de la embajada. De hecho, el capricho le valió fuertes ataques en los diarios mexicanos y complicó las relaciones bilaterales, porque la partida de Pérez Treviño había dejado la legación acéfala. Atribuí su conducta al poder de las mujeres y a una disculpable veleidad de nuevo rico. Ante la nada risueña perspectiva de llegar a un país en llamas, con escasez de lujos y placeres mundanos, el guía de las masas indohispanas no resistió la tentación de entregarse a la *dolce vita*. Yo tampoco, para ser honesto. Fui al teatro, visité museos, pasé revista a los cabarets de Pigalle, bebí champaña en los tacones de las *cocottes*. ¿Frivolidad? No, miedo a la muerte: si un bombazo me alcanzaba en Madrid, esos deleites podían ser los últimos de mi vida.

En una entrevista concedida al corresponsal del diario *Claridad,* el órgano informativo de los socialistas españoles, mi padre declaró que los refugiados franquistas no recibirían de él misericordia alguna, pues iba a Madrid con la espada desenvainada. La colonia gachupina de México se apresuró a denunciar, en desplegados de plana entera, que el presidente había nombrado a un embajador comunista para violar el derecho de asilo. Por telegrama, Cárdenas ordenó a mi padre que desistiera de expulsar a los refugiados y los tratara "con toda la consideración que amerita su calidad de huéspedes de mi gobierno". Pobre papá: tomaría posesión del cargo maniatado y con tapabocas. ¿De modo que debíamos tratar con algodones a los conspiradores fascistas escondidos en la embajada? ¿Debíamos permitirles que sabotearan impunemente la intervención de México en favor del pueblo español? Hablo en plural porque el telegrama me ofendió en carne propia. Pero si mi padre debía obediencia al presidente Cárdenas, yo no estaba obligado a seguir unas instrucciones tan castradoras. Era un voluntario, no un diplomático y nada me impedía tomar partido por el Frente Popular como un paladín de la clase obrera.

Hasta ahí llegaba el manuscrito. No había querido continuarlo, tal vez porque le avergonzaba ese capítulo de su vida. Bien hecho, mejor dejar enterrada su mayor desavenencia con el viejo, aquel encontronazo de orgullos que estuvo a punto de llegar a los puños. Se frotó los ojos, asaltado por un maremágnum de recuerdos atropellados. Confiscación de armas y transmisores a los refugiados por órdenes de papá. Esta casa es territorio mexicano y nadie hará tareas de espionaje. Tú, Carlos, ve a la despensa y saca todos los jamones, los quesos, los vinos, los mazapanes y las conservas que estos fachos guardan ahí, mientras allá afuera la gente se muere de hambre. Ah, y nada de oficiar misas, aunque haya varios curas entre ustedes. México es un país laico, y no pueden violar nuestras leyes, ¿entendido? Era un morboso placer contemplar el hacinamiento de banqueros, almirantes y marqueses que al quedar apelotonados en un cuarto o tener que dormir en los fríos peldaños de las escaleras, bebiéndose los alientos, perdían de golpe su prestigio social y sus buenas maneras, enfrascados en una sórdida lucha por el espacio. Una fila de cagones esperando turno en el único baño de la planta alta. Sal ya, Diéguez, llevas encerrado quince minutos. Soy estreñido, no me sale la mierda. Pues ve a pasear al jardín para aflojarla y deja entrar a otro. Pujidos quejumbrosos, intestinos torturados. Latas con orines debajo de las camas y los catres, un hedor ácido que se quedaba pegado a las fosas nasales. Dormitorios masculinos separados de los femeninos para evitar promiscuidades y riñas entre maridos celosos. Queja de una recién casada con el médico de guardia: mi marido ya no aguanta la abstinencia, el dolor de cojones lo está matando. Pues enciérrense un rato en al baño, pero no tarden mucho y procuren hacer poco ruido.

Discordia enconada entre los refugiados de la primera hora, nacionalistas recalcitrantes, y los partidarios de la República que pidieron asilo meses después, cuando los insurrectos parecían estar a punto de entrar en Madrid. Al recibir algún periódico de contrabando, los jóvenes de derechas festejaban a gritos las victorias militares de Franco, se ponían las camisas azules con las flechas de la falange y entonaban *Cara al sol*, alzando el brazo derecho. Respuesta cantada del enemigo: "España estaba cagando y no tenía papel, pasó por ahí Franco y se limpió el culo con él". Blasfemias, descalabros, riñas campales. Dos amas de casa habilitadas como cocineras, en guerra de insultos y mojicones porque una tenía hijos en la falange y la otra en las milicias rojas. Límpiate la boca cuando hables del caudillo, so guarra. Pues yo me cago en sus muertos y en la madre que lo parió. Separación de refugiados por bandos políticos para evitar fricciones. Que nadie hable de política por el bien de todos. Reparto de tareas: don Emiliano Iglesias, ex embajador de Lerroux en México, a fregar pisos lunes y miércoles; ex ministro de Marina José María Castiglione, vaya a destapar el caño de la bañera; doctor en Filología Ramón Menéndez Pidal, usted será pinche de cocina; ilustre eminencia don Gregorio Marañón, haga favor de lavar bien los platos, que los ha dejado con costras de mugre. Grandezas humilladas, lumbreras oprimidas. ¿Y tú qué hacías mientras tanto?

Nada heroico, ninguna de las hazañas que habías soñado. Tu enrolamiento en las juventudes socialistas unificadas no te deparó grandes satisfacciones y sí, en cambio, sinsabores, amarguras, una rabia creciente por sentirte inútil, superfluo, expulsado de un drama en el que no podías intervenir. Advertencia del viejo en el tren de Barcelona a Madrid: Mucho cuidado con meterte en problemas, Picho. No se te ocurra combatir en el frente: si te pasa algo, tu madre me mata. Y no vayas a mezclar al gobierno de México en ninguna de tus misiones. Todo lo que hagas debe ser al margen de la embajada. Pero las juventudes socialistas te reclutan con entusiasmo justamente por ser hijo del embajador mexicano. El jefe de tu célula, Hernán Siller, un rudo montañés asturiano, peludo como un oso, quiere utilizarte para sacar de la legación a un tal capitán Santiago, el estratega que dirigió la cruenta represión de los mineros asturianos en la huelga general del 34, y como no puedes complacerlo te ganas su desprecio y el de todos los camaradas. Qué reglas diplomáticas ni qué niño muerto, esto es una guerra, coño. Los carcas no respetan ninguna ley, fusilan a los prisioneros en las plazas de toros ¿y nosotros vamos a respetar su derecho de asilo?

Nada puedes hacer por la causa popular mientras tu padre gestiona en Madrid la evacuación de los refugiados. Sólo fungir como mensajero cuando te pide llevar algún documento importante al cuartel subterráneo del general Miaja. Dolorosa afrenta: un buscador de gloria rebajado al oficio de correveidile. Menospreciado por tus compañeros de lucha, optas por emborracharte con Nivón López y Gonzalitos, los empleados más jóvenes de la embajada, tan proclives como tú a empinar el codo. Nivón es un gordo de nariz roma, pelo crespo y ojillos mendaces de cura libidinoso. Gonzalitos es un mestizo casi pigmeo, que compensa su falta de estatura con una gracia ladina para contar chistes. Ambos son clientes distinguidos de las pocas tabernas clandestinas que aún dan servicio pese al toque de queda. Como su mísero sueldo no les alcanza para nada, se quejan amargamente por no poder sacar un céntimo "a esos fascistas podridos en oro, que se creen la divina garza envuelta en huevo". Ya nos llegará la hora de hacer justicia, les prometes fanfarronamente, nomás déjenme convencer al viejo.

En los reportajes para *El Gráfico* te las das de valiente ("recostado pecho tierra entre los silbidos de la metralla, diviso los tanques alemanes del enemigo, mientras algunos milicianos caen heridos de muerte en la ribera del Manzanares"), pero te cagas de miedo en los bombardeos, guarecido en el andén del Metro Salamanca, donde familias enteras se han quedado a vivir con todo y colchones. Por el ruido de la explosión, los expertos saben ya calcular con exactitud el sitio donde estallan las bombas. Esa cayó en El Retiro, aquella en la Puerta de Toledo, aquí en Salamanca no bombardean porque la plana mayor de Franco tiene casas en este barrio. Nostalgia de las playas cariocas durante esas tormentas de plomo. Estás acojonado, como dicen los españoles. Acojonado y escarnecido por tus privilegios de señorito. El piso de lujo que tu familia ocupa en la calle de Velázquez, confiscado al magnate mexicano Gaspar Rivera, pariente de Primo de Rivera y representante en España de la Asociación Guadalupana, te hace objeto de mofa entre las juventudes socialistas. ¿Qué se siente dormir en sábanas de seda y bañarte con agua caliente, Denegri?, te pregunta Siller, sarcástico, en una junta del comité. Menuda suerte la tuya, te han hospedado en un palacete. ¿Y de comida qué tal? ¿Cenáis jamón de Jabugo?

Sonrojo culpable con sudores fríos en la nuca, darías lo que fuera por quitarte el estigma de señorito privilegiado. Al diablo con las prohibiciones paternas. No soy útil en la retaguardia, Hernán, llévenme con ustedes al frente. Madrugada gélida en los alrededores de Ciudad Universitaria. Dos trincheras excavadas a cien metros de distancia, con rollos de alambre de púas al frente. Fuego incesante de seis de la mañana hasta el anochecer, un estricto horario de oficina para morir o matar. Siller te presenta con el miliciano soviético Anatoliy Kulazhenko, responsable de sostener esa posición. Kulazhenko, un pelirrojo cejijunto, con enormes manos de gorila, te mira con sorna de arriba abajo. Vas a tener tu bautizo de fuego, échale una granada a esos hijos de puta, te ordena. La tiras a ciegas, como un marica, sin sacar la cabeza de la trinchera. Risas burlonas de todo el batallón. No, macho, así sólo desperdicias el parque, hay que ver el blanco para dirigirla bien. Kulazhenko te pone la muestra y con medio cuerpo fuera de la zanja lanza el proyectil como un pitcher de los yanquis.

Ante el diluvio de metralla enemiga te encoges como una oruga, sin poder frenar el castañeteo de tus dientes. Sonrisa retadora de Siller. ¿Has visto? Te toca a ti, manito. En su boca el mexicanismo tiene un retintín de burla. Músculos entumidos, cabeza gacha, mirada de soslayo a la segunda granada que te entrega Kulazhenko. No le saques, puto, salva el honor nacional, representas a tu patria en esta trinchera. Medio minuto de tribulación, ganas traicioneras de aflojar el esfínter. De pronto cae un obús de mortero cerca de la trinchera. Un sargento con las tripas de fuera escupe sangre, gritando que se caga en María Santísima. Ponedlo en la camilla y llevadlo a la ambulancia, rápido. Te ofreces como camillero, feliz de ponerte a salvo y una vez retirado del frente no quieres volver, te escabulles entre los árboles aprovechando la confusión. Mejor aquí corrió que aquí murió. Eras hijo de un embajador, no un pinche soldado raso. Ya te sacarás la espina con algún favor político de gran importancia, que te valga el aprecio de tus camaradas.

Partida del viejo a Valencia, la sede provisional del gobierno republicano, para presentarle sus cartas credenciales al presidente Manuel Azaña. Los diarios publican que acudió a la ceremonia con chamarra y boina vasca, escoltado por dos charros de pistola al cinto. Con ese gesto teatral quiso dárselas de compañero de viaje y proclamar su adhesión al proletariado, pero el tiro le sale por la culata. Los periódicos lo tachan de irrespetuoso y el canciller Álvarez del Vayo le propina un jalón de orejas: sea tan amable de respetar el protocolo en su próximo encuentro con el señor presidente. El escándalo diplomático le pone los nervios de punta y por teléfono lo escuchas mentarle la madre a los españoles. Pero no hay mal que por bien no venga: su ausencia te convierte en amo y señor de la embajada. Por falta de facultades o por falta de pantalones, el agregado militar Librado Sáenz no puede tomar decisiones y su indolencia te invita a llenar el vacío de poder. Montas un lucrativo negocio con la expedición de pasaportes. Mucha gente los quiere para salir del país, porque abren todas las puertas en el territorio bajo control del Frente Popular. Familias enteras aterradas por las bombas obtienen la nacionalidad mexicana por tus mágicas dotes para convertir en oro el papel sellado. Mil quinientas pesetas por pasaporte y digan que les salió barato, ¿cuánto cuesta su vida, señores? Ganancias semanales de cuarenta y cinco mil pesetas. A Nivón y Gonzalitos les toca un diez por ciento de comisión, tú te quedas con la tercera parte y donas el resto a las Juventudes Socialistas Unificadas. ¿Tráfico ilegal de documentos? Sin duda, pero la nobleza de tus fines blanquea el trinquete.

En una borrachera, Gonzalitos te informa que en sus charlas privadas, los inquilinos fascistas de la embajada echan pestes de Lázaro Cárdenas. Entras a medianoche como una tromba al salón donde duermen los más lenguaraces. Decomiso de galletas y vinos escondidos bajo las camas. Quema de estampitas religiosas y devocionarios. A ver, señoras, pongan todas sus alhajas en esta canasta, las necesitamos para socorrer a los huérfanos que adoptó el gobierno mexicano. Usted también, almirante, traiga acá ese reloj. Se te ponen al brinco los hermanitos Reyes, falangistas mexicanos que llegaron de niños a España. Son sobrinos de don Alfonso, el escritor. Estás borracho, imbécil, respeta a las damas, te reclama el mayor, un narizón de bigote ralo. Disparas al aire para imponerles respeto y derribas un candelabro que le cae encima al capitán Santiago. Ahí va la hostia, lo has descalabrado. Un médico, por favor está sangrando de la cabeza. Menuda bestia eres, Denegri. ¡Vamos a publicar una protesta en los periódicos mexicanos! Sus amenazas se te resbalan. Estarán muy cabreados, pero ya saben quién manda aquí.

Librado Sáenz descubre el chanchullo de los pasaportes y te confisca el sello de la embajada. Lo convences de que no te acuse con tu padre, alegando la noble causa a la que destinaste las ganancias. ¿Y ahora de dónde carajos vas a sacar dinero? Tres carrazos se oxidan en el amplio garage de la residencia alterna que la embajada alquiló en Hermanos Bécquer, cuando ya no pudo alojar a tanta gente: un Rolls-Royce negro, un Lincoln blanco y un Mercedes Benz azul claro. Sus dueños huyeron a Francia y los dejaron ahí, protegidos por la inmunidad diplomática, para que las milicias populares no los puedan confiscar. Otro negocio sucio del ex embajador Pérez Treviño, según Gonzalitos, que estuvo presente cuando le cobró el favor a los dueños. El gordo Nivón sabe dónde están guardadas las llaves y quién puede comprarlos de estraperlo. El Califa, un ex presidiario moruno de fea catadura, con un chirlo de la oreja al mentón, te ofrece veinte mil pesetas por el Rolls-Royce, la mitad por el Lincoln y otro tanto por el Mercedes. Valen el triple, no jodas. Si te parece poco no hay trato. ¿Crees que es fácil vender estos coches con la Cheka patrullando las calles? Nuevo estira y afloja por la forma de pago. Ni tú ni yo, la mitad por adelantado y el resto cuando recibas los coches. A duras penas el Califa te suelta mil ochocientas pesetas: "Pero si me quedas mal te la cargas", y se pasó el índice por el cuello.

Esa noche, cuando están sacando los autos, los apaña infraganti Mary Bingham de Urquidi, la esposa gringa de Juan F. Urquidi, el encargado de negocios recién destituido. Viene con un tal Galán, capitán del ejército, y el abogado anarquista Genaro Islas, un representante de la CNT. De un zarpazo te arrebata las llaves del Lincoln. A gritos, Gaytán baja de los otros autos a tus arrugados cómplices. Galán encañona a los tres y el abogado Islas saca un oficio. Por disposición de la comandancia estos autos quedan bajo custodia de la señora Bingham y nadie puede sacarlos de aquí sin su permiso. Quería venderlos para ayudar a la causa, tartamudeas, iba a donar el dinero a las juventudes socialistas. Es una verdad a medias, pero la señora Bingham no se la traga y argumenta que los bienes custodiados por la embajada no se pueden enajenar. Mi padre autorizó esta venta, mientes, yo sólo cumplo sus órdenes.

¿Tiene su autorización firmada? Viene en camino, pero... Nada de peros, estos coches se quedan aquí. Diplomada en enfermería, la señora Bingham se dedica a salvar vidas en los hospitales de sangre y los milicianos la tratan con el mayor respeto. Te considera un junior engreído, un ridículo hampón de pantalón corto. Desde aquella maldita noche aborreces el liderazgo moral, venga de donde venga.

Esa pinche vieja no puede pasar por encima del embajador, te azuzan más tarde Gonzalitos y Nivón, llama a tu padre y dile que la ponga en su sitio. Pobres idiotas, ignoran que has violado todas las prohibiciones del viejo. Para reponerte del susto los invitas a una francachela en un tablao flamenco, el único abierto en Madrid, donde se queman las mil ochocientas pesetas del adelanto que te dio el califa. Palmas en contrapunto del taconeo. Olé gitana, bendita sea tu estampa. A mi mareeee de mi arma cómo la camelo yo, porque la tengo presenteeee, metííííía en el corazón. Cruda fatalista con punzadas en el trigémino, pálpitos de miedo y náusea más intensos que la ebriedad, ganas de largarte a México en el primer barco. ¿Cómo salir a la calle si hay un campo minado en cada palmo de terreno? Mensaje del Califa dejado al portero de la embajada: Te estuve esperando. ¿Qué pasa con los coches? Si no los puedes sacar, devuélveme la pasta. Imposible saldar la deuda: en vino, mujeres y jarana te has quemado también las ganancias de la fábrica de pasaportes. Estás en quiebra, tarugo, y a un matón como el Califa la inmunidad diplomática le importa tres leches. Más te hubiera valido tirar esa granada como los machos.

Ya no puedes circular tranquilamente por Madrid. Al oír pasos detrás temes que los peatones te quieran apuñalar. Reclusión obligada en el suntuoso departamento de la calle Velázquez. Mientras oyes viejos tangos en una consola, el lejano estruendo de las bombas te acusa de frívolo y cobarde. ¿A esto viniste a España? ¿A librar una sórdida guerrita en el traspatio de la gran guerra? Bebes a solas anís y manzanilla, te miras con morosidad en los espejos con marco dorado. De tanto admirar las hermosas pinturas de la sala, una marina de Sorolla y un paisaje campirano de Rusiñol, se te ocurre venderlas para saldar tu deuda. Telefonazo a Nivón: ¿conoce a un corredor de arte interesado en comprar dos pinturas dignas del mejor museo? Por supuesto, Nivón sabe a quién pueden interesarle. Desprendes los lienzos con una navaja y los llevas a la cita concertada en una tasca desierta de la calle Nuncio.

Cuando el comprador, un calvo de gafas, revisa con lupa la autenticidad de las pinturas desplegadas sobre la mesa, el Califa irrumpe en la tasca bufando como un miura. Págame o te mueres, traidor, te apunta con una escopeta de cañón recortado. Las quejas del tabernero lo distraen un segundo y Gonzalitos apaga la luz. Parapetado detrás de una columna, respondes el fuego de la escopeta con tu pistola Taurus. En la confusión el calvo enrolla las pinturas y se echa a correr. No lo detienes porque sólo te importa salvar el pellejo. Entrada en escena de los milicianos. Soltad las armas, capullos, manos arriba y de cara contra la pared. Vine a cobrar una deuda, ese mexicano me ha trincado quinientos duros, alega el Califa. Esposas en las muñecas, maltrato físico en la patrulla. ¿No saben quién es mi padre? Soy hijo del embajador Denegri, ¿a dónde me llevan? Exijo respeto, esto es un atropello.

Cuarenta y ocho horas detenido en la comisaría, con cargos de riña, daño en propiedad ajena y resistencia a la autoridad. Olor a meados, cucarachas gordas, palabrotas y obscenos dibujos en las paredes. Interiorizas el salitre de los muros como si tu propia conciencia lo destilara. Cuando el coxis ya te duele de tanto estar sentado en la plancha de hormigón, llega en tu auxilio Librado Sáenz, cariacontecido y mustio, más encabronado que los policías. Por consideración al embajador le entregaremos al muchacho, advierte el ceñudo comisario, pero si reincide nos veremos obligados a procesarlo como reo del fuero común. Viaje por carretera a Valencia en un auto de la embajada, conducido por el propio agregado militar, que ahora te detesta por haberlo metido en problemas. Ni una palabra de Madrid a Guadalajara, Sáenz ha decretado tu inexistencia. En los retenes militares te cagas de miedo, quizá ya estés fichado como persona *non grata* y la Cheka te lleve a un paseo del que nunca regresarás.

Llegan de noche al apacible pueblo de Rocafort, donde se ha refugiado tu comodino padre, porque mamá no soportaba los bombardeos en Valencia. El rostro convulso del viejo teñido de púrpura. Derribado en el suelo por una bofetada de ida y vuelta, con la palma y el dorso de la mano. Por favor, Ramón, no le pegués, suplica mamá de rodillas, es un pibe atolondrado. Estás libre gracias a tu madre, que lleva tres días llorando. Yo te quería dejar en la cárcel. ¿Cómo se te ocurre decirle a la señora Urquidi que yo te autoricé a sacar los coches? Mira esto, animal, te arroja un telegrama. La denuncia de tus hazañas ya llegó a México y el secretario de Relaciones me quiere cortar la cabeza. Vendes pasaportes, robas pinturas valiosas y te agarras a balazos con gente de los bajos fondos. Nuevo bofetón en castigo por tus amagos insolentes de musitar una defensa. Cállate, imbécil, me has hecho pasar la peor vergüenza de mi vida. ¿Para esto te di mi apellido, cretino? ¿Para que lo embarres de lodo?

La alusión a tu pecado original te subleva y pasas a la ofensiva. Yo no te pedí que me dieras tu apellido, por mí te lo puedes meter por el culo. Hice algunos negocios en la embajada para ayudar a las Juventudes Socialistas. Y ultimadamente sólo he seguido tu ejemplo. ¿No le sacaste un dineral a las compañías de seguros? ¿Por qué no puedo yo hacer lo mismo? Cállate ya, pendejo. Furibundo, el viejo te lanza un puñetazo. Lo esquivas y se trenzan en un forcejeo. La intervención del chofer, a quien tu madre pide auxilio, te impide apretarle el cuello. Jadeos de rabia, taquicardia. El lunes próximo te me largas a México, aquí está tu billete de barco. Y no vuelvas a pedirme ayuda para conseguir chamba, yo no recomiendo hampones. Trabaja o sigue robando, al fin que ya sabes cómo, pero a partir de ahora te vas a rascar con tus uñas.

Un chiflón helado se colaba por las ventilas abiertas que daban al jardín. No tardaba en llover y se levantó a cerrarlas. Las crecidas ramas de la jacaranda chocaban con el ventanal; debía pedirle al jardinero que las cortara. Caminó escaleras arriba, oyendo el eco de sus pasos en los cuartos vacíos. Esa casa era demasiado grande para un hombre solo, menos mal que había llegado Pilar y mañana la vería correteando por los pasillos. Cruzó la enorme biblioteca, decorada con grabados de Saturnino Herrán y mapas antiguos de la Nueva España. Diez mil volúmenes empastados en cuero, algunos de ellos incunables de alto valor, y no había leído ni la cuarta parte, qué vergüenza. En el baño, cuando se lavaba los dientes, volvió a sentir escalofríos al recordar el triste colofón de su aventura española. El viejo apenas duró seis meses en la embajada. En julio del 37 Lázaro Cárdenas lo destituyó sin explicar el motivo, pero en los mentideros políticos todo el mundo lo sabía: ni el canciller ni el presidente creyeron que hubiera sido ajeno a las tropelías de su hijastro. Veinte años en la diplomacia tirados a la basura por los escándalos de un junior baboso, se quejaba amargamente cuando mamá lo exhortaba a reconciliarse con "el pobre Picho que tanto te quiere".

La ruptura con el viejo, sin embargo, había tenido en su vida un efecto positivo, como los shocks administrados a un psicópata. Lo obligó a valerse por mí mismo, a saltar del trapecio sin red protectora. Mató al atolondrado Picho y engendró al sagaz periodista Carlos Denegri. Recién llegado de Europa entró a formar parte, junto con Piñó Sandoval, Kawage Ramia y Gómez Robleda, de un "buró fantasma", integrado por jóvenes reporteros que abastecían de noticias a Salvador Novo, el redactor anónimo de *La Semana Pasada,* una larga sección de la revista *Hoy* donde le tupían duro al régimen de Cárdenas. Era una delicia trabajar con un cronista superdotado para la ironía, que deslizaba entre líneas malévolas insinuaciones y ridiculizaba a los políticos más representativos del régimen con una gracia que los desarmaba de antemano. Aprendió a granjearse la amistad de secretarias, porteros y ujieres de ministerios que le susurraban al oído informes confidenciales, seguía al Tren Olivo de Cárdenas en sus giras por la república, intimaba al calor de las copas con los empleados menores de las embajadas que lo dejaban asomarse a las valijas diplomáticas y así, poco a poco, el golfo encantador a quien todos querían tener en sus mesas se fue volviendo un genio de las relaciones públicas, un chismoso políglota, mundano, irreverente y audaz que en pocos años acabó con el cuadro en una profesión donde nadie le había regalado nada.

Luchaba por conciliar el sueño cuando empezó a caer una tormenta. Arrullado por el tupido aguacero lamentó su largo distanciamiento del patriarca. Diez años sin dirigirse la palabra, qué guerra de orgullos tan enconada y estéril. Pero en 1946, cuando ya era un periodista importante, famoso y respetado en las altas esferas del poder, el destino le dio la oportunidad de sacarse la espina. El pobre viejo estaba en graves apuros, acusado por Lázaro Cárdenas de haber cometido "un delito de lesa patria" en complicidad con el general Sánchez Tapia, el ingeniero Javier Villafaña y otros inversionistas que al final de su sexenio obtuvieron una concesión para explotar los importantes yacimientos de fierro de Las Truchas y Santa Clara, recién expropiados a una compañía inglesa. En vez de poner en marcha una siderúrgica nacional, empresa que requería un capital enorme, los astutos titulares de la concesión prefirieron vendérsela por un millón de pesos a la misma empresa que la había usufructuado. Un negocio redondo, tomando en cuenta que les dieron la concesión a crédito y no habían pagado ni la décima parte de su valor. Todos los políticos de entonces querían regentear la industrialización del país y no le sorprendió que el viejo hubiera sacado las garras de gavilán para asegurarse una vejez desahogada. En su lugar él habría hecho lo mismo. Pero si eran pájaros del mismo plumaje, ¿por qué se dio esos baños de pureza en España? No nos engañemos, papá, pensó entonces, con una piedad teñida de revanchismo: bien sabemos tú y yo que en la lucha por el poder y el dinero sólo juegan limpios los perdedores.

Se solidarizó más aún con su dolor cuando supo que la zozobra por la denuncia de Tata Lázaro le había agravado la insuficiencia cardiaca y lo había postrado en cama. No era para menos, Cárdenas no se conformó con exigir al presidente Ávila Camacho acción penal contra los involucrados en el contubernio: también filtró la noticia a los redactores de *El Popular,* que dieron amplia cobertura al escándalo. Entonces el junior baboso, la oveja negra indigna de llevar el apellido paterno, acudió al candidato Miguel Alemán, con quien estaba a partir un piñón por haberle gestionado una portada muy halagüeña en *Time,* que lo puso en los cuernos de la luna, y le pidió que intercediera a favor de su padre, alegando que sólo había participado en el negocio como accionista minoritario, sin conocer sus graves implicaciones. La esfinge de Jiquilpan exageraba al llamar a ese negocio "crimen de lesa patria", argumentó. En tiempos de Ávila Camacho el gobierno se abrió a la inversión extranjera y las reglas del juego económico habían cambiado. Su padre jamás tuvo el propósito de burlar el decreto expropiatorio, otros decidieron por él vender la concesión. Santo remedio. Cuando Alemán llegó a la Presidencia, la Secretaría de Economía anuló la venta de la concesión, pero la Procuraduría no persiguió a los responsables y el viejo volvió a caminar con la frente en alto, aunque ya no volvió a figurar en política. Estaban a mano: lo había desprestigiado como diplomático pero ahora le sacaba las castañas del fuego. Selló la reconciliación un abrazo con lágrimas viriles en el cumpleaños de su mamá. Perdóname, Picho, creí que nunca ibas a levantar cabeza y me has demostrado que vales mucho. El cálido recuerdo de su abrazo filial y el íntimo gozo del deber cumplido lo envolvieron en los dulces vapores del sueño.

—¿A cuántas les habrás dicho lo mismo?

—Hace tiempo que me corté la coleta de donjuán. Ya no estoy en edad de conquistar mujeres por capricho. Para mí el amor es algo muy serio, te lo juro, Natalia, lo más serio que existe. Y no habría insistido tanto para pedirte una cita si no estuviera perdidamente enamorado de ti. Desde la primera vez que te vi con tus hijos en el parque te me fuiste metiendo en el corazón. Y ahora no sé cómo sacarte de ahí.

—Vas muy de prisa, Carlos, nos acabamos de conocer —Natalia, sonrojada, liberó la mano izquierda de las garras de su seductor—. Apenas hemos hablado media hora y no sabes nada de mí.

—No me importa tu pasado, sólo quiero ver hacia adelante.

—Pero me habías dicho que sólo querías ser mi amigo. ¿Quién te entiende?

—Digamos que fue una verdad a medias. De tanto juntarme con políticos, algo de ellos se me ha pegado —volvió a tomarle la mano tibia, que palpitaba como una paloma—. Pero en lo más importante no te miento. Me tienes embrujado, mujer. Ya ni siquiera puedo concentrarme para escribir.

Natalia soltó una risilla prometedora. Los halagos le gustaban y el patio colonial del restaurante San Ángel Inn, esmaltado de flores, con una cantarina fuente de piedra en el centro, era el escenario perfecto para enamorarla. Andaba de suerte, pues cuando llegaron al restaurante, un efusivo saludo del galán otoñal Arturo de Córdova, que venía saliendo con Marga López, le había permitido pararse el cuello con Natalia, que no podía ocultar su deslumbramiento. Una probadita de lo que le esperaba si cedía a sus ruegos: trato directo con luminarias de la farándula, la política y los negocios. Al servirles el primer plato, el mesero le preguntó si querían la carta de vinos. Natalia pidió una copa de Chablis. La tentación por poco lo doblega y sin embargo se mantuvo firme en su propósito de no beber una gota de alcohol. Ya llegaría el momento de mostrarse tal cual era, por ahora sólo quería enseñarle su mejor cara. Sin mencionar las penosas circunstancias en que había engendrado a Pilar, le contó que tras la muerte de su madre había tratado sin éxito de educarla en internados de monjas y ahora la niña vivía con él. Estaba tratando de educarla, pero le costaba mucho trabajo imponer su autoridad, tal vez porque no creía tenerla.

—Cuando quiero reprenderla con dureza, ella nota que yo no me siento a gusto en el papel de padre severo. Creo que me tiene agarrada la medida.

—Con los niños no puedes flaquear cuando se portan mal. Yo a mis hijos los traigo derechitos y al primero que me rezongue le doy un par de nalgadas.

—No puedo hacer eso con Pilar. Quizá me siento culpable con ella por haberla abandonado tanto tiempo.

—Los niños tienen un sexto sentido para detectar el sentimiento de culpa en los padres. Por su propio bien tienes que imponerle tu autoridad.

—¿Y no crees que primero necesito ganármela? Pilar no ha tenido amor desde que murió su madre.

—Tendrías que dosificarle a partes iguales el cariño y la disciplina. Eso hago yo con mis niños, y modestia aparte son dos amores.

—Tengo mucho que aprender de ti, Natalia. Me gustas como mujer pero más todavía como ser humano.

El resto de la comida se dedicó a indagar los antecedentes, las aficiones y los principios morales de Natalia, con la misma atención reconcentrada que dispensaba a los jefes de Estado en sus entrevistas. A la gente le gustaba ser escuchada con reverencia, lo había comprobado hasta el hartazgo en su carrera de reportero, y Natalia no era la excepción. Boquifloja por el efecto del vino blanco, se soltó hablando de sí misma con una desenvoltura coqueta. Le gustaba pintar y había tenido ya un par de exposiciones en galerías de la Zona Rosa. Modestia aparte, vendió todos sus cuadros en ambas y de hecho, ahora mismo tenía encargos para cuatro retratos. No se creía una gran artista, pero la pintura la transportaba a un mundo de sueños y formas puras en donde se refugiaba de la realidad hostil. Con el pincel entre los dedos, tres o cuatro horas se le pasaban en un suspiro. Aunque su ex no le escatimaba la pensión ni los pagos extras para inscripciones o gastos médicos de los niños, se ganaba una buena lanita con la decoración de interiores. Tenía ya una clientela numerosa, pero la mamitis de sus chamacos le restaba tiempo para explotar ese talento como ella quisiera.

—No pensarás volver con tu ex marido, ¿verdad? —la sondeó con temor.

—No, eso ya se acabó. Nos tratamos como amigos por el bien de los niños, pero nada más.

Natalia hizo una pausa filosófica y en tono grave le contó las circunstancias de su divorcio. Había cometido el error de casarse muy joven con un junior libanés cuya familia tenía varias gasolineras en Zacatecas, pero el marido le salió mujeriego. Harta de sus infidelidades, después de lanzarle varias advertencias decidió cortar por lo sano. En la sociedad mexicana existían aún fuertes prejuicios contra las divorciadas, pero la dignidad, a su juicio, estaba por encima de todo. Tras la separación perdió a un buen número de amigas, que empezaron a verla como una peligrosa rival en potencia. Mientras la oía criticar a las mujeres que soportan maltratos en el matrimonio con tal de tener una familia estable y un estatus de señoras casadas, admiró su temperamento de amazona beligerante. Inflaba el pecho con tal brío que a punto estaba de reventar los botones de la blusa. La fuerza de carácter no era incompatible con la feminidad: ahí estaba la maravillosa prueba. Con esta cabrona más te vale andar derechito, pensó, ya encontraste la horma de tu zapato. Su personalidad lo atraía como el fuego a las mariposas, no tanto por el desafió de domar a una yegua tan bronca, sino por la posibilidad de sucumbir a ella, de ofrecerle en holocausto su cansado rebenque de macho dominador.

—El mundo no se acaba después del matrimonio, al contrario —concluyó Natalia—. Es ahora cuando siento que estoy empezando a vivir.

—Yo admiro a las mujeres independientes —la miró con ternura, reprimiendo unas ganas locas de pedir un coñac— y creo que si todas pensaran como tú, los hombres saldríamos ganando. Pero el amor verdadero no quita libertad, la aumenta. Yo quisiera unir tu libertad con la mía.

—Me caes bien, Carlos, sólo que mi divorcio está muy fresco y de momento yo no quiero atarme a un hombre.

126

—Mira, Nati, ¿te puedo llamar así?

—Claro, así me dice toda mi familia.

—No me respondas ahora, Nati. Tómate el tiempo que necesites. Vámonos conociendo mejor sin presiones de ningún tipo. ¿Te parece?

Natalia asintió, complacida. Con su largo colmillo de seductor se preparó mentalmente para un largo cortejo. Pero se trataba de una apuesta segura: sabía por instinto que si Natalia no tuviera interés en él, habría rechazado de entrada esa invitación. Bertoldo los llevó de vuelta a la colonia Nápoles, y al bajar del auto en casa de Natalia, Denegri sacó de la cajuela los modelos para armar que había querido regalar a sus hijos:

—¿Ahora sí me los aceptas?

—Está bien —Natalia se dio por vencida—. Pero no les sigas regalando cosas. Los vas a malacostumbrar.

En la despedida le arrebató un beso en la mejilla y al aspirar el olor de su cuello tuvo ganas de morderla como un vampiro. El roce de pieles lo dejó tan caliente que de vuelta a casa llamó a doña Katia, la madame de un lujoso burdel de Polanco, y le pidió como premio de consolación que le mandara a una de sus mejores pupilas. Craso error: la chica, Vanessa, resultó una marihuana pazguata que ni siquiera sabía mover las caderas. El remedo de cópula sólo recrudeció su frustración por no tener a Natalia en la cama. La necesitaba con angustia pero sabía que debía amansarla con tiento, como un prudente jugador de ajedrez, y en vez de invitarla a un centro nocturno con obvias intenciones pecaminosas, para la siguiente salida le propuso una excursión sabatina a su rancho en Texcoco, Santa Cruz de la Constanza, con todo y la prole de ambos.

—Tus hijos se merecen un día en el campo, ya es hora que aprendan a ordeñar una vaca, ¿no crees? Y de paso les quiero presentar a Pilar. Como la pobre no va a la escuela, tampoco tiene amigos.

Quería recalcarle con hechos que tenía intenciones serias y no buscaba sólo una aventurilla. En cierta forma ese paseo era un ensayo de lo que podía ser su vida en común si juntaban ambas familias. Buena entendedora, Natalia captó el mensaje al vuelo y aunque no exageró su entusiasmo, aceptó de buen grado el plan. Con Bertoldo al volante, los cinco emprendieron el viaje a temprana hora. En la carretera se esforzó por hacer buenas migas con los chamacos. No tenían prejuicios contra el pretendiente de su mamá y por fortuna estaban abiertos al diálogo. Averiguó que ambos estudiaban en el Instituto Amado Nervo. A Ramiro, el mayor, le gustaba leer libros de aventuras y Fabián tenía facilidad para el dibujo.

—¿Ya terminaron de armar el barco y el avión que les regalé?

Ramiro se ufanó de haber terminado su juguete en una mañana y Fabián, el pequeño, aclaró picado en el orgullo que él tardó más en pintarlo porque su hermano le había arrebatado el pincel.

—Pues a ver cuándo me los enseñan. El avión que les regalé es un Lancaster de la Royal Air Force. Yo los vi en acción en la Segunda Guerra Mundial.

—¿Fuiste soldado? —preguntó con asombro Ramiro.

—No, desde entonces era periodista y me mandaron a hacer un reportaje a Inglaterra.

Les contó su visita a una base aérea en los alrededores de Leeds, con dormitorios para los pilotos y varias pistas de aterrizaje. De ahí salían los aviones que iban a bombardear ciudades alemanas, generalmente de noche, para despistar al enemigo. Por delante iban los pilotos más experimentados, abriéndole camino a las flotillas equipadas con las bombas. Las misiones duraban hasta ocho horas y todos los días, tres o cuatro aviones derribados por las defensas antiaéreas de la Luftwaffe no regresaban a la base. El momento más dramático de la jornada vino cuando las encargadas de la torre de control escribieron en una pizarra los nombres de los pilotos muertos en combate.

—Me llevé una tremenda impresión, pues uno de ellos, Clark Ludlow, era un grandulón escocés a quien había entrevistado un día antes. Todos lo querían porque jugaba muy bien a los dardos y con dos cervezas encima era un cómico formidable.

Los niños lo escuchaban embobados y hasta Pilar se quedó boquiabierta. Feliz de tener un público cautivo, les contó con lujo de detalles, como un virtuoso del suspenso, el tremendo susto que se llevó en la travesía de vuelta a Nueva York, cuando una explosión sacudió el barco mercante donde viajaba. Creyendo que los había alcanzado un torpedo, se apretó el salvavidas y corrió a su camarote, en busca del traje de hule para casos de emergencia que le habían entregado al subir a bordo. Ahí lo derribó en el suelo la segunda explosión. Tendido pecho tierra se mordía los labios, temiendo el hundimiento del barco.

—Luego supe que a tres millas de distancia, los *destroyers* aliados habían arrojado bombas de profundidad para indicarnos la presencia de submarinos alemanes. Lo que sentimos fue la reverberación de esas explosiones. Por fortuna, el piloto del barco logró sortear los submarinos y al día siguiente ya estábamos lejos de su alcance.

Por la excitación y las preguntas curiosas de los niños dedujo que se los había echado a la bolsa. Cuando él quería ser encantador nadie le ganaba y las dulces miradas de Natalia le confirmaron que iba por buen camino. Juanelo, el capataz, un güero de rancho grandulón y simpático, los recibió con una botana de quesillo fresco fabricado en la granja y una bandeja de golosinas para los niños. En la caballeriza, donde había quince ejemplares pura sangre, dejó elegir a Natalia el que más le gustara. Eligió a Pelayo, un tordillo joven moteado de negro y él montó a Júpiter, su consentido, un noble alazán color hormiga con el que había partido plaza en algunas charreadas. A paso lento recorrieron las cien hectáreas de cultivos y pastizales. Atrás venían los niños, muy despacio, en ponis llevados del cabestro por mozos de cuadra. A lomos de un buen cuaco y recorriendo sus dominios al lado de una mujer bonita, se sintió por fin a salvo de la gangrena moral que lo había carcomido en los últimos meses. Eso era vida, carajo, no trabajar encadenado a un pinche escritorio.

Con legítimo orgullo los llevó a conocer la empacadora de carnes frías equipada con tecnología de punta, la galería para quinientas gallinas con seleccionadora de huevos, que bajaban por un canal hasta el bastidor móvil donde varias obreras los seleccionaban según su tamaño, y un estanque enorme lleno de truchas que los niños intentaron en vano atrapar con las manos. En la práctica de tiro, so pretexto de enseñar a Natalia la mejor técnica para empuñar la Colt automática, se le arrimó con alevosía por la espalda y al contacto de su carne firme se sintió galán, poderoso, enhiesto. Nada mejor que una grupa joven para reavivar la libido de un hombre maduro.

—Tu dedo pulgar no debe quedar doblado, extiéndelo... así está bien, y ahora jala el gatillo con la yema del índice.

Para ser la primera vez que tiraba, Natalia mostró buena puntería: a siete metros acertó la mitad de los tiros en el pecho del espantapájaros habilitado como blanco. Los niños no se quedaron atrás: también ellos se dieron vuelo acribillando al hombre de paja con sus rifles de diávolos, salvo Pilar, que apenas podía cargar el suyo y erró todos los tiros. Después de comer una deliciosa parrillada, los niños se fueron a jugar al campo y confió a Natalia los problemas que tenía para dirigir el rancho desde lejos. Había corrido al administrador por cometer un desfalco y ningún miembro de su familia sabía nada de empresas agropecuarias. Juanelo era un buen capataz pero los números no se le daban y necesitaba a una persona de confianza para manejar el negocio. Natalia le recomendó a un primo suyo, Elías, que había estudiado agronomía sin titularse y ahora era auxiliar de contabilidad.

—Pues a lo mejor me funciona. ¿Por qué no le das mi teléfono y le dices que venga a verme?

Creyó percibir en sus ojos una chispa de codicia. Buena señal: empezaban a compartir intereses y eso, al parecer, la predisponía a su favor. Le daría el empleo a Elías, por supuesto. Era la mejor manera de afianzar esa naciente sociedad conyugal. Cuando salieron a pasear por la huerta de aguacates ya no pudo contenerse más y le plantó un beso en la boca. Ella lo aceptó al principio y luego rompió el abrazo.

—Te quiero, Natalia —la tomó del codo, atrayéndola—. La mayor ambición de mi vida es hacerte feliz.

—Francamente me das miedo, Carlos. Dicen que eres un demonio con las mujeres.

—No creas esas calumnias, preciosa. Nadie que tenga éxito y dinero está a salvo de envidias. Por ventilar los secretos sucios de la clase política he lastimado a mucha gente que deforma y exagera los errores de mi pasado con el afán de perjudicarme. No he sido un santo, lo admito, pero tampoco el monstruo que pintan.

Intentó besarla otra vez pero Natalia le retiró la boca, incrédula. Al parecer dudaba de su nobleza, o temía entregarse demasiado pronto. Carajo, cuánta desconfianza, ¿no había quedado clara su buena disposición a formar con ella una gran familia? ¿No estaba cumpliendo los preceptos de la estúpida moral clasemediera? Ocultó su coraje lo mejor que pudo y se conformó con besarle la mano. Sólo se había tomado un par de cervezas en la comida y sin embargo, esa minúscula dosis de alcohol ya lo estaba empujando a verle defectos. A pesar del coraje mantuvo un tono jovial en el trato con los pequeños. Pero en la tarde, mientras jugaba ping-pong en parejas con los tres niños, más convincente que nunca en el papel de padrastro modelo, notó con disgusto que en vez de seguir la partida, Natalia miraba furtivamente a Juanelo, que estaba cortando leña en una esquina del patio, con una camiseta de tirantes que dejaba al desnudo su recia musculatura. Muy decentita, pero bien que se le iban los ojos detrás de ese pinche naco. Imposible competir con él en materia de bíceps: haría el ridículo si se quitara la camisa. No hizo una escena de celos porque la deseaba con rabia, pero el incidente le agrió el humor y en el viaje de vuelta estuvo callado y hosco, sin esforzarse ya por divertir a los niños. Tenía por delante un arduo trabajo: competir con ése y mil jóvenes más, compensar con experiencia su menguada fogosidad, vigilarla como un Argos para evitar una probable traición. Ardía en celos futuristas y sin embargo no quería cejar en su campaña de seducción, como le aconsejaba el sentido común. Cuanto más ardua fuera la doma de la potranca arisca, más gozaría cuando doblara las manos.

Como estaba inseguro de gustarle procuró convenirle. Para explotar su vanidad y sus veleidades artísticas, la invitó a un evento donde pudiera cultivarse y de paso, figurar en sociedad: la inauguración del espectáculo Luz y Sonido en el centro ceremonial de Teotihuacán. Sería su primera aparición como pareja en un evento del gran mundo, y de paso, una prueba para calar su carácter. Después de pasar varios controles de seguridad, llegaron a las tribunas instaladas en la Calzada de los Muertos, frente a la pirámide del Sol, donde ya se congregaban los miembros del gabinete, los capitanes de la industria, los intelectuales orgánicos más destacados y algunas luminarias del espectáculo, entre ellas María Félix, escoltada por su cuarto marido, el empresario Alex Berger. Con un abrigo de visón y un brazalete en forma de iguana constelado de pedrería, La Doña lucía deslumbrante, pero la lozanía y el garbo natural de Natalia también atraían las miradas de hombres y mujeres, robando a la diva un poco de cámara. Cotejar la belleza de ambas lo colmó de orgullo: la prestancia de Natalia lo ennoblecía por contagio. Sin pelos en la lengua, La Doña le confesó, entre burlas y veras, que veía por las noches la *Miscelánea Denegri* para conciliar el sueño.

—Como no sé nada de política y todos tus invitados son señores tan aburridos, a los diez minutos de verlo se me cierran los ojos.

—Te lo perdono sólo porque eres tú, María. Pero si quieres animar mi programa ¿por qué no vienes un día de éstos? Me subirías mucho el rating.

—No creo que a tu patrón le alcance el dinero para pagarme —se burló La Doña.

Berger la jaló del brazo y ambos acudieron a saludar al presidente Díaz Ordaz, que venía llegando con su esposa, la tiesa y cohibida Guadalupe Borja. Con el presidente venía su inseparable escudero Luis Echeverría, que no lo soltaba ni para ir al baño. Para eludir el encuentro con él, Denegri prefirió acercarse al arquitecto Pedro Ramírez Vázquez, presidente del Comité Organizador de los Juegos Olímpicos, a quien acababa de incensar en un reportaje.

—Pedro querido, ¿cómo estás? Te presento a mi señora, Natalia Urrutia.

Natalia saludó a Ramírez Vázquez y a su esposa con admirable desenvoltura. Segura de sí misma, tenía un don de gentes natural, sin las afectaciones propias de los esnobs. Entre tanta gente importante, cualquier otra se hubiera achicopalado: ella no tenía complejos y poco después, cuando las estiradas esposas del banquero Legorreta y el presidenciable Martínez Manatou la incluyeron en un corrillo de señoras, les dio una pequeña cátedra sobre el mito de Quetzalcóatl, a quien había pintado con barba de vikingo en una serie de óleos. Les cayó tan bien que la esposa de Legorreta se interesó por ver sus pinturas y hasta intercambiaron teléfonos. Palomeada por la élite, se ufanó Denegri. Una mujer con tanto carisma se impone dondequiera.

Desde un podio iluminado con reflectores, el maestro de ceremonias Salvador Novo, de smoking con pajarita blanca, agradeció la presencia del primer mandatario, que se llevó una cerrada ovación. Después de felicitarlo por su rescate de las tradiciones prehispánicas, dio crédito a los músicos, técnicos y actores que habían contribuido a realizar esa evocación de la grandeza teotihuacana.

—El monólogo dramático que ustedes van a oír en boca del actor Ignacio López Tarso es un ejercicio de estilo en el que quise trasladar al español la riqueza metafórica del náhuatl, la única lengua indígena que tengo la fortuna de conocer. Me daría por satisfecho si hubiera reflejado, aunque sea mínimamente, el lenguaje opulento y misterioso con que los antiguos mexicanos honraban a sus dioses.

Bajo los potentes reflectores, que empezaban a derretir su gruesa capa de maquillaje, Novo parecía una actriz veterana obstinada en hacer papeles de dama joven. Era increíble cuántas libertades se permitía frente a un público más bien conservador y obtuso que no le aguantaría esas mariconadas a ningún otro joto. Infiltrado en la casta divina de la política y los negocios, Novo era un dandi decadente a quien se toleraba cualquier excentricidad. Nadie quería tenerlo de enemigo, porque su talento satírico pulverizaba a cualquiera. El afecto que Denegri alguna vez profesó al antiguo secretario particular de su padre se había trocado con el tiempo en un velado rencor, pues gracias a él ya era un personaje literario: el protagonista de *A ocho columnas,* una pieza teatral sobre la corrupción del Cuarto Poder, en la que Novo lo había acusado de mercenario, como si él fuera un alma de la caridad, cuando era público y notorio cómo se arrastraba por complacer a los poderosos. Mercenarios somos todos, empezando por ti, mi reina, caviló, recordando cómo se había sentido al ver en el Teatro de La Capilla el denigrante drama que lo exhibió en paños menores: abierto en canal y colgado de un gancho en mitad del escenario. Pero no le había dado el gusto de ponerse el saco. Jamás acusó recibo del golpe y cuando se lo encontraba en eventos sociales —muy a menudo, pues Novo era ajonjolí de todos los moles—, aparentaba una ausencia total de *hard feelings,* aunque por dentro hirviera de coraje. ¿Qué otra le quedaba? ¿Agarrarse a cates con el poeta oficial de la corte?

Apartado de sus cavilaciones por la hermosa iluminación de las pirámides, el hipnótico son del teponaztli, las hondas percusiones del huéhuetl y la densidad poética de la narración, se dejó arrastrar a la época en que esas ruinas eran la ciudad de los dioses y el fervoroso pueblo teotihuacano presenciaba con sacro terror los sacrificios humanos. El único prietito en el arroz fue la llovizna que empezó a caer precisamente cuando López Tarso invocaba a Tláloc. Como no llevaba paraguas tuvo que cubrir a Natalia con su saco. A la salida, en el pequeño museo del sitio arqueológico donde se sirvió el coctel, su instinto de reportero, que nunca lo abandonaba, lo llevó como un imán hacia Díaz Ordaz.

—¿Qué le pareció el espectáculo, señor presidente?

—Magnífico, nos va a traer mucho turismo, pero debería llamarse Luz, Sonido y Agua. Tláloc no nos abandona desde que el arquitecto Ramírez Vázquez, aquí presente, se lo llevó a Chapultepec.

Una veintena de obsequiosos funcionarios soltaron en automático una risotada. Minutos después, cuando el presidente ya caminaba hacia la salida del museo, advirtió que una viejita del pueblo intentaba romper el cerco de guardaespaldas para abordarlo.

—Dejen pasar a la señora —ordenó.

—Que Dios lo bendiga, don Gustavo —dijo la doñita y quiso besarle la mano.

El presidente la retiró a tiempo y se apresuró a besar la hojaldrada mano de su admiradora, en un lance caballeroso que hizo las delicias de los fotógrafos. Denegri pidió a Ismael Gutiérrez, el fotógrafo de *Excélsior*, una copia de la foto para comentar la escena en su próxima columna.

—Claro que sí, don Carlos, se la mando mañana.

Había escampado y los invitados importantes comenzaron a desfilar hacia la salida. Tras la ronda de despedidas, tomó a Natalia del brazo y se encaminaron al estacionamiento con piso de grava. Mientras esperaban que el acomodador les trajera el Galaxie, se toparon con Salvador Novo, que traía el rímel corrido y el bisoñé empapado por el aguacero. Denegri no tuvo más remedio que felicitarlo efusivamente por su magnífico libreto. Consumado maestro de las relaciones públicas, Novo jamás dejaba aflorar rencores en el trato con el enemigo y en correspondencia, elogió su entrevista con André Malraux.

—Cuando un entrevistador hace preguntas inteligentes, eleva el tono de la conversación —dijo, y saludó a Natalia—. Hola, Dánae. No te veía desde que eras así de chiquita.

—Ella es Natalia, mi novia —tuvo que aclarar Denegri.

—Perdón, Natalia —se disculpó Novo—, te confundí con la hija de Carlos. Felicidades, Picho, eres muy afortunado por andar con esta chulada.

No creía que Novo hubiera confundido a Natalia con su hija, ese áspid siempre tenía segundas intenciones. Lo hizo adrede, pensó, para ridiculizarme por rabo verde.

—¿Quién es Dánae? —preguntó Natalia cuando subieron al auto.

—Mi hija mayor.

—¿Por qué no me habías dicho que tienes una hija de mi edad?

—Apenas nos estamos conociendo —se defendió—, y hay muchas cosas de mi vida que no sabes.

Insatisfecha con su respuesta, Natalia guardó un silencio hostil en el tramo de Indios Verdes a Paseo de la Reforma. Denegri trató de romperlo elogiando su desenvoltura social, pero Natalia no estaba para cumplidos.

—No soy tu señora ni tu novia —le reprochó—. ¿Por qué me presentas así?

—¿Te molesta que lo haga?

—Francamente sí. No te desmentí sólo porque tengo buena educación.

Ahora el ofendido era él. No sólo ofendido, sino perplejo. En otras épocas cualquier mujer se hubiera ufanado de ser presentada como la señora Denegri, pero al parecer Natalia no valoraba ese privilegio.

—¿Qué edad tiene Dánae? —insistió Natalia.

—Más o menos la tuya, pero ¿qué importa eso?

—A quien le importa es a ti, por algo me lo ocultaste.

Con una larga inhalación reprimió las ganas de bajarla del auto a patadas. Sería patético responderle que no le había revelado la existencia de Dánae por temor a perderla si recalcaba demasiado su diferencia de edades. Mostrarse tan vulnerable lo debilitaría en la pelea de egos atrincherados que ya empezaban a librar. La llevó a cenar al Fouquet's, el restaurante del nuevo Hotel Camino Real, y ahí, en un reservado ideal para declaraciones de amor, trató de recuperar el terreno perdido con el auxilio del champán.

—Dime una cosa, Natalia, ¿te molesta andar con un hombre de mi edad?

—No ando contigo, sólo somos amigos.

—Pero tú sabes muy bien que eso no me basta. Para serte franco, no creo en la amistad entre hombre y mujer. Sólo un maricón como

Novo puede ser amigo de señoras guapas sin querer desnudarlas. Pero corrijo mi pregunta, para darte gusto. ¿Te molesta salir con un viejo?

—Molestarme no, pero me siento rara.

—Y temes que los demás te juzguen mal, ¿verdad?

—Un poquito. La gente siempre lo critica todo y me podrían tachar de interesada.

—Pero lo que importa es cómo te sientes tú. ¿Te la pasas mal conmigo?

—No, me has tratado muy bien.

—¿Entonces por qué le das tanta importancia a la opinión ajena?

Natalia se encogió de hombros, incómoda y quizá algo avergonzada. La tomó de la mano y se la llevó a los labios.

—Tú eres pintora, Natalia, y tienes una sensibilidad fuera de lo común —suspiró—. Trabajas con la imaginación, vives en un mundo de sueños y nada puede hacerte más daño que regir tu vida por los convencionalismos de la gente pequeña. ¿No crees que el sentido común está un poco sobrevaluado? Yo lo desafié desde joven porque antes de hacer carrera en el periodismo fui un poeta maldito. Ya no escribo poesía, pero trato de vivirla sin cortapisas, aunque los castrados mentales me señalen con el dedo. No me enorgullezco de mis escándalos, pero algo dentro de mí, quizá mi yo más auténtico, se ha sublevado siempre contra la vida ordenada. El común de la gente cree que los artistas estamos locos y quizá tenga razón: lo estamos por no aceptar las reglas del rebaño, la normalidad mediocre y enana, los rígidos corsés de la moral dominante.

Dio un sorbo largo a la copa de champán, satisfecho por haber captado la atención de Natalia, que lo contemplaba con arrobo. Desde la primera vez que la miró a los ojos, continuó, lo había sacudido un espasmo de vértigo. Tentado y a la vez intimidado por el abismo luminoso de sus pupilas, la rondaba como las mariposas al fuego, a sabiendas de que un aleteo en falso podía chamuscarlo. Mujeres no le faltaban, las había tenido a montones: actrices, modelos, damas de sociedad, solteras, casadas, viudas, pero ninguna con la magia negra de Natalia. Presentía incluso que el destino los había reunido para reparar una injusticia cósmica. Porque los milagros existían, cómo no iban a existir si estaban ahí frente a frente, sedientos de tempestades, alzados en vilo por la misma ola. Sería un crimen, un sacrilegio atroz, que dos espíritus alados como ellos se rebajaran a obedecer la moral de los esclavos.

—Al diablo con la hipocresía social, vámonos a donde nadie nos juzgue, como dice José Alfredo. Eres una mujer fuera de serie, Natalia. Si no lo aceptas vas a ser infeliz, porque nadie puede negar su propia naturaleza. Obedece tus impulsos, derriba las murallas que nos separan, pero sobre todo, las que te separan de ti misma. Tú y yo somos hijos del relámpago, ¿no lo entiendes? Nacimos en el ojo del huracán y la gente pacata no puede imponernos sus reglas.

La besó con pasión y esta vez ella no hizo nada por resistirse. Más aún, le dio una mordida en el labio, embriagada por su aguardiente verbal. De los besos pasaron a las caricias atrevidas sin que los perturbara ningún mesero (les había dado órdenes de quedarse a prudente distancia) y al final de la cena, cuando pidió en la recepción del hotel las llaves de la alcoba que previamente había reservado, Natalia se le colgó del cuello como una niña traviesa.

—¿A dónde me llevas, cochino? ¿Qué me quieres hacer? —ronroneó, en una parodia de resistencia—. No querrás abusar de mí, ¿verdad?

En el ascensor ella misma le desanudó la corbata con una autoridad casi conyugal, acorralada contra un espejo, y cuando le metió la mano bajo la falda entornó los ojos como una sibila en trance. Había logrado pulsar la tecla indicada para derribar sus defensas, la tecla del temperamento artístico, y esa noche, enredado en su cuerpo, elevado a las cumbres más altas de la delicia, bendijo a las potencias celestiales que lo habían llevado al umbral de la eternidad.

Despertó en la Villa Bolívar con la mente fresca y el cuerpo laxo, curado del abatimiento que lo había perseguido en los últimos meses. Ni jaqueca ni pesimismo: sólo serenidad, equilibrio y amplitud de miras. Pilar se trepó a su cama cuando acababa de abrir los ojos. Quería una televisión a color para ver el programa de los *Thunderbirds*. Le prometió comprársela si mejoraba en aritmética, porque Matilde, su maestra particular, se quejaba de que a la hora de la lección salía huyendo al jardín para corretear al perro. Jugaron un buen rato a la enfermera y el paciente. Después de tomarle la temperatura y oírle los latidos del corazón con un estetoscopio de plástico, Pilar le diagnóstico que estaba enfermo.

—Tienes mucha fiebre, papá, no puedes ir a trabajar.

Por fin Pilar le decía papá, un nombre que le acarició los oídos como un soplo de brisa. La besó con ternura, halagado por esa muestra de afecto, la primera que tenía con él desde su llegada a casa. Hubiera querido quedarse en cama, como la enfermera le ordenaba, pero tenía por delante un ajetreado día de trabajo. En el camino, cuando Bertoldo se internó por las risueñas calles de la colonia Nápoles, el barrio de moda entre la clase media, con áreas verdes, neverías estilo yanqui, casitas alegres y edificios de acabados modernistas, se felicitó por haber instalado ahí su oficina, pues de haber elegido otra zona de la ciudad jamás hubiera conocido a Natalia. Era una tontería buscar mujeres en el mundillo de la farándula, en la alta sociedad o en la viciada jungla del periodismo, cuando la felicidad lo estaba esperando entre las flores silvestres que brotaban por doquier en los jardines de esa colonia sencilla y decente. De ahí en adelante debía reconciliarse con los placeres simples de la existencia, sentar cabeza y mimar de tiempo completo a Natalia para que nunca se cansara de quererlo.

En el zaguán de la oficina entregó a Bertoldo mil pesos en efectivo y le ordenó que fuera esa mañana al Instituto Amado Nervo, en la colonia Roma, a pagar las colegiaturas de los hijos de Natalia. Quería dejarle bien claro que a partir de ese momento asumía la manutención de sus hijos. Con él no tendría que gastar en nada, faltaba más, sería un padre para ellos, y de paso Pilar ganaría dos hermanitos que tal vez le ayudaran a civilizarse. La vida de familia con tres hijos pequeños y una esposa joven quizá le retrasara la vejez. Necesitaba esa purificación espiritual para volver al punto de inflexión en el que se había torcido su existencia y recomenzarla con las ilusiones restauradas, lejos de la sordidez y el desenfreno que le corroían el alma. Sobre su escritorio encontró un sobre de papel manila con la foto en que Díaz Ordaz besaba la mano de la viejita y escribió a vuelapluma una glosa de esa conmovedora imagen.

Por un hábito de obediencia grabado con sangre y fuego en la conciencia del indio, muchos mexicanos se sienten obligados a rendir pleitesía a los poderosos. Pero hoy en día ocupa la Presidencia un hombre de extracción humilde que se opone a cualquier muestra de servilismo. Ayer, en Teotihuacán, una mujer del pueblo quiso besar la mano del señor presidente pero él no se lo permitió y se apresuró a besar la mano de la señora, en un gesto de nobleza captado por la lente de nuestro fotógrafo Ismael Gutiérrez. El ciudadano Gustavo Díaz Ordaz nos mostró así que son los gobernantes quienes deben inclinarse ante el pueblo y no al revés. Magnífica lección para los malos servidores públicos que desoyen los reclamos populares y tratan con desdén a la gente humilde. El primer mandatario es un hijo del pueblo y como tal, no puede consentir actos de vasallaje. Me faltan palabras para expresar la admiración que despierta en todo hombre bien nacido la sensibilidad, la inteligencia y la bonhomía de este magnífico estadista. Uno se asombra al pensar que haya quienes se obstinen a cerrar los ojos ante sus grandes virtudes políticas y humanas.

Un ditirambo ridículo, pensó al poner el punto final. Ridículo pero eficaz. Al tlatoani estreñido no le gustaban las medias tintas; quería adhesiones incondicionales, alfombras de flores tendidas a su paso, y si lo elogiaba con tibieza, Kawage, Teissier o el propio Jacobo, que no tenían pudor para lambisconear, le comerían el mandado en la enconada disputa por obtener su favor. Cuanto más exagerado fuera un elogio, menos credibilidad tenía, pero ¿cómo explicárselo a los asesores de imagen de Los Pinos, que le exigían panegíricos desorbitados? Gracias a Dios, había detectado que una buena parte de sus lectores ya sabía distinguir cuándo hablaba en serio y cuándo exageraba por compromiso las virtudes de los políticos. Un borbotón de calificativos rastreros equivalía a insinuarles: suena cursi, lo sé, pero de algo tengo que comer. Y como la genuflexión ante los símbolos de poder era un mal endémico del mexicano, contaba con la benevolencia de sus lectores para hacerse perdonar esas caravanas. Los revoltosos que odiaban la dictadura del PRI-gobierno nunca lo leían. Él escribía para sus beneficiarios o para los resignados a padecerla como una fatalidad y ellos entendían perfectamente que ningún periodista importante podía eximirse de ensalzar al jefazo. Sonó el teléfono de su escritorio y Evelia le pasó una llamada de Enrique Loubet, un joven compañero de *Excélsior,* hijo de refugiados españoles, a quien había enseñado los secretos del periodismo cuando lo tuvo de ayudante a finales de los cincuenta.

—¿Qué tal, Carlos? ¿Cómo te va?

—De maravilla, estoy enamorado otra vez.

—¿Y ahora quién es la víctima?

—Ya la conocerás.

—Oye, manito, me pidieron que te invitara a participar en el homenaje que le estamos organizando a don Rodrigo de Llano por sus cinco años de muerto.

—Cuenta conmigo, ya sabes cuánto lo quise.

—Pero hay un problema: en la mesa también va a estar Julio Scherer.

—Nunca fue un colaborador cercano al Skipper.

—Pero el director del periódico me lo impuso y no puede faltar.

Como no podía vetarlo del homenaje, aceptó a regañadientes su compañía. Total, se trataba de honrar la memoria de un amigo y aunque *Excélsior* hubiera quedado en manos de gente por completo ajena al difunto, que para colmo se empecinaba en destruir su legado, debía ponerle buena cara a los malos tiempos y alternar con el advenedizo. Una cosa eran las pugnas internas del diario y otra su fachada institucional, que debía quedar por encima de cualquier rencilla. Lo distrajo de sus reflexiones la voz de Evelia, que le anunciaba por el interfón una llamada del señor Jorge Piñó Sandoval. Qué raro, Piñó no le había dirigido la palabra desde hacía veinte años. ¿Buscaba una reconciliación? ¿Quería pedirle un favor? Era un resentido crónico, enemistado a muerte con los triunfadores. En el sexenio de Alemán había dirigido una revista de oposición radical, *Presente,* y desde entonces había caído en desgracia. En otro tiempo fueron íntimos, pero sus diferencias políticas y el puritano concepto de la ética profesional que Piñó se colgaba del cuello como un escapulario los habían distanciado sin remedio. Perdido su talante combativo, doblegado por la maquinaria envilecedora del régimen que intentó demoler, ahora fungía como jefe de Publicaciones de la Presidencia, un puesto decorativo en el que ganaba un buen sueldo sin dar golpe. Seguramente su transformación en burócrata le había quitado las ínfulas de superioridad moral. Pero las fricciones que tuvieron veinte años atrás habían sido demasiado ásperas y presentía que un encuentro con él podía reavivarlas.

—Dígale que salí de viaje —ordenó a Evelia.

Por la tarde Bertoldo lo llevó al Liverpool de Insurgentes, donde compró una televisión a color Admiral, empotrada en una consola de caoba, para darle gusto a Pilar. Luego se cruzó a la joyería La Princesa, donde pagó con su tarjeta Diners Club un magnífico aderezo de perlas con valor de tres mil pesos. El fuerte gasto le acalambró el codo, pero al imaginar a Natalia desnuda con el collar y los aretes contuvo a duras penas un relincho de lujuria. Si Natalia no había hecho cálculos mezquinos para entregarse, ¿por qué iba él a medirse en sus arrebatos de gratitud? La divina insensatez de una mujer ardiente no tenía precio, ningún ahorro debía manchar una pasión nacida bajo el signo del exceso. Somos tal para cual, mi cielo: el sentido poético de la vida consiste en derrochar el amor y el dinero.

No le pudo entregar el regalo tan pronto como hubiera querido, porque esa tarde tuvo un coctel en el Club de Industriales y al día siguiente, muy temprano, voló a Culiacán para cubrir el informe anual del gobernador Sánchez Celis, con quien había establecido una provechosa relación clientelar desde su llegada a la Cámara de Diputados. Lépero y cabrón, Sánchez Celis era un cacique folclórico, con modales y atavíos de ranchero, a quien la gente del pueblo llamaba "El Hombre del Paliacate". Había dejado más de treinta hijos regados por los municipios de Sinaloa, sin contar los legítimos; tenía un florido repertorio de palabrotas con el que espantaba a los opositores y a punta de balazos o de sobornos neutralizaba a los líderes locales que podían hacerle sombra. Cuando era líder del PRI en el estado, los comités centrales de la CNC y la CTM en Sinaloa lo acusaron de haberse robado las aportaciones de ambas centrales para la campaña presidencial de López Mateos. Viajó entonces al DF a pedir el auxilio del Cuarto Poder y gracias a Denegri, *Excélsior* no difundió las acusaciones. También lo había defendido a capa y espada cuando Madrazo, desde la dirigencia del PRI, le quiso arrebatar el control del partido en Sinaloa, favores que Sánchez Celis pagaba siempre con una munificencia de faraón.

Sólo estuvo en Culiacán un par de días, como comparsa del gobernador en varias inauguraciones. Acarreados vitoreándolo por doquier, bandas militares, coros de niños entonando loas en honor, y detrás de la escenografía montada para su lucimiento, las llagas abiertas de la miseria, la hambruna, la mortandad infantil. Reporteando a espaldas de su anfitrión comprobó que estaba metido hasta el cuello en el narcotráfico, pues tenía un hermano que sembraba marihuana y amapola en la ribera de la laguna Canichi, según le informó Héctor Malpica, un joven diputado del PAN. Era un cultivo de cien hectáreas que el Ejército ya había detectado, pero la complicidad del gobernador con el jefe militar de la zona le garantizaba la impunidad. Con el auxilio del ex convicto Miguel Ángel Félix Gallardo, jefe de escoltas de sus hijos, el gobernador exportaba toneladas de droga a Estados Unidos y los pueblos que antes eran pacíficos se habían llenado de matones. Ningún periodista local se atrevía a sacarle esos trapos al sol porque los tenía comprados a todos.

—Caramba, qué grave acusación. Voy a investigar a fondo para confirmarla —prometió al diputado.

Esa misma tarde, cuando Sánchez Celis le invitó un mezcal en el jardín de su fastuosa mansión, lo puso al tanto de la denuncia, fingiendo que no creía en la versión de Malpica.

—Ten cuidado, Leopoldo, si ese infundio se propaga, Díaz Ordaz te puede dar cuello. Yo no ataco a mis amigos, pero allá en la capital muchos periodistas te traen en la mira.

Traducida al lenguaje vulgar su advertencia significaba: cáete con tu moche o te balconeo. El gobernador lo entendió de inmediato pero respondió con la misma gramática parda.

—Gracias, Carlos, ya sé que puedo confiar en ti. Mis enemigos han inventado esas calumnias para golpearme, pero se la van a pelar. El presidente me respalda, y estando bien con Dios, los santos me la persignan.

Esa misma noche, Sánchez Celis le mandó al cuarto del hotel un sobre con un cheque por cincuenta mil pesos. Se lo entregó personalmente, "con los saludos del señor gobernador" una voluptuosa Miss Sinaloa en bikini, de tez morena apiñonada y ojos zarcos. Acababa de obtener el cetro de belleza y todavía llevaba la diadema de reina. Por lealtad a Natalia la despidió con un beso en la mejilla. No eran aventuras eróticas lo que necesitaba en esa época de la vida: después de tantas orgías juveniles, el sexo mercenario había llegado a cansarlo. Tendido en la cama pidió a la operadora una llamada con Natalia de persona a persona. Después de ponderar quejumbrosamente cuánto la había extrañado, le anunció que llegaba al día siguiente a México y esta vez quería invitarla a cenar en el Mauna Loa.

—Pero después venimos a mi casa. Ya es tiempo de que la conozcas y tomes posesión de tus dominios, ¿no te parece?

—No tengo con quién dejar a los niños —respondió Natalia con frialdad.

—Si ése es el problema yo te mando a una niñera.

—Tengo criada, pero no me gusta dejarlos con ella, y además estoy enojada contigo.

—Ah, caray, ¿y ahora por qué?

—¿Cómo se te ocurre pagar las colegiaturas de mis hijos?

—Creí que te daría gusto.

—Pues te equivocaste. Si mi ex se entera me puede cortar la pensión.

—¿Y eso qué? —se sulfuró—. Dile que ya no necesitas su mugroso dinero.

—¿Estás loco? No quiero depender de ti. Apenas empezamos a conocernos y tú has tenido muchas mujeres. ¿Qué tal si mañana me cambias por otra? Necesito un ingreso seguro y tú eres una veleta, Carlos.

De nueva cuenta los valores burgueses interpuestos entre los dos. Qué pronto se le había olvidado su pacto de trasgresión romántica. Suspiró con impaciencia, fastidiado por ese pragmatismo timorato tan típico de las mujeres. Cualquier aventura les asustaba porque no veían más allá de sus narices. ¿Cuándo carajos aprenderían a volar si se aferraban al suelo como reptiles?

—Estas cosas no se pueden discutir por teléfono. ¿Qué te parece si lo hablamos mañana con calma?

Natalia asintió a la fuerza, con un desgano que le dejó un mal sabor de boca. Por la mañana todavía acompañó al gobernador a cortar el listón de una escuela rural a medio construir y a las tres de la tarde, escoltado hasta la escalerilla del avión por el jefe de la policía local, tomó el vuelo de regreso a México. Mientras veía por la ventanilla la ondulante cordillera de tonalidades ocres y verdes y al fondo, el listón azul del Pacífico, deploró la injusticia de tener que pedir disculpas por un acto de amor. Era humillante que en vez de agradecerle su gentileza, Natalia se diera por agraviada. El trato recibido en Culiacán, donde todos, del gobernador para abajo, se habían esmerado por atenderlo como lo que era, una celebridad, un figurón del periodismo, contribuyó a predisponerlo contra su nueva amante. La clase política lo agasajaba, los hombres de negocios se disputaban su amistad, podía tener mujeres fabulosas con sólo tronar los dedos y esa tiranuela no dejaba de ponerse moños. ¿Por qué las mujeres nunca se rendían del todo? ¿Era preciso conquistarlas una y otra vez, recomenzar a partir de cero cada vez que algo les molestaba? Engolosinadas con su poder, querían ver al hombre postrado a sus pies para sentirse fuertes. Un tipo del montón quizá podía aceptar ese indigno papel, no un hombre tan cercano a los detentadores del verdadero poder, el poder de dictar leyes, de levantar imperios, de conducir a enormes masas hacia un objetivo común. ¿A qué estás jugando, preciosa?, se preguntó, resentido. ¿Me ves tan enamorado que ya te crees superior a mí? Pidió un Etiqueta Negra en las rocas a la sobrecargo, una guapa chaparrita que al servirle el trago se declaró admiradora suya y le pidió un autógrafo. El trago le puso el ego a la misma altura del avión. Amaba y quería ser amado, pero no toleraría abusos. Vámonos respetando, mamita. Por la buena lo que quieras, te bajo el cielo y las estrellas, pero a la mala no me vas a quebrar.

El whisky le había inoculado un germen de euforia que deseaba prolongar y esa tarde, al terminar un artículo laudatorio en el que ponía por las nubes "el exitoso programa de obras públicas y el infatigable tesón del gobernador Sánchez Celis", se sirvió en la oficina un par de jaiboles que apuntalaron su orgullo. Todavía no estaba del todo ebrio cuando recogió a Natalia en su casa, sólo un poco alegre y dicharachero. Le describió el viaje a Culiacán y el carácter folclórico del gobernador, mofándose de su incultura. Deliberadamente omitió el espinoso tema de las colegiaturas, pues quería lograr una distensión en la medida de lo posible. Fue Natalia quien lo sacó a colación en cuanto llegaron al restaurante.

—Aquí está lo de la escuela —colocó mil pesos sobre la mesa—. No vuelvas a tomarte esas libertades, por favor.

Denegri ni siquiera se dignó mirar los billetes.

—¿Por qué te tomas tan a pecho una galantería?

144

—No es tu galantería lo que me ofende, es tu despotismo. Pudiste haberme preguntado si estaba de acuerdo, ¿no crees?

—De acuerdo, no volveré a pagar las colegiaturas, hasta que tú me lo permitas, pero quiero pedirte un favor: quítate las joyas que traes —dijo, señalando su gargantilla de oro y sus aretes de topacio.

—¿Por qué? ¿No te gustan?

—Si ya terminaste con tu marido, no me parece correcto que las sigas usando —sacó el estuche con el aderezo de perlas y lo abrió con una sonrisa de embaucador—. Ponte éstas, por favor.

Natalia vio el juego de collar y aretes con una mezcla de fascinación y recelo.

—Las mujeres no cambiamos de dueño como los coches —creyó necesario aclarar—, ni las joyas son un título de propiedad.

—Ya lo sé, pero no quiero poseerte. Al contrario, mi dueña eres tú. Esas joyas me representan simbólicamente y quiero sentir que te pertenezco.

Halagada, Natalia lo besó en los labios, se quitó las alhajas y accedió a que él le pusiera el collar. La decoración tropical del lugar, con flamencos dormitando en la orilla de un estanque artificial, propiciaba las efusiones románticas y les contagió una dulce languidez. Llegó el capitán de meseros, un apuesto moreno con ojos color de miel y tupido mostacho negro, que llevaba una camisa hawaiana y un collar de flores a tono con la escenografía isleña. Les ofreció uno de los cocteles especiales de la casa, el Mai Tai, que llevaba dos tipos de rones, jugo de lima y un chorrito de curazao.

—¿No estará muy fuerte? —preguntó Natalia, mirándolo a los ojos con una sonrisa infantil.

—No mucho, ni siquiera raspa la garganta.

—Entonces tráigame uno.

Denegri pidió un Glenfiddich en las rocas con una mueca de repudio. La galantería del capitán había lastimado su quisquillosa hombría, más ultrasensible aun cuando estaba en juego una conquista que no sentía segura. El hijo de la chingada se la quiere ligar en mi propia cara, diagnosticó. Ha de pensar que un viejo como yo no es pieza para competir con un galancete como él. Y a Natalia le gusta, qué manera más obvia de coquetearle. Si yo no estuviera presente ya le habría dado su número de teléfono. Tal vez lo haga a la primera oportunidad, cuando me levante al baño. Conocía de sobra a ese tipo de golfas emancipadas. No querían llevar placas de auto particular porque preferían las de ruletero, para levantar pasaje en cualquier esquina. Recordó los dobleces de Gloria Marín, con quien había tenido un romance de vodevil, cuando ya estaba madurita pero todavía deseable. Sus dotes histriónicas le hicieron creer ingenuamente que en verdad lo quería. De tanto fingir en los escenarios tenía atrofiadas las emociones sinceras. Muchos mimos y juramentos de amor, pero nunca quiso vivir con él, alegando que así se verían con más gusto, sin el desgaste de la convivencia diaria. Luego supo que la cínica le ponía los cuernos con un ejecutivo de Televicentro. Y eso que le había prestado cien mil pesos cuando le iban a embargar la casa por no poder pagar la hipoteca. La historia se repetía: tampoco Natalia quería sujetarse a un amo, aceptaba las joyas sin prometerle fidelidad, pero él sería muy pendejo si se dejaba pisotear.

—El restaurant bar Mauna Loa les presenta su primer show de la noche, con bailarinas hawaianas directamente importadas de Honolulu —anunció por el sonido local una voz femenina.

Como estaban en mesa de pista, a dos metros de los músicos, los acordes del ukelele y las percusiones del pahu les impusieron silencio. ¿Hawaianas?, pensó Denegri, chasqueando la lengua: a estas culonas las sacaron de la Bondojo. Se bebió como agua el primer trago y pidió el segundo, que le supo a lumbre. Junto a la pista, recargado en una columna, el capitán bigotón echaba miradas furtivas hacia su mesa y mientras aparentaba prestar atención al show, Natalia no lo perdía de vista. En la imaginación trazó una raya de fuego tendida de una mirada a otra. Perra infecta, ya empezó a traicionarme. Igualita a Gloria, quiere usarme como banco para financiar a sus padrotes. A la mitad del show, cuando la raya de fuego le quemó la próstata, se levantó de la mesa furioso, derribando aparatosamente la silla.

—Vámonos de aquí, ya estuvo suave —la jaló del brazo.

—¿Qué te pasa? Suéltame.

—Te le estás ofreciendo al cabrón ése.

—¿A quién? Estás loco.

—Vámonos, te digo.

Al ver el forcejeo, el capitán de meseros se acercó a la mesa y preguntó a Natalia si necesitaba ayuda.

—No meta su cuchara, nadie lo mandó llamar —le reviró Denegri, empujando a Natalia hacia la salida.

—Está maltratando a la señora —el capitán le cerró el paso.

Natalia aprovechó su distracción para zafarse de sus garras y salió corriendo a la calle sin recoger su abrigo del guardarropa. Denegri soltó un puñetazo que el capitán esquivó con buenos reflejos. Sujetado por dos meseros, sólo atinó a soltar patadas al aire y un florido repertorio de insultos.

—¡Suéltenme, putos! ¡Cómo se atreven a tratarme así! ¡El regente Corona del Rosal es mi amigo y mañana mismo les clausuro el changarro!

Llegó el gerente, un hombre bajito y calvo de traje negro, que lo identificó de inmediato.

—Suelten al señor Denegri —les ordenó—. Disculpe usted, el capitán es nuevo y todavía no conoce a nuestros clientes distinguidos.

—Este lépero le faltó al respeto a mi esposa.

—Le juro que yo no hice nada —alegó el capitán.

—¿En qué reclusorio contrata a su personal? Corra a este cabrón o se los carga la chingada —le advirtió, alisándose el saco—. Mañana regreso, y pobres de ustedes si lo veo aquí.

Aunque el gerente no le prometió despedir al bigotón, dio por terminado el pleito con la esperanza de encontrar a Natalia en la calle, pero Bertoldo, que montaba guardia en la puerta, le dijo que acababa de tomar un taxi.

—Pero antes de subir al coche me dio esto —y le mostró el aderezo de perlas.

Maldijo su perra suerte con la rabia de un marido engañado. Se las quería dar de digna devolviendo las joyas, pero si de veras fuera tan honesta no le arrojaría los calzones a ese pelafustán. En el Galaxie se empinó la anforita de whisky, frustrado por no poder ajustar cuentas con Natalia. Siguió la borrachera en el bar Zafiro del Hotel Presidente, donde el trovador Cuco Sánchez cantaba todas las noches. Había cola en la entrada, pero con cien pesos deslizados en la bolsa del portero le asignaron la mejor mesa. Olfateando su dinero, dos ficheras de minifalda se le sentaron en la mesa. Salud, hermanas, les invito un whisky. Prefería a las putas declaradas que a las encubiertas, con ellas por lo menos ya sabía uno a qué atenerse. Calurosa bienvenida a cargo de Cuco: Hoy nos honra con su presencia el aclamado periodista Carlos Denegri, a quien dedico esta melodía. Y tú que te creías el rey de todo el mundo y tú que nunca fuiste capaz de perdonar, y cruel y despiadado, de todos te reías, hoy imploras cariño, aunque sea por piedad... Le dieron ganas de chillar, pero se contuvo a tiempo. Significaría reconocer su derrota, aceptar que la vida lo había arrinconado en un sótano maloliente. Que lloraran los perdedores, los arrastrados que se le hincaban a las viejas y deshonraban con su conducta al género masculino. Era indigno, casi obsceno, que un hombre se flagelara así por la traición de una ingrata, ¿verdad, muchachas? Ya ves que no es lo mismo amar que ser amado, hoy que estás acabado, qué lástima me das. Más copas, más canciones, la mano de una de las chicas reptando hacia su bragueta. Ninguna reacción viril, tenía muerta la hombría, embotados los reflejos. La cabeza empezó a darle vueltas, veía a dos cantantes por el precio de uno. En su imaginación, Natalia se entregaba a una salvaje cópula hawaiana con el cinturita del Mauna Loa. Sin darse cuenta tiró la ceniza del cigarro en la copa y al beberla le dio tanto asco que escupió el whisky en el escote de una fichera. Engullida por la oscuridad y el sopor, la guitarra del trovador sonaba cada vez más lejana. A tientas en las sombras se deslizó dulcemente hacia un túnel de paredes húmedas, con el aroma entrañable del vientre materno. Bienvenida la perdición si lo traía de regreso a la nada.

—Abre tus ojitos, papi —lo despertó Pilar, abriéndole los párpados con los dedos.

Estaba tumbado en el sofá de la sala, con todo y zapatos, sin recordar cómo diablos había llegado ahí.

—Hueles a rayos. Anoche te emborrachaste, ¿verdad?

—Me siento mal, vete a jugar al jardín —se frotó los ojos, desencajado y mustio.

—¿No quieres ver conmigo las caricaturas? Mi tele a color se ve rete padre.

—Ahorita no puedo. En la noche la vemos.

Se descubrió una mancha negra de vómito en la camisa. Con razón apestaba tanto. ¿A qué horas y en dónde habría guacareado?

¿En el bar o en el coche? Imposible recordarlo, un enjambre de abejas asesinas picoteaba sus pensamientos amorfos. Le repugnaba ir a trabajar crudo, pero más aún quedarse a rumiar sus culpas en la cama. Un duchazo, dos alkaseltzers y unos chilaquiles bien picosos lo despabilaron un poco. En el auto, de camino a su oficina, Bertoldo le informó que a las dos de la mañana, cuando ya estaban cerrando el bar, entró a buscarlo y lo encontró dormido en la mesa. Entre un mesero y él lo habían llevado a rastras hasta el coche porque no hubo manera de despertarlo. Le regaló quinientos pesos, conmovido por su lealtad, y contempló la idea de llamar al notario para incluirlo en su testamento.

Con la presión baja y las sienes a punto de reventar, hizo un drástico examen de conciencia. ¿Hasta cuándo iba a dar esos espectáculos en público? Dentro de poco iba a cumplir sesenta, ya tenía un pie en la tercera edad. ¿No se cansaba aún de chapotear en el fango? Todos sus propósitos de enmienda tirados a la basura por una estúpida rabieta de borrachín. Natalia estaría ofendida a muerte por su escena de celos y no le faltaba razón. Ni yendo a bailar a Chalma la podría reconquistar después de un papelazo como ése. Hasta las joyas le había devuelto. Estaba maltratando a una mujer honesta, limpia de corazón, que no se le había entregado por interés. Mataba todo lo que amaba, como el prisionero de la cárcel de Reading. Y ahora, ¿cómo convencerla de que no era un canalla?

En la oficina, pidió a Evelia que no le pasara ninguna llamada. Aunque no tenía cabeza para leer, se impuso como penitencia echar un vistazo a los periódicos del día. Para bien o para mal, era un periodista y debía estar bien enterado de todo lo que pasaba en el mundo. En la primera plana de *El Universal* le saltó a los ojos un chisguete de aceite hirviendo: "Asesinan en Culiacán a Héctor Malpica, diputado local del PAN. Las pesquisas apuntan a crimen pasional". En la madre, había mandado al matadero a ese pobre infeliz. Debió prever que un sátrapa como Sánchez Celis no podía dejar ileso a un enemigo bocón. Y como al parecer la víctima andaba con una mujer casada, le habían cargado el muerto al marido engañado. No era la primera vez que sus componendas de periodista extorsionador le costaban la vida a alguien, pero este asesinato parecía una mueca sarcástica del destino. Ni él mismo creía en sus propósitos de regeneración. ¿Cómo recuperar la inocencia que necesitaba para enamorarse mientras estuviera hundido en la podredumbre? Nadie se codeaba impunemente con déspotas bañados en sangre: de tanto frecuentarlos había contraído un cáncer del espíritu que atrofiaba todos sus impulsos nobles. Una perversidad tan largamente cultivada ya no admitía redención alguna, y la prueba era que ahora mismo no pensaba en denunciar el crimen, sino en los efectos que podía tener sobre su vida amorosa. Eso era sin duda lo que había detectado Natalia: una sarna como la suya se olía a cien kilómetros de distancia.

Pero de cualquier modo hizo la lucha por reconquistarla y esa mañana la llamó cuatro veces. Como temía, la gata se la negó con malos modos, sin quererle decir a dónde había ido. La llamó india imbécil y al quinto telefonazo ya no respondió. Estuvo varios días en ascuas, compungido hasta la inapetencia, hincándose cada noche en el altar de su casa para pedirle a la Virgen la merced de recuperarla. Recurrió en vano a las cartas de amor y luego a los telegramas, volvió a llenarle la casa de orquídeas y crisantemos, la mencionaba en sus columnas de sociales, inventando que había sido madrina de un premio hípico en el Jockey Club o cenado con las damas voluntarias de la Cruz Roja, con el solo objeto de guiñarle un ojo y mantenerse presente en su vida. A pesar de sentirse miserable, no quiso recurrir al trago para aliviar su dolor. Tampoco usar a ningún amigo como paño de lágrimas: jamás había reconocido ante otro hombre un fracaso amoroso. Todos sus amigos se fingían invulnerables en obediencia a un código no escrito de comportamiento viril que proscribía las flaquezas del corazón. Para colmo, su madre, a quien había dicho que tenía una nueva novia, porfiaba en conocerla con una curiosidad malsana.

—Sos un majadero conmigo, Picho. Siempre soy la última en conocer a tus parejas. ¿Por qué no la traés a comer a mi casa?

—Llevamos juntos muy poco tiempo, mamá, ya te la presentaré cuando entremos más en confianza.

Condenado a sufrir solo, sin desahogos ni paliativos, recayó en una crisis de atonía profunda. Necesitaba con urgencia una copa y sin embargo resistió dos semanas sin beber una gota de alcohol. Dos viajes a provincia, uno a Zacatecas y otro a Nayarit, contribuyeron a distraerlo, pero de vuelta en casa, cuando se tendía en la cama y contemplaba sin parpadear el altísimo techo, una lucidez amarga le ahuyentaba el sueño. Las pasiones, como las medicinas, tenían fecha de caducidad y la locura de forzar la máquina para vivirlas en la vejez le estaba saliendo muy cara. Un tenorio psicótico y viejo acabaría siempre mal. Quizá fuera tiempo ya de cambiar la capa de donjuán por el sayal pardo de franciscano. En su loca búsqueda de placeres se había olvidado de cultivar el más importante de todos: la serenidad. Eso era lo que le estaba pidiendo a gritos su sistema nervioso irritado y exhausto: goces contemplativos, afectos fraternales libres de pólvora. Por fortuna, durante el día la carga de trabajo no le permitía pensar en sí mismo y el cariño de Pilar, que ya le había perdonado el abandono, contribuyó a mitigar su desdicha. Era un encanto de chiquilla y lo enternecía que ya estuviera aprendiendo a leer de corrido. Cuando desayunaba con ella y le enseñaba el uso de los cubiertos, a veces dándole de comer en la boca, sentía que si lograba hacer de esa niña rebelde una buena muchacha, quizá el Tribunal Divino lo trataría con benevolencia. Un mediodía, cuando casi se había resignado a la vida de papá soltero, Evelia le anunció por el interfón que tenía una llamada de Natalia Urrutia.

—Hola, Natalia, qué alegría me das. ¿Cómo has estado?

—Te portaste como un cerdo, Carlos, nunca pensé que fueras tan patán.

—Estaba borracho, Natalia, te juro que en mis cinco sentidos no soy así.

—Me había propuesto no volver a dirigirte la palabra.

—Por favor, no seas tan dura conmigo.

—Por eso te llamo. Creo que los dos nos merecemos una segunda oportunidad, pero prométeme que vas a dejar la bebida. Te está haciendo mucho daño.

—Tal vez lo consiga si tú me ayudas. Te necesito para salvarme, mi amor.

Esa noche la llevó a conocer la Villa Bolívar. Deslumbrada con la mansión, en especial con la capilla barroca, Natalia recorrió boquiabierta los amplios salones, la biblioteca, el comedor para veinte personas, y se quedó atónita con la colección de pintura, en la que llamaron su atención un bodegón cubista de Diego Rivera y las naturalezas muertas de la primera época de Tamayo. En la cena, Denegri sólo bebió tres copas de vino para no empañar su reconciliación con algún comentario soez. Hizo un trato con Natalia: en su presencia nunca bebería licores, sólo bebidas de baja graduación alcohólica. Había mandado recubrir la cama con pétalos de rosa blancos y rojos, un detalle tierno que aguijoneó la sensualidad agreste de Natalia. Bailaron la danza del fuego entrelazados como escorpiones, en una voluptuosa reconciliación que apagó por completo los rescoldos del pleito en el Mauna Loa. Y pensar que por un estúpido berrinche se había expuesto a perder esa plenitud oceánica, la única verdadera y tangible, la que duraba un instante y a la vez un milenio.

Volvieron a verse dos o tres veces por semana, llevaron a los niños a nadar al Casino de la Selva en Cuernavaca, las pinturas al óleo de Natalia lo dejaron gratamente impresionado y gracias a su amistad con Ramírez Vázquez le consiguió una exposición para principios del siguiente año en el Museo del Chopo, uno de los recintos que albergarían las actividades de la Olimpiada Cultural. Natalia sabía mucho de arte, pero poco de literatura. Para crear más afinidades le prescribió un ambicioso programa de lecturas, empezando por las novelas de Victor Hugo. Los amores del poeta con la actriz Juliette Drouet, el adulterio más largo de la historia, que duró medio siglo, le dieron tema para largas conversaciones de sobrecama. Nosotros somos sus reencarnaciones, mi vida, nuestros destinos quedaron unidos desde la primera vez que te vi en el parque.

En octubre del 67, cuando arreciaron las protestas contra la guerra de Vietnam en Washington, el periódico lo comisionó para cubrir las marchas de jóvenes iracundos. Propuso a Natalia que lo acompañara, con la promesa de darse una escapada a Nueva York cuando terminara sus faenas de periodista. Pero Natalia no podía dejar a los niños solos tanto tiempo, ni quería encargárselos a una niñera. Su firme negativa jaló el gatillo que disparaba sus jugos biliares cuando escuchaba un *no* en labios de una mujer.

—Carajo, parece que en lugar de invitarte a un viaje te hice una propuesta indecorosa.

—No te enojes, Carlos, entiende mi situación. Tengo que ser una mamá responsable.

—Ya veo, primero tus hijos y luego yo. Ocupo el último lugar en tu escala de valores.

—No seas tontito, mi amor —adoptó una voz mimosa—. Cuando vengas recuperamos el tiempo perdido, ¿sí?

Se tragó el coraje por prudencia y viajó a Washington con hematomas en el orgullo viril. Quería a una mujer incondicional que lo siguiera por doquier como una soldadera y Natalia seguía defendiendo su odiosa independencia. O ganaba en el estira y afloja o acabaría sobajado al extremo de mendigarle su tiempo libre. Cuando reporteaba en el extranjero tenía muchas más libertades que en México, donde lo maniataba la censura de Gobernación y sobre todo, la autocensura. En su crónica de la marcha al Pentágono y en los artículos de fondo sobre la rebelión juvenil norteamericana, defendió la guerra contra la expansión comunista en el sudeste asiático pero tomó partido por Martin Luther King, a quien había entrevistado meses atrás, en la lucha por los derechos civiles de los negros. Modestia aparte, pensó, sus reportajes no le pedían nada a los del *New York Times*. Temía haberse pasado de rosca en sus reclamos a Natalia, y en un momento de relajación, acodado en la barra del Hotel Watergate con un escocés en la mano, le escribió una tierna postal: "Como Victor Hugo amó a Juliette Drouet y como ella lo amó a él, quisiera que me amaras, comprendieras y estuvieras siempre segura, ahora y después, en los años grises. Fuera de nosotros, mi amor, ¡qué tumultos! ¡Qué insípidas jornadas! ¡Cuánto sacrificio a la gloria y a la batalla próxima! Dentro de nosotros, mi ternura de toda la vida. ¡Qué deliciosa armonía!".

Volvió atiborrado de regalos para Natalia. Quiso dárselos de inmediato, pero ella retrasó el encuentro tres largos días porque su hijo Fabián se le había enfermado de varicela. Procuró no darle importancia al incidente, y cuando por fin se encontraron no tuvo para ella una palabra de reproche. La felicidad de amarla eclipsaba cualquier contratiempo que los imponderables de la suerte pusieran entre los dos. Pero una semana después, cuando trabajaba en la oficina, vio pasear a Natalia por el parque, acompañada de un joven alto y moreno, de pelo crespo, con una playera color crema ceñida a los pectorales. Tenía facha de atleta, quizá jugara basquetbol o tenis. Los niños correteaban por delante, pero ellos iban tan embebidos en su charla que ni volteaban a verlos. Hablaban al parecer de algo muy divertido, porque Natalia se reía con ganas y en cada espasmo de risa se le alzaban los pechos. ¿Conque esas tenemos, cabrona?, pensó, intoxicado de turbias sospechas. Con razón no quiso acompañarme a Washington y se puso tantos moños para darme una cita: su enculamiento con ese chavo la tenía muy ocupada. La compañía de un joven le sentaba de maravilla, reconoció con acerbo despecho. Era natural que Natalia prefiriera a un brioso jinete en la flor de la edad y lo relegara en la lista de sus amantes, que por lo visto era larga. Debiste imaginarlo, buey: demasiado caliente para conformarse contigo.

Pidió a Eloy que se apostara en la esquina de la privada de Natalia y espiara discretamente todos sus movimientos, tomando fotos de la gente que entraba y salía de ahí. Su primer reporte lo intoxicó de cólera. El cabrón ese vivía con ella, manejaba su coche y la acompañaba por las mañanas a la clase de yoga. Al parecer ya no le importaba guardar las apariencias para conservar la pensión que le pasaba el ex marido. Sólo había esgrimido ese pretexto para rechazar el pago de las colegiaturas. Por la noche, dando vueltas en la cama, lo tentó la idea de delatarla con el ex marido. Cuando él la dejara en la calle tendría el campo libre para socorrerla como un alma caritativa. Quizá ella misma se lo pidiera y hasta se podría hacer del rogar. Híncate, perra, pídeme perdón de rodillas, así me gusta, y ahora encuérate rapidito, que nomás para eso sirves. Al amanecer se avergonzó de haber fraguado una represalia tan ruin. ¿Estaba cojo o manco para no poder fajarse los pantalones con un rival de amores? A golpes o a balazos, lo que escogiera el hijo de la chingada.

A mediodía, después de trabajar en su despacho, pidió a Bertoldo que lo llevara al *Excélsior*, donde tenía cita con el director. En la timidez de las recepcionistas, en las miradas esquivas de los empleados contables, en la falsa camaradería de los reporteros de guardia percibió como siempre una admiración tiznada de envidia. Su renombre brillaba con más fuerza entre tantos empleadillos que nacieron para macetas y nunca salieron del corredor. Recordó con altivo desdén los anónimos que años atrás habían circulado en el diario, acusándolo de ofrecer sus esposas a políticos y de recibir embutes millonarios a espaldas de la cooperativa. Ni para inventar calumnias tenían imaginación. Pero su odio no le incomodaba, al contrario, le complacía que lo persiguiera por los pasillos del diario. El incentivo de saberse odiado era una droga muy eficaz para salir de las depresiones. Cuanta más gente sufriera con su éxito, más lo estimularía para sostenerse en el candelero.

Manuel Becerra Acosta ya estaba tan viejo que no se pudo levantar a recibirlo. Era un anciano de cabello blanco, algo encorvado por la edad, que mantenía sin embargo una lucidez envidiable y seguía cazando gazapos con vista de lince en las notas que pasaban por su escritorio.

—Qué gusto de verte, Carlitos. Nos llovieron felicitaciones por tus reportajes de Washington. Excelente trabajo. Cuéntame, ¿cuáles son tus planes para el año que entra?

—El sesenta y ocho va a ser un gran año para México por la celebración de los juegos olímpicos. Estoy planeando una serie de entrevistas con los personajes más importantes de la política y los negocios, para recoger sus puntos de vista sobre nuestros progresos en todos los órdenes. Le hablé de mi proyecto al secretario Martínez Manatou y está muy entusiasmado. Cree que debemos proyectar la imagen de un país pujante y próspero, con una clase media en ascenso y me prometió una plana de publicidad junto con cada entrega de la serie. ¿Cómo la ves?

—Suena bien, el periódico necesita ingresos —admitió Becerra Acosta—. Pero al mismo tiempo quiero publicar una serie de reportajes sobre los mismos temas, con un punto de vista crítico sobre la situación del país.

—Por mí, encantado —sonrió Denegri—, ya sabes que yo defiendo la pluralidad. Para todos hay cabida en el reino del señor.

Salió de la entrevista con la sensación de ser ya un cuerpo extraño dentro del periódico. Becerra toleraba su protagonismo porque le dejaba dinero a la cooperativa, pero dependía cada vez más del favor gubernamental para sostenerse como un pilar del *Excélsior.* De hecho, era ya un portavoz del gobierno infiltrado en sus páginas, en velada pugna con los colaboradores independientes. A veces, en el mismo número del diario, ellos criticaban con mesura las medidas de gobierno que él aplaudía. Pero si el día de mañana las altas esferas del sistema político le dieran una patada en el culo, ¿qué sería de su carrera? ¿No lo dejarían chiflando en la loma ese viejito bonachón?

Bajó a comer al Ambassadeurs, donde lo esperaban sus discípulos Manuel Mejido y Enrique Loubet Jr., dos brillantes reporteros que aprendieron con él todos los secretos del oficio y habían destacado en el diario por méritos propios. Aunque el restaurante estaba infestado de políticos, su presencia no los arredró para comentar en sigilo, animados por el trago, el suculento chisme de moda: el amorío de Díaz Ordaz con la cantante vernácula Irma Serrano. Al presidente le gustaba dárselas de conquistador con sus cuates, contó Loubet, y llevaba a Echeverría a sus fiestas íntimas con la Tigresa, donde ella lo trataba como criado: córtame unos limones, Luisito, saca los hielos, tráete para acá el platón de la botana y escarcha las copas.

—Por supuesto, Echeverría la obedece sin chistar. No le queda de otra: está haciendo méritos para que Díaz Ordaz le herede la Presidencia. Si le dieran a comer caca, se la tragaba. Los que pagan el pato son sus achichincles de Gobernación, cuando llega emputadísimo a desquitarse con ellos.

—Pues yo me enteré de otra cosa por un chisme de su asistente —intervino Mejido—: la Tigresa está jugando con dos barajas. Cuando el presidente se descuida le pone el cuerno con José Alfredo Jiménez. A cada rato la va a visitar y se amanece bebiendo con ella.

—Con razón la Tigresa estrena tantas canciones suyas —comentó Loubet—. Se las está pagando con cuerpo.

Disfrutó a medias la tarde de copas y chascarrillos, porque la fibra más sensible de su alma exigía una reparación de honor. También él era la arista más débil de un triángulo: en esos momentos quizá Natalia le estuviera abriendo las piernas al atlético Adonis. ¿Habría también un grupo de chismosos festinando su cornamenta en una cantina? El escozor en el orgullo arreció conforme el trago lo liberaba de escrúpulos. A las ocho de la noche, ya borracho, pidió a Bertoldo que lo llevara a casa de Natalia. En las inmediaciones del Parque de la Lama sacó de una guantera lateral su Magnum 357 con cacha de nácar. Un plomazo lo resolvería todo, les voy a demostrar que de mí no se burla nadie.

—¿Va a usar su pistola, patrón? —le preguntó Eloy, que viajaba en el asiento de adelante—. Si tiene algún problema nomás dígame, que para eso estoy.

—Gracias, Eloy, este asunto quiero resolverlo solo.

Mató a su rival en la imaginación y sin embargo, cuando llegaron a la puerta de la casa optó por dejar la pistola en el auto. Era más noble pelear por Natalia a puño limpio. Se trataba de impresionarla con un acto de valor, de rendirle un homenaje desesperado, de cometer una hombrada, una barbaridad, un atropello, como quisiera llamarlo, para demostrarle que estaba dispuesto a jugarse la vida por ella. Después de varios timbrazos la sirvienta abrió el zaguán.

—¿Quién? —asomó la cabeza por la puerta entornada.

Sólo la conocía de voz pero ya la odiaba, por suponer que solapaba las infidelidades de su patrona.

—Soy Carlos Denegri. Quiero ver a la señora.

—Un momento. Voy a llamarla.

La muchacha quiso cerrar, pero él se lo impidió metiendo un pie por la rendija de la puerta y la hizo a un lado con un brutal empellón. No permitiría que Natalia escondiera al amante bajo la cama o le facilitara la huida por la azotea. A grandes zancadas cruzó el garage de la privada, con espacio para tres coches, y entró a la casa de Natalia, perseguido por la acezante fámula.

—¡Señora, señora, se metió un ladrón!

Irrumpió en el vestíbulo sin prestar oídos a su alharaca. En la sala había una luz encendida y por el olor a aguarrás dedujo que en alguna parte Natalia estaba pintando. Arriba se oía el sonido de un televisor. Como un policía con orden de cateo, abrió de un puntapié una recámara de la planta baja, donde su rival, en piyama y acostado en la parte baja de una litera, leía un pasquín de mecánica automotriz.

—¿Quién es usted? —se sobresaltó el muchacho.

—Vengo a romperte la madre, hijo de la chingada.

Lo jaló de la camiseta y le asestó un rodillazo en la cara. El muchacho se palpó con incredulidad la sangre del rostro. Avisada por la sirvienta, Natalia entró a la recámara con una bata manchada de pintura.

—¿Qué haces aquí? ¿Cómo te atreves?

—Vine a quitarte un piojo de encima. No hay lugar para dos hombres en tu vida.

—Es mi primo Efrén, imbécil. Vino de Chihuahua a inscribirse en el Poli.

—¿De veras? —balbuceó, sumido en la confusión.

—Claro que sí, estúpido. ¿No que ibas a dejar el trago? ¿Con qué derecho te metes así en mi casa?

Los niños también habían bajado la escalera en piyama y lo veían estupefactos desde el corredor. Tras ellos bajó un cuarentón de tez olivácea y cejas pobladas, que montó en cólera al verlo.

—¿Qué haces aquí, pendejo?

—¿Y éste quién es? —preguntó Denegri a Natalia.

—Gabriel, mi ex marido. Vino a ver a mis hijos.

—No le des explicaciones —protestó Gabriel—. Te advertí que tu novio era un rufián peligroso. Por andar con este loco pones en peligro a los niños.

Sin miedo, Denegri dio un paso al frente hasta quedar con él nariz con nariz.

—¿Y tú con qué derecho le reclamas, si ya están divorciados?

—Con el derecho que me da ser el padre de sus hijos —Gabriel le dio un empujón que lo hizo trastabillar.

Se trenzaron a golpes en mitad del pasillo. Denegri consiguió atenazar a su rival de la cintura, rodaron por el suelo y la pelea de box se convirtió en lucha grecorromana. Inmovilizado bocabajo, con las garras de su adversario clavadas en el cuello, Denegri lamentó haber rechazado el auxilio de Eloy. Pero eso no se iba a quedar así, Gabriel había firmado una sentencia de muerte. Entre Natalia y Efrén lograron separarlos con grandes esfuerzos, pero Gabriel aún soltaba patadas.

—Cálmate, por favor, Gabriel —intentó apaciguarlo Natalia—, y tú Carlos, lárgate de mi casa.

—No lo dejes ir —se opuso Gabriel—. Esto se llama allanamiento de morada y ahora mismo llamo a la policía.

—¡Ya la llamé yo! —gritó la criada desde el patio.

—Muy bien hecho —aprobó Gabriel—. De aquí vas a salir con esposas.

—¿Crees que me van a arrestar? —fanfarroneó Denegri, sonriendo—. A mí los policías se me hincan.

Afuera se oyó la sirena de la patrulla. Gabriel corrió al zaguán y al abrir la puerta se topó con Eloy y Bertoldo, que habían montado guardia en la banqueta, preocupados por la integridad de su jefe. Junto a ellos estaba detenida la patrulla. Los agentes no bajaban aún y la torreta encendida coloreaba de naranja las copas de los árboles. Con dicción atropellada, Gabriel acusó a Denegri de haber allanado la casa. Denegri saludó a los agentes con extrema diplomacia y negó los cargos en un tono mesurado, sin poder ocultar del todo su borrachera: el ex marido de su novia, dijo, le había echado bronca por ejercer su legítimo derecho de visitarla. Era él quien se merecía una disculpa por esa brutal agresión.

—Mientes, borracho —lo interrumpió Gabriel—. Te metiste a la fuerza en la casa empujando a la criada, ¿verdad, Perla?

La muchacha asintió y los agentes se miraron confundidos. El subteniente que iba de copiloto les propuso que ambos acudieran a levantar un acta en la delegación Benito Juárez, acompañados por los testigos del supuesto ilícito.

—Por mí, encantado —aceptó Denegri—. Desde ahí llamaré a mi amigo el regente para pedirle que meta en la cárcel a este mal perdedor.

Natalia jaló del brazo a Gabriel y a prudente distancia de la patrulla lo previno en voz baja: le constaba que Denegri era amigo de gente muy poderosa y tenía dinero de sobra para sobornar al agente del Ministerio Público. Si entraba en un litigio con él llevaba todas las de perder. Resignado, Gabriel dijo a los policías que no quería llevar el pleito a mayores. Pero no estaba satisfecho y al montar en su carro se despidió de Denegri con una mentada de madre. Natalia y la criada se metieron a la casa, dejando fuera al intruso. Como Denegri había pronosticado, cuando los agentes vieron el tarjetón de la Presidencia en el parabrisas del Galaxie le ofrecieron escoltarlo a su casa.

—No hace falta señores, traigo chofer —y en agradecimiento por sus gentilezas les dio un ojo de gringa a cada uno.

De camino a casa cayó en una dulce nebulosa de irrealidad, en la que se felicitó por haber exhibido ante Natalia un arrojo de caballero andante. Le había dejado bien claro que la adoraba hasta la ignominia y conmovida por esa prueba de amor, ella convenció al ex marido de retirar los cargos. Me quiere, pensó, a pesar de todo me quiere. Jamás un ataque de celos ha ofendido a ninguna mujer. Mañana mismo le mando un buen regalo para limar asperezas, con unos versos de Victor Hugo. Vencido por el sueño, a la entrada del Periférico se tendió a dormir en el asiento. Llegados a la Villa Bolívar, Eloy y Bertoldo trataron en vano de despertarlo. Como no reaccionaba, lo sacaron en vilo del auto. Pesaba tanto que por poco se les cae en la banqueta.

—Otra vez a cargar a este hijo de la chingada —se quejó Eloy—. Ojalá que el ex de su vieja le hubiera metido un plomazo.

—¿Te quieres quedar sin chamba? Yo ni madres. El patrón está loco, pero paga bien.

Después de acostarlo en el sofá de la sala donde habitualmente dormía la mona, le sacaron la cartera del pantalón. Traía seiscientos pesos pero ambos sabían que nunca llevaba una cuenta precisa de su efectivo. Cada uno sustrajo un billete de a cien y volvieron a meterle la cartera en el bolsillo. En un taxi de sitio se fueron a beber el botín en una cervecería de Calzada de Tlalpan. Las ficheras gordas que los atendieron se llevaron esa noche una buena propina.

Al despertar, entelerido por un chiflón que se colaba desde el jardín, Denegri juzgó su travesura con la insobornable objetividad de la cruda. ¡Un primo de Chihuahua! Claro, imbécil, Natalia tiene familia, como todas las mujeres. ¿A quién se le ocurre armar semejante argüende por una sospecha tan vaga? ¿Y ahora cómo le quito el enojo? Recordó entre brumas que Natalia lo había corrido de su casa. Cero y van dos veces que le enseñas el cobre, ya sabe que tus propósitos de enmienda son puro cuento. Hasta sus hijos te vieron briago, ¿con qué autoridad moral los vas a tratar ahora? La llamó por teléfono, aterrado por el riesgo de perderla. Esta vez ni la criada respondió. Después de cinco llamadas infructuosas a diferentes horas del día, pidió a Eloy que fuera a verificar si estaba en su casa. No había movimiento de coches, nadie entraba ni salía de ahí, le informó. La casa siguió desierta cinco días más. Tampoco los niños habían ido a la escuela, Bertoldo montó guardia en el Instituto Amado Nervo y nunca aparecieron. Se trataba, pues, de una fuga en serio. El viernes por la mañana, cuando Eloy le avisó que la criada había entrado a hacer la limpieza, interrumpió la redacción de un artículo para ir a tocar su puerta.

—Necesito ver a la señora. ¿Sabe dónde está?

—Se fue con sus hijos a Canadá.

—¿No sabe cuándo vuelve?

—No me dejó dicho —la criada se encogió de hombros.

—Ayúdeme a encontrarla, no sea malita —con cien pesos de regalo intentó aflojarle la lengua—. ¿En qué ciudad de Canadá se iba a quedar?

—No sabría decirle.

La muy taimada no soltó prenda pero bien que se guardó el billete. Canadá estaba muy lejos y Natalia tenía poca lana. Era obvio que había aleccionado a la criada para no darle la menor pista de su paradero. Quería hacerse ojo de hormiga, como si él fuera un ogro. Una represalia demasiado severa por un arrebato pasional que hasta cierto punto debería halagarla. Natalia daba un paso adelante y dos para atrás. Por más que intentaba inculcarle un aristocrático desprecio a la normalidad, seguía aferrada al mediocre yugo del sentido común. Si se conociera mejor sabría que un amor exento de borrascas y precipicios sólo podía arrancarle bostezos. Sería un crimen de lesa pasión que se resignara a la grisalla del cariño domesticado. Lo aceptara o no, Natalia era un espíritu superior. Pobre de ella si se empeñaba en pertenecer al submundo mezquino de la gente roñosa que economizaba hasta los afectos. Por haberla visto delirar de placer con los ojos en blanco, mística y obscena a la vez, a caballo entre el reino divino y el reino animal, se negaba a creer que ahora quisiera vivir de espaldas a la locura.

Quizá el ex marido la hubiera obligado a huir. Sí, esa desaparición sólo se explicaba por la influencia nefasta de Gabriel. Había oído ya cómo lo satanizaba ese despreciable eunuco y dio por seguro que la tenía escondida en alguna parte. No le sería difícil localizarlo y arrancarle a madrazos el paradero de su ex mujer. El propio Eloy podía mandarlo al hospital con tres costillas rotas. Pero cuando Natalia se enterara de su fechoría quizá le tuviera más miedo y se escondiera en el quinto infierno. Debía tomar en cuenta ese factor antes de entrar en acción: su allanamiento la había atemorizado, de lo contrario el ex marido no habría podido convencerla de darse a la fuga. Debía, pues, andarse con pies de plomo, emprender su búsqueda científicamente, sin alardes de fuerza. Una vez encontrada, lo demás corría por su cuenta. No le gustaba pedir favores a los políticos, porque luego se los querían cobrar con réditos, pero ¿de qué diablos le servían las influencias, si no era para usarlas en situaciones como ésa? Llamó al general Luis Cueto, el jefe de la policía capitalina, y lo invitó a su programa de televisión.

—Quisiera hablar con usted de los dispositivos de seguridad que implementará durante los Juegos Olímpicos y si le parece bien, después lo invito a comer al Tampico. Hace tiempo que no platicamos en corto.

Cueto aceptó encantado. Para darse más taco y lucir los galones llegó al programa con su uniforme de gala. En el programa presumió la eficacia del heroico cuerpo de policía, que según él estaba a la altura de los mejores del mundo y subrayó la disminución de los índices delictivos lograda en ese gobierno, gracias al decidido apoyo brindado a la corporación por el regente Corona del Rosal y el primer mandatario. Poco le faltó para comparar a su corporación con Scotland Yard. A diario aparecían en los periódicos denuncias por los abusos de sus agentes (violaciones de jovencitas, extorsión de putas callejeras, solapamiento de carteristas en Garibaldi), pero tuvo la gentileza de no incomodarlo con ese tema. Sabía que le gustaba el trago y en la comida dio instrucciones al mesero para que llenara su copa de coñac en cuanto se acabara la anterior. Cuando ya estaba a medios chiles le pasó la factura:

—Mi querido general, pues ya que estamos en confianza quería pedirle un favor: me enamoré de una guapa mujer divorciada y con hijos, a quien tengo muy metida en el corazón —sacó de la cartera su foto y se la enseñó—. Se llama Natalia Urrutia, y como usted podrá ver es una chulada. El problema es que su ex marido la quiere apartar de mí. El otro día me agarré a golpes con él, porque le prohibió recibir mis visitas. A raíz del pleito, Natalia se fue de su casa con todo y niños. Me quiere bien, pero el ex la espantó hablándole horrores de mí. Esto fue hace una semana. Mi escolta y mi chofer se han dedicado buscarla, pero tal parece que se la tragó la tierra. Creo que debe estar aquí en la capital, en casa de alguna amiga, y quisiera pedirle, abusando de su amabilidad, que me ayude a localizarla. Sólo pido una oportunidad para hablarle al chile. Si ella me rechaza, no voy a insistirle, yo sé que en el amor se gana o se pierde, pero no me resigno a perderla por las intrigas del ex marido.

—Ah, qué don Carlitos. Usted como siempre tan ojo alegre —ironizó Cueto—. ¿Y está seguro de que la señora sigue en la ciudad?

—Eso creo.

—Pues entonces no se preocupe. Le voy a encargar su caso al mayor Raúl Mendiolea. Llámelo mañana y dele todos los datos de su enamorada. Si está en México, tenga por seguro que la encontramos. En esta ciudad no se levanta la hoja de un árbol sin que yo me entere.

Al día siguiente se llevó de putas a Mendiolea, un policía calvo, de gruesa papada y lentes bifocales, que al calor de los tragos y con una pelirroja tetona sentada en sus piernas le prometió echar toda la carne en el asador para encontrar a Natalia.

—Una súplica, mayor: por favor no interroguen al ex marido de mi novia. Aunque se merezca una buena madriza, no quiero convertirlo en víctima a los ojos de Natalia.

Mendiolea le aseguró que sus muchachos siempre trabajaban con pulcritud y prometió localizarla en menos de una semana, Dios mediante —y en broma apuntó con su dedo al cielo.

—Gracias, mayor, tengo absoluta confianza en usted.

Vino luego un compás de espera en el que procuró beber poco y trabajar mucho, llegar a casa aturdido de cansancio para pensar lo menos posible en sus cuitas de abandonado. Los juegos con Pilar lo distraían un poco de sus pesares, pero de noche, después de contarle un cuento, la confrontación desoladora con su cama vacía lo colmaba de pesar. Al cabo de una semana sin novedades sobre la desaparecida, comenzó a temer que de veras se hubiera largado a Canadá. Quizá debiera aceptar la pérdida irreparable. Pero qué horrenda sensación de vacío acompañaba ese pensamiento. Hasta le costaba trabajo deglutir la comida. Si mataba la única ilusión que lo sostenía en pie, el resto de su vida sería una resaca sin borrachera. Había bajado ya dos kilos cuando Mendiolea lo mandó llamar a su oficina en Tlaxcoaque. Doña Natalia no había salido del país, pues nadie con su nombre figuraba en los registros de migración. Por desgracia, en la capital tampoco estaba. No se había reunido con su ex marido ni él tenía comunicación telefónica con ella. Lo sabía de cierto porque intervino su línea telefónica y había destacado una patrulla para seguirle los pasos. Una búsqueda exhaustiva en hoteles y departamentos amueblados, donde sus muchachos habían revisado los registros de huéspedes, había resultado igualmente infructuosa.

—Pero si la señora es de Chihuahua y tiene familia allá, lo más lógico es que se haya ido a su tierra, ¿no cree?

Denegri admitió esa posibilidad, desmoralizado por la declaración de odio implícita en el alejamiento de Natalia. La búsqueda se complicaba y porfiar en ella quizá fuera una necedad. Si ella tuviera noticias de la pesquisa, quizá se ocultara diez metros bajo tierra como un topo aterrorizado por los disparos de un cazador. Aunque el informe de Mendiolea lo orillaba al derrotismo, no quiso bajar los brazos. De buenas a primeras, Natalia no podía haberle cogido una tirria tan honda. El ex marido había auspiciado esa fuga, amenazándola tal vez con quitarle la patria potestad de los niños. Sólo con sagacidad y paciencia podía ganar la partida de ajedrez que ambos jugaban a control remoto, con Natalia en el centro del tablero. ¿Creía el hijo de la chingada que iba ganando? Confíate, imbécil, pensó, descuida tu defensa mientras preparo un gambito de reina.

Gestionó que su periódico lo enviara a Chihuahua para hacer un reportaje sobre las invasiones de tierras reportadas en las últimas semanas. Dos años atrás, un ataque guerrillero al cuartel de Ciudad Madera, reprimido con mano dura por el gobernador del estado, el tozudo general Práxedes Giner Durán, había colocado a Chihuahua en el centro de la atención nacional. Cuando Giner exhibió los cadáveres de los guerrilleros en la plaza del pueblo, y luego mandó enterrarlos en una fosa común, pese a las súplicas de sus familias, que recurrieron en vano al obispo para darles cristiana sepultura, los intelectuales rojillos de la revista *Política* lo compararon con dictadores como Somoza y Stroessner, pero Denegri había elogiado sin reservas "su patriótica y enérgica acción para restablecer el orden constitucional", alegando que la autoridad no podía tratar con pinzas a "un grupúsculo de drogadictos ideológicos, intoxicados por el mal ejemplo del Che Guevara". Desde entonces estaba en los mejores términos con Giner y ese rebrote de conflictos agrarios le venía de perlas para refrendarle su amistad. Encantado de su visita, el gobernador acudió en persona a darle la bienvenida en el aeropuerto. Era un ex villista fornido, coloradote y cerril, de modales toscos y conversación limitada a temas agropecuarios. A su juicio, los periódicos de la capital habían exagerado el problema de las invasiones de tierras, que ya tenía controlado en un ochenta por ciento, le aseguró en el trayecto al Palacio de Gobierno. Ciertamente, sus policías rurales habían tenido que matar a algunos revoltosos en defensa propia. Con él no iba a jugar ningún lidercillo. ¿No pedían tierra? Pues se las di hasta que se hartaron, bromeó con humor macabro.

Esa misma noche, Denegri mandó por télex la primera parte de un reportaje titulado *Chihuahua en calma*, donde alabó la exitosa labor de pacificación emprendida por el gobernador para desarticular con firmeza "un movimiento desvinculado de los verdaderos campesinos, que busca sacar raja política de viejas disputas por la tenencia de la propiedad agrícola". Agradecido, al día siguiente Giner lo llevó en helicóptero a su rancho en Camargo, en el sur del estado. Era un latifundio de cincuenta mil hectáreas donde se había construido un palacete de estilo italiano, de cantera rosa con incrustaciones de mármol. En el recorrido por la propiedad, en un jeep del Ejército, se ufanó de tener los mejores caballos cuarto de milla del norte de México, dos mil cabezas de ganado suizo y una planta pasteurizadora de leche con tecnología de punta. Su tesoro más preciado era una colección de sillas de montar que habían pertenecido a grandes jefes revolucionarios: Villa, Fierro, Pascual Orozco, Benjamín Argumedo. Después de muerto la donaría al museo de historia del estado, junto con la silla en que él había combatido a los carrancistas cuando era un morrito de quince años. Fumaba como chimenea un habano tras otro, que a juzgar por su tos ya le estaban causando serios estragos bronquiales, y al entrar en los aposentos decorados por su mujer, una señora culta de buena familia, escupió un gargajo negro en uno de los tibores chinos que adornaban la sala.

Llevaba treinta años de lidiar con generalotes zafios, y sabía perfectamente cómo darles por su lado. Aparentaba comulgar con su vulgaridad engreída, aunque por dentro los juzgara con la higiénica reserva de un marqués ante un caníbal. Si bien ese fingimiento no le costaba ningún esfuerzo, sentía crecer un tumor en el fondo del alma. Mientras el general presumía la alta productividad de su rancho, como un empresario en una feria agrícola, se imaginó la crónica mordaz que hubiera podido escribir si se limitara a narrar esa impúdica exhibición de riqueza mal habida. Cuántos buenos reportajes había desperdiciado por congraciarse con la familia revolucionaria. Parecía mentira que a esas alturas su vocación prostituida todavía le reprochara perder oportunidades de lucimiento. No era la honestidad, sino la vanidad, lo que le punzaba el orgullo en esos momentos amargos, cuando sentía que la conveniencia del secuaz empeñaba a su gloria de reportero. Pero no había venido a

Chihuahua a lloriquear y procedió a derramar miel en los oídos de su anfitrión.

—Se cuentan grandes hazañas de usted, mi general. ¿Es verdad que en las afueras de Creel, con un puñado de hombres, asaltó un tren lleno de pelones?

—Por ese asalto mi general Villa me ascendió a teniente —Giner sonrió muy ufano y se descubrió el brazo izquierdo, donde tenía una larga cicatriz, desde el codo hasta el bíceps—. Una granada que mató a mi caballo, un alazán tostado, me dejó este recuerdito.

—Caray, se la rifó en serio —Denegri fingió admiración y asombro—. ¿Me permite contarlo mañana en mi columna?

—Claro, Carlitos, mi vida es un libro abierto.

Vino un mayordomo a ofrecerles sotol. Animado por el primer trago, Denegri reveló el favor que había venido a pedir. Contó al general las circunstancias que habían rodeado la desaparición de Natalia y le pidió ayuda para encontrarla en Chihuahua. La pobre había huido de México bajo la presión de su ex marido, pero estaba seguro de recuperarla si tenía la oportunidad de hablarle con el corazón en la mano. Natalia era muy importante para él, de lo contrario no se atrevería a molestarlo por ese asunto. Giner lo miró con suspicacia, como si calculara el monto de la factura que le estaba cobrando.

—No acostumbro involucrar a la policía en líos de faldas, amigo, pero por tratarse de usted haré una excepción.

Llamó por teléfono a su jefe de policía, el coronel Santoveña, y le pidió que apoyara al señor Denegri en la búsqueda de su oveja extraviada.

—Si está en Chihuahua, aparecerá pronto, se lo aseguro —dijo al colgar—. Pero si se largó de México, de una vez le regalo esta botella de sotol para que ahogue sus penas.

Por la tarde volvieron en helicóptero a la capital del estado, y en la recepción del Hotel Palacio, Denegri anunció que se quedaría por tiempo indefinido. Llevaba ropa suficiente para una semana, pero en menos de cuarenta y ocho horas Santoveña le dio buenas noticias: una patrulla había localizado a la señora Urrutia y a sus dos hijos en el motel Delicias, en las afueras de la ciudad. Como no podía descartar la posibilidad de que algún pariente de Natalia lo recibiera a balazos, pidió al coronel una escolta de motociclistas y judiciales.

—No quiero llegar echando bala —le aclaró—, sólo estar protegido en caso de una agresión.

Tenía un motivo menos confesable para pedir la escolta: impresionar a Natalia con un alarde de fuerza que le hiciera sentirse vulnerable y desamparada. Si no le dejaba otra escapatoria que echarse en sus brazos, quizá la obligara a aceptar la fatalidad de ese amor tiránico. Y en una de ésas, tal vez halagara su vanidad que hubiera movilizado a la policía de Chihuahua sólo para dar con ella. ¿No se regocijó Helena cuando Menelao invadió Troya para rescatarla? Lograría doblegarla, sí, el corazón femenino seguía siendo el mismo desde los tiempos de los aqueos.

A mediodía emprendió el camino al motel Delicias en un Mercury blanco propiedad del gobernador, con seis motociclistas de tránsito abriéndole paso. Amedrentados, los demás automovilistas se apartaban o daban frenazos en las bocacalles. Entró a la modesta recepción con tres judiciales de traje negro que se quedaron haciendo guardia en la puerta. Llevaba un regalo sorpresa que había traído desde México en una caja grande con un moño dorado. Al fondo, en el jardín con alberca, alcanzó a ver a Ramiro y a Fabián tirándose clavados. El recepcionista del hotel, un joven de anteojos, con la cara salpicada de acné, quiso llamar a Natalia a su cuarto, pero Denegri le colgó el teléfono a la brava y prefirió subir directamente a su habitación, pues temía que se diera a la fuga. Intimidado por la fea catadura de los judiciales, el recepcionista no se atrevió a poner ninguna objeción. Henchido de esperanza tocó suavemente la puerta el cuarto 513. Natalia le abrió a medio pintar, recién salida de la ducha, con el pelo mojado y un albornoz que dejaba al descubierto la adorable curvatura de sus senos. Gritó de espanto y estuvo a punto de darle con la puerta en las narices, pero él ya había metido un pie en el dintel.

—¿Qué haces aquí? ¡Lárgate de mi vida!

—Déjame pasar, necesito hablarte.

—Vete de aquí o llamo a la policía.

—La policía viene conmigo —la tomó de los hombros—. Tuve que pedirle ayuda al gobernador para localizarte.

Perpleja, Natalia se asomó a la calle y comprobó que había venido a buscarla con una escolta de judiciales.

—¿Para que traes a tantos matones? ¿Vienes a secuestrarme o qué?

—Vengo a pedirte una segunda oportunidad. Mira lo que te traje —le entregó la voluminosa caja con el moño dorado.

—No me vas a comprar con regalos —Natalia arrojó el obsequio a la cama.

El propio Denegri tuvo que sacar el regalo, un espléndido abrigo de mink. Natalia le dio la espalda, indiferente y hostil, pero cuando le puso el abrigo en los hombros no se lo quitó, y la distensión de sus facciones denotaba complacencia. Se estaba ablandando, y aunque guardaba un hosco silencio no resistió la tentación de mirarse al espejo.

—La otra noche me porté como un pelado en tu casa y vine hasta acá para disculparme —la tomó por la cintura—. Lamento de veras que por mi culpa hayas huido de la ciudad. No debiste hacerlo, tus hijos están perdiendo clases. Te quiero, Natalia, eres la mujer de mi vida y me estás condenando a muerte por una sandez de borracho.

—No puedo confiar en ti, Carlos. Estás mal de la cabeza y me puedes hacer mucho daño.

—Eso fue lo que dijo tu ex marido la otra noche. ¿Él te convenció de venir aquí?

—Me pagó el viaje porque yo se lo pedí. Están de por medio mis hijos y no quiero involucrarlos en una relación tóxica.

—Te prometo que voy a cambiar.

—¿A tu edad? —Natalia esbozó una sonrisa irónica—. No me hagas reír, por favor. ¿Te parece muy romántico venir a reconquistarme con un ejército de policías? Tú no sabes querer a la buena.

—Te equivocas, Natalia. No hubiera movido cielo, mar y tierra para encontrarte si no sintiera por ti algo serio y profundo. Me estoy ahogando en un pantano de egoísmo, en eso tienes razón —gimoteó de rodillas—. Pero tírame una cuerda, no seas gacha. Sólo tu cariño puede sacarme del lodazal. Este amor es más fuerte que tú y que yo, Dios te puso en mi camino y nadie puede oponerse a su voluntad.

—No metas a Dios en esto —se apartó Natalia—. Eres un macho de película mexicana. Sólo quieres dominar a las mujeres y ponerles la bota encima.

—Domíname tú a mí, golpéame si quieres —le besó los pies descalzos—, pero no desprecies el amor que vengo a entregarte. En estos días me ha rondado la idea del suicidio. Cumplí todas mis ambiciones, amé a cientos de mujeres, tengo fama y dinero hasta el hartazgo. La única ilusión que me queda eres tú y si la pierdo, prefiero despedirme de este mundo —sacó su pistola y se la puso en la sien—. Hablo en serio, Natalia, la vida sólo me interesa para vivirla contigo. Vine a recuperarte o a lavar mis culpas con sangre.

Sus lágrimas le dieron veracidad al chantaje y el temblor de la mano con que empuñaba el arma parecía reflejar una trágica lucha interior. Era un blof, pero si ella no lo perdonaba, por lo menos destrozaría el cuarto a balazos en una rabieta de despechado.

—¡No, Carlos, por Dios!

Asustada, Natalia le tendió las manos y él dejó caer la pistola. Entre sollozos la abrazó con un férvido anhelo de redención. No habría logrado conmoverla si ella no me quisiera, pensó, el alma perfumada de alhelíes. Dios te salve, Natalia, por saber perdonar las ofensas y consolar a los afligidos. Al fin hallaba la ternura fraterna, el estado de gracia que había buscado toda la vida, desde su niñez atribulada y culpable, cuando los besos maternales le sabían a pecado mortal. De la piedad compartida pasaron al rebrote de la pasión. Se besaron con gula, como si la muerte les pisara los talones, el abrigo de mink rodó por el suelo y al encallar en el cuerpo joven que había extrañado en áridas vigilias, sintió que el aparato de seguridad del Estado, comprimido en sus genitales, lo alzaba en hombros entre fanfarrias de honor. ¿No que no se rendía? ¿No que muy enojada? Era suya y le arañaba la espalda, cómo carajos no, festejó empalagado de hombría. Más que el placer físico, lo embriagaba el orgullo de ser un chingón, la dicha inefable de haber nacido para mandar.

II. Contrapuntos

—Debo a don Rodrigo de Llano gran parte de mi formación como periodista, y hoy que los trabajadores de *Excélsior* nos hemos congregado para rendirle homenaje, quisiera recordar algunas de sus enseñanzas, pues veo en el auditorio a muchos reporteros jóvenes y creo que podrían resultarles tan provechosas como lo fueron para mí cuando me iniciaba en estas lides. Don Rodrigo, mejor conocido como el Skipper, un apodo cariñoso que yo le puse por ser el aguerrido capitán de esta nave periodística, aprendió el oficio desde abajo, en la época más convulsa de nuestra historia. En 1914 fue el único reportero mexicano que cubrió el desembarco de las tropas yanquis en Veracruz, y para llegar al puerto, incomunicado por los invasores, tuvo que andar a pie desde Paso del Macho, una caminata de varias leguas entre coyotes, víboras de cascabel y bandas de salteadores. Con una cámara y una libreta de notas dio a conocer al mundo entero esa agresión imperialista. Tomándolo por espía, los yanquis lo encerraron con cepos en una mazmorra de San Juan de Ulúa y le dijeron en tono fanfarrón que la orden de su fusilamiento ya estaba escrita, pero don Rodrigo nunca se arredró, ni les dio el gusto de implorar clemencia. Cuando los yanquis se convencieron de que sólo cumplía con su deber de informar, lo soltaron con el típico "usted disculpe". El Skipper asumió la dirección del diario en 1924. Por haber visto de cerca la Decena Trágica, las atrocidades de la Revolución, la lucha a muerte entre los caudillos, se trazó como ideal evitar una nueva lucha fratricida y nunca dio cabida en nuestro diario a las voces del odio que desde distintas trincheras ideológicas buscan atizar el fuego de la discordia civil. Se le tachó por ello de reaccionario, pero quienes lo conocimos de cerca sabemos que sólo enarboló una bandera: el amor a México.

Al hacer una pausa para cambiar de cuartilla, vio entrar al auditorio, apoyado en un bastón, a su ex amigo Jorge Piñó Sandoval. Calvo, robusto, con el tupido bigote entrecano y la nariz un tanto aplastada, había perdido la galanura sin caer todavía en la decrepitud. Ocupó una butaca de la penúltima fila con el bastón entre las rodillas y las manos apoyadas en el mango de marfil. La fijeza de su mirada incomodó a Denegri al extremo de hacerlo tartamudear. ¿A qué habría venido? El homenaje le importaba un comino, estuvo poco tiempo en *Excélsior* y detestaba al Skipper, a quien le presentó su renuncia en protesta por la censura de un reportaje. Vino a buscarme aquí porque no he querido tomarle las llamadas, pensó, levemente alarmado. Debe guardarme rencores añejos. Y si trae copas encima, quizá venga en plan de bronca.

—Conocí a don Rodrigo en 1938, cuando tuve el atrevimiento de venir a pedirle trabajo. Me lo presentó mi colega Jorge Piñó Sandoval, uno de los periodistas más combativos de México, a quien por cierto acabo de ver llegar y para quien pido un aplauso —señaló su butaca en la penúltima fila.

El público volteó hacia atrás y brindó una ovación al recién llegado, que a duras penas se puso de pie y agradeció los aplausos. Con ese reconocimiento público esperaba amansarlo, como los ladrones que le acarician el lomo al perro guardián de la casa.

—Yo había sido hasta entonces un joven irresponsable y atolondrado, que abandonó una promisoria carrera en el Servicio Exterior por el gusanillo del periodismo. Me planté frente a su escritorio y le dije: Don Rodrigo, quiero ser reportero de *Excélsior*. Sé hablar inglés, francés y alemán. ¿Así que habla muchas lenguas?, dijo con una sonrisa escéptica y me entregó una encíclica papal en latín. No entendí ni jota, pero me las ingenié para redactar en buen español una cuartilla vagamente inspirada en la encíclica. Veinte años después, cuando tuve la fortuna de entrevistar a Pío XII en el Vaticano, le conté cómo había batallado con su encíclica para obtener mi plaza de reportero, y el Santo Papa me dijo con una sonrisa: así son ustedes los periodistas, inventan todo lo que no saben.

Risas de todo el público, menos de Piñó, más serio y reconcentrado que nunca. No le extrañaría que pidiera la palabra para reventar el acto. Una sed apremiante de whisky lo asaltó de pronto. Se enfrentaría gustoso con él, siempre y cuando tuviera un trago en la mano.

—Compadecido quizá de mis tribulaciones, don Rodrigo me dio una chamba de cablista, con un sueldazo de quince pesos al mes, que entonces alcanzaban para vivir con austeridad. Comenzó así una relación de trabajo y más adelante, de amistad entrañable, que duró un cuarto de siglo, hasta su muerte en el año 63. Por nuestra diferencia de edades esa amistad tuvo un carácter filial. Soltero empedernido, el Skipper nunca tuvo hijos, pero adoptaba como tales a los polluelos del periodismo, cuando les veía espolones para gallos de pelea. Detrás de su escritorio tenía enmarcada su declaración de principios: "Que no publique el periodista lo que no pueda sostener el caballero". Ésa ha sido desde entonces la piedra angular de mi ética profesional y la brújula que me ha permitido navegar en el mar proceloso de las ambiciones políticas, donde todo periodista está obligado a tender su red. Don Rodrigo nos exhortaba a ser audaces, casi temerarios en la búsqueda de información, pero al mismo tiempo, responsables y prudentes en la manera de presentarla al público. Era en el bar, rodeado de amigos, con una botella de whisky Antiquary sobre la mesa, donde se explayaba contando anécdotas de la Guerra Cristera, que también cubrió para *Excélsior*, cuando el periódico defendió la libertad de cultos contra la ira jacobina de los caudillos sonorenses, aun a costa de perder la publicidad oficial. Porque don Rodrigo, debo decirlo, era un devoto creyente y aunque no llevaba una vida de santo, porque la bohemia le gustaba tanto como a mí, tenía una fe robusta y se esforzaba por ceñir su conducta a los preceptos del Evangelio. Al evocar sus conversaciones llenas de humor y sabiduría me invade una dulce nostalgia, un ansia de recobrar mi juventud perdida, de retroceder a los años en que me abrió de par en par las puertas de este diario con una generosidad sin límites. "Tome iniciativas, Carlitos, corra riesgos, descubra tierras ignotas", me animaba, "no espere a recibir mis instrucciones ni dependa de los boletines. Los jóvenes como usted tienen la obligación de comerse el mundo a puños".

Piñó carraspeó en su butaca, asqueado tal vez por el tono cursi del panegírico. Había preferido rehuir su mirada, pero en previsión de un posible ataque lo miró de frente, como para reafirmarle que no se amilanaría si había venido a sabotear la ceremonia. Total, el idiota no sabía que en la butaca de atrás estaba sentado Eloy, listo para romperle la madre si se ponía impertinente.

—En la juventud, el Skipper fue corresponsal en Nueva York durante diez años. Debutó con el pie derecho en su puesto, con un cable que narraba, ni más ni menos, la caída del régimen zarista, ganándole la noticia a los demás diarios. Integrado a la comunidad reporteril neoyorquina, llegó a perfeccionar el inglés y estableció contactos con magnates de la prensa que más adelante le fueron de gran utilidad a la cabeza de nuestro periódico. La experiencia compartida de haber vivido largas temporadas en el extranjero contribuyó a hermanarnos. Ambos éramos cosmopolitas y quizá por eso llegamos a entendernos tan bien. Bajo su férula mejoró notablemente la cobertura internacional de nuestro periódico, hasta lograr que hoy en día sea el mejor de América Latina en ese campo. Me complace haber participado activamente en la internacionalización de *Excélsior*, viajando por los cinco continentes cada vez que el jefe requirió mis servicios. Aunque el Skipper estimulaba las ambiciones de sus discípulos, al mismo tiempo predicaba la solidaridad entre compañeros. Nada de disputarse una noticia o una fuente, nada de odiosos personalismos, la firma de un reportaje era lo de menos, lo que importaba era su objetividad, su oportunismo y la claridad de la redacción. En Nueva York aprendió una frase que repetía sin cesar cuando advertía un pique entre camaradas: *We must stick like glue*. En un diario plural, con periodistas de distintas filiaciones políticas, su llamado a la unidad está más vigente que nunca, pues los disensos a menudo generan fricciones y rencillas entre bandos antagónicos. Bienvenidas sean las diferencias mientras no provoquen divisiones entre hermanos, pues al fin y al cabo todos vamos en el mismo barco. El compañerismo es el pegamento que debe mantenernos unidos, como quería nuestro capitán. Aprendamos a procesar las rivalidades en un ambiente de colaboración y armonía. Tuvimos un gran pasado pero nuestro futuro puede ser mejor aún. Es hora de cerrar filas ante los retos del mañana. Honremos el legado de don Rodrigo manteniendo unida a la gran familia de *Excélsior*.

Largo aplauso con hurras y bravos. Por fortuna, el personal administrativo ocupaba la mitad del auditorio y entre ellos tenía más adeptos que en la redacción, donde el grueso de la plantilla de reporteros lo envidiaba con saña. Piñó aplaudió también, con una tibieza casi despectiva, sobándose las palmas de las manos en vez de chocarlas. Un whisky en las rocas, por el amor de Dios. Se bebería el primero de un trago, como un beduino en el desierto.

Tomó la palabra Julio Scherer, que prefirió improvisar en vez de leer su texto.

—Yo no tuve, como nuestro amigo Denegri, una relación de amistad con don Rodrigo de Llano, pero admiré siempre su empeño por hacer un periódico a la altura de los mejores del mundo. Era un maestro del periodismo en toda la extensión de la palabra. Revisaba minuciosamente cada nota y cada artículo, al grado de que a veces se quedaba en su oficina hasta la medianoche, con un sándwich y un café, o mandaba parar las rotativas para cambiar un encabezado.

Trepador resentido, pensó Denegri, escuchando al orador con fingida atención. ¿Quién era el Mirlo Blanco para ensalzar a un jefe que nunca lo tomó en cuenta? Estaba ahí por ser el consentido del nuevo director, no por méritos propios. Fueron De Llano y él quienes llevaron a *Excélsior* a la cúspide del periodismo nacional, hasta alcanzar tirajes superiores a los cien mil ejemplares. Scherer y compañía no tenían mérito alguno en esa hazaña: se limitaban a estirar la mano para recoger los frutos que sembraron otros. Recordó una charla con el Skipper en el suntuoso bar del Waldorf Astoria, cuando fueron a cubrir una visita presidencial de López Mateos y se escaparon de una recepción oficial para beber en un ambiente menos solemne. El pobre ya tenía muy avanzado el párkinson y sus mejillas hundidas habían adquirido una tonalidad magenta, pero aún manejaba con lucidez todos los hilos del diario.

—Don Rodrigo, cuando usted se retire, ¿qué voy a hacer yo?

—Haga dinero, Carlos, haga dinero —le respondió el viejo—, porque *Excélsior* caerá en manos de una pandilla de ineptos que lo harán polvo.

Cuánta razón tenía. Aún no lo hacían polvo, pero les faltaba poco. Odiaba la idea de entrar en una pugna interminable con el ala izquierda del periódico porque sentía un infinito desprecio por las intrigas de redacción, pero quizá debería buscarse una tribuna en otro diario donde no estuviera rodeado de enemigos. Desde la muerte del Skipper se había sentido arrinconado y huérfano, expuesto a la inquina de sus hermanos menores. En el viejo *Excélsior*, el profesionalismo importaba más que las ideologías y él pudo destacar porque De Llano, un periodista de pura cepa, nunca le regateó el espacio en la primera plana. En vez de sentirse opacado por su talento, lo capitalizó en provecho del diario. Ahora, en cambio, el estrellato le pesaba como un estigma, porque ofendía a los mediocres y les echaba en cara su opacidad. ¿Pero acaso podía dejar de brillar? ¿Era un delito que ninguno de ellos le llegara a la punta del pie?

—La unidad de nuestra familia es necesaria y en eso estoy de acuerdo con el compañero Denegri, pero ¿unidos para qué? Sin soslayar el interés comercial del diario, lo que debe unirnos es un ideal compartido de honradez y valor civil. Sólo así podremos abrirnos a los vientos de renovación que nos reclaman una sana distancia con el poder, una actitud crítica ante sus abusos y errores. Cuanto más independiente sea nuestra labor informativa, mayor confianza despertará en el público. Ejerzamos sin cortapisas la libertad de expresión, para contribuir a los cambios que el país necesita.

El discurso de Scherer, tuvo que reconocerlo con envidia, concitó más entusiasmo y aplausos que el suyo. Llevaba porra, claro, pero nadie podía poner en duda su liderazgo. La aureola de virtud que lo engalanaba le había permitido ganarse a la chusma de los talleres. Como el colofón había sido una clara pulla en su contra, debió aparentar que no se había puesto el saco.

—Bravo, hermano, te has vuelto un orador estupendo —abrazó a Scherer—. Yo en tu lugar me lanzaría a la política. Te estás desperdiciando en el periodismo.

—Ni loco, yo sólo sirvo para reportear —Scherer esbozó una sonrisa forzada—. El bueno para la demagogia eres tú, Carlos.

Prefirió ignorar el retintín ofensivo del comentario y al bajar del estrado se acercó a su discípulo Enrique Loubet.

—Misión cumplida, Enrique, ahora vamos a ponernos hasta las manitas.

—No puedo, tengo cena en casa de mis suegros —se disculpó—. Mejor lo dejamos para la semana próxima, ¿no? Yo te hablo y nos ponemos de acuerdo.

Loubet lo había invitado al homenaje y su deserción le bajó la moral. Quince años atrás, ese malagradecido lo seguía por doquier como un perro faldero, embobado de admiración, pero al parecer su lealtad estaba flaqueando. Probó fortuna con Manuel Mejido, que vino a felicitarlo por su discurso, y le propuso que se fueran a tomar un trago al bar del Hotel Presidente.

—Me encantaría, pero mañana salgo tempranito a Monterrey y esta noche no puedo tomar.

Sospechó que se había sacado la excusa de la manga en ese momento. De un tiempo a esa parte le costaba trabajo encontrar contertulios para empinar el codo, quizá por su fama de bebedor rijoso. Y ahora, en el colmo de la ingratitud, hasta sus discípulos predilectos le sacaban la vuelta. Ciertamente se había puesto un poco pesado en algunas borracheras con ellos, pero ¿no debían los buenos amigos acompañarse en las buenas y en las malas? ¿Cuántas veces los había invitado a los mejores cabarets, a los burdeles más elegantes? Entonces no les importaban sus desfiguros, ¿verdad?

No pudo eludir a Piñó Sandoval, que ya venía rengueando hacia él por el pasillo central. Cojeaba desde joven por una lesión en el pie derecho, que al parecer se le había agravado con los años. De cerca se veía más viejo y cenizo, con ojos amarillentos y grietas desérticas en los pómulos. Ni rastro quedaba del temperamento belicoso y arrogante con el que osó desafiar al régimen veinte años atrás.

—Qué sorpresa, Jorgito, cuántos años sin vernos.

—Te estuve buscando por teléfono, pero nunca estás en tu oficina.

—¿Le dejaste recado a mi secretaria?

—Por supuesto.

—Pues qué raro, Evelia no me lo pasó.

—Como sólo te juntas con banqueros y ministros, ha de pensar que yo no soy una persona importante —Piñó se encogió de hombros, humilde y orgulloso a la vez.

—¿Cómo crees, Jorge? Siempre estoy disponible para los buenos amigos. Le voy a dar un jalón de orejas a esa tarada.

—Quisiera hablarte en privado, Carlos. Vine a pedirte un favor personal.

Era un deleite ver al mesías del periodismo, al campeón de las denuncias demoledoras, rebajado al papel de pedigüeño. Si le guardaba rencores se los tendría que tragar, y por lo tanto no tenía motivo alguno para temerle. Había encontrado de chiripa a un compañero de farra.

—¿Qué te parece si nos vamos a echar un trago, para hablar con calma? —le propuso, tomándolo del hombro.

Se lo tomaron en El Tío Pepe, una vetusta cantina de la calle de Dolores, con gabinetes de caoba carcomida por la polilla, espejos biselados con manchas negras y una larga barra barnizada con laca carmesí, atendida por un anciano, don Chucho, que los reconoció al entrar.

—Qué orgullo, dos leyendas del periodismo nos visitan. Pásenle, por favor, están en su casa.

Había sólo dos o tres grupitos de parroquianos jugando al dominó y por fortuna, la rocola guardaba silencio. Ambos frecuentaban esa cantina en su juventud, cuando reporteaban como galeotes, sometidos a un ritmo de trabajo inmisericorde, y descargaban ahí las tensiones de sus jornadas agotadoras. Denegri nunca recalaba ya en cantinas de medio pelo, pero le pareció un escenario ideal para evocar los viejos tiempos con un jaibol en la mano.

—Ahora sí explícame, Jorge, ¿para qué me necesitas?

—Una tía muy querida es dueña de unos terrenitos en Fresnillo y el presidente municipal del pueblo, un cacique ladrón, se los quiere quitar a la mala con chicanas legaloides. Tiene de su lado a los jueces, y si la opinión pública no los presiona puede consumar el despojo. Mi tía es viuda y esos terrenos son su único patrimonio. ¿Podrías defenderla en tu columna?

—Faltaba más, hay que ayudar a esa pobre mujer —dijo, y le pidió toda la información del caso, que apuntó en una libreta—. Pasado mañana sale mi artículo y te prometo que ese rufián renuncia a su puesto, o mejor dicho, lo renuncian. Sólo tengo una duda, Jorge. Tú eres cuatísimo de un montón de periodistas: Renato Leduc, José Alvarado, Martínez de la Vega. ¿Por qué no acudiste a ellos?

—Porque ellos tienen influencia en los lectores, pero tú eres un interlocutor del poder. Si denuncias a ese rufián, es más probable que el gobernador de Zacatecas lo pare en seco.

—Como quien dice, me buscas por influyente, no porque sea un buen periodista —se quejó Denegri, picado en el orgullo.

—No quise decir eso. Pero los políticos te hacen más caso a ti, porque te ven como a un miembro de la familia.

—También tú formas partes de ella, ¿no?

—Tengo una chambita en la Subsecretaría de la Presidencia. Soy jefe del Departamento Editorial.

—¿Y cómo te va?

—Un empleo rutinario y anodino en el que puedo delegar la mayor parte de mis funciones para dedicarme a lo mío: leer, ir al cine, jugar con mis nietos. Editamos cada año la crónica de las actividades presidenciales, en gruesos tomos empastados en cuero que van a dar directamente al boiler de las sirvientas.

—Me alegra que por fin hayas sentado cabeza, Jorge. Te metiste en camisa de once varas. En algún momento pensé que ibas a acabar seis metros bajo tierra.

—Di las batallas que me tocaban, ahora le toca luchar a los jóvenes —Piñó suspiró con malestar y cambió abruptamente de tema, como si temiera llevar el palique por veredas peligrosas—. Hiciste un retrato muy idealizado de Rodrigo de Llano. Aquí entre nos, era un perfecto cabrón.

—Pero como decía Roosevelt de Somoza, era *nuestro* cabrón.

—Será el tuyo, a mí no me tragaba. Tardó más de tres años en dejarme publicar un reportaje firmado. Y cuando tuve la fuente de la Procuraduría no paraba de chingar: sácales más desplegados, se han anunciado muy poco, me presionaba. Este periódico vive de ordeñar las fuentes.

—Así funcionan los periódicos en este país, pero tú eras demasiado idealista para entenderlo.

—El Skipper lo decía con más crudeza: me tachaba de pendejo. A ti en cambio te ponía como ejemplo porque le dabas a ganar dinero al periódico.

—Te consta que yo siempre te defendí. Varias veces le pedí a don Rodrigo que no te cargara la mano. Pero en vez de agradecérmelo te distanciaste de mí. En algún momento comenzaste a pintar tu raya, como si yo tuviera roña.

—Me di cuenta de que no podíamos congeniar. Tú eras un periodista con mentalidad empresarial y querías hacerte rico a como diera lugar.

—¿Y tú no?

—Yo tenía otra clase de ambiciones.

—Sí, claro, liberar al pueblo de sus cadenas —Denegri parodió un tono de arenga demagógica—, extirpar el cáncer de la corrupción, alzar el puño contra la injusticia social, ja, ja, ja. Te felicito, casi logras ser un mártir de la prensa libre. Pero yo supe desde chavo que en la política real, el bando del bien no existe.

—Quizá no exista, pero alguien tendría que crearlo.

—Eso fue lo que intentaste con tu revista y mira cómo te fue.

Denegri tamborileó en la mesa con una mueca de perdonavidas. Creía tener la razón de su parte y no le importaba ya que Piñó aprovechara esa circunstancia para sentarlo en el banquillo de los acusados, pues le sobraba destreza argumentativa para bajarse del banquillo y subirlo a él.

—Sin ánimo de ofender, Carlos, hay algo de ti que me intriga —Piñó lo miró con curiosidad de entomólogo ante un bicho raro—: Me consta que en tus inicios tenías ideales. ¿En qué momento te volviste cínico?

—Pragmático, más bien. No olvides que mi padre fue dos veces secretario de Estado. Con él aprendí a moverme entre chacales.

—¿Y también a imitarlos?

—¿Qué pasó, mi buen George? ¿Ya vamos a empezar con los descontones?

—Entiendo que un tipo brillante y ambicioso como tú haya querido explotar su talento. Pero en el periodismo, el prestigio cuenta mucho. ¿Nunca te dolió perderlo?

—Ay, Jorge, no seas ridículo, en esta monarquía sexenal, el prestigio de cualquier periodista depende de su cercanía con el presidente.

—Pero hay una minoría ilustrada que sabe quién es quién.

—Tres o cuatro intelectuales amargados que no le importan a nadie. Y todos piden de rodillas un puesto público.

—Muchos de ellos te odian.

—Pero también me temen, y no sabes cuánto gusto me da tenerlos cagados de miedo.

—Todo mundo cree que eres maldito de nacimiento, pero yo te conozco bien y sé que de chavo eras buena gente.

—No se lo digas a nadie, por favor. He batallado mucho para hacerme fama de cabrón.

Piñó esbozó una sonrisa agridulce, más despectiva que aprobatoria.

—Te guardaré el secreto, pero no has respondido a mi pregunta. ¿Cuándo te empezaste a volver pragmático, para decirlo en tu fino lenguaje?

—¿Me estás preguntando cuándo perdí la virginidad? —Denegri miró su vaso vacío—. Déjame hacer memoria, pero si viniste a reportear, por lo menos discútete la siguiente ronda.

Dos de la mañana en la delegación Miguel Hidalgo. La luz de neón daba un tono cadavérico a las caras largas de los detenidos que esperaban de pie, flanqueados por policías, su turno para rendir declaración. La mayoría eran borrachines detenidos por pasarse un alto o manejar a exceso de velocidad: nada digno de una nota. Bostezó con desasosiego, harto de esa inmunda antesala. Tiritaba de frío y le había irritado el estómago el amargo café de olla que se estaba tomando en la redacción cuando le reportaron el homicidio. Detrás de la barandilla, el agente del Ministerio Público hablaba con los policías que recogieron el cadáver. A su lado se frotaban las manos para entrar en calor los reporteros de la fuente, sentados en una desvencijada banca de acrílico. Todos se conocían de mucho tiempo atrás, bebían licores baratos en las mismas cantinas y amenizaban la espera con soñolientos duelos de albures en los que penetraban metafóricamente a la esposa, la madre o la hermana del adversario. ¿Qué diablos hacía él entre esa gente anquilosada y zafia? No había ido a pedir chamba en *Excélsior* para estancarse en la mediocridad. Quería ser un periodista importante, serio, distinguido, con enorme influencia en la opinión pública, no un humilde redactor de crónicas amarillistas. Reportero de guardia, qué gran honor. Dormir de día y trabajar de noche, mirar cadáveres tumefactos de peatones atropellados, husmear la desgracia ajena como un ave carroñera, compartir con otros tundemáquinas un sordo rencor contra las plumas consagradas. Y quién sabe cuántos años tuviera que fletarse en ese puesto, haciendo méritos para llenarle el ojo a don Rodrigo.

El agente del Ministerio Público, un empleadillo cegatón y fofo, con los hombros espolvoreados de caspa, les pidió que se acercaran a la barandilla para dar lectura al acta levantada con motivo del crimen. El occiso, un tal Eruviel Márquez Lezama, de 37 años, ebanista de profesión, había sido apuñalado en la pulquería

El Brindis de los Monos, sita en la calle Mar Tirreno de la colonia Popotla, por un joven albañil de complexión delgada y pelo hirsuto que se dio a la fuga. Un vulgar pleito de cantina. ¿Para eso dos horas nalga? Qué forma tan idiota de perder el tiempo. Volvió al periódico en su viejo Packard, tan abollado y ruinoso que le daba vergüenza subir en él a sus conquistas, y en menos de quince minutos despachó la nota, justo a tiempo para entregarla al formador antes del cierre de la edición. Saber que no saldría con su firma lo eximía de pulir el estilo. Era un redactor anónimo sin presencia pública, la pieza más modesta de un engranaje que lo relegaba al sótano de la notoriedad.

Durmió mal, añorando la gloria que volaba lejos de su alcance, y al día siguiente pidió una entrevista con Rodrigo de Llano. En la antesala lo cohibió la arrogancia y el porte distinguido de la gente que entraba y salía del despacho: magnates, diputados, estrellas de cine, magistrados de la Suprema Corte. Hasta pena le dio distraer con sus pequeñeces a un personaje tan importante. Fabiola, su secretaria, una señora madura de buen ver, pizpireta y alegre, con una marcada predilección por los reporteros jóvenes, lo recibió con una cordialidad rayana en el coqueteo. Le prodigó sonrisas y requiebros con la esperanza de echársela en la bolsa. Cuando por fin lo invitó a pasar, le advirtió que el director sólo disponía de diez minutos para atenderlo. Entró al despacho sigiloso y apocado, como si entrara en la jaula de un león. Absorto en la lectura de un cable, Rodrigo no reparó en su presencia o lo ignoró adrede. Su desdén lo puso más nervioso aún. Era un hombre maduro de cabello entrecano, con la tez sonrosada de los jugadores de golf. El saco de tweed, los pantalones con tirantes, el bigotillo engomado y la colorida corbata de moño le daban un aire de lord inglés trasplantado a una tierra de salvajes. Cuando ya llevaba un par de minutos sentado frente a él se atrevió a importunarlo con un carraspeo. Como si despertara de un sueño, don Rodrigo alzó la vista de sus papeles.

—¿Qué se te ofrece, Denegri?

—Buenas tardes, señor De Llano, quería plantearle un asunto personal. Ya voy a cumplir seis meses como reportero de guardia y creo que en ese tiempo no ha recibido queja de mí. Tengo ambiciones más altas y quisiera pedirle, si es posible, que me permita entregarle un reportaje con mi firma.

Divertido por su impertinencia, don Rodrigo lo miró de pies a cabeza con una mueca burlona.

—Vas muy de prisa, muchacho. En un periódico no todos pueden ser generales de división. También necesitamos soldados rasos.

—Modestia aparte, creo que yo puedo dar mucho más.

Le contó que al lado de su padre, en las distintas misiones oficiales donde representó a México, había entrado en contacto con las altas esferas de la diplomacia internacional, y asistido, por ejemplo, a la asamblea de la Sociedad de las Naciones en la que se discutió la invasión de Etiopía, cuando la Italia fascista de Mussolini comenzaba a mostrar las garras. Por su trayectoria en el Servicio Exterior y por tener una cultura general más amplia que el común de los reporteros, creía poder ocuparse de asuntos más trascendentes.

—Tú estabas el otro día en el Country Club de Churubusco, ¿verdad? Te vi en el bar con un grupo de jóvenes.

—Sí, me invitó mi amigo Castro Valle.

—A ver, explícame una cosa —De Llano se mesó la barbilla—. Si eres un niño bien y te juntas con familias de alto copete, podrías conseguir mejores chambas que ésta. ¿No te habrás equivocado de profesión? ¿Para qué quieres ser reportero?

—Ojalá fuera un niño bien, como usted dice. Yo vivo de mi trabajo y además tengo una hija de mi primer matrimonio, a quien le paso pensión —se defendió—. Pero si a ésas vamos, no creo que las buenas relaciones me descalifiquen para este oficio. Al contrario, quizá puedan ayudarme.

Don Rodrigo asintió mirándolo fijamente a los ojos.

—En eso tienes razón, Carlitos, la buena crianza abre muchas puertas. Como eres listo y tienes desenvoltura para tratar a la gente, te voy a poner a prueba, a ver si como roncas duermes. Haz el reportaje en tus ratos libres, pero sin descuidar tus guardias, ¿eh?

—¿Del tema que yo quiera?

—Sí, escógelo tú.

Pese al éxito obtenido, salió de la oficina con un resquemor: se había ganado la oportunidad porque el director lo creía un señorito fifí. De Llano era un burgués criollo y por lo visto, quería rodearse de gente como él. Si fuera un reporterillo pobre, ni en sueños habría logrado convencerlo. Su obvio favoritismo, fundado en prejuicios de raza y clase, lo colocaba por encima de muchos colegas con iguales o mayores méritos. Era injusto y odioso llevarles un caballo de ventaja por el simple hecho de ser güerito. Pero no podía permitir que el sentimiento de culpa lo arrastrara al fracaso. Al fin y al cabo, su privilegio de casta no lo elevaría por sí solo al escaparate de lujo donde quería figurar: primero tenía que escribir un buen reportaje.

En horas robadas al sueño se puso a investigar con ahínco un reciente atentado contra la prensa libre que había estremecido a la opinión pública: el asesinato del periodista poblano José Trinidad Mata, director del semanario *Avante*. Según los colaboradores de la víctima, el general Maximino Ávila Camacho, gobernador de Puebla y hermano mayor del secretario de la Defensa, había ordenado la ejecución en represalia por los artículos en que Mata lo tachaba de fantoche, corrupto y déspota, exhibiendo pruebas de sus infinitas corruptelas, pero el caso estaba en manos de una comisión del Congreso local que a todas luces quería exonerarlo y, con tácticas dilatorias, apostaba al olvido de la opinión pública para enfriar la papa caliente. Maximino era el chancro más infecto de la vida política mexicana, la prueba fehaciente de que poco o nada había cambiado en el país desde el Porfiriato. Gobernaba el estado a punta de bayoneta, ahogando en sangre cualquier intento de oposición. Ni siquiera se molestaba en disimular su lucrativo contubernio con el ex cónsul yanqui William Jenkins, dueño de la mayor destilería de alcohol del país y de una cadena de cines en rápida expansión, entre muchos otros negocios. Tanto el oligarca como el señor feudal eran intocables.

El emperador de Puebla no se conformaba con poseer, a título personal o en sociedad con otros empresarios, una docena de haciendas ganaderas, una constructora que monopolizaba los contratos de obras públicas, dos centros nocturnos, varios edificios de departamentos, la revista *Hoy* y tres compañías productoras de películas: necesitaba proclamar en público su grandeza. El mundo debía saber cuánto había progresado desde que manejaba carretas cargadas de carbón para ayudar a su padre, un humilde arriero de Teziutlán. Tenía un guardarropa con más de mil trajes. El día de su cumpleaños, declarado fiesta cívica por el Congreso poblano, ofrecía banquetes para cinco mil personas, amenizados por las mejores orquestas, y después de apagar las velitas del enorme pastel se daba el gusto de cantar a dúo con Tito Guízar, Lucha Reyes o Toña la Negra, traídos desde México para amenizar el fiestón. Pero lo que más disfrutaba era pavonearse en las corridas de toros, acompañado por una de las múltiples hetairas de su serrallo: la rejoneadora chilena Conchita Cintrón, una intrépida rubia a quien los cronistas taurinos apodaban La Diosa de Oro. En una visita a Puebla los había visto hacer el paseíllo en la plaza de toros. Montado en un caballo blanco de fina estampa, con las crines trenzadas, Maximino saludaba a la gente de los tendidos con una sonrisa de autosuficiencia. Se ama con locura, pensó Denegri, debe pasarse horas frente al espejo. Su traje de charro, blanco también, con motivos florales bordados en oro y grana, era mucho más vistoso que el traje campero de Conchita y cuando le tocó rejonear, torpemente a juicio de los entendidos, la banda de música tuvo que acallar los abucheos del respetable con una larga tanda de pasodobles.

Sublevado por ese grotesco espectáculo, desde entonces le cogió una tirria que se había radicalizado con el asesinato de José Trinidad Mata. ¿Nadie iba nunca a denunciar la tiranía de ese hampón? ¿Tanto miedo le tenían? ¿Hasta cuándo iba a durar su edénica impunidad, que lo colocaba al margen de todas las leyes? Aún conservaba los ideales generosos que lo habían llevado a simpatizar con la República Española, un tanto menguados por la circunstancia de trabajar en un periódico de extrema derecha, católico y rabiosamente anticomunista, que había combatido todas las reformas sociales de Lázaro Cárdenas y en esos días lo atacaba con dureza por conceder asilo político a los "terroristas españoles al servicio de la hoz y el martillo", que desembarcaban en Veracruz huyendo del fascismo victorioso. Aunque ya no comulgara con el socialismo, las matanzas, los atropellos y las descaradas corruptelas de Maximino repugnaban a cualquier ciudadano más o menos sensible, creyera o no en la utopía de una sociedad sin clases.

Pero la indignación ciudadana no era su único móvil. Esperaba, de paso, congraciarse con don Rodrigo de Llano, pues sabía que él también detestaba a Maximino. En la mesa de redacción de *Excélsior* había oído decir a don Miguel Ordorica, el jefe de información, que durante la Guerra Cristera, cuando Maximino era jefe de operaciones del Ejército mexicano en el norte de Jalisco y el sur de Zacatecas, don Rodrigo no sólo había denunciado en sus crónicas la metódica sevicia con que exterminó a los principales cruzados de la fe católica: también lo acusó de arrebatar a los rebeldes todas sus cabezas de ganado y enviarlas por ferrocarril a su rancho en Teziutlán. Gracias a esos despojos, el azote de los cristeros llegó a convertirse en el ganadero más próspero de la región. Si *Excélsior* había denunciado los orígenes de su fortuna, con más razón debía exhibirlo ahora, cuando había acumulado un enorme poder y sojuzgaba una de las provincias más prósperas del país.

Pasó varios fines de semana en Puebla investigando la muerte de Mata, con particular interés en las incongruencias del parte policiaco. La esposa del difunto, fatalista y aterrada, estaba segura de que nunca se sabría la verdad y le recomendó no menear el asunto. Pero él se dedicó a buscar con tenacidad a los testigos del crimen, cuyas declaraciones habían sido burdamente tergiversadas en las actas del proceso. Tampoco ellos querían hablar, y varios le dieron con la puerta en las narices, pero al saber que uno de ellos, Pascasio Herrera, linotipista en la imprenta donde Mata editaba su semanario, tenía una bien ganada fama de borrachín, lo invitó a una cantina para sacarle la sopa. Según Pascasio, seis agentes de la policía ministerial habían levantado a la víctima al salir de los talleres donde se imprimía *Avante* y lo condujeron en una patrulla a la Inspección General de Policía donde fue ultimado de un balazo en la frente. Después arrojaron su cuerpo a una zanja de la carretera México-Puebla, a la altura de Huejotzingo. Por supuesto, de acuerdo con la versión oficial, divulgada por la mayoría de los diarios, los agentes eran pistoleros a sueldo que habían llegado de la capital esa misma noche. Ni siquiera se mencionaba el móvil político, y para enlodar la reputación de la víctima, el comandante encargado del caso señalaba que su cadáver tenía pintadas de carmín las uñas de los pies, y por lo tanto, "no se descarta la posibilidad de una rencilla entre homosexuales".

Genaro Islas, el gerente de *Avante*, un cincuentón ojeroso, prognata y calvo, que desde el crimen se había refugiado en México, donde ocupaba un cuarto de vecindad en la colonia Guerrero, lo puso al tanto de las amenazas de muerte que Mata había recibido en las semanas previas al homicidio, por negarse a modificar la línea antigobiernista del periódico: anónimos soeces, telefonazos en la madrugada, coronas fúnebres enviadas a su domicilio. Tuvo advertencias de sobra, pero no se quiso rajar y siguió pegándole duro al gobernador. Para él estaba clarísimo quién era el autor intelectual del crimen. Pero le recomendaba andarse con tiento, pues Maximino tenía orejas por todas partes y como todo lo resolvía a balazos, "a lo mejor también ordena darte cuello a ti".

Desoyó la advertencia, pues creía que su novatez periodística hasta cierto punto lo ayudaba a pasar inadvertido y el siguiente fin de semana volvió a Puebla para continuar sus pesquisas. Pero cuando iba entrando al hostal Josefina, a espaldas de la catedral, un Buick negro dobló la esquina chirriando llanta y dos pistoleros que iban en el estribo le dispararon una ráfaga de metralleta, como en las películas de Al Capone. Milagrosamente alcanzó a tirarse al suelo. Sólo tenía un rozón en el hombro pero se quedó ahí, bocabajo, para que lo creyeran muerto y no vinieran a rematarlo. Cuando le pareció que había pasado el peligro descubrió que se había orinado en los pantalones. Rezó en silencio un padrenuestro, echó la maleta en la cajuela del Packard y tomó la carretera de regreso a la capital. Estaba tan perturbado que el volante se le resbalaba en las manos sudorosas y en San Martín Texmelucan por poco choca de frente con una pipa de petróleo. Esa noche, en un café de chinos, contó lo sucedido a su amigo Darío Vasconcelos, que le aconsejó abandonar la reporteada y dedicarse a otra cosa.

—Con tus dotes de políglota puedes ganar muy buena lana como traductor simultáneo o guía de turistas. ¿Qué necesidad tienes de jugar al héroe?

Se fue a la cama resuelto a seguir su consejo, porque el silbido de la metralla casi había extinguido su sed de gloria. Pero al día siguiente, cuando llegó a *Excélsior* con la renuncia en el portafolio, se encontró un recado en la mesa de redacción: Manuel Cienfuegos, un ex compañero del Colegio Williams, se había enterado de que preparaba un reportaje sobre Maximino y quería hablar con él. Comieron ese día en una fonda de la colonia Juárez. Hijo del empresario Jesús Cienfuegos, antiguo dueño de la plaza de toros de Puebla, Manuel le contó que el año anterior su padre había muerto apuñalado a pleno sol en una calle céntrica de Puebla y la policía nunca encontró a los culpables. Pero la familia Cienfuegos sí conocía la causa del crimen. Semanas antes, Maximino le había querido comprar la plaza a su padre y él no quiso vendérsela.

Porfió en el intento durante varias semanas, al principio en tono comedido, luego a gritos, como si diera órdenes a un sargento, pues consideraba un ultraje a su investidura que alguien se atreviera a decirle no. De joven había querido ser torero, pero como le faltaba temple con la muleta, su padre se negó a incluirlo en el cartel de una novillada y desde entonces le guardaba rencor. Para sacarse la espina, quería ser la autoridad máxima de la fiesta brava, forjar o destruir carreras, nombrar a los jueces de plaza y decidir desde su escritorio quién se merecía las orejas y el rabo.

Vino después el asesinato, que sumió a la familia en un estupor impotente. Para intimidarlos, un grupo de matones siguió el cortejo fúnebre hasta el panteón. Esa noche, vestido de luto, Maximino visitó a su madre para darle el pésame y reiterarle la oferta de compra, "para que pueda vivir tranquila el resto de sus días con un buen patrimonio". A duras penas la viuda contuvo las ganas de escupirle en la cara. Hubo una reunión familiar para discutir el asunto, en la que todos menos él estuvieron de acuerdo en ceder a la extorsión. Vendieron la plaza al precio que el gobernador les quiso fijar, menos de la mitad de su valor comercial, subieron los muebles a un camión de mudanzas y se largaron de Puebla, un lugar en donde ya no se podía vivir con dignidad. Venía a contarle esa historia a título personal, contraviniendo los deseos de su familia, y por obvias razones, no quería que su nombre se mencionara en el reportaje.

Las revelaciones de Manuel reavivaron su espíritu de combate. El cimiento de todas las dictaduras eran las cobardías y las claudicaciones de la gente que aceptaba vivir con una bota en la nuca. Si él, que tenía la misión de dar voz a la sociedad, se agachaba frente al sátrapa, nadie le impediría seguir cometiendo despojos y atrocidades. Ese fin de semana rechazó a los amigos sonsacadores que se lo querían llevar de farra y encerrado en su departamento, bien provisto de cigarros y café, se volcó en el trabajo a tambor batiente, con la Remington sacando chispas. No sólo denunció la intervención de Maximino en los asesinatos de Ángel Trinidad Mata y Jesús Cienfuegos: dibujó un panorama desolador de la vida en Puebla durante su gobierno, en el que ridiculizaba la egolatría del sanguinario cacique, a quien comparó con el Tirano Banderas de Valle Inclán. En el emotivo párrafo final anunció el cobarde intento de asesinarlo en Puebla, responsabilizando a Maximino por cualquier accidente que pudiera ocurrirle en el futuro. Al releer el reportaje para pulir el estilo tuvo un escalofrío: aquello no era una simple denuncia, era una bomba de tiempo. El lunes por la tarde quiso entregárselo a don Rodrigo en persona, pero Fabiola, toda sonrisas, le advirtió que estaba reunido con un grupo de anunciantes y nadie podía interrumpirlo. Leyó con curiosidad el encabezado.

—¿Un reportaje tuyo? ¿Tan joven y ya estás en ligas mayores? Felicidades, Carlitos.

Más tarde lo mandaron a cubrir el choque de un camión de carga con un taxi en la Calzada de los Misterios. Mientras apuntaba maquinalmente los números de las placas y el nombre del ruletero muerto, distante y ajeno a la tragedia, se imaginó las reacciones del director al leer su obra maestra: sorpresa, admiración, euforia, orgullo paternal. Mandaría enseguida el reportaje al departamento de corrección, luego al de formadores y de ahí a los linotipos. Denle cuatro columnas en la primera plana, con la foto de Maximino en traje de charro. Cuando el teclado metálico imprimiera su nombre en la línea de plomo fundido y el vertiginoso engranaje de la rotativa editara en un parpadeo cien mil ejemplares, el país entero pronunciaría con admiración el nombre de Carlos Denegri. Tuvo que visitar dos delegaciones de policía antes de volver al periódico, demasiado tarde ya para hablar con el director, que se había ido media hora antes. Después de entregar sus notas en la redacción se fue a dormir, o a intentarlo, pues con la ansiedad tuvo un sueño intermitente y ligero, que apenas lo aletargó sin darle reposo. Debía comprar una pistola y extremar precauciones, porque la represalia del torero frustrado era inminente. Nada de trasnochar en tugurios de rompe y rasga, nada de dar la espalda en los restaurantes. Sentarse de preferencia frente a la puerta, para evitar un madruguete. Y en el carro, manejar pendiente del espejo retrovisor, por si acaso lo venía siguiendo un auto sospechoso.

Prefirió madrugar que dar vueltas en la cama y a las cinco de la mañana ya estaba en la calle enfundado en una chamarra. Vivía en Santa María la Ribera, muy cerca de las oficinas de *Excélsior*. Apenas despuntaba el alba cuando llegó al traspatio del periódico en Avenida Bucareli, donde los voceadores iban a recoger las postetas de diarios recién impresos, que ya estaban alineadas en la acera. Los obreros de la rotativa, con overol de mezclilla y gorro de papel periódico, los iban subiendo a los camiones repartidores. Pidió un ejemplar de regalo y se fue a leerlo en una banca de La Alameda. Ni rastro de su reportaje en la primera plana. Tampoco en las páginas de política nacional. Hojeó con angustia la segunda sección, donde a veces quedaban arrumbadas las crónicas de los principiantes. Qué injusticia, carajo. Tanto derroche de valor civil para recibir un escupitajo en la cara.

A las cuatro de la tarde, la hora en que don Rodrigo llegaba al periódico, se presentó en su oficina, ojeroso y contrito, después de haber sudado la bilis en un baño de vapor de San Juan de Letrán. Compadecida de su mal aspecto, Fabiola le ahorró la vergüenza de hacer antesala y lo pasó enseguida al despacho. Fresco, sonriente, oloroso a lavanda, don Rodrigo lo recibió con una gentileza que le pareció un tanto cínica.

—Toma asiento, por favor. Tienes muy mala cara, muchacho. ¿Dormiste mal?

—¿Por qué no publicó mi reportaje? ¿Tan malo es?

—Al contrario, es magnífico. Me convenciste de que tienes un gran futuro en el periodismo. Pero don Maximino es un benefactor de *Excélsior*. Se gasta una millonada en desplegados y gacetillas, ¿no te has dado cuenta? Estamos en deuda con el gobierno de Puebla y no podemos morder la mano que nos da de comer.

—Pero usted mismo denunció sus latrocinios en la Guerra Cristera —tartamudeó Denegri, luchando por controlar su ira.

—Eran otros tiempos. El gobierno ya no persigue a la Iglesia. El señor obispo ahora es buen amigo del presidente y nuestro periódico no puede reabrir heridas que ya cicatrizaron. El propio Maximino se ha retratado en misa, tomando la comunión. Y además, su hermano Manuel suena fuerte para ser el próximo candidato a la Presidencia. En este momento, enemistarnos con los Ávila Camacho sería un suicidio.

—Pero todo lo que digo en mi reportaje es verdad: ese maldito me mandó a sus sicarios.

—Lo sé, Carlitos, y créeme que lo lamento, pero si quieres llegar lejos en esta profesión tienes que pensar con la cabeza fría —don Rodrigo soltó un bufido de impaciencia—. Los periodistas debemos estar informados de todo, pero no necesariamente divulgarlo. Para serte franco, un periodista gana más dinero por lo que se calla que por hacer alharaca. En este negocio no sólo vendemos información y espacios publicitarios: por encima de todo vendemos silencio.

—Pero yo no gané nada con esto.

—¿Cómo no? Aquí tienes tu recompensa —don Rodrigo le entregó un cheque por mil pesos—. Pero el premio en efectivo es lo de menos. Te ganaste mi confianza y eso vale mucho más. Quiero que vayas a Washington y entrevistes a los congresistas que están promoviendo sanciones contra México por la expropiación petrolera. Con ese reportaje vas a debutar en primera plana. ¿Cómo la ves?

Si rechazaba el premio de consolación tendría que abandonar el periodismo, y tras haber fracasado en la diplomacia no podía darse el lujo de quemar otra nave. Nada ganaría con ponerse digno si todos los diarios eran iguales y sus colegas de profesión aceptaban mansamente esas reglas del juego. Las tripas tenían sus propios valores éticos; por encima de cualquier escrúpulo estaba la sagrada obligación de tragar.

—Gracias, don Rodrigo. Prometo que no le voy a fallar —se guardó el cheque en el bolsillo interior del saco—. ¿Cuándo quiere que salga a Washington?

En la serie de entrevistas con los diputados yanquis se lució por el filo crítico de sus preguntas, en las que mostró un notable conocimiento del derecho internacional y un patriótico empeño por defender los intereses de México. Recibió calurosas felicitaciones de muchos lectores, incluida la del secretario de Hacienda, que lo invitó a desayunar. Por fin se ganaba el respeto de la gente importante que hasta entonces lo había ninguneado. Poco después, por una indiscreción de Fabiola, a quien se llevó a la cama en una noche de copas, supo que don Rodrigo le había sacado diez mil pesos a Maximino por no publicar su reportaje. El tacaño apenas le había concedido un diezmo del botín. Y como Fabiola llevaba sus cuentas personales, sabía que esos ingresos no iban a las arcas de la cooperativa: De Llano se los embolsaba sin rendirle cuentas a nadie. Colérico, golpeó una puerta con el puño, pero al día siguiente se tragó la rabia. Ni modo de reclamarle a gritos, cuando apenas se estaba haciendo un nombre en la profesión. Tolerar esas bofetadas era quizá parte de su noviciado, la humillación ritual previa al ungimiento como periodista estelar. Le gustara o no, debía congraciarse con el director y explotar su predilección por los niños bien, recurriendo a la adulación si era necesario. Pero eso sí: en el futuro se pondría muy trucha para que no le birlara ningún embute.

—Te digo que don Rodrigo era un redomado cabrón —Piñó arrastró las palabras, un tanto achispado por el tercer jaibol.

—A mí me hizo lo mismo con un reportaje sobre los Ferrocarriles Nacionales, en el que acusé al director de la empresa de tener las vías y los trenes en pésimo estado por robarse la partida de mantenimiento. De Llano sacó un dineral por no publicarlo, pero yo sí lo mandé al carajo.

—¿Y de qué te sirvió? Pasaste de Guatemala a Guatepeor y en el *Novedades* te pusieron otra mordaza.

—También de ahí me largué, y a mucha honra. Los encontronazos con la censura me dieron ánimos para sacar mi revista.

—Pues yo aprendí en cabeza ajena —suspiró Denegri—. Tu suerte me convenció de seguir aguantando vara en *Excélsior*, aunque a veces me haya perjudicado la lealtad al Skipper. Por su culpa me eché de enemigo a Salvador Novo.

—Yo creí que ustedes traían un pique desde antes.

—No, yo me llevaba bien con Novo, pero nuestra amistad se enfrió cuando se peleó a muerte con don Rodrigo. Había escrito un artículo lleno de alabanzas al secretario de Salubridad y el Skipper lo acusó de haber cobrado un embute a espaldas suyas.

—Típico de esa rata. A todos nos quería cobrar derecho de piso. No podía concebir que alguien publicara un elogio desinteresado.

—Pero ahí no paró la cosa. Novo se cobró la ofensa con un epigrama anónimo que circuló por las redacciones de todos los diarios, donde lo tachaba de maricón. ¿Lo leíste?

—Tal vez, pero ya no me acuerdo.

—Decía más o menos así:

Aunque Rodrigo de Llano
tenga muy larga la mano

y haga negocios oscuros
en invierno o en verano,
ningún embute le basta
para ganar sin apuros
las fortunas que se gasta
en los antojos del ano.

—¿Y de veras el Skipper cojeaba de ese pie? —Piñó se limpió
el bigote con la servilleta.

—Nunca lo supe a ciencia cierta. Jamás hablaba de sus intimidades, aunque se cayera de borracho. Toma en cuenta que venía de una familia mocha y en Jalisco tenía dos hermanas monjas. Oficialmente era un solterón empedernido, pero supongo que Novo le sabía algo: los maricones se reconocen por el olfato. Fabiola me contó que De Llano les pasaba una mensualidad a varios sobrinos jóvenes. Quizá era cierto que sus antojos sexuales le salían muy caros.

—Si era tan clóset, ese anónimo debe de haberlo puesto furioso.

—Hasta úlcera le dio. Tuvieron que operarlo en una clínica de Rochester. Desde entonces vetó a Novo en el periódico. Nadie lo podía mencionar, los estrenos de sus piezas teatrales no se reseñaban, y si quería anunciarlas en nuestra cartelera, le daban los peores espacios. Cuando lo nombraron jefe del Departamento de Teatro de Bellas Artes ni siquiera dimos la noticia.

—¿Y tú por qué te compraste la bronca?

—Traté de mantenerme neutral. En los cocteles seguía saludando a Novo como si nada, pero De Llano llevaba años esperando la oportunidad de chingarlo y Novo se la sirvió en bandeja cuando le propuso matrimonio a Beatriz Aguirre, una joven actriz de su compañía teatral.

—Recuerdo haber leído un artículo suyo en el que hablaba de ese enamoramiento. A la vejez, viruelas, pensé, ahora resulta que le gustan las viejas.

—Nunca le gustaron. Quería una fachada respetable para entrar en el juego de la alta política, pero Beatriz Aguirre no tenía un pelo de tonta, se dio cuenta de que la quería utilizar y lo mandó al carajo.

—¿Hablaste con ella?

—No, pero una confidente suya se lo contó a don Rodrigo y él me encargó que ridiculizara a Novo. En la *Miscelánea Dominical* saqué una nota en tono de chunga, donde anunciaba su boda con Beatriz en La Profesa. La gente no podía creer que el joto más descarado de México se fuera a casar, y además por la Iglesia. Llovieron cartas a la redacción acusándolo de hipócrita y cínico. Novo me desmintió de inmediato en la revista *Hoy*, pero el daño ya estaba hecho.

—Ahora entiendo por qué les pegó tan duro en su obra de teatro.

—Yo nunca me puse el saco —Denegri delató su resentimiento con un leve temblor de labios.

—No te lo pusiste, pero te quedaba —Piñó enarcó las cejas, cruzado de brazos en actitud de fiscal—. Cuando vi la obra identifiqué de inmediato a todos los personajes, empezando por ti. Ese negociante del periodismo, que proyecta venderle publicidad encubierta a los políticos y a todos los buscadores de notoriedad, es idéntico a ti de joven. Querías ser el Walter Winchell mexicano, tener una red de informantes para enterarte de secretos vergonzosos y utilizar ese poder para cobrar tus menciones y tus silencios a precio de oro. Lo conseguiste, por supuesto. Pero hablando a lo macho, ¿nunca has sentido que malograste tu vocación?

—Jamás se me ha pasado por la cabeza —Denegri torció la boca—. Yo sólo me acomodé a las condiciones del medio en que trabajaba.

—Sí, claro, te acomodaste mejor que nadie —ironizó Piñó—, eso ni quién lo dude. Me di cuenta de tu escala de valores cuando denunciamos casi al mismo tiempo la carestía en Acapulco, que iba en camino de volverse un centro turístico para millonarios, por la escalada de los precios en hoteles y restaurantes, ¿recuerdas? Las autoridades del puerto publicaron un desplegado negando la supuesta escalada. Yo los contraataqué con datos duros, pero tú aceptaste una invitación al Hotel Papagayo, donde te dieron trato de marajá, a cargo del Ayuntamiento, por supuesto. Nunca más volviste a mentar la carestía en Acapulco.

—Pues claro que no, hubiera sido un malagradecido. Yo trato bien a la gente que tiene gentilezas conmigo. La amistad por encima de todo.

—Pero un periodista sin credibilidad no vale nada.

—En Estados Unidos, quizás. Aquí el gobierno es el principal cliente de los diarios, no los lectores. Todos trabajamos para el mismo patrón y nadie puede darse baños de pureza. Por eso la obrita de Novo me hizo lo que el viento a Juárez. También él se acomodó a las circunstancias y aceptó las reglas del juego. Sus alegatos moralistas sonaban bastante huecos porque los dos fichábamos en el mismo burdel.

Denegri alzó la mano y pidió al mesero igual para los dos. No le gustaba el rumbo que iba tomando la charla, pero menos aún le gustaría que Piñó se levantara de la mesa y lo dejara bebiendo solo. Odiaba ensimismarse cuando el espíritu le pedía una catarsis. Sin un interlocutor, los tragos le sabían a derrota. Ni un bebé abandonado a la intemperie sufría tanto como él en esos trances amargos. Pero al parecer Piñó no tenía intenciones de irse y encendió un cigarro con parsimonia.

—¿Nunca te ha perjudicado tu leyenda negra? —le preguntó.

—Es tan falsa como tu leyenda áurea.

—Te lo digo porque algunos políticos importantes hablan muy mal de ti. Dicen que un tipo con una vida tan escandalosa no puede ser vocero del régimen.

—Dirán misa, pero les hago falta. Y mi lealtad al régimen está probada, algo que tú no puedes presumir.

—Por lo menos yo duermo tranquilo y no necesito guaruras —Piñó señaló a Eloy, que dormitaba en otra mesa—. Con todos los enemigos que tienes, incluyendo a tus ex mujeres, me asombra que hayas llegado vivo a tu edad.

—Tengo la bendición de Los Pinos. Quien se meta conmigo se mete con el presidente. Por eso nadie me toca.

—¿Ah, no? Pues andan diciendo que el arquitecto Mikelajáuregui te dio una madriza en tu propia casa. Ya ni la chingas, Carlos, ¿cómo se te ocurre ponerle una cola de fuego a una mulata?

Denegri se sintió exhibido en cueros. De modo que ese baturro engreído andaba por ahí ufanándose del puñetazo. Tuvo un conato de incendio en el esófago y sintió que le faltaba el aire, como si el efecto multiplicador de la humillación divulgada de boca en boca lo envolviera en una nube fétida y negra.

—Esos infundios los propalan mis enemigos para echarme lodo —chasqueó la lengua con desprecio.

—Yo no manejo información de segunda mano. Un invitado a la fiesta me contó tu puntada.

Denegri, acorralado, se tragó el humo del cigarro.

—¿A dónde vas con todo esto? —dijo entre toses.

—A demostrarte que eres vulnerable y prescindible, como todos los periodistas. Cuando dejes de servirle a los de arriba te van a dar una patada en el culo. Ya no te protegen tanto como antes, o de lo contrario habrían encerrado a tu golpeador en la cárcel.

—No quise presentar cargos en su contra. Pero le va a costar caro andarme denigrando. Un telefonazo al procurador y mañana lo llevan a los separos.

—Por Dios, Picho, quítate ya el disfraz de fanfarrón. Nos conocemos desde chavos y entre nosotros salen sobrando los fingimientos. Quién sabe si después de esta noche quieras volver a verme, pero ya que estamos aquí vamos a hablarnos al chile, ¿te parece?

La sorpresa de escuchar su apodo familiar en boca de Piñó lo sacó un momento de balance. Tal parecía que ese viejo amigo pretendía, ni más ni menos, erigirse en voz de su conciencia, evocando la pureza que alguna vez tuvo. Pero acobardarse o callar significaría cederle la victoria.

—Está bien, hablemos al chile —recogió el guante—. No es la primera vez que un periodista fracasado me vomita sus rencores. Pero explícame una cosa, Jorgito. ¿Qué culpa tuve yo de haber sido más inteligente que tú? Te cedí el papel de héroe durante quince minutos, y me quedé con el de triunfador, que me ha durado treinta años.

—El otro día hablé con una vieja novia tuya que me contó cómo empezaste a triunfar. Se llama Rosalía Corcuera, ¿la recuerdas?

Denegri miró a Piñó con una mezcla de asombro y rencor. Ya estaba pasándose de la raya con esa parodia de juicio final. Tenía un talento maligno para golpearlo en las partes blandas con una precisión quirúrgica.

—¿Te has dedicado a investigar mi vida?

—No, pero andas en boca de todo el mundo. Sigo siendo reportero, aunque ya no ejerza, y cuando alguien revela secretos de un conocido siempre paro la oreja.

Denegri clavó la mirada en el fondo de su vaso jaibolero, indeciso entre aguantar el vendaval o levantarse de la mesa.

—¿Qué te contó esa cabrona?

Con traje primaveral de lino crudo, sombrero Fedora y bostonianos marrones recién boleados, Denegri llegó al zaguán de la Quinta Margarita, la enorme fortaleza donde vivía Maximino desde su mudanza a la capital, cuando lo nombraron secretario de Comunicaciones y Obras Públicas. Vigilada día y noche por efectivos de la policía militar, ocupaba toda una manzana en San Jerónimo, un pueblo suburbano donde las clases pudientes gozaban lo mejor de dos mundos: un ambiente campirano sin apartarse mucho de la ciudad. Después de revisar con lupa su licencia de manejo, el jefe de la escolta lo pasó a la báscula, entre dos hileras de soldados con los rifles en bandolera. ¿Para qué me habrá mandado llamar?, pensó al jalar el cordón de la campana. En los tres años transcurridos desde que sus matones le dispararon en Puebla había tomado un curso intensivo de relativismo moral y apenas quedaban escombros de su vocación justiciera. Los benditos sobres de a mil pesos mensuales que le mandaba Daniel Morales, el jefe de Prensa de Los Pinos, y el contacto diario con políticos de baja o mediana categoría, gente simpática y obsequiosa, con enorme talento para ganarse voluntades y ennoblecer cohechos, lo habían predispuesto a favor de una autoridad que halagaba a los periodistas al imbuirles una idea exagerada de su importancia.

Para disipar cualquier predicamento moral empleaba un lema acuñado por los decanos del oficio: embute que no te corrompa, tómalo. No era todavía un copartícipe del poder y sin embargo, ya lo embriagaban sus ondas magnéticas. Si Maximino lo introducía en el círculo dorado de los voceros incondicionales, se cotizaría más alto en la estimación de la clase política. Temía, sin embargo, que un hombre con tan pocas pulgas no le hubiera perdonado el reportaje en su contra. Pero los hombres como él no se cobraban ofensas a toro pasado, y si tuviera intenciones aviesas, ¿para qué lo había citado en su propia casa?

Un caballerango alto y moreno, ancho de espaldas, con un mechón blanco en la cabellera negra, abrió el portón de madera y lo invitó a pasar. Caminaron por un andador adoquinado que dividía el enorme jardín, entre sauces llorones y laureles de la India. Dos perros labradores de lustroso pelaje correteaban entre los macizos de violetas y gardenias. Una parvada de tordos se echó a volar cuando pasaron a su lado. En el potrero, un diestro jinete con sombrero cordobés montaba una yegua blanca. La hizo remolinear a punta de fuetazos y cuando ya sacaba espuma por los belfos le ordenó alzar las patas.

—¿Es el general? —preguntó al caballerango.

—Sí, diario sale a montar. Me encargó que lo pase a su estudio, en lo que termina la práctica.

Su guía lo introdujo en una elegante mansión estilo art déco, de mármol crema veteado de marrón, con una columnata en la veranda y candiles de hierro en forma de campana. Cruzaron la sala, recargada de gobelinos, tibores chinos y trofeos de caza y luego subieron por una fastuosa escalera en espiral. Un busto en bronce de Maximino daba la bienvenida al estudio, una especie de capilla consagrada a su ego militar. Conducido a una salita con mullidos sillones de cuero, Denegri contempló las fotos expuestas en la mesa de centro, en las que Maximino departía con Carranza, Obregón, Calles y Cárdenas. Quiere la gloria, pensó, no le basta con la riqueza y el poder. Se levantó a curiosear en las vitrinas de trofeos: una exhibía sus condecoraciones internacionales, otorgadas todas por gorilatos militares de Latinoamérica, y otra los estandartes que le arrebató a los cristeros. Detrás del escritorio colgaba el retrato de su hermano, el presidente Manuel Ávila Camacho, en uniforme militar, la banda tricolor cruzada en el pecho, y en la pared de enfrente, una foto enmarcada de Benito Mussolini haciendo el saludo fascista.

Era inaudito que en plena Guerra Mundial, mientras el gobierno de México cerraba filas con los aliados, y de un momento a otro podía declarar la guerra a las potencias del Eje, el hermano mayor del presidente no tuviera empacho en proclamar su admiración al Duce. Imaginó el sensacional encabezado en *Excélsior*: "Maximino toma partido por el fascismo". Sería un campanazo informativo, pero no andaba a la caza de noticias escandalosas, ni el periódico se arriesgaría a publicarla. Refrenó las ganas de husmear en los libreros y en los cajones del escritorio por temor a que un mayordomo apareciera de pronto. Cuando ya llevaba un cuarto de hora esperando, Maximino entró al despacho con paso marcial, el traje campero manchado de polvo. Colgó el sombrero cordobés en un perchero pero conservó la fusta en el puño. Bajo de estatura y recio de cuerpo, sin una gota de grasa, su porte erguido denotaba un orgullo férreo, y al mismo tiempo, cierta vanidad donjuanesca. Parecía temer que una mala postura pudiera debilitarlo a los ojos del pueblo, como si el poder emanara del lenguaje corporal. O tal vez creyera que una espalda recta lo autorizaba a ser chueco en todo lo demás.

—Buenos días, joven —lo saludó de mano con un vigor casi juvenil—. Tuve el gusto de conocer a su señor padre cuando era secretario de Agricultura. Andaba por Teziutlán repartiendo tierras, vino a mi rancho y lo invité a colear unas reses. Buen charro y mejor tirador. Lamento que lo hayan congelado en el servicio diplomático. Conmigo siempre ha sido una finísima persona. Con tan buena cuna, ¿cómo fue que usted acabó de periodista?

—Por vocación. Desde niño me gustaba escribir.

Maximino subió los pies en la mesa de centro. Con la fusta se daba golpecitos en la palma de la mano izquierda, en un tic de capataz acostumbrado a imponer temor. Apretaba el mango con tal fuerza que se le marcaban las venas del antebrazo. Según las malas lenguas, Maximino castigaba a sus subalternos a punta de fuetazos y temió que pretendiera darle el mismo trato.

—Sé que escribió un reportaje en mi contra lleno de mentiras y quiso publicarlo pese a la advertencia de mis muchachos —soltó un bufido amenazador—. No tiraron a matar, nomás querían espantarlo. Respeto los actos de valor, pero si ese libelo se publica usted estaría empujando malvas en el panteón. A su edad yo también hice tarugadas. Me rebelé contra el gobierno de Madero cuando creí que había traicionado la Revolución y tuve que andar a salto de mata en la sierra de Puebla, imagínese nomás. Pero veo que lo tarado ya se le está quitando. Me gustó su crónica de la rechifla que los ferrocarrileros le dieron a Lombardo. Lo exhibió como lo que es: un falso profeta.

Líder máximo del sindicalismo, Vicente Lombardo Toledano comandaba el ala izquierda del partido gobernante. Experto en derecho laboral, su gran capacidad oratoria le había permitido sobresalir en un medio plagado de líderes zafios y propensos a las componendas con los patrones. Era una lumbrera académica y escribía tratados con vuelos filosóficos que le habían valido invitaciones a dar conferencias en varios países. Desde los periódicos llevaba una década predicando el advenimiento de una sociedad sin clases, pero al mismo tiempo se oponía al Partido Comunista y lo acusaba de recibir consignas de Moscú. Era, pues, un marxista no alineado con la Unión Soviética. Había tenido un gran poder en el sexenio de Lázaro Cárdenas, cuando se rumoraba que era un ministro sin cartera. Con la bendición presidencial o sin ella, Lombardo emplazó a huelga a centenares de empresas y obtuvo importantes victorias que reavivaron el espíritu combativo de la clase trabajadora. Pero desde la llegada al poder de Manuel Ávila Camacho había perdido popularidad entre sus huestes, por respaldar el viraje a la derecha del nuevo gobierno. Político equilibrista, obligado a fluctuar entre la revolución proletaria y el régimen corporativo, empezaba a resultarle difícil caminar por el alambre. Denegri lo atacaba, sobre todo, por fidelidad a la línea editorial de *Excélsior*, dictada por los empresarios y la clase media conservadora, que habían convertido a Lombardo en la *bête noire* de la arena política. A título personal, él estaba a favor de las luchas obreras, pero desde que entró al juego de los embutes y las igualas tenía dos conciencias: la propia, enmohecida por falta de uso, y otra de alquiler, sujeta a los vaivenes de la política cortesana.

—Coincido con usted, mi general —aprobó Denegri—. Lombardo es un demagogo peligroso que sólo busca enconar la lucha de clases.

Por la rendija de la puerta vio pasar a la guapa esposa de Maximino, Margarita Richardi, con traje de equitación, y se le fueron los ojos tras ella. Aunque su distracción apenas duró un par de segundos, Maximino la advirtió y se levantó a cerrar bruscamente la puerta, disgustado, al parecer, de su osadía visual. De vuelta al sillón tenía las mandíbulas trabadas.

—En Puebla, Lombardo quiso desestabilizar mi gobierno —prosiguió con la fusta más nerviosa que nunca—, pero desbaraté sus huelgas locas a punta de bayoneta. Ni un pinche trapo rojinegro lo dejé colgar. Con el trabajo que me costó atraer inversionistas al estado, no iba a permitirle que me los espantara. Pero el tarugo de Lázaro lo dejó formar sus milicias obreras y si nos descuidamos, en una de ésas nos arma una revolución bolchevique. El Ejército es el pueblo en armas y nadie puede negar sus raíces populares. Si los trabajadores se arman vamos a acabar como en España, desangrados por una guerra civil. No soy el único militar encabronado con Lombardo, créame. Pero yo conozco a ese fantoche mejor que nadie, porque somos paisanos. Vicentito se las da de socialista y ni siquiera conoce al pueblo. Es más burgués que yo, se lo asegura.

Maximino hizo una pausa para tomar aire y le habló de las épocas en que su padre trabajaba en Teziutlán para el papá de Lombardo, el propietario de la compañía minera La Aurora, llevando cargamentos de coque a Puebla por los peligrosos caminos de la sierra, intransitables en época de lluvias y amenazados por bandas de salteadores. Vicentito y él fueron compañeros de banca en el Liceo Teziuteco, recordó, y desde entonces ya se las daba de intelectual. Vestía con el atildamiento de un dandi, era el primero de la clase, leía en francés, tomaba clases de piano y en el recreo no le convidaba a nadie sus codiciadas tortas de pierna. Los dos estaban enamorados de la misma chamaca, Toña Lapuente, una quinceañera coqueta que le daba entrada a varios enamorados. En el baile del casino municipal, Vicente la quiso acaparar en la pista, se hicieron de palabras y tuvo que ponerle una santa madriza. El muy cobarde ni las manos metió.

—Poco después, mi padre se desbarrancó en una cañada. El pobre ya no volvió a caminar y tuve que abandonar el liceo para suplirlo en la carreta, cuando apenas tenía catorce años. Conozco mucho mejor que Lombardo los sufrimientos del pueblo trabajador por haberlos padecido desde chiquillo. Yo sí tengo callos en las manos —las mostró con orgullo—, las suyas en cambio parecen de señorita. No sólo trabajé de arriero, también fui cartero y vendedor de máquinas de coser. En mis ratos libres toreaba vaquillas en los ranchos. Modestia aparte, creo que de haber tenido una buena oportunidad, a esas alturas sería un matador famoso.

A Vicentito nomás lo veía en misa, persignado y serio, junto con su familia, que tenía reservada a perpetuidad la banca de hasta adelante, con reclinatorios mullidos y forrados de terciopelo. Los pobres, en cambio, tenían que llevar a la iglesia sus propias sillas.

Mientras fue gente principal nunca se le pasó por la cabeza que sus privilegios fueran injustos. Luego estalló la Revolución y cada quien jaló por su lado. Lombardo nunca se unió a la bola, faltaba más. Su familia corrió a refugiarse a la capital y allá se quedó encerrado a piedra y lodo. ¿Dónde estaba ese Lenin de pacotilla cuando él se jugaba la vida en Almolonga contra las fuerzas de Benjamín Argumedo? Escondido bajo las enaguas de sus hermanas por miedo a los balazos. Pero ya triunfante la Revolución y pacificado el país, entonces sí sacó la cabeza del agujero, muy machito, convertido por arte de magia en apóstol del proletariado. Qué se lo creyera su abuela. ¿De cuándo acá tanto amor a los pobres, si los mineros de La Aurora ganaban una miseria?

—Vicentito sólo cobró conciencia de clase cuando la Revolución arruinó a su familia —Maximino chasqueó la lengua con desprecio—. Sería un abogadillo huizachero si Lázaro Cárdenas no lo hubiera inflado con su política de apapacho a los sindicatos. Lo dejó crecer y luego ya no pudo controlarlo. Cuando mi hermano era candidato, le pedí que lo nombrara embajador en Moscú, para alejarlo de las bases sindicales y de pasada, matarlo de pulmonía. Pero Manuel tiene demasiados escrúpulos y dice que no puede jugarle rudo a los líderes que lo apoyaron en su campaña. Por suerte yo no tengo compromisos con nadie y quiero hacerle un servicio a la patria, salvándola del peligro rojo. Para eso lo mandé llamar, amigo Denegri, para que me ayude, primero, a pegarle duro a Lombardo. Eso por lo pronto, luego ya veremos. Le conviene jalar conmigo: tengo grandes proyectos para invertir en periódicos y revistas.

—Será un honor para mí colaborar con usted —sonrió Denegri, entusiasta—, aunque para mi gusto, el peor enemigo de Lombardo es él mismo. Basta con reproducir sus declaraciones para hundirlo.

—¿Está de acuerdo entonces en echarme una mano?

Iba a preguntarle ¿de a cómo no?, pero Maximino se le adelantó:

—Por el asunto de los dineros no se preocupe. Yo sé recompensar a la gente que me cumple —le entregó una tarjeta—. Vaya a ver al licenciado Macías, mi administrador, y arréglese con él para lo de su iguala.

Desiderio Macías era un político segundón que intentaba disimular su origen humilde con finos trajes, cuellos almidonados y litros de colonia. También él mantenía la espalda erguida y adoptaba poses de macho arrogante, aunque la barriga de bebedor le descomponía la figura. Envanecido por su privanza con Maximino, hablaba con sedosa grandilocuencia, como si la grandeza de su jefe lo obligara a envolver cada palabra en papel celofán. Le ofreció cinco mil mensuales, un potosí, por sus servicios de "difusión y publicidad". El vértigo del enriquecimiento súbito lo dejó turulato: en el periódico no ganaba ni la cuarta parte de esa fortuna. El general no iba a pedirle favores muy a menudo, lo previno Macías, pero cuando lo necesitara tenía que seguir sus instrucciones al pie de la letra. Y como don Maximino estaba en la cresta de la ola, con grandes posibilidades de suceder a su hermano en la Presidencia, quería desvanecer del ánimo popular la mala reputación que le habían endilgado sus enemigos, o mejor dicho, los enemigos de México.

—Queremos resaltar los aspectos positivos de su carrera militar y política, en particular, su apoyo a la pequeña y mediana industria cuando fue gobernador de Puebla, una época de prosperidad sin parangón en la historia del estado. La mano dura del general debe quedar oculta o minimizada en todas sus notas, y en cambio tenemos que hacer hincapié en sus obras de beneficencia, en sus virtudes de estadista visionario y promotor del progreso, ¿entendido?

Con el primer cheque pagó el enganche de un Buick último modelo y pudo al fin deshacerse del viejo Packard, que a últimas fechas lo dejaba tirado por doquier. La holgura económica le permitió además renovar su guardarropa, un requisito indispensable para cotizarse más alto. En las conferencias de prensa, en los cocteles, en las antesalas de los altos funcionarios, un reportero con buenas maneras, elegante y culto, se ganaba de entrada el respeto de los mandones. Ser tratado como "uno de nosotros" por la élite del poder significaba tener acceso a exclusivas inasequibles para la plebe astrosa que mendigaba declaraciones en las banquetas. Su bonanza llegó en un momento providencial, pues se había hecho novio de Rosalía Corcuera, una chica de alta sociedad, hija del millonario Nabor Corcuera, que poseía, entre otros negocios, el Toreo de La

Condesa. Gracias al patrocinio de Maximino pudo mostrarle que iba prosperando a grandes zancadas. Rosalía era una esplendorosa ninfa de dieciocho abriles con cuello de garza, piernas largas, ojos color de miel y un hoyuelo travieso en el mentón. Le gustaba verla jugar tenis desde las gradas del Club Chapultepec, secarle el sudor del cuello, ceñirla por la cintura de camino a la cafetería. No sólo era atlética y guapa, también quería ser una damita culta y devoraba novelas rusas. Harto de las mujeres anodinas y huecas, por fin había encontrado a una muchacha con quien podía conversar en serio. Le regalaba relojes de lujo que iba pagando a plazos, la llevaba a bailar swing y bugui-bugui en El Patio, donde pedía siempre la bebida más cara de la carta y dejaba espléndidas propinas a los meseros, aunque luego comiera en fondas baratas el resto de la semana. Rosalía tenía sentimientos nobles y no daba importancia al dinero, tal vez porque nunca le había faltado. Pero él sabía que nunca la dejarían casarse con un prángana y se comportaba como un junior aficionado al periodismo, que más tarde, cuando recibiera la herencia paterna, podría dedicarse a escribir poesía o tirarse de por vida en una hamaca.

Gracias a su amistad con un ex compañero de escuela, el joven funcionario Adalberto Yáñez, oficial mayor en la Secretaría del Trabajo, tuvo acceso a la minuta de una reunión entre Lombardo Toledano y un grupo de empresarios, en la que se discutió la posibilidad de aceptar el arbitraje obligatorio del Estado en los conflictos laborales, como último recurso para evitar huelgas. Más conciliador que de costumbre, el dirigente obrero había prometido consultar el asunto con el comité directivo de la CTM, sin comprometerse a nada concreto. No tenía pretexto para atacarlo, pero con tal de desquitar la iguala, reveló en *Excélsior* los pormenores de la junta obrero-patronal, acusando a Lombardo de querer liquidar el derecho de huelga. La filtración le costó el puesto a su amigo Yáñez, que a partir de entonces quedó resentido con él, pero el periodicazo logró el objetivo de malquistar a Lombardo con las bases obreras. Varios líderes radicales le reprocharon en público su debilidad en esas negociaciones, lo tacharon de traidor y pidieron su cabeza. "Las protestas del sector obrero por las turbias maniobras de su líder confirman que Lombardo va en picada", remachó Denegri al comentar las repercusiones de la noticia. Maximino, encantado, le mandó una canasta con botellas de vino español, turrón de Alicante y latas de ultramarinos.

Para entonces, sus lectores ya lo consideraban un vocero de la derecha y con esa denuncia dio la impresión de haber virado a la izquierda. El propio Skipper, que también estaba en la nómina de Maximino, con un bono mensual diez veces mayor, le hizo notar su contorsión ideológica: ¿De cuándo acá te rasgas las vestiduras para defender el derecho de huelga, Charlie? ¿No te habrás vuelto bolchevique? Pero él sabía por instinto que un poco de populismo no era un estorbo para cortejar a la oligarquía. De hecho, lo ayudaba a servirla mejor y siguió explotando esa veta con éxito creciente. La abundancia de tragedias sociales facilitó su tarea: compadecía en tono lacrimógeno a los niños de la calle, a los ancianos abandonados en asilos, a las familias de precaristas afectadas por el deslave de un cerro, a los indios mixtecos apeñuscados en cuevas insalubres, erigido en portavoz de los desheredados, y culpaba de sus males sempiternos a "la sociedad egoísta y monstruosa que hemos construido". Como el olvido de la piedad cristiana era la primera causa de esas injusticias, sacaba a relucir su ferviente amor a Cristo y a la Virgen de Guadalupe, invocaciones que tenían gran aceptación entre el público mocho del *Excélsior*. Irritados por su retórica sensiblera, algunos colegas del diario lo tachaban a sus espaldas de hipócrita y farsante. Que dijeran misa: ningún periodista llegaba a ser un líder de opinión sin cacarear sus buenos sentimientos.

Aunque no simpatizaba con el licenciado Macías, a quien tenía catalogado como un gato venido a más, procuraba cultivar su amistad y correrse juergas con él, para sacarle más información sobre Maximino. Cuanto más supiera de su benefactor, más seguridad tendría de prolongar esa relación clientelar y de sacarle mayores dividendos, pues tenía claro ya que el poder de un periodista dependía en gran medida del tamaño y la calidad de su archivo. Pero Macías era en exceso precavido cuando tenía que hablar del patrón, a quien veneraba con un celo sacerdotal. Por lo común se veían en el Ciro's, el nuevo bar del Hotel Reforma, centro de reunión de la gente popof y de los aspirantes a serlo. Cohibido en presencia de estrellas de cine, turistas extranjeros, empresarios y damas encopetadas, Macías apenas se permitía beber un par de copas, temeroso, quizá, de enseñar el cobre. Una noche, sin embargo, llegó a la cita en el Ciro's con varias copas de más, eufórico y orondo como un pavorreal. Acababan de informarle que el presidente en persona había palomeado la lista de candidatos para la siguiente legislatura y en ella figuraba su nombre. Sería diputado por el distrito de Apizaco, su pueblo natal, gracias a la recomendación de don Maximino. Tras una vida entera dedicada a la política, por fin le concedían el honor que había soñado desde su niñez.

—Caramba, Desiderio, esto hay que celebrarlo. Ya era tiempo de que te hicieran justicia. En el Congreso hace falta gente con tu valía.

Llamó al mesero y ordenó una botella de Möet & Chandon, presintiendo que tenía una buena oportunidad de arrancarle secretos. Confiado, al parecer, en la relativa independencia que le daría su curul, Macías perdió su habitual reserva. Reconoció con pesadumbre que el principal obstáculo para las ambiciones presidenciales de Maximino estaba en Los Pinos.

—Te lo digo como amigos, pero no se te vaya a ocurrir comentarlo y mucho menos publicarlo —bajó la voz en tono de conspirador—. Los hermanos Ávila Camacho se quieren mucho, pero en política son como el agua y el aceite. Manuel es un negociador suave, que da órdenes con tersura y nunca le alza la voz a nadie. Por eso le dicen "El Presidente Caballero". Don Maximino, en cambio, tiene la mecha corta y está acostumbrado a gobernar a gritos, cuando no a tiros. En privado, el patrón se refiere a Manuel con un apodo bastante feo: el Mantecas. Lo considera un político blandengue y timorato, incapaz de fajarse los pantalones en situaciones críticas. De hecho, cuando supo que el presidente Cárdenas lo había nombrado candidato a la grande hizo un tremendo coraje. Razones no le faltaban: mucho antes de que Manuel escalara puestos en la burocracia militar, siempre arrimado a Lázaro Cárdenas, Maximino ya era un general de renombre, y si comparamos los entorchados de ambos, el patrón tenía más merecimientos para la grande.

Macías hizo una pausa para apurar su copa de champaña, satisfecho, al parecer, de la expectación con la que Denegri se bebía sus palabras. El privilegio de tener acceso a los secretos de la corte parecía colmarlo de gozo.

—Después de pensarlo varios días —continuó—, Maximino se resignó a felicitar a su hermano. Esperaba que Manuel le diera una secretaría importante cuando ganara las elecciones y hasta le ofreció renunciar a la gubernatura de Puebla para sumarse a su gabinete, pero el presidente lo hizo a un lado. Al parecer, las intrigas de Miguel Alemán lo convencieron de que su hermano le podía restar apoyos entre la clase trabajadora. Pero el secretario de Gobernación tenía un motivo más fuerte para relegarlo: evitar que una figura de la talla del general, con peso político propio y liderazgo en el Ejército, se inmiscuyera en tareas de control político y le restara poder. Total que don Maximino había terminado ya su periodo de gobernador, pasaban los meses y nada de nombramiento.

—Muchos elogiaron al presidente cuando declaró que sus familiares no tendrían injerencia en el gobierno —intervino Denegri—. ¿Por qué se echó para atrás?

—Allá voy, no te adelantes. En esos días el general andaba loco de muina —continuó— tanto así que sus incondicionales teníamos miedo de hablarle. "Al Mantecas ya se le olvidó que yo lo ayudé a escalar puestos en el Ejército cuando era un don nadie", gritaba. "En el fondo siempre me ha tenido envidia, le duelen mis éxitos, mis negocios, mis mujeres. No quiere que su hermano mayor le haga sombra, prefiere estar rodeado de cardenistas desleales." Nunca lo recriminó directamente, porque es demasiado orgulloso para eso. Pero se quejó con su madre, doña Eufrosina, de la ingratitud de Manuel y ella estuvo presionando al presidente en nombre de la familia, duro que dale con chantajes y pucheros, hasta que por fin le sacó la promesa formal de recompensar a su hermano mayor con la Secretaría de Comunicaciones y Obras Públicas.

—Hay algo que no me queda claro —lo interrumpió Denegri—. Si Maximino ya tenía el puesto en la bolsa, ¿por qué tomó la secretaría por sus pistolas, sin esperar el anuncio oficial? Yo estuve ahí, junto con varios periodistas, el día que llegó con cincuenta automóviles llenos de gatilleros que se quedaron vigilando el patio del edificio. Apuntaban a los aterrados burócratas con ametralladoras Thompson, un despliegue de fuerza que me pareció exagerado. Maximino irrumpió como tromba en la oficina del general De la Garza, le ordenó que ahuecara el ala y ni tiempo le dio de vaciar los cajones. ¿Qué necesidad tenía de tratarlo así?

—Para entender su conducta hace falta saber lo que pasó el día anterior en Los Pinos.

—¿Te refieres a la represión de los huelguistas?

Macías asintió con un brillo juguetón en los ojos y se cambió la copa de mano para crear un efecto de suspenso. Se había aflojado el nudo de la corbata, como si la libertad de su lengua lo incitara a liberarse también de la formalidad que lo constreñía.

—Nadie lo sabe —continuó en voz más queda—, pero ese día los Ávila Camacho celebraron el cumpleaños de doña Eufrosina en una comida familiar y Maximino estaba presente. Los trabajadores del Sindicato de Materiales de Guerra, azuzados desde la sombra por Lombardo, habían montado un plantón afuera de Los Pinos y se negaban a disolverlo a menos que el presidente en persona saliera a recibir su pliego petitorio. Desde la mesa, los comensales oían las mentadas de madre al presidente y doña Eufrosina, ofendida, prefirió retirarse del comedor para no seguir oyendo majaderías. El jefe del Estado Mayor entró muy compungido y pidió permiso al presidente para dispersar a la multitud. "No quiero violencia", dijo Manuel, "ya le ordené al secretario del Trabajo que venga a negociar con ellos". Maximino montó en cólera: "¿Vas a dejar que esos mugrosos ofendan a nuestra madre el mero día de su cumpleaños? Así no vas a poder gobernar. O les rompes el hocico o te van a seguir chingue y chingue todo el sexenio". Manuel estaba molesto por el atrevimiento de los manifestantes y las reconvenciones de su hermano le calaron hondo. Pero es tan prudente o tan culero, como quieras verlo, que todavía le preguntó a Maximino si quería salir a recibirlos a nombre suyo. "De ninguna manera", respondió el patrón, "¿no ves que están mancillando tu investidura presidencial?". Manuel se lavó las manos y le pidió que resolviera el problema a su modo.

Como todos los mexicanos, Denegri conocía el desenlace de la historia: el Ejército había dispersado la manifestación a balazos, con un saldo de nueve obreros muertos y sesenta heridos. Aunque no podía sacar la libreta para anotar los detalles del relato, procuró grabárselos en la mente. Ningún periódico se atrevió a responsabilizar de esa ejecución al presidente ni a su hermano: sólo reprodujeron el boletín oficial de los hechos, que culpaba a los agitadores comunistas infiltrados en el sindicato de haber abierto el fuego. Nadie lo creyó, y como siempre pasaba en México, el ocultamiento de la verdad provocó una oleada de rumores y conjeturas. Había caído en sus manos una noticia bomba y un dulce hormigueo sanguíneo le presagiaba que ese privilegio podía traducirse en poder. Pero aún tenía que atar algunos cabos y preguntó a Macías cuál era la relación de esa historia con la toma por asalto de la Secretaría.

—Creo que ya hablé de más. Estos secretos son muy delicados.

—No seas cabrón, ya me tienes en ascuas —se apresuró a llenarle la copa.

—Está bien, te lo voy a contar, nomás porque me caes bien —sorbió el champán con delectación—. Pero ni una palabra de esto, o los dos somos hombres muertos. Al oír la descarga de fusilería, el presidente por poco se desmaya. Salió al patio delantero de Los Pinos contra la voluntad de su hermano, y al ver los cadáveres tendidos en el suelo se soltó a llorar. Nunca había mandado fusilar a nadie, ni siquiera a los prisioneros de sus campañas militares. De pronto el mundo se le vino encima y más que un presidente parecía una Magdalena. Yo digo que desde ese momento, para efectos prácticos, el Mantecas entregó el poder a su hermano. Maximino trató de apaciguarlo: "Cálmate, por favor, Manuel, a lo hecho pecho, le dijo. Los sindicatos ya necesitaban un freno, verás que ahora no se atreven a desafiarte. Si dejas vacíos de poder, cualquier hijo de la chingada los puede llenar". Manuel se quedó callado, pero seguramente pensó que su hermano se había pasado de rosca y reconsideró la decisión de incorporarlo al gabinete. Por uno de sus informantes en Los Pinos, don Maximino se enteró de que Manuel había ordenado suspender el anuncio oficial del nombramiento, pero él no lo dejó echarse para atrás y al día siguiente reunió a todo su equipo de seguridad para tomar la secretaría.

Les impuso silencio la entrada en el bar de una beldad arrebatadora, con el rostro dulce y fiero de un ángel maléfico. La tempestad condensada en sus ojos negros y la arrogancia felina, levemente andrógina, con que se deslizó entre las mesas, dejó sin aliento a toda la clientela masculina. Sus pechos enhiestos prometían ebriedades místicas, y su talle de odalisca, delicias ultraterrenas. Cuando el caballero que la acompañaba, un hombre maduro y calvo, envidiado por todos los hombres del bar, le quitó de los hombros el abrigo de mink, la deidad sacudió alegremente su adorable cabellera bruna, de la que parecía caer un polvo de estrellas. Arrobado, Macías soltó un silbido de admiración.

—Válgame Dios, ¿quién es esta maravilla?

—María de los Ángeles Félix —le informó Denegri—, una actriz de cine que acaba de hacer su debut.

—¿La conoces?

—He charlado con ella en un par de cocteles y no tiene un pelo de tonta.

—¿Y el calvo que viene con ella?

—Es su descubridor, el ingeniero Fernando Palacios.

—¿Están casados?

—No, que yo sepa. Palacios sólo la representa.

—¿Me podrías conseguir su teléfono?

—Lo puedo averiguar, pero te advierto que esa golondrina vuela muy alto —intentó disuadirlo Denegri.

—No la quiero para mí, se la quiero llevar al general. Le gusta la variedad y a cada rato me pide carnita fresca.

Engolosinado en las confidencias, Macías confesó en tono de amigote pícaro que además de administrar los negocios de Maximino, le prestaba servicios de alcahuete. El general era un donjuán antojadizo y mujer guapa que veía por la calle, mujer que conquistaba por la buena o por la mala. Pero una figura política de su talla, casado para colmo, no podía cortejar abiertamente a ninguna dama, sin desdoro de su imagen pública. En Puebla se las había visto negras para conseguirle amiguitas cariñosas, porque las buenas familias no dejaban salir a sus hijas a la calle, ni las llevaban a las recepciones de Palacio, por miedo a los antojos del gobernador. Pero en la capital sobraban las mujeres livianas y no necesitaba rogarles demasiado para convencerlas. Todas querían ingresar al harem de Maximino, aunque fuera una noche, para salir de pobres con sus espléndidas recompensas: casas, autos, joyas, viajes a Europa, abrigos de mink. Describió con delectación los cuerpos voluptuosos de las rumberas, las cantantes de boleros, las coristas del Teatro Lírico, las secretarias, las amas de casa y las colegialas vírgenes que le había llevado a la alcoba envueltas para regalo. Parecía gozar vicariamente los placeres del general, como un parásito de su libido. Algunas hijas de familia se resistían, claro, pero cuando el general se encaprichaba con una dama, ningún poder humano lo detenía. De hecho, las rejegas eran sus preferidas. A mí ninguna vieja me dice que no, se ufanaba y cuando alguna lo rechazaba más de tres veces, amenazaba de muerte al padre o al hermano para bajarles los humos.

—¿Es verdad que raptó a la bailaora Conchita Martínez?

—Conchita fue su presa más difícil. Estaba casada con un torero chileno y devolvía sin abrirlos todos los regalos que el general me encargaba comprarle. Ni la promesa de una casa en Polanco la convenció. En vista de su negativa tajante le aconsejé a don Maximino que mejor la dejara en paz. Pero cuando se enterca en algo no escucha razones. Póngase un uniforme de coronel del Ejército, me ordenó, vaya a su camerino y propóngale matrimonio a mi nombre. ¿Pero cómo, le dije, si usted ya está casado y ella también? Eso déjamelo a mí, hay muchos jueces que me deben favores. ¿Y el marido? ¿Qué hacemos con él? Usted obedezca y no me repele. Al día siguiente llegué a tocar a su camerino disfrazado de coronel, con dos soldados de a de veras. Pero la españolita es brava y no se arrugó. ¿Qué es esto, dijo, un galanteo o un arresto? Dígale al general que ya tengo marido, y aunque estuviera soltera, jamás aceptaría como esposo a un gamberro engreído que ni siquiera me viene a cortejar en persona.

Macías aclaró, para curarse en salud, que en los siguientes episodios de ese enredo trágico no tuvo participación directa, pues él nunca intervenía en los escarmientos ordenados por el general. De eso se encargaba el Chorreado, su jefe de escoltas, un ex convicto con un largo historial de crímenes, que en tiempos de la Revolución fue gatillero del usurpador Victoriano Huerta. El marido de Conchita, celoso de su honra, se armó de valor y fue a reclamar a la oficina de Maximino, de donde lo sacaron a empujones. En represalia, el Chorreado y otros matones lo secuestraron en la colonia San Rafael, cuando venía saliendo de una tienda, le dieron una tremenda golpiza, lo castraron y lo mandaron deportado a Chile, dizque por traficar droga. El general creía que al quitarlo de en medio, Conchita sería presa fácil.

—Pero luego se consoló con Lorenzo Garza, ¿no? —intervino Denegri—. Yo los vi en el Frontón México muy acaramelados.

Macías confirmó que al verse indefensa, Conchita se buscó a otro torero. Maximino trinaba de rabia porque detestaba a Garza. Era el figurón del toreo que le hubiera gustado ser y criticaba con severidad todas sus faenas, acusándolo de ser "el favorito de los villamelones". Cuando Garza toreaba en Puebla, Maximino presionaba a los jueces de la plaza para que le escatimaran los apéndices, y el matador, que no tenía pelos en la lengua, por algo le apodaban "El Ave de las Tempestades", se había quejado varias veces en público de esos fallos. Cuando Garza andaba de gira por el sur del país, el general mandó al Chorreado a raptar a Conchita. La sacaron a punta de pistola de un salón de belleza y se la llevaron a la fuerza a una residencia en Las Lomas, que el general ya tenía escriturada a su nombre para compensarla "por la rudeza de mis muchachos". Ni Garza podía denunciar el secuestro a la policía, porque estaba al servicio de Maximino, ni Conchita se atrevió a morir de inanición, como amenazó en los primeros días del encierro. Sólo pudo sostener la huelga de hambre un par de semanas.

—Allá vive todavía, vigilada día y noche por una jauría de celadores —Macías soltó una bocanada de humo—. Para efectos prácticos es una prisionera. Su amo no la deja salir sola a la calle, ni recibir visitas, ni siquiera hablar por teléfono, pero eso sí, vive como una reina, con mayordomo, cocinera, peinadora y maquillista. Nomás baila flamenco para el general, como Dios la trajo al mundo, en un tablado que le mandó poner en la sala de la mansión. Fonseca, su guitarrista, es el único hombre que puede entrar a la casa, pero siempre toca con los ojos vendados. Y según me contaron, Conchita ya está esperando un hijo de Maximino. El patrón tendrá sus defectos, pero lo que sea de cada quien, nació con buena estrella y cuando se propone algo, lo cumple —recapituló Macías—. Conquistas, negocios, movidas políticas, en todo lo que emprende tiene éxito. Y por si fuera poco sabe ser amigo de sus amigos. Con mi familia ha sido muy generoso: pagó de su bolsillo los quince años de mi hija y la operación de mi señora cuando se enfermó del riñón. No cualquiera tiene esos detalles de gran señor. Yo por eso lo admiro y le guardo lealtad. ¡Salud!

Denegri refrenó con dificultad las ganas de arrojarle la copa en la cara. Había visto bailar a Conchita, embelesado con su gracia gitana, y lo avergonzó trabajar para un megalómano que podía secuestrar impunemente a una mujer tan encantadora. Macías propuso que siguieran la parranda en Garibaldi, pero Denegri se negó, esgrimiendo como excusa una cita de amor. Esperaba que el fresco de la calle le quitara la náusea, pero al encender el Buick, el mareo volvió con más fuerza: era un virus del alma, contraído al entrar en confianza con el abyecto alcahuete de Maximino. Sus confidencias equivalían a un rito de iniciación. Le había confiado esos secretos porque ya lo consideraba parte de la familia. ¿Hasta dónde estaba dispuesto a llegar? ¿Qué clase de méritos debía hacer para escalar puestos en esa organización criminal? En el breve trayecto a su departamento en Santa María la Ribera no atinó a responder esas hirientes preguntas. Quizá debería abandonar el periodismo antes de que fuera demasiado tarde. Hasta entonces había pensado que el honor era una antigualla obsoleta. Sólo en los dramas de Calderón de la Barca la gente se mataba por defenderlo. Pero la vileza de Macías acababa de mostrarle los estragos que la pérdida total del honor podía causar en un ser humano. ¿Quería ser así en el futuro?

En casa se preparó un café con leche y transcribió a máquina las historias que le había contado Macías, para guardar esa información en su archivo, sin perder un solo detalle. Al redactar las hazañas de Maximino volvió a sentirse culpable. Un hombre sin honor se colgaba un precio en la solapa, condenado a reptar de por vida. Sin embargo, la conducta de Macías no tenía nada de excepcional: casi toda la clase política cojeaba del mismo pie. Si el deshonor se había generalizado en México, si nadie con un mínimo de integridad tenía futuro en la política o en la prensa, ¿cómo sortear la cloaca con el menor daño posible? Adaptarse o morir, *that is the question*. Por lo pronto no podía darse el lujo de obedecer los dictados de su conciencia. No mientras tuviera la intención de conquistar a Rosalía. Si la honestidad lo condenaba a la pobreza, ella no vacilaría en mandarlo al carajo de la manera más tierna posible. Y a final de cuentas, un hombre con su talento no tenía por qué terminar convertido en un lamehuevos como Macías. Apenas estaba en el arranque de una carrera que más adelante le permitiría enderezar el rumbo. Por ahora necesitaba las dádivas de Maximino, pero nada lo forzaba a guardarle fidelidad eterna. Ya encontraría la oportunidad de romper ese cordón umbilical cuando fuera un valor indiscutible del periodismo.

En vez de proporcionar a Macías el teléfono de la Félix, la llamó para advertirle que se anduviera con tiento, pues sabía de buena fuente que Maximino estaba interesado en ella y no quería por ningún motivo que corriera la misma suerte de Conchita

Martínez. María le agradeció el pitazo sin dar señales de miedo. Ella no se dejaba de nadie.

—Si ese sapo hinchado se atreve a ponerme una mano encima —dijo—, yo lo enfrío de un balazo. Por muy hermano del presidente que sea, conmigo no va a poder.

Con esa buena acción expió una parte de su culpa. La compañía de la bella Rosalía hizo el resto: en sus brazos purificadores el mundo parecía un lugar más limpio. Las tardes con ella lo redimían de todas las miserias que estaba obligado a soportar en su profesión. La cortejó con más asiduidad, como un novio empalagoso de novela rosa. Aunque ella tenía chofer, cuando andaba holgado de tiempo iba a recogerla al Mexico City College y la llevaba a su casa en Las Lomas. Era una delicia ver cómo le cambiaban los colores cuando deslizaba una mano entre sus piernas. Pero se contenía heroicamente, sin ir más allá, respetuoso de su inviolable virginidad. Se había ganado en poco tiempo la estimación de toda la familia Corcuera. Doña Tere, la madre de Rosalía, estaba feliz con ese candidato a yerno porque jugaba muy bien al bridge y entretenía a sus amigas con un largo repertorio de chistes. Don Nabor le ofreció la gerencia de su negocio más boyante: una planta embotelladora de agua mineral en Tehuacán. Pero él no quería depender en exceso del suegro, ni se creía capaz de soportar el tedio provinciano, y declinó la oferta con la mayor gentileza.

Por esos días *El Popular,* el diario de la izquierda, donde las huestes de Lombardo molían a palos a Maximino, divulgó la noticia de que un socio suyo, el empresario sueco Axel Wenner-Gren, estaba en la lista negra del FBI por hacer negocios con el Tercer Reich. Según la nota, Maximino le había asignado infinidad de contratos para construir carreteras, aeropuertos, presas y sistemas de drenaje, a cambio de un paquete accionario de su compañía. La revelación causó enorme revuelo por las circunstancias en que ocurrió: semanas atrás, México había declarado la guerra a las potencias del Eje, en represalia por el hundimiento del buque petrolero Potrero del Llano, torpedeado por un submarino alemán cuando navegaba por la costa de la Florida. Irónicamente, *El Popular* tenía un público muy escaso. Tan escaso que los periodistas lo llamaban "el diario íntimo de Lombardo", pero *El Universal,* que favorecía subrepticiamente a Miguel Alemán, echó más leña a la hoguera con un editorial en el que exigía investigar a fondo las actividades de Wenner-Gren en México: "No basta con expulsar del país a ese beneficiario de la barbarie nazi: el gobierno tiene el deber de investigar a fondo sus presuntos nexos con el secretario de Comunicaciones y Obras Públicas o nuestros aliados, los países que en estos momentos cruciales para el destino del género humano enarbolan las banderas de la libertad y la democracia, pensarán con justa razón que el enemigo está infiltrado en las más altas esferas del poder público".

Aunque Maximino, entrevistado por Denegri en la primera plana de *Excélsior,* se apresuró a desmentir su sociedad con el empresario sueco y declaró tener simpatía por la causa de los aliados, a los ojos del público mexicano y sobre todo, a los ojos de la prensa yanqui, donde el escándalo tuvo repercusiones, quedó exhibido como un simpatizante del nazismo. Era evidente que el astuto secretario de Gobernación dirigía esa campaña desde la sombra. Estaba en juego la candidatura a la Presidencia, que ambos codiciaban, y sin el beneplácito del Tío Sam, Maximino jamás la obtendría. Obligado a exhibirse como amigo de Estados Unidos, recurrió al auxilio de su compadre William Jenkins, que tenía buenos contactos en el mundo diplomático y en los estudios de Hollywood, para sacudirse el estigma con una gira de trabajo por las principales ciudades del imperio.

Necesitaba a un periodista que hablara el inglés a la perfección y encargó la chamba a Denegri, con instrucciones expresas de difundir sus actividades a gran escala, costara lo que costara, en los periódicos de ambos países. Ganaría por sus servicios veinte mil pesos libres de polvo y paja, aparte de la iguala mensual. No pudo negarse a complacerlo, aunque ahora, cada vez que lo veía, se imaginaba a Conchita encerrada en su calabozo de lujo, con la cara hinchada de tanto llorar. Para justificar su ausencia en el periódico, se comprometió a enviar desde allá un reportaje en varias entregas sobre los sacrificios de la sociedad norteamericana en tiempos de guerra. Compaginar ambas actividades, una mercenaria y la otra informativa, lo ayudó a sentirse menos rastrero.

En el vuelo a Nueva York le tocó sentarse junto al Chorreado, el torvo y huraño jefe de seguridad de Maximino, un robusto sicario de gruesos bigotes, con los dientes frontales de oro, que llevaba un traje de civil con botas vaqueras. Tuvo la humillante impresión de ser un pistolero más, que disparaba con la máquina de escribir y sin embargo, para aligerar el vuelo, se tomó un par de copas con el Chorreado. Al aterrizar, el rudo guarura ya le había propuesto que fuera padrino de su próximo hijo, a tal punto dominaba el arte de congeniar con las bestias.

Gracias a los buenos oficios de Jenkins, el presidente de la Sociedad Panamericana, integrada por miembros activos y retirados de la Foreign Office, ofreció a Maximino un fastuoso banquete en el Waldorf Astoria, "en honor de un líder progresista que ha trabajado con denuedo por estrechar los lazos de amistad entre nuestros pueblos". Mientras charlaba animadamente con los distinguidos invitados, a quienes arrancó declaraciones para el reportaje, Denegri se imaginó la cara que pondrían si conocieran el récord delictivo de su distinguido huésped. Algunos diplomáticos expresaron al general su inquietud por el sentimiento antiyanqui de un amplio sector del pueblo mexicano. Según sus informes, los principales periódicos del país publicaban información sesgada a favor de las potencias del Eje y en los cines, la gente aplaudía cuando Hitler y Mussolini aparecían en los noticieros. Con Denegri como intérprete, Maximino les aseguró que ahora los mexicanos estaban comprometidos con Estados Unidos en su lucha contra el enemigo común y apoyarían cualquier compaña propagandística en favor de una vecindad más cordial.

A medianoche, Denegri llamó por larga distancia a Rosalía para refrendarle su amor. Si supiera cuánto la extrañaba en esa triste cama palaciega. Soñaba, le dijo, con pasar su luna de miel en el Waldorf y llevarla en brazos hasta el lecho nupcial. No saldrían del cuarto en tres días, sólo pedirían de comer al *room service*. ¿Verdad, preciosa, que serás mía para siempre? ¿Verdad que vas a ser la consentida de tu papi?

Volaron luego a Los Ángeles, donde la Asociación de Productores de Hollywood agasajó a Maximino con otro banquete en su honor, al que asistió un elenco impresionante de luminarias: Cecil B. De Mille, Susan Hayward, Bob Hope, Tyrone Power. En ambos eventos, Denegri coordinó al equipo de fotógrafos, seleccionó las mejores fotos del general departiendo con sus anfitriones, redactó los pies de las gacetillas en español y en inglés y se apresuró a enviarlas por teletipo a los periódicos de ambas naciones. Los de México se habían comprometido, previa untada de mano, a difundir con bombos y platillos la excelente acogida brindada al insigne violador y asesino. Los yanquis, en cambio, ignoraron la visita o apenas le dedicaron breves notas en páginas interiores. El último día de la gira, harto de las relaciones públicas, se escapó a un jazz bar de Sunset Boulevard, donde cantaba una negra gorda con voz argentina. Sus trinos le dilataron el alma y al tercer escocés en las rocas, desde una atalaya sublime, se imaginó a Rosalía tendida en el piano de cola con un neglillé de encaje, los labios entreabiertos en una invitación a pecar. Mira lo que hago por ti, mi vida, mira cómo me arrastro en el fango por merecerte. Una rubia sentada en la barra le guiñó el ojo con descaro. Después de varios días sin sexo no le hubiera venido mal una aventura, pero quiso preservar un reducto de nobleza en su corazón, quizá el último que le quedaba, y de vuelta al hotel se masturbó pensando en Rosalía.

En México encontró la ciudad más oscura que de costumbre, pues el gobierno había decretado apagones para ahorrar electricidad, por la entrada de México en la guerra. Los pesos de plata ya estaban fuera de la circulación, porque la gente los atesoraba en previsión de un desastre cambiario. En su lugar circulaban billetes de a peso y monedas de bronce. Como también había racionamiento de gasolina, tuvo que ir al periódico en taxi. Los reporteros de guardia comentaban que la psicosis de guerra había provocado escasez de alimentos, porque los acaparadores los estaban escondiendo para aumentar su precio. Denegri sabía que el principal artífice de esa maniobra comercial era Maximino, pero en la mesa de redacción pergeñó a vuelapluma un artículo en el que acusó de la carestía al secretario de Economía Javier Barrientos. Luego entró sin anunciarse a la oficina de don Rodrigo, donde ahora tenía derecho de picaporte, y le refirió las quejas de los diplomáticos gringos por la falta de compromiso de los periódicos mexicanos con la causa de los aliados. Si no cambiaba pronto la línea de la información internacional, le advirtió, tarde o temprano el gobierno yanqui tomaría medidas más enérgicas contra *Excélsior*, por ejemplo, un boicot de anunciantes. Aunque el Skipper había vivido en Estados

Unidos, compartía las fobias de la derecha sinarquista y en su plantilla de colaboradores cercanos figuraban algunos antisemitas rabiosos, como Miguel Ordorica, el director del vespertino *Últimas Noticias*. Ordorica simpatizaba abiertamente con el fascismo y temía que México, el bastión más fuerte del catolicismo en la América Hispana, cayera en las garras de los judíos de Wall Street.

—No le conviene sostener a esa gente en el diario, don Rodrigo. Los gringos nos están vigilando y ahora el gobierno de México baila al son que ellos tocan.

Don Rodrigo le confesó que la embajada yanqui ya lo estaba presionando. Había recurrido a un amigo de la Associated Press para defender el carácter liberal del periódico ante el Comité de Propaganda Interaliada, que amenazaba con sancionar a los diarios mexicanos sospechosos de favorecer al enemigo. Estaba obligado a cortar por lo sano, aunque le partía el corazón, dijo, tener que despedir a un amigo tan querido como Miguel.

Por exceso de trabajo, Denegri no pudo ver a Rosalía hasta el tercer día de su regreso, cuando la fue a visitar con un ramo de gardenias y un traje nuevo gris Oxford comprado en el Sak's de Fifth Avenue. La encontró afligida, con los párpados hinchados y el rímel de las pestañas disuelto en hilillos negros. Se echó en sus brazos como una niña desvalida en busca de protección.

—¿Qué tienes, mi amor?

—Mi papá se tuvo que ir del país.

—¿Y eso por qué?

—Por culpa de Maximino. Desde hace un año le ha querido comprar el Toreo de La Condesa y él no se lo quiso vender. Siguió presionándolo para que por lo menos lo dejara ser su socio, y como no podía quitárselo de encima, ni echárselo de enemigo, aceptó venderle una parte de las acciones. Pero Maximino quiere ser socio mayoritario y no se dio por satisfecho. Tú no sabes nada de toros, le decía, traes de España a puro torero maleta. Cansado de su insistencia, mi papá ya no le contestaba el teléfono. Desde hace un par de semanas, una gavilla de pistoleros empezó a seguirlo por todas partes. Mi papá era amigo de Jesús Cienfuegos, el dueño de la plaza de Puebla a quien Maximino mandó matar, y teme correr la misma suerte. Ayer se fue con mi madre a Río de Janeiro. Yo los voy a alcanzar allá cuando termine el año en el colegio.

Rosalía prorrumpió en llanto, y Denegri, compungido, le secó las lágrimas con un pañuelo de batista. No le había dicho una sola palabra sobre sus componendas con Maximino, ni lo haría jamás. La mala fama del general se había esparcido con particular amplitud entre la élite de los negocios y temía que la familia Corcuera lo repudiara por tener un amo tan deplorable.

—Qué barbaridad —se fingió indignado—. No es posible que le quieran arrebatar la plaza a la fuerza y ninguna ley lo proteja.

—Ya sabes cómo es la justicia en México, un lodazal asqueroso. Pero yo no me voy a quedar callada, quiero denunciar a ese bandido. Ayúdame, Carlos, tú eres periodista y el *Excélsior* tiene mucho impacto. Publica un artículo contando la verdad de lo que pasó. Desnuda en público a ese canalla.

—No creo que el director me dejara publicar un artículo tan violento —reculó acobardado—. Maximino es hermano del presidente y tiene mucho poder.

—¿Tienes miedo?

—Claro que no, pero en México hay ciertas reglas que ningún periodista puede violar.

—Si tú no me ayudas, estoy perdida —suplicó Rosalía, tomándolo de la mano—. Hazlo por mí, Carlos, nunca te he pedido nada. Cúmpleme este deseo si de veras me quieres.

Denegri guardó silencio, enconchado en un mutismo esquivo. Traicionar a Maximino podía costarle la vida, decepcionar a Rosalía significaba hacer un feo papel de sacatón. ¿Quién hubiera imaginado que su intimidad y su profesión harían de pronto corto circuito? Tomar cualquiera de los cables que lanzaban chispas lo dejaría chamuscado en el suelo. Pero la insistencia de Rosalía, que le apretaba la mano en actitud exigente, un poco disgustada ya por sus titubeos, con un fruncimiento de labios que presagiaba tormentas mayores, lo incitó a responderle como los machos:

—Está bien, mi amor, voy a publicar esa denuncia, en el *Excélsior* o donde pueda. Tal vez me cueste la chamba, pero no te voy a fallar.

En el Buick, de vuelta a casa, el cuello acalambrado por la tensión, se arrepintió de su alocada promesa. Carecía ya del impulso irracional y temerario que había admirado de joven en los héroes románticos de Lord Byron. Quizá ese rasgo de su carácter, nunca demasiado fuerte, había muerto del todo en la Guerra Civil Española. Qué fácil era para Rosalía pedirle que saltara del precipicio. Criada en un limbo idílico donde no existía la necesidad, ignoraba los tejemanejes a los que un periodista sediento de gloria debía prestarse para vivir de su profesión con cierto decoro. No pensaba servir a Maximino toda la vida. Pero denunciarlo ahora, cuando acababa de refrendarle su adhesión incondicional en la gira por Estados Unidos, sería una traición imperdonable, de las que se pagan con la vida.

Descartó por vergonzosa la posibilidad de confesar a Rosalía que trabajaba para él. Su desprecio le dolería demasiado. La alternativa de filtrar esa información a un reportero del *Popular* era factible, pero entrañaba riesgos. Macías y el Chorreado ya sabían que era novio de Rosalía y no les costaría trabajo dar con el delator. Optó por meditar con tiento antes de tomar una decisión. En un asunto de tal gravedad no cabían las prisas. El destino era sabio y quizá lo sacara del aprieto con uno de sus vuelcos inesperados. Tal vez los Corcuera volvieran sorpresivamente de Brasil y disuadieran a Rosalía de su disparate. Intentó retomar su ritmo natural de trabajo con la mente en otra parte, como si el problema desapareciera por no prestarle atención. Pero a los dos días recibió una llamada telefónica de su novia.

—¿Qué pasó, Carlos? Estoy esperando tu artículo.

—No comas ansias, mi vida, tenía otros pendientes.

Pasaron tres días más en los que no se atrevió a visitarla. El fin de semana, en vez de llevarla al Club Chapultepec, se quedó trabajando en casa sin responder el teléfono. Había tomado ya la decisión de callarse. Después de todo, Rosalía no era tan guapa ni tan inteligente y sus defectos se agravarían con la edad. Tenía los pies demasiado grandes, el pelo maltratado por el cloro de las albercas, balbuceaba lugares comunes y era propensa a engordar. Sería estúpido aferrarse a ella pudiendo conquistar a otras niñas bien con igual o mayor encanto. A la hora del crepúsculo, el chofer de los Corcuera le vino a entregar un envoltorio con los poemas y las cartas de amor que había escrito a su "adorable bombón", junto con un escueto recado: "No puedo ser novia de un cobarde".

Intentó anestesiarse con dos fajazos de whisky, pero en vez de sumirlo en un blando abandono, el trago le aclaró las ideas y encaró con mayor lucidez su metamorfosis profunda. Ya no tenía derecho a sentirse mejor persona que Macías y el Chorreado. El honor, como la virginidad, se perdía una sola vez en forma irreparable. Pero en modo alguno debía permitir que esa grieta socavara los fundamentos de su autoestima. Nada de flagelaciones culposas. Lo más práctico, dadas las circunstancias, era hacer concha y asumir con orgullo el estigma, como los desertores y los perros rabiosos. Los héroes de novela rosa jamás habían existido, salvo en la imaginación de los cursis. Al diablo con las princesas que hacían berrinche cuando el príncipe no mataba al dragón. Esa noche se fue de parranda con su amigo Darío Vasconcelos. Al pasar por la Secretaría de Gobernación vieron con asombro la kilométrica fila de campesinos que montaban guardia toda la noche para obtener el salvoconducto a Estados Unidos como beneficiarios del Programa Bracero, recién suscrito con el gobierno yanqui para suplir con mano de obra mexicana a los granjeros gringos que habían ido al frente. Sus rostros adustos parecían reprocharles que salieran de juerga mientras ellos pernoctaban a la intemperie. Ya tenía tema para un artículo indignado y dolido, con una fuerte dosis de *mea culpa*, en el que deploraría el éxodo de mexicanos por falta de oportunidades en su país. En el Waikiki bailaron rumba con dos morenas vergonzantes, que tenían el pelo pintado de rubio platino y hacían esfuerzos inauditos por parecer alegres. Montadas en tacones de aguja, se contoneaban en la pista con procaces quiebres de pelvis, orgullosas de tener como acompañantes a dos criollos de buena familia. Hubiera preferido que olieran a sudor en vez de apestar a perfume barato. El contraste con la fragancia virginal de Rosalía reavivó su sentimiento de pérdida y de vuelta en la mesa ordenó la segunda botella de whisky.

—Acabo de mandar al diablo a una señorita apretada y quiero brindar con ustedes por mi libertad. ¡Salud, muñecas!

La fichera sentada en sus piernas le acarició el muslo, en un vano intento por calentarlo. Rígido como una piedra, sentía que todos los clientes del tugurio miraban con asco los andrajos purulentos de su amor propio. ¿Qué me ven, hijos de la chingada? ¿Soy o me parezco? A las tres de la mañana pidió la cuenta, y so pretexto de un cobro indebido, se agarró a golpes con el mesero.

—Mentira, yo terminé con Rosalía cuando descubrí que me engañaba con un junior gallego. Ya desde entonces era liebre corrida.

—Pues ella anda diciendo que te cortó por cobarde.

—Se quedó ardida. Ninguna niña rica soporta que la manden al diablo.

—¿De veras te enamoraste o sólo querías dar un braguetazo?

—Las dos cosas. No tengo nada contra el noble oficio de padrote.

—¿Le propusiste matrimonio?

—Sí, claro, y ella estaba puestísima, pero viendo las cosas en perspectiva, creo que a la larga salí ganando con la ruptura. Me hubiera convertido en un príncipe consorte mucho más rico de lo que soy, pero no sería una primera figura del periodismo.

Había llegado más gente al Tío Pepe y ahora las canciones de la sinfonola los obligaban a alzar la voz. Denegri enarcó las cejas, molesto por el ruido. Tal vez hubiera sido un error caer en esa cantina infestada de oficinistas. Por si fuera poco, la espesa humareda lo estaba asfixiando. Amanecería quizá con los bronquios irritados, expectorando flemas. Pese a la incomodidad, llamó al mesero y pidió igual para ambos. Aunque Piñó hubiera sacado las uñas no le daría el gusto de rendirse en el *tête à tête*. Más bien debía exasperarlo, tomándose a chunga su indignación virtuosa. Tenía el mejor antídoto contra ella: la superioridad del cinismo triunfante.

—Pues la neta no sé a quién creerle —Piñó tamborileó con los dedos—. Era público y notorio que tú pertenecías al séquito de Maximino.

—¿Quién no? Toda la prensa mexicana estaba en su nómina.

—No toda. Yo nunca me vendí a ese déspota.

—Pero tampoco lo atacabas —Denegri carraspeó a la defensiva, hurtando la mirada a Piñó.

—No me lo permitía el Skipper. Pero de ahí a elogiarlo hay un largo trecho.

—Yo tuve que hacerlo a la fuerza cuando me mandó llamar —se defendió Denegri.

—No me digas te puso una pistola en la sien.

—Maximino tenía muchas maneras de presionar a la gente.

—No te queda el papel de víctima. Te hiciste rico quemándole incienso: si hacía un donativo a un orfanatorio, hurras y bravos, si construía una presa, viva el insigne patriota, si comparecía en la Cámara de Diputados, carretadas de alabanzas. Y de sus grandes latrocinios, ni pío. Desde entonces te empezó a gustar el dinero grande.

—¿Y a quién no? Muy pendejo hubiera sido si no le cobraba caro —bufó Denegri, acalorado—. Yo no trabajo de gratis.

—Si tenías acceso a su círculo de íntimos debes de saber quién lo envenenó.

—Me asombra que te hayas tragado ese cuento —Denegri enarcó las cejas—. Maximino era diabético y tenía una placa en una pierna que se había fracturado muchos años atrás, al caerse de un caballo. En un banquete que ofreció a Javier Rojo Gómez en su rancho de Atlixco, la pierna se le inflamó. Lo intentaron curar, pero la sangre de las llagas no le coagulaba y entró en estado de coma.

—Hasta después de muerto lo defiendes, cuánta lealtad le tienes —ironizó Piñó con una mueca lúgubre—. Pero fuiste una viuda ligera de cascos: ni tardo ni perezoso, te subiste al carro de Miguel Alemán.

—Empecé a simpatizar con él años antes de su destape —suspiró Denegri, nostálgico—. Cuando los licenciados desbancaron a los militares supe que mi futuro estaba a su lado y me cambié de caballo, como en las suertes charras. Siempre supe a qué árbol arrimarme.

—Pero tú cambias de caballo a cada rato, y en una de ésas te puedes caer. Tus lealtades políticas son muy frágiles.

—Tengo buen ojo para saber cuándo declina la estrella de mis protectores.

—¿Y entonces te les volteas?

Denegri esbozó una sonrisa desafiante, que significaba entre líneas: los santurrones como tú me la pelan.

—Digamos que los borro de mi lista de clientes o los pongo en *stand by*.

—Como quien dice, no tienes amigos, sólo intereses.

—En eso me parezco mucho a mis clientes. Nadie espera de mí fidelidad eterna. Pero en aquel tiempo yo todavía no era tan mercenario como me pintas. También hice periodismo de altura. La resistencia del pueblo inglés a los bombardeos de los nazis me conmovía de verdad y en cuanto pude cogí un barco mercante de Nueva York a Londres, para escribir una crónica desde el lugar de los hechos. No tenía ningún afán de lucro y ya ves lo que pasó: gracias a ese reportaje me hice famoso.

—Es lo mejor que has escrito. Me dio envidia de la buena y no sólo a mí. ¡Cinco columnas en primera plana todos los días! Nadie había tenido ese privilegio.

—Milagro, por fin me reconoces un mérito —Denegri se hinchó de orgullo—. Cuando lo estaba escribiendo me di cuenta de que una crónica escueta no iba a despertar interés. Tenía que inventarme como personaje y convertir al lector en un confidente. Sin querer me salió una novela por entregas.

—¿Es verdad que unos submarinos alemanes iban a torpedear tu barco? ¿O lo inventaste para hacerla de emoción?

—La amenaza de torpedo fue tan seria que hasta el capitán se puso a rezar en la cubierta —Denegri besó la cruz—. ¿Sabes cuántos buques de los aliados habían hundido los alemanes en el Atlántico? Más de seiscientos. Y mi barco, el *Athlone Castle*, ya había sufrido serias averías por los torpedos nazis. El contramaestre me dijo que llevaba cinco reparaciones.

—Todos devorábamos tus entregas y cuando las interrumpiste dos días te dimos por muerto. Si fue un truco para crear suspenso, te salió muy bien.

—¿Cuál truco? Tuve problemas con el cable. Tardamos dos días en recuperar la señal del telégrafo.

—Para entonces la gente ya se tronaba los dedos, pensando que los nazis habían hundido tu barco y estabas en la panza de un tiburón.

—Yo no me enteré del impacto que habían tenido mis crónicas hasta que llegué a Londres y llamé por teléfono al Skipper. Me dijo que el periódico había duplicado su tiraje y no lo podía creer. Por eso prolongué mi estancia otras dos semanas. Fue una delicia tener a la opinión pública en vilo.

El súbito silencio de la rocola parecía rendir homenaje a su gran talento reporteril. Notó que los bebedores de una mesa vecina lo habían reconocido y dio un largo sorbo a su trago, sonrojado de vanidad.

—Lo que no me gustó, por jactancioso, fueron tus alardes de donjuán —Piñó volvió a la carga—. Te retrataste como una especie de James Bond mexicano, que sorteaba graves peligros en medio de los bombazos y dormía cada noche con una mujer distinta.

Denegri exhaló un suspiro nostálgico, recordando sus conquistas en ese viaje consagratorio: la holandesa Estela Hagen, a quien sedujo en plena travesía; Miriam, la coqueta telefonista del hotel, ávida de ternura por haberse quedado viuda al inicio de la guerra; la reportera finlandesa Wilma Murto, una anticomunista rabiosa con quien sostuvo discusiones políticas de sobrecama; una corista de cascos ligeros, Alice Holmes, a la que se ligó en un cabaret del Soho; Clarita Hughes, una chilena de ojos soñadores, sobrina del embajador de su país en el Reino Unido, y la cereza del pastel: Lady Jane Pinkerton, una dama encopetada de la más rancia aristocracia británica. Todas querían que se quedara en Londres y Lady Pinkerton hasta le quiso dar las llaves de un departamento. Claro, con tantos ingleses jóvenes en el frente, las damas tenían que recurrir a los extranjeros. Esos detalles íntimos añadieron al reportaje un sabor picante y de paso, le granjearon la admiración de infinidad de lectoras que a su regreso lo asediaron en parvadas.

—Gracias a esos toques de novela rosa logré que las mujeres leyeran periódicos. ¿Por qué crees que aumentó el tiraje?

—Desde entonces le tomaste la medida al público. Lástima que después volaras tan bajo. Ya ni la chingas, Carlos, pasaste de lo sublime a lo grotesco.

—¿Te refieres a mi *Fichero Político*?

Piñó asintió con la cabeza.

—Habías vuelto convertido en una celebridad, eras un símbolo de la prensa moderna y valiente, pero en vez de cuidar tu prestigio, aprovechaste la canonjía que te dio el Skipper para revolcarte en un albañal.

—Los periódicos no viven del aire —Denegri fingió que se le resbalaba el golpe—. Si había tal cantidad de políticos dispuestos a comprar aplausos, ¿por qué no íbamos a complacerlos?

—Nunca se había visto que un diario le alquilara a un columnista una plana completa y lo dejara revenderla a su antojo, repartiendo palos y caricias al mejor postor. Lo peor es que tu ejemplo hizo escuela y un montón de denegris se apresuraron a imitarte.

—No seas puritano, Jorge. Ni que fuera un pecado mortal explotar la vanidad ajena. Tenía una mercancía codiciada y la vendí, eso es todo.

Piñó echó una mirada escéptica al fondo de su jaibol.

—Por ese tipo de negocios, el periodismo mexicano se hundió en una cloaca.

—Eso había ocurrido ya mucho antes de que nosotros empezáramos a reportear. O me adaptaba a las circunstancias o renunciaba al oficio, así de fácil.

—Eichmann utilizó el mismo argumento exculpatorio cuando lo juzgaron en Jerusalén —Piñó adoptó un tono sarcástico de blanca paloma—: Yo no tomé ninguna decisión, fui la minúscula pieza de una maquinaria perversa.

—No te la jales, por Dios —Denegri chasqueó la lengua, exasperado—. Ni que fuera yo un criminal de guerra. Mi único pecado fue crear un escaparate donde todo el mundo quería darse taco.

—Era una inmundicia, Carlos. Y la prueba es que Becerra Acosta te lo quitó cuando llegó a la dirección de *Excélsior*.

—Sus acólitos me odiaban por tener esa mina de oro —Denegri hizo un mohín de coraje, fuera de sus casillas—. Detrás de toda campaña moralizadora siempre hay uno o varios caínes muertos de envidia. Es una ley válida para todo tiempo y lugar. Si de veras son tan rectos, ¿por qué siguen vendiendo espacios por insertar discursos de funcionarios o informes de gobernadores? ¿A quién quieren engañar? ¿Ésos no son embutes? Ganas de lavarse la cara y de taparle el ojo al macho. Que no me vengan con remilgos: aquí todos mamamos de la misma chichi.

El arrebato de exaltación llamó la atención de otros parroquianos del bar y Piñó, cohibido, tuvo que responderle en voz baja.

—La gente como tú cree que el mundo es un campo de batalla entre los malos y los peores. Pero ni tú mismo te crees esa mentira,

Picho. A pesar de todo, en nuestro medio también hay gente honesta que no se vende al mejor postor: ahí están José Alvarado, Renato Leduc, Alejandro Gómez Arias. Esas plumas nunca han sido mercenarias.

—Porque no les han llegado al precio. Ponles delante un cheque con varios ceros, un buen puesto en el gobierno o una embajada y verás cómo menean el rabo.

Denegri movió el índice como un apéndice canino y Piñó se le quedó mirando con ojos de inquisidor alucinado.

—Tu alergia a la autoridad moral es muy sintomática. Debe ser muy cómodo para ti no creer en la honestidad de nadie. Pero supongo que en momentos de lucidez cobras conciencia de tu autoengaño.

—No mames, Jorge. Del banquillo de los acusados me pasas al diván del psicoanalista. No te esfuerces en vano por obligarme a reconocer mi perfidia. ¿Cuándo la he negado?

FICHERO POLÍTICO (16 de enero de 1947)

El presidente Alemán ordenó tomar las instalaciones de Pemex para poner fin al paro petrolero. Dos mil soldados ocuparon refinerías, oleoductos y pozos para reanudar de inmediato el abasto de combustible. Si los líderes del sindicato querían calar al Primer Mandatario, pueden estar seguros de que no le temblará la mano para proteger a la industria nacional... Desavenencias entre el PRI y el gobernador de Oaxaca. Nuestro sincero pésame al gobernador. En esos jaloneos el hilo siempre se rompe por lo más delgado... La Confederación de Trabajadores de México abjura de su viejo lema "por una sociedad sin clases", y de ahora en adelante luchará "por la emancipación de México". Enhorabuena, señores, ya era tiempo de renunciar a los dogmas del politburó que les inculcó el camarada Lombardo... Valentín Campa y Luis Gómez Z., dos comunistas con toda la barba, se lanzan en pos de la dirección del sindicato ferrocarrilero. No se saldrán con la suya... El secretario de Hacienda Ramón Beteta recibe en Acapulco a una delegación de empresarios yanquis encabezados por R.S. Kersh, vicepresidente de Westinghouse, y Clyde E. Weed, vicepresidente de Anaconda Cooper. El objetivo de la reunión es impulsar el desarrollo de México... Antonio Ruiz Galindo, flamante secretario de Economía, anuncia una inversión de cuatro mil millones de pesos en la industria siderúrgica... El alcalde de El Paso, Texas, Douglas Nielsen, reclama una mayor colaboración mexicana para controlar el tráfico de estupefacientes en la frontera. "Hay autoridades involucradas en el trasiego de droga", denuncia. Tiene la palabra el coronel Serrano, jefe de la Policía de Seguridad Nacional... Amárrenle las manos al nuevo delegado del Banco de Crédito Ejidal en Durango. Un largo historial de malversaciones lo descalifica para ese cargo...

—Señor Denegri, le habla por teléfono el señor Espejel.

Doña Irma, su otoñal secretaria, tenía órdenes de no interrumpirlo cuando estaba escribiendo, pero también sabía que una de las excepciones de esa regla eran las llamadas de sus clientes distinguidos, empezando por el jefe de Prensa de la Presidencia.

—Qué tal, Manolito, ¿cómo te va?

—Tenemos algunos problemillas en Celaya, con un ex diputado que aspira a la presidencia municipal y quiere alebrestarnos el gallinero. Mejor dicho: ya lo alebrestó.

—¿Cómo se llama?

—Filemón Domínguez.

Denegri tomó nota en una tarjeta.

—Por favor, dale un coscorrón. Era gente de Maximino y el señor presidente no lo quiere en la alcaldía.

—¿Algún otro encargo?

—Sí, échale una manita a mi amigo Flavio Retana. Es mi gallo para la gubernatura de Yucatán, pero todavía no lo han palomeado. Te lo pido como un favor personal.

—Encantado, Manolo, para eso son los cuates. A ver cuando nos tomamos unos *drinks*.

—Me das miedo, Carlos, ya no te aguanto el trote.

—El que no te lo aguanta soy yo. El otro día en el Jena te fugaste del pelotón. Los demás ya estábamos debajo de la mesa y tú todavía querías seguirla.

—Desde entonces no bebo una gota. Me he portado como un santo.

—Eso no te lo crees ni tú.

Espejel soltó una risotada y le prometió llamarlo pronto, cuando regresara de un viaje por el Sureste. Denegri volvió al teclado de la Remington y añadió dos comentarios a la columna: "Filemón Domínguez sueña con la presidencia municipal de Celaya. Despertará con las manos vacías… El diputado Flavio Retana es un político bien preparado, con madera de líder y acrisolada honradez. Muchos yucatecos le ven espolones para gobernador". La cruda le arrancó un bostezo y estiró los brazos para aligerar la tensión. Por el parpadeo involuntario de su ojo izquierdo había dado varios teclazos en falso. A los 36 años ya no podía despertarse fresco después de empinar el codo. Con los nervios crispados y un banco de niebla en el cerebro, el trabajo que normalmente despachaba en media hora le tomaba toda la mañana. Sacó de un cajón el frasco de bencedrina y se tomó dos pastillas con un sorbo de café. Las necesitaba para capotear las crudas, aunque a veces resintiera su efecto colateral: un embotamiento afectivo que en ciertos menesteres, el sexo por ejemplo, le restaba la mitad del placer. Irma le anunció otra llamada que no pudo negarse a tomar: Lorena, su esposa, quería saber si lo esperaba para la cena.

—Mejor cena por tu lado, tengo un coctel de la asociación de banqueros y no sé a qué hora salga.

A los cinco minutos de haber ingerido la bencedrina sintió una trepidación sanguínea en los tímpanos. Otro efecto secundario de la droga, que por fortuna pasaba pronto. Para refrescarse abrió de par en par el ventanal de su despacho. A mediodía, el Paseo de la Reforma hervía de actividad y los ventarrones de febrero, que agitaban con fuerza las palmeras del camellón, le oxigenaron el cerebro. Al fondo se erguía la nueva torre de la Lotería, el primer remedo mexicano de los rascacielos neoyorquinos. Había sido la última inauguración importante de Ávila Camacho, un cerrojazo lucidor que, según la propaganda oficial, puso a México a la vanguardia de la arquitectura latinoamericana. Y a la vanguardia del trinquete, pensó: un pretexto para saquear las arcas públicas inflando los costos de construcción. Entre la primera dama y González Gallo, el secretario particular del presidente, que ahora gobernaba Jalisco, se embolsaron bajita la mano catorce millones de pesos. Un informante despedido de la constructora le había enseñado las facturas de la obra, donde constaba la compra de materiales a precios exorbitantes. Un chanchullo del tamaño de la propia torre y las pruebas enterradas en su archivo. Quizá nunca saldrían de ahí, pues los ex presidentes eran intocables. Ah, si pudiera desnudar a la familia revolucionaria, cuántas reputaciones se derrumbarían, cuánta mierda manaría a borbotones hasta inundar los barrios residenciales, las oficinas públicas, los edificios corporativos de las empresas.

De un autobús estacionado en la entrada del Hotel Reforma bajó un rebaño de gringos con gorras, bermudas y gafas oscuras. El guía que los pastoreaba se los llevó en fila india hacia la Avenida Juárez para enseñarles El Caballito. Las piernas sonrosadas y las firmes grupas de las rubias pedían a gritos *a mexican dick*. Al admirarlas recordó por asociación de ideas el obsceno coqueteo de Noemí, la guapa y joven esposa del economista José Barrientos, que la noche anterior le había derramado una copa de vino en los pantalones y luego le secó la entrepierna con una servilleta.

—Perdona, Carlos, qué tonta, se me resbaló. Esas manchas salen con un poco de sal, ¿te la pongo?

En vano trató de ocultar su erección cruzando las piernas. ¿Quién iba a pensar que la distinguida esposa de un ex secretario de Economía se le insinuara con tal descaro en una cena de matrimonios? Lorena tomó nota de la provocación y de regreso a casa, en el coche, se desahogó con una retahíla de improperios: ramera, güila, trotacalles, robamaridos. No se te ocurra aceptarles otra invitación porque la próxima vez le saco los ojos. Pero nadie sabía para quién trabajaba: horas después, aguijoneado por el recuerdo de la zorra que le bautizó la verga con vino, su óptimo desempeño en la cama dejó a la quejosa como una seda. Benditos malabares de la promiscuidad mental, que salvaban a tantos matrimonios de la rutina. Y ahora debía resolver un espinoso dilema: ¿valía la pena recoger los calzones que le arrojaba Noemí?

Su marido era un inconveniente menor. Blandengue y tibio, moderado en la bebida, vacunado contra la pasión, Barrientos sólo hablaba de finanzas en un tono profesoral y ni siquiera delante de las señoras se dignaba aligerar la charla. Los celos jamás trastornaban el perfecto equilibrio mental de esos humanoides. Ni siquiera prestaba atención a las confiancitas que Noemí se tomaba con los invitados. Quizá fuera un cornudo voluntario, de los que se esconden detrás de un biombo para ver a su vieja refocilándose con el cartero. No lo podía considerar un amigo, de hecho, cada vez tenía más conocidos y menos amigos íntimos. Toda la clase política deseaba codearse con el intrépido reportero que había desafiado a los destroyers alemanes en su audaz travesía por el Atlántico. Un elogio proferido por la celebridad de moda se cotizaba muy alto en el mercado de la vanidad. Cuando Barrientos era miembro del gabinete quiso tenerlo de su lado y él se dejó cortejar. Un reloj Longines de oro macizo y un viaje a La Habana a costa del erario, con champán en la habitación del Hotel Nacional, mulatas a granel y mesa de pista en el Tropicana, lo convencieron de sus virtudes políticas. En vez de culparlo por la escasez de granos, como al principio del sexenio, aplaudió sin recato su atinada política de fomento a la producción agrícola. Y ahora que Barrientos se había quedado sin hueso en el nuevo gobierno, lo trataba con la misma afabilidad, pues hubiera sido canallesco retirarle el saludo cuando su estrella política iba menguando. Pero esa amistad superficial y forzada no lo disuadía en absoluto de acostarse con Noemí. Lo disuadía su lealtad a Lorena, la noble y digna compañera a la que no supo valorar cuando era un joven atolondrado.

El reencuentro con ella, dos años atrás, había restaurado en su intimidad un orden precario que necesitaba mantener para no despeñarse en el caos. Si viviendo con ella tomaba en exceso, no quería ni pensar cuánto bebería sin ese paracaídas. De tanto parrandear en una ciudad cada vez más llena de tentaciones, de tanto brindar con colegas de lengua bífida, bardos de cantina, mariposas nocturnas, boxeadores y luminarias beodas del espectáculo, había desarrollado un sentido de pertenencia a esa fauna sublunar. No concebía la existencia sin el delirio reparador de las juergas. Temía, sin embargo, perder el timón de su barco ebrio por un debilitamiento del albedrío. Adoraba el libertinaje pero también la vida en familia, jugar al hula hula con Dánae, que a los doce años ya era una hermosa mocita, entrar del brazo de su mujer a la misa dominical en San Agustín, donde todos las familias apretadas de Polanco lo saludaban con deferencia, llevarla a bodas y bautizos en los que un bohemio soltero quedaba fuera de lugar. Quería ser un golfo con una fachada decente y lo estaba logrando. Vivían en la colonia Condesa, en una encantadora residencia estilo colonial californiano de Avenida Sonora, y los domingos hacían parrilladas en un jardín trasero de buen tamaño, con macizos de camelias, girasoles y aves del paraíso. Lorena era una esposa perfecta, que tejía carpetas de encaje, ayudaba a la niña con la tarea, supervisaba el trabajo de las criadas y los guisos de la cocinera con el alegre decoro de las mujeres que aman los placeres simples de la existencia. Todo el mundo comentaba que hacían una linda pareja y algunos amigos de confianza, como Darío Vasconcelos, le comentaban entre burlas y veras que no se la merecía.

Socializaba mejor en el papel de marido, tal vez porque la compañía de Lorena le granjeaba respeto. Gracias a Dios, los años la habían avispado y ahora tenía una mentalidad más abierta. Ya no era el ama de casa ñoña y convencional, que en Río de Janeiro lo mataba de aburrimiento. Con muchos kilómetros más de experiencia mundana, la nueva Lorena tenía una conversación amena, sazonada con ocasionales brotes de ingenio, y los años de añejamiento habían realzado también su belleza. Lo más importante de todo: ahora bebía al parejo con él, de modo que nunca se negaba a tomar "la del estribo" cuando salían de alguna fiesta, aunque la última copa se multiplicara y el alba los sorprendiera a gatas en la sala, mientras la aguja del tocadiscos repetía sin cesar el último disco de Frank Sinatra. Le están dando un mal ejemplo a esa niña, se quejaba su suegra. ¿Y qué? Para eso pagaba a una buena niñera que bañaba a Dánae y la llevaba al colegio cuando sus papis dormían la mona.

Creía en el buen amor o más bien quería creer en el prestigio de la monogamia. Noemí era más joven, pero no más hermosa que Lorena. Con ella tenía todo lo que un hombre puede anhelar y una paz interior envidiable. Había logrado serle relativamente fiel, aunque ahora las mujeres se le insinuaban por doquier. Cometía, desde luego, pecadillos veniales: aventuras pasajeras, *one night stands*, orgías con prostitutas finas en el burdel de La Bandida, deslices con actricillas a la caza de gente famosa, pero nunca buscaba nada serio con ellas y muchas veces, al día siguiente ya ni recordaba sus nombres. Con la temeraria Noemí, en cambio, podía ocurrir algo más serio, porque sentía una profunda afinidad con su falta de escrúpulos. Las cabronas audaces tenían un perfume de ilegalidad que lo incitaba a desearlas con morbo. Pero qué necesidad tenía de buscarse conflictos y sobresaltos. Ni que estuviera tan buena. Date a respetar, carajo, no vayas chorreando baba tras la primera puta casada que te guiña un ojo.

De vuelta en el escritorio se apresuró a escribir la sección Gran Mundo de su *Miscelánea Dominical*, consultando las notas que había pepenado aquí y allá, en cocteles, fiestas y conversaciones de sobremesa: "Mauricio Conde, tristísimo. Su cubanita, aquella muchacha de quien ya hablamos a ustedes, regresa a La Habana, dejando a Mauricio con el corazón hecho pedazos... A Ernesto del Paso se le adelantó la primavera en forma de Beatriz Portillo. O dicho de otra manera: Ernesto está enamorado de Beatriz... Jorge Insulza sigue contándole a todo el mundo que es amigo íntimo de Lana Turner... Escasean tanto los artículos de lujo en

España, que un duque de la península vino expresamente a México para comprarle a su esposa, una duquesa, un bellísimo abrigo de mink platino de la casa Kamchatka... El pajarraco proveniente de París visitará muy pronto a María Luisa Riaño, que ya está tejiendo chambritas. ¡Enhorabuena, Marilú!...". De pronto recordó un detalle importante de la cena: José Barrientos les anunció que se iba quince días a Nueva York, primero a un congreso de economistas organizado por el Banco Mundial y luego a dar conferencias en varias universidades de la Ivy League. Con razón Noemí le tiró encima la copa de vino, lo estaba invitando a aprovechar su ausencia. Quería entregarse de inmediato, si la llamaba en ese momento era suya. Al meter el índice en el disco del teléfono, el sentido del deber le aplacó el escozor en las ingles. No, Carlos, aventuras las que gustes, pero con mujeres libres. Las tensiones y los peligros de un adulterio tan complicado pueden destrozarte los nervios. En señal de arrepentimiento, agregó al *Fichero Político* una cápsula informativa sobre el viaje de Barrientos, en la que lo llamó "eminencia financiera de talla internacional".

—Señor Denegri, lo vino a ver Sóstenes Aguilar, un muchacho de Colima.

—Dígale que pase.

Entró un joven larguirucho de aspecto enfermizo con el cabello engomado, que tenía los ojos grises y un leve parecido con Franz Kafka.

—Siéntate por favor, Sóstenes, enseguida te atiendo. Sólo me falta terminar la columna.

Necesitaba un ayudante confiable y discreto para delegarle una parte de su trabajo, que se había vuelto abrumador en los últimos meses. Hijo de una vieja amiga de su madre, Sóstenes había trabajado en la nota roja de un periódico tapatío y anhelaba colarse a los periódicos nacionales, como todos los periodistas de provincia. No redactaba mal, pero desconocía por completo su método de trabajo y necesitaba espabilarlo de prisa.

—Listo, Sóstenes, ahora sí vamos a ponernos de acuerdo. Últimamente se me ha juntado demasiada chamba y como viajo muy a menudo necesito que me eches una mano con las notas más sencillas, las que publico sin firma. No puedo ofrecerte mucho dinero, sólo doscientos mensuales. ¿Te parece?

Sóstenes asintió, cohibido, con una rigidez facial de soldado raso.

—Voy a ponerte a prueba un par de meses y si das el ancho te puedo recomendar para una plaza de reportero en *Excélsior*, donde ganarías el doble. ¿Cómo la ves?

—Perfecto. ¿Cuándo empiezo?

—Desde ya, pero antes de entrarle al toro tienes que saber manejar mi archivo.

Denegri se puso de pie y caminó hacia un rincón de la oficina, donde le mostró un fichero con dieciséis cajones, dividido en cuatro hileras con tapas de distintos colores: amarillas, verdes, rojas y blancas.

—Desde hace diez años he investigado exhaustivamente a todos los personajes y personajillos de la arena política, de los negocios y de la alta sociedad que son o pueden ser noticia. Aquí hay secretos que valen millones —se ufanó—, pero toda esta información es estrictamente confidencial, a menos que yo decida divulgarla, ¿entendido?

Cada color correspondía a distintos niveles de importancia, más o menos equivalentes al cielo, el purgatorio, el infierno y el limbo. El fichero amarillo contenía información detallada sobre la vida pública y privada de los hombres más importantes de México, la élite del poder y el dinero, que no necesitaba publicidad pagada. Sacó algunas fichas al azar, y se las pasó a Sóstenes, leyendo en son de triunfo los nombres del arzobispo de México, el nuevo secretario de Gobernación, el regente capitalino y algunos capitanes de la industria.

—No puedo jactarme de que estos personajes sean mis amigos, pero los considero socios potenciales. Ellos siempre son noticia y reseño sus actividades sin cobrar un centavo. Ningún chisme malintencionado que pueda lesionar su reputación tiene cabida en mis columnas, aunque eso pudiera granjearme lectores. Te voy a poner un ejemplo reciente sobre mi política editorial. Sabes quién es Jorge Pasquel, ¿verdad?

—¿El dueño de los Azules de Veracruz?

—El beisbol sólo es uno de sus negocios. Con la bendición del señor presidente, su amigo de la infancia, Pasquel es el rey de la fayuca. Tiene vía libre en todas las aduanas del país para introducir infinidad de mercancías, desde medias de nylon hasta autos lujosos, sin pagar un centavo de aranceles. Por si fuera poco, es dueño del *Novedades* y ha convertido el periódico en una minita de oro. Hace poco tuvo un lío de faldas en el bar del Hotel Mirador de Acapulco. Su prometida, la campeona de equitación Irene Villavicencio, lo sorprendió en pleno besuqueo con una modelo gringa y delante de todos los comensales le tiró un vaso de agua en la cara. Era una buena nota para mi columna de chismes, pero no la publiqué porque yo no ataco ni chantajeo a los triunfadores. Al contrario: aproveché la oportunidad de quedarme callado y mi táctica surtió efecto. ¿Adivina con quién voy a comer al rato?

—¿Con Pasquel?

—Exactamente. Sólo nos habíamos saludado un par de veces, pero ahora quiere conocerme, agradecido por mi gentileza. El magnate más poderoso de México me debe un favor, ¿y sabes cuánto vale eso? Mil veces más de lo que pude haberle sacado por no publicar la nota.

Denegri sacó un cigarro y Sóstenes se apresuró a encenderlo, con tal nerviosismo que frotó dos fósforos sin lograrlo. Tras soltar una bocanada de humo, Denegri le explicó quiénes eran los inquilinos del purgatorio verde. Ahí estaban los compradores de notoriedad, los clientes que pagaban por aparecer en sus columnas anónimas o en sus artículos firmados, si acaso les alcanzaba el dinero para merecer tal honor. Eran alcaldes, diputados, senadores, gobernadores, oficiales mayores de secretarías, militares segundones con aspiraciones políticas, *wannabes*, nuevos ricos, aspirantes a la gloria, trepadores ambiciosos con una fe ciega en los poderes mágicos de la publicidad.

—A ellos los tratamos bien mientras apoquinen —precisó Denegri—, de lo contrario se les ignora sin piedad.

—¿Y los ficheros rojos para quién son?

—Ahí descansan en paz los políticos caídos en desgracia, los jueces que se le quieren salir del huacal al señor presidente, los comunistas infiltrados en el gobierno, los líderes obreros desafectos al régimen, los aspirantes a diputaciones, alcaldías o gubernaturas que fracasaron en su empeño y se dedican a intrigar. A todos ellos les pegamos duro por encargo de la autoridad federal o estatal que los tenga en su lista negra. Si el cliente quiere más de cinco líneas ágatas cobramos el doble. Irma te va a pasar una copia de la tarifa.

Pero aunque esos pobres diablos fueran gente despreciable y nociva para el país, aclaró Denegri en tono didáctico, no los consideraba enemigos personales. Esos se cocían aparte y estaban confinados en el fichero blanco: el limbo de los nonatos. Atacarlos sería hacerles un favor, elevarlos a la categoría de personas. Eran innombrables, y aunque el resto de la opinión pública les diera primeras planas, él nunca se daba por enterado de su existencia.

—Pero si nunca los nombra, ¿para qué los investiga?

—Para filtrar noticias en su contra a mis colegas de otros diarios.

Sóstenes quiso saber si había gente que pasaba de un fichero a otro.

—Por supuesto, la política es como el juego de la oca. Hay subidas y bajadas, pero cuando eso suceda, serás el primero en saberlo.

Como Sóstenes tenía las mejillas hundidas, dedujo que pasaba hambres y antes de salir le pagó una quincena por adelantado. Un trato paternal con los subalternos era la mejor estrategia para forjar lealtades inquebrantables. En el ascensor, de camino a la planta baja, revisó en el espejo su atuendo, que esa mañana había escogido con especial esmero, probándose ante Lorena varias combinaciones. Llevaba un traje azul marino con saco cruzado, camisa beige, corbata guinda con puntos amarillos que hacía juego con el pañuelo salido de su bolsillo, mancuernillas de oro con incrustaciones de concha nácar y zapatos bicolores, negro y color vino, que le daban un aire de gigoló italiano. Para disimular las entradas de su cabello, cada vez más ralo, se encasquetó el sombrero Borsalino y ensayó distintas poses de galán. Ole, matador, mejor vestido, imposible. Ni loco trataría de competir en elegancia con un dandi como Pasquel, que se mandaba a hacer sus trajes en las sastrerías más exclusivas de Saville Row: pero sí aspiraba a codearse dignamente con él. Desde el principio, el máximo líder de opinión y el empresario más poderoso de México debían entablar un trato entre iguales.

Cruzaba el vestíbulo hacia la puerta del edificio, confiado en anotarse otro éxito social, cuando vino a su encuentro un ranchero de paliacate al cuello, corpulento y bigotón, con una mirada torva de gatillero. A juzgar por el pelo entrecano, andaría por los cincuenta, pero la edad no había erosionado su piel cobriza. Se quitó el sombrero de palma y le tendió la mano:

—Buenas tardes, Nemesio Arellano, para servirle.

Denegri lo saludó sin saber quién era.

—Me dijo su secretaria que andaba de viaje, pero no le creí. ¿Por qué se me anda escondiendo, amigo? —le reclamó Nemesio, los ojos humedecidos de rabia impotente.

Denegri recordó que esa mañana, a las nueve, Irma le había anunciado la visita de ese líder agrario, que llevaba un buen rato pidiéndole citas en vano.

—No me escondo, pero defiendo mi tiempo. Sin previa cita no recibo a nadie. Dígame qué se le ofrece.

Nemesio sacó de su chaqueta un recorte de periódico y lo desdobló con una parsimonia exasperante. La cita con Pasquel era a las dos y media y ya eran las dos y cuarto, carajo.

—Usted me levantó falsos, oiga nomás: "Nemesio Arellano, un tozudo cacique de la región cañera —leyó a tropezones—, está agitando a los campesinos de Jojutla, con la mira puesta en la alcaldía. El pueblo lo derrotará…". ¿Cuál agitación? ¿Por qué me tacha de cacique? Usted no me conoce ni ha estado en Jojutla. ¿Quién le dijo que no voy a ser candidato?

—Esa información me la reservo —Denegri trató de mantener el aplomo—; un periodista tiene derecho a mantener en secreto sus fuentes.

—Llevo veinticinco años luchando por esta oportunidad —Nemesio arrugó el recorte, bufando de cólera—. No se vale que me pasen a torcer por las mentiras de un periodista influyente.

Denegri respiró hondo, implorando con la mirada el auxilio del policía que leía una historieta en la barandilla de la recepción, sin percatarse de su apuro.

—Yo no doy ni quito candidaturas —explicó—: sólo comunico a mis lectores lo que se comenta en las altas esferas del poder, a las que tengo acceso por mi sagacidad de reportero.

Nemesio se llevó la mano al bolsillo interior de la chaqueta y Denegri, seguro de morir, contuvo a duras penas un espasmo de cólico. Iba a implorar perdón, pero en vez de sacar la pistola, Nemesio le ofreció un grueso fajo de billetes de a cien.

—Mire, amigo, si le pagaron por atacarme, yo le ofrezco dos mil pesos por retractarse. Diga la pura verdad: que me sobran tamaños para ser alcalde de Jojutla.

—Guarde su dinero, por favor —Denegri se puso digno—. Aunque yo publicara una nota a su favor, en el comité nacional del partido la decisión sobre la candidatura ya está tomada.

—¿Cómo lo sabe? Tengo de mi lado a los ejidatarios y a la Unión de Cañeros.

—Si se siente tan seguro, entonces no me haga caso —reviró Denegri, sereno a pesar del suplicio intestinal—. A lo mejor estoy equivocado y lo nombran candidato.

—Más le vale a usted y a sus soplones que no se atrevan a manipular la asamblea, porque no voy a tolerar una imposición del centro. Yo no respondo si alguien sale lastimado —Nemesio se abrió la chaqueta para enseñarle su Colt 45.

—¿Me está amenazando?

—Tómelo como quiera.

Nemesio se dio la media vuelta y caminó hacia la calle bufando de cólera. El ruidoso taconeo de sus botas charras descompuso más aún las tripas de Denegri, que salió disparado al baño de la recepción. De prisa, sería fatal arruinar sus mejores galas con una cagada en los pantalones. Mientras evacuaba un largo chorro de heces amarillentas, deploró el carácter bronco de la política mexicana y el primitivismo de esos lidercillos iletrados que a pesar de hacer carrera en un sistema político piramidal, codiciaban puestos de elección popular sin ganarse, primero, el favor de los mandones. ¿O creían que el partido respetaba la voluntad de las bases? Los muy imbéciles deberían agradecer que un periodista bien informado les avisara si tenían o no los hados a su favor, para no perder tiempo y dinero en aventuras condenadas al fracaso. Hasta cierto punto lo halagaba que su *Fichero Político* fuera leído como un oráculo, pero la importancia que habían cobrado sus vaticinios lo ponía en la mira de muchos malos perdedores. La sibila de Delfos sólo emitía los decretos que los dioses le susurraban al oído. ¿Tan bruto era Nemesio para no entender algo tan obvio? Si era tan bravo debería elevar sus quejas a la dirección del partido o a la Presidencia, en vez de echarle pleito al mensajero. El incidente le dejó en claro que ocupaba una posición muy vulnerable.

Ni el dinero ni la fama compensaban el enorme riesgo que estaba corriendo. El aparente privilegio de ser la voz del poder tenía también graves desventajas que en cualquier momento podían costarle la vida.

Pasquel había elegido para la comida un restaurante de moda, *La Vie Parisienne*, que por suerte quedaba a media cuadra de su oficina, en la contraesquina del Hotel Reforma, y apretando el paso llegó a la cita sin retardo. Un capitán de meseros francés, rubio y levemente afeminado, lo condujo a la mesa que tenían reservada, lejos del bullicio, en el recodo menos visible de un salón decorado con paisajes impresionistas del Sena. Por el camino tuvo que saludar a varios conocidos del mundillo político y periodístico, una tribu pequeña y proclive a la endogamia que se congregaba siempre en los lugares de postín. Saboreó su envidia por adelantado. Dentro de poco sabrían quién lo había invitado a comer y el rumor correría por todas las redacciones. Diez minutos después, Pasquel llegó acompañado por un séquito de guaruras vestidos de negro que entraron a reconocer al terreno. Tras haber comprobado la seguridad del restaurante, ocuparon lugares estratégicos al pie de la escalera y junto a la puerta de la cocina.

—Hola, Carlitos. ¿Cómo te va?

—No tan bien como a ti, Jorge.

Al abrazarlo quedó envuelto en un efluvio de vetiver tan intenso que por poco estornuda. La dureza de sus brazos denotaba largas rutinas de pesas en el gimnasio. Atlético y pulcro, con un escueto mostacho, el cabello negro ondulado con gel y ojillos astutos a la caza de intenciones ocultas, Pasquel era un hombre apuesto que no hubiera hecho mal papel en el cine. Con razón las mujeres se lo peleaban a mojicones. Compensaba la baja estatura con un porte marcial que le recordó la enhiesta figura de Maximino. Para esos varones de granito, una espalda encorvada equivalía a una merma de virilidad. Admiró su reciedumbre física y mental como el inválido que admira a un gimnasta. Ojalá pudiera tener una personalidad sin fisuras, pensó, en vez de ir por la vida con los nervios a flor de piel. Como Pasquel era abstemio y ni siquiera fumaba, se resignó a pedir una coca en vez del bloody mary con el que hubiera querido curarse la cruda.

245

—Llevo varios años leyéndote y me quito el sombrero, hermano —Pasquel lo tomó del hombro—. Un periodismo como el tuyo, inteligente y constructivo, le hace mucha falta al país.

—Gracias, Jorge. Sólo he tratado de ser profesional en un oficio lleno de improvisados.

—Y lo estás logrando, me consta. Estoy muy agradecido contigo por tu discreto mutis sobre el incidente de Acapulco.

—No me agradezcas nada. Cuando las viejas se ponen bravas, los hombres tenemos que cerrar filas. Lo mismo pudo haberme pasado a mí o a cualquiera. Es un principio ético elemental.

—Pero no cualquiera lo respeta —se quejó Pasquel—. Tuve que pagar una fortuna para callar a la jauría de chantajistas que me amenazaron con publicar la nota. Sus amenazas me vienen guangas, pero no le quería causar un disgusto a mi señora madre.

Después de ordenar la comida, Pasquel le contó que acababa de contratar para su novena de beisbol a Booker McDaniels, un pitcher negro con el porcentaje más alto de ponches en la liga afroamericana de Estados Unidos. Modestia aparte, se ufanó, estaba formando un trabuco imparable que se podría echar un tirito con los mismísimos Yanquis de Nueva York. Denegri elogió su tenacidad para robarse a los mejores peloteros negros del norte, aprovechando la segregación racial que padecían en Estados Unidos, y le prometió dedicar a ese tema su próximo artículo, pues la cruzada humanitaria que había emprendido iba más allá de lo deportivo: era una lección de tolerancia para los gringos. La gente que pasaba junto a su mesa de camino a la planta alta se les quedaba viendo con reverencia. Y para elevar más aún la temperatura de su amor propio, Pasquel le ofreció la subdirección del diario *Novedades*.

—Necesito a una persona capaz, con amplia cultura y roce internacional, para vencer las inercias del equipo que me tocó heredar cuando compré el periódico. No son malos periodistas, pero los siento un poco anquilosados.

Denegri rechazó la oferta con la mayor cortesía posible, invocando su lealtad a don Rodrigo de Llano, pero le agradecía de corazón esa muestra de aprecio y estaba seguro de que bajo su mando, el periódico sería muy pronto un gigante de la información. Se guardó por cautela sus objeciones más fuertes: *Excélsior* tiraba el doble de ejemplares que *Novedades* y en ningún otro periódico tendría una tribuna más visible. La pérdida de lectores significaría, también, una reducción importante de su influencia política. Pero sobre todo, no quería figurar en sociedad como subalterno de Pasquel. Bastante desdoro arrastraba ya por haber sido un incondicional de Maximino. En materia de prestigio social, tutearse con los poderosos le redituaba mucho más que la subdirección de un periódico. Los signos exteriores de importancia creaban efectos de ilusionismo necesarios para mantener en alto una reputación. Si alquilaba un caro despacho particular para distinguirse del vulgo hacinado en la redacción de *Excélsior,* no podía renunciar por un plato de lentejas al rango de celebridad independiente que había conquistado con tanto ahínco.

Empezaban a hablar en términos encomiásticos del fabuloso yate *Sotavento,* recién estrenado en Acapulco por el presidente Alemán, al que Pasquel estaba invitado ese fin de semana, junto con todos los miembros del gabinete, cuando pasó junto a ellos Rosalía Corcuera, del brazo de Íñigo Sanchís, su joven marido, un joven millonario gallego, guapo y rubio como un sol, que acababa de heredar un imperio naviero en La Coruña. En estado de shock, Denegri fingió no reconocer a su ex novia. Pasquel, en cambio, se levantó a saludarla con el cariño espontáneo que los oligarcas sólo dispensan a sus iguales.

—Hola, guapa —besó a Rosalía en la mejilla—, qué bien te sienta el aire de las montañas. ¿Cómo te fue en Vail?

—Estuvo morrocotudo, ¿verdad, Íñigo?

El gallego dijo que se había dado un buen tortazo bajando la montaña en la prueba de *slalom,* pero fuera de ese percance se la pasaron bomba. Obligado a saludar, Denegri tuvo que levantarse y tender la mano a Rosalía, que le retiró la suya con ostensible disgusto. Volvió a la silla con el hígado cristalizado y aún tuvo que escuchar un rato, la vista fija en el suflé de langosta, la estúpida cháchara de Rosalía sobre sus aventuras como esquiadora. De vuelta en la mesa, Pasquel tuvo el tacto de no mencionar el desaire. Pero el daño ya estaba hecho: humillado ante el magnate y no sólo ante él, quizá otros comensales del restaurante habían observado la escena. La señorita mimada nunca le perdonaría que no hubiera querido suicidarse por ella. ¿Acaso era un crimen tener instinto de conservación? Pobre del infeliz que se atreviera a rasguñar el ego de una niña bien. Llevaba cinco años sin verla y en ese tiempo su hermosura había florecido hasta supurar veneno. Un portento de belleza y garbo, debía reconocerlo aunque le doliera. La nostalgia del reino perdido le amargó las vieiras al vino blanco que vinieron después del suflé. Y pensar que esa encantadora vestal hubiera podido ser suya, que él hubiera podido cogérsela en las montañas de Colorado. Incapaz de sostener una charla animada, el resto de la comida se limitó a entrevistar torpemente a Pasquel, como si el descolón de Rosalía lo hubiera degradado al rango de reporterillo. Ni siquiera pudo articular una frase ingeniosa, tartamudeó varias veces y en la despedida se sintió expulsado para siempre de la élite impenetrable que esa tarde le había dado un portazo en la cara.

A tono con su aflicción, la tarde se había puesto gris. Volvió a la oficina desconfiado y paranoico, mirando constantemente hacia atrás, por temor a que Nemesio lo viniera siguiendo. Para calmar los nervios le dio un buen trago a la botella de Old Parr que guardaba en el cajón del escritorio, dentro de un estuche en forma de libro. Llamó por teléfono a Rogerio de la Selva, el secretario particular del presidente, y le contó su encontronazo con Nemesio Arellano. Los pronósticos de su columna sacaban muchas ámpulas, dijo, y algunos de los perjudicados podían pasar de las palabras a los hechos. ¿No habría manera de que el gobierno le asignara un par de escoltas? Se consideraba un soldado del presidente Alemán, pero no podría serle útil al gobierno si temía por su vida. Rogerio le prometió solicitar los escoltas a la Dirección Federal de Seguridad, previa consulta con el señor presidente. Pero conociendo el aprecio que Alemán le profesaba, estaba seguro de contar con su aprobación. Reconfortado por el espaldarazo, se puso a escribir el libreto del programa radial que grabaría por la tarde en la XEX:

Cansado de caudillos atrabiliarios y de militares con escasa instrucción elevados a puestos públicos, el pueblo mexicano clamaba por un cambio y ese cambio llegó. En las primeras semanas de su gobierno, el presidente Alemán ha tomado medidas enérgicas para acabar con los compadrazgos, las componendas inmorales, los enriquecimientos ilícitos, lo mismo en las secretarías de Estado que en los pequeños municipios, donde las oficinas públicas estaban atestadas de sombreros texanos, de pistolerismo y de barbarie iletrada. Quedó atrás la época de los caudillos analfabetos que se ufanaban de saber gobernar sin haber cursado la escuela primaria. Celebremos la llegada al poder de un licenciado culto y enterado, de un civil que preconiza la moralización administrativa y ha incorporado en su gabinete a un equipo de universitarios eminentes, con un proyecto modernizador que pondrá en marcha la locomotora del progreso…

Tenía la puerta entreabierta y en el radio de Irma sonaba *Cien años* en la voz de Pedro Infante: "Pasaste a mi lado con gran indiferencia, tus ojos ni siquiera voltearon hacia mí…". Se levantó a cerrar la puerta pero el daño ya estaba hecho: su pena de amor sangraba a borbotones y el desprecio que acababa de sufrir le arrancó un suspiro de autocompasión. "Te vi sin que me vieras, te hablé sin que me oyeras y toda mi amargura se ahogó dentro de mí…". Maldito bolero, reflejaba exactamente su estado de ánimo. Dio un nuevo sorbo al whisky en busca de ideas para rematar el comentario, pero no atinó a pergeñar una línea. La cachetada de Rosalía le había recordado su más amarga derrota. ¿Para qué negarlo? Pertenecía desde entonces a la vasta subespecie de los lisiados emocionales que, por una mezcla de conformismo y temor a los descalabros del ego, se resignan a un simulacro de amor. Lorena estaba muy por debajo de sus expectativas eróticas y románticas. Se había refugiado en ella por desesperación, urgido de una salvaguardia emocional para capotear la ruptura con Rosalía, como un jugador de ajedrez que recurre al enroque para salvar su rey. Pero ahora veía claro que ese amor blandengue y mustio, anodino como la sopa de fideos, exacerbaba su nostalgia del paraíso en vez de aliviarla. Ni que fuera un vejete enfermizo para resignarse tan pronto a la domesticación inane, al domingo vegetativo en bata y pantuflas. La falsificación de ideales era el deporte favorito de los mediocres que renunciaban a la locura en busca de seguridad y equilibrio. A ese paso no tardaría en incubar rencores contra la felicidad ajena. O le perdía el miedo al caos y se arriesgaba a vivir nuevas ansiedades o transitaba del bostezo al estertor sin percibir siquiera su estado de coma. Con más coraje que deseo marcó el teléfono de Noemí.

—Hola, Noemí, habla la víctima de tus malabares con el vino.

—Ay, Carlos, qué pena contigo —Noemí soltó una risilla—. Me has de odiar por lo de tu pantalón.

—No te preocupes, ya lo mandé a la tintorería.

—Si quieres te pago la cuenta.

—¿Cómo crees, tonta? Las señoras guapas como tú pueden bañarme hasta de chapopote.

—Gracias por la flor, ¿qué me cuentas?

—Como vas a estar solita dos largas semanas, he pensado que tal vez no te caería mal una distracción.

—Me caería de perlas —el cadencioso murmullo de Noemí parecía emanar de su clítoris.

—Creo que tú y yo tenemos grandes afinidades y no deberíamos limitarnos a un trato superficial. ¿Qué tal si nos tomamos una copa mañana?

—¿Con Lorena?

—No, ella tiene un té canasta con sus amigas.

—Me da pena con ella, ¿qué tal si se enoja?

—No le voy a pedir permiso. ¿Te animas?

Como lo esperaba, Noemí archivó los escrúpulos y al día siguiente, al caer la tarde, se tomaron el trago en el piano bar del Hotel L'Escargot, en la colonia Nápoles. Era un saloncito alfombrado de verde, con luces tenues, a salvo de miradas indiscretas, donde sólo había dos mesas ocupadas por turistas. Previamente había reservado en el propio hotel una alcoba con vista al Parque de la Lama, por si lograba seducirla en un ataque relámpago. El pronunciado escote y la falda corta de Noemí le quitaban varios años de encima. Tenía un rostro gatuno de niña perversa, con pómulos angulosos salpicados de pecas. En sus ojillos pardos, un tanto esquinados, relumbraba un candor adolescente, sublevado contra la seriedad adulta. Hija de una mulata dominicana y un agregado militar francés, compensaba el modesto volumen del busto con un egregio culo de mulata blanca, digno de figurar en algún cabaret de burlesque. Nada en su actitud libre y coqueta podía delatar que fuera una señora casada. A la segunda copa, Denegri se lanzó a fondo.

—Voy a ser claro contigo porque no me gustan los preámbulos, preciosa: desde la cena en tu casa he pensado mucho en ti —le acarició los dedos—. A la pasión hay que verla de frente, aunque nos deje ciegos. Te deseo con rabia y no me perdonaría que un impedimento tan vulgar como el matrimonio nos cortara las alas.

—Te mereces una bofetada por cabrón —Noemí fingió enojo—. Pero hace mucho tiempo que quiero escuchar algo así.

Entreabrió los labios y se besaron a mansalva, un poco asustados de su propia osadía. Una hora después ya estaban retozando en la cama con la lujuria inepta de los cuerpos que se conocen poco y se desean mucho. Empinada boca abajo, Noemí se había metido el pulgar en la boca como una viciosa lactante. Denegri alternó los embates rudos con intervalos de suavidad, deleitado con el reflejo de sus cuerpos en la luna del armario. Así quería verse, gallardo, poderoso, dominador, cómetela, tragona, grita más recio, quiero oír tus aullidos. Pero su ilusión de grandeza se disipó en el instante mismo de eyacular. Enroscada en su pecho, Noemí le confesó sin venir a cuento que antes de esa tarde jamás había engañado a José. Aclaración no pedida, acusación manifiesta, pensó. ¿Qué necesidad tenía de justificarse? ¿Acaso una adúltera primeriza era menos deshonesta que una experimentada? Pero ella insistió absurdamente en lavarse la cara, achacando su desliz al desgano crónico de José, un fanático de los números y las gráficas, tan ocupado en revisar las cotizaciones de la Bolsa que hasta en sueños veía desfilar cifras y diagramas. Cuando era secretario de Economía ni se paraba en la casa y rara vez coincidían a la hora del desayuno, no para platicar, bueno fuera, pues él se parapetaba detrás del periódico sin mirarla siquiera, aunque se paseara desnuda por la cocina.

—Pero al menos era libre y podía dedicarme a lo que me gusta: la equitación, al yoga, jugar bridge con mis amigas del Club France. Ahora, en cambio, lo tengo el día entero metido en la casa, pidiendo *room service* como un sultán: quiero un jugo de toronja, manda a la criada a comprar *El Universal*, tráeme los anteojos que dejé en la mesa. Se pone tan pesado que hasta me dan ganas de ponerle unas gotas de estricnina en el café con leche, como en la película de Hitchcock. Por eso, cuando te vi charlar en la cena, simpático y alegre, con tu facha de golfo cosmopolita, sentí envidia de tu mujer y pensé: necesito a un hombre que me haga reír, a un amante con ganas de gozar la vida. ¿Por qué no me casé con un tipo como éste?

En el auto, cuando la llevó de vuelta a su casa en San Ángel, los denuestos que Noemí siguió hilvanando contra José (se tiraba pedos en la cama, meaba fuera del escusado, sorbía como un cerdo la leche de los corn flakes) despertaron un avispero de misoginia dormido en el sustrato más hondo de su memoria que se agitaba de pronto, en ocasiones como ésa, cuando palpaba tan de cerca la vileza femenina. Pobre Barrientos, cornudo y vilipendiado por su mujer. ¿Quién le aseguraba que Lorena no lo denostaba de igual manera en brazos de un hipotético amante? ¿Quién podía confiar en esas hijas de puta? Poco importaba que él hubiera seducido a Noemí, de cualquier modo lo asqueó su doblez. Para colmo, la maldita sierpe dio signos claros de no querer limitarse a una simple aventura.

—No me lo vas a creer, pero soy romántica desde chiquilla —reclinó la cabeza en su hombro—.Cuando me entrego a un hombre se lo doy todo, el alma y el cuerpo, nada de medias tintas. Desde que José nos presentó sentí un revoloteo de mariposas en el estómago. ¿Tú no, Carlos?

Asintió sin convicción, las manos aferradas al volante, porque hubiera sido brutal bajarla del carro a madrazos, como sin duda se merecía. Para guardar las formas le propuso dejarla a una cuadra de su casa, pero ella consideró inútil esa precaución y Denegri dedujo que los vecinos ya estaban acostumbrados a verla llegar con otros hombres. Cuando se despidieron en la puerta de su residencia, una vieja casona con barda de piedra volcánica, decidió desengañarla a la primera oportunidad, antes de que se hiciera más ilusiones.

Al día siguiente Lorena se encontró en el cenicero del Mercury la colilla de un Parliament manchada de lápiz labial y con la prueba en la mano le montó una escena de celos.

—Con razón llegaste tan tarde anoche. ¿A qué piruja levantaste?

—Le di un aventón a mi secretaria —procuró mentir con naturalidad.

—¿A poco Irma fuma cigarros de carita?

—Se los traje yo de Nueva York en mi último viaje.

—Qué raro. Noemí fuma de la misma marca.

—¿Ah, sí? No me fijé.

—Mira, Carlos, si te enredas con ella vas a pescar una gonorrea y lo peor es que me la vas a pegar. Noemí es una piruja de lo peor. Ha tenido cuarenta amantes desde que era porrista en la prepa. Todo el mundo lo sabe, menos su esposo.

—¿Y a mí qué? No tengo nada con ella.

—¿Me lo juras?

Aunque Denegri besó la cruz, Lorena no quedó del todo satisfecha con el juramento.

—Si mientes me voy a dar cuenta, porque siempre dejas huellas cuando te vas de cuzco. Los borrachos como tú no saben poner cuernos. Pero te advierto que esta vez no me voy a dejar. Ya no soy la niña boba que se mordía el rebozo en Río de Janeiro. Aprendí mi lección a fuerza de golpes. Atrévete a engañarme y le digo a mi hermano Tomás que te parta la madre.

Denegri se quejó amargamente de la guerra preventiva que Lorena le declaraba sin fundamento, la tachó de paranoica y salió de la casa indignado. ¿Tanto escándalo por una pinche colilla? ¿Con qué elementos de prueba le lanzaba semejante andanada de vituperios? Y para colmo involucraba al hermano, un tozudo *full back* de metro noventa. Uy qué miedo, mira cómo tiemblo, pinche cabrona. En el auto, mientras circulaba por Avenida Insurgentes rumbo a Paseo de la Reforma, deploró que el instinto canino de las mujeres las cegara al extremo de perder los estribos por una simple sospecha. Reaccionaban como perras porque en el fondo lo eran. Como Noemí se había meado en su territorio, Lorena tenía que gruñir y pelar los dientes. Escenas así se veían a diario en cualquier parque. Jamás cambiarían, por más que fueran a las universidades o les concedieran el derecho al voto: su problema no era cultural sino endócrino. Maldijo la fatalidad biológica que lo condenaba a correr tras ellas para olerles el culo. Si Dios amara de verdad al hombre no lo habría condenado a esa dependencia humillante.

En la oficina ya lo estaba esperando el joven Pancho Zendejas, un aprendiz de poeta esmirriado y cacarizo, con el pelo alborotado de los genios incomprendidos, que escribía una columna de crítica literaria en *Excélsior*. Venía a traerle las pruebas de la revista *Noctámbulas,* el primer negocio editorial que Denegri había emprendido por su cuenta, gracias al patrocinio de los centros nocturnos y los restaurantes de lujo a los que vendía publicidad. Era una revista de sociales "profundamente intrascendente", según el lema de la portada, en la que a veces metía de contrabando algún editorial de política, encajonado entre las secciones de modas y espectáculos. En la portada del nuevo número, el Chango García Cabral había dibujado un cartón a color alusivo a *Días sin huella*, la película de moda, con llenos diarios en el cine Rex, en la que Ray Milland interpretaba a un alcohólico. En la barra de una cantina, un avestruz, un tigre, un mapache, un mono colgado de una lámpara y una víbora enroscada en el cuello del barman informaban a un azorado cliente: "Estamos esperando al señor del *delirium tremens*". Soltó una carcajada aprobatoria: la película lo había impresionado al extremo de identificarse con el protagonista, pero le pareció saludable tomársela a chunga.

Examinó las páginas interiores, con escuetas reseñas de cocteles y abundantes fotos en sepia de la gente famosa o adinerada que frecuentaba los clubes de moda: El Minuit, El Casanova, el Ciro's, el Sans Souci, el Río Rosa, El Patio. Las columnas de chismes, que Zendejas y él firmaban con seudónimo, celebraban en tono ligero, mesuradamente pícaro, la vida alegre de la gente chic. Las releyó complacido por su tono antisolemne, muy distante de la cursilería que destilaban Rosario Sansores y el Duque de Otranto, los enmohecidos clásicos del género. La crónica de los fastos mundanos debía reflejar el espíritu de su época, mostrar a la élite como quería verse, frívola y hedonista, con el hálito juvenil que parecía emanar del dinero. En la reseña de un coctel de voluntarios de la Cruz Roja encontró sin embargo una foto abominable, introducida por un duende enemigo, que le dolió como una bofetada: ¡Rosalía y su marido, el naviero gallego, brindando con otra pareja en El Minuit! Hasta en su propia revista se los tenía que encontrar.

—Cambia esa foto por otra cualquiera del mismo coctel —ordenó.

—No se puede, hoy cerramos la edición y me están esperando en la imprenta —se encogió de hombros Zendejas.

—Me vale madres. Llama y diles que nos vamos a retrasar.

—Va a salirnos caro.

—Pago lo que sea, pero esa foto no entra.

—¿Se puede saber por qué?

—Porque lo mando yo y punto.

Se había corrido ya varias parrandas con el joven Zendejas, y le tenía bastante confianza, pero no tanta para contarle intimidades que lo lastimaban. Cuando Zendejas se fue, ofuscado y mohíno, Irma le anunció que lo llamaba la señora Noemí Palacios.

—Dígale que estoy de viaje.

Después del pleito con Lorena ya no pensaba con desagrado en Noemí. De hecho, lo halagó ese homenaje a su virilidad: se había enculado pronto y quería más candela. Pero justamente por eso prefirió hacerla sufrir un poco, darse a desear como los cinturitas de barrio. La imaginó mordiéndose las uñas con inquietud, repitiendo afligida frente al espejo: ¿Tan fea estoy? ¿Sólo me quería para un palo? La táctica del desdén, la guerra de nervios posterior a la seducción, daba resultados excelentes en la doma de yeguas. Conocía sus mil artimañas y sabía que no debía darles la menor señal de blandura. Primero el fuetazo y luego la sobadita en el lomo, sólo así aprendían a respetar al jinete. Antes de empezar cualquier amorío, cualquier hombre que se preciara de serlo debía establecer un principio de autoridad: grábatelo bien, mamita, me necesitas más a mí que yo a ti.

Después de atender varias llamadas que le quitaron una hora, a las once y media salió de la oficina sin haber podido escribir una línea. Tenía un compromiso muy importante en la residencia oficial de Los Pinos: se acercaba la visita de Estado de Harry S. Truman, un acontecimiento histórico de primer orden. Por primera vez un presidente yanqui viajaba a la capital para encontrarse con su homólogo mexicano y el periódico lo había comisionado para recoger las expectativas de Miguel Alemán en la semana previa al encuentro. Admiraba sin reservas al nuevo presidente, por afinidades generacionales y políticas. En el trayecto a Los Pinos, al volante de su Mercury color lavanda, evocó la rápida camaradería que surgió entre los dos desde la infancia, cuando jugaban canicas en las jardineras del monumento a la Revolución. Dejó de verlo muchos años pero le siguió la pista desde lejos, maravillado de su talento para caer parado en cualquier circunstancia. Se quitaba el sombrero por la habilidad que tuvo para echarse en la bolsa, primero, a Lázaro Cárdenas y luego a Manuel Ávila Camacho. Izquierdista cuando le convenía, dio un oportuno giro de veleta cuando la reacción recuperó el poder que en cierta forma nunca había perdido. Halagaba vanidades, conquistaba simpatías, sabía decir a todo el mundo lo que deseaba escuchar y con el tiempo, hasta sus malquerientes se le rendían.

A la chita callando, mientras subía peldaños en la pirámide burocrática, se las ingeniaba para hacer estupendos negocios por medio de prestanombres: su fraccionamiento en los llanos de Anzures le había dejado una millonada, y ahora, según gente de su entorno cercano, planeaba otra gran urbanización en la antigua Hacienda de Los Pirules. Por conocer antes que nadie los proyectos urbanísticos del gobierno, sabía de antemano qué zonas de la capital iban a subir de precio y compraba barato para luego vender caro. En los medios financieros y empresariales se rumoraba que ahora, desde la Presidencia y en sociedad con los principales capitalistas del país, crearía un emporio con mil ramas: turismo, siderurgia, bancos, líneas de aviación, constructoras. A diferencia de los viejos jefes máximos de la Revolución, caudillos un tanto cerriles que sólo sabían criar ganado y cultivar hortalizas, Alemán tenía una visión empresarial de altos vuelos.

Se había vuelto su entrevistador predilecto desde la campaña electoral, cuando lo ayudó a disipar la desconfianza del embajador Messerschmitt, que lo tenía catalogado como un nacionalista hostil a Estados Unidos, con veladas simpatías por las potencias del Eje. Desde entonces lo apodó "Cachorro de la Revolución", un mote que había corrido con buena fortuna y le concitó la simpatía del pueblo. No fue un mérito pequeño demoler las intrigas que su candidato rival, el ex canciller Ezequiel Padilla, había urdido para perjudicarlo ante la opinión pública yanqui. En los hechos había fungido como vocero internacional de la campaña, pues ningún otro periodista mexicano tenía acceso a las publicaciones yanquis, donde sus notas y reportajes aparecían con frecuencia, gracias a la red de relaciones que había tejido en los principales medios informativos de Estados Unidos. Era el *mexican journalist* más apreciado en Norteamérica, el interlocutor a quien buscaban en primer lugar los directores de periódicos y revistas, cuando querían confirmar una información. Agradecido por sus servicios, Alemán le daba exclusivas como ésa, que a los ojos del público lo investían con la banda presidencial de la prensa. Lo enorgullecía sentirse parte de su camarilla, un grupo de gente cosmopolita y bien educada, con un gusto exquisito en materia de autos, ropa, vino y mujeres, que disfrutaba sus privilegios sin sentimientos de culpa. Pertenecía por derecho propio a ese núcleo de triunfadores, pues él también era un cachorro de la Revolución. No en balde se había rozado desde niño con el poder y estaba, como ellos, predestinado a ejercerlo por vía hereditaria.

Apenas vieron su coche de lejos, los guardias del Estado Mayor le abrieron las rejas verdes de par en par. Dio las gracias con un saludo militar y al recorrer los suntuosos jardines, entre abetos que arañaban el cielo y geométricos macizos de flores, lo invadió la euforia serena de los cortesanos afianzados en su jerarquía. Bienvenido al reino encantado, pensó, nada ni nadie podrá sacarte de aquí. En la antesala, Rogerio de la Selva, pulcro y atildado como siempre, le dio la noticia de que al día siguiente irían a su oficina los dos escoltas comisionados para protegerlo. Por supuesto, sus emolumentos correrían por cuenta de la Presidencia y él sólo tendría que darles para sus aguas.

—Gracias, hermano, estoy muy joven para dejar huérfana a mi hija. Y por cierto, ¿ya eligieron candidato en Jojutla?

—Al día siguiente de que me llamaste fue la asamblea. Nemesio quiso reventarla cuando nombraron a su rival. Lo sacaron a empujones y la Comisión de Honor y Justicia del partido le va a fincar cargos por malversación de fondos.

—Ojalá lo refundan un buen rato en la cárcel. Creí que me iba a soltar un plomazo.

—No te preocupes, su carrera política se acabó.

Charló un rato con Rogerio sobre los recientes estrenos teatrales en Broadway y las novedades literarias de lengua inglesa, temas en los que siempre estaba al día.

—No sé cómo le haces para trabajar tanto y seguir leyendo, compadre.

—Muy fácil, duermo poco y no bebo una gota de alcohol.

Tras una antesala de quince minutos, el presidente Alemán lo recibió en su despacho con un abrazo cálido, levemente sobreactuado, pero de cualquier modo halagüeño. Sus arcos ciliares alzados le daban un aire altivo que compensaba con una radiante sonrisa de conejo. Tenía una mirada a la vez incisiva y hermética, la mirada de un tahúr invicto que jamás otorgaba ventajas al enemigo. La silla del águila nunca le había sentado mejor a ningún político, y por primera vez en el despacho presidencial los volúmenes empastados en cuero que abarrotaban los libreros no eran un mero adorno: ese hombre sí tenía luces para gobernar. Aunque llevaba un cuestionario prefirió no sacarlo, para imprimir a la charla un tono más amistoso y jovial.

—En primer lugar, le agradezco a nombre de *Excélsior* esta oportunidad de hablar con usted. Dígame, señor presidente, ¿cuáles son los aspectos de la relación bilateral con Estados Unidos que serán tratados en esta reunión?

—Queremos fortalecer los lazos que nos unen a Estados Unidos y al mismo tiempo incrementar la cooperación económica en distintas ramas de la industria. Se inicia una nueva era de amistad entre nuestros pueblos y deseamos ofrecer ventanas de oportunidad a los inversionistas norteamericanos que traigan empleos a nuestro país…

Mientras apuntaba taquigráficamente su respuesta, miró con el rabillo del ojo una carpeta roja colocada en la esquina derecha del escritorio y alcanzó a leer el membrete: *Indemnización a la compañía petrolera El Águila.* Caramba, qué notición. Como de costumbre, las declaraciones de los políticos eran irrelevantes: lo que de verdad importaba eran los detalles ocultos tras bambalinas, los papelillos reveladores que dejaban a la vista por descuido. Desde la nacionalización del petróleo, nueve años atrás, México no le había pagado un centavo a las compañías expropiadas. De hecho, en los círculos financieros ya se daba por seguro que México jamás saldaría esa deuda. ¿Acaso Alemán quería limpiar la reputación crediticia de México? Procuró no mirar la carpeta con insistencia, para guardar las formas. Seguramente prefería mantener en secreto esa indemnización, pues apenas estaba estudiando su costo financiero, que debía ser altísimo, tomando en cuenta los réditos acumulados en nueve años. ¿El gobierno británico nos había presionado? ¿Soportaría el erario una sangría de recursos tan fuerte? Ésas eran las preguntas que hubiera debido hacerle si pudiera cometer indiscreciones. Pero los presidentes de México sólo accedían a hablar con la prensa a condición de que no los pusiera en aprietos y cualquier atrevimiento hubiera podido costarle caro.

Continuó la entrevista como la tenía planeada y sólo se salió un poco del guion al preguntarle si esperaba para Latinoamérica un Plan Marshall como el que Estados Unidos había implementado en la devastada Europa de la posguerra.

—No puedo adelantar vísperas. Por ahora sólo tendremos un acercamiento que el día de mañana puede traducirse en un fuerte impulso a la actividad productiva de ambas naciones y, ¿por qué no?, de todo el continente.

De vuelta a la oficina, envalentonado por la certeza de estrenar guaruras muy pronto, añadió un colofón vengativo a su columna del día siguiente: "Como pronosticamos hace algunas semanas, el torvo cacique Nemesio Arellano fracasó en su intentona por obtener la postulación a la alcaldía de Jojutla y ahora tendrá que vérselas con la Comisión de Honor y Justicia del PRI. El que a hierro mata…". Tómala, papacito, por andar de hocicón. Ni tú ni nadie puede amenazarme sin salir madreado. Cuando redactaba la *Miscelánea del Martes*, un remolino de notas sobre la alta sociedad provinciana, lo asaltó una sospecha perturbadora: ¿Y si Alemán lo había dejado ver esa carpeta adrede, como los compañeros de banca que se dejan copiar en un examen, para recompensarlo por sus servicios de panegirista? Cuando México saldara la deuda con El Águila, las acciones de la compañía iban a subir hasta el séptimo cielo, de modo que un secreto como ese podía enriquecer a cualquiera. Todo parecía indicar que en agradecimiento por sus favores periodísticos, el presidente le ponía un negociazo en bandeja. ¿O eran figuraciones suyas? Para salir de dudas llamó al teléfono confidencial de Jorge Pasquel. Había llegado el momento de cobrarle el favor.

—No te quiero quitar mucho tiempo, hermano. Abusando de tu amabilidad, quería hacerte una pequeña consulta. Hoy fui a entrevistar al presidente en Los Pinos y sobre su escritorio vi un informe sobre una supuesta indemnización a la petrolera El Águila. Me sorprendió porque las reclamaciones de la compañía ya cesaron y todo parecía indicar que se habían resignado a no cobrar la deuda. ¿De veras el gobierno quiere pagarla?

—Todavía no hay nada seguro, pero tengo entendido que se está estudiando esa posibilidad —admitió Pasquel—. Te lo digo entre cuates por tratarse de ti. No vayas a dar la noticia, porque Miguel se enojaría mucho conmigo. Es un tema muy delicado.

Denegri le aseguró que jamás se atrevería a traicionar la confianza del señor presidente con una revelación sensacionalista. Simplemente quería seguirle la pista al asunto para divulgarlo cuando el gobierno lo dispusiera. Al colgar la bocina se relamió los bigotes con un principio de taquicardia. De modo que el pago de la deuda iba en serio y sólo estaban enterados los amigos íntimos del presidente. Los conocía demasiado bien para saber que iban a forrarse con esa indemnización. En reconocimiento a sus méritos en la corte, Alemán le concedía una rebanada del pastel. Qué detallazo. Pero antes de invertir un centavo en esa aventura debía tomar providencias. Llamó en seguida a su viejo amigo Walter Lowell, reportero del *Daily Mirror*, con quien se había corrido memorables parrandas en los pubs londinenses, a la luz de las velas, durante los bombardeos nocturnos de la Luftwaffe. Le pidió que averiguara si en su reciente visita a Londres, el secretario de Hacienda Ramón Beteta se había entrevistado con los altos ejecutivos de la compañía El Águila. Lowell quiso averiguar por qué le interesaba saberlo.

—Se rumora que Beteta fue a pedir una renegociación de la deuda con plazos más largos —mintió— y quiero corroborarlo.

Un optimismo cascabelero lo animó a irse de juerga esa noche, en compañía de Francisco Zendejas, que ya entrado en copas era un joven simpático y atrevido, con buenas tablas para ligar. Bebieron gratis, por cortesía de los centros nocturnos que les daban barra libre a cambio de anuncios en *Noctámbulas*. A las dos de la mañana se encontraron a Agustín Lara en El Casanova, rodeado por varias coristas del Teatro Lírico. Aunque tuviera en casa a María Félix, el muy lángara no renunciaba a su harem de putillas. Denegri se había corrido ya varias juergas con él, en las que evocaron la maravillosa bohemia parisina de entreguerras, y recitaron al unísono versos de Baudelaire. Aunque Lara era más bien renuente a hablar de sí mismo, le propuso que escribiera en la revista una sección con anécdotas de su vida sentimental, a cambio de quinientos pesos por semana, una cantidad mucho mayor a la que devengaba cualquier periodista. Lara aceptó alquilarle su firma, siempre y cuando fuera Denegri quien escribiera esos episodios, inventándolos con total libertad, pero sin empañar su reputación. Denegri aceptó, seguro de que un colaborador tan célebre jalaría a más anunciantes y hasta le propuso un título: *Flirt en Re mayor. Memorias románticas del Flaco de Oro*, que Lara aprobó tras pedir la opinión de sus guapas contertulias. Pese a la cruda, que aligeró con una buena dosis de bencedrina, su racha de júbilo continuó al día siguiente, cuando recibió en la oficina a la pareja de escoltas que le mandaba la Presidencia: Humberto y Salvador. Ambos eran altos y corpulentos, gente que inspiraba respeto, en especial Salvador, por la cicatriz en diagonal de su mejilla derecha. Humberto era poblano, Salvador sinaloense, y antes de fungir como guardaespaldas habían sido veladores en la refinería de Azcapotzalco. Les dio cincuenta pesos por cabeza, para ganarse pronto su voluntad, y en la recepción los presentó con el policía de la entrada.

—Éste es el malora que me la sentenció —les mostró una foto de Nemesio Arellano—. Anda armado y a lo mejor no viene solo. Pónganse truchas para que no los madruguen.

La protección gubernamental le serenó los nervios, pero sobre todo, lo colmó de orgullo. Significaba que en las altas esferas del poder ya lo consideraban una institución a quien la patria debía custodiar por su importancia estratégica. Ningún otro periodista podía ufanarse de merecer ese privilegio. De niño había tenido guaruras por ser hijo de un ministro, de modo que ya estaba familiarizado con los atributos del poder. Pero esta vez su efecto psicológico fue mucho más placentero, por la satisfacción de habérselos ganado. Y aunque al día siguiente, Lorena se asustó de tener a dos orangutanes en la puerta de la casa, también ella comprendió enseguida que ese toque de distinción enaltecía a la familia como un título nobiliario.

El viernes por la tarde, Lowell le devolvió la llamada: en efecto, Beteta se había entrevistado a puerta cerrada con el presidente de la compañía petrolera, pero no emitieron ningún comunicado sobre el encuentro. Albricias. Tenía en sus manos un negocio fabuloso, a condición de que mantuviera un estricto mutismo. A primera hora del lunes, sin dar aviso a Lorena, hipotecó su casa en la sucursal Polanco del Banco de Comercio y obtuvo ochenta mil pesos que en seguida cambió a dólares. Como su hermano Iván estaba a punto de salir a Nueva York, donde tomaría clases de teatro, le encargó que buscara en Wall Street a Patrick Dermont, un bróker de su entera confianza, y le entregara el dinero, junto con las instrucciones para invertirlo a su nombre. Intrigado, Iván quiso saber por qué hacía una apuesta tan arriesgada, pero no quiso soltarle prenda. Acababa de verificar que el precio de las acciones de El Águila andaba por los suelos, pues la compañía llevaba dos años operando con pérdidas, entre rumores de quiebra. La ganga del siglo, pensó, confiado en multiplicar su apuesta. De haber tenido más en el banco se habría jugado hasta el último quinto. Seguramente Alemán, Beteta, Ruiz Galindo y los demás miembros del gabinete estaban haciendo lo mismo por medio de testaferros. Corría, sin embargo, un riesgo que por lo pronto prefería ignorar, para no echarse la sal: que más tarde el gobierno cambiara de planes y él se quedara chiflando en la loma. ¿Pero no era la Bolsa un juego de póker? ¿No ganaban en ese casino los jugadores más audaces, los que seducían con más descaro a la diosa fortuna?

Cuando apenas faltaban dos días para la llegada de Truman tuvo que capotear una nueva tempestad en el frente doméstico: para entonces, la porfiada Noemí ya llevaba una semana llamándolo sin cesar, incluso a su casa, donde guardaba silencio cuando Lorena levantaba el auricular. Motivo suficiente para enfurecer a su esposa, que ya tenía la mosca detrás de la oreja.

—Dile a tu puta que te llame a la oficina, ya van tres veces que me cuelga. La he puesto del asco pero no se cansa de joder. ¿No le da vergüenza hacer esos desfiguros?

—Puede ser cualquier bromista, a lo mejor algún niño.

—Ah, ¿y encima la defiendes?

—Ya te dije que no he vuelto a verla desde la cena.

—Dirás misa, pero a mí no me engañas. Llama y llama porque la sigues cortejando. Lárgate si quieres con esa ofrecida, pero te advierto que vas a hacer el ridículo cuando te vean con ella. Cómo será su fama de puta que las señoras del Club France no la dejan ni acercarse a sus maridos.

Noemí se merecía que la mandara al carajo, por indiscreta y provocadora. Más que una adúltera parecía una loca pendenciera, obstinada en hacer rabiar a su rival de amores. Pero el negociazo que traía entre manos le había alborotado la libido, como si le urgiera traducir en placer su inminente riqueza, y decidió levantarle el castigo, para cobrarse, de paso, el terrorismo doméstico de Lorena.

Estaba loca si creía que a fuerza de vociferar le impondría temor. Tachaba de puta a Noemí para demeritar su conquista, como si él no pudiera seducir a una mujer honesta. ¿Por qué chingados no? ¿Estaba cojo o manco? Más que el atractivo erótico de Noemí, su fuerte deseo de bajarle los humos a Lorena lo incitó a prolongar el engaño. La llevó de nuevo al Hotel L'Escargot, esta vez directamente a la recámara, donde ya los esperaba una botella de champán en una hielera. La regañó por haberlo llamado a casa y le advirtió que Lorena ya se las olía:

—No vuelvas a marcar ese número o hasta aquí llegamos —la tomó con fuerza de la barbilla—: más te vale no jugarme chueco o vamos a acabar muy mal.

Ella reconoció que había cometido un error porque estaba dolida por su silencio y en señal de *mea culpa* soltó un hilillo de lágrimas. Quién la viera tan humildita, con esa cara de no rompo un plato, y sin embargo era obvio que pretendía separarlo de su esposa. Harto de lloriqueos, la tumbó sobre la cama y la penetró sin caricias previas, dándole fuertes nalgadas y pellizcos en los senos. En un arrebato de inspiración le metió dos dedos en el ano y luego se los dio a chupar. Al parecer le gustaba el maltrato, pues se vino cinco veces, dos más que la tarde anterior, con gritos destemplados que ameritaron la llamada de un huésped quejoso a la recepción del hotel. Se tomó a broma el reclamo del recepcionista, complacido por ese homenaje a su potencia sexual. En el Mercury, a la salida del hotel, Noemí repitió la cantinela de reproches contra Barrientos. Ahora estaba en Nueva York dándose la gran vida y el tacaño se había negado a comprarle un abrigo de astracán en Sak's. Su guardarropa ya daba lástimas, tanto así que había dejado de ir a cenas elegantes para no repetir vestidos, pero a José le valía madres tenerla en andrajos. Y no por andar bruja, al contrario, tenía medio millón de dólares en el Citibank, pero no podía gastar doscientos mugrosos dólares en un abrigo para su esposa. Cuando eran novios se esmeraba por cumplirle el menor capricho. Pero a partir de la boda no tardó en sacar las uñas. Desde la luna de miel ya se hizo rosca con los boletos de avión a Acapulco. Siete horas en la inhóspita carretera con un calor de los mil demonios. Si no fuera por Jaimito, su hijo de siete años, a quien Denegri había conocido en la cena, desde cuándo lo hubiera mandado al carajo.

—Te voy a pedir un favor: nunca vuelvas a hablarme de tu marido en términos despectivos —le pidió al despedirse—. Me parece de mal gusto que lo injuries de esa manera.

—No parecías respetarlo mucho en el cuarto del hotel —respondió Noemí, resentida.

—Pero tampoco lo odio ni quiero enseñarme con él. No seamos chacales, Noemí. Hasta en el adulterio hace falta un mínimo de decencia.

Satisfecho por su regañona lección de moral, no le importó que esta vez el beso de despedida fuera bastante tibio. Si se molestaba peor para ella, tenía candidatas de sobra para suplirla.

Durante la visita de Truman, el intenso trabajo ni siquiera le permitió pensar en sus líos de faldas. Cuando el presidente yanqui, para limar asperezas con México, depositó una ofrenda floral en el Monumento a los Niños Héroes, elogió ese gesto de amistad afirmando que Truman "había tendido un puente sobre el abismo del pasado". Su emotiva crónica le valió una felicitación entusiasta de la embajada norteamericana y otra del secretario de Gobernación Héctor Pérez Martínez, que le regaló una pluma de oro Mont Blanc. Estuvo tan cerca de los dos mandatarios que en la cena de gala en el Castillo de Chapultepec, por un momento fungió como intérprete de Alemán, cuando mostró al distinguido visitante la vieja habitación de Maximiliano de Habsburgo. "No hubo en el encuentro el menor asomo de tensión diplomática. Tal parecía que Truman y Alemán fueran viejos amigos, como pudimos constatarlo cuando el presidente de México, entre risas y bromas, ayudó a su par norteamericano a pronunciar Tenochtitlán, un trabalenguas difícil para cualquier extranjero. Si pudiéramos definir en una sola frase la faena del licenciado Alemán durante esta visita diríamos llanamente: México se echó en la bolsa al Coloso del Norte".

Terminada la visita de Truman, volvió a casa en busca de paz, con la firme intención de holgazanear varios días. Pero ahí lo esperaba una guerra nuclear. Demacrada, con los ojos rojos y los párpados hinchados de tanto llorar, Lorena bebía una copa de coñac en el desayunador. Al verlo entrar a la cocina se levantó como gallo de pelea.

—Mira lo que me encontré —le arrojó a la cara un tubo de lápiz labial—. Lo dejó Noemí en la guantera del coche.

—Ya te dije que no he visto a Noemí ni se ha subido en mi coche.

—¿Ah, no? Cuando fuimos a su casa nos metimos al baño a darnos una polveada y vi su lápiz de labios. Era idéntico a éste.

—¿Y qué? Muchas mujeres pueden comprar la misma marca, ¿no?

Lorena lo acorraló contra el refrigerador, jadeante y ultrajada.

—Si no es de Noemí, ¿entonces de quién es?

—El otro día llevé a su casa a la hermana de Pancho Zendejas, a lo mejor ella lo dejó ahí.

—Dame su teléfono.

—¿Estás loca? No voy a meter en nuestros pleitos a la familia de un amigo.

—Claro, temes que descubra tu mentira, hijo de la chingada.

Lorena le asestó una bofetada y lo derribó de una patada en la espinilla. Tuvo que guarecerse detrás de una alacena con las manos en la cabeza. De la agresión física pasó a la verbal, con un rencor que parecía largamente añejado en el fondo de su alma.

—Me lo merezco por pendeja. No debí perdonarte después de las canalladas que me hiciste en Río de Janeiro. ¿Para esto me rogaste un mes? ¿Para esto llenabas de flores la casa de mis papás? Tú y yo vamos a terminar muy mal, Carlos. Te advierto que si no dejas de inmediato a esa puta voy a pedirte el divorcio, pero no pienso irme de esta casa, ¿eh? Me la voy a quedar porque mi hija necesita un lugar decente para vivir. Así que ve pensando a dónde te largas. Pero eso no es todo: también le voy a contar a José Barrientos que te estás cogiendo a su esposa. ¿Muy machito no? Pues a ver si tienes los pantalones de agarrarte con él a balazos.

Salió a leer en un café y sólo se atrevió a volver al filo de la medianoche, cuando todas las luces de la casa estaban apagadas. Como Lorena había cerrado su alcoba por dentro tuvo que dormir en el sofá de la sala. Para eludir un segundo round con ella, por la mañana se fue a dar un baño al vapor del Hotel Regis, donde encontró a varios noctámbulos conocidos que se estaban curando la cruda. A la salida desayunó unas sincronizadas en la cafetería con farmacia contigua al hotel, que ya se había llenado de oficinistas.

En la oficina, después de redactar un artículo anodino sobre el impulso del nuevo gobierno al desarrollo de la industria del calzado, salió un momento al balcón, en busca de ideas claras para superar la crisis. ¿Con qué derecho Lorena quería arrebatarle su patrimonio? ¿De cuándo acá estaba permitido dejar a un hombre en la calle por una supuesta infidelidad? Supuesta, sí, pues ella sólo tenía vagos indicios que no demostraban nada y sin embargo hablaba ya de quitarle la casa, una casa que él había pagado íntegramente de su bolsillo. Pendejo, se golpeó la frente con enfado, ¿quién te mandaba casarte por el régimen de sociedad conyugal? Fue una gran estupidez ofrecerle un matrimonio ventajoso como garantía de que ahora sí había sentado cabeza. ¿Para qué separar propiedades si vivirían unidos hasta la muerte? Y ahora, con la casa hipotecada ¿qué diablos iba a pasar si fracasaba su especulación financiera y Lorena le ganaba el inmueble en los tribunales? La ruina, el embargo de bienes, el desprestigio social, la vergüenza de tener que pedir prestado a sus amigos pudientes.

—Señor, lo llama la señora Noemí —le avisó Irma por el interfón—. ¿Se la pasó?

Su primer impulso fue negarse a tomar la llamada. Luego recapacitó y en el tono recriminatorio de un sargento nazi le refirió el descubrimiento de Lorena en la guantera. ¿Le gustaba marcar territorio como los perros? ¿Quería meterlo en problemas? Pues lo había logrado. Lorena estaba hecha una furia y hasta lo había amenazado con ir a contarle todo a José.

—Ni lo mande Dios, José me mataría. No le importo mucho que digamos, pero cuando le tocan el orgullo salta como una fiera. Tienes que detenerla, Carlos.

—Ojalá pueda, pero lo veo difícil. No sabes cómo se puso anoche. Hasta me clavó un tacón en la espinilla. Y ni modo de agarrarla a golpes. Si le pongo una madriza es capaz levantar un acta en la delegación. ¿Qué buscabas al dejar tus huellas en la guantera? ¿Meter cizaña?

Noemí juró y perjuró que se había olvidado el bilé por un lamentable descuido. Jamás tuvo la intención de hacerle daño, ¿por quién la tomaba? Ni que ella fuera una destruye hogares. Denegri no le creyó, pues ya conocía de sobra los retorcidos meandros de la psicología femenina. Invocó la teoría de los actos fallidos de Freud y antes de colgar bruscamente le dijo que no podía seguir enredado con una loca pendenciera.

—Lo tuyo es de psiquiatra. Créeme, Noemí, te vendría muy bien una terapia.

Llamó luego a su amigo Bernabé Jurado, uno de los abogados más poderosos de México. En materia de cohechos y componendas con los jueces nadie lo igualaba. Gracias a su red de influencias había sacado del bote a homicidas confesos, a banqueros que habían cometido desfalcos millonarios, a la madame de un famoso burdel de Tijuana. Lo conocía desde la juventud, cuando ambos iban a jugar póker en un garito clandestino de la colonia Guerrero. Desde entonces lo impresionó su don de gentes, su aplomo de triunfador, la temeridad con que apostaba fuertes sumas en la mesa verde. Alto y moreno, cargado de espaldas, el bigotillo recortado con pulcritud milimétrica, vestía elegantes trajes cruzados y se peinaba el pelo con brillantina. Acompañado siempre de mujeres guapas, más que leguleyo parecía un proxeneta exitoso. Habían ascendido al parejo en sus respectivas profesiones, y cuando Bernabé necesitaba el apoyo de la prensa en un caso sonado, no dudaba en pedirle ayuda. En correspondencia, Bernabé lo sacaba de pequeños apuros legales cuando alguien lo demandaba por calumnias. Le contó en pocas palabras su fatal aventura con Noemí, el pleito con Lorena, su fatídico hallazgo del lápiz labial y las amenazas que desencadenó, para saber cómo podía perjudicarlo haber hipotecado un inmueble que en caso de divorcio debería repartirse con Lorena a partes iguales.

—Caramba, Carlitos, en qué lío te fuiste a meter. ¿Ves lo que te pasa por andar de pito fácil? Yo que tú me lo cortaba, compadre. Si necesitas una amiga para coger, nomás avísame, pero no te la rifes con una señora casada.

—Estoy pensando seriamente ingresar en un seminario, pero mientras tanto, ¿cómo salgo de esta bronca?

—Yo te recomendaría que la lleves tranquila con tu vieja, por lo menos mientras recuperas el dinero de la hipoteca. Si ella contrata a un buen abogado te puede acusar de abuso de confianza y a lo mejor gana el pleito. Se quedaría con la casa y a lo mejor hasta te mete en la cárcel.

Colgó con la carne de gallina. Las amenazas de su mujer ameritaban un severo castigo, no podía vivir con esa estaca hundida en el pecho. Había sacado los colmillos del materialismo y a partir de ahora la consideraba una enemiga mortal. Doblegarse ante sus bravatas, como le aconsejaba Bernabé, lo dejaría expuesto a mayores abusos. Pero a veces el pragmatismo tenía que sobreponerse a las bajas pasiones. Reconciliarse con Lorena no sería tan difícil, si le llenaba la casa de flores y adoptaba un tono contrito para implorar su perdón. Con dos buenas cogidas olvidaría el agravio y en pocos meses, el negocio que traía entre manos daría grandes dividendos. Entonces sí podría saldar el préstamo hipotecario, deshacerse de su esposa con lujo de violencia y enfrentar el juicio de divorcio sin la espada de Damocles encima.

Esa noche resistió con entereza la nueva tempestad de injurias con la que Lorena lo recibió en casa. No cometió el error de aceptar el adulterio que le imputaba, pero reconoció humildemente su propensión a tener aventurillas fugaces con otras mujeres, sin que eso significara enredarse seriamente con ninguna. La evocación de sus horas felices, susurrada con acento nostálgico, y la promesa solemne de no reincidir en la infidelidad finalmente lograron ablandarla. Para hacerse la difícil, Lorena le impuso una semana de castigo sin admitirlo en su lecho, y cuando por fin se acostaron copuló a la defensiva, la vagina apretada y la cadera rígida, sin susurrarle al oído las obscenidades que lo enardecían. Quizá no fue muy convincente en su papel de mujeriego arrepentido, pues Lorena siguió revisando los bolsillos de sus trajes y en las semanas siguientes le recordó sin cesar la bajeza de su conducta con la esposa de un amigo a quien supuestamente apreciaba. Dizque muy católico pero bien que deseas a las mujeres del prójimo. Y a lo mejor ya le andas echando el ojo a otra. Para eso utilizas las notas de sociales, para cortejar a las viejas que te gustan. ¿Quién diablos es la tal María Asúnsolo? ¿Por qué la piropeas a cada rato? ¿De niño nunca te inculcaron valores morales? ¿No te da vergüenza tener una mente tan puerca?

En el fondo ninguno de los dos había perdonado al otro, pero las semanas siguientes lograron mantener una recelosa tregua. El rompimiento con Noemí le permitió concentrarse más en el trabajo y en su afición favorita de los últimos años: la charrería. Por la fortuna que se requería para comprar caballos finos, costosos trajes de gamuza con botonadura de plata y membresías a los exclusivos lienzos charros del país, la charrería era un bastión de la patria criolla que resistía heroicamente el asedio del peladaje. Un cronista del gran mundo, un líder de opinión que ambicionaba colarse a todas las élites no podía renunciar a un escaparate tan vistoso. Dos veces por semana entrenaba suertes con la reata en el Rancho del Charro. Cuando las crudas no le alteraban el pulso tenía buen brazo para echar manganas y según su entrenador, ya estaba maduro para competir en una justa oficial. No aspiraba, desde luego, a obtener ninguna presea, pero le gustaba sentirse por unos momentos hombre de campo. Al término de la práctica, su hija Dánae se montaba en el caballo alazán que le había regalado y trotaban juntos en el potrero. De grande también ella quería ser charra y colear reses, ¿verdad que me vas a dejar, papi? Se acercaba el festival del Día de las Madres y Lino Anguiano, el presidente de la Federación Nacional de Charros, le pidió que anunciara el evento en su columna de *Excélsior*.

Los entrenamientos para el festival contribuyeron a serenarlo y se hizo la solemne promesa de no beber una gota de alcohol hasta después de la charreada, para llegar al gran día con el pulso firme. Pero la falsa reconciliación con Lorena lo colocaba en una posición de inferioridad. La cabrona creía que su repliegue táctico la empoderaba y como lo veía tan humilde, tan aquiescente, no dejaba de regañarlo sin motivo, de escalar su ropa, de pisotearlo en nombre de la fidelidad. ¿Por qué te perfumas tanto? ¿A quién vas a ver? El otro día que llegué colgaste el teléfono muy espantado, no creas que no me di cuenta. ¿Con quién estabas hablando? Trusas nuevas, qué raro, nunca te compras ropa interior. Ya vi la nota que dejaste en el buró, ¿a quién chingados le regalas chocolates?

Cuando la acumulación de ofensas le crispaba los nervios y sentía ganas de estrangularla, se encerraba en su cuarto y rompía la almohada a puñetazos. Engreída hasta el despotismo, Lorena quiso ganar un poco más de terreno y se entercó en acompañarlo a todos los compromisos sociales a los que antes iba solo. Dejó de trasnochar con amigos, pues todos querían culminar sus parrandas con alguna aventura y los hubiera cohibido la presencia de una esposa que podía delatarlos con las suyas. Para colmo de males no sabía hasta cuándo padecería esos ultrajes. Las acciones de El Águila seguían bajando, ya valían un quince por ciento menos y ninguno de sus contactos en Hacienda tenía noticias de que el gobierno planeara indemnizar a esa compañía. De modo que la dictadura de Lorena podía prolongarse por tiempo indefinido y temió que de tanto reprimir la rabia le brotara un cáncer en el escroto.

En un intento loco por revertir la correlación de fuerzas, una tarde llamó por teléfono a Noemí. Quería vengarse de Lorena, poniéndole de nuevo los cuernos con su aborrecida rival. Pero en vez de la Noemí casquivana que lo había asediado por teléfono, le respondió la juiciosa señora Barrientos.

—Mira, Carlos, te agradezco la llamada, pero creo que ambos cometimos un grave error. La amenaza de tu mujer me sirvió de lección. No quiero poner en peligro mi matrimonio, ni mucho menos involucrar a José en un escándalo, que de rebote puede perjudicar a mi hijo. Lo nuestro sólo fue una canita al aire, dejémoslo así por el bien de los dos.

Paradojas del donjuanismo: cuando tenía en el puño a Noemí la había despreciado y ahora que ella se ponía difícil la deseó con vehemencia. En sueños le arrancaba las pantaletas a mordidas, la poseía de pie contra la pared y despertaba sudoroso, el miembro duro y el glande rojo como un cautín. El dolor de haberla perdido se agravaba por el oprobio de ver a su lado a Lorena. El éxito profesional no eximía del fracaso a un hombre con los deseos frustrados. El procurador le hacía caravanas, los magnates cultivaban su amistad, los lectores de *Excélsior* creían a ciegas en sus vaticinios, pero los astros se habían alineado para convertirlo en un perdedor.

Llegó a la anhelada fiesta charra del 10 de mayo con una pesada carga de insatisfacción. Al verlo probarse un traje nuevo color marrón, con grecas de canutillo bordadas en oro, Lorena sospechó que tanta apostura la ponía en peligro y se empeñó en ir con él por primera vez a una charreada, como si la compañía de Dánae no bastara para imponerle un cinturón de castidad. Claro, lo veía tan guapo que no quería dejarle el menor resquicio para un ligue. Como se festejaba el Día de las Madres accedió bajo presión, pero temió que Lorena le arruinara la fiesta. En el estacionamiento se encontraron a Jorge Pasquel, que venía bajando de su Cadillac El Dorado en compañía de Irene Villavicencio, la prometida que meses atrás le arrojó un vaso de agua en el Hotel Mirador de Acapulco. Un enjambre de guardaespaldas lo seguía a dos pasos de distancia.

—¿Qué tal, hermano? —lo abrazó—. Dichosos los ojos que te ven.

—Anduve dos semanas en Los Ángeles, para arrancar un nuevo negocio, pero desde allá leí tus crónicas de la visita de Truman. Estupendas, Carlangas, cada día escribes mejor.

Pasquel llevaba un traje azul oscuro con filigrana de plata, sombrero galoneado blanco y un corbatín de rebozo escarlata. Con la tez bronceada y un afeitado impecable, daba la impresión de haber ido a modelar su atuendo más que a lazar reses. Envidió su porte pero aún más el dominio que al parecer ejercía sobre su pareja. Irene lo había sorprendido *in fraganti* con otra y ahí estaba, sumisa y dócil. Saltaba a la vista que en esa pareja seguía mandando Pasquel. ¿Cómo le haría para domar a las viejas sin perder un ápice de poder? ¿Cuál era su secreto? ¿El billete? ¿La buena cama? Procuró colocarse a su lado en el jaripeo inaugural, donde más de quince charros se pavonearon en sus finos caballos, dando vueltas al ruedo y haciéndolos corcovear. A la cabeza de los jinetes, montada "a mujeriegas" en un rosillo, partió plaza Amalia Mendoza, "La Tariácuri", que en un templete cantó el *Son de La Negra*, acompañada por el mariachi Lerdo de Tejada, vestido de gala para la ocasión. Denegri recorrió los tendidos con la mirada y le mandó un beso a Dánae, que llevaba trenzas de Adelita, vestido rojo, refajo verde y un rebozo de seda cruzado sobre el pecho. A la derecha descubrió en la tercera fila a Noemí, al lado de José. Ignoraba su afición a la charrería y como el hallazgo lo tomó por sorpresa sintió una punzada en el corazón. Con el pelo suelto sobre los hombros y un vestido de lino azul cobalto, Noemí tenía el embrujo de una planta carnívora. Como Barrientos lo saludó con la mano tuvo que responderle con el sombrero. Cuidado, Lorena estaba pendiente de todos sus gestos y podía malinterpretar el saludo.

Cuando empezaron las manganas, la posibilidad nada remota de un pleito con ella por la presencia de Noemí lo puso nervioso y sólo pudo empialar a una de las tres vaquillas que le tocaron en suerte. Después hubo un banquete en el tercer piso del lienzo charro. A la hora del aperitivo procuró departir con gente de otras mesas para postergar el inminente agarrón con Lorena. Brindó con Pedro Vargas, con Dolores del Río y con el regente de la ciudad Fernando Casas Alemán, sin perder de vista a Noemí, que pasaba de corrillo en corrillo con su marido. También ella lo miraba a hurtadillas, con ojos que despedían solfataras invisibles para los demás. Un amor torturado y masoquista les tendía un cerco de llamas. Condenados a una vida de fingimiento por las reglas de una estúpida sociedad. La certeza de que Noemí ansiaba devorarlo le recrudeció el sentimiento de pérdida. La pasión volvía por sus fueros con la potencia de un huracán. ¿Cómo podían permitir que Lorena los paralizara de miedo? Los tequilas, por fortuna, se lo fueron quitando en el transcurso del banquete. Comió junto a Lorena en la mesa de honor, ocupada por los dirigentes de la federación de charros, pero casi no le dirigió la palabra, porque un providencial mariachi les impuso silencio. Más interesado en el trago que en los platillos dejó ir intactos el pozole, los mixiotes y el cerdo en verdolagas.

—Come algo, Carlos, te va a sentar mal el trago sin tener algo en la panza —le reprochó Lorena y en franca rebeldía se mantuvo inapetente.

Terminados los postres, los mariachis callaron y la gente se desperdigó, entre ellos Lorena, que se fue con Dánae a tomar el café con las damas voluntarias de la Cruz Roja, sentada en otra mesa donde por fortuna le daba la espalda. Eso le permitió mirar a sus anchas a Noemí, mientras dejaba que los demás comensales llevaran el peso de la charla. Se había sentado en una cercana mesa rectangular, de frente a la suya y sus continuas miradas furtivas lo incitaban a buscar un acercamiento. Cuando se levantó para ir al baño salió disparado tras ella. Los sanitarios estaban separados del salón por una mampara con macetas. Llegaron cada uno por distintos extremos de la mampara y Noemí, atónita, lo miró fijamente a los ojos, con una respiración jadeante que le inflaba el pecho. Denegri la tomó de la mano.

—Tenemos que vernos —le dijo.

—Por favor, Carlos, no insistas.

Quiso entrar al baño pero la jaló del brazo, la acorraló contra la mampara y le plantó un beso en la boca. Noemí dejó de resistirse y le correspondió con ardor. Engolosinados con el beso, no se dieron cuenta de que Jorge Pasquel iba saliendo del baño de caballeros. Denegri cruzó con él una mirada implorante que apelaba a su discreción mundana. Noemí se apartó sobresaltada y Pasquel hizo un discreto mutis, como si no hubiera visto nada.

—No te preocupes, es mi amigo y sabe guardar secretos —intentó calmarla Denegri—. Mañana te llamo.

Cuando volvió a la mesa, Lorena seguía charlando con su grupo de amigas. No se había dado cuenta de nada. Eufórico, se felicitó por su golpe de audacia. ¿Quién lo dijera? Le había bastado un golpe limpio y certero para derrocar la tiranía de Lorena. No sabía si lo complacía más la rendición de Noemí o la complicidad con Pasquel. Desde que el prefecto de la Escuela 34 de Nueva York mandó llamar a su padre cuando se peleó con el gordo Carmichael, nunca había deseado tanto la aprobación de un hombre. Ya estaba borracho cuando Lorena vino a pedirle que se fueran a la casa, porque Dánae se había roto el refajo del vestido jugando con otros niños en el ruedo del lienzo charro. Contra sus expectativas, en el coche no le reclamó que hubiera saludado con el sombrero a José Barrientos: sólo dijo que Noemí llevaba un vestido demasiado corto y ligero, propio de una jovencita. La pobre ya no sabía ni qué hacer para atraer a los hombres. Guardó silencio para no dar pie a una trifulca, pues a pesar de la ebriedad tenía muy presente el préstamo hipotecario que lo ataba a esa nauyaca.

—Con razón te gusta tanto la charrería —comentó Lorena cuando iban entrando a la Avenida Horacio—. Es un deporte para machos engreídos que se creen la divina garza, como tu amigo Pasquel. Ustedes son los guapos de la fiesta y ni quién se fije en nosotras.

—Es un deporte de hombres —intentó callarla—. Si no te gusta, ¿para qué vienes?

—Por curiosidad. Para entender mejor tus gustos. Y no me arrepiento, porque aprendí muchas cosas de ti.

—¿Ah sí? ¿Qué aprendiste?

—En primer lugar, que ningún charro es un hombre de verdad.

—Si vas a empezar con los insultos mejor pongo el radio.

—No son insultos, son mis conclusiones, como el diagnóstico de un médico. Pasquel, tú y todos esos muñecos de aparador están demasiado pagados de sí mismos para querer a nadie.

—Quedamos en que íbamos a llevar la fiesta en paz.

—No te lo tomes a mal, pero francamente me da risa tanta vanidad en hombres que se las dan de machos.

—Cállate ya —se indignó.

Lorena soltó una risilla irónica, la risilla de una hiena con delirio de grandeza.

273

—Lo digo en serio, Carlos, ¿no se te hace que todo esto es una gran jotería?

—¡Que te calles, carajo!

La abofeteó con el dorso de la mano derecha lo más fuerte que pudo y Lorena no tuvo tiempo de esquivar el golpe. Dánae soltó un grito de espanto. Cuando su madre rompió en llanto, la cara ensangrentada y la nariz chorreante, la rodeó con los brazos desde el asiento trasero.

—¿Estás bien, mami? Toma —le pasó un klínex.

En el semáforo de Mariano Escobedo alcanzó a ver con el rabillo de ojo que Lorena tenía desviado el tabique. Su anillo de bodas, el causante de la fractura, emitía destellos inculpatorios. No la compadeció ni tuvo el más leve remordimiento. Eso y más se merecía por humillarlo delante de la niña. Como la hemorragia no cesaba, se bajó a comprar alcohol y algodón en una farmacia de la Avenida Melchor Ocampo.

—Toma, pa' que te limpies.

Durante el resto del viaje, ni Lorena ni Dánae se atrevieron a pronunciar palabra. Lo sentía por la niña, pero el miedo de su esposa no lo incomodaba en absoluto: por fin se había dado a respetar. A las ocho y media las dejó en la casa. Lorena cerró de un portazo, como para indicarle que eso no se iba a quedar así. Ahora, con el orgullo en jirones, era más peligrosa que nunca. Por ningún motivo iba a esperar su contraataque. Se fue a seguir la borrachera en el Sonora y Sinaloa, una cantina del centro que los sábados cerraba tarde. En otro tiempo la frecuentaban militares beodos de alta graduación, que a veces cerraban el local para tener bacanales privadas y jugaban tiro al blanco en los espejos. Pero la vieja guardia de la Revolución ya no salía de parranda y ahora la cantina estaba semidesierta: sólo una cuarteta de jugadores de dominó y uno que otro borrachín solitario lo vieron entrar, sorprendidos por su fino traje de charro. Al parecer, catrines como él no frecuentaban ya ese modesto abrevadero.

Apuró de un trago un tequila doble, con la firme determinación de no recular frente al enemigo. Había cruzado el Rubicón y ahora no podía dar marcha atrás. La reconquista de Noemí le había devuelto el arrojo que necesitaba para recuperar de un solo golpe la dignidad y la hombría. Con tal de vivir esa pasión avasalladora, los riesgos que debiera correr le importaban una pura y dos con sal. Dos tequilas más lo alzaron por encima de todas las leyes. Lo de menos era el puto juicio de divorcio. Si el procurador del Distrito estaba a sus órdenes, hincado como un lacayo, también los jueces iban a protegerlo para congraciarse con un amigo del presidente. Una llamadita a Rogerio de la Selva y a chingar a su madre. No existía ningún freno, ningún límite a su voluntad soberana. El poder era una maravillosa expansión de la libertad concedida a los favoritos de Dios, en recompensa por sus méritos excepcionales. Pagó la cuenta y se llevó la botella al coche. Al pasar por la calle del Órgano, cerca de La Merced, una zona roja de putas baratas, que fumaban bajo las farolas con la falda subida hasta el muslo, las mejillas violáceas por el exceso de colorete, una idea perversa lo incitó a bajar la velocidad. Examinó la mercancía con mirada clínica y subió al coche a la puta más decrépita, una mujerzuela cacariza con el vientre hinchado, a quien le faltaban los dientes frontales.

—Te voy a dar cien pesotes pero quiero que vengas a mi casa, ¿juega?

La prostituta asintió y Denegri le ofreció la botella de tequila.

—No, gracias, en el trabajo no bebo.

—¿Cómo te llamas?

—Rubí.

—Qué bonito nombre. Salud, mi reina —y bebió un trago largo a pico de botella.

De camino a la colonia Condesa tintinearon en su memoria las amenazas de Lorena. ¿Desde cuándo estaría fraguando quitarle la casa? Más claro ni el agua, se había casado con él para esquilmarlo. Y ahora, so pretexto del bofetón, sería capaz de llevar el asunto a los tribunales para concretar el despojo. Tal vez lo había exasperado en el coche con el fin de hacerlo estallar. Ya tenía el golpe que necesitaba para denunciarlo por maltrato con un certificado médico en la mano. Ah, puerca traidora, tanta hostilidad no se podía quedar impune. Llegó a casa pasada la medianoche, con una tranca monumental y en el jardín delantero por poco se va de bruces al tropezar con un seto de flores. En la sala puso a todo volumen un disco de Glenn Miller para despertar a Lorena. Pero ella siguió encerrada en su cuarto, haciéndose la digna. Impaciente, Rubí se empezó a desnudar en el sofá de la sala.

—Espérate, vamos a mi cuarto —le ordenó Denegri.

Subieron las escaleras y se detuvieron en su alcoba, que estaba cerrada por dentro. Tocó varias veces la puerta con el puño cerrado, gritando el nombre de su esposa. Como no abría tomó vuelo y a la primera embestida rompió el cerrojo. Engarrotada en el umbral del cuarto, Rubí no se atrevía a entrar. La jaló con el brazo y encendió la luz. Entre las sábanas, Lorena se frotó los ojos con perplejidad.

—¡Levántate, puta, que ya llegó la señora!

—Nadie te quiere poner en el banquillo de los acusados, pero hay mucha gente lastimada por la manera como ejerces tu poder, sin importar a quién te llevas entre las patas.

—Mi poder es muy limitado, yo simplemente soy una caja de resonancia que los de arriba utilizan cuando les conviene.

—El problema es que también te han utilizado contra tus propios colegas. Aunque nos hubiéramos distanciado yo te consideraba mi amigo. Descubrí que ya no lo eras cuando saqué mi revista contra la voluntad de Pasquel.

Denegri se sacudió en la silla, en guardia contra la previsible andanada de reproches.

—Qué feo es guardar rencores tanto tiempo, Jorgito. Deja ya de ponerte en el papel de víctima. Mi único pecado fue tratar de impedir tu suicidio profesional.

—*Presente* no fue un suicidio, al contrario, fue un renacimiento del periodismo libre, algo que no se había visto en México desde los tiempos de Madero. Pasquel me quiso amordazar y le respondí con dignidad, eso fue todo.

—Te arrojaste al vacío sin red protectora.

—Tal vez, pero no me arrepiento. Exhibimos por contraste a la prensa vendida. Por eso me echaron montón todos los mercenarios de la pluma, empezando por ti.

La llegada del mesero, que vino a llevarse los ceniceros, los obligó a hacer una pausa que Denegri aprovechó para respirar hondo. No debía enojarse, aunque Piñó quisiera sacarlo de quicio. Lo haría rabiar el doble manteniendo la calma.

—Cuando entraste al *Novedades* ya sabías quién era Jorge Pasquel y en qué negocios andaba metido. En todo periódico hay un círculo de intocables, los amigos y socios del dueño. Te metiste con Casas Alemán, el primo hermano del presidente, y era lógico que el patrón te callara.

—¿Cómo puedes defender a esa caterva de hampones? —Piñó se mesó los cabellos, incrédulo—. Casas Alemán apenas llevaba dos años como regente de la ciudad y ya se estaba construyendo una mansión gigantesca en Copilco. Iba pasando por ahí en mi coche cuando vi una pinta en la barda de ladrillo con la frase: "¿Tan pronto, licenciado?". El pueblo estaba denunciando lo que nosotros los periodistas nos callábamos. Por vergüenza profesional, un sentimiento que tú desconoces, me arriesgué a escribir esa nota.

—No me jodas. Ahora va a resultar que una luz cegadora te deslumbró en el camino a Damasco y te convertiste como San Pablo a la verdadera fe. ¡Aleluya! —se mofó Denegri—. Pero admite que tu conducta fue muy extraña. Entras a un periódico oficialista y de buenas a primeras te pones a patear el pesebre. Luego te indignas y sacas una revista para darle con tubo a toda la camarilla del presidente, incluyendo a tu antiguo patrón.

—¿Cuánto te pagó por atacarme?

Piñó había alzado la voz y estaba llamando la atención de los parroquianos.

—Puedes hablar más quedo, ¿por favor? —lo apaciguó Denegri—. Pasquel era mi amigo, no mi cliente. Cuando supo que ibas a sacar tu revista, me pidió como favor personal que hablara contigo para hacerte entrar en razón. Pero como tú no me tomabas las llamadas tuve que mandarte el mensaje a través de mi columna.

—No quise hablar contigo porque podíamos acabar a golpes. Eras el vocero oficial del gobierno más rapaz que ha tenido México y me repugnaba tu papel de intermediario, como a muchos colegas. Al leer tu columna confirmé de qué lado estabas.

En voz baja, los reproches de Piñó sonaban más agresivos aún, como si el esfuerzo por contenerse aguzara el filo de sus palabras. En contraste, Denegri mantuvo su tono relajado.

—Yo sólo dije que al salir de *Novedades* te irías a vivir una larga temporada a Buenos Aires, invitado por el gobierno de Perón. ¿Eso qué tiene de malo?

—Si hubiera sido una ocurrencia tuya, sólo me habré reído. Pero eras un ventrílocuo del poder. Tus pronósticos se cumplían a chaleco. Cómo no se iban a cumplir si la Presidencia te utilizaba para lanzar buscapiés o dar jalones de orejas. Entendí que Pasquel me mandaba un mensaje a través de tu columna: "Lárgate a Buenos Aires o te lleva la verga".

—Te quería dar una especie de beca en el extranjero. Para sus pulgas fue una oferta generosa, pero tú le mordiste la mano. Conociendo las reglas del juego político, debiste saber que habías sacado boleto. También te mandé recados con Arias Bernal, cuando supe que Pasquel iba a mandar a unos gorilas a destrozarles la imprenta. ¿No te los dio?

—Recados no, fueron amenazas directas. Pasquel ya tenía las manos ensangrentadas y en cualquier momento podía cumplirlas. Te prestaste a ser el correveidile de un asesino de periodistas. No abriste la boca cuando mandó matar a Sánchez Betrón por atreverse a exhibir sus corruptelas. El pobre alcanzó a gritar, tirado en la banqueta: ¡Fue Pasquel, fue Pasquel!

—Sánchez Bretón se cansó de lambisconear a Pasquel en *La Semana Ilustrada*. Nadie leía su inmundo pasquín y lógicamente su patrocinador le cortó los embutes. Entonces empezó chingue y chingue con sus golpes bajos.

—Ese crimen llevaba dedicatoria para mí —dijo Piñó en tono evocador, como si hablara para sí mismo—. Pero conmigo tu cliente se la peló. Yo no soy de los que se rajan cuando algún gargantón les truena los dedos. Seguimos publicando la revista casi un año: treinta y ocho números heroicos con toda la información que los periódicos ocultaban: los fraudes en el Seguro Social, los desfalcos en Pemex, la mansión del secretario de Hacienda, los subsidios chuecos a las empresas de Ruiz Galindo, el negociazo con la devaluación del 48. Nadie lo podría creer: por primera vez la prensa se ponía al servicio del pueblo.

—Que sea menos, bájale a tu tono de prócer —Denegri chasqueó la lengua—. Hiciste una rabieta que te salió mal y luego, para sacarte la espina, quisiste erigirte en héroe de la libertad de expresión: eso fue todo. Pero ya que nos estamos hablando al chile, confiesa quién te pagó la revista. No me vayas a decir que fue de tu bolsillo, por favor, yo sé cuánto cuestan esas cosas.

—*Presente* se financiaba sola, no necesitaba patrocinadores. Llegamos a tirar ciento veinte mil ejemplares. Como era tan insólita una revista libre, volaba de los kioscos en unas horas. Con la pura venta, sin publicidad, sacábamos todos los gastos.

—No me vengas con cuentos, por Dios. Estás hablando con el hombre mejor informado de México. Tuviste un benefactor y todo el mundo lo sabe. El coronel Serrano te pasaba lana por debajo del agua para enlodar a los miembros del gabinete que le querían quitar la Dirección Federal de Seguridad.

—Repites como loro la calumnia que nos lanzaron en esa época todos los turiferarios del gobierno —Piñó se irguió en la silla, pinchado en el corazón—. A Serrano también le tupimos duro, por brindarle protección al narcotráfico. Éramos independientes en serio, por eso nos combatieron a muerte. Y como la revista siguió apareciendo después del ataque a la imprenta, nos empezaron a estrangular con el precio del papel.

—Unas cuantas concesiones al gobierno te hubieran permitido llegar a un buen arreglo. Miguel Alemán habrá robado, pero no fue un mal presidente: desarrolló el turismo, construyó presas y carreteras, industrializó el país. ¿Qué te costaba reconocerle esos méritos? Ahora serías un próspero editor si hubieras sido un poco flexible.

—¿Flexible o agachado? No me hables con eufemismos.

—Sólo quiero decir que te faltó sentido práctico.

—No estaba jugando al opositor para luego venderme caro. Veía muy claro que Alemán y su camarilla eran los enterradores de la Revolución. La sangre derramada por un millón de campesinos sólo iba a servir para enriquecer a un puñado de vivales apátridas. Por lo menos yo quise dejar testimonio de esa traición.

—¿Y de qué te sirvió? ¿Quién se acuerda de tu sacrificio?

—Me acuerdo yo y con eso basta. El amor propio es algo muy importante, Picho. Nadie puede vivir sin él. Tú mejor que nadie sabes lo que pasa cuando alguien lo pierde.

—Mi amor propio goza de perfecta salud y está más robusto que nunca.

—No lo creo, hay traiciones que dejan el corazón tullido.

—Ahora pareces un cura de pueblo —Denegri esbozó una sonrisa de hiel—. Yo me limpio el culo con tus principios, porque nunca los tuve. Soy un pragmático radical y eso me ha sostenido treinta años en el Peñón de las Águilas.

—Ten cuidado, las alturas marean. Y cuando menos lo esperas comienzas a rodar cuesta abajo.

Tocado en la zona blanda de su autoestima, Denegri no pudo contener la irritación.

—Eso quisieran todos los resentidos profesionales como tú, pero no les voy a dar el gusto de verme caer. En vez de respirar por la herida, comparen sus méritos con los míos. Se quedaron atrás porque ninguno de ustedes tiene mi capacidad de trabajo.

—Nunca he dudado de ella, Picho. Eres el mejor periodista de México, pero también el más vil.

—Seré el anticristo, pero me debes la vida —Denegri pasó a la ofensiva—. Nunca te enteraste, pero Pasquel quería matarte como a Sánchez Bretón. Ya le había dado la orden a sus sicarios, pero me enteré a tiempo y te metí el hombro. Llamé a Rogerio de la Selva y lo convencí de que tu muerte sería un desprestigio para el gobierno. Él detuvo a Pasquel, pero si no es por mí, te quiebran.

—¿En serio? ¿Y eso cuándo fue?

—Cuando publicaste la foto de su contrabando de coches cruzando la garita de Ciudad Juárez. Se encabronó tanto que le dio un puñetazo a una pared. Anduvo una semana con la mano vendada. Su secretaria me lo contó.

—Gracias por la valona, pero de todos modos no entiendo cómo pudiste ser amigo de ese rufián.

—Yo siempre soy amigo de la gente que me conviene —Denegri volvió a sentirse a sus anchas, dueño de la situación—. Y no admiraba a Pasquel de gratis, el tipo tenía clase. No he visto derrochar a nadie con semejante donaire. Tenía un zoológico privado con gacelas y tigres, se codeaba con el *jet set* internacional, tuvo en su cama a las mujeres más bellas del mundo. Nada era imposible para ese cabrón.

—Como quien dice, era tu ídolo. Se había muerto Maximino y lo adoraste a él.

—Búrlate si quieres, pero yo respeto a los triunfadores y he procurado aprenderles algo. Comprenden la naturaleza humana mejor que ustedes, las almas virtuosas. Y nos guste o no, gobiernan el mundo.

La antesala se había prolongado casi una hora y dentro de poco iba a terminar el libro que había llevado para matar el tiempo: *La vida de las abejas* de Maeterlinck. Se levantó para estirar las piernas. Frente al ventanal que daba a la Plaza de Armas admiró la imponente catedral de cantera rosa, teñida de púrpura por la luz del ocaso. Espantadas por un redoble de campanas, las palomas de la plaza volaron en formación de abanico hacia el barandal del kiosco. No le disgustaría retirarse a vivir en Zacatecas cuando la edad lo jubilara. Hermosa provincia, demasiado hermosa para que la gobernara un cerdo como Leobardo Reynoso. De seguro estaba huevoneando en su oficina. Quería darse taco para enseñarle quién mandaba en su feudo y de paso, bajarle un poco los humos. Ningún gobernador lo había maltratado así, todos recibían con puntualidad al periodista más importante de México y lo mimaban hasta el empacho. Pero Reynoso le guardaba rencores por las felpas que le dio cuando era diputado y ahora se las cobraba con su desdén. Allá él si quería tenerlo de enemigo. Más bien debería preocuparse por tener buena prensa. El ex presidente lo había impuesto en la gubernatura y era un secreto a voces que Miguel Alemán no lo tragaba. Peor aún, sabía de muy buena fuente que a principios del sexenio estuvo tentado de pedirle la renuncia. Se contuvo por respeto a su antecesor pero no había visitado Zacatecas en sus dos años de gobierno. Un gobernador que no gozaba del favor presidencial era un cartucho quemado. ¿A qué venían entonces esas ínfulas de emperador?

—Ya mero se desocupa el licenciado —dijo la secretaria, una joven pechugona con finas facciones de porcelana, que llevaba un vestido color lila muy escotado—. ¿Gusta otro café?

—No gracias, a esta hora ya no tomo, porque me quita el sueño.

Su boquita de melocotón le inspiró fantasías obscenas, pero no intentó conquistarla. Daba por seguro que era la querida de

Reynoso y la compadeció por calentarle la cama a un pillo tan vulgar. La indignidad de algunas mujeres no tenía límite. Empezaban desde pequeñas a comerciar con su cuerpo, apremiadas por una fecha de caducidad que tarde o temprano las condenaría a tejer en la mecedora. Lo mismo les daba hacer un buen matrimonio que un buen amasiato, se trataba de sacarle provecho a la juventud. Y el ganón era sin duda el amante secreto de la muchacha, quizá un poeta cursi que le recitaba al oído versos infumables. Volvió al sillón y siguió leyendo quince minutos más. Cuando iba en la penúltima página del libro, la secretaria le avisó que por fin el gobernador lo recibiría.

—Disculpe, señor Denegri, me entretuvieron en una junta, pero ya estoy a sus órdenes. Siéntese, por favor.

Hinchado y rollizo, de tez morena y pelos tiesos, Reynoso apenas cabía dentro de su traje gris, con los botones del saco a punto de reventar. Tenía el cuello corto, con una papada de doble pliegue, vivaces ojos de tlacuache y una vena saltona en la frente. Al saludarlo, alcanzó a percibir un tufillo etílico, mal disimulado por una pastilla de menta. Había tenido al parecer una sobremesa larga con varios coñacs. Tomaron asiento en una sala de estilo colonial con sillones de tijera, en la que había un retrato grande del cura Hidalgo y una vitrina con la edición príncipes de la Constitución del estado.

—Voy a ser franco, don Leobardo —Denegri cruzó la pierna con desenvoltura—. No le pedí esta entrevista para hacerle preguntas sobre su gestión como gobernador. Se la pedí porque he recibido noticias muy alarmantes de los malos manejos de su administración.

—Ah, caramba —Reynoso frunció el ceño—. Debe tratarse de algún infundio.

—Me temo que no —Denegri sacó de su portafolio una carpeta azul—. Los datos que tengo son fidedignos, de lo contrario no lo molestaría. Ya tengo escrito el artículo donde expongo los desfalcos y los abusos que me han reportado.

Le extendió un par de cuartillas engrapadas, con el título "Rapiña zacatecana". El recuento de corruptelas empezaba con una denuncia de los desfalcos a los bancos Agrícola y Ejidal, que sólo concedían créditos a los amigos del gobernador, mencionados con nombre y apellido, dejando en el abandono al resto de los agricultores. Por medio de socios y prestanombres, Reynoso se había convertido además en el principal ganadero del estado. "La asignación de una partida presupuestal por dos millones de pesos para la construcción de un hospital en Fresnillo que según nos informan, ni siquiera se ha comenzado, la onerosa carretera vecinal de Sombrerete a Chalchihuites, llena de hoyancos y deslaves, que costó más del triple de lo estimado al inicio del proyecto, el abandono de las escuelas rurales, algunas de ellas en condiciones ruinosas y la miseria generalizada en el campo, donde la fiebre aftosa causa estragos por falta de atención médica oportuna, ponen de manifiesto la insaciable voracidad de un cacique dedicado al saqueo sistemático de las arcas públicas." La cara de Reynoso pasó del verde al morado y al terminar la lectura soltó un ronco gemido.

—La información que usted maneja es falsa. Mi gobierno ha justificado hasta el último centavo de las erogaciones presupuestales ante la autoridad competente.

—Obran en mi poder pruebas documentales de todo lo que afirmo —Denegri lo traspasó con una mirada de gavilán—, y tengo en la incubadora una segunda parte del artículo, en la que denuncio su enriquecimiento de los últimos años, con los registros notariales de su hacienda en Juchipila, la casa de Polanco, las dos que tiene en Cuernavaca, su yate fondeado en la bahía de Acapulco y los dos hoteles de paso que ya abrió en la Ciudad de México, el Canadá y el Marlowe. Pero tranquilícese, licenciado, no vine aquí en pie de guerra. Si quisiera perjudicarlo ya habría publicado todo lo que sé de usted. Yo no lastimo la reputación de nadie sin darle una oportunidad de negociar. También escribí un artículo donde usted sale muy bien parado. Léalo, por favor.

Era un panegírico donde ensalzaba las virtudes cívicas de un "zacatecano ejemplar" que en los cuatro años de su gobierno había impulsado la agricultura, la minería y la industria hasta colocar a su estado en los primeros lugares de productividad a nivel nacional. "Por la inteligencia y la honradez con las que se ha desempeñado en el servicio público, Reynoso ha conquistado la admiración unánime de sus coetáneos. De hecho, se le considera uno de los gobernadores más populares en la historia de esta provincia. Quienes lo han visto cargar sacos de maíz y frijol, entregar a los ejidos maquinaria moderna, visitar las rancherías más apartadas de la sierra con las botas llenas de lodo, saben que Reynoso antepone el progreso de Zacatecas a cualquier ambición personal, sin esperar más recompensa que la satisfacción del deber cumplido."

Cuando el gobernador terminó de leer le volvieron los colores al rostro y con un pañuelo se limpió el sudor de la frente. En tono de marchante mefistofélico, Denegri le propuso un trato "conveniente para ambas partes".

—Usted decide cuál artículo quiere que publique. El primero es gratis, el segundo le saldría en cincuenta mil pesos.

Reynoso se rascó la oreja, dubitativo.

—Es mucho dinero. No se encaje tanto, Denegri.

—Para usted sería una bicoca.

—Me cree más rico de lo que soy.

—Tengo una idea bastante precisa de su fortuna. Pero si le parece caro, ni hablar.

Metió los dos artículos en el portafolio, dispuesto a levantarse, pero Reynoso lo detuvo del brazo.

—Está bien, Denegri, al rato le llevan el cheque a su hotel.

De vuelta en el Distrito Federal, con el cheque atesorado en el portafolio, pidió a sus dos guardaespaldas que no se le despegaran un segundo, pues temía una posible represalia de Reynoso. El bufido de hondo pesar con el que cedió al chantaje no presagiaba nada bueno. Del aeropuerto fue directo a su oficina, donde ya tenía en el escritorio el último número de *Presente*. Comprobó al hojearlo que Piñó Sandoval se había vuelto loco: acusaba a Josué Sanz, director de Crédito de Hacienda, de haber comprado doscientos mil dólares en vísperas de la reciente devaluación del peso, por instrucciones de su jefe Ramón Beteta, lo que precipitó la fuga de capitales. El reportaje no atacaba frontalmente a Miguel Alemán (ni los kamikazes del periodismo se atrevían a tanto), pero de cualquier modo insinuaba su complicidad en el saqueo de divisas. En un artículo escrito a las carreras desmintió de cabo a rabo esos "irresponsables rumores sin fundamento" y anunció que muy pronto el gobierno publicaría una lista de sacadólares, para disipar todas las suspicacias que pudieran existir al respecto. Era cierto, el secretario de Hacienda en persona se lo había dicho *off the record* y tomando en cuenta el gran impacto de *Presente*, consideró necesario adelantarse al anuncio oficial de la lista, programado para el siguiente jueves. Así mataba dos pájaros de un tiro: desacreditaba a Piñó y se paraba el cuello con otra noticia exclusiva. Ir un paso adelante del alto mando, como un abanderado que le marcaba la ruta a seguir, lo elevaba ante el público y ante sí mismo al rango de consejero áulico.

Horas después se reunió con Noemí en el restaurante Versalles del nuevo Hotel del Prado. La encontró de pie, admirando el "Sueño de una tarde dominical en La Alameda Central" de Diego Rivera, con un vestido gris de dos piezas muy entallado de la cintura, el pelo suelto sobre los hombros y una coqueta boina guinda estilo Marlene Dietrich. Más de un año juntos y la seguía viendo con ojos pecaminosos, aunque en rigor ya no fueran amantes clandestinos. La temeridad de haber abandonado a sus respectivos cónyuges los incitaba a desearse con un fanatismo de herejes perseguidos. Al acercarse un poco más advirtió que tenía el rímel corrido y los ojos húmedos.

—Hola, mi amor, ¿qué tienes?

Noemí reclinó la cabeza en su hombro, como una niña vulnerable y asustadiza.

—En el Club France no me quisieron renovar la inscripción —susurró avergonzada.

—¿Y eso por qué?

—Dicen que varios miembros del consejo directivo me vetaron por conducta impropia.

—No te preocupes, mi amor, hay muchos clubes mejores que ése.

—Pero ahí están mis amigas.

—Si no hicieron nada por defenderte ya no lo son.

La condujo a la mesa y le pidió un martini con el que esperaba mitigar su pena. Pobre Noemí. Se las estaba viendo negras por haber dejado al marido, pues en una sociedad todavía provinciana y pacata, una adúltera concitaba el repudio unánime de las señoras decentes, aunque muchas de ellas sólo tuvieran el mérito de ocultar mejor sus amoríos. José Barrientos se había quedado con su hijo y tal vez le ganara la patria potestad en los tribunales. También había perdido a la mayoría de sus amistades, que ahora la excluían de fiestas, cocteles y partidas de bridge. Para resarcirla, Denegri la había introducido al mundillo bohemio. Entre actrices, poetisas, pintores y compositores de boleros, los estigmas eran insignias de honor, con la ventaja de que ahora trataba a gente más divertida. Procuraba mimarla, llevarla a buenos restaurantes, cumplirle todos los caprichos a su alcance para compensarla por un sacrificio que en la resaca de sus parrandas le provocaba accesos de llanto. Acababan de pasar una semana en Acapulco y la piel de Noemí seguía impregnada de un olor a marisma que alebrestaba su orgullo de filibustero sexual. Le acarició con descaro el muslo derecho y desafió en silencio a los comensales de su alrededor, donde había detectado ya varias caras conocidas. Sí, es mía, cabrones, se la bajé al marido y qué. ¿Algún problema?

—¿Qué crees? Hace rato hablé con el Skipper. Quiere mandarme a China a escribir un reportaje sobre la revolución de Mao.

—Llévame, por favor. Me muero por conocer China.

—No puedo, mi vida, el periódico sólo paga mis gastos y me saldría en un ojo de la cara invitarte. Pero en cuanto se concrete el negocio que traigo entre manos nos vamos a dar la vuelta al mundo, te lo juro.

—¿Y para cuándo vas a ser rico?

—Ojalá lo supiera, mi amor, esas cosas no dependen de mí.

Noemí hizo un mohín de disgusto que inquietó a Denegri. A decir verdad no tenía la menor certeza de que el gobierno se propusiera indemnizar a la compañía El Águila y la reciente devaluación amenazaba con postergar ese pago por tiempo indefinido. Al sondear a Beteta se había topado con una pared y hasta notó que su curiosidad lo irritaba. Mala señal, tal vez se había precipitado al comprar las acciones. La devaluación del peso había incrementado más de un cuarenta por ciento los intereses de la hipoteca y por si fuera poco tenía que pasarle a Lorena una pensión de tres mil pesos mensuales para la manutención de Dánae. El moche que le había sacado a Leobardo Reynoso equilibraría sus finanzas por un tiempo, y quizá pudiera pasar a la báscula a otros politiquillos de segunda división que no gozaban del favor presidencial, pero cuando se le acabara esa fuente de ingresos, ¿cómo carajos iba a sostener un tren de vida tan caro?

Por la tarde trabajó duro en la oficina, redactando en mancuerna con Sóstenes la *Miscelánea de la República*. Era una larga sección de sociales, con información de todos los eventos de importancia registrados en la provincia, donde vendía notoriedad a los ricos o a los aspirantes a serlo que no se conformaban con figurar en los diarios locales y pagaban un alto precio por una breve mención en *Excélsior*. Mientras él y Sóstenes cotejaban datos y revisaban la ortografía de los apellidos de las familias pudientes, recibió una llamada de Salustio Aguilera, su corresponsal en Córdoba, que se encargaba de recabar información sobre los festejos de la aristocracia local y al mismo tiempo cobraba las menciones. Compungido, Salustio le informó que para la siguiente semana sólo había logrado facturar dos mil pesos.

—Lo siento, jefe, la devaluación le pegó fuerte a mis paisanos.

—No la chingues, vas de mal en peor. ¿Te has enterado de algún buen chisme?

—Bueno, sí, hay un joven licenciado, Fermín Loera, que está comprometido en matrimonio con Luisita Gutiérrez, la hija de un rico cafetalero. Ayer lo vieron con una movida en un bar de Fortín de las Flores, a las afueras de la ciudad. Parece que es una señora divorciada, recién llegada de Puebla.

—Dile que lo vamos a balconear si no se cae con mil pesos.

—¿Y si no quiere pagar?

—Le jodemos el braguetazo.

Una semana después asistió con Noemí a una comida familiar en casa de sus papás, en las Lomas de Chapultepec. Era un palacete lujoso y frío, un tanto retacado de bibelots, que había empezado a quedarles grande tras la desbandada de los hijos adultos. Como su madre nunca se había llevado bien con Lorena, había acogido a Noemí con simpatía y calidez, feliz por el cambio de nuera. No parecía importarle que hubiera dejado a su marido para irse con él, ni mencionaba jamás el tema. Ya era hora de que te buscaras una mujer con clase, lo había felicitado cuando se la presentó, recién separado de Lorena, y ahora la recibió con la algazara de una segunda madre.

—Esos tacones te quedan soñados, mujer y como eres alta, la falda larga te queda divina. Ah, y además estás estrenando bolso. Qué macanudo, la gamuza me chifla. Si te descuidás un segundo me lo voy a robar.

Iván seguía en Nueva York estudiando el método Stanislavsky, pero Graco, que estaba recién casado, había llevado a su mujer y a su niño de brazos, que era la adoración de los abuelos. Completaban el elenco Estela y Paco de la Cajiga, dos amigos de la familia residentes en Cuernavaca que andaban de visita en la capital. Don Ramón había dado el viejazo en los últimos años. Tenía el pelo blanco, la piel llena de manchas y una tos indomable por culpa de los espasmos bronquiales. Ni el neumólogo ni el alergólogo habían identificado su causa, de modo que el viejo se había resignado a respirar con dificultad y a despertarse de noche para echar flemas. Desbancado como líder de la familia desde que su hijo lo había sacado indemne del escándalo por la reventa de la siderúrgica, no se resignaba al papel de segundón y a la menor oportunidad trataba de aleccionarlo, invocando su experiencia política. En la sobremesa le impartió una cátedra sobre el financiamiento del campo mexicano y los cuellos de botella que impedían la entrega del crédito agrícola a quienes más lo necesitaban, los campesinos y ejidatarios de regiones apartadas.

—Lo peor es que el nuevo gobierno quiere dejar todo como está. Valdría la pena que le dediques una serie de artículos a ese problema.

—Por Dios, Ramón, no le digás a Picho cómo hacer su trabajo —intervino Ceide—. Ya no es un pibe que necesite andaderas.

—Nada más le estoy compartiendo mis experiencias. Él sabrá si las aprovecha o no.

Para evitar que los hombres hablaran de política, Ceide y Noemí se adueñaron de la palabra. Errol Flynn estaba guapísimo con el traje de hidalgo español que sacaba en *Las aventuras de Don Juan*. La escasez de medias de nylon ya era alarmante, las estaban escondiendo para subirles el precio. Ceide se ufanó de haber ido de compras al primer supermercado abierto en Polanco. Las señoras entraban muy chichas con un carrito y lo iban llenando con todas las mercancías de los anaqueles, sin la monserga de ir cargando bolsas y regatear con los comerciantes. Era muy cómodo, pero eso sí, estaba carísimo. Noemí les contó que la semana pasada, ella y Carlos habían asistido al fiestón del magnate Jorge Pasquel en su casa de Acapulco, una magnífica villa de estilo mudéjar en lo alto de una colina, con un caminito de piedra que bajaba a la playa privada. El foco de atención había sido María Félix, recién separada de Agustín Lara, con un vestido de lino color champaña y una diadema de pedrería, obsequio de su nuevo amante, que según los invitados, debía costar arriba de cien mil pesos. Ella y Pasquel estuvieron muy acaramelados toda la fiesta, ¿verdad, Carlos? Denegri la corrigió:

—La diadema valía doscientos mil pesos: me lo dijo Pasquel en privado pero no lo voy a publicar.

Hubo silbidos de asombro y escándalo. Estela de la Cajiga, una sexagenaria de chongo entrecano, con medias de popotillo y el vestido abotonado hasta el cuello, condenó la desvergüenza de "esa mujerzuela" y aprobó la campaña enderezada contra La Doña desde los púlpitos, donde los curas la tildaban de cortesana y devoradora de hombres.

—Pues los sermones no le han hecho ninguna mella, por lo menos entre la gente del gran mundo —respondió Noemí.

—Con tanto quilombo sólo han logrado hacerla más famosa —Ceide se burló con desparpajo—. Los curas son sus mejores publicistas.

—Pero La Doña sigue casada con Lara —intervino Graco, desconcertado por la elástica moral de su madre—. Le pintó el cuerno con alevosía.

—Sus razones tendrá para haber dejado a ese tísico —Ceide se tomó el asunto a la ligera—, y a lo mejor él la engañó primero. En lugar de María yo hubiera hecho lo mismo. Pasquel es mil veces mejor partido que Lara. Está para comérselo, ¿verdad, Noemí?

Por debajo de la mesa, sin alzar la vista del café, Denegri pellizcó a su mujer en la pierna para que no respondiera. Odiaba que su madre diera esas exhibiciones de liviandad teórica ante propios y extraños, y más aún que involucrara en ellas a Noemí. ¿Qué iba a pensar doña Estela de la Cajiga? La presencia de gente conservadora atizaba su afán de escandalizar y apenas se tomaba un par de aperitivos le daba por soltar esas insolencias que incomodaban a todos los miembros de la familia. Si fuera una anciana situada más allá del bien y el mal, quizá oiría sus indecencias con oídos más benévolos. Pero una guapa señora de 52 años, esbelta y bien conservada, que parecía hija de su achacoso marido, no podía predicar el libertinaje sin dar la impresión de practicarlo. En momentos como ése hubiera querido que el viejo la callara de un sopapo. Su afán de provocar, que en otras mujeres quizá lo habría divertido, le repugnaba por venir de un objeto de veneración a quien amaba más que a sí mismo. Cuando mamá se ponía en esa tesitura prefería recordar la faceta adorable de su carácter: los apapachos, los desvelos, las canciones de cuna, la entrega ferviente al niño mimado que alguna vez fue. Nunca la bajaría del nicho de pureza donde la había colocado, aunque ella se esforzara por romperlo a pedradas.

—¿Y mi nieta cuándo va a venir? —preguntó don Ramón.

—Lorena la tiene secuestrada, ni siquiera puedo hablarle por teléfono. Pero Bernabé Jurado me está llevando el divorcio y si todo sale bien, dentro de poco tendrá que soltarme a Dánae por mandato del juez.

—La más perjudicada con esto es tu pobre hija —lamentó Ceide—. ¿No entiende esa boluda que todos los niños necesitan un padre?

Para evitarse problemas, Denegri no había contado a su familia ni a Noemí el agravio incalificable que le valió el odio eterno de Lorena. Sólo le abrió el corazón al padre Alonso, entre sollozos de arrepentimiento, al día siguiente de la esperpéntica broma, cuando la culpa le oprimía la garganta. Intentó en vano disculparse con la ofendida, que nunca le tomó las llamadas, y por consejo de Alonso donó cinco mil pesos al convento de las madres clarisas, una obra de caridad que lo reconcilió a medias con su conciencia. Sabía, sin embargo, que Lorena se dedicaba a propagar el incidente con altavoces, pues Bernabé se había enterado del chisme por terceras personas. En el infundio que circulaba de boca en boca, le colgaban el sambenito de haberse cogido a la puta delante de su mujer. Mentira, se quedó dormido en el suelo, noqueado por el tequila, y ni siquiera vio a Lorena escapar con la niña. Dolido todavía por ese golpe demoledor a su fama pública, se levantó de la mesa para ir al baño. Quizá debiera ver a un psicoanalista que le pusiera un espejo delante del alma. Escarnecer al hombre superior era el pasatiempo favorito de los mediocres, lo sabía de sobra. Pero entonces, ¿por qué les ofrecía su fama en holocausto? ¿Se odiaba a sí mismo por haber triunfado? A la cabeza de su larga lista de enemigos debía colocar al poderoso alter ego que había decretado su autocastigo.

Esa noche, los intríngulis del juicio de divorcio que no quiso mencionar en la comida le quitaron el sueño. Bernabé Jurado había enredado el juicio con recursos dilatorios, pero los abogados de Lorena también eran hábiles y temía quedar en la ruina si descubrían que había hipotecado la casa. Deploró que su maldito temperamento lo hubiera metido en ese aprieto y al mismo tiempo se sintió humillado por abrigar temores tan agudos. Más aplomo, carajo, no podía devanarse los sesos en cavilaciones de neurasténico. Al día siguiente, muy temprano, salió a cabalgar por Chapultepec en su nuevo caballo, *Tonatiuh*, un cuatralbo andaluz de dos años, a quien había mandado hacer una caballeriza en el jardín. A la sombra de la espesa enramada, con las ráfagas de viento en la cara y el vigor del potro infundido en la sangre, recuperó el ímpetu viril, el don de mando, la ambición desbocada. Nada debía temer de la mala fortuna, pues como bien decía Maquiavelo, la fortuna era una mujer que obedecía a quien la sojuzgaba. La mañana del lunes, a primera hora, Salustio le avisó por teléfono que el novio coscolino de Córdoba no quería soltar un quinto y amenazaba con demandarlos por difamación de honor.

—¿Ah, sí? Pues con su pan se lo coma.

"Los duendes de la redacción —escribió— nos informan que el joven licenciado Fermín Loera llegará muy fogueado a su matrimonio con la señorita Luisa Gutiérrez, pues lo han visto en plan de romance con una misteriosa dama de Puebla. Ah, pillín. Se consiguió un segundo frente antes de tener el primero." Excitado por su rijosidad, como si hubiera repartido golpes en una riña callejera, pidió a Irma que añadiera esa coda a la *Miscelánea*. No podía incumplir sus amenazas o se haría fama de extorsionador blando. Cada vez que ajustaba cuentas con un mal pagador, la intimidación se propagaba en ondas concéntricas: cuando el pobre Fermincito lo maldijera en las cantinas de Córdoba, sus amigos y los amigos de sus amigos tendrían por cierto que Carlos Denegri no amenazaba en vano. El diario sólo publicaba desmentidos cuando los solicitaba gente muy poderosa y si ese mequetrefe osaba demandarlo por calumnias, Bernabé Jurado se encargaría de empantanar el proceso judicial hasta las calendas griegas. A la una y media de la tarde, cuando el estómago ya le rugía de hambre, recibió una llamada de Tarsicio Esquivel, jefe de Prensa de la Secretaría de Hacienda. Por instrucciones del licenciado Beteta le rogaba que en lo futuro tuviera la amabilidad de no adelantarse a los boletines oficiales de su dependencia, como lo había hecho al anunciar la lista de sacadólares, que todavía estaba en fase de elaboración y tardaría por lo menos un mes en ser divulgada.

—El señor secretario no quiere crear en el público una falsa expectativa y le solicita por mi conducto que en lo futuro no dé primicias sin previa consulta conmigo.

En tono compungido, Denegri arguyó que sólo había querido salir al paso de las acusaciones formuladas en *Presente,* sin ánimo de meter en problemas al licenciado Beteta, por quien sentía el mayor aprecio. Sentado frente a él, Sóstenes había oído sus excusas. Lo avergonzó que un subalterno fuera testigo de esa humillación, pero más aún el hecho de que Beteta recurriera a un achichincle para amonestarlo, en vez de hablarle personalmente, como lo había hecho tantas veces. Lo estaba degradando, como quien baja de un manotazo a la araña igualada que ha subido media pared. Basta de confiancitas, Denegri, más te vale no tomar iniciativas o podemos prescindir de ti. Por su combustible temperamento, el jalón de orejas le crispó los nervios al grado de predisponerlo en contra de todo el mundo. Comió en casa, desmoralizado y contrito. Noemí había salido a comer con una prima suya y Damiana, la sirvienta, le sirvió un caldo tlalpeño. Estaba tan picoso, que al primer sorbo lo escupió con la lengua escaldada. En un arrebato de cólera arrojó el plato al suelo.

—¡Esta porquería sabe a lumbre! ¿Le puso chile o azufre?

—Lo preparó la señora Noemí —murmuró aterrada.

No le pidió disculpas, que se jodiera levantando el plato. Cuando Damiana empezaba a recoger el batidillo entró al comedor Basilio, su marido, el jardinero y mozo de cuadra, que todas las mañanas le cepillaba el pelo a *Tonatiuh.* Cruzó una mirada de resentida solidaridad con su esposa y se acomidió a buscar el recogedor. Andarían por los treinta años pero las arrugas prematuras de ambos, la espalda encorvada de Basilio y la complexión robusta de Damiana, que tenía cuerpo de tamal, los habían envejecido antes de tiempo. Ambos trabajaban en la casa desde que Lorena era su patrona y como habían visto entrar a Denegri con la puta de La Merced, sospechaba que desde entonces lo condenaban moralmente a la chita callando. Pobres idiotas, qué podía saber de tempestades pasionales un par de mochos de Xicotepec, una aldea rural de la sierra norte de Puebla, donde los indios se persignaban hasta para cagar. Debo parecerles el diablo en persona y a solas seguramente me ponen cruces. Lo que no andarán contando de mí por el vecindario. Si por mí fuera los pondría de patitas en la calle, pero Noemí está muy a gusto con ellos y en cuestión de criados, las mujeres mandan.

El segundo informe de gobierno del presidente Alemán le dio una oportunidad magnífica para sacarse la espina que le había clavado Beteta. Como la reciente devaluación había disminuido la popularidad de Alemán, los organizadores del festejo quisieron darle más pompa y lucimiento que nunca, instalando dos arcos triunfales con guirnaldas de flores en el breve trayecto de Palacio Nacional a la Cámara de Diputados. Miles de burócratas ocuparon los balcones de los edificios para arrojar confeti a su paso y a cambio de despensas con masa de maíz, aceite y frijol, una miríada de acarreados formaron una valla humana en todas las calles del recorrido, provistos de banderolas y matracas. Se trataba de aparentar que el pueblo profesaba a su líder una admiración sin límites. Pero al recorrer las inmediaciones del Congreso con un fotógrafo de *Excélsior*, donde tomó notas para su crónica, Denegri advirtió que entre la multitud de paniaguados había centenares de guardias del Estado Mayor, enfundados en gabardinas grises, con la pistola amartillada para silenciar a cualquiera que se atreviera a gritar injurias.

No era para menos: con apenas dos años en el poder, Alemán se había forjado ya una sólida fama de hampón elegante. Cuando aparecía en los noticieros cinematográficos, el público lo abucheaba al amparo de la oscuridad y su primo Casas Alemán se acababa de llevar una rechifla en el Estadio Nacional. Ávila Camacho se las había arreglado con una guardia de quinientos efectivos. La de Alemán ascendía a cuatro mil, entre militares y agentes de la Dirección Federal de Seguridad. La ironía de que un presidente tan querido necesitara semejante ejército de guaruras no había pasado inadvertida a la revista *Presente*, ni a los ciudadanos inermes ante la prepotencia de tanto matón con placa.

Denegri, en cambio, escribió un ditirambo donde ensalzaba "la adhesión espontánea de la multitud al líder carismático, plenamente identificado con su pueblo, que desde la campaña se ganó el corazón de los mexicanos y ahora, en la cima del poder, donde tantos incautos se marean, no ha cejado en su empeño por llevar el bienestar y el progreso a los confines más remotos de la geografía nacional. Quizá el momento más emotivo de la jornada ocurrió cuando el presidente subía la escalinata del Congreso y el humilde vendedor de lotería Sebastián Celis, anciano y cojo, rompió la valla de seguridad y se acercó para regalarle un cromo de la virgen Guadalupana". En el recinto legislativo de Donceles, cada vez que el presidente hacía una declaración categórica, los diputados se levantaban a ovacionarlo. Para no desentonar, los periodistas los secundaban en el balcón asignado a la prensa. De tanto aplaudir, Denegri acabó con las manos hinchadas. "En total fueron 32 interrupciones —celebró en su crónica—, 32 arrebatos de sincero entusiasmo por la claridad expositiva, la contundencia de los argumentos, el profundo conocimiento de los problemas nacionales y las convicciones inquebrantables de un jefe de Estado con visión de futuro, que no se arredra ante las borrascas de una economía internacional en crisis." En el besamanos de Palacio Nacional, Denegri fue el primer periodista a quien Alemán se dignó saludar, en las propias narices del secretario de Hacienda. Una deferencia consagratoria que lo absolvió en público del pecado cometido con la malhadada lista de sacadólares. Delante de todo el mundo, el señor presidente le ponía galones de general. ¿Te quedó claro, Beteta?

Pasaron tres meses, llegaron las fiestas decembrinas y su futuro económico seguía pendiente de un hilo. No se atrevía a pedirle a Noemí que moderara su tren de vida, pues recordaba cuánto detestaba la tacañería de José Barrientos y temía decepcionarla si le recortaba los gastos. Su viaje a la China Popular se frustró por la intolerancia ideológica del Kuomintang, que le negó la visa "por defender los intereses del capitalismo internacional". En una serie de artículos lapidarios auguró para China "el negro destino de los estados totalitarios" y presagió que la previsible alianza de Stalin con Mao podía llevar al mundo a una pavorosa hecatombe, si ambas dictaduras se confrontaban con las potencias del mundo libre.

En la primera semana de enero, cuando la mayoría de la gente aún no regresaba de vacaciones y los periódicos tenían que bajar sus tirajes por la escasez de lectores, el gobierno difundió un escueto boletín donde anunciaba la indemnización a la petrolera El Águila, "en cumplimiento de las obligaciones contraídas con dicha empresa cuando fue afectada por la expropiación de 1938". Denegri saltó de júbilo al leer el boletín en su despacho. El monto del pago ascendía a seiscientos treinta millones de pesos, el triple de lo que había imaginado en sus cálculos más optimistas. La única explicación de un monto tan abultado era el interés de Alemán y sus socios por inflar el precio de las acciones. Una estafa magistral blindada por todos los flancos. El decreto expropiatorio de Lázaro Cárdenas, un hito en la historia de los gobiernos revolucionarios, utilizado como mampara legal para saquear al erario. El humor negro implícito en el chanchullo le arrancó una sonrisa cómplice. Un estafador con talento no se conformaba con lucrar: insinuaba un trasfondo irónico por debajo de sus obras maestras. A mediodía el Skipper lo llamó por teléfono. Rogerio de la Selva le había pedido que publicara el boletín de la indemnización en la sección de finanzas, como un asunto menor de carácter técnico, sin el menor comentario editorial. En los artículos de fondo, el tema debería ser excluido por completo.

—Me lo imaginaba, es material radioactivo —comentó Denegri—. Pero en la revista de Piñó le van a tupir duro al gobierno. ¿Debemos responder?

—Ya veremos. Por ahora, chitón.

En seguida pidió a Irma que lo comunicara con Patrick Dermont, su agente de bolsa en Wall Street y le ordenó que vendiera sus acciones de la petrolera inglesa cuando alcanzaran su pico. Adiós a los apuros económicos. Resuelto el pago de la hipoteca, debía planear con cuidado en qué invertir el capital restante: ¿un rancho?, ¿otra casa?, ¿algún negocio? Hubiera sido de mal gusto proclamar su alegría, pero con el ánimo chocarrero de un ladronzuelo que babea de admiración frente al rey de las ratas, encabezó su *Miscelánea Dominical* con una jocosa "frase de la semana": "En los años cuarenta, la Revolución se bajó del caballo y se subió al Cadillac".

Por la tarde, cuando salió a comer, le regaló cien pesos a Sóstenes y otro tanto a sus dos guardaespaldas. Cuanto más se propagaba su fama de hijo de puta, más le gustaba tener detalles generosos con los humildes. Quería ser bueno a su manera, sin respetar la moral de los inferiores, tener un código ético hecho a su medida, como los trajes encargados a un sastre. Dispuesto a celebrar ese golpe de suerte con una buena parranda, llamó a Noemí para avisarle que esa noche no lo esperara despierta, pues don Rodrigo de Llano le había pedido que lo acompañara a cenar con el nuevo embajador de Italia.

—No me pude negar, mi amor. Parece que el embajador es de carrera larga y quién sabe a qué horas termine.

Esa noche se fue de juerga con Francisco Zendejas y Darío Vasconcelos, a los que no dejó pagar ninguna cuenta. Sin entrar en detalles, les dijo que había ganado un dineral en la Bolsa de Nueva York, tanto así que a partir de ahora le daría pena juntarse con pelados como ellos.

—¿No habrás extorsionado a otro gobernador? —le preguntó Darío entre burlas y veras—. Ten cuidado, un día te la van a cobrar.

—¿Qué pasó, compadre? Yo no hago negocios chuecos como tú, que sacas del bote a puros hampones.

Después de cenar langosta y *foie gras* en el Papillon fueron a ver el show de María Luisa Landín en el Río Rosa y a las tres de la mañana, en el anticlímax de la ebriedad, cuando la euforia degeneraba en aturdimiento, remataron cerca de ahí, en la Casa de La Bandida, el burdel más elegante de la ciudad. La Bandida en persona, una cincuentona hombruna de pelo corto, el rostro cobrizo limpio de maquillaje, salió a darles la bienvenida en la recepción. La llamaban así porque en vísperas de la batalla de Celaya, por órdenes de su marido, un coronel villista, saqueó una botica para abastecer de medicamentos a la tropa. Llevaba un traje sastre azul marino con un echarpe verde en el cuello. Se cubría con él una fea cicatriz provocada por un balazo que años atrás había enseñado a Denegri, cuando le contó sus andanzas en la Revolución. La acompañaba la Monina, su inseparable secretario joto, él sí muy bien maquillado, esbelto y pulcro, con un pantalón salpicado de chaquira ceñido a su escueta cintura.

—Dichosos los ojos, Carlitos —lo abrazó La Bandida—. Nos tenías muy abandonadas. Mis muchachas ya te extrañaban.

—Es que tengo una mujer muy exigente en la cama —se disculpó en broma— y no puedo gastar pólvora en infiernitos.

—Acompaña a los señores —ordenó La Bandida a la Monina.

En el trayecto a su mesa, Denegri saludó efusivamente al líder sindical Fidel Velázquez, agasajado por una china de enormes caderas, y a don Alfonso Reyes, que tenía sentada en las piernas a una rubia en *baby doll* negro, a quien recitaba al oído la égloga tercera de Garcilaso. La Monina los llevó a un salón con espejos de piso a techo, cortinajes de brocado y escenas de ninfas y sátiros en los tapices de la pared. Un trío de voces aterciopeladas cantaba boleros de mesa en mesa. El humo azul de los cigarrillos ascendía en espirales a las arañas del techo y la mezcla de perfumes y sudores creaba una atmósfera de embriaguez decadente. Pidieron una botella de Old Parr con agua mineral, mientras pasaban revista al personal femenino que esperaba cliente de pie, putas jóvenes en su mayoría, pues La Bandida las jubilaba a los treinta años. Avorazado, Zendejas sentó en la mesa a una pelirroja tetona que resultó ser venezolana y Vasconcelos a una mulata jarocha en traje de odalisca, con el ombligo al aire. Denegri se demoró más en elegir a su puta. La verdad era que andaba desganado y sabía que ya entrado en copas no funcionaba como varón. Pero como se trataba de pasarla bien, llamó con el índice a una exótica rubia semidesnuda con la piel bañada de polvo de oro, que le había guiñado el ojo a la entrada.

—Salud, muchachas —brindó Vasconcelos—, por la suerte de nuestro amigo Carlitos, el Rey Midas del periodismo.

Zendejas contó un par de chistes léperos que arrancaron risas forzadas a las muchachas. Denegri les propuso, entre burlas y veras, que trabajaran para él, contándole buenos chismes de todos los clientes ilustres que iban al burdel.

—En la cama los hombres susurran hasta secretos de Estado y con esa información yo puedo hacer maravillas.

—¿Estás loco? —dijo la jarocha—. Si hacemos eso, La Bandida nos mata.

Denegri manoseó a su puta con lujo de obscenidad y terminado el primer jaibol se levantó al mingitorio. El mozo que daba las toallitas le ofreció un pase de coca por cincuenta pesos. Lo inhaló con fruición, pues quería prolongar esa parranda hasta el amanecer.

A la salida casi choca de frente con José Barrientos, que venía entrando al baño con la corbata floja y los faldones de la camisa fuera del pantalón. Se miraron un momento con hostilidad y Denegri, para romper la tensión, lo saludó con tiesa cortesía.

—Qué tal José, ¿cómo te va?

—No sabes cómo estoy de agradecido contigo, manito —masculló—. Nunca te podré pagar lo que hiciste por mí.

Barrientos se le colgó del hombro para mantener la vertical. Tenía los ojos inyectados y un tufo alcohólico que hubiera podido anestesiar a un gigante. Olvidando lo que había ido a hacer al baño, jaló a Denegri hacia el pasillo.

—Vente a echar una copa conmigo, te la invito sin ánimo de pelea.

En la disyuntiva de acceder o liarse a golpes con él, escogió la alternativa más diplomática. Barrientos lo condujo a su mesa y le sirvió un whisky de su botella.

—No me lo vas a creer, carnal, y te llamo así porque ahora somos hermanos de leche, no me lo vas a creer, pero cuando te invité a cenar aquella vez a mi casa, llevaba mucho tiempo pensando cómo librarme de Noemí sin tener que pagarle pensión. Como buen economista, cuido mi patrimonio, y no me parecía justo mantener hasta la muerte a una puta con cerebro de ostión que me había dado una vida tan miserable. Pero si yo la dejaba, en el juicio de divorcio ella tenía todas las de ganar y se hubiera quedado forrada de lana. Necesitaba, pues, a un donjuán que se animara a entrarle al toro y me latió que tú eras el hombre indicado, ¿sabes por qué?

—Denegri negó con la cabeza—: por cínico y por vivales. Mis buenos amigos de toda la vida no iban a meterse con mi esposa, estaba seguro. Pero un periodista mercenario, al que me gané con embutes cuando era secretario de Economía, a lo mejor caía en el garlito si ella le coqueteaba. Los dejé sentarse juntos en la mesa y cuando Noemí te derramó la copa de vino en el pantalón pensé: aleluya, éste puede ser mi salvador.

Denegri amagó con levantarse, pero Barrientos lo sujetó de un brazo.

—Espérate, compadre, no he terminado.

Tras un breve acceso de hipo retomó el hilo de su relato con un gesto de sórdida gratitud.

—En algún momento temí que la mandaras al diablo después de cogértela, como hicieron tantos antes que tú. Porque no eres su primer amante, no te vayas a creer. Ya perdí la cuenta de cuántos tuvo, pero eso sí, la cabrona nunca dejaba pruebas que yo pudiera usar en su contra. Y como nadie se aventó el tiro de robármela, tuve que seguir aguantándola a mi pesar, con el estómago revuelto de tanto escuchar sus estupideces. La moda, el nuevo carro de los vecinos, la pertenencia a un club de gente apretada, los signos de estatus social, nada le importa más en este mundo. La llevé adrede a la charreada sabiendo que ibas a estar ahí. Sí, aunque no lo creas yo fui su alcahuete. Vi que la seguías al baño y me imaginé lo demás. La audacia de los pendejos no tiene límites, nunca pensé que fueran tan descarados. Crucé los dedos esperando que volvieran a encularse y cuando se largó contigo me dieron la mayor alegría de mi vida.

—No respires por la herida, José —intentó defenderse Denegri—. Ya supera tu duelo. En el amor se gana o se pierde.

—¿Y de veras crees que ganaste? —un ataque de risa convulsiva sacudió a Barrientos.

Sus carcajadas eran tan estridentes que los clientes de las mesas vecinas los voltearon a ver con molestia. Denegri no pudo resistir más y esta vez apartó bruscamente a Barrientos cuando quiso impedirle que se levantara. De vuelta en la mesa, donde lo esperaban sus amigos, extrañados ya por una ausencia tan larga, trató de reintegrarse a la charla ligera, sin comentar su desagradable encuentro. Con los besos de la mujer dorada trató de quitarse el amargo regusto que le había dejado el parloteo de Barrientos. Pobrecito, qué ardido y humillado estaba. Sólo un hombre con el amor propio tumefacto podía soltar ese borbotón de aguas negras. Tanto rencor enquistado en el fondo del alma lo iba a matar de cáncer. Ni una palabra a Noemí sobre ese infortunado encuentro, eso sería caer en la trampa del cornudo. Pero algunas de sus insidias le habían calado y no lo dejaron relajarse a gusto. ¿De veras Noemí había tenido otros amantes? Lorena también la había tachado de puta en un arrebato de cólera. Bastaba con que hubiera un miligramo de verdad en esas acusaciones para salpicarlo de mierda. Si la mala reputación de Noemí era un secreto a voces, a esas alturas él ya sería el hazmerreír de medio México.

Volvió a casa al filo del amanecer, envenenado por la sospecha. No debió haber oído la resentida perorata de su rival: ¿cómo sacarse ahora el aguijón de la duda? Humberto manejaba el Mercury, él iba en el asiento de copiloto, despierto como una lechuza por el efecto de la coca, y detrás dormitaba Salvador, hecho un ovillo.

Cuando iban llegando a su casa los faros del auto iluminaron a un desconocido que iba saliendo muy campante por la puerta del garage, con una mochila al hombro.

—Es un ladrón, ¡agárrenlo!

Humberto dio un frenazo que despertó a Salvador. Los dos salieron disparados pistola en mano y corretearon al presunto asaltante hacia el Parque México. Erraron sus tiros, pero lo asustaron tanto que se tiró al pasto boca abajo, las manos extendidas en señal de rendición.

—No me maten, por favor, tengo familia.

En la mochila no cargaba ningún objeto de valor y sin embargo lo tundieron a patadas, dándole trato de ratero. Cuando dejó de gemir cruzaron la Avenida Sonora y lo llevaron con Denegri, que lo identificó de inmediato: era el cartero, un joven espigado de pelo crespo, con acento norteño. Sugestionado por las acusaciones recién oídas, creyó en primera instancia que Noemí tenía gustos proletarios y lo engañaba con él.

—¿Qué andabas haciendo en mi casa?

—No entré a robar. Vine a ver a Damiana —dijo el cartero, acezante.

—¿A Damiana?

Denegri recordó que tres días antes, Basilio, el marido de la criada, le había pedido permiso para asistir al sepelio de un tío muy querido en Xicotepec, y prometió que en su ausencia, Damiana se encargaría de alimentar y cepillar a *Tonatiuh*. Por lo visto, la mosquita muerta había encontrado muy pronto un sustituto para calentarle la cama o a lo mejor ya se entendía con el cartero desde antes. ¿No que muy decente? Cuanto más remilgadas más putas eran. Despertada por los disparos, Noemí salió en bata a ver qué pasaba.

—Agarramos a este infeliz saliendo de la casa —Denegri lo señaló con asco—. Tu adorada sirvienta se acuesta con él.

—No lo puedo creer, Damiana es incapaz de algo así.

—¿Todavía la defiendes? Tráela para acá.

No hizo falta, pues Damiana ya había bajado del cuarto de la azotea y observaba la escena, oculta detrás de unos geranios, tapándose la boca en señal de *mea culpa*. Cuando Denegri la descubrió fue a buscarla bufando de cólera.

301

—Agarramos a tu querido. ¿Te lo cogiste rico?

Damiana se desplomó en el suelo y le imploró perdón de rodillas.

—No le haga daño, por favor, yo tuve la culpa.

—Claro que la tuviste, pinche puta —Denegri la zarandeó de los hombros—. Por si no te has enterado, esta colonia está llena de vagos que se ligan a las criadas para meterse a robar a las casas. ¿Qué tal si nos desvalija?

—Genaro es buena gente, se lo juro.

—Sí, ¿cómo no? Muy bueno para el catre.

Humberto se acercó a preguntarle si quería que llamara a la policía para entregarle al cartero. Entre las brumas del coraje, Denegri discurrió que después de todo, su falta era menor, pues sólo había complacido a una gata en celo, como lo haría cualquier varón cuando le dan entrada.

—Déjenlo ir, ya recibió su castigo.

Damiana, en cambio, ameritaba una pena mayor por engañar al pobre Basilio. Compadeció al noble jardinero por haberse casado con ese alacrán y se propuso actuar como él lo hubiera hecho si estuviera en su lugar.

—Ve a ensillar al *Tonatiuh* —ordenó a Salvador— y tráeme la riata.

—¿Qué vas a hacer, Carlos? —se inquietó Noemí.

—Tratar a esta cabrona como si estuviera en su pueblo. En el campo no se tientan el corazón para castigar a las güilas.

Con ayuda de Humberto y Salvador, que sujetaron a Damiana, Denegri le improvisó una especie de arnés, pasándole la riata por debajo de las axilas y atándosela en la cintura. Para que no pudiera zafarse, la maniató con un nudo bien apretado. Luego montó al caballo y pidió que le abrieran la puerta del garage. Damiana gimoteaba de pánico, implorando con la mirada el auxilio de Noemí, que se plantó frente al caballo.

—¿Estás loco, Carlos? Córrela si quieres pero no le hagas daño.

—Tú no te metas. Quítate de ahí.

Como Noemí no se apartó, Denegri ordenó a sus guardaespaldas que la quitaran de en medio. Se dio por vencida tras un breve forcejeo. Sordo a sus maldiciones, picó espuelas y salió a la calle arrastrando a Damiana, que en la banqueta se fue de bruces.

De un tirón la obligó a levantarse y a trote lento la llevó por Avenida Sonora rumbo a Insurgentes, cuando apenas despuntaban los primeros rayos del alba y el dulce piar de los gorriones prometía una mañana soleada. Algunos obreros madrugadores iban ya con sus mochilas al hombro hacia la parada del autobús, mirando con estupor al jinete que remolcaba a la fámula, obligada a correr para no caerse. Como ella no pedía auxilio, resignada tal vez a padecer ese ultraje, ninguno se atrevió a defenderla. En Insurgentes Denegri apretó el paso, cabalgando ya, y como Damiana no lo pudo seguir, la llevó a rastras por el asfalto, como si coleara una res en el lienzo charro. Los pasajeros del tranvía que circulaba junto al camellón se quedaron pasmados al verlos, las caras pegadas a las ventanas. Un cortejo de perros callejeros correteaba a Damiana ladrando. Los atraía quizá el olor de la sangre que manaba de su nariz rota y de sus rodillas peladas.

Tonificado por el relente del amanecer, Denegri erguía la cabeza con gesto fiero. Estaba vengando a Basilio pero también a sí mismo, a todas las víctimas inocentes de las malas pécoras, de las falsarias con furor uterino que le abrían las piernas a cualquier pelafustán, a perros y asnos incluso, sin reparar en el sufrimiento de sus familias. Maridos, padres, hermanos, todos hundidos en la ignominia por la brama de esas rameras. El divino placer de hacerse justicia por su propia mano lo embriagaba más que el alcohol y la coca. ¿Pero cómo se atreve a cometer semejante barbaridad?, parecían decirle con la mirada los atónitos y acobardados conductores de autos. Pues sí, me atrevo porque puedo, y si no les gusta vayan por un policía, ya verán cómo tiembla cuando oiga mi nombre. Dobló a la derecha en Coahuila, indiferente a los tumbos que daba la res, y volvió a casa por el andador central del Parque México, arrastrando a Damiana, que se raspaba en los zarzales. Entró por el zaguán hasta el jardín trasero y ordenó a sus escoltas que la desataran. Tenía el camisón en jirones, las rodillas en carne viva, el tabique nasal desviado y un seno amoratado al descubierto, pero la desolación de sus ojos grises reflejaba un dolor moral más intenso que el físico.

—Coge tus cosas y te me largas. Pero te advierto que hoy mismo le voy a mandar una carta a tu marido, para que sepa cómo lo engañabas.

El incidente le costó un distanciamiento con Noemí, que tachó su conducta de monstruosa, quiso mandarlo con un psiquiatra y prohibió la entrada a la casa a los majaderos guaruras que la quitaron del zaguán. Por Dios, mujer, no hagas tanto escándalo por una gata, se quejó Denegri, sin dar señales de arrepentimiento. No creía haber cometido ningún crimen, y si Noemí era tan compasiva, ¿por qué no se apiadaba de Basilio? Llegó a sospechar que se solidarizaba con Damiana por su larga experiencia en materia de cornamentas, fiel a la consigna del "hoy por ti, mañana por mí". Pero desechó muy pronto esa idea para no caer en el juego de Barrientos, que sólo buscaba separarlos. Sería un imbécil si le daba crédito a esa liendre. Noemí lo amaba y había sacrificado por él una posición envidiable. No sólo ella, muchas mujeres honestas estaban dispuestas a dejarlo todo por él. ¿O acaso dudaba de su encanto para despertar pasiones? Para obtener su perdón le prometió ver a un psicoanalista, llenó la casa de rosas amarillas, su flor predilecta, y le llevó una serenata con Los Panchos. El detalle le costó una fortuna pero valió la pena. La noche de su reconciliación, mientras la veía dormir el sueño beatífico de las mujeres saciadas, juró quererla sin cálculos mezquinos, con una fe invulnerable al escepticismo.

La compra del Rancho Santa Cruz de la Constanza, que su padre le consiguió a precio de ganga por tener una larga amistad con el edil de Texcoco, llamó poderosamente la atención entre sus colegas, que ya de por sí le tenían ojeriza. Desde la izquierda, los redactores del *Nacional* no perdían oportunidad de atacarlo por su rápido enriquecimiento, pero ahora también le llovía fuego amigo desde la derecha. Su principal detractor en ese bando era Carlos Septién García, el reportero estrella del *Universal,* un gordito de apariencia bonachona, con el temple moral de los cristianos primitivos, que no aceptaba embutes y en tiempos de Maximino Ávila Camacho fue uno de los pocos periodistas que se atrevió a ridiculizarlo por su afán de monopolizar la fiesta brava. Católico devoto y amigo cercano de Lorena, que seguramente lo había predispuesto en su contra, revelándole intimidades que lo pintaban como la piel de Judas, Septién no pudo soportar que de la noche a la mañana un pecador inveterado como él estrechara lazos de amistad con monseñor Luis María Martínez y se convirtiera, para efectos prácticos, en el principal vocero de la mitra apostólica. No buscó ese honor, como creía Septién: sólo accedió a los ruegos del prelado. Cuando la Unión Soviética explotó su primera bomba atómica, el obispo decretó un día de oración y penitencia para frenar el avance del comunismo en el mundo y lo llamó para pedirle que difundiera el decreto en *Excélsior*. Cuente conmigo, Su Ilustrísima, es un honor colaborar con usted, le dijo, halagado, y en un artículo titulado "La amenaza roja" sostuvo que la doctrina marxista de la lucha de clases era una apología del odio incompatible con los valores cristianos. Las cartas de lectores entusiastas que abarrotaron los buzones de *Excélsior* lo convencieron de seguir por ese camino y el jueves santo escribió un artículo en tono de fervorín:

En estos días, los más santos que puede vivir el ser humano, es admirable ver el dolor de nuestro pueblo por la muerte de Cristo. Un dolor mezclado con una alegría suprema: la íntima y callada alegría de saberse beneficiarios de los méritos infinitos de quien así quiso redimirnos y hacernos comprender que nosotros, humanos bendecidos por la Gracia, no somos las marionetas de un tablado grotesco, sino los actores conscientes de un noble destino cuya meta se halla infinitamente más arriba de las ciénagas mundanales...

Nueva andanada de felicitaciones, acompañada con estampitas de santos y vírgenes. Comprobó de inmediato que el surgimiento de un líder moral siempre despierta envidias feroces. Desde *La Nación*, el órgano informativo del PAN, Septién le propinó una zarandeada por "exhibir en público una fe que no practica en privado" y lo comparó a los fariseos de Judea, a quienes Jesús reprendió por fingir una devoción meramente decorativa. "Como ellos, Denegri es un sepulcro blanqueado, impoluto por fuera pero lleno por dentro de gusanos y purulencias. No tomarás el nombre de Dios en vano es un mandamiento que este falso apóstol de la virtud viola con la más abyecta desfachatez cada vez que pretende engañar a los lectores con sermones hipócritas, y al mismo tiempo, en su vida privada, comete bajezas que la decencia prohíbe nombrar." Como *La Nación* era un periodicucho que nadie leía, Denegri se abstuvo de contestarle. ¿Para qué, si monseñor Martínez, en desagravio por esas acusaciones, lo invitó a tomar un café en el Palacio Arzobispal, donde se dio el gusto de besar su anillo? Doble retortijón de tripas para Septién, que jamás había merecido semejante honor.

En septiembre del 49 coincidieron en una gira de Miguel Alemán por Nayarit, cada quien por su lado, sin saludarse siquiera. Después de tres días de arduos recorridos por lomas y barrancas, donde el presidente entregó maquinaria agrícola a varios ejidos, llegaron rendidos a Tepic. Para descargar tensiones, Denegri se emborrachó en el bar del hotel con varios reporteros de la fuente presidencial. Cuando les anunciaron el cierre del bar no se dio por vencido: mandó traer de su bolsillo a las mejores putas de la ciudad, ordenó al botones que comprara tres botellas de etiqueta negra y armó una ruidosa orgía en tres cuartos interconectados del quinto piso, con discos de chachachá y nenas en pelotas, que se prolongó hasta las cuatro de la madrugada. Hospedado en el piso de abajo, Septién se pasó la noche en vela, oyendo la música y el obsceno rechinido de los colchones. Al día siguiente, indignado, reclamó al jefe de Prensa la nochecita que le hicieron pasar.

—Ni yo ni los demás huéspedes pudimos pegar el ojo. En este hotel hay familias, carajo, ¿cómo les pueden faltar al respeto así? Es una vergüenza que el señor Denegri haga estos desmanes a ciencia y paciencia de las autoridades. El gobierno nos debe una disculpa pública. ¿O qué? ¿Usted también estuvo en la fiesta?

Manuel Espejel alegó que no se había enterado de la pachanga, porque él durmió en el segundo piso y le prometió investigar el asunto, sin comprometerse a nada. Cuando Denegri bajó a desayunar lo increpó en tono de guasa:

—Hubieras invitado a Septién a tu orgía. El pobre me vino a reclamar porque se quedó con las ganas.

La entrada del quejoso a la cafetería acalló el coro de risotadas. Miró a los periodistas burlones con la dignidad de un mártir en el coliseo romano y se fue a sentar en una mesa lejana. Después de esperar en vano la disculpa del gobierno, acusó a Denegri de "arrastrar por el fango la dignidad de las giras presidenciales, usándolas como pretexto para la francachela y el desenfreno, en complicidad con los funcionarios que lo protegen". La indiferencia de la jefatura de Prensa, que ni siquiera se molestó en desmentir la denuncia, refrendó la impunidad del acusado y a partir de entonces tuvo un acicate más para permitirse extravagancias que escandalizaran a los mojigatos. A los ojos del público era una pieza clave del sistema político, pero como no estaba en la nómina de ninguna secretaría, nadie podía exigirle que llevara una conducta ejemplar. Pertenecer al *establishment* sin cargar sus cadenas, ser un cruzado de la fe y al mismo tiempo un golfo profesional: en eso residía su mayor privilegio y ningún moralista lo haría renunciar a él.

Se dio el gusto de reafirmar en público su carácter de celebridad privilegiada cuando Jorge Pasquel lo invitó a un safari en Kenya con todos los gastos pagados. Anhelaba conocer la escenografía fabulosa de sus fantasías infantiles y convenció al Skipper de que lo dejara escribir una crónica de su aventura. Entre los invitados al safari figuraban, ni más ni menos, el conde italiano Guido Rinaldi, el banquero Agustín Legorreta, el joven golfista Juan Pedro de la Macorra, el piloto de autos Gerald Pinkerton y el restaurantero Ricardo Blumenthal, dueño del Ciro's. Por problemas de agenda no pudo viajar junto con el grupo, pero tres días después emprendió el complicado viaje a Nairobi, donde Pasquel tenía una mansión fabulosa.

En su primera crónica, escrita sobre las rodillas en la sala de espera del aeropuerto, puntualizó que iba en calidad de amigo personal del magnate, no como reportero, pero aprovecharía la ocasión para narrar sus impresiones sobre el continente negro. Así dejaba en claro que no era un mero columnista de sociales, sino un *insider* perfectamente integrado a esa cofradía selecta. Imaginar a sus resentidos colegas odiándolo a muerte por codearse con el *jet set* lo animó a resistir las inclemencias del viaje. Para llegar a Nairobi tenía que hacer conexiones en Guatemala, Curazao, Las Azores y Lagos, con intervalos de hasta tres horas en cada escala. Cuando cruzaba el Atlántico a bordo de un bimotor de Pan Am, la temperatura en la cabina descendió a seis grados bajo cero. Ni las gruesas cobijas que le proporcionó la azafata lograban desentumirlo. Gracias a la botella de ginebra que llevaba en la mochila logró calentarse un poco, pero dormir en esas condiciones le resultó imposible. No era el único bebedor entre los pasajeros. En el asiento de adelante, dos regiomontanos habían tomado lo suficiente para no controlar el volumen de su voz. Hablaban en tono fanfarrón de sus conquistas, o más bien competían por el título del donjuán más irresistible.

—Para mi gusto las casadas son las que cogen más rico, por la experiencia que tienen.

—La experiencia y el morbo de engañar al marido. Lo prohibido siempre se antoja más.

—Aquí entre nos yo me anduve cogiendo a la esposa de un político. En todos mis viajes a la capital le daba para sus tunas.

—No mames. ¿A poco te aventaste el tiro?

—Yo no quería, pero la vieja era bien lanzada. ¿Te acuerdas cuando vino a Monterrey el secretario de Economía?

Con una descarga de electricidad en el bajo vientre, Denegri acercó el oído al respaldo del asiento delantero.

—Sí, cómo no, le dimos una comida en la Unión de Ganaderos.

—Vino con su esposa, Noemí, ¿te acuerdas? Me tocó una silla al lado de la señora y por sus miraditas noté que le gustaba, pero delante del marido no me atreví a nada. De repente la cabrona hace como que tira una copa de vino y a la hora de limpiarme con la servilleta, zaz, que me agarra la riata. Yo entonces era soltero, y a quién le dan pan que llore.

Refrenó con dificultad el impulso de liarse a golpes con el norteño. En todo caso debía cobrarse el agravio con la señora asalta braguetas. No me lo vas a creer, pero es la primera vez que engaño a mi esposo. Sí, Chucha, cómo no. Se imaginó las bromas de sus enemigos: Denegri es como Agustín Lara, se enamora de las putas. Dicen que le gusta compartir a su vieja y ver cómo se la sabrosean. Hasta les paga a los padrotes para que se la cojan. Un ridículo espantoso prolongado más de un año. Miles de carcajadas soeces le taladraban el cráneo. Cállense, roedores del mérito ajeno, guarden silencio o los callo a balazos. Ojalá que ese gélido avión se cayera en mitad del océano.

—No jodas, Picho, ¿qué tienen de admirable los oligarcas de México? Quitando a los de Monterrey, los demás hicieron sus fortunas por contubernios con el régimen y muchos son prestanombres de políticos o generales. Así cualquiera triunfa en los negocios.

Denegri resopló, fatigado por la terca oposición de su interlocutor. Por fortuna, los parroquianos de la cantina comenzaban a marcharse y ya no tenían que gritar para hacerse oír por encima de la música.

—Los negocios nunca han tenido nada que ver con la ética. En cualquier clase empresarial, los pillos son mayoría.

—Pero los pillos del primer mundo por lo menos derraman algo de su riqueza al pueblo —Piñó apachurró la colilla de su cigarro en el cenicero, como si aplastara con el dedo a la burguesía explotadora—. Aquí no hay leyes que valgan y la mafia se queda con todo. Lo peor es que luego presumen en los diarios el fruto de sus atracos. ¿No te da náusea escribir crónicas de sociales?

—Es una rama del periodismo tan respetable como cualquiera. ¿También por eso me vas a criticar?

—Si te limitaras a reseñar los saraos del gran mundo, yo lo entendería: cada quien se gana el pan como puede. Pero la frivolidad y la conciencia social no se llevan. Es un poco abusivo, para decirlo suavecito, que te le hinques a los ricos babeando de admiración y al mismo tiempo finjas compartir el dolor de los pobres.

—Yo he ayudado más a los pobres que ningún periodista, pero no me gusta divulgar mis obras de caridad.

Denegri pensó en el hospicio de las clarisas en Cuernavaca, pero se abstuvo de mencionarlo por elegancia moral.

—Los hubieras ayudado más denunciando la complicidad del gran capital con los funcionarios corruptos, como hice yo en *Presente*. Mi revista los ponía en la picota mientras tú los halagabas.

—Mis apapachos les costaban caro. Si a pesar de haberlos comprado se los creían, allá ellos.

—Una cosa sí te reconozco: exhibías diáfanamente la vulgaridad de los nuevos ricos. Les diste un escaparate para presumir sus viajes a Europa, sus carrazos importados y sus fiestones en Acapulco. Una vez le sugerí a Lombardo Toledano que repartiera tu columna entre los obreros, para incitarlos a luchar contra la burguesía.

—Ay, Jorgito, ya madura —Denegri soltó una risilla mordaz—. Creí que el estalinismo te había curado de tu gonorrea bolchevique. ¿O fue sífilis?

Un vendedor de muñecos de peluche entró a la cantina en busca de padres de familia culpabilizados por malgastar sus sueldos. Piñó se le quedó viendo un momento y luego volvió en sí.

—Me desengañé del comunismo hace mucho tiempo, pero me repugna la exhibición obscena de la riqueza mal habida.

—¿No será más obsceno esconderla? Ya sabemos que primero pasará un camello por el ojo de una aguja y todo ese cuento. Pero dime una cosa, Jorge: ¿Quién compra periódicos en México?

—La gente de clase media para arriba.

—Exacto —Denegri adoptó un tono didáctico—. En México los proletarios no leen y hace veinte años la mitad de la población era analfabeta. Los periódicos y las revistas eran elitistas por *default*. La gente de medio pelo quería asomarse a la vida de los ricos y a los ricos les encantaba matarlos de envidia. Yo me limité a darle al público lo que pedía.

—Pero ese exhibicionismo también atizaba el rencor social. Hacían fortunas saqueando al erario y luego se las restregaban en la cara al pueblo.

Piñó se había sulfurado como un agitador de plazuela y era oportuno aplicarle una compresa de hielo.

—Así es la psicología del nuevo rico, ¿qué le vamos a hacer? Quieren farolear, gritarle al mundo que ya se colaron al Olimpo, en especial cuando están muy lejos de haberlo alcanzado. Yo me limité a explotar su afán de notoriedad.

—Les diste un escaparate que otorgaba la misma relevancia al *baby shower* de una ricachona que a las noticias de la fuente política.

—¿Pero quién decide si algo es importante o no? Perdóname, pero eso es muy subjetivo.

—Ahí es donde la prensa debe cumplir una función orientadora, a la que tú renunciaste.

—Al contrario: induje a mis lectores a admitir como algo normal la existencia de una minoría privilegiada, sin darme golpes de pecho.

—Los golpes de pecho te los dabas en tus artículos serios; ahí lamentabas la pobreza del campo, los altos índices de mortandad infantil, la miseria de las ciudades perdidas, en un tono gemebundo de melodrama barato. La mera verdad, no sé cuál de tus dos caras era peor.

—De veras lamentaba y lamento los males de México. Pero los de arriba no se ven a sí mismos como villanos. Con ellos tenía que adoptar un tono más liviano, más juguetón.

—Sí, el tono de un cómplice pícaro. A principios del 53, en plena cruda del alemanismo, cuando Ruiz Cortines acababa de llegar a la Presidencia y se anunciaba una época de austeridad, encabezaste tu *Miscelánea Dominical* con una frase de antología: "Todavía nos queda un recurso: enriquecernos lícitamente".

—¿De veras escribí eso? —Denegri se desternilló de risa—. Ya se me había olvidado. No me negarás que fue una buena puntada.

—Para tus cómplices forrados de dólares tal vez. A los demás les habrá caído en el hígado. Con el "nosotros" indicaste muy claro de qué lado estabas.

—La atmósfera de jauja y valemadrismo que predominaba en los altos círculos sociales permitía esa desfachatez. ¿Pero no es el principal deber de un periodista decir verdades, aunque sea en tono irónico?

—Lo raro es que tengas credibilidad a pesar de esos deslices. Por lo común, los líderes de opinión aparentan ser personas de una pieza, pero tú tienes una personalidad social dividida. ¿No crees que tu juego es un poco esquizoide?

—Tal vez, pero en todo caso refleja la esquizofrenia de mis lectores. Ellos saben que manejo información privilegiada y por eso me creen, pero al mismo tiempo desconfían de mis intenciones. Digamos que soy el bufón de la corte y a los bufones se les permite soltar chascarrillos de doble filo, contradecirse, hablar entre burlas y veras.

—O sea que tú empleas el lenguaje del periodismo para esconderte.

—Pero de vez en cuando suelto algunas verdades que me salen del alma y son las que mejor fortuna corren.

—¿Como cuáles?

—La más famosa de todas: "En los años cuarenta la Revolución Mexicana se bajó del caballo y se subió al Cadillac". La he visto citada en varios libros de historia.

—Sólo te faltó añadir que en ese Cadillac ibas tú.

—¿Crees que hiciera falta?

—Por esos alardes de cinismo te ponía cruces Carlos Septién, que en paz descanse.

—No, él me odiaba por pregonar mi fervor religioso. Quería tener el monopolio de las virtudes cristianas.

—Era un tipo muy honesto, lo que sea de cada quien.

—Cuando se mató en el avionazo por poco lo canonizan, pero aquí entre nos, se murió por güey. ¿Quién le mandaba hacer esa pataleta?

—Su honor ofendido. Quiso marcar distancias contigo.

—Las marcó tan bien que yo sigo vivo y él está muerto. Nada le hubiera pasado si viaja con todos los periodistas en el bimotor que la Presidencia nos asignó para ir a la inauguración de la presa.

—Lo pusieron en un aprieto muy feo. Le había tocado sentarse junto a ti.

Denegri quiso encender un cigarro pero su encendedor falló varias veces. Piñó entró al quite con un cerillo.

—Ésa fue una broma pesada de Rafa Corrales, el jefe de Prensa de Ruiz Cortines —exhaló un larga nube gris—. Sabía que el gordo no me tragaba y el muy ojete lo sentó junto a mí adrede. Cuando lo supo, Septién se bajó del avión mentando madres, como si yo tuviera roña. Tomó otro vuelo y así le fue.

—Yo entrevisté a los rescatistas que recogieron su cadáver en el cerro del Picacho. Dicen que tenía una medalla del Sagrado Corazón apretada en el puño.

—No lo protegió muy bien que digamos.

—Qué ojete, ni la burla perdonas. ¿Te alegró su muerte?

—No mames, Jorge, ¿por quién me tomas? Me pitorreo del asunto porque ya estoy harto de cargar con ese muertito. Desde que nos enteramos del accidente allá en la frontera todos los reporteros me volteaban a ver con ojos acusadores, como si tuviera pacto con el diablo. En todo caso, la culpa fue de Corrales.

—Su muerte comprueba que la justicia divina no existe: el santo se muere y el pecador llega a su destino sano y salvo —Piñó suspiró con aire filosófico.

—Así es la Providencia: a quien le toca le toca.

—¿De veras crees en la Providencia?

—Soy creyente y guadalupano, en eso nunca he mentido.

—Deben ser muy interesantes tus confesiones. Yo pagaría por oírlas.

—He sido muy cabrón, Jorgito, no lo niego, pero tengo fe y sé que voy a salvarme.

—Pobre Septién. Cuando te vea llegar al cielo, se va a tener que salir corriendo.

Perdóneme si doy algunos rodeos porque no sé por dónde empezar, doctor. Le confieso que dudé mucho en venir a verlo. El consultorio de un psiquiatra siempre me había parecido la antesala del manicomio. Primero muerto que tenderme en un diván, pensaba yo. Nunca digas de esta agua no beberé. Desde hace tiempo perdí el control de mi vida y no sé cómo recuperarlo, por eso me animé a pedirle una cita. Andaba mal desde hace rato, pero la muerte de mi padre me dio la puntilla. Mi forma de guardarle luto ha sido correrme juergas demenciales, como si quisiera acompañarlo pronto en la otra vida. Tengo un serio problema de alcoholismo que ya me está afectando en mi chamba. Por estar crudísimo, el otro día dejé plantado al secretario de la Defensa y el director del periódico me llamó la atención. Pero el alcoholismo es un efecto de mis problemas, no la causa. Tengo dinero para comprar todos los placeres del mundo, pero nada me satisface. Ando al garete, sin una meta clara en la vida. Creo que la borrachera es mi subterfugio psicológico para no reconocer que soy profundamente vulnerable. Y para colmo soy peleonero, con tragos encima le canto la bronca a cualquiera. Si no refreno mis bravatas, en una de ésas me van a matar.

Nomás para darle una idea, porque no puedo contarle todos mis desfiguros: el otro día, en el Casanova, mi amigo Zendejas y yo conocimos a unas modelos venezolanas chulísimas. Brindamos con champaña, hubo buena química y al rato ya estábamos bailando de cachetito. A las dos de la mañana les propuse que nos fuéramos a rematar la fiesta en mi casa y Wilmar, la que yo me quería ligar, se echó para atrás. No, gracias, dijo, ya es muy tarde y mañana temprano salimos a Guadalajara. Intenté persuadirlas por la buena, con ruegos y halagos. No sean malitas, mis reinas, ¿a dónde van que más valgan? Pero ellas necias en acabar la fiesta. Dos veces Wilmar se quiso levantar de la mesa y la jalé del brazo para volverla

314

a sentar. A la tercera me soltó un manazo, suéltame ya, malparío. Les ofrecí llevarlas a su hotel en mi coche, pero se negaron. Deben de haber creído que yo era un violador o un psicópata. Se me hace que ustedes son tortilleras, les dije. Wilmar me abofeteó y se largaron muy ofendidas. Luego Zendejas me estuvo recriminando por mi conducta, ya ni la chingas, Carlos, así no se trata a ninguna dama. También lo mandé al carajo y acabé tomando solo en Las Veladoras, rodeado de borrachines y putas baratas.

Pero eso no es lo peor. El otro día en el Sans Souci tuve un altercado estúpido con el Negro Camacho, un publicista que se las da de galán. Estábamos los dos tomando la copa con Renato Leduc y de pronto vemos entrar a una rubia imponente que venía con una mexicana chaparra y fea. Ni tardo ni perezoso el Negro se levantó en pos de la rubia y como tiene buena labia se trajo a las dos a la mesa. La rubia era gringa, se llamaba Cynthia y trabaja de sobrecargo en American Airlines. De la otra ni recuerdo el nombre porque no le dirigí la palabra. Cuando tengo copas encima soy como un niño egoísta que a la fuerza quiere tener el juguete de su amiguito. Haciendo gala de mi buen inglés traté de quitarle la gringa a Camacho, pero Cynthia se había encaprichado con él. Renato se fue temprano y nos quedamos los cuatro, o mejor dicho los tres, porque la mexicana era una convidada de piedra. En algún momento el Negro me reclamó por disputarle la presa y le dije en broma, con sintaxis de piel roja: yo blanco, tú negro. La primera vez el chiste se le resbaló. Pero luego sacó a bailar a Cynthia y fui a la pista tras ellos. Yo blanco, tú negro, yo blanco tú negro, insistí no sé cuántas veces, intentando separarlos. Le colmé la paciencia y de un madrazo en la nariz me dejó sentado en la pista. Un cliente que estaba bailando se agachó a darme auxilio, pero su acompañante me reconoció: es Denegri, dijo, no te metas en líos, y prefirieron dejarme ahí tirado.

Nunca he caído en la cárcel por mis escándalos, porque los dueños de todos los bares me conocen y no se quieren meter en problemas con un influyente, pero ese privilegio es un arma de doble filo, porque me da una libertad sin freno. Cuando alguien se atreve a llevarme detenido a una delegación, salgo libre en cinco minutos, aunque haya atropellado a un cristiano. Esa impunidad ha ensoberbecido al pequeño Calígula que llevo dentro y ahora me ha dado por divertirme con el miedo de los demás. El viernes pasado fui al Capri a ver el show de Lola Flores con unos industriales de Guadalajara y sus señoras. Mandé al mesero al camerino de La Faraona con un recado de mi puño y letra, en el que la invitaba a nuestra mesa al final del show. Como ella acaba de llegar a México y todavía no sabe quién es quién, me contestó por medio del mensajero que ya estaba comprometida para brindar con su amigo Severo Mirón, un periodista de medio pelo, y otros amigos mexicanos que habían ido a verla.

Con media botella de whisky encima me pongo muy susceptible y su negativa me picó la cresta porque me había ufanado de conocerla. Era verdad, hace dos años charlé un buen rato con ella en un tablao madrileño, pero tal vez ya no me recordaba y mis amigos iban a pensar que estaba faroleando. Al terminar el show Lola fue a sentarse en la mesa de Mirón, en el otro extremo del cabaret. Intenté saludarla desde lejos pero ni siquiera me volteó a ver. Mis compañeros de farra y yo hablábamos de pistolas y de técnicas para afinar la puntería. Un mesero llevó una botella de champaña a la mesa de Mirón, que yo seguía viendo por el rabillo del ojo. Los tapatíos se las daban de excelentes tiradores y les dije muy ufano, señalando la mesa de Lola: les apuesto que desde aquí puedo destapar esa botella de un tiro. No me creyeron: te la jalaste, manito, ni que fueras Billy The Kid. Sin pensarlo mucho me puse de pie y justo cuando el mesero iba a destapar la botella le disparé con mi treinta y ocho. No le di al corcho pero la quebré en pedazos. Hubo gritos de pánico y la gente se metió debajo de las mesas. Nadie salió lastimado, gracias a Dios. Muertos del susto y de la vergüenza, mis acompañantes se hicieron ojo de hormiga. Desde entonces no he vuelto a verlos. ¡Cómo es posible que le permitáis semejantes bromas a ese gamberro!, gritaba Lola. Lo ha hecho adrede porque no quise ir a su mesa. Muy enojado, Severo Mirón le exigió al capitán de meseros que llamara a la policía. Por suerte el capitán era mi amigo, le deslicé un quinientón y ahí murió la cosa. ¿Pero qué tal si me falla el tiro? Hubiera podido matar a La Faraona.

No crea que me ufano de mis desmanes. Al contrario: los aborrezco. En la sobriedad soy una finísima persona y no reparo en gastos cuando se trata de hacer feliz a un amigo. Por ejemplo, antier cumplió quince años Adelaida, la hermana menor de mi discípulo Enrique Loubet, y supe que se los iban a festejar en el Ciro's. Yo no pude asistir, pero le mandé con el capitán de meseros una botella de champán Besserat de Bellefon, que llegó a su mesa cuando estaba soplando las velas. Por detalles de ese tipo mis íntimos me quieren, a sabiendas de que tengo mal vino. Pero incluso ellos pueden volverme la espalda si no controlo mis impulsos violentos. Quisiera recuperar el equilibrio que tuve con Lorena, pero mi última relación de pareja terminó mal y quedé muy escamado. No voy a entrar en pormenores, pero mi última amante, que había dejado a su marido por mí, me hizo creer que yo era el primer hombre de su vida fuera del matrimonio y resultó una puta que se acostaba con cualquiera. La saqué de mi casa a patadas y desde entonces no me enamoro de nadie.

En los últimos tres años he caído en una promiscuidad que me aleja más y más del verdadero amor. Quizá veo moros con tranchetes, pero creo que todas las mujeres ocultan una daga en el liguero. Como dice el tango, no puedo querer sin presentir y así mato en embrión cualquier sentimiento noble. Tal vez mi error ha sido salir con mujeres frívolas y estrechas de miras. Por lo común, las hembras que me gustan tienen una cultura general paupérrima. Después de cogérmelas quiero que se larguen de inmediato, y a veces yo mismo les llamo el taxi para no escuchar sus rebuznos. Necesito una mujer bella por dentro y por fuera, si existe tal cosa sobre la tierra. Pero sé que antes debo enmendarme para ser digno de esa maravilla. Y ahí está el detalle, como diría Cantinflas. No puedo seguir agarrando borracheras que espantan a cualquier mujer decente. Me pongo en sus manos para tratar de corregir el rumbo de mi vida. ¿O cree que ya soy un caso perdido?

El psiquiatra José Gaxiola, sentado en un sillón orejero, carraspeó con aire meditabundo. Calvo prematuro, flaco y reconcentrado como un monje, se acomodó en la nariz los lentes bifocales y escrutó a Denegri con una mirada juiciosa. De entrada le aclaró que la terapia no curaba la neurosis por arte de magia: eso dependía en gran medida de la voluntad del paciente. Como él mismo reconocía tener un severo problema con la bebida, cualquier esfuerzo por recobrar la salud mental debía partir de una terapia antialcohólica. No había de otra: cuando un bebedor ponía en peligro su vida y las ajenas, el remedio tenía que ser tan radical como la enfermedad. Aunque él pretendiera beber para pasársela bien, un enemigo interno lo saboteaba: el instinto de muerte que según Freud se apodera del hombre cuando el principio de placer declina o desaparece. En cuanto a su desconfianza de las mujeres, tendría que estudiarla más a fondo para llegar a la raíz del problema. El miedo a entregarse en el amor y su efecto más visible, la misoginia, podían tener tantas causas que sería irresponsable hacer un diagnóstico apresurado. Pero de momento debía comprometerse a vivir sin alcohol. Nada de beber un poco de vino en las comidas: abstinencia total o nada. Si lo creía necesario, podía inscribirse en un grupo de doble A, donde encontraría muchas almas gemelas, pero una cosa debía quedarle clara: él no era un bombero dispuesto a sacarlo de apuros en cada crisis culposa. Si recaía en el vicio, con mucha pena tendría que suspender el tratamiento.

Salió del consultorio complacido por la severidad de Gaxiola. Eso buscaba justamente, un estricto capataz que lo tratara a latigazos. Aceptar esa dura penitencia era el primer paso para castigar su maldita soberbia. Afuera, en la banqueta de la Avenida Mariano Escobedo, recargados en su flamante Mercedes Benz gris acero, lo esperaban Salvador y Humberto, que a pesar de verlo en circunstancias deplorables no le habían perdido el respeto. De cuántas banquetas no lo habían recogido hecho una piltrafa, y sin embargo seguían siendo leales y discretos. Pobrecitos, ahora que ya no bebiera iban a extrañar la largueza de sus propinas. Subió al Mercedes, que ya tenía la puerta abierta, y manejó rumbo a la Avenida Chapultepec en medio del tráfico lento del anochecer. No tenía ganas de llegar a casa. Los jueves, sus compañeros más queridos del *Excélsior* jugaban dominó en La Mundial y en circunstancias normales hubiera corrido a tomarse una copa con ellos. Pero iba a disciplinarse aunque la sed lo quemara.

No se lo había dicho al doctor Gaxiola, pero sus propósitos de enmienda tenían también una motivación política. Terminado el sexenio de Miguel Alemán, una bacanal de rapiña y despilfarro que había enriquecido a una pandilla de vividores, ahora el camaleónico régimen enarbolaba la bandera de la honradez administrativa y el estilo de vida austero, sin castigar, por supuesto, los latrocinios del gobierno anterior. El nuevo presidente, don Adolfo Ruiz Cortines, un viejo burócrata más o menos honesto, al que no se le conocían corruptelas graves, había impuesto a su gobierno una tónica de rectitud y honorabilidad que los allegados al poder se apresuraban a imitar de dientes para afuera. Los efectos de su prédica moralizante ya empezaban a adecentar la vida nocturna de la capital, que había alcanzado un pecaminoso esplendor en tiempos de Alemán: ahora los bares y cabarets padecían severas restricciones. Ernesto P. Uruchurtu, el nuevo regente capitalino, clausuraba tugurios a granel por infringir las normas administrativas, empezando por la más estricta de todas: no vender licor después de la medianoche. La corrupta Babilonia iba en camino de volverse una ciudad levítica. Sus escándalos desentonaban con los nuevos aires de la política mexicana, y las circunstancias lo forzaban a cambiar de fachada. De modo que le gustara o no, por conveniencia profesional tenía que alinearse con las fuerzas del orden burgués.

En su casa, que ahora le quedaba grande y sólo cobraba un poco de vida cuando hacía parrilladas en el jardín, cenó la ensaladilla rusa que Hilaria, la sirvienta, le había dejado en el refrigerador. ¿Qué haría con las cajas de vino almacenadas en su desván?, pensó al beber un insípido vaso de agua. ¿Regalarlas? El dolor que le causó esa idea lo hizo dudar de su regeneración: abjurar para siempre de la locura sería una empresa titánica. En la sala encendió el televisor empotrado en una lujosa consola y se tendió en el sofá. Sólo unos cuantos miles de privilegiados tenían ese formidable aparato, muy costoso todavía para ser un medio de comunicación popular. Pero en Estados Unidos la televisión ya era un entretenimiento de masas y tarde o temprano pasaría lo mismo en México. Vio un rato el programa *Duelo de dibujantes,* donde participaba su amigo Rafael Freyre con varios caricaturistas que dibujaban cartones cómicos alusivos a las noticias del día. Ruiz Cortines, un presidente muy dado a gobernar con eslóganes, acababa de anunciar "la Marcha al Mar", un programa de inversiones públicas para reactivar la industria pesquera. Freyre lo dibujó de guayabera, a la cabeza de un grupo de mexicanos en traje de baño que corrían en tropel hacia una playa.

La televisión tenía un enorme potencial periodístico y él era un comunicador fotogénico, pero hasta entonces nadie lo había invitado a conducir un programa. Esa exclusión lo inquietaba, pues el gobierno designaba a todos los comentaristas políticos de la pantalla chica y nadie era más gobiernista que él. ¿Habría un veto en su contra? ¿Ruiz Cortines lo castigaba por briago y escandaloso? Hasta donde él sabía no figuraba en ninguna lista negra, pero en el mundillo político, un apestado era el último en enterarse de su mal olor. Maldijo al conductor de *Duelo de dibujantes*, el gordito Agustín Barrios Gómez, un trepador relamido, hábil para colarse en las altas esferas, que había querido imitarlo sin éxito en sus crónicas de sociales. ¿Por qué ese cretino tenía programa y él no? ¿A quién le había mamado la verga?

No era justo que lo maltrataran así después de hacerle favores tan costosos a don Adolfo. Sería un fraile carmelita, pero había llegado al poder con la banda tricolor remojada en sangre. Para imponerlo en la Presidencia, el régimen había tenido que montar un fraude electoral obsceno y reprimir en plena Alameda a los simpatizantes de su adversario más popular, el general Henríquez Guzmán, que se aprestaban a tomar Palacio Nacional, enfurecidos por el robo de urnas y la toma de casillas a punta de pistola. Ningún periódico se atrevió a divulgar el saldo trágico del zafarrancho: decenas de cadáveres en la morgue y miles de prisioneros políticos en las cárceles. ¿Y quién había sido el impugnador más enérgico de Henríquez, al grado de llamarlo "marioneta al servicio de la antipatria"? ¿Quién tachó sus reclamos de infundados y calumniosos, exponiéndose a perder una buena cantidad de lectores que mandaron cartas de protesta al *Excélsior*? Necesitaba un trago para quitarse el despecho. Fue a la cava en busca de una botella de vino pero se detuvo cuando estaba a punto de abrirla. No violaría la palabra empeñada al doctor Gaxiola. Faltar a su juramento significaría renunciar a su albedrío y esa derrota lo pondría en la antesala del panteón o del manicomio.

La abstinencia redobló su capacidad de trabajo. Bajo la tutela del doctor Gaxiola, a quien veía dos veces por semana, se mantuvo sobrio seis largos meses, en los que procuró afianzar su prestigio. Gaxiola creía que había estado saboteando su éxito por falta de autoestima: un diagnóstico hiriente, pero quizá fundado, que lo incitó a sobresalir con más ahínco. Las tensiones con el gobierno yanqui se habían agudizado a raíz de la renegociación del Programa Bracero de tiempos de Truman, que abrió de par en par las fronteras de Estados Unidos a los trabajadores mexicanos. Los granjeros del sur de Estados Unidos los estuvieron utilizando varios años para bajar los salarios en el campo, pero ahora, alarmados por la invasión cobriza, exigían deportarlos en masa. Cuando el canciller mexicano protestó por esa escalada de odio racial, se trasladó a San Antonio Texas para reportarla desde el lugar de los hechos.

En una larga crónica por entregas, describió, primero, las condiciones de vida de los migrantes, recabando testimonios en las plantaciones de sandía donde los jornaleros ganaban diez dólares diarios por jornadas extenuantes de catorce horas, mucho menos de lo que ganaba un peón gringo, pero diez veces más de lo que hubieran ganado en México. El alquiler de una cama en las barracas de la plantación, donde no había regaderas, costaba cinco dólares al mes, y muchos jornaleros tenían que dormir en los cementerios de automóviles, donde había carcachas con asientos relativamente mullidos. La súbita diarrea de uno de sus informantes, Gamaliel Zúñiga, originario de Moroleón, Guanajuato, le permitió narrar el viacrucis de los espaldas mojadas, desprovistos de atención médica. Empezaba desde la compra de medicinas, pues muchas farmacias de Texas tenían letreros con la leyenda: "Prohibida la entrada a negros, perros y mexicanos".

Durante la Segunda Guerra Mundial, cuando Estados Unidos necesitaba con apremio la mano de obra mexicana, el Programa Bracero había garantizado a los migrantes las mismas prestaciones de un trabajador yanqui, pero ahora se les trataba como parias. De San Antonio se trasladó por tren a los melonares de Phoenix, donde lo sorprendió el anuncio de que el presidente Eisenhower había decretado una expulsión masiva de indocumentados. La mayoría de los pizcadores a los que entrevistó no creían que de verdad se ejecutara esa orden. No lo creyeron hasta ver los camiones del Ejército aproximándose a sus barracas. Fue el único periodista mexicano que describió *in situ* el operativo militar encargado al general Joseph Swing:

> Sólo algunos jornaleros optan por la huida cuando el batallón de la Guardia Nacional rodea el melonar apuntándoles con morteros y bazucas. Uno de ellos cae abatido por el fuego de los soldados y los demás se tienden pecho tierra. La mayoría se dejan conducir cabizbajos a los camiones del Ejército donde

se les amontona como ganado por el delito de ganarse el pan con honradez. La desproporción entre sitiadores y sitiados no puede ser más aberrante. ¿Qué gana el Tío Sam con semejante despliegue de poderío militar? Sólo hay una explicación: al parecer, Washington se ha propuesto enterrar la política del Buen Vecino que sus diplomáticos tardaron años en construir.

Recorriendo las granjas de la frontera descubrió que algunos propietarios habían establecido un contrato con los indios yuma para pagarles tres dólares por cada mexicano que apresaran. Dio la noticia antes que nadie en la primera plana de *Excélsior* y en México se produjo una ola de indignación. Hasta sus rivales más enconados tuvieron que darle crédito al comentar ese acto de barbarie y cuando volvió al país, Rodrigo de Llano le organizó una comida en el Ambassadeurs, con la plana mayor del periódico, para felicitarlo por su magnífico trabajo. Más que el homenaje lo enorgulleció aguantarlo con un vaso de Tehuacán en la mano. Sereno y fuerte, con la mente despejada y una energía inagotable, ahora explotaba mejor su don de gentes, que le valió uno de sus éxitos internacionales más sonados: asistir a la firma del armisticio entre las dos Coreas en la aldea fronteriza de Panmunjom, donde los cancilleres de China Popular, Unión Soviética y Estados Unidos, las potencias involucradas en el conflicto, se repartieron salomónicamente el territorio en disputa.

Único reportero latinoamericano acreditado en la ceremonia, sus notas se reprodujeron en los principales periódicos de habla española: *El Clarín* de Argentina, el *ABC* de España, *El Mercurio* de Chile, *El Espectador* de Bogotá. Su foto junto al secretario de Estado John Foster Dulles, publicada en *Excélsior*, despertó una avalancha de envidias. Nadie en México se podía explicar cómo consiguió la invitación al histórico evento. La obtuvo gracias a los buenos oficios de William O'Dwyer, el antiguo alcalde de Nueva York, un político muy popular en Estados Unidos por su jocosa manera de arengar al pueblo "a calzón quitado". Ex alcalde de Nueva York, puesto al que renunció por un escándalo de corrupción, y ex embajador de Estados Unidos en México, al entregar la embajada, O'Dwyer se había quedado a vivir en Cuernavaca, retirado de la política. En su exilio tropical tenía más calma de la que necesitaba y recibía con agrado a cualquier visitante que hablara bien el inglés.

Era un sexagenario borrachín y simpático, mal hablado como un estibador, que a la tercera copa se iba de la lengua con facilidad. Delgado, con orejas puntiagudas, el pelo rojo entrecano y los brazos moteados de pecas, sus ojillos perspicaces emitían destellos luciferinos cada vez que dañaba una reputación. Denegri llevaba diez años de cultivar su amistad y gracias a él conocía los entretelones de la política yanqui mejor que ningún otro periodista local. O'Dwyer tenía excelentes amigos en la Foreign Office y aceptó ayudarlo a colarse en la firma del armisticio. Semanas después de su triunfal misión en Corea, O'Dwyer le contó al calor de las copas, atribulado y contrito como nunca lo había visto, que su esposa, la famosa modelo y estrella radiofónica Sloan Simpson, lo había abandonado.

—No puedo asegurarlo, pero creo que hay otro hombre, un actorcito de Hollywood que le supo hablar al oído. Pensé que la diferencia de edades no iba a pesar, pero me equivoqué: Sloan se aburrió de mis canas.

En el momento de su confesión se veía quince años más viejo, con una mirada amarillenta que ya tenía algo de cadavérico. No era para menos, perder a un bombón como Sloan amargaría a cualquier hombre.

—Pero por favor, ni una palabra de esto a nadie, queremos ser lo más discretos posible.

Como ambos cónyuges eran celebridades en Estados Unidos, Denegri no resistió la tentación de anunciar el divorcio en el diario, antes que ningún otro medio yanqui, aventurando, de paso, la hipótesis de la infidelidad cometida por Sloan. Los cables de las agencias informativas yanquis lo citaron profusamente y en la prensa mexicana su resonancia internacional produjo urticarias. O'Dwyer nunca volvió a dirigirle la palabra. Por terceras personas supo que el ex embajador lo tildaba de *lousy sonofabitch*.

La audacia de un reportero sobrio era mil veces más eficaz que la de uno beodo, pues ninguna distorsión de la realidad la entorpecía. Lo comprobó al sentir que ya tenía la voluntad bastante robusta para volver a la vida nocturna, ahora en calidad de testigo sensato, bebiendo cocacola pese a la terca presión de borrachos que lo incitaban a beber. No entendía cómo pudo haberse divertido tantos años con esa tonta exacerbación de las emociones, con esos chistes malos repetidos hasta la náusea, con esos arranques de sensiblería ramplona.

Una noche, en una cena con su hermano Iván y gente de la farándula en El Patio, previa al show del cantaor flamenco Miguel de Molina, descubrió en una mesa de pista a un viejo camarada, el embajador soviético Anatoly Kulazhenko, en compañía de su esposa y otros visitantes que a juzgar por sus feos trajes debían de ser rusos. Se habían conocido en la Guerra Civil Española, cuando el ruso era teniente de las Brigadas Internacionales en la Casa de Campo, y semanas atrás, en su presentación de cartas credenciales, el embajador lo escarneció delante de todos: Ah, ya recuerdo —dijo—, tú eres el mexicano que no sabía tirar granadas. Lo puso muy incómodo que ese testigo de su cobardía ocupara un cargo tan importante y desde entonces figuraba en la zona roja de su fichero.

El capitán de meseros de *El patio* se acercó a la mesa del embajador para decirle algo al oído. Kulazhenko se puso de pie y con paso marcial caminó al vestíbulo del cabaret. A la distancia, Denegri no perdía detalle de sus gestos. Muy importante debía ser el asunto que se traía entre manos para tomar una llamada en ese lugar público. Sabía que en México, a solicitud de la embajada yanqui, la Dirección Federal de Seguridad seguía de cerca los pasos de Kulazhenko, por su aparente complicidad con el gobierno de Jacobo Árbenz en Guatemala, a quien Foster Dulles tildaba de comunista, aunque en rigor sólo fuera un tímido socialdemócrata. Si averiguaba los secretos de Kulazhenko se anotaría otra campanada periodística.

La curiosidad le picaba, pues la posición del gobierno mexicano ante la aparente radicalización de Árbenz, que había promulgado una reforma agraria, expropiando una gran cantidad de tierras a la United Fruit, se había vuelto en los últimos meses un motivo de jaloneo subterráneo entre la Secretaría de Relaciones Exteriores, el último reducto de la izquierda oficialista, y el resto del gabinete, más inclinado a tomar partido por el gobierno yanqui, para obtener ventajas económicas: "No puede haber un gobierno comunista entre Centroamérica y el Río Bravo", había declarado ya el secretario de Estado norteamericano, con quien Denegri simpatizaba desde su encuentro en Corea. Presionado por ambos flancos, Ruiz Cortines no se había manifestado a favor ni en contra del gobierno de Árbenz, pero Lázaro Cárdenas, el líder moral de la Revolución, había cometido la impertinencia de pedirle públicamente que fungiera como mediador entre Estados Unidos y Guatemala, un papel que desde luego el presidente rehusó. Engallado, Cárdenas había publicado una carta abierta a Jacobo Árbenz, donde le manifestaba, "a nombre del pueblo mexicano", su admiración por la reforma agraria guatemalteca, inspirada en los postulados de la Revolución Mexicana, y lo exhortaba a no cejar en la defensa de la soberanía nacional ante los amagos intervencionistas de Estados Unidos.

Desde el *Excélsior,* por instrucciones directas de la Presidencia, Denegri había amonestado respetuosamente a Tata Lázaro "por adjudicarse una representación del pueblo que ya no le corresponde y querer presionar a los responsables de conducir la política exterior mexicana". El general sabía que ese jalón de orejas venía de Ruiz Cortines y sin embargo siguió respaldando a Árbenz. Pero se acercaba la Conferencia Interamericana de Caracas, donde México tendría que definirse, pues el tema de la influencia comunista en Guatemala sería ineludible y la prensa proyanqui, encabezada por *Excélsior,* acusaba al mandatario guatemalteco de ser un peligroso extremista responsable de actos criminales. Se trataba de crear en la opinión pública un estado de alarma para forzar a Ruiz Cortines a pronunciarse contra "el Stalin guatemalteco", rompiendo el principio de no intervención de la política exterior mexicana.

Sin perder de vista al embajador soviético, Denegri desmontaba las piezas de ese tinglado con la precisión de un ajedrecista. Cuando Kulazhenko entró en la pequeña caseta de teléfonos arrinconada en el vestíbulo del cabaret, se levantó corriendo a la barra, donde preguntó al cantinero si el teléfono de la caseta tenía una extensión.

—Sí, pero está ocupado —dijo el cantinero, mostrándole un teléfono negro en una esquina de la barra.

—No importa, préstemelo.

Denegri le mostró una credencial dorada que lo acreditaba como agente de la Dirección Federal de Seguridad y el cantinero, intimidado, le tuvo que entregar el teléfono. Kulazhenko hablaba un español castizo, aprendido en Madrid, con un informante que a juzgar por su acento parecía guatemalteco. Eureka: su olfato periodístico nunca erraba.

—El presidente sólo confía en su gabinete privado y ahí tenemos a varios de los nuestros —dijo el informante.

—Pero os movéis muy despacio —se quejó el embajador con acento de gachupín—. Debéis prevenir al presidente del golpe militar que se acerca.

—Su jefe de seguridad está muy confiado, no entiendo por qué.

—¿Le habéis entregado el expediente secreto?

—Sí, señor, pero parece que Árbenz no se atreve a destituir a tantos generales.

—Imbécil, está rodeado de traidores. ¿Quiere dejarles la iniciativa?

—Yo lo he tratado poco, pero tengo la impresión de que tiene la moral baja.

—Pues ofrecedle nuestro apoyo. Decidle que el Kremlin está con él.

—Ya lo hicimos de mil maneras, pero hay otro problema, camarada. Árbenz no acepta la injerencia del comunismo.

—Lo sé, pero debe entender que sólo nosotros lo podemos salvar…

La comunicación se interrumpió y sobrevino el tono de ocupado, pero con eso tenía más que suficiente. En su libreta de bolsillo transcribió una versión taquigráfica de la charla, sin perder una palabra, y al día siguiente la publicó en su columna *Buenos Días*, con el título: *Kulazhenko mete las manos en Guatemala*. Omitió el último diálogo, inconveniente para sus fines de propaganda, pues quería demostrar justamente lo contrario: que Árbenz era un títere de la Unión Soviética. Nuevo cañonazo informativo con fuertes resonancias en la prensa internacional. En una carta al director de *Excélsior*, el embajador de la URSS deploró esa ilegal invasión de su privacidad, objeto ya de una denuncia penal por parte de su embajada, y denunció que la transcripción de la charla había sido trucada para alentar a los golpistas guatemaltecos. Pero el gobierno ignoró la protesta y Denegri, avalado por su silencio cómplice, se dio el lujo de responder: "Kulazhenko no tiene autoridad moral para denunciar a ningún fisgón. En materia de espionaje, el régimen comunista se lleva la palma, pues todo el mundo sabe que la KGB interviene líneas telefónicas para intimidar a la población civil".

Había desafiado con éxito a una de las potencias más temibles del globo, y si antes los colegas lo respetaban por su astucia, ahora también lo temían por su falta de escrúpulos. Nadie le puede tocar un pelo, se rumoraba en las redacciones, Denegri goza de la misma impunidad que el presidente de la República. Ojalá fuera cierto, comentaba entre sus íntimos con falsa modestia. El reconocimiento de propios y extraños tenía la virtud de robustecer su orgullo profesional, un orgullo que ahora, concentrado al cien por ciento en el trabajo, lo gratificaba con una intensidad casi erótica, pues las mujeres o el acertijo encerrado en ellas habían dejado de obsesionarlo, a tal punto que la soltería, entibiada por los mimos de las damitas fáciles, ya no le parecía un destino inferior, sino la superación de una flaqueza. Pero en la Conferencia Interamericana de Caracas el amor le tendió una celada.

Se estaba acreditando como periodista en el vestíbulo del Hotel Majestic, fatigado por las siete horas de vuelo, con punzadas de tortícolis en la nuca y la guayabera bañada en sudor, cuando una voz de plata líquida musitó su nombre, o mejor dicho, lo tradujo al idioma de las hadas. El porte aristocrático de la muchacha que lo llamaba le infundió un vértigo desconocido. Espigada y esbelta, con el arco de las cejas muy pronunciado, el arrebol de las mejillas encendido por el calor tropical, hubiera sido la viva estampa de la pureza si sus ojos de miel no despidieran destellos de azufre, que denotaban una batalla sin cuartel entre el ardor y la castidad. Al ver su pelo color tabaco púdicamente recogido en una cola de caballo se imaginó, estremecido, el oleaje borrascoso que desparramaría en la almohada. Tendría cuando mucho veinticinco años y por un sexto sentido desarrollado en el trato con el sexo débil intuyó que era virgen, pero una virgen guerrera como Palas Atenea. La codicia de poseerla y el temor de no merecer una dicha tan alta forcejearon un momento en su alma de seductor cobarde.

—Bienvenido a Caracas, señor Denegri. Estela Yáñez Dubois, para servirle. El canciller Padilla me encargó que le diera la bienvenida.

—Encantado, señorita —tembló al saludarla—. No podían haberme recibido mejor. Con una edecán como usted nuestra delegación ya se anotó una victoria diplomática.

—No soy edecán, soy la jefa de Protocolo.

—Caramba, pues cómo ha mejorado el Servicio Exterior. Cuando yo era vicecónsul le daban esos puestos a unos señores horribles. Debe de hablar varios idiomas, ¿verdad?

—Inglés y francés. Los aprendí en un internado canadiense.

—La buena educación se le nota a leguas. La felicito, va que vuela para ser embajadora.

Estela le entregó dos gafetes: uno para entrar al Salón Bolívar de Ciudad Universitaria, donde se congregarían todos los cancilleres de América, y otro que le daba acceso a la sala de prensa. Hubiera querido prolongar la charla, pero detrás de él venía el reportero Manuel Buendía, de *La Prensa,* y Estela tuvo que atenderlo. Un botones negro lo acompañó a la suite que le habían asignado, la mejor del cuarto piso, con vista a la Plaza Monagas. Refrescado por un duchazo de agua fría, bajó en seguida a la recepción, con un traje de dril color hueso, paliacate al cuello y sombrero de jipijapa. Se había propuesto madrugar a los reporteros de otros diarios anticipando cuál sería el voto de México en el espinoso tema de Guatemala y de hecho, el embajador Malpica ya le había prometido la exclusiva, pero la prioridad de conquistar a Estela lo disuadió de ir en pos de la noticia. Ni los secretos de Estado eran prioridad al lado de ese primor. El corazón le dio un vuelco al no ver a Estela en la mesita de los gafetes. Era increíble que a unos minutos de conocerla ya la necesitara tanto, como un morfinómano con síndrome de abstinencia. ¿No se preciaba de ser un soltero autosuficiente? Cuando iba de salida, cabizbajo, la beldad salió del ascensor con un alegre taconeo, el pecho de torcaza incontenible y erguido, en pugna con los botones de la blusa roja.

—¿Se le olvidó algo? —preguntó al verlo junto a la mesa.

—Se me olvidó preguntarle si tendría la gentileza de aceptarme una invitación a comer.

—No puedo, voy a comer un sándwich aquí mientras llegan los demás periodistas.

—¿Y mañana qué tal? —porfió.

—Lo siento. No tengo tiempo mientras dure la conferencia.

—Pero en la noche sí tendrá un rato libre, ¿no?

Estela lo miró de arriba abajo con una sonrisa piadosa que denotaba una larga experiencia en el arte de torear donjuanes.

—Vine a trabajar, señor Denegri. Le aconsejo que haga lo mismo.

Descolones como ése tenían la virtud de engallarlo. Hacía demasiado calor para salir de paseo, pero tenía hambre y entró a un restaurante español que estaba a la vuelta del hotel. Antes de ordenar pidió al mesero que llevara una comida completa, con croquetas de jamón serrano, tortilla de patata y solomillo al horno a la señorita Estela Yáñez. La distinguiría con facilidad en la recepción del Majestic, pues era la mujer más guapa del hotel. Su espléndida propina de diez dólares dejó bizco al mesero.

—Si es tan amable, ponga una flor en la bandeja y entréguele mi tarjeta a la señorita.

—Chévere, patrón.

Cuando le trajeron el salmorejo tuvo un fuerte antojo de vino, que atribuyó al encuentro con Estela: una embriaguez lo empujaba a otra. Comprendió, sin embargo, que el alcohol no le ayudaría en absoluto a conquistar a una muchacha tan seria, y se resignó a pedir una limonada. Para ganársela debía echar mano de todo su encanto, sin mostrar los renglones torcidos de su carácter. Por la tarde averiguó entre sus contactos de Relaciones Exteriores algunos antecedentes de la señorita Yáñez. Era hija del difunto diplomático Manuel C. Yáñez, que en tiempos del Maximato fue canciller y embajador en Estados Unidos. Se había graduado de abogada con *magna cum laude*, y sus compañeros la habían nombrado reina de la Facultad de Derecho. Guapa, inteligente y culta: un dechado de perfecciones que hubiera debido entusiasmarlo y sin embargo lo intimidó. También él se consideraba un triunfador, faltaba más, pero ¿no le quedaría grande ese mujerón?

En la ceremonia inaugural de la conferencia, al día siguiente, prestó poca atención al discurso del dictador venezolano Marcos Pérez Jiménez, un caudillo militar calvo y mantecoso que se había disfrazado de civil para guardar las formas. Toda su atención se concentraba en los movimientos de Estela, que se había sentado detrás de Luis Padilla Nervo, un cincuentón de cabellos grises, en la enorme mesa redonda donde se congregaban todos los cancilleres, pero iba y venía de su lugar a las mesas laterales donde otros diplomáticos de la delegación mexicana revisaban legajos. Como las dictaduras militares predominaban en Latinoamérica, muchos de los cancilleres eran generales con escasa experiencia diplomática y habían llenado el Salón Bolívar con sus guardias pretorianas. Ávidos de congraciarse con Estados Unidos, en sus discursos reiterativos todos condenaban enérgicamente el régimen de Jacobo Árbenz, con idénticos adjetivos, siguiendo el libreto confeccionado en Washington. Entre tanto milico sórdido, la presencia de Estela era una insólita bendición, como si una sílfide irrumpiera en una asamblea de primates. Concentrado en el trajín de la muchacha, en sus gestos más nimios, por poco se le para el corazón al verla encaminarse hacia él.

—Gracias por la comida —le dijo al oído—. No se hubiera molestado.

—Faltaba más, no podía permitir que una reina comiera unos tristes sándwiches.

El sonrojo de Estela delató su inocencia. Al parecer, el trato con políticos de altos vuelos no la había maleado.

—El canciller Padilla lo invita a comer en el Tarzilandia —dijo Estela, todavía ruborizada, y le entregó un papel con la dirección del restaurante.

—¿Vendrá usted?

—Es parte de mi trabajo.

—Entonces no le digo adiós, sino hasta luego.

En el restaurante, una suntuosa palapa con sillas de mimbre y piso de lajas, en medio de una vegetación selvática, se habían congregado varias de las delegaciones invitadas a la conferencia, de modo que también ahí la gente estaba un poco envarada y tensa. La plana mayor de Relaciones Exteriores se levantó a recibirlo con una efusividad sobreactuada. Llevaba años denunciando a todos los diplomáticos mexicanos sospechosos de simpatizar con el comunismo y sabía que muchos de ellos no lo tragaban. Pero mal de su grado, Padilla lo respetaba: por algo había tenido la deferencia de no invitar a ningún otro periodista. Alarmado por la campaña de *Excélsior* para forzar al gobierno de Ruiz Cortines a romper con Árbenz, buscaba cooptarlo en vísperas de una decisión que tal vez no le gustaría. De entrada, el canciller lo elogió por su dramático reportaje sobre las penurias de los migrantes mexicanos en Estados Unidos. En cuanto lo leyó había girado instrucciones a los consulados para que redoblaran esfuerzos en defensa de nuestros compatriotas. Denegri agradeció la flor, pero quería sacarle raja periodística a la comida y se apresuró a sondear al canciller.

—Esta mañana sentí el ambiente un poco tenso, casi hostil. No había la cordialidad de otras cumbres interamericanas. ¿Cree que la confrontación con Guatemala esté causando divisiones en el seno de la OEA?

Padilla sopesó la respuesta con un carraspeo.

—Bueno, algunos países quieren aislar a la delegación guatemalteca, pero nosotros hemos procurado servir de puente entre ellos y el bando enemigo. Creemos que en estos momentos la polarización no le conviene a nadie.

—¿México se sumará a la condena al gobierno de Árbenz? —le espetó a quemarropa.

—Eso lo sabrá mañana. Por ahora sólo puedo adelantarle que votaremos con apego a la Doctrina Estrada.

—¿Eso quiere decir que México se abstendrá?

Otros diplomáticos entraron al quite y desviaron la conversación a los temas menos espinosos de la agenda (cooperación económica, turismo, fomento a la unidad panamericana), quizá para evitar que Padilla diera un traspié. Culeros, pensó, me quieren dorar la píldora con evasivas. Padilla no pudo quedarse a los postres, pues tenía una entrevista con su homólogo argentino. Denegri aprovechó su partida para cambiarse de silla y quedar frente a Estela, pretextando que un ventilador le daba de lleno en la espalda. Como ahora los comensales hablaban por separado, pudieron charlar con cierta libertad.

—Yo también leí su reportaje y me gustó mucho —dijo Estela—. Debería publicarlo en forma de libro.

—Gracias —ahora fue Denegri quien se ruborizó—. Lo que vi me indignó y a veces la indignación es buena musa.

—¿Los periodistas se inspiran como los poetas?

—Yo era poeta de joven, bastante malo para ser franco, pero si en esos años la hubiera conocido, tal vez habría escrito mejores versos.

331

—¿Perdió la vocación? —Estela fingió ignorar el piropo.

—El periodismo me la secó. Llenar tantas cuartillas a la semana agota a cualquiera.

—Pero no hay mal que por bien no venga. Ya quisieran los poetas tener tantos lectores como usted.

—Ser tan leído es una responsabilidad muy grande, que a veces me pesa, no se crea.

—Quizá le pesaría menos si tuviera la humildad de rectificar sus errores.

—¿Cuáles?

—Creo que en algunos temas debería de ser más imparcial y objetivo. Tiene usted una opinión muy tendenciosa del gobierno de Árbenz —Estela le clavó una mirada suspicaz—. No es un bolchevique embozado, ni remotamente. Yo estuve allá en una misión diplomática y le aseguro que es un liberal progresista.

Estela, por lo visto, no tenía los miramientos de otros diplomáticos para decir lo que pensaba, quizá por su falta de experiencia en esas lides, y se lanzó a justificar la reforma agraria de Árbenz con buenos argumentos, atribuyendo la animosidad de Estados Unidos al nefasto influjo del senador McCarthy, el campeón del anticomunismo. Era grato escuchar a una mujer bonita disertar con soltura de política internacional, aunque no estuviera de acuerdo con ella. Luego hablaron de literatura. Estela acababa de terminar *El laberinto de la soledad* de Octavio Paz y citó de memoria algunos de sus hallazgos más iluminadores. Denegri había estado buscando toda la vida una mujer así, con quien pudiera hablar entre iguales de cualquier tema, y sintió que en talento y cultura, Estela superaba incluso a su añorada Rosalía. Por si fuera poco, la buena cuna se le notaba a leguas.

Esa tarde se enfrentó con un dilema ante la máquina de escribir. Por las insinuaciones de Padilla estaba seguro de que México trataría de quedar bien con Dios y con el diablo, adoptando una postura intermedia entre la condena a Guatemala y el voto a su favor. La abstención no dejaría contentos a los empresarios ni a la clase media católica, las fuerzas sociales a quienes representaba *Excélsior* y significaría, de paso, un rotundo mentís a sus machaconas denuncias de la injerencia soviética en Guatemala. Lo más congruente sería criticar esa decisión por los conflictos que podía acarrearnos con Estados Unidos. Cuando ya llevaba escrita media cuartilla en ese tenor, una corazonada lo detuvo en seco. Un artículo así lo apartaría sin remedio de Estela. Ya había perdido un amor por defender los intereses de su clientela, pero entonces era un don nadie. Ahora, en cambio, podía darse el lujo de contravenirlos para complacer a esa ingenua vestal. Sacó la cuartilla del carrete y la tiró a la basura. En el nuevo artículo pronosticó que México se abstendría en la moción anticomunista introducida por Foster Dulles, sin objetar esa decisión, que calificó de prudente y sensata, en vista del contexto político internacional. "Mis conversaciones con la diplomática mexicana Estela Yáñez Dubois —remató—, una funcionaria inteligente y sagaz, experta en los puntos más intrincados del Derecho Internacional, me inducen a pensar que el gobierno de Árbenz se merece el beneficio de la duda." Total, si el Skipper montaba en cólera por ese viraje, le diría que el secretario particular de la Presidencia lo había presionado.

Al día siguiente, en el pleno del Congreso, la moción en contra de la amenaza totalitaria en América Latina se aprobó por diecisiete votos a favor y uno en contra, el de Guatemala, con las cautelosas abstenciones de México y el gobierno peronista de Argentina. Al leer el artículo, que le mandaron desde México por télex a primera hora de la mañana, el secretario Padilla le expresó su beneplácito por haber cerrado filas con el gobierno.

—No me dé las gracias a mí —bromeó—, déselas al bombón que trabaja con usted.

Por la tarde mandó a la habitación de Estela un ramo de crisantemos con un recado: "Concédame el privilegio de ser mi amiga. ¿Quiere cenar conmigo esta noche?" Como lo esperaba, el artículo había obrado su efecto y Estela cedió. Librada ya de compromisos oficiales, esa noche la circunspecta funcionaria, transfigurada en una real hembra, lo dejó pasmado en el vestíbulo del hotel. Llevaba un fino huipil de gala con grecas multicolores, el pelo suelto sobre los hombros, labios de púrpura intenso, tacones altos y un collar de perlas que saltaba alegremente sobre sus senos. La llevó en taxi a un restaurante francés del centro de Caracas. Fue una cena íntima con velas, amenizada por un lejano acordeón.

—Ya vio cuánto poder tiene sobre mí. Por usted cambié de ideología.

—Yo más bien diría que escuchó a su conciencia.

Cuando ordenaron la cena, Estela pidió vino blanco y Denegri agua mineral.

—Creí que usted tomaba mucho —dijo Estela, gratamente sorprendida.

—El médico me lo prohibió por motivos de salud.

—Le sienta bien la sobriedad. Dicen que usted con tragos se pone muy agresivo.

—La gente me cuelga muchos milagros falsos. Pero como dice el refrán: que hablen de mí, aunque sea bien.

La primera parte de la comida comentaron las asombrosas coincidencias en sus respectivas biografías, pues los padres de ambos habían trabajado en el Servicio Exterior en la misma época y de niños vivieron fuera de México. Lo extraño era que no se hubieran conocido antes.

—¿Dónde la tuvieron escondida tanto tiempo?

—A mi familia no le gusta el relumbrón social.

—Hacen bien, el México de hoy está muy revuelto. Hay demasiados advenedizos con ganas de darse importancia. Lo sé muy bien porque yo vivo de explotarlos en mis columnas de sociales. Pero las familias de abolengo procuran mantenerse al margen de esa alharaca.

A partir del segundo plato, Denegri se abrió de capa, pues sabía que las mujeres, por más decentes y castas que fueran, preferían el arrojo masculino a los titubeos pusilánimes de los timoratos con miedo al rechazo.

—Voy a tomarme la libertad de tutearte, porque en esta cena ya no somos el periodista y la funcionaria, sólo somos un hombre y una mujer. Si sabes leer entre líneas, cuando leíste mi artículo habrás notado que estoy perdidamente enamorado de ti

—¿Tan pronto? —sonrió Estela, incrédula—. Apenas nos conocemos.

—Tuve un *déjà vu* muy fuerte cuando te vi en el hotel. Sospecho que nos amamos en una vida anterior.

—¿No me diga que cree en la reencarnación?

—Dale con el usted. No estoy tan viejo para ti, ¿o sí?

—Perdón, ¿a poco crees en esos cuentos?

—No creía, pero tú me has devuelto la fe en los prodigios.

Estaba en una etapa de la vida, explicó, en la que necesitaba enmendar yerros y rectificar muchos aspectos de su personalidad, no sólo cambiar de piel como las víboras, sino renacer espiritualmente. Deploraba los errores que había cometido en su vida amorosa, por una mezcla de inmadurez y mala educación sentimental. Ya no se cocía al primer hervor, acababa de cumplir cuarenta y tres abriles. Maleado por los amoríos insustanciales, había caído en un escepticismo radical que lo vacunaba contra las emociones puras. Era un bohemio con la sensibilidad curtida en vinagre, una especie de ateo incapaz de creer en ningún ideal romántico. Pero gracias a Estela había recuperado las ilusiones. La profunda conmoción que sintió al conocerla tuvo la fuerza de una revelación sobrenatural. Ya no le daba miedo ceder el timón de su propia vida, lo que temía era enconcharse como un molusco, renunciar a la zozobra en aras de la estabilidad. El riesgo de la entrega sin condiciones, que antes lo intimidaba, ahora le parecía el trance más venturoso de la existencia.

—Me tienes a tu merced, preciosa —tomó a Estela de la mano—. Sácame los demonios del alma, rocíame con tu agua bendita. De ti depende mi felicidad o mi ruina. Te ruego humildemente que seas mi diosa.

—Caramba, tú no pierdes el tiempo —Estela retiró su mano—. Me caes bien, Carlos, pero eres un poco acelerado. Para saber si congeniamos necesitaría conocerte mejor.

—Tómate el tiempo que quieras, no te pido una respuesta inmediata. Sólo quiero ser claro contigo desde el principio. Es verdad que mi vida no ha sido ejemplar en ningún sentido. Oirás horrores de mí, pero te lo aseguro: tengo las intenciones más serias del mundo.

De vuelta en México, apenas desempacó las maletas, la llamó a su oficina en Relaciones Exteriores, donde todos le daban trato de licenciada. Como él no tenía ningún título se sintió levemente disminuido al dar su nombre a la secretaria.

—No me lo vas a creer, pero ya te comencé a extrañar. Sueño todas las noches contigo, no me preguntes cómo porque a lo mejor te sonrojas.

—Ay, Carlos, qué hablador eres. Se nota que ya tienes ensayadas tus frases.

—Te juro que nunca había sido tan sincero. ¿Por qué te niegas a creerme?

—Por tu largo historial de amoríos, como tú los llamaste. ¿Quién me asegura que no soy una más, la número cien de la colección?

—Si me dejas hacer méritos te lo voy a demostrar con hechos. Pero necesito volver a verte: ¿Quieres venir conmigo a una charreada en la hacienda de Acolman?

La aceptación de Estela reavivó sus esperanzas. Sería una señorita decente y chapada a la antigua, pero cuando menos no se negaba a salir con él. En la charreada estrenó un traje color hueso con vivos dorados, el más llamativo de la fiesta. Como ahora tenía el pulso firme por la abstinencia etílica, hizo tres manganas perfectas y se ganó un trofeo en forma de sombrero jarano. Sus amistades lo felicitaron por el encanto y la discreta elegancia de Estela. Persistió en el cortejo tres semanas más, con salidas al teatro, al cine y a cocteles de alta sociedad, hasta arrancarle el primer beso a las puertas de su casa en Avenida Altavista. Pagó caro el atrevimiento, pues la sirvienta los vio por la ventana, y los delató con su suegra, doña Estela Dubois, una beata de sacristía, militante del Opus Dei. Mucho cuidado, niña, te estás enredando con un divorciado que tiene fama de calavera, le advirtió con alarma. Para ganar terreno convenció a Estela de que lo invitara a cenar en su casa. Derrochó simpatía, se ufanó de frecuentar a monseñor Martínez, con quien tomaba té cada fin de mes, y embelesó a la señora contándole pormenores de su visita a Roma, en la Semana Santa del 51, cuando tuvo el honor de entrevistar a Pío XII. Hasta le mostró una foto donde besaba el anillo del Papa. ¿Qué mayor prueba de solvencia moral podía pedir?

Luis, el hermano mayor de Estela, un ingeniero que había asumido el liderazgo familiar en ausencia del padre, era un hueso más difícil de roer y trató de predisponerla en su contra, acusándolo de extorsionar a la gente en su columna de sociales, a cambio de no sacarle trapos al sol. ¿Es verdad que vives del chantaje?, lo confrontó Estela con ojos ígneos. Juró por la Virgen Morena que jamás había cometido semejante bajeza. Otro en su lugar se habría enemistado con Luis, pero de tanto juntarse con políticos, Denegri dominaba el arte de la cooptación. Lo invitó un sábado a su rancho en Texcoco, donde montaron a caballo y practicaron el tiro al blanco, en un ambiente de relajada camaradería. Como Luis elogió su lujosa silla de montar con filigrana de plata y oro, se la regaló al terminar el paseo.

Tras una opípara comida con escamoles, criadillas y pato enlodado, lo convenció de que un periodista importante, por la naturaleza misma de su oficio, se granjeaba infinidad de enemigos que pretendían desprestigiarlo a toda costa, porque la verdad siempre sacaba ronchas. El periodismo era para él un servicio social y, modestia aparte, se preciaba de crear cadenas de solidaridad entre los lectores. Dio un ejemplo reciente: a raíz de un artículo en el que refirió el caso de Juan Galaviz, un pobre inválido de Tuxpan, hundido en la miseria, varios lectores lo socorrieron con giros postales. ¿No era hermoso despertar esos sentimientos en el público? Hasta el columnista más incisivo debía respetar una regla de oro: nunca perjudicar a los inocentes. Lo tachaban de mercenario, pero si acaso lo fuera, ¿creía que se iba a manchar las manos de lodo por extorsionar a un marido infiel? ¿Acaso era un pobretón para rebajarse a tal extremo? Él tenía acceso a secretos de Estado que valían oro puro en el mundo de los negocios. De hecho, nada le agradaría más que beneficiar a la constructora de su cuñado, proporcionándole buenos tips para competir con ventaja en las licitaciones de obras públicas. Luis salió del rancho tan contento que nunca más volvió a oponerse al noviazgo.

Ennoblecido por el amor de Estela, un amuleto contra la mala fortuna, entró en una racha de éxitos profesionales que atribuyó a su estado de gracia. A finales de mayo, el Skipper lo invitó a comer en el Ambassadeurs y le ofreció la dirección de *Revista de Revistas,* la publicación decana de la cooperativa *Excélsior.* Era un semanario de política en color sepia, con secciones de espectáculos, toros y deportes, que tuvo mucho público en los años veinte pero ahora sólo dejaba pérdidas a la cooperativa. El Skipper quería que su mejor hombre modernizara la revista, un poco anquilosada ya, para atraer a las nuevas generaciones. Denegri estaba sobrecargado de trabajo, pero la oferta era muy tentadora. Además de obtener cinco mil pesos mensuales de sueldo y un aumento de presupuesto para contratar a plumas de renombre, pidió una comisión del veinticinco por ciento en todas las inserciones pagadas y gacetillas, que estaba seguro de incrementar gracias a su clientela política.

—Te lo concedo todo porque tengo fe en tu trabajo —le advirtió De Llano—. Pero eso sí: quiero resultados pronto.

Tras una laboriosa tarea de convencimiento, en la que Estela colaboró con su encanto femenino, irresistible para los hombres de la tercera edad, reclutó a dos figurones de las letras: Alfonso Reyes, que se comprometió a entregarle una colaboración semanal sobre temas literarios, y José Vasconcelos, más reacio a cultivar el periodismo, que sólo accedió a escribir brevísimos comentarios de política internacional. No importaba la parquedad de sus opiniones: lo necesitaba como estandarte ideológico, pues a pesar de sus veleidades fascistas, que lo llevaron a simpatizar con la Alemania nazi, a los ojos de la clase media conservadora Vasconcelos todavía era un símbolo de la civilidad opuesta a la barbarie revolucionaria, el paladín de la gente decente asqueada por la rapiña institucional. Su injusta derrota en las elecciones fraudulentas de 1929, que torcieron para siempre el rumbo del país, había cimbrado la conciencia nacional y muchos lo consideraban todavía un campeón sin corona. Encargó las portadas a color al mejor caricaturista de la nueva generación, Abel Quezada, un agudo crítico de la comicidad involuntaria que afloraba por doquier en los acartonados rituales del régimen corporativo. Socarrón y punzante, con una mordacidad atenuada por el estilo *naïf*, que hasta cierto punto infantilizaba la política, Quezada sabía ridiculizar las lacras del sistema (corrupción, dictadura de partido, dedazo, líderes charros) con una flema inglesa enemiga de cualquier estridencia. Desnudaba a los simuladores con una picardía benigna que hasta cierto punto le restaba gravedad a sus pillerías. Era el caricaturista político más incisivo y sin embargo, el menos proclive a la indignación. Hasta los propios aludidos en sus cartones se reían de buena gana cuando los ridiculizaba, como había comprobado más de una vez en su trato con secretarios y gobernadores.

La nueva revista llevaba tres semanas en los kioscos, logrando ya un importante aumento de ventas, cuando Emilio Azcárraga, el magnate de la televisión, le ofreció un programa de comentarios políticos en el Canal 5. Ya era hora, por fin se le abrían las puertas de la pantalla chica. Antes de contratarlo, Azcárraga había consultado al presidente Ruiz Cortines, que le dio su beneplácito, según dijo en su primera entrevista, pues el programa tendría el patrocinio de Nacional Financiera. O el presidente ya no lo veía como un jilguero de Alemán, o ese sambenito nunca le importó demasiado. Después de todo él estaba en Los Pinos gracias al mismo padrino. Olé, matador: te estás construyendo un prestigio transexenal inmune a los cambios de gobierno. En el primer programa, dedicado a justificar con opiniones de técnicos hacendarios la inevitable devaluación del peso, que dejaba la paridad en $12.50 por dólar, exoneró de culpas al presidente, por haber heredado del gobierno anterior una bomba de tiempo:

> Medidas como éstas siempre son dolorosas, pero de no aplicarse hubieran llevado a nuestra economía a una crisis más grave, que el presidente Ruiz Cortines ha querido mitigar en beneficio de la clase trabajadora, asumiendo su costo político, en un acto de valor civil sin precedentes en nuestra historia.

Pese al exiguo teleauditorio, desde las primeras semanas de transmisión advirtió que había ingresado a la casta divina de los tiempos modernos. Ahora lo circundaba un aura de prestancia y autoridad que ningún otro escaparate le había dado antes. Derretidos de admiración, los miembros de la Federación Nacional de Charros lo aclamaron por el estreno del programa y organizaron un jaripeo en su honor. En el café Tibet Hamz, un grupo de damas elegantes le coqueteó con tal descaro que Estela llegó a molestarse al grado de exigir un cambio de mesa. En Avenida Juárez, una pobre vendedora de chicles que no tenía televisión, pero se encandilaba viéndola en los escaparates de las mueblerías, le besó la mano como si fuera el Sumo Pontífice.

Por si la celebridad y el amor no le bastaran para ser feliz, ahora ganaba carretadas de dinero con el *Fichero Político*, en complicidad con el diputado Francisco Galindo Ochoa, el nuevo jefe de Prensa del PRI, un socio colmilludo y sagaz, versado en todas las grillas estatales y municipales, que lo ayudó a industrializar su negocio con una visión empresarial de altos vuelos. Saber que hasta sus comas valían oro lo incitaba a llenar cuartillas con un grato cosquilleo en la ingle:

Desde ayer, los habitantes de las colonias Atlampa, Jamaica Vallejo y Gertrudis Sánchez disfrutan de los televisores que mandó instalarles el PRI, para llevar sano esparcimiento a los sectores populares… El licenciado Raúl Cervantes Ahumada sueña con el gobierno de Sinaloa: despertará con las manos vacías… El Regente de Hierro Ernesto P. Uruchurtu realiza obras de drenaje profundo para librar a la ciudad de inundaciones. ¡Enhorabuena!… Será difícil, si no imposible, que el gobernador de Querétaro, doctor Octavio S. Mondragón, pueda dejar sucesor. El candidato que él apadrine está de antemano condenado al fracaso… El licenciado Adolfo López Mateos, secretario del Trabajo, se ganó las orejas y el rabo la semana pasada, al conjurar una huelga de obreros de la industria textil. El joven "mataor" se trae una mano izquierda que ya la quisiera Silverio Pérez… Alejandro Páez Urquidi no tiene la menor posibilidad, por lo menos en seis años, de ser gobernador de Durango. Nuestras más sentidas condolencias…

Gracias a la mediación de Galindo facturaba el triple y tenía en lista de espera a decenas de politiquillos urgidos de una alabanza consagratoria. Como los clientes pagaban en efectivo, podía evadir impuestos sin temor a los inspectores de Hacienda, pues el propio secretario del ramo, Carrillo Flores, se mochaba con una iguala mensual. Y su *Miscelánea del Jueves*, la sección de sociales más leída de México, era otra mina de oro que facturaba más de veinte mil pesos mensuales. Mujeres de alta sociedad venidas a menos, capitanes de meseros y empleadas de guardarropa le suministraban todos los chismes del gran mundo. Ningún empresario podía irse de picos pardos con alguna putilla sin que él lo supiera al día siguiente. Por solapar esos pecadillos ganaba más que por publicarlos, pues la gente mundana ya se había acostumbrado a pagarle sumas periódicas para que hiciera un discreto mutis.

Al segundo mes de noviazgo, en el suntuoso restaurante Villafontana, con fondo musical de violines, propuso matrimonio a Estela, que aceptó con dos condiciones. La primera lo dejó acalambrado: exigía mantener su puesto en Relaciones Exteriores, pues ella no había nacido para ser ama de casa, dijo, ni quería depender económicamente de nadie. La idea de que su futura esposa estuviera rodeada de diplomáticos erotómanos y viajara con ellos por medio mundo le erizó los cabellos, pero después de elogiar en tono apasionado la cultura, la inteligencia y el éxito profesional de Estela, no pudo decepcionarla con una objeción machista. De cualquier modo, pensó, tarde o temprano dejará su puesto, cuando la maternidad la obligue a cambiar pañales.

—Aceptada ¿Y cuál es la segunda?

—No quiero vivir en una casa rondada por los fantasmas de tus ex mujeres. Cuando estoy ahí siento que me acechan detrás de las puertas. ¿Por qué no la vendes y compramos otra más bonita, de preferencia en San Ángel, o por ese rumbo, para quedar cerca de mi mamá?

Como él también quería enterrar el pasado, aceptó la idea con alborozo y cuando empezaba el show de Bola de Nieve, le puso en el índice un anillo de compromiso con un rubí del tamaño de una cereza. Los fines de semana se dedicaron a ver casas en el sur de la ciudad. Eligieron una residencia de cinco recámaras, con garage para tres autos y un jardín trasero de buen tamaño, en la calle Olivo de la colonia Florida, que aún conservaba un aire campirano. Mientras Estela la decoraba y amueblaba a su entera satisfacción, él pregonaba la boda con la vehemencia de un pecador absuelto que ha dejado atrás la vida disoluta y se compromete a sentar cabeza. Sólo su compadre Darío Vasconcelos, cuyo trato rehuía desde que dejó el trago, se atrevió a dudar de su regeneración:

—Otra vez la burra al trigo. Tú no naciste para la vida hogareña, tienes alma de canalla, por más que te sientas un angelito. Esa pobre muchacha no sabe quién eres. Cuando lo descubra se va a espantar.

Atribuyó su mala leche a una secreta envidia y lo borró de la lista de invitados. Gracias a la intercesión de monseñor Luis María Martínez, consiguió una dispensa papal para volverse a casar por la Iglesia, como exigía su persignada suegra. Se casaron en Cuernavaca, en la capilla de San Miguel Acapantzingo, ante una distinguida concurrencia en la que destacaban dos padrinos de lujo: el ex presidente Miguel Alemán y el canciller Padilla Nervo. Celebró la misa el propio obispo Martínez, con una casulla de gala esmaltada de brillantes. Entre magnates, políticos y estrellas de la farándula, doña Ceide lucía más oronda y guapa que nunca, sin rastro de congoja por su reciente viudez. Entró a la iglesia del brazo de Carlos, risueña y gallarda, dueña del escenario como en sus tiempos de vicetiple. Los amigos de la familia Yáñez no podían creer que una mujer tan joven fuera la madre del novio. Sería en todo caso la hermana mayor, cuchicheaban con asombro. Estela llevaba un vaporoso vestido de tafetán y organza, con una cola de cinco metros, que alzaban cinco pajecillos rubios, y Denegri un finísimo traje de charro negro con el escudo nacional bordado en la chaquetilla. Exaltado hasta el impudor por ese triunfo a la vez íntimo y mundano, reseñó en *Excélsior* su propia boda:

Las piernas me tiemblan al cruzar el pasillo central de la iglesia, como si estuviera en el umbral de un reino encantado. Pero en lugar de miedo siento una expectación alegre, un ansia de renacer sin el pesado lastre del egoísmo. La fe que se requiere para saltar del mezquino yo al inmenso nosotros, una fe surgida de veneros muy hondos, llegó a mi vida cuando más la necesitaba. Antes de conocer a Estela tal vez me hubiera burlado de un sentimiento así. Yo, el frívolo cronista de sociales que daba pésames a los recién casados y los tachaba de víctimas, yo, el ogro alérgico a la marcha nupcial, arrodillado en el altar con la fe de los conversos. Pues sí, ríanse de mí hasta el hartazgo, pero aunque suene cursi no cambiaría por nada esta sencilla grandeza, este nuevo amanecer, esta maravillosa expansión del alma rubricada por la sentencia: "Lo que une Dios no lo separa el hombre".

Al día siguiente se fueron de luna de miel a París. Consumaron el matrimonio en una fastuosa alcoba del Hotel George V, con vista el Arco del Triunfo, sin salir del cuarto en dos días. Desvirgó a Estela con una delicadeza de relojero que abandonó cuando la tímida doncella, transfigurada en amazona, le exigió un galope tendido. Estaba tan llena de brío y tan deseosa de aprender que no le dio tregua hasta ensayar todo el repertorio de posturas eróticas. Se había casado relativamente tarde y al parecer quería recuperar el tiempo perdido. La elasticidad de ese cuerpo joven, reconciliado con su fiereza, que entraba en combustión a la menor caricia, parecía buscar un éxtasis permanente, prolongado más allá de la carne.

A la hora del crepúsculo, cuando paseaban del brazo por el Jardín de Luxemburgo, repartiendo migas a las palomas, lo invadía una euforia serena, un etéreo sentimiento de plenitud que rayaba en la irrealidad. Si en ese instante lo partiera un rayo se daría por bien servido, porque la vida ya no le debía nada.

La luna de miel apenas duró una semana, pues ambos tenían compromisos ineludibles en México. Sus agendas eran complicadas y no siempre podían empalmarlas, pero al menos dos veces por semana iban juntos a eventos sociales, descartando muchas invitaciones, pues todo el mundo quería tener a los tórtolos de moda en sus fiestas. Orgullosa de tener un marido importante, Estela disfrutaba sus éxitos como si fueran propios y ahora Denegri los buscaba con más denuedo. Cuando Paco Malgesto vino a entrevistarlo para el programa *Visitando a las estrellas*, lo colmó de regocijo verla llenar la casa de flores y cambiar los cuadros de lugar en la sala, nerviosa como una actriz debutante.

—No sólo hay estrellas en los teatros, o en los foros de cine y televisión —lo presentó Malgesto—. En el mundo de la prensa también hay figuras que resplandecen por su talento y hoy nos recibe en su nuevo hogar una celebridad del periodismo a quien todos los mexicanos bien informados conocen y admiran. Su presencia no puede faltar dondequiera que haya un acontecimiento importante. En barco, en avión, en lancha o a caballo, siempre llega en el momento justo a la cita con la noticia. Con ustedes el periodista non, el reportero de la República, el incansable trotamundos Carlos Denegri.

Aunque la estrella del programa era él, quiso engalanarlo con la presencia de Estela, que estuvo todo el tiempo a cuadro. Sus lucidoras intervenciones, en las que jamás intentó robar cámara, le valieron los elogios de Paco Malgesto.

—Pues oiga usted, con todo respeto para el compañero Denegri, debe considerarse muy afortunado por tener en casa a esta damita encantadora que además de ser inteligente y guapa es una de las diplomáticas más brillantes de México.

Compartido con Estela, el éxito valía el doble, pues ahora veía claro que todos sus esfuerzos por destacar, desde que era un humilde reportero de guardia, iban encaminados a ese premio mayor. Como en octubre se conmemoraba el décimo aniversario de su

Miscelánea de la República, la cooperativa *Excélsior* quiso celebrarlo en grande, con una cena baile para quinientas personas en el Salón Los Ángeles. Denegri tuvo la ocurrencia de llegar al festejo en una calesa descubierta, tirada por caballos blancos, en compañía de Estela, que saludaba a los peatones agitando un pañuelo, con un vestido blanco de muselina tachonado de perlas. Desde los confines más lejanos del país, los gobernadores de veinticinco estados y casi todos los miembros del gabinete acudieron puntualmente a la cita, pues todo aquel que valiera algo en la política nacional quería ser amigo de Carlos Denegri. Fue una especie de coronación, en la que Estela derrochó garbo y clase, dialogando a sus anchas con la primera dama María Izaguirre de Ruiz Cortines, que acudió al festejo en representación del presidente. En los altos círculos sociales se movía como sirena en el agua, con un tacto supremo para hacer el comentario pertinente en el momento adecuado. La satisfacción de hacerla feliz superó con creces a la plétora de autoestima que obtuvo con esa apoteosis.

Un jueves por la noche asistieron como invitados de honor a la inauguración del Casino del Arte, un pequeño teatro en la calle Milán que su hermano Iván había construido en una vieja mansión porfiriana, remodelada como centro cultural mediante un préstamo blando que obtuvo gracias a él. Llegaron por separado, pues ambos habían tenido compromisos previos, y al encontrarse en la puerta, Denegri vio con enfado que Estela llevaba un escote demasiado atrevido.

—Vienes muy primaveral. ¿No tienes frío?

—No, ¿por qué? Hace un fresquito muy agradable.

A cualquier otra pareja le habría ordenado que fuera a la casa a cambiarse de ropa, pero con Estela tenía vedado el tono mandón. Su negativa y, sobre todo el temor de molestarla, un sentimiento que hasta entonces desconocía en su trato con mujeres, le causaron cierto escozor, como si hubiera dejado de ser él mismo. Menudo pelele se estaba volviendo. Iván los llevó a recorrer el pequeño teatro con ciento veinte butacas, la galería con pinturas de Pedro Coronel y María Izquierdo, la librería especializada en teatro y el pequeño bistró con el que esperaba compensar las previsibles pérdidas de sus puestas en escena. A las nueve, el Casino se empezó a llenar de una fauna variopinta (actores, críticos de teatro, artistas plásticos, escritorzuelos del montón) que Denegri prefería evitar, pues en ella percibía una hostilidad canina. Sabía que esas sabandijas lo condenaban por mercenario, desde una posición de superioridad moral. Primero muertos que reconocerle méritos a un triunfador. Para evitar el roce con sus egos insatisfechos, condujo a Estela a un rincón del vestíbulo, donde se enzarzaron en una charla con Lucien Bonneau, el embajador de Francia en México. Era un sexagenario prognata y calvo, aficionado a la fiesta brava, al que ambos frecuentaban desde finales de la Segunda Guerra. Aunque Bonneau dominaba el español, por cortesía le hablaron en francés. Comentaron la última corrida de la Plaza México, un mano a mano entre Luis Miguel Dominguín y Joselito Huerta, en el que el diestro mexicano había fallado con la espada. En opinión del embajador, nadie tenía el temple de Joselito, pero a veces el miedo lo traicionaba a la hora de matar.

—*Il est un artiste lâche* —dijo Denegri.

—*Mais quand il surmonte la peur, il est sublime.*

—*Sans aucune doute* —dijo Denegri.

—*Aucun doute* —lo corrigió Estela—. En francés, la duda es masculina.

—Perdón, siempre me hago un lío con los géneros —se sonrojó Denegri.

La charla continuó sin que Bonneau diera la menor importancia a su dislate. Pero la ruda corrección de Estela y la gula visual del embajador, que le devoraba los senos con una mirada menesterosa, lo pusieron de pésimo humor. ¿Qué diablos pretendía Estela? ¿Ponerlo en ridículo? Llegaba vestida como una puta y luego se burlaba de su mal francés. ¿Tan pronto sacaba las uñas? ¿Y a santo de qué, si la complacía en todo? Un mesero pasó junto a ellos con una bandeja de jaiboles. Alargó el brazo para tomar uno, pero Estela lo disuadió con un fruncimiento de cejas. Mantuvo el voto de abstinencia porque la quería demasiado, y sin embargo su demonio sediento lo tachó de mandilón. De vuelta a casa, en el auto, a duras penas atinó a musitar un reclamo cortés:

—Quisiera pedirte un favor, mi cielo. Tu francés es mejor que el mío, ya lo sé, pero por favor, no me corrijas en público.

—Lo hice por tu bien, pero si quieres hablar mal, allá tú —dijo Estela, enfurruñada.

—Hiciste más evidente mi falta gramatical. Corrígeme en privado, pero no delante de todo el mundo.

—Está bien, te dejaré meter la pata cuantas veces quieras —dijo Estela, sarcástica.

—Y otra cosa, mi cielo —añadió, picado por el tintineo irónico de su respuesta—. Ten más cuidado con tus escotes. No me gusta compartir mis tesoros.

—¿Qué tiene de malo mi escote?

—Digamos que es demasiado revelador.

Estela se miró los senos, inconforme.

—Ay, Carlos, no es para tanto. Simplemente voy a la moda. ¿Vas a estar fiscalizando mi ropa?

—Sólo quiero que te vistas como una señora decente.

—No, tú me quieres vestir de monja.

—¿A quién le quieres coquetear, si ya estás casada?

—Seguramente al embajador Bonneau —se mofó Estela—. Tengo debilidad por los carcamales.

Durmieron espalda contra espalda, sin darse siquiera el beso de buenas noches. Pero Estela no sabía guardar rencores y al día siguiente, en son de paz, le llevó el desayuno a la cama, con un clavel en una copa de champaña. Una cópula mañanera, larga y pausada, desvaneció por completo ese nubarrón. En sus actividades sociales de la semana siguiente, una cena en casa del Skipper y un coctel en el Club de Industriales, Estela se vistió con más recato, pecando incluso de pudibunda. Pero se habían abierto las hostilidades y a partir de entonces Denegri mantuvo una actitud alerta, para no hacerle concesiones en materia de honor y orgullo. Si no alcanzaba un sano equilibrio de poderes, podía caer en un vasallaje indigno. El ánimo beligerante de Estela indicaba que por primera vez en su vida, él era la parte débil de la pareja, el más enamorado de los dos y por lo tanto, el más expuesto a padecer afrentas. Por verlo todo el tiempo de rodillas, Estela se había crecido, y sus insolencias podían subir de tono si le aflojaba la rienda. Tenía que darse a respetar, ocultarle quizá cuánto la necesitaba, bajarle los humos de tarde en tarde, o acabaría lamiendo su látigo como un tigre capón.

A finales de noviembre volvieron a medir fuerzas, cuando un mensajero vino a entregar las nuevas tarjetas de presentación que Estela se había mandado hacer. La sirvienta, Rutilia, las dejó en el desayunador y Denegri les echó un vistazo: *Estela Yáñez Dubois. Coordinadora de Servicios Consulares.* Aún seguía usando su nombre de soltera, qué poca madre. Llevaban cuatro largos meses de casados, ¿por qué no lo había modificado aún? Le gustara o no, a los ojos de Dios y del mundo ya tenía un nombre más preclaro: Estela Yáñez de Denegri. Así la llamaban en las columnas de sociales, en contra de su voluntad, por lo visto. ¿Renegaba de su matrimonio? ¿Extrañaba la soltería? Cuando Estela bajó a desayunar con el pelo mojado, envuelta en un albornoz, Denegri ya trinaba de cólera.

—¿Se puede saber por qué no quieres llevar mi apellido? ¿Te da vergüenza ser mi señora?

—Claro que no, tonto, ¿por qué?

—Por esto —le arrojó una tarjeta—. Me estás ninguneando.

—No me avientes las cosas, patán —se sulfuró Estela—. En mi trabajo tengo derecho a llamarme como quiera.

—No me digas. ¿De modo que en tu chamba eres soltera?

—Claro que no, pero tampoco soy una propiedad tuya.

—Creí que te daba gusto ser mi esposa.

—Un gusto enorme, y tú lo sabes, pero siempre me han dado lástima las señoras que llevan la marca del amo.

—Ah, ya entendí. Tú quieres circular como un taxi libre.

—Por Dios, Carlos. Yo nunca te engañaría.

—¡Entonces quema tus pinches tarjetas!

Denegri arrojó al aire el paquete de tarjetas, que se desperdigaron por el suelo de la cocina. Intimidada, Rutilia salió al patio de atrás con la cabeza gacha.

—¿Crees que me vas a obligar a gritos? —Estela se levantó de la mesa—. ¡A mí ningún tirano me da órdenes! ¡Y aunque revientes, voy a conservar mi nombre de soltera!

Estela corrió escaleras arriba y se encerró en su alcoba con un fuerte portazo. Denegri cedió al impulso de correr tras ella, arrepentido de pensar con las vísceras.

—Abre por favor, Estela —tocó suavemente la puerta—. Discúlpame, perdí los estribos.

—Lárgate, no quiero verte.

—Perdóname, soy muy celoso porque te adoro.

Estela no lo perdonó con facilidad. Tuvo que rogarle más de cuatro días y llevarle gallo con un dueto de moda, Los Bribones, que le cantaron dos horas, despertando a todo el vecindario. Ablandada por su repertorio de boleros, esa noche Estela lo readmitió en la cama. Denegri dio por perdido el diferendo de los apellidos, porque esa breve expulsión de la gloria lo puso en guardia contra sí mismo. Más aún: durante algunas semanas de venturosa entrega pasional sintió que aceptar sus caprichos de mujer independiente lo ennoblecía en vez de sobajarlo. Las virtudes caballerescas eran en el fondo una sabia transacción con la pareja, pues generaban réditos afectivos. Ahora Estela lo quería más por haber cedido en el asunto de sus tarjetas y se lo demostraba en el lecho con un ardor tierno, casi maternal, de modo que podía considerarse un vencedor en esa contienda. El doctor Gaxiola, que lo atendía sin falta todos los martes, aprobó su rectificación y lo exhortó a seguir por ese camino.

—Está descubriendo la inteligencia emocional, señor Denegri. No hay mejor guía en la convivencia con las mujeres.

Aunque lo halagara tener a sus pies a la clase política, en secreto la despreciaba, y en las charlas de sobrecama con Estela tachaba de cretinos y sinvergüenzas a quienes elogiaba en público. No eran ellos quienes podían darle el prestigio que ambicionaba y por eso procuraba el trato con intelectuales de prosapia. A finales de noviembre recibieron de manteles largos a los dos pilares de *Revista de Revistas,* Alfonso Reyes, a quien la cocinera preparó su guiso favorito, el pollo a la Marengo, y José Vasconcelos, que llegó un poco tarde con su esposa, la pianista Esperanza Cruz. Sirvieron como entremés una bandeja con volovanes rellenos de pescado blanco de Pátzcuaro que mereció elogios superlativos de don Alfonso. La vajilla de Royal Saxonia que estrenaron para la ocasión, una joya digna de un museo, arrancó exclamaciones de gozo a doña Manuelita, la esposa de Reyes. En desacato a la autoridad marital, Estela llevaba un vestido rojo con un atrevido escote que reavivó en Denegri la sensación de ser un esposo vilipendiado. Procuró, sin embargo, disimular el coraje y para complacer al legendario Maestro de la Juventud, muy exigente en materia de vinos, sacó de la cava dos botellas de Château Gilette, cosecha 1947, recién compradas en el viaje de bodas. Los dos invitados besaron la mano a Estela y elogiaron su belleza con una galantería un tanto decimonónica. Hipnotizados por la egregia comba de sus senos,

348

durante toda la cena no le quitaron los ojos de encima. Con barba blanca de patriarca bíblico y corbata de mariposa, apoyado en un bastón que lo obligaba a caminar despacio, don Alfonso ya parecía haber asumido la ancianidad, pero Vasconcelos, con el mismo kilometraje, aún conservaba arrestos de seductor, o cuando menos daba esa impresión por tener una esposa joven. Salió a colación el tema de moda: la iniciativa de ley, recién llevada al Congreso, para conceder el voto a las mujeres. Don Alfonso comentó que las mujeres habían mandado siempre, con o sin voto, por medio de sutiles tácticas para dominar al varón, de modo que esa ley sólo corroboraba su poder ancestral.

—Pues yo la verdad no entiendo para qué quieren votar —se mofó Vasconcelos—. De todos modos, aquí siempre gana el candidato oficial. Bienvenidas a la dictadura, señoras —dijo y alzó su copa con una mueca amarga—: ahora pueden padecerla como nosotros.

Denegri tachó la iniciativa de demagógica, pues no tomaba en cuenta, dijo, el paupérrimo nivel educativo de la mujer mexicana. Ni que estuviéramos en Francia, donde había tantas mujeres cultas, aquí las señoras sólo se ocupaban del fogón y a duras penas sabían leer y escribir. En el mejor de los casos serían ciudadanas de segunda. Era inútil darles derechos que no merecían ejercer.

—¿Cómo lo sabes? —reclamó Estela—. Aunque sólo salga a votar una mínima parte de las mujeres, eso ya sería un gran avance.

—Estela tiene razón —intervino Esperanza Cruz—. Nos han relegado en todo y esto no puede seguir así. Yo tengo la misma calidad de muchos concertistas varones, pero ellos ganan el doble.

—Temo que las damas se nos han sublevado —dijo Reyes—, y en estos casos, lo más prudente es sacar la bandera blanca. Yo estoy de su lado, me alegra mucho que puedan votar y hasta postularse para presidentas.

—Ni lo mande Dios —Denegri miró de soslayo los senos de Estela, con una mezcla de lujuria y odio—. El día que las mujeres tengan el poder, van a ser las peores tiranas, se los aseguro.

—Después de ser sojuzgadas varios milenios —respondió ella, dándose por aludida—, ya sería justo que nosotras mandáramos aunque fuera un siglo, ¿no les parece?

La pulla hirió a Denegri en el centro de su autoestima. Quizá viera moros con tranchetes, pero le pareció que Estela se vanagloriaba en público de haberlo domesticado. Había en su tono de voz un dejo de prepotencia, como si quisiera dejar bien claro quién mandaba en la casa. La balanza del poder se había inclinado tanto a su favor que ahora le ponía el tacón encima delante de las visitas. Y la culpa era suya por aguantar vara en nombre de un trasnochado romanticismo. Te lo mereces por agachón, se flageló, por no agarrarla a fuetazos desde el primer retobo. En franca rebeldía se sirvió una copa de Château Gilette, indiferente a la mirada admonitoria de Estela. Sí, nena, tu marido se va a tomar unos tragos porque es un hombre sin ataduras. ¿Entendido? Y como ella no se atrevió a reclamarle nada delante de las visitas, paladeó el vino con la delectación de un hereje relapso.

Bendito vicio, puerta dorada de todas las indulgencias. Cuando ese divino elíxir le resbalaba por la garganta, el mundo adquiría un equilibrio apolíneo, la perfecta simetría de los paisajes renacentistas. Mientras los invitados disertaban sobre el matriarcado en la civilización minoica y en algunas tribus de la Tierra del Fuego, elogiando, por concesión a Estela, el buen funcionamiento de las sociedades primitivas gobernadas por mujeres, Denegri saltó del vino a su bebida favorita, el whisky en las rocas. Oh, placer de los dioses. Con qué suavidad entraba en la sangre ese chorro de luz. El alma se apoltronaba en las nubes y desde ahí veía el mundo con una ironía benigna. A la una de la mañana se fueron los invitados, cuando él ya iba en el cuarto whisky. No había cometido incorrecciones graves y sin embargo Estela le reprochó su recaída en el alcohol, seria y compungida como una prefecta escolar.

—Me dijiste que ya lo habías dejado, Carlos. Te advierto que yo no voy a soportar tus borracheras.

—Vámonos respetando, niña —se defendió con aplomo—, ya estoy grande para aguantar regaños. Te dejé en libertad de tener el nombre que quieras, ¿no? Pues déjame tú beber mis tragos en paz.

—Me han contado horrores de tu mal vino y no los quiero vivir.

—Tranquila, mi cielo, eres mi esposa, no mi mamá, y ni siquiera ella me regaña por beber.

—Deja tu copa y vámonos a la cama.

—Luego te alcanzo, quiero estar a solas un rato.

Se quedó tumbado en el sillón, oyendo discos de Glen Miller y Nat King Cole hasta las tres de la mañana, en fervoroso idilio consigo mismo. Así quería vivir, ingrávido y libre, como un papalote a merced del viento. Había un reducto de su personalidad en el que nadie más podía entrar, y mientras lo defendiera puñal en mano, ninguna amenaza exterior podía preocuparle. El ejército de ocupación que Estela capitaneaba se batía en retirada, vencido por su heroica resistencia. Hurra, compañeros, hemos reconquistado el bastión de la certeza. ¡La duda no es masculina ni podrá serlo nunca! Era ya el único dueño, el mariscal en jefe de ese alcázar a prueba de bombas, donde su corazón preñado de locura proclamaba la victoria total sobre el invasor.

Como el resto de la semana se mantuvo sobrio, su esposa no le dio mucha importancia a la recaída. Canceló la cita con el psiquiatra porque no estaba de humor para confesiones ni quería cometer otra infidelidad a sí mismo, prestándose a satanizar la bebida en nombre de una normalidad que a fin de cuentas era un fastidio. El viernes tenían programada una cena en el Focolare con varios abogados jóvenes, ex compañeros de Estela en la Facultad de Derecho. Esa tarde, Denegri estuvo trabajando a marchas forzadas en su oficina, pues quería tener el fin de semana libre. Al anochecer, Sóstenes le trajo un boletín de la Presidencia, que anunciaba la integración de un Comité Nacional de Damas Profesionistas, presidido por doña María Izaguirre de Ruiz Cortines, que promovería por todo el país la aprobación del voto para la mujer. Como vocal ejecutivo figuraba la licenciada Estela Yáñez Dubois. Arrugó el boletín y lo tiró a la basura con un motín de jugos gástricos. Se sintió utilizado como escalón, y para colmo, humillado en público. Estela era sin duda una alpinista política muy astuta. Qué buena raja le había sacado a su *tête à tête* con la primera dama en el Salón Los Ángeles. Admiraría su habilidad trepadora si al menos hubiera tenido la decencia de aparecer en el comité con su nombre de casada. Pero ni esa gentileza tuvo. Su falta de tacto rayaba en la franca majadería. ¿O no conocía los buenos modales de la política? Si escalas posiciones montada en los hombros de tu marido, dale crédito, cabrona. El agravio presagiaba una pérdida total de respeto, que tal vez fuera ya irreversible. La idolatré demasiado, cree que soy un adorador incondicional, un feligrés arrodillado ante sus tetas. Del cajón del escritorio sacó el ánfora de whisky, ágil y firme de manos, como un pistolero desenfundado el revólver. Revitalizado por el oro líquido escribió de un tirón un editorial para *Revista de Revistas* con el título: *¡Dios no hizo a la mujer para votar!*:

> Hay cosas que ni el más versado en adelantos y progresos puede asimilar sin sentir el calosfrío del abismo. La sagrada misión de la mujer es la crianza de los hijos y el cuidado del hogar. Así lo decretó San Pablo en sus epístolas y el propio Jesús en el Evangelio. Querer apartarla de sus naturales inclinaciones no sólo puede trastornar el orden social, sino introducir en la familia un virus desintegrador. ¿Se han hecho encuestas para averiguar si las madres mexicanas respaldan esta iniciativa? Podríamos apostar que las deja indiferentes, porque discernir entre las distintas ideologías políticas o investigar la trayectoria de los candidatos no son tareas de su incumbencia, consagradas como están a la abnegada, nobilísima tarea de cocer frijoles y zurcir calcetines.

Al cuarto para las nueve salió medio borracho de su oficina y ordenó al chofer que lo llevara al Focolare. Se acercaban las fiestas decembrinas y el Paseo de la Reforma estaba iluminado con foquitos multicolores que lo embriagaron un poco más. En el restaurante ya lo estaban esperando Estela y sus amigos, cuatro parejas jóvenes de recién casados, un tanto anodinos y cohibidos de convivir con una celebridad como él. En la ronda de presentaciones no pudo retener sus nombres y apellidos, ni lo intentó siquiera, pues a medios chiles prefería evitar los esfuerzos mentales. Estela percibió de inmediato que venía tomado y trató de imponerle cordura con una mirada reprobatoria. En franca declaración de guerra, llevaba un vestido guinda con un pronunciado escote. Que su marido derramara bilis y pasara infinitas vergüenzas. Total, era un pobre pendejo que ni siquiera podía obligarla a cambiar de nombre. Los cuatro ex compañeros de Estela habían pedido una botella de Bacardí añejo, pero él no quiso cambiar de bebida y ordenó al mesero una botella de Etiqueta Negra.

—Nadie más va a tomar whisky —le advirtió Estela.

—¿Y qué? La quiero para mí solo.

—Estaba contándole a las señoras que Estela fue el mejor promedio de nuestra generación —dijo uno de los abogados, bigotón y robusto, con labios gruesos—. Sacaba puros dieces y el maestro Mario de la Cueva nos decía: aprendan a la señorita, bola de holgazanes. En los exámenes todos nos queríamos sentar a su lado para copiarle, ¿verdad, Héctor?

—Sí, pero ella no se dejaba.

—No me dejaba de ti, porque eras muy descarado y te acercabas mucho para copiar.

—Por miope, ahí me di cuenta de que necesitaba lentes de aumento.

Siguió una enfadosa retahíla de elogios a Estela por su rápido ascenso en Relaciones Exteriores. No tardaría en obtener una embajada importante y ¿por qué no? quizá llegara a la cancillería, honor hasta entonces inalcanzable para ninguna mujer. A nadie parecía importarle que él no estuviera dispuesto a exiliarse para acompañarla en una misión diplomática y el silencio de Estela daba a entender que no consultaba esas decisiones con el papanatas de su marido. En represalia por su menosprecio se tomó tres jaiboles de corrido en menos de media hora. Estela le pellizcaba el muslo por debajo de la mesa, llamándolo al orden. Al diablo contigo, ni tú ni nadie pueden cambiarme. Uno de los abogados narró los avatares de un litigio contra un productor de películas insolvente, que había defraudado al Banco Nacional Cinematográfico, y la charla se desvió hacia el tema del cine mexicano, que a juicio de todos daba lástima. Denegri dijo que los productores de cine iban a destruir la industria con tanto churro, pero había que reconocerles algo: a cambio estaban impulsando la industria de la prostitución. En el Club de Banqueros circulaba un catálogo con los precios de muchas estrellitas.

—Luego se los paso, por si les interesa.

Los varones le festejaron el gracejo con una franca risotada. Estela, en cambio, se atrevió a pedirle en voz alta que no dijera peladeces delante de las señoras. Quería humillarlo de nuevo en público, exhibir su poderío delante de terceros. Ya me agarró de puerquito, pero no sabe con quién se mete. Sígueme chingando y vas a probar la vara del amo. Una de las señoras criticó a los productores por recurrir a la pornografía para hacer negocio. Por falta de imaginación para contar buenas historias, ahora recurrían al morbo, como en las carpas de burlesque. El único soltero de la mesa, un abogadillo con cara de pícaro, un poco achispado ya, confesó que tenía ganas de ver *La fuerza del deseo,* atraído por el escándalo que había suscitado el desnudo de Ana Luisa Peluffo, el primero en la historia del cine nacional. Todo el mundo hablaba de la escena donde enseñaba los senos en el estudio de un pintor. El otro día quiso entrar a verla, dijo, pero lo disuadió la enorme cola del cine Variedades. ¿Alguien había visto la película?

—No te has perdido de nada, es un melodrama barato —lo desengañó Denegri—. Yo estuve en la premier, invitado por el productor, y por poco me duermo. Ni la escena del desnudo me alegró el ojo, porque aquí entre nos las tetas de la Peluffo no son la gran maravilla. Modestia aparte, mi señora las tiene mejores.

—Por favor, Carlos, no seas barbaján —se sonrojó Estela.

—Es la verdad, tú estás más potable y a las pruebas me remito —la cogió por el escote y le desgarró el vestido de un tirón, con todo y sostén—. ¿Qué les dije? ¡Las mejores tetas de México!

Al sobreponerse del estupor, Estela le propinó un recio bofetón y se levantó de la mesa, con una mueca de repulsión incrédula. Caminó de prisa hacia el baño, seguida por dos señoras que se acomidieron a socorrerla y le taparon los senos con una servilleta. Los caballeros, consternados, guardaron un silencio fúnebre, la comida atragantada en la glotis y la vista fija en el mantel. Un murmullo de condena se propagó en círculos concéntricos de las mesas vecinas a las lejanas. Con una sonrisa de alucinado, Denegri alzó el vaso de whisky, ufano de su travesura.

—Salud, señores —dijo, pero nadie quiso brindar con él.

Uno por uno los comensales se levantaron de la mesa y lo dejaron bebiendo solo. ¿Qué les pasaba a todos esos idiotas? ¿Habían perdido el sentido del humor?

—Ahora sí, la del estribo —dijo Piñó—. Parece que ya nos quieren correr.

Los meseros estaban colocando las sillas volteadas sobre las mesas, la rocola había enmudecido y un mozo paseaba el trapeador muy cerca de sus pies. Al parecer, el dueño del Tío Pepe recurría a las indirectas porque no se atrevía a correr de viva voz a dos parroquianos tan eminentes. Denegri no toleraba que nadie osara interrumpirle una borrachera, y con la piel erizada por la amenaza de terminar bebiendo solo, en casa o en algún tugurio, sacó su pistola y la colocó amenazadoramente sobre la mesa.

—A mí nadie me corre de ninguna parte —dijo en voz alta.

—Cálmate, Picho, y guarda tu pistolita. Delante de mí no vas a amenazar a nadie.

—Nunca supiste darte a respetar, Jorge. Por eso acabaste de burócrata segundón. El que se agacha una vez se agacha toda la vida. ¿No has entendido que en este país sólo se respeta a los chingones?

—Si admiras tanto a los chingones, ¿por qué no los imitas? —Piñó mantuvo el aplomo, sin acusar recibo del golpe—. Los líderes políticos o los grandes magnates nunca pierden el autocontrol, ni protagonizan escándalos bochornosos. La mera verdad yo te veo un poco vulnerable, un poco débil, a pesar de tu celebridad.

—Bueno, me gusta el trago como a cualquiera, ¿lo dices por eso?

—No, lo digo por tu estilo de vida. Si fueras un cínico de verdad estarías más contento. Los verdaderos cínicos no se flagelan ni se atormentan, porque tienen el alma forrada de acero. En cambio tú vives el éxito como un fracaso: pleitos en lugares públicos, rabietas de energúmeno, maltrato a las mujeres. Pareces un perdedor infiltrado en el bando de los ganadores.

Denegri esbozó una mueca despectiva. Piñó le había fotografiado el alma con un aparato de rayos equis, pero no le daría el gusto de reconocerlo.

—En esta vida nadie gana ni pierde, o mejor dicho todos perdemos, porque al final nos esperan la enfermedad y la muerte. ¿No has leído a Schopenhauer? ¿Crees en la filosofía barata de los manuales de superación personal?

—De acuerdo, estamos perdidos de antemano, pero tú das a entender con tu conducta que la vida te duele.

—¿Y a quién no? Cuando te partes el alma por algo, y lo consigues, después sientes que ya no te queda nada por hacer. A estas alturas de la vida quizá me falten motivaciones.

—Yo más bien creo que ese dolor es lo mejor o lo único bueno de ti. Significa que no has matado a tu conciencia. Está medio muerta pero sigue dando patadas de ahogado.

—Y dale con el sermón. Ya me estás aburriendo, Jorge. ¿Qué tal si llamo a unas putitas y nos alegramos un poco?

—No te salgas por la tangente. Me da la impresión de que vives coqueteando con la tragedia, como si quisieras morirte pronto.

—No lo sé, líbreme Dios de ponerme a hurgar en mi subconsciente.

—Quizá te convendría, para averiguar por qué odias tanto a las mujeres.

—Te equivocas, las adoro. He tenido tropiezos, no los niego, pero por fin encontré una mujer que me entiende. Se llama Natalia y es un bombón.

Denegri, sacó una foto de su nuevo amor y se la mostró muy ufano. Piñó la examinó con escepticismo.

—Cada vez te las buscas más pollitas. No quiero ser aguafiestas, Picho, pero creo que tu nueva esposa va a correr la suerte de las demás.

—Gracias por tus buenos deseos, pero esta vez encontré a la esposa ideal.

—No la vayas a encuerar en público, como a la pobre Estela.

—Se lo ganó por cabrona. Quería sobajarme y le marqué el alto, así de simple. ¿A poco no haces lo mismo cuando tus viejas sacan las uñas?

—He discutido con ellas pero nunca las agarro a golpes, ni las humillo delante de terceros.

—Yo sólo trato así a las mujeres que me declaran la guerra. Ojo por ojo y diente por diente, de lo contrario te pisotean. Es el colmo que te pongas de su lado, como una comadre argüendera.

—No soy el único en defender a tus víctimas. El otro día acompañé a mi jefe a una comida con el güero Zabludovsky. Nos contó cómo tratabas a Gloria Marín cuando fuiste con ella a Washington a cubrir el encuentro de Kennedy con López Mateos.

—No me hables de esa puta. Le presté cien mil pesos que nunca me ha devuelto.

—Se cobró tus ofensas y no es para menos. En pleno vuelo de regreso, ya muy tomado, llamaste a Jacobo a sentarse con ustedes y cuando apenas empezaban a platicar le dijiste a Gloria: "Oye, puta, dile a la sobrecargo que nos traiga dos whiskys".

—¿Eso anda contando Jacobo de mí? —Denegri empalideció con un temblor en el labio.

—Textual, no estoy inventando nada.

—Pinche judío difamador. Delante de mí es un lambiscón de mierda y a mis espaldas me crucifica.

—Será muy hipócrita, pero no puedes desmentirlo. Si tratabas así a una estrella de cine, ya me imagino a tus pobres amantes desconocidas.

Como si estuviera confabulado con Piñó, el mozo de limpieza le rozó los zapatos con el trapeador.

—Más cuidado, imbécil —pateó el palo—. Nunca he insultado sin motivo a ninguna de mis parejas, te lo aseguro. Tendrías otra opinión de mí si supieras cuántas chingaderas me han hecho.

—No te quiero leer la cartilla, Picho, ni necesito hacerlo, pues tú mismo te perjudicas con tus locuras. Vas por la vida matando el amor que inspiras. ¿Quieres castigarte por algo?

Cruzaron una mirada de inteligencia en la que Denegri fue el primero en bajar los ojos, descubierto en flagrante desnudez.

—Ya sé para dónde vas y te advierto que de eso no quiero hablar.

—Perdóname por haberte amenazado con revelar los secretos de tu mamá. Tuve que hacerlo porque no parabas de atacarme en tu columna, para complacer al pinche Pasquel.

—¿De veras la hubieras denigrado en público?

—En Buenos Aires averigüé sus pecadillos de juventud. Pero sólo te asusté con el petate del muerto, sin el ánimo de cumplir mi amenaza. Nunca ataqué a nadie por motivos personales, a diferencia tuya, que te pones a hurgar en las sábanas de medio mundo, para extorsionar a los maridos infieles, a los jotos de clóset, a las señoras de sociedad con amores prohibidos.

—Ya superé esa etapa, gracias a Dios. Y en cuanto a mi madre, te aseguro que sus andanzas de vicetiple no me quitan el sueño.

—¿De veras? Para mí que te siguen atormentando.

—No toques ese vals, cierra ese piano —Denegri tamborileó nerviosamente con los dedos.

—¿Por qué no vas a ver a un psicoanalista?

—¿Y tú porque no vas a chingar a tu madre? —se levantó de la mesa, furibundo, derribando los dos vasos, y por un instante apuntó a Piñó con la pistola—. Mi salud mental es tan buena que sé distinguir perfectamente la mala fe de un puritano envidioso. He aguantado tus impertinencias toda la noche, Jorgito, pero ya me llenaste el buche de piedritas. Voy a escribir ese artículo en defensa de tu tía, en nombre de nuestra vieja amistad. Pero después, olvídate de que existo.

Salió de la cantina a largas zancadas, con Eloy detrás, y al cruzar la puerta batiente, una ráfaga de viento helado le caló hasta los huesos. Una sed más urgente, arraigada en el subsuelo del alma, le ordenaba seguirla en otra parte, solo o con una puta, lo mismo daba, y pobre de aquel que se lo quisiera impedir. El bulto de la pistola junto al sobaco lo protegía contra ese mundo hostil y cochambroso, donde un traidor embozado lo acechaba detrás de cada esquina. Se cagaba en la doctrina del pecado original, en los catequistas de lengua bífida, en los serafines resentidos que intentaban exorcizarlo. Prohibido el paso a los profanadores de su zona sagrada. Una palabra más y Piñó no lo cuenta. Ja, ja, se le aflojaron los calzones, el marica peló tamaños ojotes. Un plomazo en la sien a quien le viera cara de malnacido.

III. Encadenados

En las aguas verdosas del nuevo Lago de Chapultepec, una compacta falange de patos se deslizaba en pos de las migajas que los viejos sentados en las bancas les arrojaban desde la orilla. Era una luminosa tarde de julio, con el cielo limpio de niebla y humo, gracias a los fuertes ventarrones que habían soplado desde temprano. Hasta el Popo, generalmente oculto por los gases tóxicos, estiraba el cuello por encima de las nubes en jirones, un buen augurio para sus propósitos de enamorado. Con un vestido de encaje color durazno, la juvenil belleza de Natalia resplandecía como un diáfano amanecer. En los cocteles de alta sociedad, su encanto natural era la envidia de todas las señoras encopetadas. Ni embadurnándose potingues y mascarillas podían imitar la frescura de brisa marina que le brotaba del cuerpo en cada exhalación, en cada aleteo de pestañas. Pero más que la delicadeza de la dama gozaba el trapío de la hembra, la dulce ferocidad de su entrega amorosa. No podía negarle nada, excepto la libertad de volar a otro nido. Vestidos, joyas, un Mustang último modelo, todo lo que ella pidiera se lo entregaba con un pilón, pues ¿acaso no era el exceso la esencia del amor? Con ella cualquier ahorro le hubiera parecido mezquino. Les habían dado la mejor mesa del Restaurante del Lago, frente a uno de los ventanales que daban al espejo de agua, y en la hielera se enfriaba una botella de champaña. Tomó la mano derecha de Natalia y se la besó dedo por dedo con morosa lascivia.

—Hoy cumplimos un año juntos, mi amor, y creo que ya es tiempo de pisar suelo firme.

Sacó del bolsillo lateral de su traje un estuche que abrió con lentitud, para crear un efecto de suspenso. Adentro había un anillo de compromiso con un zafiro engastado. Natalia miró la joya con codicia pero se abstuvo de tomarla.

—No me conformo con ser tu amante, preciosa. ¿Quieres casarte conmigo?

—Todavía no acabo de conocerte, quizá ni siquiera haya empezado.

—Ya conoces mis virtudes y mis defectos. Después de tantos amaneceres juntos no puedo ocultarte nada.

—Tu cercanía no me ha quitado el miedo, Carlos. Tu carácter tiene mil cajones y escondrijos, algunos llenos de serpientes. Ahora mismo temo que destapes esa botella. Quién sabe en qué monstruo te puedas convertir.

—Soy un sinvergüenza, lo admito, pero no creo que una mujer como tú se pueda divertir con un hombre serio y centrado.

—En San Salvador no me divertí mucho que digamos.

Denegri se mesó los cabellos, fastidiado por la usura sentimental de las mujeres. Ningún agravio quedaba pagado del todo, en cada corte de caja tenían que hacer un recuento pormenorizado de resquemores, como si cobraran diez veces la misma multa. Shylock con faldas, eso eran todas.

—Por lo del Salvador te pedí disculpas hace tres meses. No es justo que ahora...

—¿Lo ves? Aquí sólo se hace tu voluntad. Tú lo dictaminas todo, hasta cuánto tiempo me debe durar un coraje o una pena —Natalia se cruzó de brazos, dolida—. Nunca vas a entender que soy una persona sensible y la huella de un maltrato me dura mucho.

—Sólo fueron unos empellones en el cuarto y tú me diste una patada en la espinilla, no te olvides.

—Porque me seguiste como una fiera hasta el elevador, gritando leperadas. No me pidas que te las repita, por favor.

—Me porté como un cretino, es verdad. La Junta de Presidentes me tuvo en tensión varios días, y en el coctel de clausura, los tragos me sentaron mal. Pero fuera de ese incidente no tienes queja de mí.

—¿Y lo de Acapulco qué? Me tachaste de puta sólo porque me viste asoleando en la alberca de nuestro búngalo. Te exhibes como una coneja del Playboy, me gritabas. Y ese día estabas sobrio, para acabarla de joder.

—Mis celos son la mejor prueba de amor que puedo darte. Cualquiera diría que mi propuesta de matrimonio fue una ofensa.

—Te la agradezco —reculó Natalia, con la voz quebrada—. Sé que me quieres, pero a tu manera.

—Creí que te ilusionaba ser mi esposa —lamentó Denegri en tono gemebundo, a medio camino entre el dolor y el rencor—. Como te quejas tanto de que tus niños no viven con nosotros, pensé que...

—Mis hijos están bien donde están. No los mezcles en esto, por favor.

—Pero es que nada nos impide vivir como una familia.

Natalia lo escrutó con una mirada lastimera, más propia de una rehén que de una amante. Para evitar que sus hijos presenciaran escenas escabrosas, había exigido que sus pequeñuelos vivieran en Villa Bolívar junto con Pilar, la hija de Carlos, mientras ellos hacían un experimento de convivencia en otra mansión igualmente suntuosa, alquilada en Insurgentes Sur, en el señorial barrio de San Ángel, que ella misma decoró y amuebló con una mano exquisita para elegir antigüedades. Pero esa situación irregular no se podía prolongar demasiado, pues aunque Natalia visitara diariamente a sus hijos, de cualquier modo le reprochaban su desapego. Denegri quería facilitarle la vida y de paso asegurarse de que no saliera huyendo, pues a raíz del pleito en San Salvador había volado a México por su cuenta y luego se había escondido una semana con todo y niños en un hotel de Saltillo, Los Magueyes, donde la localizó con el auxilio de la policía. Era, pues, una amante escapista y volátil como el gran Houdini, a quien sólo podía retener con un contrato matrimonial.

—Yo ya tengo una familia, Carlos, pero no estoy segura de que tú puedas entrar en ella.

Aguantó el descolón sin gesticular, aunque sangraba por dentro.

—¿No me vas a aceptar siquiera el anillo?

—Eso sí —estiró la mano—, lo acepto como un gesto de buena voluntad. Pero todavía es muy pronto para pensar en una boda.

—Por mí no hay problema. En vez de presentarte como esposa voy a decir: les presento a mi barragana.

Natalia soltó una risilla que aligeró la tensión. Nada mejor que una salida humorística para sortear escollos difíciles con el ego ileso. En el terreno de la picardía, del interés compartido, congeniaba mucho mejor con ella que en el campo minado de los compromisos. Quizá debiera gozarla en el presente sin pedirle definiciones, sin estirar demasiado la liga, ir despacito hasta donde ella quisiera llegar. Pero así como Natalia llevaba un registro pormenorizado de sus ofensas, él tampoco podría olvidar su rechazo. En materia de agravios estaban a mano. Curioso intercambio de papeles: ella se comportaba como un donjuán inconquistable y él anhelaba la estabilidad conyugal. ¿Quién le hubiera dicho a los treinta años que acabaría haciendo esos papelones? Destaparon la botella de champaña y el resto de la comida, en vena de comediante, la entretuvo con una charla banal sobre los adulterios de magnates y políticos. Pero por debajo de su frívolo chacoteo lo carcomía un virus moral: soy apenas un personaje incidental en su vida y en cualquier momento puede largarse con otro que le convenga o le guste más. Da la impresión de tolerarme a regañadientes, de jugar con su gatito viejo mientras consigue un cachorro de buena cuna. Dicho en otras palabras: con ella sólo puedo vivir en alerta roja.

Al día siguiente, los teléfonos de su oficina comenzaron a repiquetear desde muy temprano: una riña callejera entre estudiantes del Politécnico y la Universidad había sido salvajemente reprimida por el Ejército, que entró a bayoneta calada en las prepas uno, cinco y dos de la Universidad y en la vocacional cinco del Politécnico. Detenciones masivas, sirenas de ambulancias aullando en la madrugada, soldados pecho tierra en el primer cuadro de la ciudad, un pandemonio prolongado hasta altas horas de la madrugada. Los soldados destrozaron de un bazucazo un grueso portón colonial del Colegio de San Ildefonso, como si combatieran contra guerrilleros urbanos, le informó el reportero de *Excélsior* Faustino López. Demasiado rigor por una simple trifulca estudiantil, ¿quién estará sacando raja de este conflicto?, se preguntó, acostumbrado por deformación profesional a indagar los resortes secretos del tinglado político. El endurecimiento de la autoridad había comenzado cuatro días antes, el 26 de julio, cuando la policía arremetió con violencia inusitada contra una pequeña manifestación que conmemoraba el aniversario del asalto al Cuartel Moncada. Las actividades subversivas de un puñado de agitadores empecinados en importar la Revolución Cubana no representaban ninguna amenaza para el sistema: la Dirección Federal de Seguridad traía con la rienda corta a esos comunistas imberbes y turulatos. De hecho, los infiltraba a su antojo, de modo que nada podía temer el gobierno de un enemigo tan débil. Una llamada de Fernando M.

Garza, el jefe de Comunicación Social de la Presidencia, le despejó el panorama a medias.

—Apelamos a su lealtad en una situación de emergencia, don Carlos. El señor presidente me pidió que hablara con todos los líderes de opinión que simpatizan con su gobierno, para pedirles que respalden las medidas de fuerza que ha tomado para frenar las algaradas estudiantiles. Como usted sabe, en tres meses se inauguran las olimpiadas y el señor presidente no quiere que ningún grupúsculo extremista aproveche ese escaparate para mostrar al mundo una mala imagen de México. Hágale un servicio al país: respalde las acciones del Ejército y adviértale a los enemigos internos y externos que el señor presidente no dará un paso atrás en la defensa del orden público.

—Desde luego, licenciado, ya pensaba escribir sobre eso. No podemos permitir que el mayo francés se repita en México.

—Se me olvidaba un detalle: circula por ahí la versión de que el Ejército destruyó la puerta de San Ildefonso. Falso: los propios estudiantes cometieron ese daño a la nación con bombas molotov. Ya tenemos detenidos a cuatro vándalos confesos. Mi secretaria le enviará hoy mismo sus declaraciones.

Salió a tomar el fresco en el balcón que daba al parque y, recargado en el pretil, encendió un cigarrillo para ordenar las ideas. Había una oleada de revueltas estudiantiles en todo el mundo y hasta cierto punto era inevitable que México sucumbiera al contagio, pero no veía por ningún lado la racionalidad de esa escalada represiva. Si de algo valía su larga experiencia como analista político, el gobierno estaba cometiendo un error. Ciertamente, Díaz Ordaz era un político de línea dura, intolerante desde los inicios de su carrera, cuando Maximino Ávila Camacho, complacido por la dureza con que trataba a los universitarios revoltosos de Puebla, lo apadrinó para que saltara de la política provinciana a la nacional. Pero no siempre se podía gobernar a macanazos: ante ciertos desafíos más valía maña que fuerza. Los estudiantes se crecían al castigo y en cambio, las sobadas de lomo los aplacaban. Querían ser tomados en cuenta por el poder, sentir que papá les hacía caso. Diez años atrás, Ruiz Cortines había resuelto por las buenas una huelga universitaria de final de sexenio, provocada por un aumento a las tarifas de autobuses, recibiendo en Los Pinos a una sociedad de alumnos, que al final de la reunión hasta le echó una porra. Y claro: una semana después de conjurada la huelga, el gobierno se salió con la suya y aumentó la tarifa del transporte público. Ahora, en cambio, resultaba casi sospechosa la torpeza política del gobierno, como si alguien estuviera interesado en agravar el conflicto. La desproporción entre los disturbios y la fuerza empleada para reprimirlos podía desencadenar una fuerte protesta. Bastaba y sobraba con el cuerpo de granaderos para meter en cintura a los bachilleres rijosos. ¿Por qué utilizar de entrada al Ejército, como si hubiera una revolución en ciernes?

Ah, quién tuviera una pluma independiente. De buena gana escribiría un artículo pidiéndole mesura al gobierno. Sin mencionar a Díaz Ordaz, para dejar intacta su majestad, le aconsejaría que no se extralimitara en el uso de la violencia, precisamente porque las olimpiadas estaban cerca. En vez de conjurar peligros, las guerras preventivas podían desatar espirales incontrolables. ¿Quería una capital con barricadas en las calles cuando llegaran los corresponsales extranjeros a cubrir los juegos? Ya proliferaban las cuadrillas de camarógrafos y reporteros de varios países, que venían a realizar reportajes previos a la fiesta deportiva. ¿Cómo impedirles que difundieran noticias adversas a México? Pero ni él era una voz crítica, ni Díaz Ordaz aceptaba que le señalaran errores, aun cuando el disenso fuera respetuoso y viniera de un correligionario. De modo que a joderse: una vez más el muñeco hablaría con la voz del ventrílocuo, en este caso un vozarrón de sargento.

¡YA BASTA!

Las calles de la ciudad no pueden ser convertidas en campos de batalla sin causa, sin bandera y sin razón. ¡Ya basta! Los siete millones de habitantes de esta metrópoli no pueden verse amenazados en sus vidas a consecuencia de innobles desórdenes. Los jóvenes, en quienes descansa la responsabilidad irrenunciable de construir el México del mañana, no deben permitir que se les convierta en dócil rebaño manejado por agitadores profesionales. ¡Ya basta! Los mexicanos todos no podemos continuar siendo testigos de cómo nacionales apátridas actúan al servicio de intereses inconfesables. ¡Ya basta! Los agitadores de izquierda y derecha, los pescadores en río revuelto que medran a costa de la paz social, deben ser sujetados y conducidos en cadenas al único sitio donde son inofensivos: la prisión. ¡Ya basta! No se puede permitir que los heraldos de la anarquía, desde cómodas poltronas, inunden de sangre la patria que les ha dado cobijo. ¡Basta ya de callar y de recibir golpes!

Por la tarde tuvo que asistir, muy a su pesar, pues detestaba las ceremonias oficiales, a la inauguración de la Olimpiada Cultural, a solicitud expresa de Pedro Ramírez Vázquez, el presidente del comité organizador de los juegos. En Paseo de la Reforma, frente al cine Diana, el salón de recepciones del comité ya hervía de invitados estrambóticos, ataviados con trajes regionales (geishas con rostros de porcelana, escoceses con falda, un gaucho de la pampa con polainas, músicos africanos con tatuajes y túnicas multicolores) que venían a presentarse en los teatros y en la televisión como preámbulo al gran encuentro fraternal entre todas las razas y los pueblos del orbe. Abrazo efusivo de Jacobo Zabludovsky, maquillado para salir a cuadro, con su eterna corbata negra. En el arte de aparentar calidez había alcanzado una maestría notable, si bien tenía una sonrisa demasiado tiesa. Le palmoteó las espaldas con la misma impostura viril. No era momento de aclarar paradas. Otro día, cuando pudieran hablarse al chile frente a un vaso de whisky, le pasaría la factura por sus chismes difamatorios. Desde un pequeño templete, Ramírez Vázquez leyó el breve discurso inaugural, con los lugares comunes de rigor en ese tipo de festejos.

—A continuación —dijo Zabludovsky, que fungía como maestro de ceremonias— nos dirigirá unas palabras la licenciada Estela Yáñez Dubois, oficial mayor de la Secretaría de Relaciones Exteriores, la dependencia encargada de coordinar el traslado y el hospedaje de todos los artistas que nos visitan.

Si se largaba en ese momento llamaría demasiado la atención, porque estaba muy cerca del templete, de modo que oyó atornillado en su sitio la breve alocución de Estela, que saludó a las delegaciones extranjeras en nombre del canciller Carrillo Flores. Era ya una mujer madura curtida en las lides diplomáticas y con muchas tablas para hablar en público. Lozana, gallarda, inmune de los estragos del tiempo, la hubiera deseado como antaño si el aplomo de gran señora y la conciencia de su valía no le restaran feminidad. Ni rastro de la coquetería que alguna vez tuvo: la había sacrificado en aras del éxito profesional. ¿Y cuál era su recompensa? Una máscara de yeso y una personalidad encorsetada. Todo con tal de no llevarle las pantuflas al sofá al hombre señalado por el destino para colmarla de dicha. La vanagloria de los altos puestos oficiales y el reflejo narcótico de su propia importancia le importaron más que el amor. Pero ya ni llorar era bueno. Terminado el discurso aún tuvo la cachaza de ir a felicitarla por su excelente dominio de la palabra, en un gesto de buen perdedor, pues sentía encima las miradas de los curiosos, no en balde habían sido en otra época una pareja expuesta a los reflectores. Sí, comisarios de la moral, heme aquí reconociendo el mérito femenino. A pesar de mis roces con ella le tengo estimación y respeto.

Con los nervios le dieron ganas de beber, pero en el rincón del vestíbulo al que fue a refugiarse tras intercambiar algunas frases con Ramírez Vázquez no llegaban meseros con bandejas de tragos. Todos estaban bebiendo, menos él, qué poca madre. Se unió a un corrillo de periodistas, en el que Mario Huacuja y Alfredo Kawage llevaban la voz cantante. Comentaron con alarma la reacción del rector universitario Javier Barros Sierra, que esa mañana había izado a media asta la bandera tricolor en Ciudad Universitaria, en abierto desafío a Díaz Ordaz.

—Se está poniendo con Sansón a las patadas —dijo Huacuja, contrito—. Barros Sierra tiene los días contados.

—Alguien debería quitarle presión a esta olla exprés —opinó Kawage—. A nadie le conviene un desfile de tanques con la olimpiada encima.

Ninguno de los dos, sin embargo, había criticado en sus columnas el empleo del Ejército, pues cualquier desviación de la línea gubernamental podía costarles la chamba. Mientras los oía, intercalando algunos comentarios inocuos, Denegri observaba con el rabillo del ojo a Estela, trenzada en animado palique con el embajador del Reino Unido. Por más que ahora constriñera sus tetas con un sostén de madre carmelita, las seguía teniendo soberbias, reconoció, nostálgico de su edén perdido, y maldijo al demonio que lo incitó a humillarla en el Focolare. Por encima del irreparable daño a su reputación, el asesinato de ese gran amor le había dejado una secuela interminable de sinsabores. Si hubieran roto de una manera civilizada tal vez se la habría sacado del corazón sin dolor. Pero le seguía guardando luto, pues la monstruosidad cometida, paradójicamente, lo había unido más a ella, con el tipo de unión que ata para siempre al criminal con su víctima. La ultrajó porque la quería demasiado, ésa era la terrible verdad. La amaba, sí, la amaría siempre, y ahora mismo sentía ganas de postrarse a sus pies. ¿Pero por qué diablos nadie le daba un trago? Todos bebían jaiboles, menos él. Desde lejos llamó a uno de los meseros, que fingió no escucharlo. Luego intentó detener a otro que pasó a su lado con una bandeja llena de tentadoras bebidas, pero con un oportuno giro, casi majadero, el mesero lo dejó con la mano extendida. Por lo visto tenían la consigna de negarle el alcohol, una precaución explicable, tomando en cuenta que Estela organizaba el evento. Reclamar ese maltrato en voz alta lo exhibiría como un dipsómano incorregible delante de todo el mundo. Sin despedirse de nadie abandonó el salón con el punzante amargor de la sobriedad forzada.

Aunque esa noche llegó a casa de mal humor, le convino amanecer con la mente despejada, pues tenía en puerta un viaje a Miami, donde cubriría para *Excélsior* la convención del Partido Republicano, y necesitaba adelantar las notas y artículos de tres días. La víspera, en una gira por Guadalajara, el presidente Díaz Ordaz había ofrecido su mano tendida a los estudiantes para resolver el conflicto por la vía del diálogo. Sin esperar línea de Garza, como un perro que se anticipa a los deseos de su amo, lo felicitó en términos ditirámbicos por ofrecer "un ramo de olivo a la juventud rebelde, con la nobleza del estadista que por encima de todo busca el bien supremo de la nación". En mitad de la escritura, Evelia le pasó una llamada de Bertha Suárez, la esposa del magnate Juan Sánchez Navarro.

—Pues con mucha pena, Carlos, pero ayer tuvimos un problema con Sóstenes Aguilar, el reportero que mandaste a cubrir el *baby shower* de mi nuera.

—Dime, Bertha, ¿qué pasó?

—El mayordomo lo pescó empinándose una botella de coñac en la cava, y cuando los meseros lo escularon descubrieron que tenía la mochila llena de cubiertos de plata.

—Me muero de vergüenza, Bertha, qué barbaridad.

—Por ser de tu equipo le abrimos las puertas de nuestra casa, ya sabes que aquí no entra cualquiera. No quisimos llamar a la policía para no agravar el incidente, pero creo que deberías escoger con más cuidado a tu personal.

—Te lo agradezco de corazón. Sóstenes lleva veinte años trabajando conmigo y hasta hoy fue un reportero cumplido, pero no sé qué diantres le pase. De plano se le botó la canica.

El acusado llegó a la oficina después de mediodía, con la corbata floja y los ojos inyectados, apestando a sudor etílico. Seguramente llegaba directo de la parranda porque ni siquiera se había duchado.

—Vengo a disculparme —dijo muy apenado, pero Denegri ni siquiera lo dejó empezar.

—¡Cállate, imbécil! —lo abofeteó—. Te perdono lo briago, pero no lo ratero. ¡Ve nomás dónde fuiste a enseñar el cobre! Por tu culpa quedé como el culo con una de las familias más distinguidas de México. ¡Estás despedido! ¡Nunca más te quiero ver por aquí!

Lo sacó de su despacho a empellones y pidió a su gerente administrativo, Eduardo García de la Peña, que le preparara el cheque con su finiquito. No quería verlo nunca más, pero cuando estaba terminando el artículo, Sóstenes se coló a su oficina sin tocar la puerta.

—Oígame, jefe, acepto el despido, pero con una indemnización justa. ¿No me va a liquidar conforme a la ley?

—Dale gracias a Dios de que no te meto a la cárcel, cabrón.

—Esto no es legal. Me corresponden tres meses y veinte días por año.

—¿Y encima te pones moños, hijo de la chingada? —Denegri sacó su pistola del escritorio—. ¡Lárgate ya, si no quieres que te meta un plomazo!

Sin arredrarse, los ojos desorbitados y una venita azul hinchada en la frente, Sóstenes dio un paso al frente. Con las manos apoyadas en el escritorio le espetó cara a cara:

—¡Más ratero eres tú que yo! En la campaña de López Mateos le birlaste a la cooperativa de *Excélsior* un millón de pesos en comisiones por publicidad. De Llano y tú nunca ingresaron ese dinero a la caja del periódico. Somos iguales, nomás que tú robas en grande y yo en pequeño. Llevo la cuenta de todos tus delitos. Tengo pruebas de que le diste protección a Salvador, tu ex guarura, cuando mató a un pistolero de Leobardo Reynoso para salvarte el pellejo. Lo escondiste más de un mes en el rancho, mientras se calmaban las aguas. Y para que lo sepas, yo también me cogí a Noemí. A cada rato le daba para sus tunas cuando salías de viaje...

Llamado de emergencia por Evelia, Eloy irrumpió en la oficina con la pistola desenfundada y derribó a Sóstenes de un cachazo en la nuca. Tendido en la alfombra con el rostro violeta, aún intentaba farfullar injurias. Entre Bertoldo y Eloy lo sacaron a rastras de la oficina y lo subieron al Galaxie. Luego lo fueron a tirar en el Parque de Pilares, en la colonia Del Valle, donde lo recogió la chota. Ninguna de sus amenazas había intimidado a Denegri, pues tenía en la bolsa al jefe de la policía, y si buscaba una caja de resonancia en la prensa, estaba seguro de que nadie publicaría sus denuncias: por un pacto de caballeros, los periodistas de élite se abstenían de arrojar piedras al tejado del vecino, pues todos tenían el suyo de vidrio. Pero de cualquier modo lo afligió descubrir el odio largamente incubado que le profesaba ese Iscariote. Con la vista fija en el teclado de la máquina rememoró su larga relación de trabajo: veinte años de convivencia diaria sin percibir en él signos de rencor. Ni en mil vidas llegaría a conocer todas las máscaras de la envidia. Oportunidades para sobresalir tuvo de sobra. Cuántas veces le aconsejó que estudiara idiomas, que cuidara más su pulcritud, que leyera buena literatura, pero él prefirió refocilarse en el fracaso. A veces daba asco pertenecer a la raza humana.

Viajó a Miami con Natalia, pagando el boleto extra de su bolsillo, pues temía que en sus ausencias algún galán le robara la presa. Quién lo dijera; en otras época aprovechaba la menor oportunidad para separarse de sus esposas y buscar aventurillas en los viajes. Ahora llevaba la torta al banquete para evitar que otro se la comiera en casa. Natalia no parecía propensa a la infidelidad y sin embargo, la diferencia de edades le aconsejaba librarla de tentaciones. En jornadas agotadoras entrevistó a Nelson Rockefeller y a varios congresistas del Partido Republicano, reseñó la votación en donde Nixon fue elegido candidato a la Presidencia y hasta se dio tiempo de escribir una crónica sobre la delincuencia en los barrios negros de la ciudad, mientras Natalia se asoleaba en las playas o salía de compras a las boutiques de Ocean Drive, guapísima en shorts y blusa de tirantes. En México nunca le permitía enseñar demasiado, pero Miami era otra cosa y con el calorón veraniego no podía obligarla a taparse. Cuando dormían en hoteles la deseaba más, como si los fantasmas de los amantes que habían retozado en esas mullidas camas las sobrecargaran de energía sexual. Culminó la breve estancia en Miami con el estupendo promedio de una cópula diaria. Tal vez por eso lo hirió en carne viva que al final de la convención, cuando quiso bajar con Natalia a tomar un martini seco en el bar del Plaza Hilton, adoptara un odioso papel de prefecta escolar.

—Si quieres, baja a beber solo, pero no te vayas a emborrachar. Luego yo soy la que paga el pato: una semana de insomnios y estreñimientos, y con los nervios deshechos te vuelves una nulidad en la cama.

Era cierto: el achaque de la vejez que más lo humillaba era la impotencia nerviosa. En el umbral de la tercera edad no podía, como antes, curarse las crudas a la usanza española, con cama, coño y coñac. Natalia había presenciado ya penosos berrinches por sus problemas de erección. ¿Pero por qué se los recordaba ahora, después de haberla colmado de placer y semen? ¿Quería desmoralizarlo con una guerra de nervios? Se quedó en el cuarto leyendo y al día siguiente, en el vuelo de regreso, le aplicó la ley del hielo, resentido por su ingratitud. A pesar de tantos excesos gozaba de buena salud y si se alejaba del vicio podía satisfacerla plenamente. Pero no estaba seguro de que Natalia o ninguna otra mujer ameritara el sacrificio de soportar la realidad en frío. Si cedía en ese terreno, rendido a las fuerzas del orden, traicionaría la esencia de su personalidad: la frenética oscilación entre abismos y cumbres. Conflicto insoluble: no quería supeditar su estilo de vida a los ímpetus de una esposa joven, pero tampoco perderla.

De vuelta en México se reunió a comer con Francisco Galindo Ochoa en el Parador de José Luis, para cambiar impresiones sobre la compleja crisis política. Las tensiones habían subido de tono por la negativa de los estudiantes a deponer las protestas, ante la cerrazón de la autoridad a resolver las demandas de su pliego petitorio: libertad a presos políticos, cese del general Luis Cueto, jefe de la policía capitalina, desaparición del cuerpo de granaderos y del delito de disolución social, una fórmula jurídica tradicionalmente usada para reprimir opositores. En el colmo de la insolencia osaron pedir la prueba de la parafina para la mano que les tendió Díaz Ordaz, un insulto imperdonable para el quisquilloso mandamás de Los Pinos. En un reservado a prueba de oídos indiscretos intentaron predecir el efecto de la revuelta juvenil en el asunto que más les importaba: el pleito de callejón por la candidatura presidencial.

—Pues yo creo que este margallate le ha subido los bonos a Echeverría —opinó Galindo, sombrío y cabizbajo, con un leve temblor en la papada colgante—. Desde que empezaron las marchas es el miembro del gabinete más expuesto a los reflectores.

—Pero esos reflectores pueden ser un arma de doble filo —Denegri enarcó las cejas, inconforme—. Si esto se le sale de control, quedará como un inepto. Debió apagar la revuelta desde el principio.

A pesar de su privacidad ambos hablaban en voz queda, amedrentados por la atmósfera de estado de sitio que reinaba en la ciudad. Con jeeps del Ejército patrullando las calles y cientos de judiciales allanando domicilios, aulas y oficinas, la crítica del poder tenía que guardar sigilo.

—¿No habrá dejado crecer el incendio adrede? —conjeturó Galindo, siempre más suspicaz que nadie—. Todo esto puede ser una estrategia para que el presidente lo nombre candidato. En un país convulso, Díaz Ordaz se inclinará seguramente por un guardián del orden.

—Yo en su lugar ya lo hubiera corrido. Su trabajo es prevenir brotes de anarquía, ¿no? Va en camino de convertir las olimpiadas en un matadero.

—El presidente no lo responsabiliza de nada. Está convencido de que hay una conjura internacional para desestabilizarlo. Y no se te olvide que Echeverría maneja la Dirección Federal de Seguridad: lo que diga su policía secreta es una verdad sagrada para Díaz Ordaz.

—Pues yo no sé cómo va a frenar esto. En la manifestación de antier hubo más de cien mil personas —silbó Denegri, asombrado—. Y el apoyo popular a los estudiantes va en aumento porque la brutalidad policiaca les granjea simpatías. Mi única esperanza es que Martínez Manatou le abra los ojos al presidente.

—Lo ha intentado, me consta —Galindo suspiró con desaliento—. Pero Díaz Ordaz cree que la menor concesión al adversario es una señal de flaqueza. Y así ¿quién puede negociar un arreglo?

Una semana después, con boina y lentes negros para guardar el incógnito, Denegri presenció a prudente distancia una marcha de protesta que partió de Zacatenco al Casco de Santo Tomás. La causa común había borrado la rivalidad entre los estudiantes del Politécnico y la Universidad, que marchaban del brazo en un ambiente carnavalesco. ¡Gorilas, violen a su alma máter!, gritaban eufóricos, entre saltos y carreritas. ¡Jo, jo, jo, jo-Chi-Min! ¡Díaz Ordaz: chin, chin, chin! Dos lindas chicas en minifalda llevaban en andas un King Kong de cartón con los brazos en alto y la banda tricolor en el pecho. De improviso los jóvenes habían descubierto que vivían bajo una dictadura y querían echarla abajo con una insurrección pacífica. Pero no sólo se rebelaban contra el gobierno: querían echar abajo el orden establecido, la normalidad, la tutela de los mayores. Con el espíritu iconoclasta de las bandas de rock, su revuelta poco tenía que ver con las ideologías, aunque parecieran simpatizar con el socialismo: era un orgasmo colectivo, un gran aquelarre hormonal sin metas políticas claras. Y a juzgar por los vítores de la gente asomada a las ventanas, el ciudadano común simpatizaba con ellos, aunque no quisiera involucrarse en las zacapelas con los granaderos.

Contagiado de júbilo revolucionario, por un instante sintió reverdecer sus enmohecidos anhelos de libertad y justicia. Un régimen fascistoide sin contrapesos democráticos, una Revolución traicionada y anquilosada tenía que desencadenar tarde o temprano algo así. Los chavos pedían, simplemente, señales creíbles de apertura política, y como no las encontraban querían demoler el monolito corporativo. Su falta de respeto a las instituciones, empezando por la investidura presidencial, empezaba a provocarle un grato cosquilleo parecido a la ebriedad, cuando de pronto los gritos de ¡prensa vendida! le recordaron que esos jóvenes lo lincharían en caso de reconocerlo. Para exponerse menos retrocedió unos pasos y siguió viendo la marcha oculto detrás de un sauce. Pobres criaturas: o le tenían poco aprecio a la vida o no medían con exactitud el talante autoritario del régimen. Con las detenciones de agitadores, las torturas en los separos, la ocupación militar de prepas y vocacionales, el padre intransigente a quien desafiaban apenas les había dado una probadita de su garrote. Aunque lo tacharan de vendido, trataría de advertirles en sus tribunas: bájenle de huevos, chamacos, o se los va a llevar la chingada.

Al día siguiente, a la hora del desayuno, Enrique Loubet le avisó por teléfono que la noche anterior había muerto el venerable Manuel Becerra Acosta y lo estaban velando en la agencia Gayosso de Sullivan. Era una muerte esperada porque el director de *Excélsior* llevaba enfermo varios meses y a su provecta edad no podía durar mucho. En el velorio le tocó hacer una guardia de honor junto a Julio Scherer, Alberto Ramírez de Aguilar y Ángel Trinidad Ferreira, la plana mayor de la izquierda católica incrustada en el diario. Las miradas que le dirigieron distaban de ser amistosas. Su presencia los incomodó como la de un demonio infiltrado en el concilio vaticano. La entrada de Díaz Ordaz a la capilla ardiente provocó un murmullo de respetuoso pavor. Tras presentar sus condolencias a la viuda y a Manuelito Becerra, el hijo del difunto, el presidente abrazó primero que nadie a Julio Scherer, tuteándolo, y después reparó en él, a quien sólo saludó de mano.

De poco le había servido ser un incondicional del régimen, tal parecía que eso le restaba mérito a los ojos del presidente. Scherer, en cambio, había escrito reportajes en favor de la huelga de los maestros en 1960 y firmó un desplegado pidiendo la liberación de su líder, Othón Salazar, que le valió un fuerte regaño del Skipper. Pero a los ojos de Díaz Ordaz, el prestigio tenía más valor que la lealtad al régimen, quizá porque su gobierno ganaría más lustre con el respaldo de un periodista honorable. Ni hablar, pensó, dentro del burdel de la prensa mexicana, las pupilas vírgenes se cotizan mejor que las veteranas. En el café de la funeraria nadie se atrevía a formular la pregunta que flotaba en el aire: ¿Quién sería el próximo director de *Excélsior?* Habría planillas y votaciones, pero tomando en cuenta que la cooperativa del diario dependía en gran medida de las dádivas oficiales y se manejaba casi como una dependencia pública, el abrazo y el tuteo del presidente a Scherer equivalían a un espaldarazo consagratorio. De modo que, le gustara o no, debía estar en buenos términos con el Mirlo Blanco.

Cuando estaba en México, los niños de Natalia y su hija Pilar pasaban los fines de semana en la casa de Insurgentes Sur. Procuraba convivir con ellos el mayor tiempo posible, y el sábado, para darles gusto, se llevó a toda la familia al rancho de Texcoco, donde dio una sorpresa a los varones: les había comprado un rifle de diábolos para cada uno. ¿Y a mí no?, se quejó Pilar, que desde el inicio de su romance con Natalia lo veía menos, y por lo tanto, padecía un síndrome de abandono.

—A ti te voy a regalar una muñeca bien grande que habla y camina.

—No, yo también quiero un rifle.

Prometió regalarle uno la próxima vez que la viera.

—¿Cuándo? —con un mohín de enfado, la niña puso las manos en jarras.

Barajó en la mente su tupida agenda de compromisos para la semana próxima. Ni un huequito en medio de viajes, comidas, cocteles, entrevistas.

—Luego te digo.

—Nunca me pelas, tú no me quieres —la niña se alejó sollozando.

Le dolió decepcionarla, y más aún constatar que su educación iba de mal en peor. Adolecía de un autismo alarmante y a veces se quedaba seis o siete horas hipnotizada frente a la tele. Como no había logrado inscribirla en ninguna escuela, pasaba demasiado tiempo en casa y la institutriz se quejaba de su déficit de concentración en el estudio. Si no mejoraba pronto tendría que enviarla al psiquiatra. Cuando Natalia y él apenas llevaban tres meses en la nueva casa, se había escapado de la Villa Bolívar con la idea de irse a vivir con su abuela materna. El delegado de Xochimilco lo llamó para avisarle que unos policías habían encontrado a Pilar deambulando a orillas del Canal de Cuemanco. La pobre se había resfriado y no paraba de estornudar. Nos dijo que es hija suya. ¿Quiere venir por ella? En la delegación ni siquiera se atrevió a regañarla: ¿con qué autoridad moral? Culpable y avergonzado, la llevó a cenar hamburguesas al Tomboy y la apapachó cuanto pudo, sin arrancarle siquiera una sonrisa forzada.

Para consolar a Pilar de su rabieta en el rancho, Natalia se la llevó a buscar catarinas y a cortar florecitas por los pastizales.

Estaba en deuda con ella por haberse ganado el cariño de la niña, que necesitaba con urgencia una madre adoptiva. También él había logrado hacer buenas migas con los hijos de Natalia, porque gracias a Dios, su don de gentes le facilitaba el trato con los niños. Se entendía bastante bien con Ramiro, el mayor, que lo admiraba por sus hazañas de reportero en la Segunda Guerra Mundial, se interesaba vivamente en la charrería y quería saberlo todo sobre el periodismo: ¿Había visto cadáveres cuando era reportero de nota roja? ¿Cómo eran por dentro los barcos de guerra? ¿Cuántos ejemplares imprimía por minuto la rotativa de *Excélsior*? Fabián, en cambio, no lo tragaba. Era el más apegado a la mamá y resentía la tutela de un extraño al que de pronto debía tratar como padre. Constantemente preguntaba por su verdadero papá, con la obvia intención de poner en aprietos a Natalia. A veces Denegri lograba integrarlo a los juegos de tochito en el rancho, pero por lo general andaba huraño, irritable, excluido por voluntad propia de la alegría colectiva. Quizá debiera darle un buen coscorrón cuando la madre se descuidara.

En el viaje de regreso intentó mitigar el disgusto de Pilar: le preguntó si su maestra ya le había enseñado el gerundio, si salía a jugar con el Rasky en el jardín de Villa Bolívar, si había estrenado el lindo vestido de terciopelo que le regaló en su cumpleaños. A todo respondía con un laconismo gruñón, como si prefiriera la ausencia completa de amor filial que ese vil simulacro. Mientras viviera separado de ella le sería imposible reconquistarla. Por eso intentaba convencer a Natalia de que vivieran todos juntos. Con un poco de buena voluntad podían ser una familia funcional y bien avenida. ¿Pero cómo carajos vencer sus miedos?

Al llegar a casa se encontró el zaguán pintarrajeado con chapopote. Los estudiantes que marcharon esa mañana por Avenida Insurgentes le habían dejado un recuerdito. Más que el acto vandálico, lo dejó atónito el carácter personalizado y directo de la agresión:

Aquí vive un periodista
con alma de granadero,
el marrano chantajista
más corrupto del chiquero.

¿Cómo habían averiguado dónde vivía? ¿Lo habían estado espiando? Reportó de inmediato lo sucedido al jefe de la policía y pidió a Joaquín Cisneros, el secretario particular de Díaz Ordaz, un par de agentes de la Judicial para vigilar su casa, pues temía que los vándalos pasaran de las palabras a los hechos. Por vivir tan cerca de Ciudad Universitaria, explicó, estaba en el centro de las refriegas y temía, sobre todo, por la integridad de sus seres queridos. A raíz del artero ataque ya no pudo ver con benevolencia a los estudiantes. Con semejantes perros no cabía la menor blandura. Y aunque los agentes llegaron esa misma noche, su crispación persistió, agudizada por un neurótico zumbido de orejas. Ni con tranquilizantes pudo dormir bien esa noche. A pesar de la jaqueca, el domingo por la mañana redactó un artículo en el que se pintó como un paladín de la libertad de expresión amenazado por el fanatismo político de las hordas enfurecidas.

La Universidad no es, de manera alguna, un Estado dentro del Estado, ni mucho menos puede cobijar a una caterva de delincuentes, que al servicio de fuerzas oscuras pintarrajean fachadas, incendian camiones y siembran la anarquía por doquier. Pese a la tolerancia del gobierno, que ha intentado orientar el descontento juvenil por los cauces legales, si no cesan los desmanes, la autoridad no tendrá más remedio que ordenar al Ejército la toma de Ciudad Universitaria, con el beneplácito de toda la gente bien nacida. ¿Buscan eso los promotores del caos?

La mayoría de los desmanes, bien lo sabía, eran obra de porros infiltrados en el movimiento, que el regente Corona del Rosal manejaba desde la sombra. Pero como ahora se habían metido directamente con él, se apropió del discurso oficial como si reflejara su convicción más profunda. Que tomaran cuanto antes los planteles de la Universidad. O mejor aún, que los convirtieran en cárceles para enjaular a los revoltosos. Mandó a Bertoldo a *Excélsior* con el nuevo artículo y pidió al jefe de Información, Ángel Trinidad Ferreira, que en vista de las circunstancias lo publicara al día siguiente, en lugar del artículo que había entregado antes, una loa a Martínez Domínguez, el presidente del PRI, por haber salido airoso en su comida con corresponsales extranjeros acreditados en México. Bajaba a comer, atraído por el suculento olor a chiles rellenos que había preparado Natalia, cuando lo llamaron por teléfono. Era el médico de guardia del Hospital de Xoco:

—Su hijo Carlos María de Guadalupe sufrió un accidente. Venga pronto porque está muy grave.

Nomás eso le faltaba. Las desgracias y los problemas siempre venían en tropel. Ordenó a Bertoldo que manejara de prisa hacia el hospital, culpabilizado por haber suspendido sus visitas a Carlos durante meses. La última vez que se vieron, en febrero o marzo, lo llevó al *Holiday on Ice*, un espectáculo que habría embelesado a cualquier otro adolescente, pero a él sólo le arrancó bostezos. Predispuesto en su contra por la insidia materna, Carlitos era un firme candidato al parricidio. ¿Así quién podía encariñarse con él? Pero le gustara o no era su único hijo varón, y no podía dejarlo tirado en una camilla. Llegó antes que Milagros a la antesala de la sección de urgencias, donde tres golfillos de barrio, tartamudos de ansiedad, se arrebataron la palabra para explicar el percance: al explorar con ellos una obra en construcción, Carlos había jalado una cuerda y le cayó en la cabeza una enorme polea de acero. Tras la polea se vino abajo una viga que de milagro no lo aplastó.

—¿Cómo se les ocurre meterse a una obra, idiotas?

Los muchachos oyeron su regaño sin chistar, pálidos de vergüenza. Tenían las mejillas corrugadas por el acné y a los catorce años ya se atrevían a fumar delante de los mayores. Era evidente que temían por la vida de su amigo. No pudo hablar por el momento con el médico de guardia, la doctora Labrada, porque estaba en el quirófano, operando de emergencia a Carlitos. Lamentó en silencio que la vida de su hijo estuviera en manos de una mujer. Si operaban como manejaban, muerte segura. Era una broma macabra de la fortuna que la vida del pobre Carlitos dependiera de una mechuda. Insistió con la enfermera de la recepción: quería llevar a su hijo al hospital de Neurología, para que lo atendieran los mejores especialistas, pero la mujer le pidió paciencia; debía esperar sentado hasta el fin de la operación. Media hora después llegó Milagros, su ex mujer, con el vientre abultado y el pelo grasiento de la gente alérgica al baño. Se había descuidado mucho desde la última vez que la vio.

—¿Se puede saber a qué te dedicas mientras tu hijito allana obras en construcción con una pandilla de malvivientes?

—Estaba en el súper.

—¿Y por qué lo dejas andar solo en la calle?

—Lo castigué sin salir por haber reprobado cinco materias, pero él se brinca por la barda del patio.

—¿Ya ves lo que pasa por mimarlo tanto? ¿Cuántas veces te he dicho que ese niño necesita disciplina?

—¿De veras? —Milagros sonrió con sorna—. ¿Y por qué no te lo llevas a vivir contigo? Lo vas a disciplinar muy bien cuando te vea gatear en tus borracheras.

—Basta de rencores —se impacientó Denegri—. Con tal de hacerme daño a mí lo estás perjudicando a él, ¿no te das cuenta?

—Nadie lo ha dañado tanto como tú: este niño anda mal desde que le quemaste la cara.

—Otra vez la burra al trigo. No quieras eludir tus culpas gritando: al ladrón, al ladrón. La responsable de este accidente eres tú.

Para evitar un escándalo en la antesala y de paso decir la última palabra en la discusión, Denegri salió a fumar un cigarro en la acera de Avenida Cuauhtémoc, exasperado de tanta inquina. Milagros seguía dolida, claro. Las mujeres asnas nunca entenderían que el amor pasional era una conflagración de alto riesgo. Querían tener lo mejor de dos mundos: la pasión y la seguridad, el vértigo de lo prohibido y el seguro de vida. Sí, Chucha, cómo no ¿y su paleta de que la querían? Milagros era la esposa que más tiempo le había durado: diez larguísimos años. Pero, claro, ella hubiera querido apergollarlo *per saecula saeculorum*. Cuando se conocieron estaba infelizmente casada con un ingeniero civil de modesto peculio. Había dejado a sus dos hijos para irse con él, y aunque jamás la presionó para tomar esa decisión, ella la utilizaba como arma de chantaje cuando quería obtener algo. Encontré estos condones en la guantera de tu coche, por lo menos disimula cuando te vayas de putas. Haz favor de recoger las colillas cuando tomes con tus amigos en el salón de billar. ¿Para esto abandoné a mi familia? ¿Para casarme con un borracho que no me tiene la menor consideración? Imposible acallar sus reproches, ni la mayor dicha conyugal podía compensarla por el sacrificio de haber renunciado a su prole. Con tanta presión encima, ¿qué pareja podía sostenerse? A fuerza de reclamos consiguió lo contrario de lo que buscaba: radicalizarlo en su machismo defensivo. ¡Basta de lloriqueos, imbécil! Conmigo has viajado por todo el mundo, vives como marquesa, te rozas con celebridades a las que jamás hubieras tratado si te hubieras quedado con tus hijitos en ese mugroso departamento. Pero eso no te basta, estás insatisfecha con tu vida, ¿verdad, cretina? Quieres más ternura, más consideración, más respeto. Pues te voy a dar pura verga, ¿me oyes? ¡Pura verga!

Volvió a la antesala con el ánimo fortalecido por una inyección de amor propio. Cuando por fin salió del quirófano, la doctora Labrada, una cincuentona enjuta, de pelo corto y cara lavada, con un tenue bigotillo de marimacha, les dijo, cariacontecida, que el traumatismo craneoencefálico había lesionado el tejido meníngeo. El edema cerebral iría cediendo con la administración de diuréticos, pero los resultados de la operación eran impredecibles. Todo dependía de cómo evolucionara el paciente en las próximas horas.

—¿No habría manera de trasladarlo a Neurología? —insistió Denegri.

—Por ahora tiene que guardar absoluto reposo, después ya veremos.

Sólo pudo entrar a verlo un minuto en la sala de terapia intensiva. Con la cabeza rapada, Carlitos era su vivo retrato. Verse al espejo le recordó las pillerías que había cometido a la misma edad. Sus destinos estaban entrelazados y de algún modo él también había jalado esa cuerda, quizá por una pulsión suicida. Lo tomó de la mano, flácida como un guante, sobrecogido por un escalofrío. Perder a su único hijo varón sería un fracaso personal del que tal vez no podría reponerse. Junto con el miedo a un desenlace trágico lo invadió una vergüenza aguda, similar a la que sintió en la juventud temprana, cuando se proclamó poeta. Nada podía herir más a un creador que la caída en desgracia de sus engendros. La Divina Providencia debía de estar muy disgustada con él para encajarle una puñalada tras otra, pues de una cosa estaba seguro: los vándalos universitarios obedecían a la misma voluntad suprema que había machacado la cabeza de su hijo. En la calle, de salida, le cerraron el paso tres albañiles encabezados por un anciano de pelo entrecano, con sombrero y paliacate al cuello.

—Melquíades Frausto, para servirle. Soy el velador de la obra donde ocurrió el accidente —se descubrió la cabeza en señal de respeto—. La viga que tiró su hijo rompió una pared y alguien tiene que pagar los daños. Si no, el ingeniero me los cobra.

—Venga mañana a mi oficina —Denegri le dio una tarjeta—. Allá le hago un cheque.

Melquíades leyó la tarjeta con recelo.

—Con todo respeto, señor, nos tiene que pagar ahora. El ingeniero viene mañana.

—Pues entonces dele mi tarjeta el ingeniero —Denegri lo fulminó con la mirada—. Tengo un hijo moribundo ¿y lo único que le importa es cobrarme?

—Lo siento, pero usted tiene que responder por el chamaco —insistió el velador y los otros dos albañiles bloquearon la puerta del coche, como para cortarle la retirada.

Montoneros de cagada. Si Eloy estuviera presente le habría pedido que los ahuyentara a punta de pistola, pero tanto él como Bertoldo descansaban los domingos. Por fortuna llevaba setecientos pesos en la cartera y el velador se conformó con la mitad. Pero esa nueva humillación le caló más hondo, por venir de la chusma resentida. En ese país contrahecho y enfermo nadie terminaba nunca de pagar su deuda social. Ni un filántropo como él, que sostenía con limosnas a decenas de huérfanos, estaba a salvo de que un igualado lo acorralara en una banqueta para extorsionarlo. En el Galaxie dio un largo sorbo a la anforita de whisky. La necesitaba desesperadamente para sofocar su motín de angustias. Había salido a la calle tan de prisa que no le dijo a Natalia adónde iba. Bien hecho. La indefensión de un hombre frente a una mujer tenía algo de obsceno. Por un prurito de orgullo no quería mostrarle su lado vulnerable, aunque una confidencia lacrimosa tal vez lo ayudara a capear el temporal. Prefería sobreponerse a la tragedia con el pecho descubierto, como el día que entró a caballo en la clínica donde murió el viejo. Sí, el hombre superior tenía que plantarle cara a la muerte sin espantarse de sus rugidos. Cuando llegó a casa, a las cinco de la tarde, tras haberse bebido el ánfora entera, ya había transformado su aflicción en enojo, un enojo expansivo que se proyectaba hacia el exterior y por un efecto de búmeran volvía a sus entrañas, convertido en hiel. Fue directo al carrito de las bebidas y se sirvió medio vaso de whisky. Preocupada por su larga ausencia, al bajar a encontrarlo en la sala Natalia le preguntó dónde había estado.

—Fui a visitar a Panchito Zendejas —mintió, apoltronado en la sala y le ofreció de beber—. ¿No gustas?

—¿En domingo?

—Sí, ¿qué tiene de malo?

—¿Ya comiste?

—No, ni tengo hambre.

Natalia no quiso acompañarlo a beber y en señal de repudio hizo un largo mutis.

—¿Te molesta que beba? —Natalia guardó silencio—. En Miami te hice caso, pero ahora no. Digamos que ya me liberé de tu yugo. *Any problem?*

—Te veo muy raro. ¿Tuviste algún disgusto?

—Claro que no, simplemente quiero seguir tomando, aunque sea domingo —Denegri esbozó una sonrisa torva—. Nunca he tenido miedo a salirme de lo normal, ni rijo mi vida por los horarios del rebaño, como algunas personitas obtusas que yo conozco.

—Siquiera deberías comer algo —Natalia ignoró su provocación—. Los chiles me quedaron riquísimos.

Pese a la cautela pacifista de Natalia, estaba tan susceptible que su gesto de buena fe le pareció una insolente bofetada con guante blanco.

—¡Comeré cuando me dé la gana! —arrojó contra la pared la botella vacía de whisky—. ¡Estoy harto de tener encima a una mamá regañona!

—¿Qué te pasa, idiota? —Natalia no pudo contenerse más—. Si te dolió la pinta del zaguán, no te desquites conmigo.

Blasa, la sirvienta de reciente ingreso que se quedaba de guardia los domingos, cuando las otras dos tenían día libre, llegó atraída por el ruido de vidrios rotos, armada con escoba y recogedor. Era una zapoteca recién llegada a la capital, cumplida y callada, que había presenciado ya ese tipo de escenas. Por solidaridad, Natalia quiso ayudarle a recoger los vidrios.

—¡Deja eso ahí o te rompo la cabeza! —Denegri la jaló del brazo—. Para eso le pago a la gata.

Blasa fingió sordera y siguió trabajando sin inmutarse. La parsimonia de sus movimientos parecía calculada para subrayar la brutalidad del patrón que la sojuzgaba. Complacido de su obediencia, y más aún, de ser odiado por partida doble, Denegri se dirigió al carrito de las bebidas, donde abrió otra botella de Glenfiddich. De vuelta al sillón notó en los labios entreabiertos de Natalia un halagüeño temblor de miedo. Así quería tenerla: paralizada, sumisa, con la rabia coagulada en el gaznate.

—Échate una copa conmigo, ¿o qué, me vas a dejar beber solo?

—Está bien, pero sólo una. Y te advierto que si te pones pesado me voy.

Le sirvió un buen fajazo de coñac, su bebida favorita, esperando que le diera batería para rato. Pero no podía dejar impune un ultimátum tan insolente, que lo rebajaba a la categoría de mamarracho, y se puso a disertar en voz alta sobre la incapacidad femenina para realizar cualquier tarea importante o trascendental. A decir verdad, algunas damas no carecían de inteligencia, pero arrastraban desde el origen de la especie la cadena del sentimentalismo, de la sensiblería ramplona que aprovechaban hasta el hartazgo los escritores de melodramas. Su otro punto flaco era la vanidad. Pobrecitas, cuántas horas se pasaban frente al espejo. De esa debilidad se valían los hombres para manipularlas y someterlas. Cuanto más las envanecía su hermosura, más bajo caían en la escala zoológica, y para que nunca pudieran superarse, los hombres las colmaban de alabanzas o las pastoreaban como reses en los concursos de belleza.

—Nada rebaja más a un ser humano que los piropos —concluyó—. Y a ustedes las educan para creer que son adoradas al recibirlos.

—¿Por eso me los dices tú?

—Hablo de las mujeres en general, no de ti en particular. Pero si te queda el saco, póntelo.

—Ay, Carlos, cuando bebes te pones insoportable. ¿Ves por qué no podemos vivir en familia? No voy a exponer a mis hijos a esto.

Denegri se tragó el reclamo sin mover un músculo facial. ¿Había escuchado bien? ¿De modo que Natalia, engreída y empoderada, quería negarle el derecho de hablar libremente en la intimidad del hogar? Ni madres, mamita, él aceptaba la censura en la prensa, no en sus dominios. Y como su regaño lo rebajaba a la categoría de niño malcriado, se levantó a buscar discos, atrincherado en un hosco silencio. De camino a la consola tropezó con el aparador que exhibía su colección de figuras prehispánicas en piedra y barro: ídolos, vasijas, efigies de macehuales, tlatoanis y caballeros águila que había ido acumulando en sus viajes por la república. Sacó la estatuilla de un noble zapoteco y la contempló con una mueca de burla, recordando a los tres albañiles que lo habían extorsionado esa tarde. Feos como el pecado, los hijos de puta, pensó. Una frustración de siglos en las comisuras de sus labios. Y cuántas ganas tienen de volver a mandar en la tierra que les robaron. Con ellos las treguas pueden durar siglos, pero adentro llevan el gen de la barbarie y cuando se agote su enorme aguante, su postración milenaria, nada nos salvará del regreso al canibalismo.

—Bartolomé de las Casas se equivocó: los indios no están hechos a imagen y semejanza de Dios. Adoraban monstruos porque en el fondo lo son —sacó de la repisa una estatuilla sedente de Mictlantecuhtli, el dios de la muerte—. Da pavor el odio reconcentrado en esa carita. Se parece mucho a Díaz Ordaz, ¿a poco no? Idénticos en cuerpo y alma. Un adefesio con poder enloquece tarde o temprano y pronto veremos las consecuencias: el retorno a los sacrificios humanos.

—Si hablas tan mal en privado del presidente, ¿por qué lo elogias en público?

—¡Mis asuntos profesionales no te incumben! —iracundo, Denegri arrojó contra la pared el ídolo, que cayó al suelo sin cabeza—. ¡No te permito que me digas cómo debo escribir! Te encanta gastar mi dinero, ¿verdad? Pues entonces no patees el pesebre. Toda la riqueza sale de una cloaca, no sólo la mía.

—¡A mí no me vas a tratar así! —Natalia se puso de pie, convulsa de rabia—. Emborráchate sólo, que nadie te aguanta. Mañana mismo me largo de aquí. ¡Eres la peor alimaña que he conocido en mi vida!

Corrió escaleras arriba y su fuerte portazo cimbró las ventanas de toda la casa. Aunque Denegri ardía de furia, le pareció indigno correr tras ella. No la buscaría lloroso y contrito, ninguna necesidad tenía de esclavizarse a un buen culo. Desahogó su ira destrozando una por una todas las esculturas prehispánicas, como Cortés en el teocali de Cholula, hasta caer exhausto en un sofá, con la camisa bañada en sudor. Ninguna barragana jodida le iba a tronar los dedos. Mientras Blasa, en sigilo, barría los destrozos, sus cavilaciones lo llevaron a una encrucijada oscura, a la que se asomó con miedo. Había un aire de familia entre la desenvoltura de Estela el día del coctel y la convicción con que Natalia lo había mandado al carajo. Al exhibir sus tablas diplomáticas en una pasarela internacional de altos vuelos, Estela le había dicho sin palabras: "¿Te das cuenta? Puedo vivir perfectamente sin ti". Ahora Natalia seguía sus pasos y daba también el grito de independencia. Muy seguras de sí mismas las dos cabronas, muy echadas para adelante. Qué admirable resultaba por contraste la lealtad de Milagros, una esposa de la vieja guardia, resignada a todos los oprobios con tal de conservar al marido. Natalia, en cambio, había rechazado ya su oferta de matrimonio, y ahora le asestaba el puntillazo: la ruptura elegida por ella, púdrete solo con tus millones. Basta de miramientos con esa perra. Basta ya de callar y recibir golpes, arriba el heroico cuerpo de granaderos.

Corrió escaleras arriba y en la repisa del pasillo tomó un viejo casco blindado de los que usaba la infantería aliada en la Segunda Guerra Mundial, un recuerdo de sus andanzas londinenses bajo el fuego de la Luftwaffe. Como lo suponía, Natalia se había encerrado por dentro. Tomó vuelo y de un violento costalazo destrozó la chapa. Helada de espanto, Natalia sólo atinó a meterse debajo de la cobija, como si quisiera escapar de una pesadilla, pero él se le montó a horcajadas y le descubrió la cabeza.

—¡De mí no te vas a burlar, perra maldita! —gruñó y con el filo del casco le dio un tremendo golpe en la nariz—. ¡Vamos a terminar cuando yo lo decida, no cuando a ti se te antoje!

La hemorragia nasal que tiñó las sábanas disminuyó bruscamente su rabia. De pronto ya no recordaba para qué había entrado a ese cuarto. Un apagón de la conciencia había borrado su fechoría. Junto con el súbito ataque de amnesia le sobrevino un vahído que lo tiró de la cama. Las piernas no le respondían, el corazón que debería irrigarlas latía muy lejos, en un cuerpo ajeno. No reconocía los contornos de su alma entenebrecida. ¿De verdad era él quien le había pegado a Natalia?

Al día siguiente lo despertó el ruido de la ducha. Natalia se estaba bañando y él ignoraba por qué había dormido en el suelo, al pie de la cama. Ya eran la diez de la mañana y él ahí echadote, qué barbaridad, los lunes eran su día de trabajo más ajetreado. Cuando Natalia, hinchada de la cara, con algodones en las fosas nasales, lo acusó de ser una bestia sanguinaria y se puso a guardar ropa en la maleta, comprendió que no había soñado su atrocidad: la prueba era el casco de acero con manchas de sangre tirado en la alfombra. Natalia se negaba a oír sus excusas y le advirtió que esta vez no intentara buscarla, pues si daba con ella estaría protegida por hombres armados. Quizá tuviera roto el tabique nasal, hasta el agua de la ducha le dolía.

—Muy machito con las mujeres pero muy cobarde con los políticos. A ellos no los rozas ni con la yema del dedo, ¿verdad, maricón?

De pronto sonó el teléfono y Natalia contestó. La doctora Labrada, creyendo que era la madre de Carlitos, le dio el parte médico: el muchacho había despertado y podían ir a verlo cuando quisieran.

—¿Por qué no me habías dicho que operaron a tu hijo?

—No me gusta hacer tangos —se justificó Denegri—. Además tú ni lo conoces. Ayer me avisaron del accidente y salí volando al hospital.

—Con razón te pusiste tan loco.

Gracias a un espontáneo brote de llanto, Denegri le confirmó que había estado expuesto a una terrible presión. Conmovida, Natalia le acarició el cabello y lo acogió en su regazo.

—Por Dios, Carlos. ¿Cuándo vas a cambiar? Esto no puede seguir así. Yo te quiero, mi amor, pero es un peligro vivir contigo.

—Tienes razón, necesito un tratamiento para desintoxicarme. Yo en mis cinco no soy así, te lo juro.

—Deberías volver con el doctor Gaxiola. ¿No dices que te sentó muy bien?

—Buena idea, necesito apoyo profesional.

Para darle celeridad al asunto, salió a hojear la libreta de teléfonos en la mesita del pasillo.

—Buenos días, señorita, habla Carlos Denegri. —dijo en voz alta, para que Natalia lo escuchara—. Sí, soy su paciente pero llevo mucho tiempo sin visitarlo, más de diez años… ¿Cuándo puede recibirme?…

De vuelta al cuarto dijo que tenía cita con Gaxiola para el miércoles a las seis. Natalia lo premió con un beso en la boca y procedió a deshacer la maleta. Cayó redondita en su engaño, pues había fingido la llamada mientras presionaba el interruptor.

Recién llegado de Chicago, donde había reseñado para *Excélsior* la convención en que el Partido Demócrata eligió candidato a la Presidencia, Denegri se sintió, como de costumbre, un poco asfixiado por el provincianismo de México. Natalia venía cargada de ropa y sus tres maletas grandes a duras penas cupieron en la cajuela. De hecho, ya no quedó espacio para la pequeña y tuvo que ponerla en medio de los dos, en el asiento trasero del Galaxie.

—Te lo dije, mi reina, ni en una limusina caben tantos triques —la regañó en tono paternal.

—No es para tanto —se defendió—. Lo que hace bulto son los juguetes para los niños.

El horror al vacío de las mujeres sería loable, pensó, si también amueblaran sus cerebros con ideas y conocimientos. Por desgracia, las pobres sólo almacenaban objetos inútiles. Su afán por adquirir chucherías que luego no tenían dónde poner reflejaba en ellas una grave propensión a suplir lo esencial por lo accesorio. Pero qué encantadores animalitos eran. Admirando en el Parque Grant a las hippies de minifalda, sin sostén y quizá sin calzones, las caras pintadas con florecitas y signos de *peace and love,* que portaban pancartas contra la guerra de Vietnam , se dio unos calentones bárbaros que habían condimentado luego el sexo con su pareja. Por interpósita mujer se había cogido a todas las gringas, aunque ellas ni lo supieran.

—Llévame primero al periódico y luego dejas a Natalia en la casa —ordenó a Bertoldo.

De camino al centro de la ciudad constató notables avances en la construcción del Palacio de los Deportes y preparó mentalmente un artículo sobre la puntual entrega de las instalaciones olímpicas, en el que destacaría la capacidad organizativa del arquitecto Ramírez Vázquez. No era para menos: don Pedro le pasaba una generosa iguala mensual de cuatro mil pesos libres de polvo y paja.

Lástima: perdería esa minita de oro después de los juegos. Pero quizá por venir de un país libre, donde el éxito de un periodista no dependía del favor gubernamental, sus componendas mercenarias lo afligieron en vez de enorgullecerlo y el desfile de casuchas con las varillas descubiertas, puestos de fritangas y edificios en ruinas, carcomidos por el salitre, que flanqueaban el Viaducto, lo confrontó de manera brutal con el astroso país que lo había enriquecido a costa de percudir su conciencia. ¿Quién carajos podía ser Drew Pearson en una república bananera?

Abrió la ventana y con un cigarrillo en los labios evocó su trepidante reportaje sobre la brutal represión policiaca a los jóvenes pacifistas, enardecidos por los asesinatos de Luther King y Bob Kennedy, que montaron un mitin a las afueras del Anfiteatro Internacional de Chicago, sede de la convención demócrata. No se conformó con ver desde la ventana del Hotel Plaza la salvaje intervención de la policía y la Guardia Nacional: bajó corriendo para observar el combate a ras de calle y por acercarse demasiado a una cuadrilla de polizontes que llevaban a un hippie hacia la julia local, se llevó un empellón tan rudo que fue a parar con sus huesos a la acera de enfrente. Adolorido por el sentón, llegó rengueando a la sala de prensa, los pies enredados en las cintas amarillas del télex, y con la adrenalina en hervor, afiebrado por el repiqueteo de los teletipos, relató su aventura en un estilo directo y preciso: "Con la misma brutalidad que hizo notoria a la Gestapo de Adolfo Hitler en tiempos del Tercer Reich, la policía de Chicago, ayudada por la Guardia Nacional acantonada en Illinois, arremetió sin piedad contra cerca de nueve mil personas desarmadas que protestaban contra la política internacional del presidente Johnson...". Sí, señor así se denunciaban los abusos de poder, con información de primera mano y un valor civil a prueba de macanazos.

—Su *Noticiero Carta Blanca* le da un resumen informativo —lo sacó de concentración el radio que Bertoldo llevaba encendido—: Más de veinticinco jóvenes detenidos, algunos con heridas leves, por el intento de sabotaje a la refinería de Azcapotzalco que ayer impidió el cuerpo de granaderos. Se cree que los activistas infiltrados en el movimiento estudiantil querían poner una bomba en los ductos. En desagravio al lábaro patrio que los manifestantes profanaron el pasado jueves, al erigir en el astabandera del Zócalo un pabellón rojinegro, los empleados públicos acompañaron esta mañana a la cuadrilla de cadetes que volvió a izar nuestra bandera en presencia del regente Corona del Rosal. Los principales responsables del ilícito ya fueron detenidos y puestos a disposición del Ministerio Público. Atentados como éste hieren profundamente a las instituciones y al pueblo de México, declaró el regente capitalino, y puntualizó: no permitiremos que los falsos estudiantes manejados por agitadores profesionales pisoteen el lábaro patrio.

Primero le pintarrajeaban insultos en el zaguán y ahora esto. Un atentado tan atroz contra un símbolo sagrado de la mexicanidad, estrechamente asociado a su personalidad pública, no podía quedar sin respuesta. Redactó en el pensamiento el primer párrafo del artículo y se apresuró a escribir en su libreta una definición lapidaria de la revuelta estudiantil: "el flagelo nihilista que desgarra el cuerpo de la patria", junto con el título del artículo: "Descastados".

—Tú no dejas de trabajar nunca, ¿verdad? —comentó Natalia.

—Tengo que pescar las ideas al vuelo —dijo con modestia—, porque después ya nunca regresan.

Llegó poco antes de mediodía a las oficinas de *Excélsior*. Quería felicitar a Julio Scherer, que durante su estancia en Chicago había sido electo director general del periódico en una asamblea plenaria. Saludó efusivamente a la recepcionista y a los vigilantes de la entrada, siempre sonrientes y gustosos de verlo, porque todos los años, en las fiestas decembrinas, les regalaba un exquisito dulce de almendras que las madres clarisas de Cuernavaca, en agradecimiento por sus donaciones, le mandaban por docenas cada fin de año. En el tercer piso, una nueva secretaria de buena figura, a quien no conocía, custodiaba la entrada a la oficina del director:

—El señor Scherer está ocupado. ¿Quién lo busca?

Jamás imaginó escuchar una pregunta así en el periódico donde había trabajado treinta años. Si esa imbécil no conocía a Carlos Denegri, que se largara a poner un puesto de garnachas. Estaba seguro de que sabía perfectamente quién era, pero fingía ignorarlo. ¿O acaso no veía la tele? Con gran acopio de paciencia le dio su nombre en un tono golpeado. Hizo una larga antesala en un mullido sillón de cuero, mientras leía un ejemplar de *Últimas*

Noticias recién salido de las rotativas, o lo intentaba leer en vano, indignado por ese maltrato que le impedía retener las palabras. En otros tiempos entraba sin anunciarse a la oficina del Skipper y había conservado ese privilegio con el viejito Becerra Acosta. Mala, muy mala señal: de entrada, Scherer marcaba distancias. Y para colmo, la regla de acceso a su oficina no era pareja: mientras él calentaba el sillón entraron a verlo sin anunciarse el novelista Vicente Leñero y el redactor de editoriales Miguel Angel Granados Chapa, un intelectualoide de barba y lentes, ante la complacencia de la secregata. Ellos sí tenían derecho de picaporte. ¿Con qué méritos? ¿Unos colaboradores del diario valían más que otros? ¿La ideología determinaba los favoritismos del director? ¿Sólo merecían su respeto los acólitos rojos? Por fortuna estaba sobrio y cuando Scherer finalmente se dignó recibirlo al cuarto para la una, empleó con desenvoltura sus dotes histriónicas para darle un abrazo fraterno:

—Caramba, Julio, no sabes qué gusto me da verte instalado aquí. Te di mi voto con una carta poder pero me hubiera encantando estar en la asamblea. Sabía que ibas a llegar muy alto desde que eras un *office boy*, ¿te acuerdas?

—¿Cómo no? Tú y Jorge Piñó me mandaban a cada rato por las tortas.

—Pues mira cómo has progresado. Nos dejaste a todos atrás. Te ganaste a pulso el respeto de toda la cooperativa. Tu reportaje sobre la Primavera de Praga fue una maravilla.

—Gracias, Carlos, por venir de ti ese cumplido me halaga el doble.

—Lástima que te haya tocado llegar a la dirección en este momento. Te sacaste el tigre en la rifa, hermano. Con esta revolución en ciernes, ya me imagino las presiones que debes tener encima.

—La mayor presión viene de la calle, de los estudiantes que pasan gritándonos: ¡Prensa vendida! ¿Sabes cuál es mi meta como director de *Excélsior?* Ganarme el respeto del público para que nadie pueda gritarnos eso.

—Caramba, pues va a estar difícil. Las multitudes fanáticas no entienden razones.

—Pero en la rabia de esos muchachos hay algo respetable y legítimo, un llamado de atención que debemos escuchar.

Su encrespado cabello de patriarca bíblico, ennoblecido por las primeras canas, parecía elevarlo por encima de las pasiones vulgares y sus ojos incisivos despedían chispas de fortaleza moral. Sólo le faltaba un marco y una veladora para presidir un altar. No hablaba por hablar, de veras se la creía. El puesto lo había investido con una dignidad de sacerdote laico y ni siquiera en una charla informal parecía dispuesto a bajarse del púlpito. No le auguró una larga gestión al frente del periódico. Que fuera buscando otra chamba si planeaba salírsele del huacal a Díaz Ordaz. Pero no entraría en discusiones políticas con su nuevo jefe. De sobra sabían los dos para quién trabajaban, allá él si quería darse baños de pureza.

—¿Y para mí qué planes tienes, Julio? —se salió por la tangente—. Quiero echarte una mano en la nueva era del diario.

—Por supuesto, Carlos —Scherer carraspeó, incómodo y sin mirarlo a los ojos—. Tú ya tienes un lugar indiscutible en *Excélsior* y en el periodismo mexicano. Quiero aprovechar tu experiencia y tu don de lenguas, sobre todo en la cobertura internacional.

Le propuso, para después de las Olimpiadas, una gira por Medio Oriente, la región más convulsa del planeta a causa del conflicto árabe-israelí, con una escala en Francia para tomar el pulso de la sociedad gala tras la revuelta estudiantil de mayo y luego un recorrido por las caóticas repúblicas africanas. Encantado con la propuesta, una fabulosa plataforma de lucimiento, salió de la oficina tan exultante que se le olvidaron las humillaciones de la antesala. Nada mejor que la diplomacia para neutralizar a un enemigo en potencia. Scherer pecaba de santurrón y quizá fuera un tanto envidioso, pero le tenía respeto profesional. Si lo toreaba con destreza, dependía de sí mismo para sostenerse en el candelero.

En casa, la noticia de la gira que tenía en puerta le permitió reincidir en su propuesta de matrimonio. Natalia no conocía Europa, y si se casaban antes de la gira, ese viaje podía ser su luna de miel, ¿verdad, mi amor, que ahora sí me vas a dar el sí? Tendida en un diván, junto a una lámpara de pie que realzaba el pícaro hoyuelo de su mentón y la curvatura incitante de sus piernas, desnudas hasta la mitad del muslo, Natalia hizo una pausa meditabunda, como si estuviera aquilatando sus méritos. Denegri estrechaba sus manos, arrodillado como un feligrés.

—Me hubiera casado contigo desde hace un año, si pudiera confiar en ti. Pero no has hecho nada para disipar mis temores. Tenía una corazonada y esta mañana la confirmé: no estás yendo a ver al doctor Gaxiola, me lo dijo su secretaria.

—No he tenido tiempo —Denegri bajó la cabeza en señal de *mea culpa*—. Te consta que he viajado como loco.

—Has pasado aquí el tiempo suficiente para tomar la terapia, si te diera la gana. Pero tú no te quieres curar.

—Desde aquella noche me he portado como un santo…

—Porque no has bebido, pero yo vivo aterrada pensando cómo te vas a poner en la próxima borrachera —Natalia se levantó del diván, inquieta, rascándose los codos. Era evidente que temía otra reacción violenta.

—No me hagas guerritas preventivas —gruñó Denegri—, espérate por lo menos a tener un motivo. Estoy harto de escuchar tus recriminaciones. Si te ofendí con mi propuesta de matrimonio, la retiro enseguida. Total, está de moda el amor libre. Peor para ti si no quieres ser mi señora.

Esa noche durmió solo en la recámara de las visitas. Estaba pagando las consecuencias de su blandura, pensó, estrujando la almohada, y ahora Natalia, subida a sus barbas, se creía con derecho a imponerle condiciones. Un mes de abstinencia etílica y en vez de premiarlo: tómala, cabrón, una bofetada gratuita. Si ahora doblaba las manos y volvía con Gaxiola, ¿cuál sería la siguiente represalia de su majestad? El viernes trabajó toda la mañana en la oficina, enseñando al sustituto de Sóstenes, Lauro Iglesias, un joven estudiante de periodismo, las caprichosas clasificaciones de su fichero, que al correr de los años había crecido hasta ocupar una extensa pared. Como buena parte de las fichas contenían información confidencial de personajes ya fallecidos, el fichero necesitaba una actualización. Pero no quería que Lauro tirara los expedientes de los difuntos. En ellos también había triquiñuelas comprometedoras para los vivos y necesitaba que leyera atentamente todas las fichas, no importaba cuánto tardara. Horas después, cuando terminaba de escribir su apología de la bandera mancillada por una "horda de trogloditas indignos de llamarse estudiantes", Eduardo García de la Peña vino a traerle una mala noticia:

—Nos llegó este oficio de Conciliación y Arbitraje —le entregó un documento sellado—. Sóstenes presentó una demanda por despido injustificado sin liquidación. Quiere las perlas de la virgen.

Denegri leyó superficialmente el oficio, deteniéndose, azorado, en la cantidad.

—¡Ochenta mil pesos! ¿Quién se ha creído ese hijo de puta?

—Es lo que le corresponde por antigüedad —se atrevió a comentar Eduardo.

—No mames. Lo corrí por ladrón, ¿y encima tengo que premiarlo?

—Podemos irnos a un litigio, pero sería difícil ganarlo. ¿Quieres que hable con Bernabé Jurado?

—Espérate. Primero voy a mover mis influencias.

Pidió a Evelia que lo comunicara con Salomón González Blanco, el secretario del Trabajo y Previsión Social, que de momento no pudo atenderlo, por estar en junta, pero le devolvió la llamada media hora después. Era una rara avis de la política, pues no tenía una sola mancha de corrupción en su expediente. Podía ser férreo con los sindicatos, pero no se embolsaba dinero mal habido. Lo conocía de muchos años atrás y llegaron a tener buena química en la gira de campaña de López Mateos. Su honestidad lo inmunizaba contra el chantaje, pero después de colmarlo de elogios todo el sexenio ya era tiempo de pedirle una valona.

—Mi querido Salomón, perdona que te distraiga de tus tareas. Mis respetos por la forma en que resolviste la huelga de los tranviarios: todo el mundo quedó satisfecho. En mi artículo me quedé corto en los calificativos: te merecías la primera plana del diario. Yo sé que tu tiempo vale oro y para no quitártelo voy al grano…

Le contó en pocas palabras por qué había corrido a su ayudante sin pagarle liquidación. Con sedosa amabilidad, González Blanco le aclaró que no podía interferir en los fallos de la Junta Local de Conciliación y Arbitraje.

—Ojalá pudiera ayudarte, Carlos, pero en los juicios laborales no tengo injerencia.

Mentira, pensó al colgar, ¿desde cuándo había separación de poderes en México? Le constaba que todos los secretarios del

Trabajo mangoneaban a los jueces para obligarlos, por ejemplo, a desconocer huelgas. Con un telefonazo González Blanco podía meter esa demanda en la congeladora. Pero como no le debía ningún favor, lo mandaba tersamente a la chingada. Conste, manito, que yo quería ser tu amigo, pensó. Arrieros somos y en el camino andamos. Ya tendría la oportunidad de cobrarse el desaire, cuando más le doliera. Enseguida pidió a Evelia que lo comunicara con el presidente de la Junta Local de Conciliación y Arbitraje, un tal Héctor Dávalos, a quien no recordaba haber visto en persona. Confiaba en que la sola mención de su nombre lo pusiera a temblar y accediera a fallar contra la abusiva demanda de Sóstenes, pero Evelia lo desengañó:

—La secretaria del licenciado Dávalos me dice que su jefe no puede atenderlo, pero si quiere solicitar una audiencia debe presentar sus motivos por escrito.

—Pásame a esa pendeja —ordenó, y reprimiendo su enojo le explicó en tono comedido que deseaba entrevistar al licenciado para que hablara sobre su titánica labor al frente de la Junta.

—Soy un gran admirador de su trabajo y creo que los lectores de *Excélsior* deben conocerlo mejor.

—Cuando se desocupe le paso el recado.

Pobre taruga. Cuando su jefe supiera que se negó a pasarle una llamada de Carlos Denegri, la pondría de patitas en la calle. Mientras tanto pediría a Bernabé Jurado que postergara la resolución de la demanda con tácticas dilatorias. Primero muerto que pagarle un quinto a esa rata.

Como todos los viernes primeros de mes, su madre lo había invitado a comer con todo y familia. Natalia llegó por su lado con los niños en el Mustang último modelo que le había regalado meses atrás. Desde el saludo advirtió la incomodidad de Ceide por los juegos bruscos de Ramiro y Fabián, que se perseguían por toda la sala y brincaban en los sillones. Contagiada por su vitalidad salvaje, Pilar se les había unido y en vano Natalia trataba de controlarlos. Por fortuna, los exquisitos canapés de tapenade y salmón ahumado lograron apaciguarlos un rato. Pidió un whisky a Moisés, el hijo adolescente de la sirvienta, que fungía como mesero, complacido por la mueca reprobatoria de Natalia. Jódete, nena, por no valorar mi abstinencia. Como Ceide había reprobado desde el principio su romance con una mujer tan joven (pero qué necesidad tenés de complicarte la vida, Picho, las minas de esa edad sólo quieren tu plata), su cercanía lo fortalecía y arropaba en las pugnas con Natalia. La toleraba por compromiso, con una condescendencia que exasperaba a su nuera y la incitaba a sacar las uñas, si bien ambas aparentaban una cordialidad postiza. Iván, cada vez más afeminado, como si la vejez le hubiera disminuido la testosterona, amenizó el aperitivo contándoles los pormenores de la última reseña cinematográfica de Acapulco, en la que había conocido y entrevistado a Paul Newman. Los pulpos en su tinta que Ceide preparó eran una delicia, pero Fabián y Ramiro, asqueados por los tentáculos, ni siquiera los quisieron probar.

—No sean boludos —los regañó Ceide—, tienen que aprender a comer de todo.

—Es que nunca han comido pulpos —intentó justificarlos Natalia.

—¿Y qué? Alguna vez tienen que empezar. Si los mimás tanto, de grandes van a ser unos atorrantes.

Cuando los niños se levantaron de la mesa para ir a ver la televisión, Ceide incluyó en el regaño a Picho: ¿cómo podían vivir separados de sus hijos? Era muy feo, muy irresponsable, que los dejaran al cuidado de nanas y criados para no tener que lidiar con ellos entre semana. Ya estaban un poco maleados y cada día de abandono los iba a dañar más.

—Los comprendo porque yo también era egoísta en mi juventud, pero con los pibes no se juega. Necesitan sentir que son parte de una familia.

Natalia clavó la vista en el café, guardando el debido respeto a las canas de su suegra. Denegri le agradeció que no se enganchara en un pleito con ella. Se despidieron a las cinco, después de tomar el digestivo, pero Natalia traía el coraje atragantado y cuando llegaron a la casa ya no pudo guardar compostura.

—Tu madre como siempre tan metiche. Ahora le ha dado por decirme cómo debo educar a mis hijos. Si fuera una madre ejemplar, como ella se cree, Iván no sería maricón ni tú un alcohólico golpeador de mujeres.

—Oye, más respeto. Te prohíbo hablar mal de mi madre.

—Perdón, se me olvidaba tu complejo de Edipo.

Denegri reprimió la tentación de abofetearla, porque se había propuesto demostrarle que podía beber con ella sin escenas violentas.

—¿No podrías tratar de llevarte mejor con mi mamá? Dale por su lado y listo.

—Lo haré cuando me respete.

Denegri se tendió en el sofá de la sala con un whisky en la mano.

—Tómate algo conmigo, ándale. Si me pongo pesado te doy permiso de llamar a la policía.

—¿Y de qué serviría? ¿No dices todo el tiempo que la policía te la pela?

Quizá por venir sobrecargada de tensiones, Natalia se sirvió una copa de coñac.

—Mi madre tiene un carácter difícil —concedió Denegri—, en eso te doy la razón. Pero justamente por ser una perra me educó de maravilla. De ella aprendí que la bondad es una virtud muy sobrevaluada. No me negarás que se parece mucho a la tontería. Decimos que alguien es un buenazo cuando la urbanidad nos prohíbe llamarlo pendejo. La maldad gobierna el mundo, digan lo que quieran los moralistas. Te recomiendo que se lo vayas enseñando a tus hijos: nada de poner la otra mejilla, siempre hay que pegar primero.

—Si todo el mundo pensara así, el mundo sería un infierno.

—Gracias a Dios existe la Iglesia, que domestica a los pobres y les inculca la resignación. Si no fuera por la fe volveríamos a la ley de la selva. Yo la contraje desde niño, pero nunca pude imitar las virtudes de Cristo. Si lo hubiera hecho sería un escritorzuelo muerto de hambre. Los malos acaparamos los honores y las riquezas, tenemos los mejores puestos, nos reímos a carcajadas de las personas decentes que respetan la ley. Sólo en las películas recibimos un castigo, en la vida real nos la pasamos a toda madre, ¿a poco no?

—Si estás pintando tu autorretrato, te falta un detalle —Natalia sonrió con malicia—: también hay una maldad estúpida, la de los fanfarrones que se hacen daño a sí mismos.

—*You have a point* —reconoció Denegri, lastimado—. Pero admite que no andarías conmigo si fuera un bonachón muerto de hambre. Las mujeres abandonan a los maridos nobles porque se divierten más con los golfos.

—Yo ya me había divorciado cuando te conocí.

—Pero no tienes madera de víctima, te pones al tú por tú con cualquiera. Eres como yo y por eso me gustas. Para serte franco, me calientan tus cabronadas. Las mujeres bondadosas son un fastidio.

—¿Quieres a una tirana que te haga ver tu suerte? —sonrió, Natalia, excitada y juguetona. De pie frente al sofá, le dio un brusco jalón de cabellos—. Pues ahora me las vas a pagar todas: lámeme, perro —y se bajó la pantaleta con adorable desfachatez.

Cuando el obediente perro le arrancó un orgasmo a lengüetazos, lo premió con una recia bofetada.

—Ya estuvo bueno, ¡ahora lárgate!

En una repentina inversión de papeles, Denegri le devolvió el bofetón con el doble de fuerza.

—No seas bestia —se quejó Natalia—, era un juego.

—Así juego yo —la retó Denegri—, no le saques.

Natalia le rasguñó con saña el antebrazo izquierdo, clavándole las uñas en la piel. Luego se chupó la sangre de los dedos mientras Denegri, erecto ya, gemía de placer y dolor, vacilando entre castigarla o prolongar ese gozo. Cuando Natalia le clavó el tacón en el muslo no pudo soportar más y la embistió con un rugido de cavernícola. Se trenzaron en un forcejeo epiléptico, derribando una mesita al rodar por el suelo y Natalia, enardecida, se montó como una amazona en su virilidad enhiesta, mientras le apretaba el cuello con ambas manos. Al borde de la asfixia, Denegri le dio un brusco empellón, la puso en decúbito prono y la sodomizó con el ánimo vengador de un rey destronado. Así quería vivir, con un cuchillo entre los dientes, alzado en vilo por el ímpetu dionisiaco. Lo demás era reptar en las blandas arenas del tedio.

Al día siguiente despertó con una cruda leve y después del desayuno, donde notó a Natalia un poco avergonzada por el aquelarre de la noche anterior, se preparó una piedra para tonificar los nervios. Con la sangre tibia el mundo tenía colores más vivos. Era preciso recuperar la embriaguez para evitar una recaída en la grisura cotidiana. A las diez, los hijos de Natalia se fueron de excursión con su padre, y Denegri, sin dejar el trago, ayudó a Pilar con la tarea que le había dejado su preceptora: leer un fragmento de *Platero y yo* y responder las preguntas de un cuestionario. Tras su intento de fuga procuraba pasar más tiempo con ella. Todavía le faltaba mucho para hacerse querer, pero lo alegraba que la niña hubiera entrado en confianza y ahora, por lo menos, le hablara viéndolo a los ojos. Leyó el cuento con bastante fluidez, sin comprenderlo del todo. Denegri le explicó las palabras difíciles y con paciencia de pedagogo logró que respondiera el cuestionario, viéndola escribir por encima de su hombro para señalarle errores de ortografía.

—Qué feo hueles, papá —protestó Pilar, los brazos en jarras—. ¿No te de pena ser un viejo borracho?

Denegri soltó una carcajada. La escena le recordó los regaños cómicos de la Tucita a Pedro Infante.

—Sí, me da pena, pero me la aguanto —dijo—. Y como ya hiciste la tarea, te voy a dar un premio. ¿Quieres ir a la feria de Chapultepec?

—¡Sí, vamos! —se alborotó Pilar.

—Pero te subes a los juegos tú sola. Yo me mareo porque ya estoy grande.

Antes de salir se bebió otra piedra para mantener el ánimo en alto y tomó la precaución de rellenar la anforita de whisky. Como Bertoldo le había pedido permiso para ir a ver a sus padres a un pueblito hidalguense, y no estaba acostumbrado a sacar el Galaxie en reversa, se estrelló contra la puerta del garage, que había olvidado abrir. Pilar festejó el percance a carcajadas.

—¡Qué tonto eres, papi!

—¿Te gustó? Pues agárrate bien, nenita.

Movió el Galaxie hacia adelante para tomar vuelo y apretó el acelerador en reversa. El enrejado del zaguán, que había quedado maltrecho con el primer impacto, se abrió del todo con el segundo.

—¡Yupi! —gritó Pilar y lo besó, colgada de su cuello.

La semana siguiente, saturado de trabajo, se fajó los pantalones para no beber una gota de alcohol. Junto con un selecto grupo de periodistas, el lunes asistió a una visita guiada por las obras del Metro. El ingeniero Bernardo Quintana, dueño de la constructora que había excavado los túneles, los llevó, primero, a los talleres donde se fabricaban los durmientes de madera africana y luego a un recorrido subterráneo en góndola por las vías que ya estaban terminadas. Hollar las entrañas de la ciudad, en donde se habían rescatado infinidad de piezas arqueológicas, espoleó su vena poética y en una crónica titulada "El futuro se encuentra con el pasado", ensalzó ese gran salto a la modernidad con vuelos líricos de orador ampuloso. La invariable consigna gubernamental que el jefe de Prensa Garza le transmitía era enfatizar esos logros y minimizar las protestas estudiantiles, pero el sol no se podía tapar con un dedo. El fuego olímpico ya había desembarcado en Veracruz y a cuarenta días de la inauguración de los juegos, el movimiento crecía, revitalizado con ingeniosas formas de protesta: pastiches de canciones de moda cantadas en los camiones, obritas de teatro montadas en plazas públicas, plantones en las embajadas solicitando apoyo internacional. Pese a las veladas amenazas de muerte recién proferidas por Díaz Ordaz en su informe presidencial ("no estamos dispuestos a ceder, cualesquiera que sean las consecuencias"), los temerarios estudiantes seguían marchando en las calles.

Lo que más alarmaba al aparato de seguridad era el creciente apoyo a la revuelta entre sectores de la sociedad tradicionalmente apolíticos. Los verduleros de La Merced y sus clientes se habían enfrentado a palos y piedras con los policías que intentaron apresar al hijo de un locatario, y en la refinería de Azcapotzalco los obreros contuvieron, cuchillo en mano, a los policías que pretendían arrestar a dos repartidores de volantes. La Unión de Voceadores, contagiada de la euforia revolucionaria, se había sacudido la tutela del partido oficial y uno de sus dirigentes, Juan Manuel Ramos Viveros, ordenó que se exhibiera en los kioscos la revista *Life* con las fotos que mostraban a un soldado dispuesto a matar a un estudiante. Cuando la policía judicial confiscó los ejemplares de la revista, el daño ya estaba hecho: miles de peatones comentaron esas imágenes.

Denegri se apresuró a escribir un iracundo "yo acuso" contra Ramos Viveros, donde le sacaba a relucir viejas acusaciones de nepotismo, pero el jefe de Prensa de Díaz Ordaz, a quien mandaba sus columnas antes de publicarlas, consideró que el asunto no debía mencionarse. Ni una sola línea ágata debía dar en el público la impresión de que los estudiantes podían aliarse con los trabajadores, como había sucedido en Francia. Los columnistas mercenarios competían a brazo partido por acreditar su adicción al régimen, y para dejarlos atrás, Denegri quiso demostrar con hechos palmarios que ningún otro periodista lo defendía con más ahínco. Mientras Kawage, Teissier, Huacuja, Blanco Moheno y otros mercenarios de baja estofa se limitaban a tundir a los jóvenes con epítetos denigrantes, o exigían la entrada del Ejército en Ciudad Universitaria, él prestó un servicio más valioso a la causa del orden: gracias a su red de espionaje, descubrió una conjura de reporteros solidarios con la juventud rebelde, que se aprestaban a publicar un desplegado exigiendo el cese de la represión. Apenas obtuvo la primicia los delató con el vocero presidencial.

—Muchas gracias, don Carlos, no esperaba menos de usted. Qué bárbaro, se le adelantó a nuestros servicios de inteligencia. Le daré crédito por este informe en mi reporte al señor presidente.

Además de impedir la publicación del desplegado, el gobierno exigió a los diarios que despidieran a los abajo firmantes y más de quince reporteros se quedaron en la calle. Nadie supo quién había dado el pitazo. Para completar la faena, Denegri promovió con éxito la publicación de una carta abierta donde los periodistas adictos al régimen, a nombre de la ciudadanía perjudicada por las marchas, pidieron al gobierno imponer el orden "caiga quien caiga". La gratitud de Díaz Ordaz se materializó de inmediato: Nacional Financiera le aumentó un cincuenta por ciento el salario que devengaba en sus programas de televisión. Bendijo al movimiento estudiantil, pues gracias a él había recuperado la estimación que alguna vez tuvo en las altas esferas del poder. En el fragor de una tempestad política, los periodistas incondicionales se cotizaban más alto. Y cuando el gobierno accedió a dialogar con los líderes del movimiento, Garza le informó en exclusiva cuál sería la línea a seguir por la delegación de funcionarios negociadores. Una vez más pudo darse el lujo de vaticinar lo que ocurriría en la reunión, anticipándose a los hechos como la sibila délfica:

AHORA, MANOS FUERA

Mañana dará comienzo el debate entre el gobierno y los estudiantes que en la Unidad de Congresos del Centro Médico Nacional: ¿Las pretensiones?... Los estudiantes reclaman la libertad de los presos políticos (el presidente ya dejó claro que éstos no existen: punto eliminado). Derogación de los artículos 145 y 145 bis del Código Penal (la invitación presidencial para que se discuta en el poder legislativo está en marcha). Desaparición del cuerpo de granaderos, lo que a nuestro juicio es inadmisible. Destitución del jefe y el subjefe de la policía (el principio de autoridad lo impide). Tengan por seguro, amiguitos, que sus locas demandas se estrellarán contra la terca realidad. Si porfían en sus movilizaciones, aténganse a las consecuencias.

Los acontecimientos confirmaron sus pronósticos. No hubo la menor concesión a los revoltosos y una vez más, ante el hombre de la calle, la palabra de Carlos Denegri quedó investida con la autoridad de los decretos divinos. Las delicias del poder lo envolvieron en una nube narcótica. Ningún placer comparable al de aplastar cucarachas en cada teclazo. Bebía casi a diario sin ponerse agresivo; al contrario, le daba por bailar con Natalia en fiestecitas privadas que terminaban en la cama, como dictaban los cánones del buen amor. Afuera, en Avenida Insurgentes, los estudiantes ladraban a diario, pero ¿qué le importaba, si sus escoltas de la Judicial los mantenían a prudente distancia?

Carlos María de Guadalupe había evolucionado bien y los médicos descartaron un daño cerebral irreversible. Sólo tenía algunos problemas para caminar, que a juicio de los médicos, irían remitiendo poco a poco. En sus visitas procuraba infundirle ánimos, fortalecerlo con bromas que lo ayudaran a reponerse del shock: No te preocupes, manito, una cabeza tan dura como la tuya dobla el acero. Sólo empañaba su felicidad un prietito en el arroz: Héctor Dávalos, el presidente de la Junta de Conciliación y Arbitraje, no se había dignado contestarle las llamadas, en abierta declaración de guerra, y si no lograba presionarlo, dentro de poco tendría que pagar la onerosa liquidación de Sóstenes. Afrenta intolerable: mientras él defendía al gobierno a capa y espada, un leguleyo cretino se cagaba en sus méritos. Peor aún: fingía no saber quién era. Por desgracia, no había podido encontrarle ninguna trácala que pudiera utilizar como arma de extorsión, aunque su nuevo ayudante lo investigaba con lupa. Pero las luchas de poder a poder eran su mero mole, ya vería ese infeliz quién ganaba el juego de vencidas.

En la segunda semana de septiembre, el vocero presidencial lo invitó a comer al Prendes, para tratar asuntos importantes, dijo, que no podía ventilar por teléfono. Ocuparon un reservado del restaurante, con dos guardaespaldas de Garza custodiando la entrada, para disuadir a posibles curiosos:

—Como usted sabe, la paz social está en jaque y ahora más que nunca, la prensa desempeña un papel crucial para mantener la estabilidad —dijo Garza, sereno y frío como un ajedrecista—. Por eso nos preocupa la traición del nuevo director de su diario.

—Con todo respeto, licenciado, yo no creo que Scherer haya traicionado al gobierno. Los editoriales del diario se han ajustado a la línea oficial.

—Sí, pero ha permitido que algunos articulistas, como Gastón García Cantú y José Alvarado, censuren el manejo gubernamental del conflicto y eso daña la imagen del señor presidente. Para colmo, el *Noticiero Excélsior* mostró el otro día imágenes de los tanques del Ejército desalojando del Zócalo a los estudiantes. Considerábamos a Scherer un amigo, pero se nos ha volteado y está jugando con dos barajas. Hay momentos en que disentir del gobierno puede ser inofensivo y hasta plausible, pero en este momento es una traición a la patria.

—Caray, son acusaciones muy graves —Denegri se aflojó el nudo de la corbata—. Es verdad que Scherer tiene su propia agenda política: la teología de la liberación. Es un católico de izquierda, una izquierda bastante moderada, creo yo, y a veces trata de llevar agua a su molino. Pero yo soy un simple colaborador de *Excélsior,* y no puedo hacer nada por impedirlo.

—Estamos seguros de su lealtad, don Carlos, y en esto hablo a nombre del presidente. Sabemos que por ahora no tiene poder en el diario, pero esa situación podría cambiar en el futuro y por eso quería sondearlo. Todavía no hemos definido la estrategia a seguir, pero si el gobierno interviniera en la cooperativa para remover al director, ¿estaría usted dispuesto a tomar las riendas de *Excélsior?*

Atribulado, Denegri dio un sorbo largo a su agua mineral. Hubiera preferido que fuera un whisky, para relajarse un poco, pero tenía por norma no beber en presencia de políticos prominentes.

—Es una pregunta muy comprometedora. Dentro de la cooperativa Scherer tiene muchos adeptos. No sería nada fácil darle un golpe de estado.

—Por eso no se preocupe, lo haríamos de la manera más discreta posible: pero no me ha respondido: ¿estaría dispuesto a suplirlo?

—Me considero un soldado del señor presidente y jamás contravendría sus deseos —Denegri adelgazó la voz hasta reducirla a un susurro—. Pero a cambio de aceptar esa responsabilidad, que me granjearía el odio de muchos colegas, yo le pediría un pequeño favor: tengo un enemigo acérrimo en la Junta de Conciliación y Arbitraje que se ha propuesto perjudicarme en un pleito laboral…

Denegri le contó su litigio con Sóstenes, a quien tachó de "borrachín deleznable", y la demanda que había presentado, pidiendo el oro y el moro. Había recurrido en vano al secretario del Trabajo, que se negó a intervenir, aduciendo razones poco creíbles. Después quiso hablar con el presidente de la Junta, Héctor Dávalos, que hasta el momento se negaba a tomar sus llamadas. No le guardaba rencor, pero con todo respeto, consideraba que después de haber sacado la cara por el gobierno en una circunstancia tan crítica, se merecía un mejor trato.

—Caramba, don Carlos, no sabía nada sobre ese litigio —Garza enarcó las cejas con pesadumbre—. Voy a investigar el caso y le prometo intervenir a su favor.

Salió del Prendes ebrio de optimismo. Jamás había buscado la dirección de *Excélsior*, pero sería una culminación lógica de su brillante carrera. Quién lo dijera: la intriga que le había sugerido su amigo Galindo Ochoa iba a realizarse por una feliz carambola. Quedaría blindado para el próximo sexenio, si acaso Echeverría llegaba a Los Pinos. Y Scherer no podría culparlo de nada, él solito se había echado la soga al cuello por jugar a la disidencia. El resto de la semana se dedicó a organizar su gira por Medio Oriente, pidiendo auxilio logístico a los embajadores de México en Francia, Líbano, Israel, Egipto y Etiopía. Todos accedieron con entusiasmo a gestionar sus entrevistas con los presidentes de cada país, ávidos de los reflectores que obtendrían con sus reportajes. Desde los tiempos de Miguel Alemán, los empleados del Servicio

Exterior le daban trato de embajador plenipotenciario en sus giras por el extranjero. Se había ganado ese privilegio por ser el periodista mexicano con mayor proyección internacional y saboreó de antemano el previsible asombro de Natalia cuando sus anfitriones le dieran trato de primera dama. El viernes por la tarde, al volver de la grabación de sus programas televisivos, Evelia le anunció que había llegado a verlo el magistrado Héctor Dávalos. Albricias, pensó. Seguramente ya le dieron un jalón de orejas y ahora viene muy mansito a cantar la palinodia.

—Dígale que pase, por favor.

Dávalos era un moreno cuarentón, algo excedido de peso, con lentes bifocales y una bahía de calvicie prematura. La altivez de su cabeza erguida contrastaba con una rigidez facial de condenado a la silla eléctrica. Denegri se levantó para saludarlo y Dávalos lo dejó con la mano extendida. Ah cabrón, venía en plan de bronca. Su cara le resultó familiar: estaba seguro de haberlo visto en alguna parte, pero no recordaba dónde. Presa de una gran agitación, antes de tomar asiento, el doctor Dávalos se enjugó con un pañuelo el sudor de la frente.

—Vengo a entregarle en persona el fallo de la demanda presentada por Sóstenes Aguilar —le entregó un documento con varios folios—. La Junta resolvió el litigio a favor de su empleado y usted deberá pagarle los ochenta mil pesos a los que tiene derecho.

—¿Y para eso viene a mi oficina? —reclamó Denegri—. Me hubiera mandado los papeles con un mensajero.

—Quería hablar con usted en persona. La Presidencia de la República me sometió a una presión tremenda, y por haber defendido la autonomía de la Junta, este fallo me costó el puesto. Los dos salimos golpeados: yo perdí mi cargo y usted la demanda, ¿cómo la ve?

—No cante victoria —sonrió Denegri—, todavía puedo apelar el fallo.

—Imposible. La sentencia es definitiva y no creo que su poder le alcance para reformar la Ley Federal del Trabajo.

—Pues ya logró su vengancita. Hágame el favor de largarse.

—No he terminado aún —Dávalos se arrellanó en la silla—, me falta explicarle por qué no tomé sus llamadas. Usted y yo nos conocimos hace trece años en el Focolare, cuando yo era todavía un abogado litigante, ¿se acuerda? Fui compañero de generación de su ex esposa Estela Yáñez y estuve en la cena donde usted la vejó con una crueldad increíble. Nunca me imaginé que un hombre pudiera humillar así a su propia esposa. Desde entonces debí romperle la madre.

—Si ha venido a buscar pleito le advierto que...

—No lo voy golpear, aunque se lo merezca —lo interrumpió Dávalos, engallado—. Pero hay algo más que debe saber: durante mis épocas de estudiante estuve perdidamente enamorado de Estela, sin que ella lo supiera, pues nunca tuve valor para declararme. Todavía la quiero sin esperanzas, y en nombre de ese amor arriesgué un puesto por el que había luchado toda la vida. Me perseguía el remordimiento de haberlo dejado escapar impune del Focolare y ahora, por fin, estoy en paz con mi conciencia —Dávalos se puso de pie—. Hasta nunca, señor Denegri. Si no quiere recargos, apúrese a pagar la liquidación de Sóstenes.

Con el hígado en llamas, Denegri dio tres violentos puñetazos en el escritorio. Luego tuvo que meter la mano bajo el chorro del lavabo, con los nudillos en carne viva. Salió de la oficina con la mano hinchada y de vuelta en su oficina caminó en círculos como un recluso, asaltado por un remolino de reflexiones amargas. Primer lugar nacional en reputación cochambrosa. El pasado se negaba a morir, sus flechas envenenadas traspasaban la barrera del tiempo. Y ahora ese cacomixtle andaría por ahí ufanándose de haberlo humillado. La idea de ordenar su asesinato lo tentó con fuerza. Por una propina, Eloy se quebraba a cualquiera. ¿Pero qué ganaba con su muerte? La venganza no lo eximiría de pagar la liquidación de Sóstenes. Más que la sangría económica, lo apesadumbró tener a tantos enemigos embozados acechando la oportunidad de hacerle daño. Ninguna oveja entendería jamás los motivos del lobo. Que arrojara la primera piedra quien jamás hubiera tenido un extravío pasional. Su amor a Estela, un amor aberrante, pero auténtico, jamás sería comprendido por la chusma puritana que lo condenaba sin conocimiento de causa. Pero el desprestigio le tenía sin cuidado mientras él estuviera arriba y sus adversarios abajo. La impunidad de un triunfador con mala fama siempre despertaba más admiración que repudio, como lo había constatado cientos de veces.

Llegó a casa al anochecer, sediento y urgido de una catarsis. Con el temblor del pulso le costó trabajo introducir la llave en el portón de hierro. Natalia no estaba, según las criadas había salido a ver a unas amigas. En el estudio se tomó dos tragos más, mientras oía la *Rapsodia en azul* de George Gershwin. Un dulce conato de ebriedad le difuminó el coraje y lo predispuso al jolgorio. Cuando Natalia llegó, a las ocho y media, ya estaba entero, optimista incluso, como si el veneno vertido por su adversario lo hubiera fortalecido.

—Acompáñame a cenar —le ordenó.

—Ay, Carlos, estoy agotada. ¿Por qué no cenamos aquí?

—Tengo ganas de tomarme unas copas.

—Ya llevas varias, ¿verdad?

—Unas cuántas y qué. ¿Me vas a regañar, mamá?

Como Bertoldo ya se había ido, Natalia quiso manejar, pero él se negó a cederle el volante por un principio de autoridad. Primer mandamiento: no dejarás en manos de las viejas ningún símbolo de poder. Le desagradó que Natalia llevara una falda corta de chica a gogó. ¿No sabía que los mugrosos pasajeros de los autobuses, colgados de los tubos como simios, tenían un mirador privilegiado para contemplar desde arriba los muslos de las mujeres? ¿Coqueteaba adrede como una vil puta? Evitó, sin embargo, recriminarla, pues tenía demasiada necesidad de compañía y Natalia, encabronada, era capaz de bajarse en cualquier semáforo. Llegaron al Cardini, un restaurante italiano de Avenida Insurgentes, semivacío por la temprana hora de la noche. El capitán de meseros, un tal Giuseppe, barbón y cejijunto, la camisa abierta para mostrar la pelambre del pecho, se alegró de recibir a un cliente como el "*signore* Denegri", a quien todas las noches veía en la televisión. Hasta le pidió tomarse una foto con él para colgarla en el restaurante. Natalia quiso ordenar de inmediato y pidió la carta:

—Espérate, ¿qué prisa tienes? —la detuvo—. Primero vamos a tomar el aperitivo.

—Te lo tomarás tú solo, porque yo no tengo ganas. Un agua mineral, por favor.

Mientras Denegri apuraba su whisky doble, molesto por la negativa de Natalia, que atribuyó a su arriscado carácter norteño, le dijo que había decidido vender la Villa Bolívar, pues el gasto de las dos casas le salía en un ojo de la cara.

—¿Y los niños dónde van a vivir?

—Con nosotros, ¿dónde más?

—¿Me lo estás consultando o ya tomaste la decisión?

Bufó de coraje, ofendido por la pregunta, con un insulto en la punta de la lengua, pero se contuvo por conveniencia táctica. No caería en la provocación de esa buscapleitos.

—Tengo algunos problemas de *cash flow* porque voy a liquidar a un empleado con muchos años de antigüedad y por ahora no me conviene llevar un tren de vida tan caro. Pero no te preocupes, puede que la casa tarde mucho en venderse. Mientras tanto, los niños pueden seguir ahí.

—No quiero ser una carga para ti —concedió Natalia, circunspecta—, pero te lo advierto: si te pones pesado me largo con ellos.

Ya estaba preparando la huida, la muy cerda. Bien lo decía el proverbio chino: cuando la pobreza entra por la puerta, el amor salta por la ventana. Su madre tenía razón, Natalia tenía el signo de pesos tatuado en los glúteos. Para compensar el mal efecto de la noticia le contó el ofrecimiento del vocero presidencial. Quizá reemplazara a Scherer en la dirección de *Excélsior* antes de fin de año y entonces sí podrían darse el lujo de tener dos casas o hasta tres. Creyó ver en los ojos de Natalia un brillo de codicia. No sólo era interesada: ni siquiera se tomaba la molestia de ocultarlo. Aunque trató de restarle importancia al asunto, mientras le explicaba sus preparativos para la gira por Medio Oriente y África, la punzada en el orgullo le sacó un absceso con pus. Porque si Natalia se alquilaba a largo plazo, si consideraba una buena inversión admitirlo en su lecho, ¿por qué se negaba entonces a beber con él? Al cliente lo que pida, ¿no? Dejando a un lado el amor, los sentimientos y otras zarandajas, había contratado a una puta cara que no desquitaba el sueldo.

—¿De veras no vas a tomarte una copa conmigo? ¿Tan poco me quieres?

Víctima de su chantaje, Natalia accedió a pedir un Kahlúa en las rocas, la bebida favorita de las ficheras. Je, je, hasta en eso se les parecía. Descartó la tentación de contarle su disputa con Héctor Dávalos, sería preciso confesar también el origen de su animosidad y no era tan ingenuo para hacerse el harakiri. Tampoco quiso descender a la banalidad de rigor en el trato con las damas, y en tono profesoral le impartió una breve lección de política: ¿Sabía por qué el movimiento estudiantil había puesto en jaque al gobierno? Porque meses atrás, sin imaginar siquiera que vendría esa revuelta, el presidente concedió la ciudadanía a los mayores de dieciocho años. De modo que si el movimiento doblegaba a la autoridad, la oleada subversiva podía conducir a la formación de un partido político fuerte, muy atractivo para los votantes jóvenes. Sería el caballo de Troya que el comunismo internacional estaba buscando para adueñarse de México y destruir el régimen de libertades.

Interrumpió la lección, decepcionado por el bobo asentimiento de Natalia. Resignado al *small talk*, a partir del tercer whisky doble se limitó a escuchar las simplezas de su mujer. La habían contratado para decorar una casa en San Jerónimo, gracias a Dios ya tenía una buena cartera de clientes que apreciaban mucho su trabajo. Si la chamba le dejaba tiempo, se inscribiría en la academia de yoga recién inaugurada en Coyoacán. Había empezado a pintar un paisaje con la vegetación rocosa del Pedregal, que modestia aparte le estaba quedando padrísimo. Cuando volvieran a la casa se lo enseñaría. Mientras parloteaba como una cotorra cruzó la pierna con flagrante coquetería, enseñando media nalga. El Cardini se había ido llenando de gente y varios hombres la miraron con lascivia.

—Haz favor de no cruzar la pierna, todo el mundo te está viendo.

—¿Ya vas a empezar? —Natalia hizo un mohín de coraje—. Con el alcohol te pones insoportable.

—Hasta en mi propia cara coqueteas. Ya me imagino a mis espaldas.

—Soy coqueta por naturaleza, no me controles.

Tras un incómodo silencio, Denegri tomó el vaso vacío de Natalia.

—Ya te acabaste el Kahlúa, pídete otra copa.

—No quiero amanecer con dolor de cabeza.

—Vienes a divertirte conmigo, ¿no? Pues ahora me cumples —ordenó, jaloneando la manga de su vestido.

—Espérate, imbécil, me lo vas a romper.

410

—¿Te niegas a beber por la boca? Pues te voy a regar la maceta —y en un arranque de furor justiciero le vació el whisky en la cabeza.

Murmullos de asombro, rostros azorados de los meseros, estupefacción general de los clientes. Transida de miedo, Natalia se intentó secar con el mantel. Giuseppe vino a imponer el orden.

—Compórtese, *signore* Denegri. Esas no son maneras de tratar a una *donna*.

—A mí ningún puto me da lecciones de urbanidad.

Denegri se levantó derribando la silla y le dio un violento empellón. Varios meseros llegaron a sujetarlo mientras lanzaba puñetazos al aire, farfullando un vasto repertorio de injurias. Natalia aprovechó su inmovilidad para huir, pero en lugar de tomar la salida entró por error a la cocina. En medio del forcejeo Denegri la vio escapar con un sentimiento de ultraje.

—Está bien, ya me voy —fingió resignarse—. Traigan la cuenta y ahí muere.

Cuando los meseros lo soltaron echó mano de la 38 que llevaba en el bolsillo interior del saco.

—Todos quietos. El que me ponga una mano encima se muere.

Corrió hacia la cocina, donde el chef y los pinches, transidos de pánico, se ocultaban apelotonados detrás del enorme refrigerador, mientras los guisos se achicharraban en los fogones. Pero Natalia se había hecho ojo de hormiga.

—¡Sal inmediatamente, cabrona! —gritó confundido, buscando en vano otra salida, y en un arranque de inspiración encañonó a los cocineros—. ¿Dónde se metió?

Un gordito de pelo crespo apuntó con el dedo la enorme alacena. La encontró ovillada junto a una bombona de aceitunas, tiritando de miedo y la sacó a jalones que le desgarraron el vestido.

—Perra traicionera —le asestó un par de puñetazos en la cara y otro en el vientre—. De mí no te vas a escapar nunca, ¿entendido? Estamos encadenados, te guste o no.

Natalia ni siquiera pudo tomar una servilleta para enjugarse la hemorragia de la ceja, pues Denegri la sacó del restaurante como a un rehén, acogotándola con el brazo mientras apuntaba a los meseros. Tomó Insurgentes en dirección al sur.

—Vamos a seguirla en la casa, donde tengo mejor whisky.

Natalia se amanecería bebiendo con él, ¿cómo chingados no? aunque tuviera que amarrarla a una silla. Con el mentón hundido en el pecho, ella se cubría con los brazos en cruz los senos que escapaban de su vestido roto, llorando en silencio, sin atreverse a musitar una queja. No hablaba pero el irritante castañeteo de sus dientes lo exasperaba más que un reclamo. Sin frenar siquiera en la bocacalle, se pasó en rojo el semáforo de Félix Cuevas. Los bocinazos histéricos no le hicieron mella, que chingara a su madre la gente pequeña, sensata, mediocre.

—Te lo advertí cuando nos conocimos: yo me cago en la normalidad —aleccionó a Natalia, que había bajado la cabeza con una mirada de víctima—. Nunca vas a poder meterme en el aro, si eso es lo que pretendes. Ser pareja de Carlos Denegri es un privilegio para cualquier hembra. Muchas se pelean tu lugar y lo menos que puedes hacer es jalar conmigo cuando tengo ganas de fiesta.

Concentrado en la perorata, perdió de vista que había dejado su casa un kilómetro atrás y ya iba cruzando Avenida Copilco. En la entrada de Ciudad Universitaria, Natalia rompió el silencio:

—¿No íbamos a la casa? Ya te pasaste.

—Ah, chingá, y ¿por qué no me avisas? —refunfuñó, y en el trébol del Estadio Olímpico dio un volantazo para tomar el retorno.

Aturdido por la bebida, se le había olvidado que la víspera el Ejército había ocupado la Universidad, y el paso estaba cerrado por una valla metálica. Lento de reflejos, no tuvo tiempo de frenar y destrozó la valla con todo y cadena. De un jeep atravesado en la curva bajaron cuatro soldados con armas largas. Aterrada, Natalia asomó la cabeza por la ventana:

—¡No disparen, por favor, fue un accidente!

—Tú no te metas —Denegri la calló de una bofetada.

Se bajó del Galaxie con las manos en alto. El teniente al mando del batallón, un joven alto y correoso, con facha de indio yaqui, le ordenó que abriera las piernas con las manos apoyadas en la cajuela. Impertérrito, Denegri se dejó esculcar con una sonrisa de suficiencia.

—Soy periodista y asesor de la Presidencia, vea el tarjetón que traigo en el parabrisas.

El ceño adusto del teniente se suavizó por arte de magia.

—¿No vio la barrera?

—Disculpe oficial, no sabía que la Universidad estaba tomada —mintió y un espasmo de hipo delató su borrachera.

—Por tratarse de usted vamos a dejarlo ir sin presentar cargos —concedió el teniente—. Pero corrió un riesgo muy grande, por poco y lo balaceamos. No maneje tomado, cuantimás si viene con la señora.

Al día siguiente despertó bocabajo en el mosaico del baño, sin saber cómo diablos había llegado ahí. Sus pálpitos de taquicardia parecían anunciar un infarto. La idea de morir en una cruda le erizó los cabellos. De Natalia, ni sus luces. Alejandro, el jardinero, le informó que se había ido con el Mustang desde muy temprano. La llamó por teléfono a la Villa Bolívar y, aunque no quiso tomar la llamada, una de las sirvientas le dijo que había dormido ahí. Gracias a Dios no se había largado de la ciudad, retenida, seguramente, por los deberes escolares de sus hijos. Esa misma noche fue a llevarle gallo con un mariachi de Garibaldi. Natalia no salió al balcón, pero de cualquier modo entró a verla, cabizbajo y humilde. Con un derrame en el ojo izquierdo, la ceja cerrada con puntos de sutura, la pobre daba lástima. No tenía madre por herir así a una mujer tan guapa, en la que cualquier huella de violencia resaltaba el doble. Contrición llorona, golpes de pecho, juramentos de rodillas. Venía de ver a un médico que le había recomendado unas pastillas para dejar de beber. Lo dejarían noqueado cuando tomara una copa. Nunca más volverá a suceder algo así, yo mismo me hago daño con estas vilezas, porque a pesar de todo te adoro, créeme, te adoro como un fanático y a veces no me puedo controlar porque tus desdenes me vuelven loco. Una mala noche no borra todos los bellos momentos que hemos pasado juntos. Así, mi cielo, llora conmigo, pégame si quieres. Más fuerte, rómpeme la madre. Acepto cualquier castigo con tal de que no me abandones. Sólo te pido una oportunidad, la última.

En el modesto juzgado de Topilejo, un pueblito suburbano que a pesar de su cercanía con la megalópolis conservaba todavía un pintoresco encanto rural, el juez Macario Quiñones —bigotillo ralo, ojos de tlacuache, traje a cuadros con las solapas luidas—, leía en tono cansino la epístola de Melchor Ocampo, alzando a ratos la voz para hacerse oír entre los mugidos de las vacas y el cacareo de las gallinas que allá afuera, en el terregal, proclamaban la primacía del instinto sobre las leyes humanas.

—Declaro en nombre de la ley y la sociedad que quedan ustedes unidos en legítimo matrimonio, con todos los derechos y prerrogativas que la ley otorga, y manifiesto que este es el único medio moral de formar la familia, de conservar la especie y de suplir las imperfecciones del individuo…

Con un vestido corto de encaje azul claro, collar de perlas y una coqueta pamela beige que le sentaban de maravilla, Natalia irradiaba efluvios magnéticos. Había extremado la discreción de su maquillaje para adoptar una personalidad más conservadora, más afín con su nuevo estado civil. Denegri, de traje gris oscuro y corbata color cereza, las manos entrelazadas a la altura del ombligo, escuchaba por tercera vez en la vida esa epístola anacrónica y cursi, de la que tanto se había mofado en la revista *Noctámbulas,* cuando escribía escenas paródicas de la vida conyugal. Era un triunfo de su perseverancia que Natalia finalmente aceptara casarse con él. Se lo debía, sobre todo, a su impecable conducta durante el largo peregrinaje por tres continentes, en el que la dependencia mutua, los placeres compartidos, el contacto con la naturaleza virgen y el descubrimiento de culturas exóticas los habían unido en una sola voluntad trashumante. Ni un trago en dos meses y medio, se ufanó: había cumplido sus deberes de reportero y de esposo con una disciplina espartana, fajándose los pantalones cuando la sed lo apremiaba. No había mejor antídoto contra el vino que beberse la sonrisa de la mujer amada.

—Los casados deben ser y serán sagrados el uno para el otro, más aún de lo que es cada uno para sí. El hombre, cuyas dotes sexuales son el valor y la fuerza, debe dar y dará a la mujer protección, alimento y dirección, tratándola siempre como a la parte más delicada, sensible y fina de sí mismo, con la magnanimidad generosa que el fuerte debe al débil…

Miró a Natalia con ojos de padre incestuoso, enternecido por su rápida metamorfosis en mujer de mundo. Entre diplomáticos y jefes de Estado se había comportado con una desenvoltura de aristócrata, sin afanes protagónicos ni timideces. Con el general Juan Domingo Perón, a quien entrevistó en Madrid, habló sin cohibirse de pintura renacentista y supo torear con gracia sus piropos, un tanto subidos de tueste. En la recepción que Charles Helou, el presidente de Líbano, les ofreció en el palacio morisco de Baabda, opacó a todas las esposas del cuerpo diplomático y atrajo como un imán a los fotógrafos de prensa. Causó más sensación todavía entre los jeques de Kuwait, que la miraban de hito en hito en el casino Du Liban en Beirut, con un ojo a la mesa del bacará y otro a su escote. De Accra a Kampala, de Addis Abeba a El Cairo, de Entebbe a Lagos había derramado gracia y donaire, adivinando por sabiduría intuitiva cómo romper un silencio incómodo, cuándo halagar al interlocutor, en qué momento intercalar una broma de buen gusto. Aunque no la pudo sacar de paseo tanto como hubiera querido, habían compartido momentos inolvidables: el recorrido por el zoco de Macola, entre encantadores de serpientes y faquires que tragaban espadas, la cena bajo las estrellas en el Castillo de Christiansborg, la travesía en lancha por el Nilo, contemplando el firmamento desde una tumbona de la cubierta. Oh, plenitud de la vida en pareja. Reconciliado con los ideales caballerescos, en el umbral de la tercera edad al fin descubría el sentido de la existencia: crear un círculo virtuoso de felicidad retroalimentada.

—Señora Natalia Urrutia, ¿acepta usted por esposo al señor Carlos Denegri?

El sí de Natalia, cristalino y sonoro, lo comprometía a no fallarle, a superar sus defectos de carácter, y cuando él también asintió a la pregunta del juez, su quebrada voz de enamorado brotó de manantiales muy hondos. Pasaron luego a firmar los testigos, tres por bando. Sólo ellos y un puñado de familiares y amigos habían concurrido al juzgado, porque después de su rumbosa boda con Estela, una gran apoteosis social seguida de un chasco igualmente ruidoso, ya no tenía cara para someter su intimidad al escrutinio público. Deploraba, sin embargo, no poder casarse con Natalia por la Iglesia, y al día siguiente, un domingo, la llevó al nuevo templo de la Santa Cruz del Pedregal, donde oficiaba misa el padre Javier Alonso, su antiguo y querido confesor. Era una iglesia circular desnuda de ornamentos, pero llena de luz, con muros de piedra volcánica, piso de ladrillo y un alto techo piramidal que invitaba a desasirse de la impedimenta corpórea. Cuando el padre Alonso apareció en el altar, un monolito sin pulir coronado por un baldaquino, Denegri susurró al oído de Natalia que ese padre había sido en otro tiempo su director espiritual. Aunque ya tenía el pelo blanco y la edad le había lijado la voz, aún arengaba con ardor a los pecadores, y en su empeño por salvarlos, alcanzaba con ellos una rara empatía, más persuasiva que mil reprimendas.

—Hay quienes han caído tan bajo que se creen condenados sin remedio. El vicio, la depravación y el sucio interés llegan a tener un lugar tan preponderante en sus vidas, que ya no creen posible salir del fango. A esos réprobos sin esperanza, a los libertinos que gimen y lloran, a los desesperados con el alma reseca yo les digo: alzad la frente y contemplad el esplendor del cielo, no sigáis reptando como gusanos, confiad en la infinita benevolencia del Dios hecho hombre que murió por vosotros...

Denegri derramó un hilillo de llanto dulce y balsámico. Alonso le había adivinado el pensamiento, como si estuviera hablando con él en privado. Cierto, la salvación era posible si mataba con la espada de San Jorge a los dragones dormidos que aún lo acechaban ahí dentro, emboscados en la noche oscura del alma. Tomó a Natalia de la mano y la miró a los ojos, pidiéndole fuerza y valor para no recaer en la vorágine autodestructiva. Sin saberlo, el padre Alonso los estaba casando en esa misa dominical, porque la fusión de los espíritus no dependía de los formalismos del culto. Cristo santificaba sus nupcias aunque estuvieran lejos del altar y los protegería contra las borrascas venideras, a condición, claro, de que las sortearan con prudencia. Nunca más debía prestar oídos a los maldicientes, por cercanos que fueran, ni degradarse con la inmunda sospecha de que Natalia lo quería sólo por su dinero.

Mamá la denigraba por celos: Natalia lo amaba de veras, con un amor infalsificable, suave como la espuma y firme como la roca. Lo quería y lo admiraba tanto que asimilaba pronto sus enseñanzas, leía los libros que le recomendaba, se apropiaba de sus ideas. Durante el viaje, al constatar cuánto la había transformado en apenas dos años, había sentido ganas de exclamar como Pigmalión: "Tú eres la materia y yo soy la idea, tú eres la arcilla y yo el alfarero". Natalia era una hechura suya, de modo que al amarla se amaba a sí mismo y al odiarla se envilecía.

En lo futuro deslindaría escrupulosamente su vida privada de la pública, donde las turbiedades del oficio periodístico muchas veces podían agriarle el carácter. Esperaba sortear así algunos reveses que de otro modo podían predisponerlo a la violencia. Desde finales del 68, Fernando M. Garza no había mencionado su presunto ascenso a la dirección de *Excélsior*, ni él quiso sacarlo a colación en sus charlas telefónicas, por una mezcla de orgullo y recato. Comprendía muy bien las razones del presidente para recular en su tentativa golpista: la matanza de Tlatelolco había empañado el prestigio internacional del gobierno, vapuleado por la prensa libre del mundo entero, y en esas circunstancias, defenestrar al director del único diario tímidamente opositor confirmaría a los ojos del mundo que la dictadura del PRI había ingresado al club de los gorilatos latinoamericanos. Durante décadas, el régimen se había esforzado por diferenciarse de las tiranías pretorianas auspiciadas por Washington. México era uno de los pocos países del continente con un gobierno civil, y su tradición de brindar generosa hospitalidad a los perseguidos políticos de otros pueblos le había granjeado cierto respeto en los foros internacionales.

Pero al ordenar una represión sanguinaria, Díaz Ordaz había hecho causa común con las dictaduras militares de Stroessner, Somoza o el general Costa e Silva. Y aunque ninguno de los abundantes ataques a su gobierno publicados en la prensa extranjera se había divulgado en México, de cualquier modo el presidente resentía su impopularidad internacional y ahora sus estrategas apostaban a que la gente hablara lo menos posible de México. Esa política había surtido magros efectos, por estar sujeta a los altibajos neuróticos del jefe de la nación, que perdía los estribos con facilidad. El martes pudo constatarlo por enésima vez. Recién llegado a la oficina, recibió por teléfono una orden absurda de Joaquín Cisneros, el secretario particular del presidente: debía tupirle duro a Octavio Paz, por haber exigido en *Le Monde* el fin del partido único y la apertura del sistema político mexicano.

—Con todo respeto, Joaquín, ¿no crees que eso favorece a Paz? Lo más sensato sería ningunearlo y echarle tierra al asunto.

—Lo mismo le aconsejé al señor presidente, pero no escucha razones. En los últimos días anda muy susceptible.

—No es que yo quiera defender a Paz —insistió—, pero francamente, con estas campañas de linchamiento vamos a convertirlo en héroe nacional.

—Comparto tu opinión, pero ¿qué le vamos a hacer? Donde manda capitán…

Muy a regañadientes pergeñó un artículo titulado "Cría cuervos", en el que acusó a Paz de haber vivido a sus anchas del erario durante décadas, aprovechando sus contactos en el Servicio Exterior con fines de promoción literaria, para luego traicionar al gobierno como un hijo ingrato. "Su renuncia a la embajada de la India, una decisión impulsiva tomada a partir de informaciones tendenciosas sobre el zafarrancho de Tlatelolco, donde murieron, sobre todo, soldados del Ejército mexicano, le granjeó una notoriedad que ahora explota para denigrar a México y sus instituciones". Al día siguiente constató con pena que Roberto Blanco Moheno, Julio Ernesto Teissier y Rafael Solana empleaban casi las mismas palabras en sus ataques al poeta. Eso era lo más detestable de seguir la línea de Los Pinos: adocenarse, perder singularidad. Cuando tantos cazadores le disparaban al mismo pato, hasta el lector más ingenuo se daba cuenta de que actuaban por consigna. Entre renunciar a la independencia de criterio y confesarlo en público había una sutil pero importante diferencia, que por lo visto, nadie percibía en las alturas del poder. No pedía mucho, carajo, sólo que lo dejaran prostituirse a su modo.

Al día siguiente se reunió a comer en El Parador de José Luis con sus amigos Enrique Loubet y Manuel Mejido, que no lo habían visto desde principios de marzo, cuando emprendió la gira por África y Oriente Medio. Los sorprendió pidiendo una cocacola, pues ellos ignoraban sus propósitos de enmienda. Como faltaban menos de tres meses para el destape del candidato a la

Presidencia, el futurismo estaba en ebullición y la charla, por fuerza, tomó ese intrincado rumbo. La contienda se había vuelto una carrera parejera entre Martínez Manatou y Echeverría, pero Mejido no descartaba del todo al regente Corona del Rosal, que en un descuido podía rebasar a los aparentes punteros. En opinión de Loubet, el presidente necesitaba un sucesor incondicional que mantuviera su política de mano dura, ante el surgimiento de guerrillas en diversas regiones del país. Eso nulificaba la candidatura de Martínez Manatou.

—Las circunstancias han debilitado mucho a tu gallo —guiñó un ojo a Denegri—. Es un secreto a voces que él quería desactivar el movimiento estudiantil en una negociación y en las juntas del gabinete se opuso a la intervención del Ejército.

—Pero Martínez Manatou es el mejor amigo de Díaz Ordaz, no lo olvides, y eso tiene que pesar en su ánimo —argumentó Denegri, con más voluntarismo que convencimiento.

Comprometido hasta el cuello con Martínez Manatou, acababa de invitarlo a su programa de televisión y en infinidad de artículos había elogiado su labor en el gabinete. Para guardar las apariencias, también reconocía los méritos de Echeverría, con adjetivos más tibios.

—En política no hay amigos que valgan —lo rebatió Mejido, escéptico—. El presidente elegirá a quien más le convenga, no a quien mejor le caiga.

—Martínez Manatou le conviene al sistema político —insistió Denegri—. Su destape sería una señal de distensión y apertura democrática.

—Como anduviste recorriendo el mundo tanto tiempo, andas un poco atrasado de noticias, compadre —lo aleccionó Loubet—. En el aniversario de la Constitución, Martínez iba a ser el orador oficial, pero a última hora Echeverría le comió el mandado. Ya no se sienta al lado de Díaz Ordaz en las ceremonias oficiales: lo relegan a la esquina del presídium, junto al secretario de Marina.

—Por eso no me gustan las giras tan largas —reconoció Denegri—. Pierdo contacto con la política local.

—No es por amarrar navajas, pero eso quiere justamente Scherer —lo previno Mejido, bajando la voz—: tenerte largas temporadas en el extranjero, para excluirte del juego político en casa.

Lo dijo el otro día en una comida con sus acólitos: a Denegri lo quiero lejos, donde no pueda hacer daño.

—¿Te cae de madre que dijo eso?

—Me lo contó Víctor Velarde, que estaba presente en la comida. No quiere que influyas a favor o en contra de ningún precandidato.

—Para mí que ya está comprometido con alguno —conjeturó Mejido— y teme que le lleves la contra.

Por automatismo psíquico, Denegri pidió un jaibol a la guapa mesera de minifalda, con la fe supersticiosa de un niño asustado. El trago había sustituido a los escapularios que llevaba en la infancia y cumplía la misma función: librarlo de todo mal. No le remordió la conciencia recaer en el vicio. Podía ser abstemio en el extranjero, no en ese perol de ambiciones hirvientes, donde la mitad de su oficio consistía en esquivar cuchilladas. Ciertamente Scherer había publicado en primera plana sus reportajes de la gira, a veces con titulares a ocho columnas, pero si lo excluía de la escena política nacional no sólo le restaría poder: también su mayor fuente de ingresos. Deploró más que nunca la suspensión del cuartelazo que lo hubiera puesto a la cabeza del diario. Ya entrado en paranoias, temió que Garza se hubiera ido de la lengua en los corrillos políticos: si Scherer se había enterado de que aceptó su oferta, seguramente trataría de vengarse. Y con un presidente debilitado por la inminencia del destape, de poco le serviría que Díaz Ordaz lo tuviera en un buen concepto: eso no lo inmunizaba contra las posibles represalias de Scherer, menos aún si se confabulaba con Echeverría. Vulnerable por todos los flancos, tenía que hacer algo pronto para conjurar el peligro. Recién bajado del avión y ya estaba envuelto en intrigas mafiosas que lo amenazaban por varios frentes. Mejor se hubiera quedado en Uganda o en Etiopía, dándole cacahuates a las jirafas.

Después del tercer jaibol refrenó las ganas de seguir tomando, como un bombero que apaga un conato de incendio, pero de cualquier modo llegó a casa con aliento alcohólico y Natalia, decepcionada, se lo reprochó en tono de fiscal.

—¿Para eso nos casamos y trajimos a vivir a los niños aquí? Te lo dije muy claramente, Carlos: no los quiero exponer a tus borracheras.

—Cálmate, no vengo borracho, me bebí tres jaiboles y ahí le paré.

—Los alcohólicos no se pueden controlar. Eres una bomba de tiempo: será hoy o mañana, pero seguro revientas.

Los regaños de Natalia lo hicieron retroceder a la infancia, cuando su madre lo reprendía por volver a casa con raspones en las rodillas y los zapatos negros de lodo, enarbolando una dudosa autoridad moral para sojuzgarlo. Tal vez había nacido entonces su firme determinación de no dejarse mangonear por ninguna vieja. Sintió renacer esa rebeldía infantil, ese impulso por reafirmarse ante la tiranía femenina. Pero con una dosis moderada de alcohol en la sangre no perdía los bártulos y en vez de enconar la pelea prefirió desarmar a Natalia con una ofensiva galante.

—¿Por qué tanto escándalo, hijita? Llegué temprano a casa, no estoy briago, y ando muy querendón —se le arrimó por la espalda, pegándole el miembro a la hendidura de las nalgas—. No seas mala, consiénteme tantito.

—Espérate, Carlos, nos van a ver los niños.

—Están jugando muy contentos en el jardín —le metió la mano por el escote—. Ven a la cama, ándale. ¿No quieres que papi te haga caballito?

La fantasía del papá depravado con la hija incestuosa había sazonado su vida erótica durante la gira internacional, en la que se habían amado con una lujuria versátil. Predispuesta al placer, Natalia cedió a sus caricias y lo tomó de la mano, subiendo escaleras arriba. Se le había quitado el enojo por arte de magia. Bien hecho, así apaciguaban los charros cantores a sus novias rejegas: dominándolas por la buena, sin echar mano del fuete. Para efectos disciplinarios, una buena cogida era más eficaz que cien latigazos y con mujeres de temperamento fogoso, como Natalia, no había otra manera de hacer las paces. En el cuarto se apresuró a desnudarla mientras ella cerraba las cortinas. Besó cada milímetro de su espalda con una morosidad de libertino que al principio fue un impulso lúbrico, pero después resultó una embarazosa táctica dilatoria, pues a la hora de la verdad, sepa Dios por qué, no pudo alcanzar siquiera una mediana erección. Con el falo encogido entre las piernas, como un gusano alevoso y traidor, se sintió abucheado por un invisible tribunal de la hombría.

—Meteméla ya —ordenó Natalia, impaciente—, y Denegri, derrotado, tuvo que reconocer su fracaso.

—Perdón, mi amor, se me fue la inspiración.

—Son los jaiboles que te tomaste —Natalia chasqueó la lengua con desdén—. A tu edad, el trago le hace mucho daño a la libido, acabo de leerlo en una revista.

—No exageres, ni que fuera un anciano.

—El año próximo vas a cumplir sesenta, ya deberías cuidarte, o al rato nada de nada, ¿eh?

No quiso refutar ese diagnóstico falaz, pues un caballero colocado en sus penosas circunstancias tenía que aguantar vara con humildad. En los hoteles de lujo donde estuvieron cogiendo de maravilla, Natalia ni siquiera notó su diferencia de edades. Pero ahora estaban en casa, reintegrados a la rutina, y por lo tanto, al enfadoso régimen de los placeres obligatorios. No había mejor antídoto contra la lujuria que el sentido del deber, lo sabía desde su primer matrimonio. A los 23 años, recién casado con Lorena, también había tenido problemillas de impotencia nerviosa. La libido se sublevaba contra cualquier restricción a la libertad, en este caso, contra la moral puritana que Natalia quería imponerle. Rasgarse las vestiduras por tres pinches copas, como una predicadora del Salvation Army, qué poca madre. Su verga era sabia y se había declarado en huelga por ese atropello. ¿Pero cómo explicárselo sin parecer un mal perdedor? Durmió mal, con una vigilancia neurótica de sí mismo que le impedía abandonarse al sueño profundo. Al día siguiente, en el desayuno, Natalia le entregó un frasco de vitaminas recomendadas en un artículo médico sobre los achaques de la senectud.

—Son muy buenas para los nervios y para ya sabes qué. A la gente de tu edad le conviene tomarlas.

Y dale con la edad, eso ya eran ganas de joder. Para colmo, había soltado la venenosa pulla delante de Blasa, la más ladina y resabiada de sus tres sirvientas, que en ese momento estaba sirviendo el jugo de naranja, enfurruñada como siempre. Remoloneaba para cumplir cualquier orden que no considerara parte de sus funciones y tenía un estilo brusco de servir los platos, dejándolos caer sobre la mesa. Pero de tonta no tenía un pelo y daba por seguro que había entendido la indirecta. En cuanto Natalia salió al yoga, escupió las vitaminas en un cenicero. A la chingada con sus remedios, ni que fuera un anciano decrépito. Pero cuidado: Blasa lo había visto y temió que le fuera con el chisme a su patrona. Zapoteca piojosa, siempre acorazada en un mutismo hostil, rumiando sin duda, pequeñas venganzas.

El berrinche lo predispuso a emprender negocios agresivos. En París, adonde había volado desde Addis Abeba, por instrucciones del *Excélsior,* para reseñar *in situ* la caída del general De Gaulle, había tenido contacto con un viejo amigo, François Donissan, un colmilludo reportero del *Fígaro,* a quien pidió información sobre los contratos de la empresa Alstom con el gobierno de México para fabricar los vagones del Metro. Como lo sospechaba, las pesquisas de Donissan destaparon una cloaca pestífera: el gobierno de México había pagado un sobreprecio del treinta por ciento, pues la misma empresa, dos meses antes, le había vendido los mismos vagones al Ayuntamiento de Madrid por una cantidad bastante inferior. Donissan le vendió en quinientos dólares una copia del contrato firmado por el ingeniero Genaro Grajales, jefe de compras del Departamento del Distrito Federal, y esperaba recuperar su inversión con creces, pues en México había muchos interesados en echarle tierra al asunto. Por su larga experiencia en materia de fraudes a la nación, podía jurar que el regente capitalino Corona del Rosal y el propio Díaz Ordaz estaban en el ajo. Pero sería una locura desafiarlos cara a cara: se conformó con lanzar un buscapiés al jefe de compras, el autor material del entuerto, que a fin de cuentas era el único responsable ante la ley.

—Buenos días, licenciado, lo llamaba porque tengo una inquietud sobre los contratos que usted firmó con la empresa Alstom. Hay cosas que no me cuadran y quisiera pedirle algunas aclaraciones.

—¿Aclaraciones de qué tipo? —tartamudeó Grajales.

—No puedo ventilar este asunto por teléfono, puede haber pájaros en el alambre.

—Pues venga cuando quiera a mi oficina.

Por su tono comedido, casi servil, intuyó que se había zurrado en los calzones.

—Mejor venga usted a verme, así tendremos más privacidad —le cambió la jugada, para negociar desde una posición de fuerza.

Grajales aceptó sin chistar, con un apocamiento que denotaba falta de temple. Acudir a la cita lo demeritaba de antemano, cualquier mafioso de ligas mayores se hubiera dado más taco. Al día siguiente, cuando lo tuvo delante del escritorio, leyó en su mirada esquiva un miedo cerval: pálido y quebradizo, con las mejillas hundidas, el cuello engarrotado y una película de sudor en la frente, Grajales fumaba sin parar, tirando la ceniza fuera del cenicero por el temblor del pulso. De cabello castaño claro y ojos color de miel, llevaba un elegante saco de tweed que acreditaba su buena cuna. Pertenecía a la casta divina de los juniors elevados de un tirón a los puestos superiores de la pirámide administrativa, que no estaban acostumbrados a las presiones y delante de un periodista sagaz se desmoronaban como alfeñiques. Por poco cae fulminado cuando le mostró el contrato. Intentó, sin embargo, escurrir el bulto con el argumento de que la compra de los vagones fue sometida a una licitación, supervisada en persona por su jefe directo, el general Corona del Rosal, que mantuvo informado al presidente de todo el proceso. Muy atribulado, pero bien que sacaba las uñas. Su alegato encerraba una amenaza: si te metes conmigo, ya sacaste boleto con los de arriba.

—El Metro se inaugura en dos meses y todo lo relacionado con el tema es noticia —contraatacó Denegri—. La divulgación de estos contratos causaría un escándalo que yo quisiera evitar, para no perjudicarlo. De usted depende, ingeniero, que este contrato se conozca o se quede en mi archivo.

—Yo sólo cumplí órdenes del señor regente.

—Le creo, ingeniero, una decisión tan importante no la toma un subalterno —Denegri carraspeó con aire mandón—, pero si este asunto se divulga, el chivo expiatorio sería usted, por haber hecho el trabajo sucio. De modo que le conviene arreglarse conmigo.

—¿En qué términos?

—Cincuenta mil dólares depositados en mi banco de Nueva York —Denegri le entregó una tarjeta con los datos de su cuenta.

Grajales se irguió en el asiento con los ojos desorbitados.

—¿Me está extorsionando?

—No, le estoy ofreciendo una oportunidad para salir ileso de este fraude. Su carrera política está empezando y no le conviene mancharla tan pronto.

—Ni en sueños podría reunir esa cantidad. Como bien dijo usted, soy un simple subalterno.

—Simple sí, pero no pobre. Apuesto que a usted le tocó una buena comisión. Los franceses pagan esos favores con largueza.

—Soy un funcionario de carrera, le aseguro que mi fortuna es modesta.

Denegri se negó a entrar en regateos y le dio una semana de plazo, en tono imperativo, para dejar en claro que no estaba jugando. Pedir menos hubiera sido malbaratar su silencio, tomando en cuenta el monto de los contratos y la magnitud del escándalo que suscitaría esa revelación. No esperaba, desde luego, que Grajales le pagara la dolariza de su bolsillo. De hecho, lo había utilizado como correveidile para mandar un mensaje al "señor regente": tengo pruebas de su peculado y lo felicito por ser tan audaz, pero no sea tacaño y salpique tantito. Cuando un alto jerarca del sistema no tomaba la iniciativa para comprar lealtades, como en las épocas doradas de Maximino y Miguelito Alemán, el periodista tenía que ejercer presión. Así eran las reglas del juego y él no las había inventado, sólo las perfeccionó con más habilidad que ningún otro reportero. Corona del Rosal estaba en la lucha por la candidatura presidencial y calculó que un político tan ducho en componendas no vacilaría en distraer del erario una pequeña cantidad extra para callarle la boca.

Optimista por el buen rumbo que llevaba el negocio, comió en casa con Natalia y por la tarde jugó en el jardín con los niños, que acababan de ver en la tele una película sobre la vida de Napoleón y montados en escobas querían entrar en combate. Pilar también quiso jugar y le asignó un papel de coronela. Con la mano en la barriga, metida dentro del saco, y unos binoculares colgando del cuello los dirigió en una batalla contra el ejército austro-húngaro: ¡Caballería, cargue por el flanco derecho! ¡Artilleros, derrumben esa muralla! Los húsares dispararon a los troncos de los árboles con sus rifles de diávolos mientras él cantaba *La Marsellesa*. Desde el balcón, Natalia les tomaba película con su nueva cámara de súper ocho. Luego se llevó a toda la familia a tomar helados en la nevería Yom-Yom. La convivencia diaria lo había encariñado con los hijos de Natalia, en especial con Ramiro, a quien esa tarde dio una cátedra sobre la desastrosa campaña napoleónica en Rusia:

—¿Sabías que en los meses más crudos del invierno, los soldados franceses no podían hacer pipí a la intemperie, porque la orina se les congelaba en el aire?

—¿De veras?

—Claro, por eso perdieron la guerra. Estaban tan entumidos que ni siquiera podían disparar los rifles.

Con un poco de voluntad sería un magnífico padre para esos chamacos. Tenía una mujer joven y tres niños pequeños, como un marido treintañero en el momento de sentar cabeza. Su instinto protector lo conminaba a darles un buen ejemplo, a disfrutar las sanas alegrías de la vida en familia, a reconciliarse con la búsqueda de la felicidad que había abandonado en algún momento de su escabrosa existencia, quizá en Río de Janeiro, cuando rompió con Lorena. Esta vez no se dejaría engañar por el canto de las sirenas, ni caería en los espejismos de la euforia inducida. ¿Qué necesidad tenía de adulterar emociones, cuando la belleza de Natalia y la ternura de esos pequeñines lo elevaban a una escala superior del espíritu? Pero Dios lo castigó por arañar el cielo. Cuando pidió en la nevería un sundae con crema batida, Natalia se encargó de amargarle el postre:

—¿Vas a tragarte solo esa montaña de calorías? ¿Sabes la cantidad de colesterol que tiene? Comer tanto dulce a tu edad es un suicidio.

—Pues moriré muy contento —bromeó, y devoró el postre con enfática gula.

El recordatorio de su vejez lo hizo caer en la cuenta de que para Pilar y los hijos de Natalia era un abuelo más que un padre. No le molestaba el papel de abuelito consentidor, y de hecho lo interpretaba con desenvoltura. Pero la insistencia de su mujer en el tema de la edad le reavivó inquietudes perniciosas: ¿Estaba contenta con él? ¿Se habría cansado ya del enojoso fornicio con un ruco fofo y gruñón? ¿Cuánto tardaría en engañarlo con algún joven gigoló de recia musculatura?

El resto de la semana trabajó con ahínco sin tener noticias de Grajales. Dejó pasar una semana más, para darle facilidades de pago, pero el primer viernes de julio se agotó su paciencia y pidió a Evelia que lo comunicara con él.

—Dice la secretaria que el ingeniero Grajales ya no trabaja en el Departamento —le informó por el interfón.

Debió suponerlo, había tomado las de Villadiego, tal vez para esconderse en Miami o Nueva York. Y ni modo de apretarle las tuercas a su jefe: las formas importaban mucho en la política mexicana. Hasta las extorsiones tenían que ser delicadas y pulcras, seguir de preferencia cauces oblicuos, respetar los valores entendidos que sostenían en pie la red de complicidades. Quizá debiera esperar hasta el próximo sexenio, cuando Corona del Rosal abandonara el cargo y fuera más vulnerable. Pero aún entonces, ¿quién le garantizaba que cedería al chantaje? Vio alejarse, alzados por el viento, los cincuenta mil dólares que ya creía tener en la bolsa, y con estoica mansedumbre archivó el contrato incriminatorio.

Como todos los viernes, llegó a Televicentro a mediodía para grabar de un tirón los programas de la semana siguiente. Paty, la vieja recepcionista, lo saludó con apapachos maternales, agradecida por el reloj H. Steele que le había regalado en la última Navidad. Por el pasillo saludó al veterano actor Francisco Jambrina, maquillado y con bisoñé, que había salido a fumar en el descanso de una grabación. Un ramillete de chicas en minifalda y botas altas, que bailaban rock and roll en el programa *Orfeón a Go-gó*, se cruzaron con él haciendo gran alboroto. En la puerta del estudio K, donde grababa sus programas, dos policías torvos tenían órdenes de no dejar pasar a nadie. Garmendia, el *floor manager*, le informó con pesadumbre que el programa se había cancelado por órdenes "de mero arriba".

—No es posible —tragó saliva Denegri—, a mí no me avisaron nada.

Garmendia le mostró un escueto memorándum en el que el señor Othón Vélez, vicepresidente operativo de Telesistema, anunciaba a los miembros del staff la cancelación fulminante de la *Miscelánea Denegri*. Vio salir del estudio a una cuadrilla de técnicos que iban cargando su escritorio, la imagen Guadalupana con marco dorado y la bandera de México. El desmantelamiento de la escenografía lo solivió como si fuera un embargo de bienes. Vélez era su amigo, o al menos eso creía, y tomó el elevador para pedirle una explicación. Por fortuna sólo tuvo que hacer una pequeña antesala. Quince años mayor, el vicepresidente de la televisora ya era un venerable septuagenario de albo cabello, las manos torcidas por la artritis, que llevaba un traje beige con tirantes y corbata de moño.

—Pásale, Carlitos, no sabes cuánta pena me da lo que sucedió.

La víspera, dijo en tono de réquiem, el gerente general de Nacional Financiera, José Hernández Delgado, le informó por teléfono que su dependencia retiraba el patrocinio de la *Miscelánea*, sin aclarar el motivo de una decisión tan intempestiva.

—Se lo pregunté pero no me quiso decir. Enredos de la política, supongo. Creí que estabas enterado, por eso no te avisé.

—Nadie tuvo la cortesía de informarme nada —admitió Denegri, cabizbajo—. Creo que alguien me puso una zancadilla.

—Yo diría que aclares el asunto con Nafinsa. Lo lamento mucho, hermano, pero el patrocinador manda.

Su lástima lo hirió más que la abrupta cancelación del programa, pero no quería que Vélez lo viera derrotado y fingió sobreponerse al hachazo.

—No hay mal que por bien no venga —esbozó una sonrisa forzada—. Le confieso que ya me había cansado del programa. El público y yo necesitábamos vacaciones.

A juzgar por el fúnebre silencio de Vélez, su tentativa de ponerle buena cara a la adversidad no había sonado sincera. Debí guardar silencio, se flageló, nadie puede creer en la noble sonrisa de una cabeza degollada. En el estacionamiento de Televicentro, su temprano retorno tomó por sorpresa a Bertoldo y a Eloy, que estaban comiendo tortas recargados en la cajuela del Galaxie.

—¿A dónde lo llevo, jefe? —preguntó el chofer, chupándose los dedos.

Tardó un rato en responderle. Lo más fácil sería emborracharse de frustración, pero no quiso contribuir a su propia ruina. Si ahora se derrumbaba, nunca más alzaría la cabeza. Eso quería el enemigo: verlo hundido en la desgracia, con la guardia baja y la mente en brumas, demasiado lerdo para devolver los golpes. Porque una canallada tan soez ameritaba una respuesta contundente, cuanto más rápida, mejor. Podían expulsarlo de la pantalla chica y quitarle una buena fuente de ingresos, pero le quedaba la palabra escrita para soltar patadas. Ordenó a Bertoldo que lo llevara a la oficina. En un febril arrebato de inspiración, los dedos volando sobre el teclado, denunció la compra fraudulenta de los vagones, con cifras exactas de los precios inflados:

Su costo estratosférico, mucho mayor al pagado por el Ayuntamiento madrileño, es un insulto al pueblo honrado y trabajador cuyo bienestar invocan siempre los demagogos a la hora de recaudar impuestos. Estamos hablando, en números redondos, de noventa millones de dólares que pudieron haberse destinado a construir hospitales, escuelas, redes de alcantarillado para los cinturones de miseria y fueron a parar al bolsillo del ingeniero Grajales, o al de sus protectores en las altas esferas del poder. El regente Corona del Rosal le debe una explicación al pueblo de México. ¿Acaso no leyó el contrato que obra en nuestro poder? ¿Ineptitud o complicidad? Da tristeza que la obra magna de este sexenio, un motivo de legítimo orgullo para sus constructores, nazca viciada por esta mancha de origen. El presidente Díaz Ordaz lo dijo muy claramente al tomar posesión de su cargo: "Ningún funcionario corrupto tiene cabida en mi administración". México espera que haga realidad esta consigna, por el bien de todos.

Al sacar el artículo del rodillo sintió un escalofrío. Desde hacía mucho tiempo no rompía lanzas con un miembro del gabinete en una lucha de poder a poder. Corona del Rosal tenía los días contados en su puesto: por menos que eso había caído el regente Uruchurtu. Que lo entendiera bien la clase política: Carlos Denegri servía al poder en calidad de socio, no de lacayo. Ni era un subalterno de la aristocracia sexenal, ni tenía la obligación de taparle sus marranadas: podía hacerlo por conveniencia, siempre y cuando se llevara una rebanada del pastel. Pero una corazonada, o más bien, un aguijón en el epigastrio, le advirtió que la represalia tal vez viniera de más arriba. El regente de la ciudad no podía dar órdenes al gerente general de Nacional Financiera, que había cancelado su programa. El presidente sí, escondiendo la mano, claro, y en ese caso, la denuncia podía costarle también la tribuna de *Excélsior*. Con los negocios de Díaz Ordaz nadie podía meterse, y quizá le hubiera pisado un callo con la amenaza a Grajales. Suponía que un santo varón como Scherer publicaría la denuncia por ética profesional, aunque no quisiera comprar ese pleito. Pero si Díaz Ordaz decretaba su muerte civil, ¿estaba dispuesto a retirarse del periodismo y a largarse del país, como un héroe tardío de la libre expresión?

Asaltado por un temor paranoico se asomó al balcón, temiendo que ya lo estuvieran siguiendo los agentes de la Federal de Seguridad. Ningún extraño rondaba su oficina, gracias a Dios, pero si publicaba ese artículo no volvería a dormir tranquilo. La cancelación de su programa sólo había sido una advertencia: por lo pronto te sacamos de la tele, a la próxima te mueres. No sería el primer periodista venal a quien mataban por un intento de extorsión. Con el orgullo en jirones arrugó el artículo y lo echó a la basura. Sentado en el escritorio hundió la cara entre los brazos y prorrumpió en llanto, como un niño recién humillado en el patio escolar por una pandilla de bravucones. En el umbral de la tercera edad no podía de pronto dárselas de periodista independiente y combativo. Arrastraba una larga cola que en los hechos lo incapacitaba para el chantaje. Nadie le tenía miedo ya, su trayectoria lo condenaba a un triste papel de lambiscón sin iniciativa. El temible chantajista era ya un cómplice risible. Adiós a la impunidad absoluta, adiós al poder intimidatorio. En busca de consuelo, salió de la oficina con la idea de invitar a Natalia a un buen restaurante. No le contaría nada, pero necesitaba sentirse querido. Sólo ella, con su calor maternal, podía devolverle la fe en sí mismo.

De camino a casa, pidió a Eloy que en los próximos días anduviera muy alerta, pues había recibido amenazas anónimas. Ponte buzo, por favor, no me vayan a madrugar. De ahora en adelante vas a pasar a la báscula a todos los visitantes de mi oficina. En el espejo retrovisor procuró recomponer su rostro para borrar las huellas del llanto. En el hogar debía seguir siendo el triunfador de siempre, faltaba más. Ya inventaría algún cuento para explicar su salida de la tele. Llegó a casa poco antes de la una y cuando se acercaba a la puerta de la cocina oyó un coro de risas femeninas. Por el quicio de la puerta vio a Natalia y a sus compañeras del yoga tomando café en el desayunador. Se ocultó detrás de un laurel para oír el comadreo. Siempre le había gustado escuchar conversaciones ajenas, en especial las femeninas, no en balde era periodista, es decir, un chismoso profesional. Celia, la mejor amiga de Natalia, hablaba de un tal Yamir, su nuevo instructor en la academia de yoga.

—Desde que llegó no he faltado a una clase. Papito lindo, está para comérselo. A veces me dan ganas de pellizcarle las nalgas.

Y qué voz tan cachonda tiene. Cuando canta el himno a Ochún se me pone la carne chinita.

—Pues yo hago mal los ejercicios adrede, para que me agarre la cintura y las piernas al corregir mis posturas —dijo otra mujer, a quien Denegri no reconoció.

—Zorra, lo estás haciendo trabajar el doble —bromeó Natalia.

—¿A poco a ti no te gusta? —reviró la zorra.

—No me gusta, me encanta —admitió Natalia—, parece un dios bajado a la tierra. Hasta ganas me dan de pintarlo. Aquí entre nos, el otro día lo soñé.

—¿Desnudo?

—No les voy a decir cómo.

—Cuéntanos, ándale...

No quiso oír más, el fogonazo de rabia lo haría reventar en cualquier momento. Las vísceras tomaron el control de sus pensamientos, dislocados en el aire antes de cobrar forma. Puta como todas. Puta no, putísima. Sin duda pensaba en Yamir cuando cogía con él. Y encima tenía que apoquinar los quinientos pesos mensuales de la academia de yoga. Una humillación tras otra, los hados se ensañaban con los perdedores, como los virus oportunistas con los enfermos. Sobre el caído, patadas. Era ya el hazmerreír de Televicentro y pronto sería también un cornudo de vodevil, el vejestorio a quien la mujer engaña delante de sus narices. Pidió a Bertoldo que lo llevara a La Invencible, una cantina de San Ángel donde a veces iba a comer tortas de pulpo. Aserrín en el piso, luces blancas, parroquianos de mediana edad con pinta de burócratas, un duelo acústico entre la cumbia de la rocola y la estentórea sopa del dominó. Ocupó la mesa más discreta, en la esquina opuesta a los baños, para no oler meados, y pidió un tequila doble con sangrita.

—¿Va a querer torta?

—Ahorita no, gracias, nomás el tequila.

Sólo quería beber, los sinsabores de la jornada le habían espantado el hambre. Con razón la perra se quejaba tanto de su vejez: quería carne firme, maratones de sexo con posturas acrobáticas en la cama. ¿Habría realizado ya sus fantasías con Yamir? Seguro, una mujer tan ardiente no se conformaba con sueños húmedos.

Todas las alumnas del yoga retozaban por turnos con el místico padrote que se dejaba montar en posición flor de loto, meditando con los ojos en blanco. Namasté, namasté, aullaban las guarras en la implosión del orgasmo. Las intenciones de Natalia eran obvias: explotar al carcamal, sacarle viajes, autos, la manutención de los niños, mientras saciaba sus antojos con galanes jóvenes. Por ningún motivo debía cometer el error de tener un hijo con ella, ni mucho menos permitir que le endosara uno ajeno. Eso buscaba, sin duda, para quedarse luego con la mitad de su fortuna. Ya cogía de mala gana y su molestia se volvería repugnancia cuando él fuera un anciano decrépito, más necesitado de una enfermera que de una esposa. La oyó maldecirlo con lujo de crueldad: Te hiede la boca, puerco, haz gárgaras si quieres un beso. Cuando veo tus mantecas colgantes me dan ganas de vomitar. Pobre abuelito: si engordas te sale papada de sapo; si adelgazas, papada de guajolote. Se vio en silla de ruedas, hemipléjico, mientras la señora se revolcaba con otro en algún motel. Fírmame el cheque, cabrón o te dejo sin comer una semana. ¿Ah, no? Pues te voy a sacar al jardín bajo la tormenta, para que te parta un rayo.

Dos tequilas después pasó del futurismo a la autocrítica. Si todo eso era previsible, ¿por qué se había echado la soga al cuello en vez de asumir con orgullo su soltería? El miedo a la soledad le estaba costando muy caro, más caro que la soledad misma. Esperar comprensión y amor de las mujeres era como pedirle caricias a un puercoespín. Por bien que las tratara, nunca dejarían de ser el bando enemigo, la mitad oscura y traicionera del género humano. Las detestaba pero no podía prescindir de su compañía: una contradicción insoluble que ya le había costado enredos legales, derrames de bilis, infinitas pérdidas de dinero y sobre todo, de energía espiritual. Durante el cuarto y quinto tequila, que bebió con más reposo, saboreando la ebriedad a fuego lento, evocó la deslealtad de sus parejas, las injurias padecidas por señalarles defectos con ánimo constructivo, la monserga de vivir con una hermana siamesa, el tránsito del cautiverio a la infidelidad y del adulterio a otra monogamia asfixiante. Pero quizá debía agradecer al cielo que su involuntario espionaje le hubiera abierto los ojos. Aún estaba a tiempo de recuperar el sano egoísmo de sus años mozos. Merecía una vejez digna, serena por lo menos. Renunciaba al dudoso privilegio de envejecer con una joven ninfómana que pisotearía muy pronto su honra, si acaso no la había pisoteado ya.

Regresó a casa al anochecer, con el paso firme de un sheriff intransigente. Al oírlo llegar, Natalia bajó la escalera, ligera de ropa, con una bata de seda casi traslúcida. Su ondulante cuerpo de odalisca era sin duda un banquete para Yamir. Le dolió como una ofensa personal que estuviera tan buena.

—Hola, mi amor, ¿dónde andabas? Creí que venías a comer y Blasa te preparó pollo a la barbacoa.

Se hizo el sordo y caminó con parsimonia hacia el carrito de las bebidas. A pico de botella dio un sorbo largo al finísimo tequila añejo, reserva especial, que le mandaba todos los años el gobernador de Jalisco. No se dignó responder hasta soltar un eructo.

—Eres una pésima actriz —se limpió el bigote con la manga del saco—. No sabes cuánto me repugna tu falsedad. Mi amor, mi cielo, mi vida. ¿Para qué tanta melcocha si nunca me has querido?

—Ni yo ni nadie puede querer a un borracho tan majadero. Estás cayéndote de borracho, ¿no te da vergüenza? Ya te dije que a tus años…

—¡Basta de joder con mi edad! —la calló de una bofetada—. Viste mis canas desde el primer día que salí a correrte en el parque. Pero ahora ya no te gusto porque prefieres a tu príncipe hindú, ¿verdad, puta?

—¿Me estuviste espiando? —sorprendida, Natalia retrocedió dos pasos.

—Apúrate a seducirlo, antes de que te lo bajen tus amiguitas del yoga. Total, tu esposo ya está para el asilo.

—Nunca te sería infiel, Carlos, aunque otros hombres me puedan gustar, como a ti te gustan cientos de mujeres —Natalia parecía recobrar el aplomo—. Y tampoco me molesta andar con un hombre maduro.

—Con un viejo, llama a las cosas por su nombre, no seas hipócrita —la acorraló contra la pared donde colgaba su colección de armas blancas, resoplando como un búfalo—. Admite que no te gusta la idea de cuidar a un anciano achacoso. Peor todavía, crees que los viejos no servimos para nada. Te equivocas, estoy en el mejor momento de la vida. La juventud es un estado psicológico y algunos logran prolongarlo hasta la muerte: hay viejos jóvenes y muchachos decrépitos, todo depende de sus ganas de vivir. Y las mías son muy fuertes, mucho más de lo que te imaginas. Tengo cuerda para rato y ninguna mujer castradora, sea joven o vieja, decente o puta, me va a detener. ¿Entendido?

—Por mí no te preocupes, mañana mismo me largo de aquí —Natalia quiso escapar, pero Denegri la detuvo del brazo y volvió a ponerla contra la pared.

—Espérate, que no he terminado —descolgó un sable con mango de marfil—. Te vas cuando yo quiera que te vayas, como dijo el clásico. Será pronto, no te preocupes. Ya me tienes hasta la madre con tus vitaminas y tus indirectas. Los viejos como yo tenemos el orgullo muy sensible, ¿sabes?

Acercó la punta del sable a la barbilla de Natalia, con una mirada soñadora de verdugo sentimental.

—Este sable se llama yatagán. Me lo regaló Atatürk, el dictador de Turquía, cuando lo entrevisté hace años en Estambul.

—Por favor, Carlos, no me lastimes.

—¿Tienes miedo, verdad? —sonrió complacido—. Tu punto débil es la cobardía, por eso no has podido librarte de mí. Me crees capaz de matarte, ¿verdad? Mira nada más, tiemblas como gelatina.

La satisfacción de tener a Natalia a su merced lo predispuso al ensueño. Se sintió rejuvenecido, poderoso, libre de un lastre que lo agobiaba desde tiempos inmemoriales, quizá desde la matriz. Toda la vida había querido estar en esa posición de mando, imponer sus reglas y sus caprichos con la autoridad de los justos. Porque de pronto se había vuelto niño, sí, un niño vengador en pie de guerra contra el matriarcado. Mamá y Natalia eran dos caras de la misma moneda, el ayer y el hoy de una diosa tutelar voluble, dulce pero falsa, tierna pero egoísta, que lo amamantaba y al mismo tiempo le chupaba la sangre.

—Quítate la bata —ordenó.

Natalia tuvo que obedecerlo, tan aterrada ya que ni se atrevía a murmurar una queja. Denegri lanzó la bata hacia arriba y la cortó en el aire con el yatagán. Recogió del suelo las dos mitades, ufano como un artista de circo.

—Qué buen filo tiene. ¿Te fijaste? —alzó de nuevo el sable hasta rozarle la yugular—. Unos cuantos cariñitos con esto y vas a quedar guapísima.

Por simple curiosidad experimental le raspó con suavidad el antebrazo derecho. Como esperaba, la cortada le provocó una fuerte hemorragia que Natalia intentó contener con su mano izquierda.

—¡Estúpido, me vas a matar! —se envalentonó—. ¡Suelta tu juguetito!

—Está bien, mami, tú mandas.

Dejó caer el sable en posición perpendicular y la filosa punta atravesó el pie derecho de Natalia, que se quedó clavada en la duela. Contempló un momento su rostro convulso con una sensación de irrealidad. En circunstancias normales, un alarido como ése hubiera debido ensordecerlo. Pero sonaba lejano y amortiguado, como si brotara de una galería subterránea. Hipnotizado por el movimiento pendular del sable, que tardó un rato en cesar, no volvió en sí hasta que el expansivo charco de sangre le mojó la punta de los zapatos. Indiferente a los gritos de auxilio, se dio la media vuelta y caminó despacio hacia su estudio, en el ángulo opuesto de la sala. Echado en el sofá, con la canción de cuna de Brahms en el tocadiscos, dejó vagar la imaginación por el reino de la infancia recuperada, donde lo amamantaba una mujer bifronte, con el perfil derecho de bruja y el otro de hada madrina. Cuánto la quería a pesar de sus negros pecados. Y si ella de verdad lo amaba tendría que aceptar ese rito purificador. Por el bien de los dos necesitaba derramar tu bendita sangre. ¿Verdad, mamá, que no estás enojada? ¿Verdad que nunca me dejarás de querer? Estaban juntos de nuevo, compartiendo el altar del sacrificio. La sangre derramada sellaba el indestructible pacto y una dulce modorra que parecía brotar del pasado lo invitaba a dormirse con su pezón en los labios.

El disgusto de cenar solo como un ogro pestilencial se agravaba por el hecho de que Blasa le sirviera la comida. Su hostilidad pasiva le atragantaba los bocados. Con la cabeza gacha y los labios fruncidos en un gesto de perenne condena moral, parecía una cristiana infiltrada en la corte de Nerón. No necesitaba interrogarla para saber de qué lado estaba en la guerra doméstica: ella había encontrado a Natalia desangrándose con el yatagán encajado en el metatarso y llamó al taxi que la llevó a la clínica. A esas alturas no sólo Blasa, toda la servidumbre debía considerarlo un monstruo. Claro, ninguna criada oyó confesar a Natalia sus turbios devaneos con el infame instructor de yoga. Así qué fácil era satanizarlo. Dio un sorbo largo a la copa de vino y masticó sin hambre el salpicón de res, agobiado por el silencio acusador de la casa. Sólo se escuchaba a lo lejos el ronroneo de un televisor. Venía del amplio departamento, separado de la casa por un patio de lavado, donde dormían los hijos de Natalia. Tampoco ellos le dirigían la palabra desde la aciaga noche del sablazo, hacía ya una semana. Sólo Pilar le hablaba a la hora del desayuno, en el que nunca estaba presente Natalia. Su encierro a piedra y lodo en la recámara de las visitas era un acto de protesta más eficaz que una fuga.

Dejó el salpicón a medio comer y se sirvió un coñac en una copa panzona. Lo necesitaba para entonarse como actor melodramático en su enésima tentativa por ablandar a Natalia, cuyo repudio lo exasperaba. Ya no podía llorarle de rodillas, como al día siguiente de lesionarla, cuando la pavorosa cruda lo había desmoralizado a extremos patéticos. Ya no se calificaba de borracho maldito enloquecido por los celos, ya no se daba sinceros golpes de pecho ni imploraba el auxilio divino para dejar la bebida, que le sacaba lo peor del alma. Agotado su repertorio de inculpaciones arrepentidas, procuró, sin embargo, elegir palabras humildes y convincentes cuando caminaba escaleras arriba. Frente a la puerta del cuarto donde se había refugiado la fiera herida, bebió un sorbo de coñac y se aclaró la garganta:

—Natalia, ábreme, por favor —tocó la puerta con los nudillos—. No te dejes envenenar por el rencor, te lo ruego. Me porté como una bestia, soy el primero en reconocerlo. Pero ponte en mi lugar: acababa de oírte decir que sueñas a ese tal Yamir. Ningún hombre aguanta una humillación así. Te he sido fiel como un perro desde la primera vez que te vi, toma eso en cuenta antes de condenarme. Ni siquiera veo a las demás mujeres cuando vamos a un restaurante.

—Estas borracho otra vez, te oigo la voz pastosa —lo reprobó Natalia desde adentro.

—Me tomé unas copitas nada más. Pero si me abres la puerta te prometo que no vuelvo a beber una gota de alcohol. Tengo disciplina, tú me has visto cuando trabajo. Ningún vicio podrá empañar nunca lo que siento por ti. Sólo te pido que me dejes entrar un minuto. Me recomendaron a un ortopedista de Houston para tu pie lastimado. Si me abres tomamos un avión mañana mismo.

—¡Lárgate, psicópata!

Irritado, Denegri trató de forzar el picaporte.

—¡Que te largues o llamo a la policía!

Era perfectamente capaz de cumplir su amenaza. Soltó la manija, derrotado, con la certidumbre de que jamás obtendría su perdón.

—Te estás pasando de la raya, Natalia —advirtió en tono de amenaza—. Mañana mismo te cancelo la tarjeta de crédito. Si te montas en tu macho, yo también me voy a montar en el mío, a ver de a cómo nos toca.

Desde arriba alcanzó a ver a Blasa, que fisgoneaba en el cubo de la escalera, mientras fingía desempolvar un jarrón.

—¡Y tú sácate de ahí, chismosa!

La sirvienta salió disparada hacia la cocina. Con gran esfuerzo contuvo las ganas de ir tras ella y darle una buena tunda. Humillado por una puta rencorosa y para colmo, en presencia de una fámula confabulada con ella. Ya no era el dueño de su propio hogar, lo estaban expulsando de ahí con una guerra sucia. Se bebió otra copa de coñac antes de dormir, para conciliar un sueño intermitente y ligero, que lo aturdió sin darle verdadero reposo.

No había parado de beber desde el episodio del sable, aunque su embriaguez endureciera la tozuda resistencia de Natalia, pues ahora, más que hacer méritos, quería doblegarla con desplantes de fuerza. Pero tenía otro motivo más fuerte para beber: la pérdida de su programa televisivo, que sin tragos encima hubiera podido hundirlo en una depresión catatónica.

Para sobreponerse a la cruda, o más bien, a la acumulación de crudas, al día siguiente inhaló una raya de coca. Gracias a la excelente calidad del polvo, que le traía desde Sinaloa un teniente del Ejército, ex guardaespaldas del gobernador Sánchez Celis, pudo sacudirse las telarañas mentales y mantener su ritmo de trabajo. Como el viernes anterior la *Miscelánea Denegri* ya no se había transmitido en el Canal 5, el lunes por la mañana se dedicó a responder llamadas de amigos que le preguntaban, más o menos compungidos, los motivos de la suspensión del programa. Para quitárselos de encima y restar importancia al asunto, les dijo que se había retirado de la tele por voluntad propia, pues quería escribir la crónica de sus andanzas en la Guerra Civil Española. Extraña paradoja: nadie le comentaba jamás el programa y ahora resultaba que todos lo veían. Sólo se dieron cuenta de su existencia cuando salió del aire. ¿Solidaridad o morbo? De cualquier modo no pudo ocultar la verdad mucho tiempo: el martes, Ernesto Julio Teissier escribió en su columna de *Novedades*, con un retintín de burla, que Nacional Financiera le había suspendido el patrocinio del programa "por exceso de audiencia". No esperaba menos de un reptil que rezumaba envidia por todos los poros. Pero a despecho de sus malquerientes, un pequeño fracaso no borraba una larga carrera de éxitos. Ya verían esas cucarachas cómo se levantaba de la lona dando mandobles.

Para seguir siendo el triunfador de siempre debía comportarse como tal, aparentar ante el mundo que su poder no había menguado un ápice. Como parte del control de daños, se dedicó a seguir el rastro de la intriga oculta tras el memorándum de Nacional Financiera. Era una investigación delicada, pues no podía revelar a nadie su intento de chantaje a Grajales. Acudió a un aliado de confianza, el joven licenciado Julio César Mondragón, jefe de asesores de Emilio Martínez Manatou en la Secretaría de la Presidencia, a quien le dijo una media verdad: la cancelación del programa había ocurrido cuando investigaba los malos manejos en la compra de los vagones del Metro, de modo que sospechaba, en primer lugar, del regente Corona del Rosal. Pero una duda lo atormentaba: ¿el castigo habría venido de más arriba? Mondragón le aseguró en privado que el presidente Díaz Ordaz no tenía vela en el entierro. Como el destape estaba tan cerca, todos los presidenciables se espiaban entre sí. Su equipo de espías tenía intervenidos los teléfonos de Gobernación y semanas atrás había grabado por accidente una charla de Noé Palomares, el oficial mayor de la secretaría, con el gerente general de Nacional Financiera, en donde le pidió encarecidamente retirar el patrocinio de la *Miscelánea Denegri*.

—¿Entonces el golpe vino de Echeverría?

—Sí, la consigna de Gobernación es joder a todos los periodistas que nos apoyan. Pero todavía no hay nada escrito y del plato a la boca se les puede caer la sopa. El licenciado Martínez Manatou está muy agradecido contigo y te promete por mi conducto que si él obtiene la candidatura volverás a la tele en un horario estelar.

—No le voy a fallar, Julio —prometió—; es el momento de cerrar filas con él, por el bien de México.

Saber que aún gozaba del favor presidencial redujo en buena medida su paranoia y le dio más aplomo para escribir como si hablara desde las entrañas mismas del sistema político. En una serie de artículos dedicados a la "trascendental decisión que el presidente tiene entre manos, la más importante, sin duda, de su atinado y fructífero gobierno" trató de meterse en la piel de Díaz Ordaz, como si le adivinara el pensamiento: "No es ciertamente envidiable un privilegio implícito en el ejercicio de la primera magistratura, con el engañador aspecto de un derecho omnímodo, que viene en realidad a entrañar una dura obligación: la de inspirarse con altura, con fino y certero tacto, en la elección de un sucesor capaz de continuar la magna tarea del gobierno que se acerca a su fin". Bravo, sonaba como si tuviera acceso a las deliberaciones íntimas de Díaz Ordaz. Eso era lo que sus lectores debían creer, pues así los convencería mejor de que la voluntad presidencial se inclinaba por su gallo, a quien dedicó, desde luego, el primer artículo de la serie, donde lo aclamó por "haber coordinado la tarea de todas las dependencias oficiales con un tacto admirable, sin buscar nunca el lucimiento personal. Discreto, eficiente, concienzudo, profundo conocedor de las fortalezas y las debilidades del sector público, el secretario de la Presidencia llega a la etapa final del sexenio con la satisfacción del deber cumplido. Se ha ganado, sin duda, el derecho a ser tomado en cuenta por el gran elector de Los Pinos, pues la patria no puede darse el lujo de tirar en saco roto la experiencia de sus mejores hombres". No le importaba correr riesgos porque había llegado la hora de las definiciones: se la jugaba por el secretario de la Presidencia, como un valiente que grita en el campo de batalla: va mi espada en prenda y voy por ella.

El miércoles se cumplieron diez días de su irritante guerra conyugal, que le había quitado ya las ganas de volver a casa. Natalia estaba tensando demasiado la cuerda. No había cumplido la amenaza de cancelarle la tarjeta de crédito, para dejar entreabierta la puerta del perdón, pero en vez de apreciar su gesto conciliador, la ingrata se había radicalizado. Gracias a Pilar supo que ya no necesitaba las muletas y podía caminar con bastón. Pero cuando trató de aprovechar esa noticia a su favor, pidiéndole a gritos que no hiciera tanto drama por una herida leve, Natalia le exigió el divorcio del otro lado de la puerta, con la voz templada y serena de una virgen guerrera. ¿Qué mosco le había picado? ¿Hasta dónde quería llegar? ¿A un pleito legal?

Por teléfono expuso sus temores a Bernabé Jurado, que ya estaba al tanto del pleito, y el jueves comieron juntos en La Llave de Oro, un nuevo restaurante de la Zona Rosa, muy frecuentado, a últimas fechas, por la clase política y sus adláteres, donde sólo podían entrar socios con una llave de oro que abría el portón. El abogado y el periodista más temidos de México habían cultivado toda la vida una complicidad fraternal, apuntalada por sus mutuos favores. Jurado era uno de los pocos amigos con los que Denegri podía abrirse de capa con un saludable cinismo. Aunque ya no era el apuesto galán de antaño, conservaba una personalidad donjuanesca y antes de llegar a su mesa se detuvo en el bar para charlar con un grupo de señoras conocidas, bastante jamonas ya, a quienes colmó de piropos.

—No andabas errado, compadre —dijo Jurado, sombrío, cuando chocaron las copas—: tu esposa presentó una demanda de divorcio en la que te acusa de violencia doméstica y su abogado, un tal Jáuregui, está gestionando una orden de restricción. Si la obtiene no podrías entrar a tu propia casa.

Comprendió por qué esta vez Natalia se había quedado en lugar de salir huyendo. Estaba defendiendo su territorio. Como ya estaban casados ante la ley, quería aprovecharse de su estatus legal para obtener un divorcio ventajoso y de paso, quitarle la casa. Hija de la gran puta, debió descuartizarla con el sable. Alarmado por su palidez, Bernabé lo tranquilizó: sería fácil parar la demanda en primera instancia, repartiendo una buena lana en los juzgados, pero le aconsejaba que mientras tanto evitara roces con Natalia, pues el punto fuerte de su alegato era la denuncia por lesiones, presentada en la séptima delegación. De hecho, Jáuregui había entregado un certificado médico para avalar la solicitud de restricción domiciliaria y los jueces tendían a simpatizar con las señoras golpeadas. Denegri negó enfáticamente haberla herido. Natalia se había clavado el yatagán en el pie al dejarlo caer cuando desempolvaba sus armas, dijo, y luego quiso aprovechar el accidente para joderlo.

Confiaba tanto en la sagacidad de Bernabé, que estaba seguro no sólo de echar abajo la demanda, sino de revertirla contra Natalia. Pero al salir del restaurante, afiebrado por los jaiboles, su orgullo viril lo incitó a buscar una justicia más expedita. La mujer a quien colmaba de comodidades y lujos pretendía despojarlo de su patrimonio y exponerlo a un escándalo atroz si se divulgaba la causa de la lesión en el pie. ¿Debió felicitarla por sus devaneos con Yamir? Cualquier hombre con un mínimo de dignidad hubiera reaccionado igual. Un embudo de tránsito a la altura de la Glorieta de Chilpancingo les impuso un alto total de cuarenta minutos y los tragos a la anforita de whisky reavivaron más aún su necesidad de un desquite.

Estaba anocheciendo cuando llegó a la casa, más convencido que nunca de defender una causa justa. Despidió a Bertoldo y a Eloy, pues no quería testigos incómodos del escarmiento. Pasó por el desayunador como una exhalación, sin saludar a Fabián, que estaba merendando, atendido por Blasa y se deslizó escaleras arriba con la prisa de un vengador impaciente. Tocó la puerta cinco veces, al ritmo de una mentada de madre.

—¡Ábreme, cabrona, o rompo la puerta! Ya sé que fuiste a meter una demanda para sacarme de *mi* casa. Te las das de víctima en los juzgados, con tus lagrimitas de cocodrilo. Le hubieras dicho también a tu abogado que te estás cogiendo al instructor de yoga.

Natalia no le respondió, pero la oyó girar el disco del teléfono y luego hablar con una operadora:

—Por favor, mande una patrulla a Insurgentes Sur 2123. Un loco me está atacando. Es urgente.

Denegri destrozó la chapa de la puerta con el tacón de sus botas.

—A buen árbol te arrimas, pendeja —le arrebató la bocina y arrojó el teléfono al suelo—. Sabes de sobra que todos los policías se me cuadran.

—Otra vez vienes borracho, qué asco. No has parado de beber en diez días.

—¿Y qué? —la arrojó en la cama y se le montó a horcajadas para inmovilizarla—. Bebo porque no soporto tus melindres de víctima indefensa.

Al apretar su cuello con las dos manos tuvo un conato de erección, no en balde llevaba una semana y media de abstinencia sexual. Sopesaba la idea de violarla cuando Natalia le asestó un fuerte rodillazo en los testículos. Al verlo doblado de dolor se bajó de la cama y quiso escapar del cuarto, pero Denegri alcanzó a sujetarla de un tobillo.

Abajo, en el desayunador, Fabián y Blasa habían oído la discusión y el ruido de la pelea.

—Le está pegando otra vez —dijo Blasa.

Fabián rechinó los dientes, envejecido diez años de golpe. Su hermano mayor no había regresado aún de su clase de karate y tenía que defender a mamá él solo, como Dios le diera a entender. Corrió escaleras arriba y entró a la recámara de las visitas. De espaldas a la puerta, sin advertir la presencia del niño, Denegri pateaba en las costillas a Natalia, que gemía bocabajo tendida en el suelo. Sus botas charras intimidaron a Fabián, que salió del cuarto a hurtadillas, bajó corriendo las escaleras y en el pasillo que conectaba la planta principal de la casa con el garage, se detuvo frente a una vitrina en la que Denegri guardaba sus armas de cazador. Como no tenía la llave quebró el cristal de un zapatazo y tomó un fusil calibre 22, que había usado ya en una cacería de patos. A su lado, recargada en la pared, Blasa lo aprobó con una sonrisa cómplice:

—Métele un balazo —le susurró al oído—, mátalo de una vez.

442

Más que el consejo de la sirvienta lo animaron a darse prisa los gritos desgarradores de su mamá. Subió de nuevo las escaleras, procurando hacer el menor ruido posible, para tomar desprevenido al monstruo. Denegri seguía pateando en el suelo a Natalia, que se cubría con las manos el cráneo. Fabián alzó el fusil y le apuntó a la cabeza, que a esa distancia estallaría como un melón. Pero al jalar el gatillo descubrió que no tenía balas. Chin, se le había olvidado cargarlo. Bajó corriendo al armario de los rifles, pero mientras él subía y bajaba, el jardinero, Alejandro, que había visto a Fabián sacar el arma desde el garage, sustrajo todas las cajas de cartuchos y las fue a esconder a su cuarto. Cuando Fabián bajó a buscar el parque ya no encontró nada y Blasa, tan enardecida como él, cubrió de improperios al jardinero, un lambiscón agachado, dijo, que a cambio de generosas propinas solapaba las peores chingaderas de su jefe. Desesperado, Fabián salió a la calle en busca de una patrulla.

Cuando Denegri se cansó de patear a Natalia, recordó en un paréntesis de lucidez el sensato consejo de Bernabé Jurado, quizá porque el ejercicio físico le había bajado la borrachera. En la madre, se había echado la soga al cuello y la tira no tardaba en llegar. Se recompuso el peinado en el espejo del baño, bajó corriendo las escaleras, en la cantina tomó una botella de Glenfiddich, y le dio un largo trago de camino al garage. Al volante del Galaxie, arrancó chirriando llanta, porque olvidó quitar el freno de mano. En Insurgentes se dio una vuelta prohibida en U, y enfiló hacia el norte, rumbo a la colonia Nápoles. Desfogada su cólera, necesitaba pensar con calma la estrategia a seguir en esa guerra, y al entrar en su desierta oficina, se apoltronó botella en mano en el sofá de la recepción, manchando de sangre la vestidura de terciopelo. Después de un castigo tan severo sería aberrante que aún pretendiera seguir viviendo con Natalia. Pero ¿estaba seguro de querer el divorcio? ¿No iría a pedirle perdón mañana, como tantas veces había ocurrido? ¿Por qué se aferraba a esa brava norteña? No sólo buscaba amor y sumisión, también había un ingrediente perverso en su apego a ella, una especie de corazonada imprecisa que le auguraba penas mayores y sin embargo, lo incitaba a desearlas. Vencido por el sopor, se quedó dormido sin poder descifrar el enigma. Despertó dos horas después, ebrio todavía, pero con aprensiones que ya presagiaban la cruda moral del día siguiente. ¿Habría tenido Natalia que ir al hospital otra vez? ¿Lo lincharían los tabloides amarillistas?

Volvió a casa en son de paz, manejando con precaución a pesar de la lentitud de reflejos, y aunque buena falta le hacía, no quiso beber más whisky. Tenía que dormir en santa paz, y al día siguiente, buscar un arreglo amistoso con Natalia, si aún era posible tal cosa. Al bajar del auto en el garage, le sorprendió encontrar despierto a Alejandro, el jardinero, que lo esperaba en el pasillo, abrigado con un jorongo, junto al armario de los fusiles.

—Buenas noches, patrón —encendió la luz—. Tenga mucho cuidado con el niño Fabián, hace rato por poco le pega un tiro. Cuando estaba usted discutiendo con la señora Natalia, sacó un rifle del armario, mire nomás como dejó la vitrina, y subió con él a dispararle. Por suerte no tenía balas, pero de todos modos lo quiso matar. Yo me di cuenta de todo y escondí los cartuchos. Luego bajó a cargar el fusil pero ya no encontró las cajas. Le aviso para que se ande con tiento, no vaya a ser la de malas.

Un escalofrío le recorrió el espinazo, como si renaciera en el ataúd. Recompensó al jardinero con quinientos pesos, no sólo por la valiosa información, sino por maquillar con un eufemismo higiénico la golpiza a Natalia. Luego tomó un largo trago de whisky para templarse los nervios. Fabián siempre le había dado mala espina: huraño, esquivo, matalascallando, a pesar de su corta edad era un enorme almacén de rencores. Y no sería difícil que ahora mismo lo acechara en algún lugar de la casa. Él y su hermano sabían muy bien que guardaba su 38 en el cajón del buró. Quizá la hubieran tomado ya, para dispararle a oscuras.

—¿La señora y los niños están aquí?

—Ya tiene rato que se durmieron.

—Tráeme los cartuchos, apúrate.

Nuevo trago a la botella, el mejor antídoto contra la crispación. Para ser franco, envidiaba los huevos de Fabián. Cuántas veces, de niño, quiso hacer algo así, entrar por la puerta grande al mundo de los mayores. Hijo de tigresa, pintito, había heredado el carácter arriscado de su mamá y su inocencia, paradójicamente, lo volvía un enemigo más peligroso que un sicario adulto. Los niños lo veían todo en términos de blanco o negro, buenos o malos, Jesús contra Satanás. Entendía perfectamente bien su mentalidad, pues él había sido también un hijo narcisista atormentado por los celos. Pero lo siento mucho, escuincle, ya valiste verga. Es mi vida contra la tuya, de ésta no te salvas. Gracias a Dios, Pilar había ido a pasar una temporada con su abuelita; no le convenía que presenciara ese duelo a muerte. Cargó una escopeta Springfield 30-06, se la echó al hombro y con la caja de cartuchos en el bolsillo del saco se aventuró a recorrer la casa, encañonando a posibles enemigos al abrir cada puerta, como los agentes secretos del cine. Cuando entró abruptamente a la cocina, un gato saltó del fregadero, y espantado por su maullido, soltó un disparo que hizo añicos un platón de Talavera colgado en la pared. Subió las escaleras en la oscuridad. Como era predecible, Natalia no se había quedado en el cuarto de las visitas, que ahora, rota la chapa, no le ofrecía ninguna protección. Con el tocador volcado, el espejo de pared roto, el teléfono hecho añicos y sus potingues derramados en la alfombra, parecía la escena de un crimen, donde sólo faltaba la víctima, él mismo, con un boquete en la nuca.

Repitió la inspección en su propia recámara. Con la escopeta amartillada abrió de un manotazo la puerta corrediza del closet, por si acaso la loba y sus lobeznos se habían escondido ahí. Nada, debían estar sin duda en la casita independiente que les había mandado construir para no tenerlos encima todo el santo día. Ironías de la vida: se había esmerado en decorar la salita de juegos y la recámara con sillas charras, banderines de futbol y reproducciones a escala de aviones y barcos de guerra, cuando pretendía ser un padre para ellos. Y ahora se agazapaban ahí para recibirlo a balazos. Tamaña ingratitud, ni entre los chacales. Bajó de prisa la escalera principal, aguijoneado por el instinto de supervivencia, y en el patio se detuvo a respirar, exhausto, con la espalda bañada en sudor. Acezante como un perro de presa, subió de dos en dos los peldaños de la pequeña escalera que desembocaba en el departamento y balaceó la chapa de la puerta. Pero adentro no había nadie. Natalia y sus dos hijos, acompañados de Blasa, habían escapado ya por una ventana que daba a otra escalera, la de servicio. Asomado al patio intentó venadearlos, errando los tiros.

—¡Tu hijito es un criminal, no lo protejas! —exigió con un vozarrón de tragedia griega—. ¡O me lo entregas o se mueren todos!

En la espesa penumbra alcanzó a percibir que iban subiendo hacia la azotea por la escalera metálica. Les disparó de nuevo al bulto, y por el rebote de la bala en el barandal de fierro dedujo que habían escapado. Desde la azotea era fácil saltar al techo de la biblioteca y de ahí al cuarto de planchar. Para impedirlo trató de cazarlos desde el patio, disparando hacia arriba, pero ellos se arrastraron pecho tierra, sin ofrecerle nunca un blanco fácil. Carajo, ni en los safaris de Kenya le había costado tanto trabajo cazar antílopes entre pantanos y breñales. Tuvo que subir él también la escalera metálica, echando los bofes, y luego correr por el techo de la biblioteca. Pero cuando los quiso acribillar ya se habían parapetado detrás de los tinacos. Para llegar ahí hubiera tenido que caminar quince metros por una estrecha barda, con riesgo de romperse la crisma. Se conformó con disparar hacia su escondite, con la esperanza de que asomaran la cabeza. Hubo gritos de alarma en las casas vecinas, donde el tiroteo había despertado gran alboroto y una linterna le alumbró la cara. A lo lejos se oía la sirena de una patrulla, que por fortuna se alejó. Entrometida en su safari, la realidad lo llamaba al orden. Tuvo que dejar la venganza para mejor ocasión y bajar derrotado al patio. En el estudio trató de ahogar su coraje empinándose el último tercio de la botella. Ya saldrían del escondite mañana temprano. Y entonces sí, encomiéndense a Dios.

No había un alma en la casa cuando despertó poco después de las nueve, abrazado a la escopeta. Las tres criadas, al parecer, habían huido también, pues nadie vino a servirle el desayuno. Sólo Alejandro, impertérrito, regaba las madreselvas en el jardín. Se negó a creer en su primer recuerdo de la noche anterior, con la esperanza de que aún estuviera delirando. Pero al frotarse los ojos, el olor a pólvora de sus manos le corroboró la espantosa verdad. Por un momento creyó que había matado a todos. Luego recordó con alivio la linterna en la cara y su retirada de la azotea. Pero la falta de puntería no lo justificaba ante el tribunal divino. Mañana, en otra borrachera, quizá diera en el blanco. Golpeador de mujeres y asesino de niños, ¡bravo, cerdo! A fin de cuentas, al mocoso no le faltaba razón para balacearte: intervino en defensa de su mamá. Se odió con la frialdad objetiva de un científico enfrentado a una plaga letal. Puesto en el lugar de Fabián, él también habría querido matar al sórdido adulto en que se había convertido. De milagro había despertado en casa y no en los separos de la judicial. No podía caer más bajo, su alma también apestaba a azufre. Y para colmo tenía taquicardia. Si en ese momento le diera un infarto, Dios no lo quisiera, tal vez los inquilinos del infierno lo recibirían a escupitajos. Fuera de aquí, Herodes, hasta entre los pecadores hay códigos de honor. Media hora después, todo de negro, en señal de luto por su muerte moral, pidió a Bertoldo que lo llevara al templo de la Santa Cruz. En el atrio encontró a un sacristán de mediana edad a quien preguntó por el padre Alonso.

—Está revisando unas cuentas en el dispensario adjunto a la iglesia —le dijo—. ¿Tiene cita con él?

—No, pero creo que le dará gusto verme —y le dio su nombre, avergonzado de pronunciarlo.

A esa hora sólo un par de viejas beatas le rezaban al Santísimo Sacramento, expuesto en un ostensorio de plata. Los altos ventanales, la sencillez del altar, los lejanos acordes de un órgano, el aroma de los nardos en los jarrones de bronce, le infundieron un salutífero anhelo de expiación. La gangrena no había invadido aún el soleado reducto de su alma donde latía la esperanza. Dudaba de tener valor suficiente para limpiar una sentina tan pútrida, pero la autenticidad de su fe, inmune al autoengaño envilecedor, seguía intacta desde la infancia. No se atrevió, sin embargo, a mojar los dedos en la pila del agua bendita. Era indigno de ese bálsamo por vivir en pecado mortal, a merced de las bajas pasiones, refocilado en un vicio con raíces tan hondas en su espíritu que tal vez ya no pudiera extirparlas. Cinco minutos después, el padre le dio a besar la mano con un gesto de grata sorpresa.

—¿Y ese milagro? ¿Por fin te acuerdas de Dios?

—La última vez que lo vi en Cuernavaca, hace dos años, me recordó que tenemos una asignatura pendiente y vengo a pagarla, padre. Quiero hacer una confesión en regla.

—Me alegra que al fin te hayas decidido.

Alonso lo condujo al vestíbulo de los confesionarios, pequeños cubículos con dos cómodos sillones situados frente a frente, que garantizaban la privacidad de los fieles. Por iniciativa propia se arrodilló frente al cura, como en las confesiones de antaño. Así humillaría mejor a su peor enemigo, el orgullo. Pero el padre Alonso le ordenó que se levantara y tomara asiento. Indeciso, sin saber por dónde empezar, carraspeó y se mesó el bigote, sacudido por las trepidaciones del pulso. Ninguna de sus tretas para conquistar el aprecio de los demás podía salvarlo de esa amarga cirugía a corazón abierto. No pudo resistir la mirada escrutadora del sacerdote y bajó la cabeza como un toro de lidia en espera de la estocada letal. Con gran dificultad logró articular las palabras que tenía atoradas en el gañote.

—Anoche estuve a punto de matar a mi mujer y a sus hijos y me siento el buitre más ruin de la tierra —rompió en sollozos—. Por un momento creí que podía formar con ellos una nueva familia, enmendar mis viejos errores y disfrutar su cariño lo que me resta de vida. Pero acabo de perseguirlos a balazos en la azotea de mi casa, después de haber pateado salvajemente a mi esposa —lo interrumpió un borbotón más copioso de llanto—. Vengo con usted porque no creo en los psiquiatras. O mejor dicho, creo que ninguno puede ayudarme sin el auxilio divino. Hace veinte años, cuando me confesé con usted por última vez, me pidió que hiciera un examen de conciencia para identificar de dónde viene mi odio a las mujeres, ¿se acuerda? No había querido hablar de esto, ni siquiera con los psiquiatras, por el amor que le tengo a mi madre. Pero creo que si no me desahogo, el dolor que tengo encajado aquí adentro acabará matándome o matando a la gente que quiero. Yo no me llamo Carlos Denegri, mi verdadero nombre es Carlos Romay...

Téngame paciencia, por favor, porque es una historia larga. Mi padre, Francisco Romay, era un comerciante de ultramarinos, hijo de asturianos, que al estallar la Revolución quebró, porque los alzados de todos los bandos saqueaban su tienda de abarrotes, La Perla de Gijón, en la calle de Jesús María. Los villistas, incluso, amenazaron con fusilarlo si no les pagaba diez mil pesos. Para escapar de la muerte, a los 30 años tomó un buque rumbo a Buenos Aires, atraído por las noticias del gran despegue económico en Argentina. Creyó que allá podría montar otro negocio del mismo ramo, aprovechando la bonanza de aquella época, en la que Argentina se perfilaba para ser una gran potencia. Gracias a sus contactos en la colonia asturiana, obtuvo un préstamo bancario para abrir la vinatería en una calle muy concurrida del Partido de San Martín, un suburbio proletario de Buenos Aires. Allá conoció a mi madre en una fiesta vecinal, donde ella subió al estrado a cantar tangos. Mamá era entonces una linda quinceañera que hacía sus pininos en los teatros de revista. De día ayudaba en los quehaceres domésticos, de noche se transfiguraba en vicetiple del Teatro Maipo, ligera de ropa, con liguero, tacones de alfiler y medias caladas que hacían aullar a los hombres. Hasta la fecha le encanta enseñar en las fiestas sus fotos de aquella época. Tras un breve noviazgo, Francisco le propuso matrimonio y la sacó de la farándula, para beneplácito de sus suegros, que la veían arrastrada al torbellino de la disipación, como se decía en los melodramas de antaño.

Recuerdo poco de Buenos Aires y la verdad, no tengo ningún conflicto de identidad nacional, porque nunca me sentí argentino. Incluso le tengo cierta fobia a mi segunda patria, porque allá se incubaron mis peores defectos de fábrica. No llegué a tener ningún arraigo en Argentina, porque me trajeron a México a los cinco años, cuando mi padre, ahogado por los leoninos intereses del préstamo, acabó cerrando la tienda y volvió derrotado a su patria. Para entonces los carrancistas ya habían tomado el poder, se acababa de promulgar una nueva constitución y parecía que la gente decente por fin gozaba de garantías para trabajar en paz, o al menos eso le dijeron por carta a mi padre sus familiares de acá. Fue así como vine a parar a este país, donde el destino me deparaba una pérdida irreparable: a las pocas semanas de habernos instalado en la capital, en una vecindad por el rumbo de La Merced, mi papá se esfumó como por arte de magia. Una tarde, al volver del jardín de niños, ya no lo encontré en la casa. Mi madre me dijo, muy quitada de la pena, que se había ido a buscar fortuna en Guadalajara y al poco tiempo lo alcanzaríamos nosotros allá. Pasaron varias semanas, yo preguntaba a diario por su regreso, ella me pedía que tuviera paciencia y un día, sin decir agua va, me anunció que papá nos había dejado para irse con otra.

No le creí. Mi padre era un hombre hogareño, sin fama de mujeriego, y su nobleza lo inmunizaba contra los líos de faldas, a menos de que hubiera estado fingiendo todo ese tiempo o yo, como niño, no pudiera percibir en su conducta cuarteaduras o dobleces que los adultos sí notaban. Con un talento natural para entretener a los niños, se pasaba tardes enteras enseñándome a jugar damas chinas. Yo estaba muy apegado a él y su abandono me caló muy hondo, pero mi madre no parecía lamentar su ausencia. Nunca lloró, como cabía esperar de una esposa abandonada. Y ni siquiera se quedó sola unos cuantos meses, para taparle el ojo al macho: una semana después ya estaba comprometida con un importante político mexicano, Ramón, a quien yo dejé con la mano extendida la primera vez que vino a la casa, con una escolta del Ejército que se quedó en el patio de la vecindad. Cuando el invitado se fue, mi madre me reprendió con dulzura: no seas grosero con mi novio, me dijo, debés respetarlo porque voy a casarme con él. ¿Tan pronto? ¿Pero si apenas lo conoces?, le reclamé. Los pibes de tu edad no saben de estas cosas. Ramón es un tipo bacán y te va a querer como un padre, ya verás. Para no cansarlo con detalles, de buenas a primeras tuve que cambiar de papá. A usted le consta cuánto quise a Ramón. No pude haber caído en mejores manos, pero la misteriosa conducta de mamá en aquellos días me dejó un sabor de boca tan amargo, que hasta la fecha no me lo quito.

Recién llegados a México, Francisco me había llevado a conocer a mi tía Marilú, y a mis primos, Pepe y Salvador, que vivían en la planta baja de un edificio en Santa María la Ribera, donde el marido de mi tía, Hilario, atendía su expendio de café. Aunque mis primos eran mayores que yo, congenié muy pronto con ellos: jugaba cascaritas en los llanos de Buenavista, cazábamos lagartijas en La Alameda, íbamos a las matinés de cine mudo en el salón Frontera. Hasta imitaba su modo de hablar para librarme del acento porteño, que me granjeaba burlas en el barrio. Los quería y los necesitaba para aclimatarme a mi nueva patria, pero cuando mamá se casó con Ramón me prohibió seguirlos tratando. Como ellos no tenían nada que ver con el rompimiento de mis papás, me sublevé contra esa prohibición absurda. En castigo por mis pataletas, estuve una semana confinado en mi cuarto. Luego vino un incidente que me dolió más aún: mi madre y yo estábamos en el mercado de La Lagunilla, en busca de un mantel de encaje, cuando ella tuvo que entrar a un baño público y me dejó encargado con la dependienta de un puesto. En eso llega mi tía Marilú, que también andaba de compras, y me abraza muy emocionada. Hola, Carlitos, qué grande te has puesto, me dijo, tus primos te extrañan, ¿por qué no has venido a la casa? Le contesté que mi mamá no me daba permiso. Con el rostro cenizo me dijo al oído: "Tu papá no te abandonó y te quiere mucho. Se tuvo que ir de México porque...". La interrumpió el regreso de mi madre, que nos separó de un zarpazo: "Soltá a mi niño, atorrante, no le llenés el alma de odio", le dijo. Se retaron a muerte con la mirada y nos dimos la media vuelta sin decirle adiós a mi tía.

Desde entonces supe que mamá me ocultaba algo malo. Intuir la deshonestidad de un ser querido no es algo fácil de soportar para una criatura inocente. Un secreto de familia es un tumor en gestación, más o menos maligno según la edad del enfermo que se lo guarda. Adoraba a mi madre, una joven esplendorosa, pródiga en ternezas, atenta a mi menor necesidad, y sin embargo intuía sus recovecos turbios, a los que no me quería asomar. Cuando empezó nuestro peregrinaje internacional, mis resquemores se fueron diluyendo, porque la aventura de conocer mundos nuevos tiene efectos curativos en las almas tiernas. Gracias a la calidez de Ramón, que me hizo olvidar a mi padre sin pagar una fuerte cuota de

451

sufrimiento, en aquellos años rara vez le buscaba explicaciones al misterio fundacional de nuestra familia. Pero de cualquier modo me sentía amenazado por tener una madre tan bella, que a pesar de vestirse con estricto apego a las reglas del decoro burgués, alebrestaba a los hombres cuando me llevaba a jugar al parque. Su hermosura, demasiado animal para mi gusto, me exponía a peligros mortales, que yo debía conjurar so pena de perder su cariño. Hubiera querido separar a la diosa que yo veneraba de la hembra codiciada por la jauría masculina. Debo a ese neurótico empeño buena parte de mis conflictos con las mujeres. Pero créame, padre, también le debo a ese gran esfuerzo la poca cordura que tengo.

Ojalá nunca hubiera descubierto el secreto vergonzoso de mi madre. Arrastrar de por vida un enigma es más fácil que digerir una verdad tóxica. Para bien o para mal había logrado superar mi trauma infantil y abrirme camino en el periodismo, cuando recién caída la Alemania nazi, en junio de 1945, el periódico me envió a cubrir la Conferencia de las Naciones Unidas en San Francisco, donde los cancilleres de las potencias vencedoras en la guerra, que aún no concluía, comenzaron a reorganizar el orden mundial. El segundo día de la conferencia comí con un colega peruano en un restaurante de Fisherman's Wharf y el mesero que nos sirvió el *clam chowder* se me quedó viendo con fijeza. *Have we met before?*, le pregunté. Sí, claro, me respondió en español, cazábamos lagartijas de niños. Era mi primo Pepe Romay. Me dio tanto gusto encontrarlo, que al día siguiente le invité un martini en un bar con vista a la bahía.

Llevaba quince años en San Francisco, me explicó, donde toda la familia había emigrado, incluyendo a mi papá. El calambre que sentí en la boca del estómago debió reflejarse en mi rostro, pues enseguida me preguntó: ¿Quieres verlo? Le dije que al desentenderse de mí cuando era niño, Francisco había dejado de ser mi padre. ¿Sabes por qué se fue de México?, me preguntó. Le repetí la versión de su abandono que me dio mi madre. Mira, Carlos, se puso muy serio, no quisiera lastimarte, pero sin ánimo de ofender, la verdad es muy distinta y creo que deberías conocerla. Tu padre es una excelente persona. ¿No quieres visitarlo? Vive muy cerca de aquí, en Tenderloin. Temí salir lastimado de ese encontronazo. ¿Para qué reabrir heridas ya cicatrizadas? Sin embargo, con el albedrío débil por los cuatro martinis que me había tomado con Pepe, cedí a la tentación de resolver el gran misterio de mi pasado. Maldita curiosidad, por su culpa caí en el infierno.

Francisco vivía en una casucha desvencijada y oscura, con la maleza del jardín delantero tan crecida que parecía abandonada. Salió a recibirnos su esposa Renata, una mulata boricua entrada en carnes. Ambos rondaban los sesenta años, aunque parecían mayores. Enfermo de enfisema pulmonar, Francisco vivía pegado a un tanque de oxígeno. Era un fantasma de ojos amarillentos, enteco y frágil, con los dientes manchados de nicotina. Si no supiera que era mi padre no lo habría reconocido: había perdido el cabello y por debajo de su piel macilenta se le dibujaba la calavera. Un ataque de tos le impidió levantarse del sillón para recibirme. ¿Así que tú eres Carlos, el periodista? Me alegra que hayas venido, dijo, sabía que alguna vez ibas a dar conmigo. Por compasión me abstuve de aclararle que yo no lo había buscado. Antes de mi entrada, Pepe lo había puesto sobre aviso por teléfono, contándole mi versión sobre su abandono, que al parecer no lo había sorprendido. Supongo que toda la vida me has guardado rencor, ¿no es cierto?, me preguntó con una sonrisa irónica. Guardé silencio, aceptando tácitamente su conjetura y él continuó con mejor dicción: Pues has de saber, hijo mío, que has vivido en el engaño. Lo que tu madre te dijo de mí es una burda patraña, inventada para salvar su dignidad. Y con voz de alma en pena, me contó con pelos y señales lo sucedido en las primeras semanas de su regreso a México, donde esperaba labrarse un porvenir.

Recién llegados a la capital, mi madre y él asistieron al baile Blanco y Negro, un evento de alta sociedad, que en otros tiempos había congregado a la crema del Porfiriato y empezaba a renacer durante la Presidencia de Venustiano Carranza, cuando el gobierno intentaba reconciliarse con los ricos y pacificar el país, ensangrentado aún por las guerrillas villistas y zapatistas. En el suntuoso salón de fiestas del University Club, las pocas familias pudientes que no habían huido al extranjero se codeaban con la alta burocracia y los oficiales de alto rango del Ejército, la mayoría sonorenses leales al general Obregón, el caudillo vencedor de la Revolución. También había algunos colados de medio pelo como mis padres, que intentaban rozarse con los de arriba. De hecho,

Francisco había ido al baile con la intención de conocer gente que pudiera conseguirle empleo en la administración pública.

La aparición de mi madre en la suntuosa escalinata de mármol causó enorme revuelo y cientos de miradas la siguieron en su majestuoso descenso a la pista de baile. Mi padre se había endeudado para comprarle ese vestido blanco de organdí con escote redondo de fino encaje y la diadema de perlas artificiales que realzaba el fulgor marítimo de sus ojos. Los militares y los jóvenes lechuguinos la miraron con arrobo. Después de bailar algunas habaneras, se mezclaron cada quien por su lado en diferentes corrillos, él con los hombres y ella con las damas. Ignoraba en qué momento de la noche mi madre conoció a Ramón P. Denegri, pues la perdió de vista más de una hora, ocupado en hacer relaciones públicas, pero meses después del atropello, gente de su entera confianza le contó que Ceide y Ramón estuvieron un buen rato charlando junto a la mesa de los canapés y ella estuvo muy risueña, festejándole los gracejos.

Tres días después, un miércoles por la mañana, sonaron fuertes aldabonazos en la puerta de nuestra vivienda. Como yo estaba en la escuela y Ceide había salido a la modista, mi padre tuvo que abrir a medio rasurarse. Afuera había un pelotón de soldados dirigidos por un sargento moreno y alto, con un sable en la cintura. ¿Es usted Francisco Romay? Asintió con sorpresa. Haga su maleta, señor, por órdenes de la comandancia nos tiene que acompañar, y le enseñó un oficio firmado por el secretario de Gobernación, en el que se le ordenaba salir del país en calidad persona non grata. Óigame, no puede ser, esto es un error, se quejó, yo no le hago mal a nadie ni me meto en política. Lo callaron de un culatazo en el estómago. Durmió esa noche en una celda del cuartel de la Ciudadela, sin atinar a comprender el motivo de su arresto. Al día siguiente, custodiado por tres matones que lo seguían hasta al inodoro, lo montaron en el primer tren a Veracruz. Obligado a tomar un buque mercante a Nueva York, viajó en la bodega, entre sacos de café y chivos que se daban de topes contra sus jaulas. Como el ruido no lo dejaba dormir, por las noches prefería subir a la cubierta, y con la mirada fija en el cielo estrellado, se devanaba los sesos buscándole una explicación a su desgracia.

La encontró semanas después, en Nueva York, al enterarse del romance de Ceide con Ramón P. Denegri por las cartas de su hermana Marilú. Dedujo entonces que ese politicastro influyente, muy allegado a don Venustiano, montó el tinglado de su deportación en complicidad con ella. Se entendían a sus espaldas desde la noche del baile y recurrieron a la fuerza para quitarlo de en medio. Sólo en un país sumido en la barbarie podía ocurrir algo así. En pleno invierno, muerto de hambre y de frío en las inhóspitas calles del Bronx, lo que más lo atormentaba, por encima de su despecho, era perder mi cariño. Sabrá Dios lo que habrá inventado Ceide para ponerlo en mi contra, pensaba, porque me adoraba y jamás se hubiera separado de mí por voluntad propia. De haber tenido dinero hubiera vuelto a México para rescatarme. Al hacer esa aclaración se le quebró la voz y soltó un hilillo de llanto apenas audible, tapándose la cara con las manos, avergonzado, al parecer, de su indiscreta congoja.

Cuando se enjugó las lágrimas me atreví a intervenir. Discúlpeme, señor, le dije, pero no puedo creer que mi madre haya sido capaz de hacerle semejante canallada. Dolido por mi trato de usted, y más aún por mi descreimiento, me respondió con sarcasmo: "Al principio yo también me negaba a creerlo. Pero tu madre llevaba dentro la mala semilla. Cuando la conocí ya era una mujer de trueno. Me casé con ella a sabiendas de que estaba embarazada de otro hombre". "¿Cómo, entonces usted no es mi padre?", me sobresalté. "No, Ceide ya había tenido dares y tomares con un profesor de canto irlandés que se la llevó de gira por Argentina en una revista musical." "¿Cómo se llama?", le pregunté. "Nunca me dijo su nombre, continuó Francisco, sólo sé que era casado y con hijos, un apuesto donjuán del arrabal que dejó un montón de hijos regados en el Partido de San Martín. En un gesto de nobleza le ofrecí matrimonio para sacarla del apuro y nunca la recriminé por llegar al matrimonio con esa mancha de origen. Pero ya ves cómo me pagó: expulsándome de mi patria. Ten cuidado, muchacho, porque en esta vida hay hartas viejas de su calaña. Nunca bajes la guardia con ellas: una culebra siempre te morderá el cuello, por más amor y comprensión que le des."

Supongo que pudo haberse ahorrado la última revelación, la más dañina para mi precaria salud mental. Seguramente le molestó que pusiera en duda su historia y por eso me dio la puntilla. Entendí por qué no había intentado comunicarse conmigo, aunque fuera por carta. A fin de cuentas yo no era carne de su carne, sólo un hijo adoptivo con quien se había encariñado. Imagínese, padre, cómo me dejó esa andanada de golpes. Tenía la moral muy baja y no quise ir con Pepe a tomar la del estribo en el bar de la esquina. Bebí solo hasta el amanecer en un antro de blues y, olvidado por completo de mis deberes profesionales, no volví a poner un pie en la conferencia de cancilleres. Tampoco quise volver a México: me corrí una parranda solitaria, la más larga de mi vida, que duró casi dos meses. No me hubiera disgustado morir de una congestión alcohólica. De los buenos hoteles pasé a los cuartos de huéspedes con ratas y cucarachas, de los bares elegantes a las cantinas piojosas del barrio chino. Una puta coreana me contagió ladillas. Del vello púbico se me pasaron al cabello y me tuvieron que rapar en una comisaría. A veces despertaba tirado en una banqueta sin saber cómo había llegado ahí.

La mitad vengativa de mi espíritu me exigía un ajuste de cuentas con la perversa erinia que me trajo al mundo. Juraba volver a México para echarle en cara su traición y su falsedad, dando de puñetazos en la barra de algún tugurio. Pero luego, en la cruda, temblaba como un niño desvalido y me arrepentía de las represalias que no había tomado ni tomaría jamás. La ruptura definitiva con mi madre me hubiera condenado a un vacío afectivo que no estaba seguro de poder soportar. En resumidas cuentas, temí las consecuencias de gritarle su precio. Para bien o para mal, el amor de una madre es insustituible. Ninguna esposa, por abnegada que fuera, podría ocupar su lugar. De modo que hice de tripas corazón y de vuelta a México le oculté mi hallazgo. Creo que fue una decisión sensata, pero quizá mis amantes y esposas no estarían de acuerdo conmigo, si pudieran opinar, pues en ellas he volcado la bilis negra que el amor filial me prohibió derramar. Toda la vida he aborrecido en secreto a las mujeres que deseo. Las amo y les temo con la misma fuerza. Cuanto más guapas, menos confianza les tengo. Presiento sus traiciones, y como el que pega primero pega dos veces, me adelanto a ellas con castigos preventivos. Temo correr la suerte de Francisco Romay, a quien compadezco y sin embargo desprecio, por un mecanismo defensivo del inconsciente. Quiero ser Ramón, el conquistador abusivo y gandaya, disfrutar la deshonra ajena, salirme con la mía por encima de todas las leyes. De modo que ya lo sabe, padre: soy un hijo de puta en el sentido más amplio de la palabra y no debe extrañarle que me comporte como tal.

Sin ánimo de justificarme, tome usted en cuenta en qué mundo vivo. Como muchos hombres con poder, elegí el bando de los chingones para deslindarme de los jodidos. Perdone que diga malas palabras, pero no las encuentro mejores para hablar sin tapujos. Para nosotros, las leyes no valen nada y el código civil menos que ninguna. Un sentido pirata del honor guía nuestros actos, no sólo en los negocios y la política, sino en materia de amoríos. Sería ingenuo confiar en la honestidad de la mujer amada, entre tantos gavilanes dispuestos a llevársela de trofeo. Los robos de esposas fueron hasta hace poco el deporte favorito de la élite revolucionaria. En tiempos de la lucha armada eran el pan nuestro de cada día: pueblo que Pancho Villa tomaba, pueblo donde desaparecían todas las hembras jóvenes, fueran doncellas, casadas o monjas. El jefe se quedaba con las mejores y repartía las demás entre los generales de su Estado Mayor. De aquellos campos no quedaba ni una flor, como en el corrido de Juan Charrasqueado. La costumbre de robar la fruta del cercado ajeno se mantuvo en la etapa de la Revolución hecha gobierno, al amparo de la impunidad que han gozado siempre los señores de horca y cuchillo, desde los caciques regionales hasta los presidentes de la república. Cuando alguien ejerce un poder sin límites, no vacila en emplear toda la fuerza del Estado para cumplir un capricho erótico.

El otro día cené en El Rincón Gaucho con un grupo de periodistas veteranos, y el anfitrión del restaurante, Luis Aldás, un actor argentino que tuvo cierto renombre en la época dorada de nuestro cine, nos contó una historia similar a la del pobre Francisco. A finales de los cuarenta llegó a México acompañado de su esposa, la diva brasileña Leonora Amar, y el presidente Alemán se quedó prendado de su belleza. No lo disuadió de conquistarla el molesto inconveniente de que estuviera casada con él: todos los días llegaban a su camerino de los estudios Azteca ramos de orquídeas, cajas de chocolates, osos de peluche, brazaletes, abrigos de mink, con recados galantes del primer mandatario. La situación era tan incómoda para los dos que decidieron de común acuerdo rescindir los contratos de sus películas y volver enseguida a Río de Janeiro. Un día, en Polanco, lo abordaron al bajar de su auto unos agentes de la Federal de Seguridad. La Secretaría de Gobernación lo expulsaba del país por falta de documentos para trabajar en México. De nada le sirvió alegar que su visa de trabajo estaba vigente. Lo llevaron al aeropuerto y a las dos horas ya volaba en un bimotor rumbo a Buenos Aires. No hubo una separación consentida por ambas partes, como dijeron los diarios: Leonora cambió de dueño por decreto presidencial.

Otro asistente a la cena, el veterano periodista Regino Hernández Llergo, director de la revista *Impacto,* contó que él se había visto en un predicamento igual en la misma época. Se acababa de casar con una muchacha preciosa, recién coronada Reina de la Primavera, y en la fiesta del Grito de Independencia, celebrada en Palacio Nacional, Jorge Pasquel no le quitó los ojos de encima. Al día siguiente Regino recibió un recado de su puño y letra: "Me gusta mucho tu señora. Si no me la entregas te la voy a robar". Tenía pistoleros de sobra para cumplir su amenaza y ningún policía se atrevería a detenerlo. Al otro día, Regino tomó un vuelo a Los Ángeles y allá se quedó viviendo el resto del sexenio con su mujer, en calidad de exiliado político. Pepe Pagés recordó la historia de Maximino con la desdichada cantaora Conchita Martínez, y supongo que si la concurrencia hubiera sido mayor, otros comensales habrían contado anécdotas parecidas.

Me faltó valor para contarles que mi propia familia había nacido de un despojo igual, en este caso, con pleno consentimiento de la mujer. Y eso es lo que más me duele de este sórdido juego: ser víctima de un ultraje y estar obligado a callarlo en defensa propia. Si cuento lo que pasó deshonro a mi madre, si me lo callo acumulo rencores que hierven a fuego lento y hacen erupción cuando menos lo espero. Exhibir puntos flacos es cosa de maricones, nuestra coraza de hierro no admite rajaduras como ésa. Pero dejemos a un lado mi dolor y pasemos a lo más importante: el sufrimiento que le causo a mis parejas cuando veo o imagino ver señales de su perfidia. Ojalá que este desahogo alivie un poco mi enfermedad, pero mis rencores siguen ahí, padre, tan vivos como siempre. Amo a Natalia, se lo juro y desearía entregarme a ella sin recelos paranoicos. Pero nunca podré tener fe en el amor, mientras sienta que fiarme de una mujer equivale a meter la cabeza en la guillotina. En San Francisco se torció mi vida y contraje un virus mortal: arránquemelo del alma, por lo que más quiera.

El padre Alonso exhaló un suspiro de misericordia, las manos entrelazadas y el ceño adusto. Denegri contuvo la respiración, henchido de esperanza. Los trinos de los gorriones que revoloteaban en el jardín de la parroquia, saltando de rama en rama, parecían prometerle que en el reino de la fe, hasta los pecadores más inveterados y ruines podían renacer con una rosa blanca en las manos.

—En tu relato nunca mencionaste la palabra perdón —dijo Alonso, consternado—. Dices que nunca le reclamaste a tu madre su deplorable conducta, y te felicito por ello, pero ¿la has perdonado? ¿Y te has perdonado a ti mismo por seguirla queriendo?

Denegri se quedó un momento pensativo. Nunca se había planteado su conflicto psicológico en esos términos.

—¿Pero usted cree que me sirva de algo perdonarla? —objetó.

—Es la primera obligación de un cristiano y creo que en tu caso te haría mucho bien. Los mortales no podemos ser buenos jueces del prójimo. Cuando dejes de condenarla quizá llegues a confiar en tu pareja. Pero hasta ahora sólo has confesado los pecados de tu madre: me falta escuchar los tuyos.

La confesión duró dos horas más, y aunque Denegri no hizo un recuento pormenorizado de todas sus bajezas, sacó suficiente hollín de la caldera para sentir una grata levedad espiritual, un ansia límpida y fresca de redención. Alonso no parecía tan convencido de su reencuentro con la virtud y lo amonestó con severidad:

—Celebro tus propósitos de enmienda, hijo mío, pero no es la primera vez que los haces. Tus frecuentes recaídas en el odio, en el vicio, en la soberbia, me despiertan serias dudas sobre la fuerza de tu fe. Anoche ibas a cometer un crimen, tenlo muy presente. Voy a darte la absolución, pero si tu arrepentimiento es un autoengaño, si la humildad que me has mostrado sólo es una máscara, y por dentro sigues lleno de rencores, date por condenado. Allá arriba está el juez de nuestros actos. A él y sólo a él tendrás que rendirle cuentas de tu vida futura.

Al salir de la parroquia, Denegri llamó desde su oficina a Luis Cueto, el jefe de la policía capitalina. Después de un preámbulo meloso, en el que preguntó por la salud de su señora esposa y aplaudió la reciente graduación de su primogénito, le pidió un pequeño servicio: dar otra vez con el paradero de Natalia, que se había llevado el Mustang y por lo tanto era fácil de localizar por el número de la placa.

—Caramba, don Carlos, amárrela ya para que no se le vuelva a escapar —bromeó el general—. Pierda cuidado, voy a pedirle a mis muchachos que la busquen hasta por debajo de las piedras.

Colgó con la certeza de hallarla pronto. Distanciada de su ex marido, que le había financiado sus anteriores fugas a la provincia, Natalia no tenía dinero para ir muy lejos. Luego llamó a Bernabé Jurado y lo puso al tanto de lo sucedido la noche anterior, por si acaso Natalia presentaba otra denuncia en alguna delegación, pues aunque esperaba arreglar el pleito por la buena, debía estar preparado para cualquier eventualidad. A la hora de comer volvió a casa con la remota esperanza de que Natalia hubiese regresado ya. Sólo encontró a su hija Pilar, divertida y perpleja a la vez, porque al volver de Cuautla se había encontrado la casa patas arriba, con trastes rotos en la cocina, agujeros de balas en las paredes, muebles destrozados y la puerta del departamento de los niños reducida a astillas. No era la primera vez que veía esos destrozos y ya sabía quién era el causante.

—Anoche te emborrachaste, ¿verdad? —le preguntó en tono burlón.

Denegri no estaba de humor para inventar explicaciones y respondió en tono cortante que había balaceado a unos rateros. Luego pidió a Alejandro, el jardinero, que tratara de pegar las patas de una silla rota. Pilar lo reprobó negando con la cabeza, en un gesto de adulta escandalizada.

—Ya ni la amuelas, papá: vivimos en el Palacio del Resistol —y luego se volvió hacia el jardinero: —¿Para qué la pegas si no la tarda en romper otra vez?

Después de buscar a Natalia y a sus hijos por toda la casa, Pilar vino a preguntarle dónde estaban. Le respondió la verdad, que se había peleado con Natalia y no sabía cuándo volvería. Quizá mañana, quizá nunca. Entristecida, Pilar se fue a llorar a un rincón, culpándolo de ser una bestia salvaje.

—Por tu culpa no voy a tener mamá ni hermanos —le reclamó entre gimoteos.

Avergonzado, Denegri le prometió que Natalia volvería muy pronto. Culpabilizado por su negligencia paternal, se impuso la penitencia de darle una clase de gramática y la obligó a leer en voz alta su artículo de esa mañana, sobre los avances de la Reforma Agraria. La niña era inteligente y aprendía con facilidad, pero no podría inculcarle disciplina en una atmósfera demencial. Mientras la hiciera sufrir y descuidara su educación, ¿con qué derecho aspiraba al título de buen cristiano? A las seis asistió a una misa vespertina en la parroquia de Chimalistac, donde al fin pudo comulgar, un sacramento del que se había privado casi treinta años. Al ver de cerca el sagrado cáliz, el simbólico sepulcro del Señor, lo invadió un gozo ingenuo, como si recuperara la fe primitiva de su niñez, cuando deglutía la hostia con extrema delicadeza, para no triturar con los dientes al que murió por nosotros. Y esa noche, siguiendo el consejo del padre Alonso, procuró buscarle atenuantes a la felonía materna. Le había salido muy caro interiorizar el dolor de Francisco y tal vez mamá sólo fuera culpable de haber buscado lo mejor para él. ¿No era una reacción instintiva de toda madre proteger a sus crías? A todas luces, Ramón era mejor partido que Francisco, un pobre comerciante arruinado que nunca pudo levantar cabeza. Si no lo abandonaba para seguir al nuevo pretendiente, ¿qué hubiera sido de su primogénito? No sería políglota ni figura del periodismo, todo eso se lo debía a la carrera diplomática de Ramón. Debía, entonces, absolverla como el padre Alonso acababa de absolverlo a él, matar de raíz ese resquemor enfermizo que tanto lo atormentaba. Porque a fin de cuentas ningún daño le hizo su madre al cambiar de marido. Ya era tiempo de aceptar que ese cambalache fue bueno para los dos.

Al día siguiente, muy temprano, Bertoldo lo llevó al aeropuerto, donde tomó un avión rumbo a Miami. De ahí viajó por tierra a Cabo Cañaveral, con la encomienda de reseñar para *Excélsior* el lanzamiento de la misión espacial Apolo XI. Hubiera querido realizar en mejores condiciones anímicas un trabajo tan importante, pero antepuso el deber a la angustia y se las ingenió para estar al pie del cañón. Fuera de la *press room,* donde hormigueaban los reporteros en medio de una barahúnda enloquecedora, la quietud de ese lugar agreste lo predispuso a la introspección y el recogimiento. Tras la dura jornada, echado en la tumbona del hotel, contempló la puesta de sol arrullado por el croar de las ranas. Los pantanos que rodeaban el Centro Espacial Kennedy, una extensión infinita de manglares con aves exóticas, lirios, nenúfares y lagartos sigilosos mimetizados con el follaje, le templaron los nervios con más eficacia que un whisky doble. Nada como la naturaleza para entender el significado profundo de la existencia. Era triste pero necesario admitirlo: corría el peligro de irse a la tumba sin haber consolidado un amor perdurable. Deseaba a Natalia con el ímpetu de un mozalbete y su necesidad espiritual de adorarla era más fuerte aun que el apetito carnal. Si lo dejaba para siempre, si sólo quedaba en él dolor y vida, como en el bolero de Bola de Nieve, ¿para qué diablos vivir?

En tono de epopeya, con evocaciones de Julio Verne y los viajes de Colón, que subrayaban la importancia histórica de ese magno acontecimiento, escribió con rapidez la crónica del exitoso despegue y varias entrevistas con científicos de la NASA. Por las noches, en la cafetería del hotel, charlaba sin alcohol de por medio con Guillermo Ochoa y Fausto Fernández Ponte, los otros dos reporteros de *Excélsior* enviados a cubrir el evento. Ambos lo admiraban y procuraban aprenderle los secretos del oficio. Para ayudarles en su tarea los presentó con un viejo amigo, el ex jefe del programa espacial Jeff Meredith, un personaje clave para obtener entrevistas con astronautas veteranos. De Cabo Cañaveral viajaron a Houston, para reseñar el viaje interplanetario desde el cuartel general de la NASA. Recién llegado al hotel llamó por teléfono al jefe Cueto. Su secretario particular le informó que Natalia había rentado un departamento amueblado en la colonia Nápoles, del que entraba y salía con sus hijos. Una patrulla montaba guardia en el edificio, vigilando todos sus movimientos. Anotó la dirección entre espasmos de júbilo. Pero después de la buena noticia vino la mala. En una breve charla con Lauro Iglesias, que se había quedado al frente de la oficina en su ausencia, se enteró de que ninguna de sus notas sobre el Apolo XI había aparecido en *Excélsior.*

—No puede ser, llevo tres días mandando reportajes y entrevistas.

—Pues acá no se ha publicado nada. Sólo salen notas de Ochoa y de Fernández Ponte, y en primera plana, una serie de reportajes de Oriana Fallaci, tomados de un periódico italiano. Ella es la cronista oficial del lanzamiento.

Llamó de inmediato a Ángel Trinidad Ferreira, el jefe de Información, para preguntarle qué diablos pasaba. Su secretaria se lo negó y en todo el día no le devolvió el telefonazo. Lo estaban pisoteando sin dar la cara. Ferreira no se atrevería a cometer esa marranada por sus pistolas: el golpe venía de Scherer, que tiraba la piedra y escondía la mano. Por la noche, en el bar del hotel, no resistió la tentación de tomarse un trago con Fernández Ponte, a quien trató de sondear. Treinta años trabajando en *Excélsior,* le dijo, y de buenas a primeras excluían sus notas sin previo aviso. ¿Qué había hecho para merecer ese injusto castigo? Abochornado y tartamudo, el joven reportero declaró no saber nada del asunto, pero su turbación lo delataba: él y Ochoa debían estar enterados del complot en su contra. No venían a complementar su labor informativa, venían a desplazarlo. Esa noche, el módulo Eagle alunizó en el Mar de la Tranquilidad. En la gran pantalla de la sala de prensa, la escena de Neil Armstrong y Buzz Aldrin bajando del módulo arrancó una estampida de aplausos. Pudo haber escrito una crónica extraordinaria, mucho más original que las de Oriana Fallaci, sobre el significado histórico y filosófico de esa conquista. La narraría un habitante de la luna, un selenita de alto coeficiente intelectual, intrigado por la llegada de los astronautas terrícolas. Pero no tenía ningún sentido escribir maravillas que se iban a quedar guardadas en un cajón. Al salir del centro espacial miró con envidia a los reporteros enfebrecidos ante las pantallas del télex. Dichosos ellos que podían relatar la hazaña. No lo conmovió el prefabricado eslogan de Neil Armstrong, "un pequeño paso para el hombre, un gran paso para la humanidad". Atesoró, en cambio, el escueto comentario descriptivo de Aldrin: "una magnífica desolación", que tan bien se avenía con su estado de ánimo.

Le habían ordenado permanecer en Houston hasta el regreso de los astronautas a la Tierra, pero no quiso prolongar más esa humillación y voló a México al día siguiente, sin despedirse de sus compañeros. Llegó al aeropuerto a la hora de comer, pero no tenía hambre de comida, sino de justicia, y pidió a Bertoldo que lo llevara al *Excélsior*. No se salvó de hacer una larga antesala en la oficina de Scherer: la consigna, por lo visto, era reventarlo con pinchazos en el orgullo. Cuando por fin lo hicieron pasar, la rabia contenida ya le salía por los ojos, convertida en lumbre. Scherer lo saludó con la seriedad de un sepulturero, más arrogante que nunca en su papel de líder moral.

—Creí que éramos amigos, Julio, pero me estás golpeando abajo del cinturón. ¿Se puede saber por qué me mandas a Cabo Cañaveral y luego no publicas mis notas?

—Eres un representante de *Excélsior*, Carlos, y todos tus escándalos dañan al periódico donde trabajas. Nunca he puesto en duda tu capacidad como reportero, pero yo no puedo publicar en primera plana las colaboraciones de un borracho que balacea a su mujer y a sus hijos políticos en una azotea.

Denegri se demudó: la impunidad lo había acostumbrado a cometer barbaridades que nunca desbordaban el ámbito de lo privado. Se sintió exhibido en un escaparate, con las partes pudendas al aire.

—A unos metros de tu casa está la embajada de Polonia —continuó Scherer con enérgica voz de pontífice—. El mismo día en que volaste a Miami recibí una carta del embajador, quejándose de tu balacera. Dice que alguno de tus disparos pudo haber lastimado a los veladores de su embajada. ¿Quieres leerla?

Scherer le entregó una carta membretada que Denegri apenas alcanzó a ojear por encimita, ruborizado como un tomate.

—Voy a pedirle una disculpa personalmente —musitó, encogido en el asiento.

—Sería muy decente de tu parte, pero el daño ya está hecho: el embajador envió una copia de esta carta a la Secretaría de Gobernación —Scherer lo miró con la misma superioridad compasiva del padre Alonso—. Lo convencí de que no emprendiera acción penal en tu contra y me dejara lavar en casa la ropa sucia. Ya empecé a hacerlo sacando del diario tus reportajes. No puedo confiar en un periodista que pierde tan a menudo el control de sus actos.

—Agarré una borrachera negra, discúlpame, por favor. Voy a entrar a una clínica de desintoxicación para que esto no se repita.

—Ojalá, Carlos, ojalá dejes la bebida, por tu bien y el de tu familia. Yo sé que en la sobriedad eres un gran periodista, pero hasta no ver, no creer. Mientras dura tu rehabilitación vas a estar en la banca. Quedan suspendidas todas tus colaboraciones en *Excélsior* hasta nuevo aviso. Tómate unas largas vacaciones y demuéstrame con hechos que has cambiado. De eso depende tu futuro en el diario.

Volvió a casa tan decaído que ni siquiera tuvo agallas para ir en busca de Natalia. Tumbado en el estudio se bebió una copa de coñac, pues no creía que Scherer lo exonerara jamás, aunque él se portara como un santo. Había encontrado el pretexto ideal para destruir a un odiado colaborador que lo empequeñecía con su fama y de ningún modo daría marcha atrás. Primero la pérdida del programa y ahora esto. Adiós a su liderazgo de opinión, bienvenido al desempleo. Un periodista sin tribunas era un lastimoso gritón afónico. Y pensar que veinticinco años atrás mandaba a comprar cigarros a ese mamón. El orgullo de ser una figura pública formaba parte de su yo más profundo, era su diaria dosis de oxígeno espiritual. ¿De dónde sacaría las ganas de levantarse cada mañana sabiendo que su nombre no figuraba en ningún diario, en ninguna pantalla? Y una vez levantado, ¿qué hacer con tantas horas libres? Vislumbró con escalofrío sus largas jornadas de tedio. Era más adicto al trabajo que a la bebida, un *workaholic* empedernido. La chamba era la terapia de rehabilitación más eficaz que había conocido, la única distracción que lo apartaba de la bebida. La falta de ocupaciones lo condenaba a cultivar su neurosis por tiempo indefinido, y lo que más asco le daba era la coartada virtuosa del Mirlo Blanco: es por tu bien, Carlos, coge el salvavidas que te estoy arrojando. No, gracias, su santidad, mil veces preferible morir ahogado. Pero el *Excélsior* no era el único diario de México. Muchos directores de periódicos desearían reclutarlo cuando corriera la noticia de su salida. Tenía que levantar cabeza en otra parte, recomenzar su carrera con la ilusión y el empuje de antaño. Que nadie lo diera por muerto: la nueva era de Carlos Denegri acababa de comenzar.

Se había equivocado al creer que el amor y el orden eran fuerzas antagónicas: ahora creía posible conjugarlas en una ecuación íntima, siempre y cuando recuperara a Natalia, el pilar insustituible de su nueva existencia. Al día siguiente, después de un frugal desayuno, llamó por teléfono a un amigo cazador, el líder sindical Ismael Martínez Hoyos, con quien se iba cada año de safari a Canadá y le ofreció todas sus escopetas a precio de ganga. Después de cerrar el trato se sintió más digno de implorar perdón a Natalia, pues ante todo quería asegurarle que ni ella ni sus pequeños volverían a correr peligro en la casa. No estaba en su departamento de la calle Alabama cuando llegó a buscarla a las once de la mañana y tuvo que montar guardia en la banqueta, la garganta llena de flemas de tanto fumar, temblando cada vez que aparecía una mujer en el horizonte. Llegó como a la una, cargada con bolsas del súper, y al verlo en la banqueta quiso retroceder, empavorecida. Corrió tras ella y como Natalia porfiaba en la huida, dejando caer los comestibles de sus bolsas, le cerró el paso con más rudeza que galantería.

—¡Lárgate de aquí! ¡Estuviste a punto de matarnos! ¿Por qué no me dejas en paz?

Aguantó la felpa con la cabeza gacha, dejándola sacar todos sus rencores.

—¿Podemos hablar un momento? —le rogó con un hilo de voz—. Soy un salvaje, lo que hice fue imperdonable, pero no enloquecí de gratis: el jardinero me dijo que tu hijo intentó matarme.

—Ah, y encima le echas la culpa al niño. Eres un patán, Carlos. No entiendo cómo pude casarme contigo —Natalia rompió en sollozos.

—Te casaste conmigo porque me quieres y no sabes cuánto me duele haberte lastimado —la escena de melodrama llamó la atención de algunos transeúntes y Denegri se sintió cohibido—. ¿Podemos hablar en tu casa?

—¿Y si me niego, qué? ¿Me vas a matar?

—Por favor, mi vida, ya vendí todas mis armas y vengo en son de paz.

Resignada, Natalia lo dejó pasar al departamento, en el tercer piso del edificio. Consternado, Denegri pasó revista a la minúscula sala comedor, con quemaduras de cigarro en la mesa de formica, cromos de santos en las paredes, sillones raídos y grasientas cortinas de manta. No podía permitir que la reina de su vida viviera en ese cuchitril.

—Ya sé que me has perdonado otras veces y de cualquier modo he vuelto a las andadas, pero esta vez sí estoy arrepentido en serio. Al día siguiente de la balacera me fui a confesar con el padre Alonso. Le conté un trauma de mi niñez que me ha causado muchos problemas con las mujeres.

Le contó el tinglado que su madre y Ramón montaron para deshacerse de Francisco Romay, atribuyéndole su incapacidad crónica para la vida en pareja. Por un equívoco orgullo de macho nunca le había contado esa terrible experiencia a ninguna mujer. Pero con Natalia no quería tener secretos, y esperaba que ahora, eliminado ese foco de infección psicológica, tendría la paz interior que necesitaba para amarla como ella se merecía: con un anhelo de felicidad inquebrantable. No le guardaba ningún rencor a Fabián, pues él hubiera actuado igual en las mismas circunstancias. Y para resarcir a los niños por su ataque de cólera, le ofrecía depositar doscientos mil pesos en un fideicomiso administrado por ella, que les garantizaba una educación de primer mundo en las mejores escuelas y universidades, siguieran casados o no en el futuro.

—Lo que hiciste no se arregla con dinero, Carlos. Mis hijos te odian y nunca me perdonarían que volviera contigo. Ya metí una demanda de divorcio, esto se acabó.

Le rogó en tono perentorio y desesperado que no lo condenara a muerte, sin convencerla a pesar de sus lloriqueos. Por más que proclamó haberse curado de la misoginia, Natalia se mantuvo escéptica, sin dar crédito a sus propósitos de enmienda, una tonada que ya se sabía de memoria.

—Dirás misa, Carlos, pero después de poner en peligro mi vida y la de mis hijos, tus excusas me suenan bastante huecas. No creo que tu confesión te haya transformado en una blanca paloma. Yo en tu lugar me internaría en un manicomio, pero eso ya es problema tuyo. De ahora en adelante, cada quien por su lado.

En la calle, con más enojo que tristeza, resentido como un pordiosero a quien nadie socorre, ordenó a Bertoldo que lo llevara a la parroquia de la Santa Cruz del Pedregal y rogó de rodillas al padre Alonso que intercediera en su favor para buscar una reconciliación con Natalia.

—Fui a pedirle perdón pero me topé con una pared. No quiere nada conmigo. ¿Me haría usted favor de hablar con ella? Si la pierdo, temo cometer alguna locura.

Con los ojos entornados, como si librara una lucha interior entre la indignación moral y los deberes de su ministerio, Alonso titubeó antes de responder:

—¿Me juras que no volverás a maltratarla?

Denegri asintió besando la cruz.

—No sé si te lo merezcas, pero hablaré con Natalia en agradecimiento por la ayuda que le has brindado a las madres clarisas. Tus obras de caridad me inducen a creer que tu alma reseca todavía puede reverdecer. Pero si no la convenzo, por ningún motivo intentes hacerla volver por la fuerza. Respeta su voluntad, ¿entendido?

Esperó con los dedos cruzados el resultado de esa entrevista crucial para su destino, sin beber una sola gota de alcohol, pues temía que su machismo, a pesar de la dura terapia confesional, despertara con furia en cualquier momento. Siguió yendo a trabajar a la oficina, donde notaba ya la inquietud de sus empleados, preocupados por no verlo publicado en *Excélsior*. Les dijo que no desmontaría la oficina a pesar de sus dificultades y comenzó a tender puentes amistosos con colegas de otros diarios, divulgando sus desavenencias con Scherer, sin aclarar el motivo, con la esperanza de que le llovieran ofertas, pues ir en busca de trabajo lo devaluaría de entrada. Un jueves por la tarde, cuando hacía la tarea con Pilar, lo llamó por teléfono el padre Alonso: estaba en casa de Natalia, con quien había tenido una larga conversación. Se negaba a retirar la demanda de divorcio pero había aceptado recibirlo de nuevo, sin comprometerse a nada. Corrió a buscarla inseguro y cohibido por el temor de un nuevo frentazo. Cuando llegó, el padre Alonso ya se estaba despidiendo.

—Los dejo hablar a solas —dijo con suave y persuasiva autoridad moral—. Espero de todo corazón que lleguen a un arreglo, pues el divorcio nunca es bueno para nadie. Tengan en cuenta que ustedes han formado ya una familia y los hijos de ambos se quieren como hermanos. Dios les ha encomendado la misión más importante de sus vidas. Sería una desgracia que no pudieran cumplirla.

De entrada, Natalia le reprochó que utilizara como abogado al padre Alonso. Primero había recurrido a los judiciales para encontrarla, ahora a la Iglesia para obtener su perdón. Sería muy influyente, eso ni quien lo dudara, pero ni la autoridad policiaca ni la divina tenían injerencia en su corazón. ¿Quería convencerla o intimidarla con su poder?

—Recurrí al padre porque estaba desesperado, pero no quiero obligarte a nada.

—Ah, vaya, sería el colmo que me quisieras reconquistar con sermones. Mira, Carlos, todavía estoy muy dolida, pero la charla con el padre me ayudó a entenderte mejor. Lamento mucho que la traición de tu madre te haya lastimado tanto. La jugarreta que ella y Ramón le hicieron a ese pobre hombre bastaría para enloquecer a cualquiera y no dudo que ese episodio te siga doliendo. Ya había notado que a veces me confundes con tu mamá y me llamas con su nombre. Pero la mera verdad, dudo mucho que puedas superar tu problema si no te enfrentas con ella.

—¿Para qué? —Denegri la tomó de la mano—. Prefiero dejar esa herida cerrada.

—Yo no voy a pagar los pecados de una mala madre —se soltó Natalia—. Si quieres volver conmigo, primero resuelvan sus broncas entre ustedes. De lo contrario, prefiero el divorcio.

Pese a la sospecha de que Natalia lo presionaba por capricho, con ganas de aprovechar esa coyuntura para joder a la suegra, Denegri aceptó su inicua exigencia, como un prófugo acorralado entre bayonetas. Pero Natalia todavía se guardaba un as bajo la manga:

—Después de lo que pasó corro un gran riesgo si vuelvo contigo. Para empezar, temo que mis hijos me pierdan el respeto. A pesar de todo me la voy a jugar porque de veras te quiero, ni yo misma entiendo por qué —se le quebró la voz, anegada en lágrimas—. Pero te advierto una cosa: vuelves a ponerme una mano encima o a meterte con mis hijos, y yo te mato. Lo digo en serio, Carlos: a la próxima te voy a matar.

Su convicción le dio escalofríos. Era evidente que no bromeaba y sin embargo la besó con pasión, pues no sentía que su amenaza fuera un producto del odio. Al contrario, creyó percibir en ella el tono lastimero de una máter dolorosa. Más allá de su alegato defensivo, lo sentenciaba a muerte por compasión, para salvarlo de sí mismo, del mal incurable que lo estaba matando en vida. Excitado y erecto por la conflagración del miedo con el deseo, le hizo el amor en el percudido sofá de la sala con un ardor inusitado, tal vez porque ninguna reticencia egoísta podía impedirle ya entregase del todo. Más que una amante, Natalia era el verdugo potencial a quien ofrecía dócilmente el cuello y su pacto de sangre los inflamó como si acabaran de conocerse.

Lo más difícil de la reconciliación fue convencer a los niños de que su desfiguro alcohólico no se repetiría. Lo achacó a un ataque de locura momentánea por haber tomado una pastilla para los nervios que le hizo corto circuito con la bebida. No volvieron a entrar en confianza con él hasta pasados un par de meses. Por fortuna eran incapaces de guardar rencores, y la providencial idea de instalarles un teatro de títeres en el jardín, donde toda la familia interpretaba distintos papeles, contribuyó en gran medida a limar asperezas. A pesar de haberlos neutralizado, no pudo quitarse de la cabeza la impresión de que Fabián lo seguía odiando. Por fortuna ya no había armas en la casa, salvo su pistola 38 súper, guardada en el buró de la recámara por si acaso algún ratero entraba a robar. En cuanto al ajuste de cuentas con mamá, optó por engañar a Natalia, haciéndole creer que había seguido su consejo. Una noche llegó a casa con el rostro desencajado: acababa de tener un tremendo agarrón con su madre, dijo, a quien por fin había reprochado la atroz deportación de Francisco y el infundio que perpetró para engañarlo cuando era niño. La pobre quería murmurar una excusa, pero no la dejó defenderse: la acusó de haber perdido toda su autoridad moral desde entonces, de ser una mujerzuela con el alma podrida. Temía, incluso, que nunca le perdonara esa humillación. Con los ojos brillantes y una sonrisa de triunfo, Natalia lo felicitó por haber roto sus cadenas. La ilusa debió pensar que se había quitado de enmedio a la odiosa suegra argentina. Por supuesto, semanas después inventó una reconciliación: mamá lo había llamado para hacer las paces, y como él no era rencoroso, ni quería torturarla, daría vuelta a la hoja por el bien de los dos, sin volver a mencionar sus pecados de juventud.

En agosto y septiembre recibieron a infinidad de invitados, en una campaña de relaciones públicas hábilmente calculada para granjearle oportunidades. Un periodista de su talla no podía salir a pedir trabajo de puerta en puerta, pero sí proclamar entre amigos que por las envidias de Scherer era inminente su salida de *Excélsior*. En ningún momento dejó traslucir amargura por haber perdido esa tribuna, al contrario, se alegraba de tener al fin tiempo libre para escribir sus siempre aplazadas memorias de la Guerra Civil Española. La estrategia surtió efecto más pronto de lo que había imaginado. La víspera del Grito de Independencia, Darío Vasconcelos, asesor legal de las principales empresas del Grupo Monterrey, le avisó que Bernardo Garza Sada, el flamante dueño del Canal 8, recién inaugurado, buscaba a un periodista con amplia experiencia para dirigir los noticieros de la nueva cadena, que se llamaría Televisión Independiente de México. Garza era su lector desde muchos años atrás y quería tener una entrevista con él, para hacerle una propuesta formal.

Eufórico, Denegri recuperó como por arte de magia el porte de triunfador y acudió a la cita en el Camino Real con un traje azul oscuro de casimir y una corbata granate que según Natalia le sentaba de maravilla. Garza Sada era un joven empresario, rozagante y un poco rollizo, con el trato franco y directo de la gente del norte. No se anduvo con rodeos, porque tenía esa misma tarde una agenda llena de compromisos. Quería saber si estaría dispuesto, no sólo a conducir el principal noticiero del canal, sino a dirigir el sistema de noticias, organizando una red de corresponsales dentro y fuera de México. Denegri dijo que le encantaba la idea, siempre y cuando llegaran a un arreglo económico. Garza Sada le ofreció diez mil pesos por noticiero, más un sueldo base de treinta mil mensuales. Denegri calculó que Zabludovsky debía ganar más o menos lo mismo. Pero como la tele era la principal vitrina de los políticos, por concepto de embutes podía sacar el doble o el triple.

—Perfecto, Bernardo, tú me dices cuándo arrancamos.

La idea era que el noticiero saliera al aire a partir de enero y para ir contratando a los corresponsales, el gerente administrativo del canal le adelantaría un cheque de cien mil pesos. Ni en sus delirios más optimistas se hubiera imaginado ese golpe de suerte. Bendijo a Scherer por haberlo sacado del *Excélsior* en el momento más oportuno. Ahora sería mucho más influyente y famoso, porque la nueva cadena tenía repetidoras en la mitad del país y muy pronto le haría una competencia fuerte a Telesistema. Cosechaba el fruto de su largo idilio con los empresarios de Monterrey, a quienes había defendido siempre contra los embates de las centrales obreras. Nada tenía de raro que los titanes de la industria nacional recompensaran sus méritos volviendo a ponerlo en el candelero. Entusiasmada con la noticia, Natalia la divulgó con orgullo entre sus amigas del yoga y como Denegri tenía unos cuantos kilos de más, le impuso una dieta de carbohidratos, para que luciera delgado y galán cuando regresara a la pantalla chica.

—Pero eso sí, mucho cuidado con andar de coqueto —le advirtió en tono de broma—. Te voy a traer con la rienda corta, nada de cenitas con las reporteras. Y a los viajes largos me tienes que llevar, te guste o no.

Durante varias semanas se dedicó de tiempo completo a formar su red de corresponsales, tanto en provincia como en el extranjero. Comprobó con agrado que para muchos reporteros trabajar con él era un honor, pues aceptaban su propuesta a ciegas, sin preguntar siquiera cuánto ganarían. Planeó una serie de viajes internacionales para lucirse en grande con entrevistas a jefes de Estado, líderes religiosos, intelectuales de fama mundial y estrellas de cine. Confiaba en arrebatar así una buena cantidad de auditorio al rutinario y pobretón noticiero matutino de Zabludovsky. De paso exhibiría por contraste su nulidad para hablar otras lenguas. Una tarde de octubre, cuando acababa de cerrar el trato con el corresponsal en Roma, Francisco Galindo Ochoa lo llamó a su oficina:

—¿Ya viste la tele?

—No, ¿por qué?

—Destaparon a Echeverría. Te lo dije, iba en caballo de hacienda.

Con una oquedad fría en el estómago, encendió el pequeño televisor portátil colocado en la repisa central de su librero. Calvo, con lentes de doble fondo, rígido como una estaca, el candidato respondía en el patio del Palacio de Cobián las preguntas de un enjambre de reporteros, que se disputaban el privilegio de acercarle sus micrófonos a la boca. Lo acompañaba, vestido de guayabera, el diputado Augusto Gómez Villanueva, líder del sector agrario del PRI, que acababa de expresarle la adhesión de los campesinos. Había asistido tantas veces a esa liturgia que podía adelantarse con el pensamiento a las declaraciones de todos los involucrados. Su función política era ocultar el dedazo presidencial en el nombramiento del candidato, pero como todo el mundo sabía quién lo había designado, el sainete resultaba cada vez más grotesco.

El precandidato no podía ocultar su falta de personalidad, por más relajado y sonriente que aparentara estar. Caramba, cuánto había decaído el sistema político desde los tiempos de Miguel Alemán, un simpático profesional que por lo menos ilusionaba al pueblo. Todavía López Mateos había sido un candidato carismático, buen orador, atractivo para el sexo débil, pero ahora, en plena dictadura de la mediocridad, la esclerosis del régimen saltaba a la vista. ¿Cuál era el mérito de ese burócrata que jamás había ocupado un puesto de elección popular? La disciplina partidaria, el disimulo, la opacidad, la falta de ideas, el maquiavelismo sórdido, la obediencia canina al señor presidente. Sería difícil encontrarle virtudes en las crónicas televisivas de su campaña. Pero tendría que hacerlo, con grandes tufaradas de incienso, para hacerse perdonar la banderilla que le había clavado treinta años atrás en el cubil bohemio de Barba Jacob. Cruzó los dedos con la esperanza de que esa coronación, el punto culminante de su carrera, lo predispusiera al olvido de las ofensas. Después de todo estaban en el mismo bando y le convenía aprovechar su experiencia, porque modestia aparte, ningún otro publicista podía enaltecerlo mejor a los ojos del pueblo.

A partir de la reconciliación, Natalia mandaba en la casa, y aunque Denegri advertía su gradual empoderamiento no hacía nada por impedirlo: al contrario, disfrutaba las delicias de la sumisión. Era ella quien decidía a qué restaurantes iban, con qué amigos salían a cenar, adónde irían de vacaciones, en qué lugar de la casa instalar el altar barroco traído en fragmentos de Villa Bolívar, cuando finalmente vendió la casa. Ya ni siquiera le consultaba sus decisiones: gobernaba con veleidades totalitarias, como si al haber obtenido la tácita autorización de matarlo, su hegemonía se extendiera a todos los ámbitos de la vida en pareja. Y él no hacía nada para oponerse a su matriarcado. ¿Signo de madurez o de cobardía? Aunque se hubiera puesto ya varias borracheras de mediano calibre, ahora sólo bebía en casa, sin ponerse pesado. Natalia atribuía su cambio de carácter a la solución del conflicto psicológico que lo había torturado toda la vida. Pasaban los fines de semana en el rancho, donde la convivencia familiar, la alegría expansiva de los niños, el trote de los caballos, las ricas chalupas que preparaba la cocinera y su venturoso acoplamiento en la cama convencieron a Denegri de que la felicidad no era una quimera. Llegaría a viejo en la plenitud de sus facultades y su poder. Malas noticias para todos los malquerientes que le hacían vudú desde las tinieblas.

Pero nadie puede ser intensamente feliz mucho tiempo. A principios de noviembre, Garza Sada lo mandó llamar a Monterrey, con carácter de urgente. La cita era en el corporativo del Grupo Alfa a las diez de la mañana y tuvo que levantarse de madrugada para tomar el vuelo de las siete. En una oficina monumental, con originales de Picasso y Matisse, figurillas de dioses egipcios en vitrinas laqueadas y amplios ventanales que daban a un complejo industrial, el magnate, cariacontecido, le doró largamente la píldora, elogiando sus reportajes más memorables, antes de entrar en el espinoso motivo de la reunión.

—Un importante político, muy cercano al candidato Echeverría, me aconsejó reconsiderar su nombramiento como director de Noticieros. Usted sabe cuánto lo admiro, don Carlos, pero hay cosas que no dependen de mí. El futuro presidente tiene una mala opinión de usted, que yo de ninguna manera comparto, pero sería muy arriesgado de mi parte contrariarlo después de una advertencia tan clara. Lamento mucho tener que rescindir nuestro contrato.

—¿Podría darme el nombre de ese político?

—Prometí mantenerlo en reserva. No se haga mala sangre, don Carlos, ni le busque tres pies al gato. Trabajo no le va a faltar. Usted es un gran periodista y estoy seguro de que tendrá muchas otras ofertas.

Por la tarde bebió solo en el bar del Hotel Ancira, con la sed amarga de los desahuciados. Treinta años de servir al régimen, de plegarse dócilmente a las órdenes de Los Pinos, para que ahora lo echaran a la calle con una patada en el culo. ¿Quién sería el emisario del candidato? ¿Moya Palencia? ¿Gómez Villanueva? En su archivo tenía información de sobra para romperles la madre, si algún diario se quisiera poner al tú por tú con el candidato. Pero ¿quién iba a darle cobijo a sabiendas de que el presidente lo había vetado? De aquí para adelante, su lugar era el depósito de chatarra. Seis años de ostracismo, seis años a la sombra, emasculado y mustio, con la atonía existencial del don nadie. Un televisor en blanco y negro empotrado encima de la barra mostraba escenas del flamante candidato Echeverría en San Juan Chamula, saludando al pueblo con el sombrero típico de la tribu. Era una vieja tradición que los futuros presidentes empezaran la campaña en ese pueblucho, arropados por una multitud de indios beodos, a quienes cada seis años prometían un porvenir luminoso. En otras épocas lo fastidiaba tener que fingirse conmovido por escenas como ésa y sin embargo le dolió no estar ahí, en el campo magnético del naciente poder absoluto. Un pobre diablo de tercera fila, en eso se había convertido. Y si pasado el sexenio quisiera volver a su profesión, con 66 años a cuestas, daría lástimas o quizá nadie lo recordara ya. La fama periodística era tan efímera como las propias noticias. Descanse en paz el periodista non, el Reportero de la República, el monigote inflado que se creyó indispensable.

Whisky tras whisky pasó revista a las escenas atesoradas en su memoria de los años gloriosos en que la gira del candidato oficial era inconcebible sin su narrador estelar. Un inmenso mar movedizo de sombreros, estandartes y rostros morenos en la Plaza de Armas de Saltillo. A lo lejos aparece el camión de redilas donde viene el candidato, risueño, triunfador, escoltado por charros y lindas muchachas. La banda de la Marina y las tamboras más ruidosas de la ciudad lo reciben con *Allá en el rancho grande*. Desayuno con veteranos de la Revolución, el hermoso espectáculo de los ancianos ex villistas y ex carrancistas en abrazo fraterno, olvidadas las viejas rencillas. Todos unidos como un solo hombre en torno al nuevo redentor de las masas. Recorridos a pie por calles limpias, recién pavimentadas, con teporochos de traje y corbata, policías estrenando uniforme y fachadas olorosas a pintura fresca. Ni una huella de miseria debe afear el triunfal recorrido del próximo presidente. Las empleadas públicas más bonitas, vestidas de chinas poblanas, lo abrazan a las puertas del Palacio Municipal y le entregan ramos de flores. De Saltillo a Torreón y de ahí a Gómez Palacio. Cinco mil cuatrocientos cuarenta y seis kilómetros recorridos por tierra, mar y aire para consignar los discursos, las chanzas, los gestos humanitarios, la entrega al pueblo del superhombre señalado por el dedo celestial.

Por doquier las matracas, el papel picado, los vítores mercenarios de los acarreados que llevan cuatro o cinco horas tatemándose bajo el sol. Estratificación de la propagada en los cerros, en las bardas, en los jacales, en los tendajones mixtos. Por debajo de los letreros de la nueva campaña se leen todavía los de la anterior, con idénticas promesas y adulaciones. El nombre de Díaz Ordaz encimado con el de López Mateos y por debajo de ambos, el de Ruiz Cortines. Miles de botes de pintura para embadurnar paredes que nadie encalará siquiera en los próximos seis años. Y en todo momento, sin perder de vista al candidato, aguantando a pie firme las soporíferas asambleas, los bailes folclóricos, las declamaciones de los escolapios, los aguaceros en las plazas públicas, el cronista puntual y oportuno, contagiado del fervor ciudadano, proclama en letras de bronce la dimensión histórica de esas jornadas sublimes. Aquiles no existiría sin Homero ni esos burócratas endiosados valdrían un comino sin él. Pobres idiotas: al desecharlo renunciaban al artífice de su esplendor, al único periodista que les dio una ilusión de grandeza.

Cuando iba por el sexto jaibol advirtió que las señoras de una mesa vecina, mujeres otoñales que bebían rompope y medias de seda, lo miraban con insistencia, cuchicheando entre risillas. Querían quizás un autógrafo, a su edad ya no podía sentirse un galán codiciado. Aún llamaba la atención en los lugares públicos, pero en dos o tres meses fuera del aire, ni quien lo pelara. No estaba de humor para atender a sus fans y prefirió clavar la vista en el vaso, haciendo un recuento de pérdidas, como un empresario en quiebra. El régimen al que había servido le quedaba mucho a deber, aunque lo hubiera hecho rico. Los embutes, las prebendas, los créditos blandos, los informes confidenciales para ganar dinero en la Bolsa no compensaban, ni multiplicados por diez, el golpe moral que la élite revolucionaria le asestó de niño, cuando la política irrumpió brutalmente en su vida. Servidor de sus propios verdugos, creyó estúpidamente que la pérdida del padre, la orfandad culpable, el odio a las mujeres, la incapacidad de amar eran dolencias curables con dinero. Cada vez que recogía una migaja de la familia gobernante, haciendo valer su condición de entenado, fortalecía la maquinaria de opresión y rapiña que le jodió la vida. Y ahora ese engranaje autoritario, avergonzado de su engendro, lo sustituía con una mueca de asco por voceros más presentables.

La frustración de no poderse cobrar ese agravio, pese al arsenal de bombas reunido en su fichero, le robaba el último aliciente para vivir. ¿Y a partir de mañana, qué? La inactividad corrosiva, el letargo de la vida hogareña, la indolencia del actor convertido en espectador. Pero tampoco debía ponerse tan pesimista: en casa lo esperaba una mujer bragada y entrona, dispuesta a expulsarlo de este mundo cuando volviera a pegarle. Bastaba con provocarla un poco al calor de los tragos para conseguir la eutanasia. Dos bofetadas, un jalón de pelos y asunto arreglado. Lo digo en serio, la próxima vez te mato. Benditas palabras, las oyó en un trance voluptuoso, a medio camino entre la vigilia y el sueño, con la sensación de haber desenterrado su deseo más profundo. Natalia sería el brazo ejecutor de la providencia. Su *death-appeal* era tal vez la causa secreta de que la hubiera buscado con tanto ahínco desde aquel encuentro en el parque.

Se levantó de la mesa con espasmos de náusea y trastabilló al dar el primer paso. Las botellas de los anaqueles, el televisor, la alfombra roja y el candelabro giraban como un rehilete en su campo visual. Procuró mantener la vertical concentrado en un punto fijo de la pared. Cuando iba saliendo del bar, chocando con las mesas, una de sus admiradoras, regordeta pecosa, anodina, lo abordó papel y pluma en mano, cohibida por hallarse ante una celebridad.

—¿Es usted Carlos Denegri?

—Era —dijo en medio de las arcadas y se arrodilló a vomitar en una maceta.

FALLECIÓ EL DESTACADO PERIODISTA CARLOS DENEGRI
(*El Universal,* 2 de enero de 1970)

El famoso periodista Carlos Denegri murió antier en circunstancias trágicas, ultimado por su cónyuge, la señora Natalia Urrutia, en su residencia de Insurgentes Sur 2123, en Villa Obregón. El incidente se produjo anoche a las once horas con cinco minutos. Según las primeras averiguaciones, Denegri había sostenido una acalorada discusión con su esposa, que meses antes lo denunció por lesiones en la séptima delegación. Quedaron detenidas la señora Urrutia, el chofer Bertoldo Islas y la sirvienta Blasa Reséndiz, que esta madrugada respondieron a un exhaustivo interrogatorio. Entrevistada en la cárcel de Villa Álvaro Obregón, Natalia declaró:

"Me había sentenciado a muerte y temí que cumpliera sus amenazas. Un día antes me había dicho que se mataría después de haberme asesinado. Era una vida de sufrimiento siempre que tomaba licor y en las últimas semanas no soltó la botella. Anoche se puso furioso cuando le dije que debía inscribir en un colegio a su hija Pilar. 'Quieres deshacerte de ella porque no es tu hija', me acusó. La verdad es que yo quiero mucho a su Pilar. Sólo me interesa darle una buena educación, pero él estaba como loco, tanto que destrozó una silla. Como otras veces había soltado balazos en casa, temí que tomara su pistola y entré a nuestro cuarto para sacarla del buró. Salí al pasillo empuñando el arma y Carlos me cerró el paso con un vaso en la mano, vociferando insultos horribles. Temerosa de que me quitara la pistola, caminé hacia la cocina. Para impedirlo Carlos hizo el ademán de arrojarme el vaso. Alcé la mano por acto reflejo y la pistola, que no tenía puesto el seguro, se me disparó por accidente. Luego lo vi tendido en el suelo, sangrando de la cabeza y le pedí perdón arrodillada junto a su cuerpo. Llamé a la Cruz Roja y a la Verde, pero llegaron demasiado tarde."

El peritaje balístico de la Procuraduría del Distrito estableció que el proyectil penetró la frente del periodista con una trayectoria ascendente y le salió por la región temporal del cráneo. El cuerpo de Denegri quedó bocabajo, sobre la alfombra color mostaza en la sala de la residencia, junto a un Cristo de marfil con la leyenda "Dios mediante". En la mesa de centro había dos vasos de whisky a medio consumir. En los bolsillos de la víctima, que vestía pantalón y suéter café con botas del mismo color, los agentes policiacos encontraron una fuerte cantidad de dinero en efectivo, que fue entregada a la señora madre del occiso, la señora Ceide Pacheco viuda de Denegri, junto con su Rolex de oro macizo.

El pasado 29 de noviembre, hace apenas un mes, *El Universal* informó que el señor Denegri y su esposa sufrieron lesiones de consideración en un accidente automovilístico, cuando circulaban por Avenida Revolución en un Dodge, placas 578-QP, manejado a gran velocidad por el periodista. A la altura de la calle Molinos, el conductor perdió el control del vehículo y se estrelló a gran velocidad contra un poste de alumbrado. A bordo de la ambulancia número 6, los heridos fueron llevados al hospital de la Cruz Roja. El impacto destrozó el tobillo de la señora Denegri, que fue intervenida en el Sanatorio Dalinde, donde le colocaron tres clavos de platino para unir los fragmentos del hueso. Interrogada al respecto, Natalia precisó:

"Llevaba más de un mes sumido en la depresión, con una conducta que alarmaba a todos sus allegados, incluyendo a los empleados de su oficina. Una noche entró tomado al despacho y le prendió fuego al gigantesco fichero que había reunido en treinta años de trabajo. Haber acumulado tanta información valiosa era uno de sus mayores orgullos y nunca me quiso explicar por qué la quemó. El día del accidente habíamos celebrado sus sesenta años en casa de mi suegra, que le organizó una fiesta. Ella se puso a cantar tangos y Carlos, ya muy ebrio, me jaló del brazo muy enojado. Vámonos, me dijo, no soporto este show. Yo quería manejar pero él se aferró al volante con la terquedad de siempre. Cuando despertamos en la clínica, vendados de pies a cabeza, me dijo que se había estrellado en el poste adrede, para evitarse los oprobios de la vejez. Más vale abandonar esta vida con dignidad, me dijo. Le reclamé que también quisiera sacrificar la mía."

El presidente Díaz Ordaz envió un telegrama a la familia del célebre periodista, expresándole sus más sentidas condolencias. Hoy por la tarde será enterrado en el Panteón Francés de la Piedad.

Posdata

Por caminos divergentes, la historia y la novela histórica se complementan en la tarea de mostrar los diferentes ángulos de una verdad poliédrica. La historia dice "así fue"; la novela propone "así pudo ser". El historiador aspira a la verdad objetiva, aunque nunca pueda alcanzarla plenamente, porque hasta el más imparcial lleva agua a su molino ideológico. Historiador de la vida privada de las naciones, como lo llamó Balzac, el novelista no aporta pruebas de las verdades que intuye (sólo percibe su reflejo en otra conciencia), pero la ficción le da mejores armas para entretejer el destino individual con el colectivo. Esta novela mezcla libremente personajes y situaciones ficticios con hechos y personas de la vida real. Aunque mucha gente recuerda todavía los sonados escándalos conyugales de Carlos Denegri, o sus bravatas en centros nocturnos, nadie puede bucear en su intimidad sin recurrir a las conjeturas. Algunos datos biográficos de las esposas a quienes amó, torturó y humilló son verdaderos, pero me tomé la libertad de cambiar sus nombres, porque las conductas y los rasgos de carácter que les atribuyo las convierten casi por entero en personajes imaginarios.

Sobre la vida conyugal del protagonista con la mujer que le quitó la vida existe un testimonio de primera mano: la crónica *¿Maté yo a Carlos Denegri?* de Herlinda Mendoza y Adela C. Irigoyen (X Siglos, 1975). En ella se relatan las atrocidades cometidas por el periodista en su postrer matrimonio, sin precisar, en muchos casos, las circunstancias que las motivaron. Aunque algunos episodios de mi novela están basados en esa fuente, procuré suplir sus carencias con la urdimbre de una trama verosímil. Más que relatar al pie de la letra las crueldades ahí denunciadas, me propuse mostrar cómo se gestaron en un alma tóxica.

Como la bibliografía sobre Carlos Denegri es muy escueta, acudí a la gente que lo conoció en busca de testimonios. La información más valiosa que obtuve por vía oral proviene de su hija

Pilar, que accedió generosamente a contarme sus experiencias infantiles en el "Palacio del Resistol". Pilar charló a lo largo del tiempo con amigos íntimos de Carlos Denegri que ya fallecieron. Ella me reveló, entre muchas otras cosas, el pecado original de Ceide Pacheco y Ramón P. Denegri que al parecer desencadenó la misoginia crónica de su padre. Mis conversaciones con José Luis Alba (testigo presencial de la fiesta en que Denegri le quemó las nalgas a una mulata), Héctor Farah, Ana Piñó, Luis Prieto, Adelaida Loubet y Benito Taibo me suministraron material para otros episodios de la novela. Las anécdotas sobre Denegri que Jacobo Zabludovsky me contó en 1997, cuando la editorial Clío, donde yo trabajaba, quería publicar sus memorias, despertaron mi curiosidad por saber más del personaje, a quien Jacobo consideraba un reportero fuera de serie.

Agradezco especialmente la ayuda de mi hermana Ana María, que desde hace tiempo coordina en el Instituto Mora un proyecto de investigación sobre la historia del periodismo en México. Ella me suministró libros y documentos muy valiosos para entender la tortuosa relación entre la prensa y el poder durante el apogeo del antiguo régimen. Lo demás lo sé de primera mano (como todos los mexicanos de mi edad) por haber padecido hasta los cuarenta años la censura informativa y el vasallaje rendido al monarca sexenal en prensa, radio y televisión.

No pude entrevistar a Julio Scherer, que murió en 2015, cuando apenas empezaba a juntar mi rompecabezas, pero los hechos hablan por él. Recién llegado a la dirección de *Excélsior*, el líder moral de nuestra prensa independiente desempeñó un papel protagónico en el hundimiento de Carlos Denegri, a quien excluyó del periódico a partir del segundo semestre de 1969. Como Zabludovsky, Scherer también aprendió muchos secretos del oficio observando a Denegri, pero reprobaba su falta de ética profesional y los desmanes de su vida privada, que deploró en las crónicas autobiográficas *Vivir*, *Estos años* y *La terca memoria*. Hacía falta, creo, narrar el desencuentro de estos dos personajes arquetípicos (el ángel exterminador y el Anticristo de la prensa nacional), y honrar el valor civil de periodistas aguerridos como Jorge Piñó Sandoval, para entender mejor hacia dónde vamos y de dónde venimos en materia de ética periodística.

Durante algunos meses, no tantos como hubiera querido, investigué en hemerotecas y archivos la trayectoria diplomática y periodística de Carlos Denegri, con la valiosa ayuda del joven historiador Aldo Pablo Escalona González. Los fragmentos de artículos y reportajes y los extractos del *Fichero Político* que reproduzco en la novela son citas textuales en la mayoría de los casos. Otras notas biográficas provienen de los tres libros que Denegri publicó: la plaquette de poesía *Claves* (1932), el reportaje *Luces rojas en el canal* (1944), sobre los bombardeos de Londres en la Segunda Guerra Mundial, y *29 estados de ánimo* (1959), una crónica de la campaña presidencial de Adolfo López Mateos. En cuanto a las andanzas del protagonista en la Guerra Civil Española, mis principales fuentes de información fueron el expediente de Ramón P. Denegri en el archivo de las Secretaría de Relaciones Exteriores y las memorias de Mary Bingham de Urquidi *Misericordia en Madrid* (Porrúa, 1986) en las que denuncia las tropelías cometidas por el hijastro del embajador.

Mi esposa, la hispanista Gabriela Lira, revisó minuciosamente el original y me ayudó a fotografiar o copiar infinidad de revistas y artículos, pero su mayor mérito fue la paciencia que tuvo para lidiar conmigo, látigo en mano, cuando el protervo fantasma de Carlos Denegri me poseía. Por último, agradezco a Clara González y Ramón Córdoba, mis editores, su minuciosa detección de gazapos y dislates. El lenguaje y la reconstrucción de época de esta novela ganaron mucho con su trabajo.

Índice

El vendedor de silencio de Enrique Serna
se terminó de imprimir en septiembre de 2021
en los talleres de
Litográfica Ingramex, S.A. de C.V.,
Centeno 162-1, Col. Granjas Esmeralda, C.P. 09810,
Ciudad de México.